看不见你的第十年

【上册】

钟仪 著

四川文艺出版社

图书在版编目（CIP）数据

看不见你的第十年：全 2 册 / 钟仄著. -- 成都：四川文艺出版社，2025. 7. -- ISBN 978-7-5411-7236-6

Ⅰ. I247.5

中国国家版本馆 CIP 数据核字第 2025FD4116 号

KANBUJIAN NI DE DISHINIAN : QUAN ER CE

看不见你的第十年：全 2 册

钟仄 著

出 品 人	冯　静
责任编辑	姚晓华
特约编辑	听　听　雪　人
装帧设计	颜小曼　椰　椰
封面绘制	茶叶蛋
责任校对	段　敏

出版发行	四川文艺出版社（成都市锦江区三色路 238 号）
网　　址	www.scwys.com
电　　话	0731-89743446（发行部）　028-86361781（编辑部）

排　　版	长沙大鱼文化传媒有限公司		
印　　刷	天津睿和印艺科技有限公司		
成品尺寸	145mm×210mm	开　本	32 开
印　　张	18	字　数	623 千字
版　　次	2025 年 7 月第一版	印　次	2025 年 7 月第一次印刷
书　　号	ISBN 978-7-5411-7236-6		
定　　价	65.80 元（全 2 册）		

上 册 目 录
contents

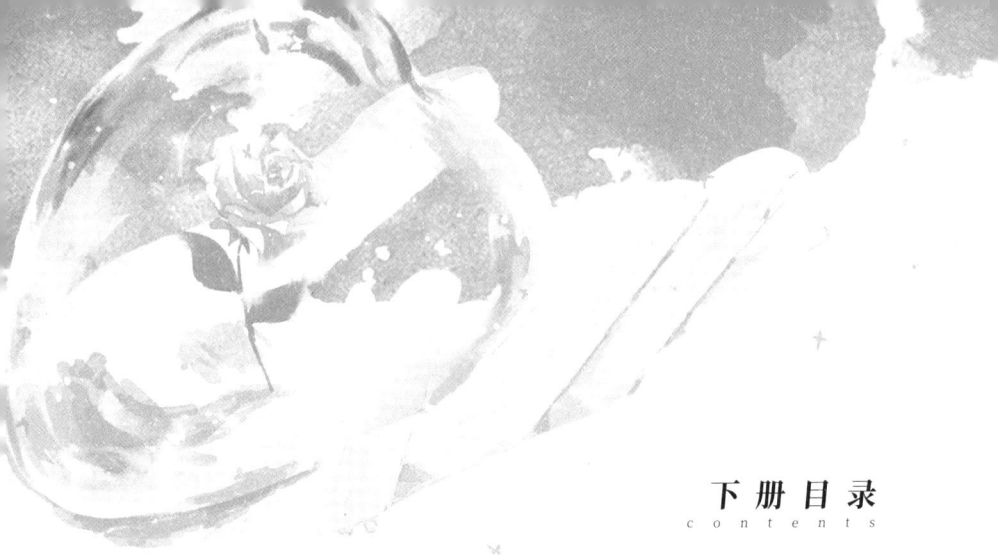

下 册 目 录

c o n t e n t s

第一章 和他的意外重逢

悦耳得像句情话。

1

雨下得不大，风却不小。

林循头上扣着卫衣兜帽，一只手拎着两袋泡面，另一只手拎着一提汽水，步伐飞快地走向街角的单元门。

耳机里，有声小说柔缓的背景音陡然降低，取而代之的是某个不合群的消息提示音。林循腾不出手，用手背轻叩耳机侧面。

她白皙的虎口处文了一只小巧精致的夜莺，身子单薄、脖颈纤细，长长的尾羽顺着青色静脉延展至腕间。

夜莺亲吻耳机外壳的刹那，耳罩里传出比风速还快的语音。

"循——循！今天同学会太精彩了！

"你知道吗？周珊去年结婚了，肚子里的宝宝都八个月大了！还有刘雪洋，当年那么帅一小伙，现在……肚子比周珊还大！陈同年都当上滕飞的部门经理了……"

林循满脑子被这些食之无味的信息量塞满。到底没有按停，毕竟从音量就能听出来，程孟此时分享欲爆棚。

大概是嫌语音时长限制了"激情"，还没等林循回复，程孟火速拨了个电话过来。

林循用肩膀顶开锈迹斑斑的铁门，接起通话。

"嘿嘿！"电话那头，程孟笑了两声，沉默了一会儿后压低声音，"今天宁琅也来了，还问起你呢。"

"哦，"林循眼底依旧没啥兴味，不咸不淡地道，"算这孙子孝顺。"

她说着，瞥了眼101室门口——果然，青黄包浆的铁制门把手上又挂着一个外卖。以往每次中午和晚上饭点，她只要路过101室，门口必定挂着一个孤零零的外卖。

20 世纪 80 年代的老小区，住户大多是四五十岁往上、拖家带口的昼山本地人，家家户户厨房里的炊烟可比外卖常见。

看样子 101 室和她一样，是个大多数时候居家办公又懒得做饭的闲人。

不，兴许比她还懒，连外卖都懒得及时拿，也不知道会不会被偷。

林循在这儿操心别人家的外卖，程孟却没她这么云淡风轻，咬牙切齿道："宁琅还让我跟你道歉。啧，你说他贱不贱啊，都过去这么多年了，道歉有什么用？"

"他闲的吧？钱货两清的事儿。"

林循慢悠悠地晃到三楼，站在自家门口，搁下占满双手的东西，从卫衣口袋里翻出钥匙打开门。

她倚着门框，伸手按开玄关昏黄的灯："我怎么记得之前学校里还有人说，如果她是我，能和宁琅搭上关系，被开除也不亏。"

"我呸呸呸！"

程孟成功被恶心到，把宁琅的祖宗十八代挨个问候一遍后，总算舍得换话题："今天碰上老班生日，人来得特齐，连林巧巧都请假从国外回来了，郑峰还带了他老婆。跟咱们玩得好的都来了，唉，就除了……"

程孟本来有点惋惜，想说就差林循没到，但电光石火间忽然想到方才的对话，霎时咬了下舌头——林循高三下学期被开除了，压根儿没收到聚会通知。

程孟登时心下懊恼自己多喝了几杯酒，竟然兴冲冲打电话跟她说同学会的事。喝蒙了吧？

林循把泡面拎去厨房，撕开包装袋，把面饼扔进碗里，随口接着话题问："除了谁？"

程孟"呃"了一声，大脑飞快在那些没来的同学里搜索着，搪塞道："沈郁！对对对，就沈郁没来。"

信口胡诌的，都忽略了逻辑——沈郁可不属于跟他们玩得好的圈子。

林循却没听出违和。

暌违八九年的名字乍然越过时间隧道落入耳中，稍显陌生。

程孟接着往下说："可惜了，今天听班长他们提起，沈郁这些年好像过得很辛苦。他当年没参加高考，听说后来去特殊教育学校读书了。"

"……他也没参加高考？"

林循下意识地问完，又觉得有些多余。她被开除的时候，沈郁的视力已经接近全盲，自然没办法正常参加高考。

"是啊，"程孟叹了口气，"第二年国家推出盲人卷，他倒是上了个不错的大学，但好像毕业后因为视力障碍，一直没有就业。"

林循回过神，把调料包一股脑洒在面饼上，浇上开水后盖上泡面盖，没吱声。

程孟倒像是打开了话匣子，喋喋不休地说："你应该知道吧，沈郁的'沈'字是昼山鼎鼎有名的沈氏集团，贼有钱。他爸沈昌亦是现在的沈氏当家人。那年中考，他家司机开劳斯莱斯幻影送他去考场，还上了昼山新闻呢……

"高一下学期，他出车祸伤了眼睛那次，其实他妈妈也在车上，听说为了护他，整个人被碎玻璃扎穿了好几个窟窿，当场就去世了。"

这些林循都听过，却也没打断她。

程孟接着补充："之后没过多久，他爸再婚，继母后来生了儿子，在他复读的时候把他赶出了家门……总之，听说沈郁这些年过得很不容易。"

"唉，"程孟说罢，以一句伤春悲秋的感叹结尾，"这么看人还是得珍惜当下，谁知道明天和意外哪个先来呢。"

说到这儿，她话锋一转，嗅觉敏锐："珍惜当下啊。林老板，你不会又吃泡面吧？"

林循眼角一抽，瞥了眼泡面包装袋上画着的那只张牙舞爪的龙虾："说什么呢，老子吃的是波士顿龙虾，香着呢。说完就挂了啊，别影响我食欲。"

搁了电话，林循把泡面端到临窗的工作台上，盘腿窝进大大的皮质转椅里。

玻璃窗外风雨如注，坏天气愈演愈烈。

旧城区熙攘潮湿的街道上，各色广告牌在雨水冲刷下被洗去了泥污。

连成排的屋檐下，衣着单薄的行人步履匆忙，面目模糊。与之相较的是屋子里异常寂静。

这房子是林循去年买的，目前还在还贷款。楼龄四十九年，装修简陋，房价是这周遭的洼地。

她特意装了双层隔音玻璃和隔音墙，透不进一丝外界的嘈杂。

林循"刺"地拉开汽水瓶的拉环，支着下巴等泡面泡软，思绪却飘得有点远。

当年的高三（12）班，全班共有五十二个学生。

现在看来，只有她和沈郁没有如常毕业，亦没收到同学们告别时互赠的那句"前程似锦"。

巧的是，他俩当初是前后桌。

她坐刺头专属、睡觉圣地的倒数第一排，他是生人勿近、门可罗雀的倒数第二排。

都挺格格不入的。

如今八九年过去，程孟说，他过得不好。

她也一般。

"看来十二班教室东南角那块的风水不好，真晦气。"

林循托着腮沉默了半天，得出这样一个结论。

"少年人十六七岁，身穿一身羽墨色直裰，腰间坠一块透亮无瑕的和田玉，眉如远山，身形瘦削挺拔，周遭是与这繁闹市井格格不入的矜贵与清冷。"

哦吼，男主出场了。林循边听着有声书，边津津有味地嗦着泡面。

两秒钟后，一个磁性十足、拿腔作势的低音炮压迫感十足地从音响里传出来："这玉佩不错，我要了。"

"咳咳咳……"林循猝不及防地被泡面汤呛了下，腥辣的人工龙虾汤底直蹿天灵盖。

她难以置信地倒回去又听了一遍。

十六七岁的少年，矜贵，清冷？确定不是四十六七岁自我感觉良好的油腻大叔？

她差点呛死在 CV（配音演员）刻意压低又拉长的气泡音里。

等林循总算调理好了自己的耳鼻咽喉系统，抽空抹了把咳出来的满脸热泪，桌上的手机忽然铃声大作。

她拿起来，隔着眼雾瞟去。

一通微信语音通话，来自工作室的策划，周洲。

林循按了通话键，一把鼻涕一把泪含混不清地"喂"了声："什么事？"

对面微怔，而后小心翼翼又邪门地问："老大，你……哭了？"

"嗯，吃了个波士顿大龙虾，好吃哭了。"林循面无表情地擦掉眼泪，重复了一遍，"什么事，说。"

周洲噎了良久才开始说正事："老大，我真找不着人。预算内审了一批 CV，大概三四十个吧，好听的声音也有，但没有你要的那种仙气飘飘、超凡脱俗、羽化成仙、遗世独立的——"

他一口气背诵了四个出自林循尊口的成语，低声抱怨："就不能换个通俗点的要求吗？"

他说的是广播剧《凡尘》的选角。

林循被一中开除后，在昼山端了一年盘子，后来去别的学校复读，考上了南漓电影学院编导专业。

可惜毕业后没门路进影视圈，干脆遵照喜好用多年积蓄开了家商业广播剧制作工作室，名字叫"一只夜莺"。

最近他们工作室买了一本仙侠小IP（知识产权），刚搞完剧本，目前正在选CV。

其他角色倒是好说，只是其中的男主角"玉清子"的人选迟迟没定下来。

不为别的——全昼山少说十多家广播剧制作工作室，就数林循的耳朵最刁，口味也最挑。

用她本人的话来说，耳朵长在脑袋上，不是为了让魔音穿脑的。

这本书里，"玉清子"这个角色是林循本人万分钟爱的——不近女色、清冷无双的道修，禁欲系高岭之花，一开口就该是神清骨秀、超然绝俗的。

哪是那些凡尘俗音能配的。

林循耐着性子："通俗点也成，你就闭上眼睛，想象月黑风高的夜里，你独自走在一片阴森森的坟地，迎面走来几个'阿飘'，呃……"

她脑补到了那画面，自己先打了个哆嗦。

电话那头的周洲也跟着打了个喷嚏。

林循下意识地抠了下手背上的夜莺文身，若无其事地补充道："……然后再打开音频，感受一下有没有哪位CV大大一开口让你觉得金光蔽体、足以辟邪驱鬼的。"

周洲听得云里雾里，越发摸不着头脑。

林循却忽地愣住了。

这个描述，怎么好像，有点熟悉？

2

确实很熟悉。

她好像曾经听过这样的声音，并且在心底这么评价过。

林循短暂回忆了片刻。

可还没等她记起来自己究竟审过哪位九重天上金尊玉贵的神仙CV，周洲便满头雾水地问："……我还是不懂，我们到底是怎么从选CV跳跃到'阿飘'的？"说完捂了话筒无声嘀咕，"我瞅你像个'阿飘'。"

林循没听到他腹诽，想了会儿说："算了，你去跟进一下其他人选，'玉清子'我来找。项目还没开始呢，不着急。"

周洲闻言如蒙大赦，感激涕零："得嘞，那小的干活去了，老大您慢慢享用。"

林循愣了下："享用什么？"

"波士顿大龙虾啊，"周洲懵懂道，"不是都吃哭了吗？"

"……"林循看了眼桌上的泡面，顿觉索然无味，略感凄凉。

吃完泡面，林循丝毫没了困意，开始戴上耳机听自己审过的所有男CV——企图找到那个被她遗忘掉的"八荒四海上神音"。

由于林循通常会根据不同人设挑选适配度高的声音，"一只夜莺"目前没有签约固定CV，搞完剧本便找商业配音工作室或个人商业配音演员合作。

这几年积累下来，电脑里存的声音不下千条。

她对不同音色的敏锐度很高，一条声音听几秒钟就能分辨，过音频的速度贼快。只可惜，直到天光大亮、朝霞翻起，她依旧没能找到记忆中的声音。

林老板顶着两个硕大的黑眼圈，蹙眉嘀咕："难道真是我记忆错乱了？"

之后一周，林循每天都在录音棚里跟到傍晚。

工作室另一个现代校园广播剧《小蔷薇》正在平台上连载，虽然算不上大火，但听众口碑和反响都不错。

商业广播剧制作通常都会统一在线下录音棚录音。如今第一季快要收尾，她作为导演，每一场录音都会亲自盯棚。

为保证品控外，也希望能通过录前讲解、对戏等帮助配音演员快速找到戏感、进入角色，减少返音的次数，毕竟每个人的时间都是宝贵的。

等录完当天所有干音，林循给各位CV老师点了餐，自己则打算回家补个觉。

昨晚任各路"凡音"左耳进右耳出飘了一整夜，脑袋里像是打开了一个滚筒洗衣机。

等回到公寓单元门，她又习惯性地看了一眼101室的门口——今天门把手上空空如也，半个外卖袋子都没有，多少有些违和。

出门了？又或者是懒病治好了？

林循没多想，左转爬楼梯上了三楼。

可等到了自己家门口，又是一怔——她的门把手上倒是多了个外卖。

　　林循伸手扒拉了一下贴在封口处的外卖单，挑了挑眉，总算对一分钟内的两项不寻常事件做出了同一个合理的解释——骑手送错了地址。

　　外卖单上分明写着，晟霖苑 21 幢 3 单元 101，沈先生收。

　　她这是 3 单元 301。

　　"……"林循撑着沉重的眼皮，打了个困倦无比的呵欠，拎着外卖又走回一楼。

　　101 室门口的过道上堆着一辆生了锈的自行车，两个轮子卸在旁边，上面还盖了一摞压扁的纸板箱。

　　林循绕开那堆杂物，原本想把外卖直接挂在门把手上，但顿了片刻，还是敲了门。

　　单元门内有监控，万一这外卖有点问题，人家怀疑是她恶作剧怎么办。还是当面说清楚了好。

　　等待期间，林循靠着墙壁合眼养神，又觉得楼道里有些闷热，便随手将侧边的格子窗推开一条缝。

　　新鲜空气猛地灌进来，单元门内密闭的隔音系统因着一掌宽的缝隙彻底崩坏。

　　外界自然里的无数声息在这瞬间袭来。

　　电线杆上鸟雀碎语，浓酽热风刮过香樟。公路鸣笛声由远而近，不远处街角人声嘈杂。

　　昼山潮湿又熙攘的夏日傍晚，几乎囊括了人文社会所有的背景音。

　　然而这一切一切的声音，却在某个间隙忽地从她困倦的大脑中被剥离——慵懒未醒的男声，隔着一道门，忽然清晰又滚烫地落进她耳郭。

　　"外卖吗？直接挂门把手上吧，谢谢。"

　　短短一句话，带着略略喑哑的困意，却音韵端方、清爽有致，在那瞬间驱散了严笼的潮热——竟然与昨天遍寻不得的，记忆中那个仙气飘飘、超凡脱俗、羽化成仙、遗世独立的上神音严丝合缝地重叠了。

　　某个熟悉的、令人心动的、被埋藏在时间缝隙中的声音。

　　林循的耳窝一烫，还没等回忆起来，右半边肩膀就被人重重撞了一下。

　　她吃痛地"嘶"了一声，抬手捂着肩膀，本能地回头看去。

　　身侧是一个五六十岁、体胖心却未必宽的老大爷。

　　大爷手里操着一大挂钥匙，棉质背心松松垮垮地卡在白花花的啤酒肚上缘，从狭窄的过道里满脸凶神恶煞地挤过她身边，苍猛有力地拍起 101 室的门。

"砰砰砰！"

林循的目光从大爷的棉质背心裤衩溜到他脚上那双放荡不羁的藏青色人字拖，最后又落回那串沉甸甸的钥匙挂上——粗略扫一眼，起码二三十把，内心登时肃然起敬。

去年买这套房子的时候，她就听人说过，晟霖苑有个包租公，人称"老李头"，手上有好几十套房子。

据说当初这小区落成，征用了他家好几亩菜地。

老李头敲门的同时，嗓音暴躁而开朗："开门开门开门，八月都过了一礼拜了，七月的房租还没交，再不交租扫地出门了啊，你不租后面几百个人等着租呢。"

林循抬眉，她还是第一次见这么霸气的收租方式。

门内大约安静了两分钟，铁门被从内侧推开。

林循跟着往门里看去，随即目光微怔。

正值黄昏，末世火焰般的晚霞与衰旧的日光从走道侧边的窗户外铺陈而入，把漆黑铁门里那张面孔照得透亮——眼褶分明的桃花眼，挺拔的鼻梁，鼻尖精巧，嘴唇浅而薄。

下颚线略窄、肤色偏白、皮肉皆薄，宛若丛林深处、隐匿于森森大雾中的一只涉世未深、人畜无害的兽。

这画面美好得扣人心弦，唯一败笔是那双漂亮的眼睛，此刻直直盯着门外的空白处，眼神空洞没有焦点。

他似乎，看不见。

林循眨了眨眼，几乎丢失在时间夹缝里的记忆新鲜回溯。

竟然是她的高中前桌，沈郁，昨天才刚听程孟提起过。

那记忆中声音的主人，原来是他。

或许是被一中开除后的这些年里，她总在刻意回避高中三年那些鸡飞狗跳的记忆。

如今八九年过去，对曾经许多人和事的印象都逐渐模糊疏远——以至于她竟然几乎忘了，沈郁是她遇到的男生中，嗓音最好听的一个。

哪怕如今林循从事耳朵经济行业，每天同各色各样的优质人声打交道，也依旧没有改变这个结论。

"……房租没交吗？"沈郁蹙着眉，照着声音的方向转过脸，眼神却依旧没能聚焦在包租公脸上。

老李头显然没发现他眼睛的异样，不耐烦地皱眉觑他："你这年轻人真有意思，房租交没交你不知道？别跟我在这儿装傻。"

趁着两人交涉的工夫，林循不由自主地看向沈郁身后的房间。

玄关没有开灯，粉色塑料灯罩上攒了积年的灰。

客厅装修老气横秋，花色土气的沙发罩着白色塑料布，墙角堆着一摞一摞的废报纸。

白底黑花的瓷砖边缘裂开密密麻麻的缝，墙皮脱落的地方浸着旧气的黄调，像是很多年没补过了。

同一栋楼，同样格局，她家与他家仿佛两个世纪。

林循又看向沈郁本人，同这不修边幅的房子相比，他也好不到哪里去。

他比十七八岁的时候更高了，身材消瘦颀长，此刻微微弯着腰背，迁就低矮的门框。大概是刚刚沐浴过头发凌乱地堆在额上，发尾往下滴着水，漂亮的面孔苍白湿润没有血色，浅粉色嘴唇上皲着粗糙的死皮。

他身上还穿着黑色棉质T恤和同色长裤，布料塌软没有形状，肩肘裤缝的接线处还起了球，简直像是小区隔壁跳蚤市场十块钱一斤淘来的。

哪怕是这样，穿在他身上仍然干净好看得不像话。

林循却由衷地觉得陌生。

若不是这张令人难忘的脸和这得天独厚的嗓音，她大概很难认出他来。

就算昨晚听程孟提起过他这些年的境遇，也远远不及此时此刻亲眼所见的冲击大。

当年的沈郁同她并不是一路人。

在林循为了省下公交车的两块钱，选择每天跑步四十分钟去学校权当锻炼身体的年纪，他坐劳斯莱斯上学，脚上是不重样的限量版球鞋，蓝白色校服底下永远是简洁又有型的素色潮牌。

男孩子们打一场球下来满头满脸的汗水和灰，他能换三套崭新的球衣。

林循想起她第一次见到沈郁。

高一新生开学典礼的那天，她和奶奶趁着人流量大，打算在校门口支个冰粉摊。

一中附近的那条坡道很长，路两旁都是无人开垦的荒地和山坡，疯长着漫山遍野的向日葵。

奶奶费力地骑着三轮，她站在坡下帮忙往上推，一身白色运动套装很快被汗水浸湿大半。

三轮车堪堪停在校门口，还没等支起摊来，两三辆锃光瓦亮、车

身颀长的黑色轿车与她擦肩而过，刮起一阵尘土，拐了个弯后，停在不远处的街角。

为首那辆的车头上立着个璀璨的小金人，对着灼艳的烈日张开金色的翅膀。

五六个少男少女陆续从车上下来，都穿着崭新的一中制服，款式一样，但面料看起来比她的要好。

被簇拥在最中间的，是从头车上下来的男生。

长相漂亮出众，个子很高，单肩挎着松松垮垮的书包，眯着眼迈着长腿懒散地往校门口走。

其中有个女生亦步亦趋地跟在他身后半步，忽然朝着三轮车的方向指了一下，偏头笑得很甜："沈郁，那边有冰粉欸，你吃吗？我去买。"

男生闻言目不斜视地往前走，对她口中的东西丝毫不感兴趣。

那女生眼底有被忽视的委屈，咬了咬唇，声音柔善娇软地同他讲："那个老奶奶这么大年纪还在做生意，好辛苦哦，我们帮帮她吧？"

她话音落下，林循跟着抬眼看过去，蓦地撞上那男生偏转而来的视线。

视线浅淡而锋利，在奶奶忙忙碌碌的身影上停了许久后，忽然迈着长腿走过来。

林循正从三轮车里拿出装着各色小料的泡沫盒，片刻后只觉得头顶罩了一片极有压迫感的阴影。

她抬起头，不期对上男生一双冷淡凛冽的眉眼。

眉眼下的骨骼轮廓本是精致漂亮的，但因着拉平的唇角和疏离淡漠的神色，平添了些许戾气和清傲。

林循对这样的人无感，漠不关心地低下头，把红糖浆倒进一个个小的塑料分装盒里。

她一贯只负责体力活，招待客人是奶奶的事。

可还没等她动作，男生忽然伸手按住分装盒的盖子。

下一瞬，某个清冷如深泉的音波忽地穿透空气里的微小尘埃，像电流般扩散至她耳郭。

——"不用分了，我都要。"

林循愣住片刻，再抬眼的时候总算饶有兴致地打量了他片刻——准确来说，是看他说话时上下起伏的喉结。

在她眼中，那是得天独厚、性感的声带。

总之沈少爷在林循的印象里，一直是学校里那帮富家子弟的中心，天之骄子。

家里有钱，头脑还好，外加个高腿长条顺人靓，身边从不缺善意和追捧。

哪怕后来出了事故导致性情大变，衣食住行也是昂贵精致的，跟"可怜"二字沾不上半点边。

没人有底气同情他。

回忆的间隙，包租公已经下了最后通牒："要么今晚十二点之前把房租打过来，要么卷铺盖滚蛋。"

3

"行，我一会儿就交。"沈郁面无表情地颔首。

老李头听到满意回复，情绪高亢地哼着幸福小调，"叮叮当当"甩着钥匙往外走。

林循站在门口，拎着那袋孤零零的外卖，静静地盯着沈少爷扶着门框的手。

皮肤苍白几欲透明，里头青色的血管交错凸起着，清晰可见，像是营养不良。

剥去了曾经名贵的豪车和外衣，以及眼底那点熠熠生辉的锋芒，如今的沈少爷看起来，竟然有些脆弱。

林循挠挠头，有点不知道接下来怎么办——倒不是觉得沈郁现在的窘迫境遇多么不堪，毕竟她自个儿刚毕业的时候，连这样的房子都租不起，窝在地下室吃了两年泡面，不也照样活得好好的。

只不过，由奢入俭难，人人都有自尊心……林循抿了抿唇，下意识认为沈少爷此时此刻大概并不会愿意和老同学相遇。

哪怕他们当年的交集寥寥无几。

须臾的沉默后，沈郁忽然偏过半寸头，"看"向她呼吸的方向，问："外卖吗？"

"呃……"听力可真好。

林循想了会儿，拎着外卖走上前一步，略过了老同学相认的戏码，语气平淡地开口："那个什么，我是楼上的住户，骑手把你家的外卖送到我那儿了。"

说着，她把外卖袋子的两个"耳朵"合拢挂在门把手上："我给你挂门上了……拜拜。"

话落，不待他回应，她转身便走回狭窄悠长的楼道。

狭长的走道里，沈郁听那女人三言两语说完，语气懒散不着调，音色喑哑如咽了口陈年冷酒。

实在不算是好听周正的女声，却很熟悉。

他靠着门站着，"望"着楼道的方向，面上神色有片刻的凝固。

视野黑暗如洞穴，只听到那一串脚步声矫健利索地爬到三楼，在转角处似乎踢到了垃圾桶，长长"嘶"了一声后浅浅骂了一句。

然后是细微的钥匙开门声，以及"咣当"的关门声。

所有声响悄然对上他脑海中存档的某个"画面"——

飞驰而过的车窗外，十六七岁的女孩扎着高马尾站在坡上，瘦弱却有力的胳膊拼尽全力推着一辆三轮车，咬紧牙关的力道让漂亮出色的面孔都变了形。

车子刮起的半轮尘土大半蒙在她脸侧，其余染脏了她身上纯白色运动套装。女孩腾不出手去挡，只一双上挑的眼隔着车窗玻璃瞪过来，飞扬的灰尘里映出眼底毫不掩饰的不耐。

等所有声息归于宁静，沈郁伸手拿过挂在门把手上的外卖，随即合上厚重的铁门，转过身，指尖轻触着凹凸不平的墙壁，而后借由这牵引，慢而平稳地走回客厅。

这一路专门清理过，没有任何障碍物。

沙发就在客厅靠墙的正中。

骨节分明的手指顺着木质沙发扶手向下，逐渐摸索到粗糙的布艺沙发面。

十年过去，这感觉不再新鲜，也不再如当初那令人恐惧。

等确认好位置，沈郁弯曲着长腿，深深坐进沙发里。

他随手把外卖搁在茶几上，没打开，反而从茶几上摸了一根烟。

打火机火苗熄灭的瞬间，浓酽的烟气缭绕，狭小潮湿的空间里很快充斥着古巴烟草冷厉的皮革和干草味。

一根烟燃完，左手食指和拇指捏着烟头轻车熟路地摸到烟灰缸边缘，凉凉的陶瓷颗粒磨砺着指腹，滚烫星火在指尖湮灭。

良久后，他拿出手机，翻到联系人一栏，拨通方忖的电话，动作一气呵成，几乎与普通人无异——

手机上装了视障群体专用的读屏软件，冰冷的男声被调到最快的三倍速。

频率高到刺耳，字音声调统统变了形，寻常人根本难以理解，对他来说却是逐字逐句清晰可闻。

只要训练到位，耳朵接收信息的速度甚至可以比眼睛更快。

电话被接起，那头是嘈杂沸混的酒吧，香甜酒液里鼓点和尖叫涌斥。

方忖盯着手机屏幕上来电人的备注，头皮一炸，连忙捂住手机收音口，穿过重重叠叠疯狂的人群，一直走到相对安静的室外才敢松开手指。

繁华路段，晚霞奔逃，路灯一盏接一盏亮起。

方忖迎着夜风清清嗓子，故作镇定开场："……老板，您说。"

他女朋友今天生日，一堆人玩得有点嗨了，都忘记跟这尊大佛报备了。

沈郁陷在沙发里，客厅的窗户拉了几重窗帘，周遭和眼里皆是漆黑。

向来寡淡的神色因着方才被人一通居高临下的抢白而挂了些许躁意，语气更是不善。

"啧，我出去三个月，期间你的薪水照常，就是这么回报我的？买房合同没谈拢，房租都不交了？房东刚刚找过来说要把我扫地出门。"

"……"忽略"老板骂人的声音都这么好听"的第一反应后，方忖这才想起来，这个月晟霖苑的房租好像确实忘交了。

他是沈郁的三个助理之一，不同于其他两个工作上的助理，方忖学护理出身，主要负责沈郁的衣食住行。

这工作很忙，需要二十四小时随叫随到，外出有事得提前报备，可薪水却是同行难以企及的高度。

老板虽然脾气差，但出手大方，处事有原则，从来不发无名火。

方忖为人勤快老实，干了三年倒也相安无事，薪水还年年上涨。

只是今年五月初沈郁突然为了一个公益项目跑去西北山区，扔下工作室一堆事不说，也不让方忖跟着，只给他安排了个守房子的闲活。

方忖担心老李头不讲"武德"把房子卖给别人，便整天守在这狭窄的两室一厅里，除了点外卖就是躺沙发上发霉。

活嘛，半点没有，每月初薪水还准时到账，有钱有闲，舒服得他都有点飘了。

方忖顿时记起去年文助玩忽职守搞砸了某个剧的配音合同后，被沈郁当场辞退的场景，不由得胆颤心惊。

"抱歉，我马上交。"

他说着，连忙退出通话界面，一次性交完三个月房租，这才干巴巴地汇报："交完了，等会我给老李头打个电话确认。"说罢便噤声等待审判。

半晌后，电话那头传来一声轻描淡写的"嗯"。

"？"方忖头皮被夜风吹得透凉。这就过关了？看来老板今天心情还算不错。

他松了口气，顺杆儿转移话题："买房子的事还是有点棘手，那老李头不差钱，房子就是他养的鸡，指着生蛋呢，好说歹说都不肯卖。老太太在这儿住了三十多年，期间多次想买，出价上抛百分之三十都没买成。"

他口中的老太太是沈郁的外婆。

老人家当年不同意女儿嫁给沈郁的父亲，渐渐和女儿断了来往，退休后一个人租住在晟霖苑。

倒不是没有买房的积蓄，老李头不卖，老太太年纪大了念旧，又不愿挪窝，这便一租就是三十年。

今年年初，老板好说歹说请她去临江阁住，配了两个保姆照顾饮食起居。

谁知道才住了半年，老人家嫌冷清，吵着闹着要回晟霖苑，老板拗不过她，便考虑把房子买下来。

沈郁合上眼皮，把手机扔在茶几上，点开手机外放："没有人不差钱，得看这钱有多少。他做了这么多年的包租公，心里自然有一杆秤，才三成房价可抵不上未来几十年的出租效益，何况这一带房价还在看涨。直接按市价两倍给他。"

"……"

方忖想吐槽一句"我看您就不差钱"，但没敢说，只小心提议道："那要一点点抬价吗？直接两倍会不会太亏？"

昼山是准一线城市，房价可不低啊。兴许抬到五成，人家就卖了呢。

"人心不足蛇吞象，三番五次妥协抬价反而养大他的胃口和胆量，我也没这么多时间和耐心。"

沈郁耐着性子："一口价，给他个期限，逾期作废，出价大方但态度要强硬。钱在你手里，主动权就在你手里，辗转反侧患得患失的只能是他。"

"知道了。"方忖如同醍醐灌顶，老板确实不差钱，也不差脑子。

他心里有了底，声音也提高了些："您放心，我马上去办。那您要回临江阁吗？我让司机现在来接您。"他的老板平时都住临江阁的半山别墅。

沈郁顿了片刻。他今天下午刚从西北山区飞回昼山，机场离晟霖苑比较近，便让司机送他到这儿了。只是回来看看房子的情况，压根儿没打算在这里过夜。

倒不是嫌这里简陋，他大学期间都住在这儿，每块瓷砖、每个转角都轻车熟路，反而比待在偌大的临江阁要安稳。

只是这老房子空闲太久，房间里很多角落都有霉味。不大刀阔斧收拾一遍，很难住人。

沈郁指尖轻敲着烟灰缸，不知想到了什么，转眼间改变了主意。

"等会儿让阿姨过来打扫，我这段时间住在这儿。"他说完，伸手摸了摸身上那套在青原山区集市上买的廉价衣料，"拿一个月的衣服和生活用品过来，顺便取走你的外卖，味道很刺鼻。"

方忖应承，心里却对着自己点的鳗鱼饭默默流泪。

老板回来得急，家里的厨师还在休假。

何况，他听青原山区那边接应的人说，老板吃东西挑剔，每天只跟着其他老师扒几口白米饭，三个月下来，待得快要营养不良了。

他因此特地点了很贵的外卖，一份两百多块呢，哪里刺鼻了？这金贵的味觉和嗅觉，真是活该挨饿。

挂电话之前，老板又提了个令他捉摸不透的要求："……把三楼的业主名单给我。"

4

两周后，工作室正在连载的校园剧《小蔷薇》更完最后一期，忙得日夜颠倒的林老板总算得以早睡。

可惜睡到半夜，忽然被一声炸耳的轰雷声惊醒。

卧室的床靠窗，为了透气，她通常开窗睡。窗台上溅起的雨滴密密麻麻卷湿她睫毛，残余冷意顺着半合的眼皮钻进来。

林循伸手抹了把脸上的水渍，掀开被子，发现自己闷出了一身汗。

昼山的夏天太难熬，经常阴晴不定，雷暴雨说下就下，天气预报压根儿追不上。

更过分的是，哪怕下了雨，空气里的烫热闷湿也半点不散，该热还是热，该潮还是潮。

昼山的确繁华，可就这破天气，完全比不上青原。这两个地方南北差异明确，泾渭分明不止体现在气候上。

哪怕这些年在南方念完了高中、大学，又出社会摸爬滚打了三四年，林循骨子里还是个西北姑娘。

普通话永远没办法像昼山人那么婉转动听，时不时还怀念一下黄土弥漫凉爽晴朗的山区。

林循来昼山的时候已经十五岁了，当时青原政府在山区划了一片地，要盖什么天文台，她家也在其中。

拿到一笔还不错的拆迁款后，奶奶三晚没合眼，攥着钱决定带她到昼山寻亲。

——林循的爸爸多年前南下到昼山打工，几年之后杳无音信，每个月寄回的生活费断了不说，只言片语都没一句。青原派出所也没有给任何消息，只是报了失踪。

失踪一年又一年，奶奶说，人死了还有灰呢，不能这样不明不白地等下去，便带着她千里迢迢来了昼山。

只可惜这十二年里，爸爸和奶奶的骨灰陆续被运回青原老家四平八稳地埋着，只剩林循孑然一身在这温暖熙攘的南方都市摸爬滚打，总算是扎下了根。

林循伸手关了窗，身上黏腻腻的。她捞起搁在床头的手机看了眼，才凌晨三点多。

头皮如同针扎般紧绷而疼痛，她抬手摁了摁太阳穴，伸手摸到床头柜上的水杯，灌下几口水。

昨晚回来后困得倒头就睡，连衣服都没换。她干脆爬起来，拿上睡衣去淋浴间。

老房子原本的卫生间很狭小，压根儿没有干湿分离。林循花了点心思，把厕所和走道打通，扩了部分客厅进去，做了独立的淋浴间。客房也做成了工作室和衣帽间。

总之，对她这种孤家寡人来说，客厅和客房是家里最昂贵却浪费的陈设，不如把那些区域利用起来，为自己服务。

林循散了头发，巨大的莲蓬头水量充足，偏凉的水温激到头皮上，出窍的三魂七魄才算归了位。

等洗完澡，睡意也彻底没了。

她走进工作间，窝在转椅上接着开始审不同的 CV 人声。

《小蔷薇》结束，下一个项目就是《凡尘》，"玉清子"的人选却还没敲定。

既然已经知道她记忆中那个神仙音是沈郁，那便需要重新找人了。

专业配音演员的门槛绝对不低，发声位置、台词功底、对待不同角色变化声线、表演和模仿能力……一个好的 CV 需要经过长期的专业练习。

她从来没想过要找个素人来配。哪怕天赋和声音条件再好，素人和专业 CV 之间也是有壁的。

何况，不说沈郁未必有时间和兴趣做这行，训练一个素人的时间成本很高，她不过是个广播剧工作室的小老板，培养不起。

夜里万籁俱寂。

林循刚听完两轨音频，搁在桌上的手机突然响起来。

她摘下耳机看了眼屏幕，滑开，不等程孟开口，扶额道："你知道现在几点对吧？"

程孟认真地报时："三点四十二分。怎么了，你不是还没睡吗？"

"……"林循回头看了眼工作室的边边角角，极度怀疑她家里被装了监控。

程孟忽视了她无声的反抗，吸了吸鼻子开门见山："你知道我为什么不睡觉吗？"

声音听着像是哭过了。

林循一愣，下意识放低了声音："……被劈腿了？陈诺之在哪儿，我明天去找他。"

"呜呜呜……"程孟总算憋不住，一把鼻涕一把泪地号起来，"还不如我被劈腿了。那些孩子太可怜了，实在太可怜了呜呜呜，我刚刚把这个月的工资给捐了。"

"？"林循认识程孟十一年，依旧没习惯她这不着四六的叙事方式。

废了半包纸巾之后，程孟总算平复了心情，说清楚了来龙去脉。

"千寻大大这几个月销声匿迹，一直没动静。我刚刚临睡前就照惯例刷了一下寻语工作室的微博，结果发现官博上传了一系列有声节目。原来千寻大大带着团队去了青原山区的一个村庄里做公益项目，节目的宗旨是教山区的孩子们说好普通话，拓宽他们未来学习和就业的渠道……

"天哪，那些大山里的小孩子真的好可怜，大多数是留守儿童，尤其是女孩，十有八九都没有上学的机会，但又特别聪明、特别乖、特别好学。"

她说完，话音一转："循循，我记得你就是青原山区的，这些年还陆陆续续资助过好几个孩子……所以，你们那儿的条件真的这么差吗？"

程孟是土生土长的昼山人，祖祖辈辈都生活在这个江南富庶古都，长到这么大还没体会过贫瘠的黄土地。

林循难得怔愣片刻，点头道："嗯，差不多。"

她的家乡是青原最贫穷的县。

她能有上学的机会，都仰赖爸爸失踪前按月寄回的生活费，和奶奶日复一日精心照料的农田与牲畜。

奶奶不识字，压根儿不明白读书的意义，但只认一个死理——林循爸爸当年念到了初中毕业，所以敢闯南走北出去挣钱。她不想孙女将来和她一样，十几岁就草草嫁人，大半辈子埋没在大山里。

"……循循，我突然感觉……你好……不容易啊，呜呜呜……"

林循被她这上气不接下气的哭声逗乐了，顺着电话线撸毛："行了，搁这儿同情谁呢？老子现在比你有钱好吧？"

"对对对。"程孟没反驳她，吸鼻涕的声音里露出一丝快乐情绪来，"咱们'一只夜莺'以后办得像'寻语工作室'一样大。"

林循"啧"了一声："那也别一下把我架那么高好吧，待会儿财神爷听见了，以为我飘了可咋办。"

程孟口中的"寻语工作室"是国内目前独占鳌头的商业配音工作室，总部在昼山，旗下的配音演员遍布全国，横亘动漫、游戏、影视剧的半边天。

主理人便是影视圈赫赫有名的顶级配音演员，千寻。

程孟和林循当年之所以能成为朋友，和她们同为"声控"有很大的关系。

林循对声音的涉猎大多在广播剧和有声书行业，而程孟最喜欢挖掘影视剧中出色的声优——千寻就是她的本命。

千寻大大非常神秘，从未在公众场所露过面，也没人知道他的背景。

只知道他非科班出身，七八年前凭着过人的配音天赋和嗓音条件，被当时名不见经传的杨勘导演相中，配了一部大爆网剧的男主，从此一炮而红，属于老天爷追着求着喂饭吃的类型。

他声线十分多变，贴剧能力很强，没有人知道他本人的声音是什么样的，亦没人知道他的年纪。

譬如上一部仙侠剧里，男主从总角之年到耄耋共换了三个演员，可配音却只有他一个人，从头至尾天衣无缝、丝丝入扣，可谓配音界传说级别的"声音怪物"。

程孟终于被逗笑，抹了把眼泪说："反正你有时间可以去看一下那个节目。最新一期是孩子们自编自演的有声剧，千寻大大还在里面客串了几个角色。孩子们一开始普通话都不标准，现在经过专业团队的指导，真的配得有模有样的，我听完整个感动到爆哭。节目现在已经在热搜前排了，入股不亏。"

挂了电话，林循放下手头的活，点开浏览器，输入"寻语工作室有声节目"等关键词。一档节目跳出来，热度已经在平台上登顶。

节目名字叫《森林寓言》。

信息栏里一堆冗长的出品方、投资人下方是一行小字。

录制地：青原山区，祁南县，下林村。

林循的视线落在这个地点，呼吸几乎停了半瞬。

青原祁南县，她生活了十五年的地方，唯一不同在于，她是上林村人，距离下林村不过徒步一小时的距离。

得益于某个至今还未开工的"天文台"，上林村大半的土地被征用了。

下林村依旧蒙尘在贫瘠的山脉里，蛰伏着，日升而作日落而息着，四季更替、年复一年。

林循静了片刻，点进第一期节目。

主持人是寻语工作室赫赫有名的两位声优，梦蝶大大和庄周大大，据说这两人在现实生活中是夫妻。

节目开始，两位主持人介绍完下林村险要的地理环境，便把话筒递给了孩子们，让他们和听众打个招呼。

没有画面的音频中，孩子们的呼吸声模糊交错着，起伏越发急促，许久许久没有人敢开口说话。

林循脑海中冒出一个个紧张又害怕的幼嫩面孔——脸蛋上有褪不去的高原红，身上是不合身的尼龙料子旧衣服，脚下是两块钱一双的胶皮鞋。

忽闪忽闪的眼睛里，全是面对这个会扩音的"黑色怪物"的胆怯与惊恐，多么熟悉。

曾经的记忆攥住她的大脑。

十多年前的林循是村里胆子最大的女孩，可当她坐了一整夜火车、第一次踩上昼山鳞次栉比的光滑地砖时，依旧不知所措地往后缩了缩沾满泥土的布鞋。

音频外，早已褪去稚嫩面孔的林老板，呼吸同孩子们一样急促着。

直到许久后，细微电流声里突兀地响起一个散漫痞懒、不怎么有耐心，却带着松弛笑意的男声。

"有这么紧张吗？它又不吃人。乖，第一个说话的人有草莓蛋糕吃。"

悦耳得像句情话。

1

男声话音落下，孩子们为草莓蛋糕而战的喧闹抢答一波接一波地来袭，如同打破了平静湖面。

林循却呼吸一滞，按下暂停键。

这冷冽清晰的男声如此悦耳，又如此熟悉——她两周前在楼下听过。

林循简直怀疑自己是太喜欢这音色，从而导致幻听了。她戴上监听耳机，将进度条拉回去，放大音量反复听了好几次，最终相信自己的耳朵。

这音色、语气、慵懒的咬字，她绝对不会认错。

怎么会是沈郁？

他在寻语工作室工作吗？难道，他是个配音演员？

林循拉到评论区，虽然绝大部分听众的关注点都在节目本身和孩子们身上，亦有一小部分人和她一样被惊艳到，纷纷讨论开头那个男声。

△我去，大半夜的给我听酥了。这音色也太绝了吧，谁知道是哪个声优啊？

△这么年轻，难道是寻语工作室签约的新人？循环一百次耳朵已经麻了谁懂！

△我做了消音片段，评论区网盘自取［傲娇脸．jpg］。

△好人一生平安，信女已自取干音，谢谢！

林循往下翻，看到某条评论下面有节目组的回复：是慈善机构的义工小哥哦，不是我们寻语哒。

评论区大家都失望而归，林循却觉得匪夷所思。

他这样一个视力接近全盲的残障人士，听说毕业后一直难以就业，居然还能去山区里做义工？到底是谁照顾谁啊？

林循眨眨眼，回忆了一会儿，又觉得这种天方夜谭般的事儿发生在沈郁身上还挺合理。

他从不给任何人同情、施舍的机会。

高中入学的时候，他们俩并不是前后桌。

班级的座位排次不是按照身高和视力，而是按照成绩。

林循的成绩在祁南县初中算是出类拔萃，也因此勉强通过了一中的入学考试。可昼山与青原的教学难度简直天差地别，何况，她并没有心无旁骛读书的资格。

青原政府给的那笔拆迁款在祁南县还算宽裕，可放在昼山却捉襟见肘，交完一中择校费就去了一半。

为了维持两人的生计，高一开学一个月后，奶奶在学校附近摆了个烧烤摊，林循每晚都会去帮忙，周末则拿着厚厚的传单，满城发寻人启事。

请假的次数多了，老师也拿她当"刺头"，将她的座位越调越后。

而沈少爷呢？人闲、事少，头脑又好，随便考考都是名列前茅，座位理所当然在前排。

直到高一下学期，沈郁和母亲外出旅游，出了事故，休学了几个月。高二开学后，他主动换了位置，坐到了林循前面。

那会儿他眼睛上蒙着医用纱布，班主任解释说他双眼受伤了，还在恢复期。

谁都没预料到他会好不了，估计连他自己也没这么想过。

由于一中食堂对外承包给私人，价格并不便宜，林循中午通常会独自留在教室里吃自带的盒饭。

从那天开始，沈少爷加入了她。

只不过，她的铝制饭盒里装着奶奶烧烤摊上没卖完的鸡心、鸡爪、鸡架子、鸭脖等，而他的精致碗碟中摆的是米其林三星餐厅的外带食物。

起初那几天，只要一到中午，沈少爷周围总是挤满了人——他家的司机和保姆、他年轻漂亮的继母、仰慕他的女孩，甚至还有学校里专门拨给他的生活老师……

人们不遗余力地向他施舍善意，帮他放碗筷、切牛排，恨不得把饭菜喂进他嘴里。

沈郁却半点不领情，蒙着双眼冷着张脸，任他们如何摆弄那些精致的菜肴，就是一口都不吃，被逼急了就干脆掀桌子。

——总之休学回来后，他似乎不仅仅伤了眼睛，还成了一个哑巴。

林循同他不熟，自然懒得去凑那个热闹，戴着耳机听有声书，埋头吃自己的饭，对前桌那些熙熙攘攘的人情世故充耳不闻。

直到某天，沈郁的父亲来到学校，身后跟着因为沈郁不肯吃饭而红着眼眶操碎了心的继母。

沈父的巴掌结结实实地落在沈郁裹着纱布的脸上时，林循惊得险些被鸡骨头卡住嗓子。

沈郁将手里的餐盘精准扣在他爹脑门上，浇了他爹满头满脸鲜红的罗宋汤时，林循刚咳出来的鸡骨头险些再次卡回去。

总之，从那天之后，教室里清净了。

林循继续啃她的鸡架子和鸭脖，沈少爷则蒙着眼，麻木而执着地切着某种肉。

沉甸甸的银质刀叉毫无感情地在昂贵的餐盘上划出刺耳难听的摩擦声，像午夜加州电锯杀人魔。

电锯没见着，暗器倒是不少——某块带着血丝的肉在一声剧烈的"嘎吱"声后越过沈郁的肩膀，"啪唧"一下落在林循的额头上。

"……"

林循和这位名气很大的前桌说的第一句话就是："喂，那什么，你的肉砸到我了，注意点。"

许久后，沈少爷一手拿刀一手握叉转头过来，隔着纱布"盯"着她。

壳子般坚硬的面瘫表情，似乎有种莫名其妙的碎裂感。

林循眼神凝住，注意到他漂亮的脸蛋上和雪白的衣襟上，溅上了星星点点的褐色汤汁。

她歪头看向他桌上的餐盘，里面摆着几块半生不熟的香煎牛仔骨和西兰花，明眼人都不好切，别说瞎子了……这大概是传说中的五分熟？

反正早就看不出原先的精心摆盘，一片狼藉。

"啧，"林循忍不住皱眉，伸手把黏在额头上的肉拿下来，"你们家给你准备的都是什么东西啊，这么难吃。"

她说完马上发现了歧义，于是纠正道："我的意思是，可能吃着好吃，但很难、吃……呃……"

林循的语文真的很差。

"……"

沉默片刻，沈郁开口问："……那你的好、吃吗？"看样子是理解了她的话，还企图跟她换。

林循看了眼自己手上身无二两肉、睁着眼睛啃都很费劲的鸭脖，诚实地摇摇头："我的也难、吃。"心下却有点遗憾，要是真能和他的饭换过来，她肯定不亏。

"……"沈少爷没再说话，转身回去放下刀叉。

僵了片刻后，他挽起衣袖，修长干净的手指张开，认命般落在餐盘上，一点点地摸着餐盘里的肉，动作机械得如同法医抚摸尸体。

他双手沾满红褐色汤汁，感受着餐盘和肉的相对位置，以及截然不同的触感，然后再拿起刀叉继续切。

切不好再摸，再切。令人头皮发麻的切割声响起，嫩生生红艳艳的肉截面模糊，血腥狼狈的场面像极了分尸现场。

那天，林循津津有味地啃着鸡架子和鸭脖，饶有兴致地看着他切完一整盘的肉，肉块刀口粗劣、大小不均，无一块入口。

后来，日复一日，月复一月。沈郁眼睛上的纱布拆了，视力却并没恢复，反而日渐退化。

林循不知道他为什么还要来上学，明明高三紧张的复习备考早就与他无关。

总之，林循离开一中前，沈少爷已经能够优雅从容、信手拈来地吃完一整餐饭了，刀叉和筷子都用得贼溜。

不只是吃饭，他可以游刃有余地在自习课上阅读厚厚的盲文版《百年孤独》，听着几倍速的读屏软件玩手游，用盲人扑克牌算二十四点，速度甚至吊打数学满分的课代表。

除了她，大概没人见过他狼狈的时候。

最新一期是孩子们自导自演的微型广播剧，讲的是发生在原始森林中的一个童话故事。节目里特别标注，剧本完全是这些孩子的原创，节目组没做任何改动。

故事的脑洞很大，虽然缺乏逻辑，但天马行空的发散性思维很有意思。

孩子们的普通话也比最开始时标准了许多，尤其是扮演老婆婆的女孩，听得出来她很努力地理解了配音老师们讲的发声位置和拟声惟肖。

林循没舍得快进，一倍速听完了完整版。直到看评论区才知道，原来千寻大大配的是国王的幼子，一个牙牙学语的婴儿——她听完实在是叹为观止，还以为节目组专门录了婴幼儿的素材。

也感叹千寻大大不愧是当今配音界当之无愧的第一人，果真做到了"千人千声"。

等林循把几期节目看完，天悄悄亮了。窗外雨停了，灼热的朝阳马不停蹄地拨开乌云开工，林循趴在工作台上叹了口气。

被程孟横来一脚，一晚上又白熬。能配"玉清子"的神仙，她依旧没找到。

她干脆破罐子破摔，套了件卫衣去工作室。

周洲早早便来了，正开着工作室的电脑打游戏，在刀光剑影中忙得没工夫抬头，瞥到她进来，眼含热泪："老大来了，下局带我，对面小孩天天骂我，素质真差。"

林循瞥了一眼他的段位，居然还是青铜四。

她"唔"了声，认真道："每天骂你的肯定不是同一批人，你玩游戏两年多，送走一批又一批的小孩……我估计人家小孩玩到一年级下册就匹配不到你了。这么说起来……"

林循歪了歪头，觉得很合理："……你这种应该叫，职业幼升小陪练？"

2

"……"周洲菜得无力反驳。

时间还早，林循便开了另一台电脑，带他赢了几把，成功地帮他把段位拉到了青铜二。

就在周洲满怀希望以为自己今天能上青铜一时，工作室另外一个编导汤欢来了。

细高跟"哒哒哒"地、规律地敲击地板，玻璃门"吱呀"一声被推开。

林循和周洲对视一眼，非常默契地退出游戏，打开文档，装模作样地开始聊剧本。

汤欢翻了个白眼，把策划案"啪"的一声摔在林循的桌上："服了，我真服了，一天天的，到底谁是老板？再被我抓到在工作室打游戏，罚款五百块。"

林循好脾气地把策划案摆正："阿欢，别这么说。你不是有股份吗？你是我老板，行不？"

林循创业以来，做过的最正确的事就是拉汤欢入股，要不然这家工作室早玩完了。

她自己纯靠"声控"本能干活，耳朵又刁、眼光又高，空有热忱、审美和技术，对生意运营一窍不通。

周洲呢，本地人，家里条件好，就想大学毕业找个地方混日子养老。

其余几个后期、美工、宣传，也是一路货色，干这行的基本都是

I 人（内倾型人格）没跑了。

只有汤欢，林循的大学同学，同样学编导出身，但是 ENTJ（领导者人格），叠加事业心贼强的摩羯座，做事雷厉风行，自我约束能力几乎变态。

她对广播剧全无兴趣，甚至压根儿没有对声音好坏的辨识能力，只因嗅到近些年耳朵经济兴起的苗头，毅然决然辞职找上了那会儿刚开始创业的林循。

——如果说林循是"一只夜莺"的耳朵和心脏，承担一切对声音和剧本的审美高度，那么汤欢就是头脑，负责排兵布阵、运筹帷幄。

共事三年半，"一只夜莺"从当初的岌岌无名，到如今算是在广播剧站稳脚跟，她二人缺一不可。

汤欢开门见山，目光锐利："林老板，'玉清子'的人选你找到没？"

林循头皮一麻，总感觉读书那会儿班主任都没这么可怕过。

"还没。"

汤欢的目光又转向周洲："那你呢？《凡尘》其他 CV 都敲定了吗？试音 Demo（录音样带）发给老板了吗？"

"发了。"周洲松了一口气，声音轻快，"昨天下班前就发了呢，老大还没回复。"

压力给到林循。

面对着前者压迫感满满、后者看好戏的两双眼睛，林循打了个呵欠，掀着眼皮慢悠悠地回看周洲："哦，Demo 啊，我连夜审了，早上给你发完反馈意见了啊，怎么，没看到吗？"

周洲悲痛道："……老大，你坑我？"

最讨厌这种表面"摆烂"，实际上"卷"得要死的人了，简直就像上学那会儿上课睡觉迷惑对手、回家头悬梁锥刺股的学霸。

说话期间，工作室的其他员工陆陆续续地来了。

晨会上，大家各自汇报手头的进展。

等 I 人们老实巴交地轮流汇报完，汤欢终于点头表示满意："《小蔷薇》完结后火了一把，口碑真的很不错，在几个平台上都有稳定忠实的播放量，收入也可以。等《凡尘》选角结束，大家把奖金发一发，好好放个假。"

她说完，话锋一转，"一个甜枣配一个巴掌"的套路玩得贼溜："但是！市场是残酷的，据我所知，这个月昼山刚注册到倒闭的广播剧工作室就有五六家，我们'一只夜莺'虽然成绩还可以，但缺一部出圈的大爆剧。"

工作室里其他 I 人一言不发，汤欢目光如炬："林老板，你之前接《凡尘》的时候怎么说的来着？"

林循拧开一瓶矿泉水，"唔"了一声："……《凡尘》是这几年我们接到的最好的本子，在小说平台上虽然不算爆火，但剧情、人设和画面感都很好，非常适合改成广播剧。"

汤欢颔首："我对我们林老板的直觉百分之百信赖，所以《凡尘》一定要好好做，尤其是男主的选角。"

她说着，朝林循歪歪脑袋。

林循眉头一挑，摊手："这角色确实不好找……我不能降低标准。"

汤欢没法反驳。

林循的标准，等同于"一只夜莺"的水准。

她沉思片刻，另辟蹊径："嗯……你现在基本上都在之前接触过的 CV 里找人，以你对声音的记忆力和敏感度，到现在都没找到，说明都不太合适。我手上有一些我们工作室没接触过的，等会儿我把声音发给你，你再好好找找。"

忙碌又寡淡的一天结束前，林循总算在某条音频中找到了神仙音的"代餐"——一个声线清冷的老牌配音演员，艺名叫远山，来自睿丽文化的有声部门。

睿丽是昼山很有名的文娱企业，游戏、影视、广告都有涉猎。有声部门只是他们家的投资试验田，签了几个老牌 CV，其中远山算是门面。

他的嗓音条件虽然比不上沈郁，但胜在入行多年，专业功底很强。

林循翻了翻他以往的作品，声音表现力也很好，戏感十足。

她选完人，左右活动了下僵硬的颈椎，把资料发到周洲的邮箱让他去联系、谈价，这才面如菜色地捂了捂耳朵——听了成百上千条人声，耳窝和耳膜酸胀抽痛得厉害。

汤欢见状从策划案里抬起头，倒了一杯据说能保护耳朵的中草药茶推到她面前，言简意赅："喝，喝完回家睡觉。"

——工作室里常备这种茶，除此之外，她还给林循办了采耳店的会员卡，美其名曰设备定期维护，简直丧心病狂。

林循看了她一眼，二话没说灌下药茶，拎着包遁走。

下过雨后，街道被冲洗得一尘不染。

路两旁的梧桐碧绿如洗，枝干交叠，遮天蔽日。

工作室离晟霖苑，走路只要十分钟距离，这也是她当初买这个房子的原因之一。

她这人最大的缺点就是没有生活情调。或许是这么多年在外打拼习惯了，出门步行、回家泡面，一向追求快捷便利。

林循踩着帆布鞋，慢悠悠地晃过小区门口一连串卖菜的小摊，在一位头发雪白的老太太面前蹲下来，照惯例挑了一把葱。

这位老太太是这两周忽然出现在这片"路边菜市场"的，年纪很大，估摸着得有八十了。

她每天早晨和傍晚都过来，就卖些葱蒜、自制的小咸菜等。

林循听买菜的街坊们提过几句，老太太姓姜，在晟霖苑住了三十来年。她年轻的时候丈夫便去世了，后来唯一的女儿车祸离世，只剩一个身有残疾的外孙和她相依为命，日子很难。

年初老太太消失了一段时间，大家都以为她搬家了，没想到这阵子又出来摆摊。

姜老太默契地帮林循把她挑好的葱仔仔细细地捆好，忽地来了句："丫头，每天买这么多葱做什么？"

林循顿了下，把那捆葱塞进帆布袋，耷拉着眼皮不咸不淡地瞎扯："哦，我整天熬夜嘛，听人家说喝葱泡水对皮肤好。"

姜老太皱眉盯着她，一副"我怎么不信这个邪"的表情。

倒是路过的几个大妈大婶闻言唰地回头，上下打量了眼林循——不施粉黛也掩盖不了那极其嚣张漂亮的五官，尤其是那皮肤，白皙透亮到能滴出水，只有眼底的些许青色隐隐透露出熬夜带来的疲倦感。

——这种级别的大美女，就算说吃屎能养颜都有人信。

"给我来一把葱。"

"我也要。"

"我先来的。"

"……"

姜老太的货一抢而光，她云淡风轻地把铺在地上的油布一收，揣进环保袋里，潇洒地走了。

林循拎着帆布袋慢悠悠地跟在她后面，往家走。

可走着走着，她渐渐觉得不对劲——老太太硬朗的脚步迈进了小区大门，走到了她家楼下，进了同一个单元门，而后突然转过身看她，目光疑惑。

林循连忙摆手，指了指楼上："我可没跟着你啊，我住楼上。"

"哦，这么巧啊。"姜老太乐呵呵地点头，转过身径直走向101，哼着小曲掏出钥匙开门。

林循愣愣地看着她的动作，后知后觉地发现101室门口原先堆着的那辆废弃自行车和一摞旧报纸都不见了。

此时正是饭点，门把手上却没挂外卖——她这段时间总是很忙，回家的时候几乎都错过饭点，只有今天赶了个巧。

半晌后，林循跟上去，喃喃地问："……之前那个住客，已经被赶走了吗？"

她当时以为沈郁只是忘了交房租，没想到他是真的交不起。

林循挠挠头，不知怎的有点烦。

她自以为好意，顾及沈少爷的自尊心没去打扰，没想到人家已经被扫地出门了。

原本凭着老同学淡薄的交情，借钱不好说，但让他找到下个住处前在客厅借宿，总是没问题的。

姜老太却是满脸"你在说什么"的表情，一头雾水地反问："谁被赶走了？没有啊，我们住得好好的。"

还没等林循理解"我们"是"谁们"，大铁门在此刻"吱呀"一声打开了。

年轻男人高挑挺拔的身影出现在门后，挡住背后窗子透出的所有光线。

他双目无神地对着老太太的方向伸出手，接到一个始料未及的轻飘飘的空袋子后，挑了挑眉："……卖光了？"

"那可不。"姜老太眉间的得意神采熨平了川字纹，"多亏了这小姑娘，她就是活招牌。"

接着，她慢悠悠地扔了一双拖鞋到门口，温柔却不容拒绝的架势："孩子，到我家吃饭啊。"

"我……你们……呃……"林老板大脑宕机，结结巴巴半天没说出一句完整的话。

这才搞清楚街坊口中和姜老太相依为命的"残疾外孙"是谁。

3

林循之所以完全没把姜老太和沈郁联系起来，是因为他们俩的气质全然不同。

姜老太虽然命途多舛，但性格淡定洒脱，开朗又健谈。

至于沈郁嘛……不论事故前后，林循都不认为他能跟"开朗健谈"沾边。

譬如此刻，虽然他还勉强规矩地在门里站着，但脸上的神情写满了被迫接待陌生人的不耐，连遮掩都懒得。

姜老太也注意到他表情不善，讪笑着给林循介绍："这是我外孙。

他视力不好，不是故意目中无人，你不用怕。"

说着，她用手肘杵了杵外孙的胳膊，压低声音道："她是同楼的邻居，你别摆个死人脸啊……"又转向林循，后知后觉地问，"对了，孩子，怎么称呼你啊？"

林循有些不习惯这热情："……我姓林。"

她话音落下，玄关处原本漠不关心站着的人忽然朝着她的方向抬起头。

林循蓦地对上他那双空洞的眼，愣了片刻。

还没等她有什么反应，姜老太又邀请了一遍："小林，好巧你就住我家楼上，可不是缘分吗？留下来吃饭，我正好今天炖排骨——"姜老太话到一半，突然拍了下脑袋，"哎呀，排骨还没解冻呢，瞧我这记性哟。小郁，帮我招待下客人。"

说着，她就急匆匆地往厨房走去，扔下她眼盲的外孙和林循这个陌生人"面面单觑"。

……这老太太心可真大。

林循看着地上那双粉红色棉拖，犹豫了两秒钟，沉默地换上，伸手拉上铁门。

她这人有个非常致命的社交软肋，那就是难以对老年人说不，尤其是对七十岁以上的老太太。

当年跟着奶奶摆烧烤摊的时候，遇上那些酒后闹事的醉汉和吃白食的小混混，十六七岁的林循尚且能面不改色地正面对上。

可碰到吃完东西又挑刺想少给钱的精明老太太，她却总是睁一只眼、闭一只眼。

程孟笑她心软："坏人也是会变老的。"

林循承认程孟的话有道理，可偏心有恻隐。

她奶奶在祁南上林村里是鲜有的明理人，整个村子里没人不服她，邻里间有个纠纷总是愿意找她评说。

可初到昼山的那年，奶奶会因为一根葱、两块姜或者几毛钱同人当街争执几小时，也会为退掉洗了起球的布料坐在布店门口一整天。

剥掉的所有素质体面，凑作林循每天一袋的牛奶、每学期一套的教材、每年两双的运动鞋。

……

林循把帆布鞋放进鞋柜，转过身。

玄关走道里，姜老太的"盲眼外孙"双手插兜杵着、冷着张俊脸等着"招待"她。

"呃……"她有点不知道怎么跟眼前这尊大佛打招呼。

既然他没有被房东扫地出门，那好像……也没有"老同学相认"的必要。

对于在一中认识的所有人，除了程孟之外，林循一律归到陌生人范畴，以此减少不必要的人际往来。

半晌后，反倒是沈郁率先开了口："包拿来，我帮你挂。"他说着，伸手过来。

林循以为他只是听老太太的话，例行客气，婉拒道："我自己来就行，挂哪儿……"

她话没问完，便看到玄关墙边钉着的一排木制挂钩——其中一个上面正挂着姜老太的环保袋。

问题是，那挂钩高得离谱。

林循踮起脚企图伸手去够，指尖在距离挂钩三四厘米的地方挣扎了许久，最后徒劳无功地落下。

半分钟的尴尬后，她若无其事地咳了一声，这才发现沈郁伸出的手一直没有收回去。

林循不禁挑挑眉。

他知道她的身高？要不然怎么能笃定她挂不上去？

她个子并不矮，有一米六六，并且那个挂钩离她踮脚的极限只有三厘米距离，但凡她今天穿了高跟鞋就能够到。

难道，这就是传说中的听声辨位？

光听声音，就能判断她的个子，并且精准到厘米吗？

林循眨眨眼，内心登时肃然起敬，觉得这简直和特异功能没什么两样。

她淡定地把帆布袋挂到沈郁伸出来的手掌上："那麻烦了。"

好在沈郁完全没对她不自量力的尝试有什么表示。

他接过帆布袋后，轻轻松松一扬手摸到铁门上方边缘，准确无误地把购物袋挂上挂钩，而后神色平静地迈着长腿转身往里走。

"……"被他毫不费力的样子装到了。

等走进客厅，林循才发现，房子里头比上一次像样多了。

沙发上蒙着柔软的粉色碎花罩子，是老年人钟爱的款式。

餐厅里摆着一张胡桃木色餐桌，旁边放着几盆俊秀的蝴蝶兰，天花板上还吊着几丛绿萝，长得非常茂盛。

看来姜老太回来后，沈郁的生活质量提升了不少。如果不同以前的生活作比较，倒也算得上温馨舒服。

沈郁轻车熟路地带她到沙发前坐下，全程只靠手指触了几次墙壁来确定方位，这熟练程度，显然是在这房子里住了很多年。

两人分别在长沙发两侧坐下，中间隔了挺远。

林循在这种场合通常话很少，此刻既然决定不表明同学身份，更是没什么话说。

但她的目光倒是饶有兴致地打量一旁的沈郁。

算起来，有九年没见了，别的不说，他这张脸并没多大变化，甚至经历岁月洗礼后，有一种魅惑人心的漂亮。

他屈着长腿坐在沙发上，双手在茶几抽屉里摸索着。一旁的电风扇来回摇头，时不时将他的T恤下摆鼓起。片刻后，那双修长的手从抽屉里翻出一包绿茶。林循意识到他是要给自己泡茶，淡淡出声道："不用麻烦，我喝白开水就行。"

她其实挺喜欢喝茶，但使唤一个盲人干活，脸皮再厚，也多少有点良心不安。

谁知沈少爷却头都没抬，伸手摸到茶几上一个透明大茶缸，把茶叶倒进去。那手指又往旁边探了寸许，沿着热水壶的壶身绕了半圈，稳稳当当握住把手，对准茶缸口倾倒、按下开关，整个动作行云流水。

他倒完热水，将大茶缸盖好往茶几中央一推，然后懒懒散散地往沙发上一靠，塞上耳机开始玩手机——一副"我泡我的，一点都不麻烦，你爱喝不喝"的架势。

"……"也不知道是不是被她的话激到了。

反正他从前就是那种"你觉得我不行，我偏要行给你看"的性格。

林循的确有点渴，就没管那么多，自己拿着杯子倒了一杯茶喝。

茶叶苦涩中带着淡淡香气，但林循并喝不出来好坏。她爱喝茶，却不懂品茶。

等断断续续喝完一杯，她百无聊赖地瞄了眼沈郁的方向。他在玩贪吃蛇，胖胖的蛇身在迷宫里灵活地游窜，吃掉了一颗又一颗糖果。

林循暗自咋舌。虽然知道沈郁能靠读屏软件玩游戏，但这种游戏也能"听"着玩吗？那反应肯定得贼快。

谁知下一秒，他竟然松开右手，用左手单手操作起来。

林循几乎要以为他察觉到有人注视，开始刻意炫技了，直到见他右手慢悠悠摸到茶几上的果盘，将那盘桃子往她的方向推了推，还说了句："吃个桃子。"

林循忍不住扶额。他还真把姜老太的嘱咐放在心上了，哪怕满脸是被迫营业般的漠不关心，但招待人的茶水、点心是一样不落。

"嗯。"说是这样说，林循并没有伸手去拿。

昼山这边多是果肉松软多汁的水蜜桃，但她恰好吃不惯，总觉得那汁水和果肉都黏糊糊的。

她更爱吃脆桃，但脆桃在本地超市里并不常见。高中那会儿程孟家有个亲戚种脆桃，总给她带，两个人挤在她座位上一人掰一半吃，半点汁水都不会溅出来。

林循在这儿回忆，那边游戏打得焦灼的人突然懒着声调来了句："不用勉强，我外婆买错买的硬桃子了，放在家也没人吃，过两天坏了就扔了。"

"……"林循极其怀疑，他除了会听声辨位，是不是还会读心术？

竟然是脆桃，扔掉岂不是太可惜了？

家附近的超市没有卖的，她又懒得刻意找，已经有一两年没吃过了。

林循心里这么想着，便不再客气，拿了一个桃子，咬了一口。果然很脆，还很甜。

等吃完桃子、喝完茶，她已经有五六分饱了。面对姜老太端上来的一桌饭菜，原本以为不会有什么食欲，可没想到，老太太手艺相当不错，口味也不像昼山本地人那样清淡。

不同于曾经沈郁带去学校的那些精致好看却极其不方便吃的餐食，她做的菜都很简单，排骨和肉都切成一口大小，方便食用。

林循平常饭量很小，今天却足足吃了一整碗。

饭后，姜老太拿了点自家酿的甜酒酿当甜点，一边招待她吃，一边和她聊天。沈少爷则被勒令在旁边陪坐——实则是继续玩他的贪吃蛇。

"小林，我听你口音像是北方的，现在在昼山工作吗？"

"嗯。"林循咽下一口酒酿，点了点头，"我老家是青原的。"

她的口音一直没改过来，听着就是北方人。

"难怪，在昼山打拼不容易吧？那你父母呢，都在青原？"

林循一顿，平静道："没，他们都不在了。"

她回答得云淡风轻，姜老太却明显愣了一会儿，许久后，给她舀了一大勺酒酿："多吃点，你看你瘦的。喝葱泡水可不能长肉，得多吃点米饭。"

林循"嗯"了一声，埋头吃了一大口。

不得不说，姜老太做的酒酿的确很好吃。

接下来，两人随意聊了些家长里短。林循虽然话不多，但几乎有问必答。

老太太问林循工作，林循说了自己开了家广播剧工作室，还贴心地跟她解释广播剧是什么。

她和老年人相处，一直有一种诡异的和谐与熟练，起码比刚刚和老同学坐在沙发上"喝茶"自然多了。

对话到末尾，姜老太问了一个所有长辈都关心的问题："那你现在一个人生活？结婚了吗？"

她话音落下，林循还没来得及回答，突然听到隔壁传来淡淡的"啧"声。林循偏头看去，沈少爷正皱着眉，面上有一瞬间的烦躁——他手机屏幕上，那条被喂得贼胖的贪吃蛇"啪唧"一口咬住了自己的尾巴。

Game Over（游戏结束）。

4

大约停顿两秒后，沈郁偏过头，修长的手指在手机屏幕上点了下，开始了下一把。

林循咽下碗里最后一口酒酿："没，工作比较忙，遇不到合适的。"

老太太听她这么说，那目光更带怜惜，临走前还塞给她一瓶辣椒酱和一罐酒酿，要她带回家去吃。

"都是自家做的，不值几个钱，但味道还可以——你今天最喜欢的那道酱排骨就放了这个辣酱。"

林循摸了摸鼻子。被发现了吗？她好像确实没忍住，吃酱排骨吃得有点多。

"那谢谢奶奶，我下次再来看您。"

姜老太笑得眼睛眯起来，摸摸她的头发："好孩子，以后常来啊。"

老式热水壶适时尖锐叫起来，沸水咕噜咕噜往外冒，老太太冒冒失失地跑去厨房："小郁，帮我送一下小林。"

沈郁颔首，站起身送林循到门口，长臂一伸帮她把帆布包从挂钩上拿下来。

林循伸手去接，他却没松开包带，相反力道的一拽一拉间，包身上那串字母稍稍变了形。

林循不解地抬眼，恰好他低下头。

大概因为看不到她的脸颊离他仅有两拳距离，他神色淡然，没有退让。

林循却下意识地屏住呼吸，稍稍往后挪了一步。

近距离对上那双漂亮的眼，这才发现他瞳眸的颜色比寻常人要淡很多，不知是眼睛受伤后蜕变成这样，还是天生如此。

——像两颗沾满尘埃后失去光泽的棕色玻璃珠，镶嵌在浓密眼睫之后，让人忍不住想要伸手将它们擦亮。

她偏过头，又扯了扯手里的袋子一角，示意他松手。

过道狭窄，灯光暖黄。窗外城市拥挤热闹，灯火熙攘，潮湿温暖的夏夜刚刚开始。

那双好看的眼睛眯了眯，长而翘的睫毛乖张地在白皙脸颊上投下密齿梳般的阴影。

他面上有嘲弄哂意，极其悦耳的嗓音此刻温淡又颓懒："好歹做了一年多的前后桌，怎么，这么快就不认得我了？"

"……"两秒钟后，林循忽地抬起双手，在眼前拍了拍掌，想看看他瞳孔有没有反应。

这人视力恢复了？装瞎？不然怎么认出她的？

总不能是听声音听出来的吧？八九年没见，连他这样万里挑一、夜莺转世的神仙嗓都险些被人遗忘，更别说是她了。

林循虽然是"声控"，但可惜她自己的嗓音非常平凡，谈不上有多难听，但辨识度很低。

程孟的声音就比她的好听得多，高中开始在网上混翻唱社团，积累到现在，微博上也有小两万的粉丝。

……

可惜那两颗琥珀般的瞳孔在她突然的惊吓中毫无躲闪的神采，唯一的变化是他眉头微皱。

沈郁伸手按了按突然被音波攻击的耳郭，无语道："……我是瞎，不是聋。"

林循放弃挣扎，装模作样地打量了他半分钟后，淡定道："哦……原来是你啊，沈郁，好久不见。刚刚房子里灯光太暗，你又太高，我没看清。"

她入编导这行好几年，审过无数剧本，刚刚这段最像编的。

不过林老板脸皮厚，瞎编胡扯时语气无比平静，连那半点惊讶都拿捏得恰到好处。

"……"沈郁抬眸，"视线"似有若无地定在她的脸上，似乎想从黑暗视野中窥探到她脸皮有没有半点红。

好半晌，他松开手，把帆布袋还给她，认真地称赞："……眼神不错。"

林循十分坦然地接受了夸奖："过奖过奖。但我有点好奇，你怎么知道是我？你不是看不见吗？"

沈少爷微微扯了扯嘴角，那表情像是在说：你还能再蠢一点吗？

"还是那句话，我是瞎，不是聋。姓林、青原人、父母双亡、贫困生、和奶奶相依为命——还有谁像你这么惨？"

林循微微醒悟，原来他刚刚一直在听她们说话，老太太左一个问题，右一口酒酿投喂，晕晕乎乎间，她早就把自己暴露得一干二净了。

但等回到家，她又产生了一个新的疑问。除了贫困生是班级公示信息之外，她从来没跟他说过其他的事。

所以，他是怎么知道的？

送走人，沈郁走到厨房门口，双手抱臂，懒懒地靠在门框上。

"怎么随便带人回家吃饭，不担心是坏人？别指望我，我可没什么武力值。"

姜老太明知他看不到，还是没忍住白了他一眼："人家一个小姑娘，长得那么漂亮，心地又好，能是坏人吗？"

"我在小区门口摆摊两个礼拜，小林天天来买葱，说什么小葱泡水能养颜。其实谁看不出来，就是可怜我老太婆一把年纪了还得出门摆摊……养活你这个白眼狼。"

她说到这儿，乐得露出了一排整齐的假牙："还真是'白眼'狼，用来形容你可算不上是比喻。"

沈郁原本没吱声，越听越觉得离谱，讽刺道："谁养活谁啊？你这房子是我买的，多花了一倍价钱。而且，人家几根葱就把你收买了，搭上一瓶辣椒酱，又赔了一罐酒酿，你这么做生意，不会亏本吗？"

姜老太把剩菜收拾进冰箱，闻言，又白了他一眼："我求你给我买房了吗？辣椒酱花你的钱了吗？

"钱钱钱，我摆个摊我就乐意赔钱，我退休金够用，要你管。我看你是前几年穷怕了，钻钱眼里去了。现在都当上大老板了还这么抠门，跟你那钱鬼老爹越来越像了。"

老太太从年轻起就脾气硬、牙尖嘴利，埋汰起人来一向没个头，当然她外孙也不遑多让，祖孙俩通常能打个平手。

可这次说完后，身后却突兀地没了声音。

她回头一看，沈郁靠在门框上偏着头，眼眸无光，唇角拉得平直，半点开玩笑的神色都没有。

她愣了愣，刚想开口说两句什么，便看他放下环着胳膊的双手，面无表情地转身走了，脊背绷得笔直。

得，玩脱了。

第二天一早，林循起床打算煮碗泡面。

她照惯例把昨天买的那把小葱养进花瓶里，换了水——两周下来已经攒了郁郁葱葱的一大簇了。这东西还挺顽强，吃水就能活，鲜绿得能滴出水来，但毫无用武之地。

林循不会做饭。做饭也是需要天赋的，奶奶的手艺她并没有遗传到。

之前奶奶在世的时候，鸡架子、鸭脖、鸭脚、猪肝、牛肠……什么边角料都能做成绝佳美味，她家的摊子从来不缺生意。

但这几年，林循一个人住，吃饭不是点外卖就是泡面。

口袋宽裕了，可口腹之欲和生活质量却逐年下降，吃饭变成了维持生命的"例行公事"。

林循看着锅里翻滚的卷曲面条，突然觉得有点没食欲，脑子里不可避免地想到了昨天晚上的那顿饭，三菜一汤，酱口的辣排骨、清炒油菜、大蒜苗炒肉，配个番茄豆腐汤……

她喉头紧了紧，伸手打开冰箱，拿出姜老太给的辣椒酱往锅里搁了两大勺，又揪了一根小葱洗净丢进去。

到工作室的时候刚过九点。

"一只夜莺"工作时间相对自由，没有打卡要求，这个点，办公间里只有两三个人。

汤欢正在会议室和某个投资方金主爸爸打电话，声音高亢笃定到让人以为她才是甲方。

工作室的其中一个后期李迟越坐在电脑前戴着耳机专心干活，见她进来，挥了挥手："老大。"

林循"嗯"了声，在工位上坐下，打开电脑。周洲人还没到，邮件却已经发过来了。

昨晚他给睿丽广播剧部门发邮件，邀请 CV 远山参与他们的新项目。

睿丽今早就给了回复，说档期合适，并且报价非常良心。

林循一方面觉得顺利，同时又有些疑惑。

他们从来没和睿丽合作过，毕竟这么大的公司，合作成本想来也高，不是他们这种小作坊能够上的。

没想到对方给的报价竟然比一些自由人还低。

看来是她之前太过刻板印象了。

林循想了想，给周洲打了个电话，让他联系远山老师，约个时间过来试音。

不到中午，周洲那边就回了电话。

"老大，睿丽那边说远山老师现在人在昼山，今天下午就有空，约两点可以吗？"

林循正好审完前四集的剧本，闻言看了眼腕表，才十一点四十分。

"没问题，直接约棚子见吧。"

"嗯。"周洲语气中有止不住的兴奋，"我去联系的时候还觉得肯定没戏，毕竟那可是远山老师欸！虽然比不上影视圈那些成名已久的大大，但在广播剧和有声圈里，那也是很牛的好吧。没想到睿丽居然同意了，报价还这么良心！

"他的声音，我真的好爱啊，清冷酥麻，可盐可甜，听得我耳朵都要怀孕了！"

"……"怎么现在随便学句话就能乱说的吗？

林循扯了扯嘴角："别说耳朵了，你身上其他部位也没这功能。"

/ 第三章 他与三楼的距离 /

谈恋爱了?

1

录音棚离工作室不远。

其实昼山市很多出版社、影音企业和娱乐公司都聚集在西城区附近。这里算是昼山的文娱产业中心。譬如寻语工作室的总部就在"一只夜莺"附近,走过半条街,斜对面就是。只不过,人家是金碧辉煌、直通云霄的写字楼,他们是拆迁未遂、租金低廉的老街口。

录音棚在某座写字楼的三楼。林循是熟客了,轻车熟路地上楼。

刚出电梯,录音棚门口的风铃就一阵作响。

紧接着,一个染着黄毛的瘦高个男人走出来。他一只手支着玻璃门,另一只手礼貌性地向外指示,给身后的人引路。

这人是录音棚的老板,名叫刘束,三十出头,昼山音乐学院毕业,技术很好,曾经在一些专业歌手的团队里做过录音师和后期。

但因为性格比较炸,在圈里得罪了人,干脆撂挑子不干了,自己开了一个录音棚。

林循抬眼看去,刘束身后走出两个年轻人。一男一女,戴着口罩,看着十分年轻。

林循一眼就看到他们脖子上都挂着她前阵子刚下单的最新款耳机,看样子是同道中人。

等送完人,刘束抬手看了眼腕表,对门口闲闲站着的林循挑眉,说:"林老板,又这么早?您可真够敬业的。"

作为负责把关的导演,林循通常会比约定时间提前半小时到现场,提前确认好录音设备、整理试音或者录制的剧本,节省录制时双方的时间。

林循没接茬,反问:"刚刚走的是什么大人物,还劳烦你亲自送出来？"

刘束的脾气她再清楚不过，傲慢又懒散，对圈里一些所谓的"大牌"歌手都懒得恭维。

"你竟然不认识？"

刘束惊讶，见林循毫无反应，便也不再吊她胃口："是寻语工作室的两位配音演员。那女生就是元沐老师，今年在播的三部古装大女主剧都是她配的。那男的是张月华，偶像剧男神御用音，寻语工作室现役男 CV 中的头牌——当然，如果不算千寻老师的话。"

林循闻言抬了抬眉，内心诧异。

两位都是现今年轻配音演员中鼎鼎有名的，她自然如雷贯耳，只不过没见过真人。

好半晌，她"啧"了一声："可以啊，刘老板，寻语以后在你这儿录了？是哪部剧啊？"

她记得寻语工作室录制影视剧通常是去另一家明星录音棚，圈内很多大剧组后期录制也都在那儿，当然了，价格也更高。

"咳咳……不是影视剧啦，而且他们也就是来试下设备……是广播剧《长耀》。"

林循一怔，那可是言情大 IP 啊，他们曾经也去小说平台报过价，当然了，由于预算原因并没有中标。

前阵子听说广播剧版权卖了，大家都在猜花落谁家，没想到是被寻语买下了，真是"壕无人性"。

刘束说到这儿，感慨道："可惜千寻老师从来不去线下录音棚。我听元沐老师说，他家里的设备很专业，不输录音棚。真想看看千寻老师长什么样，是不是跟网上说的那样，有八张嘴，不然怎么配出那么多不同声线的。"

"噗……"林循没忍住。

八张嘴，那是不是得配八条舌头、八根牙刷？

刘束忙去了，林循也没要他招待，一个人坐在会客室里边喝茶边看剧本。

时间飞逝，等她再次抬眼看向墙上的挂钟，已经两点二十了——离约定好的时间过去了二十分钟。

远山还没有来。

林循蹙了眉，她向来不喜欢和不守时的人共事。

她翻出手机给周洲发了条消息，对方却说根本联系不到人。

他又问了睿丽那边，远山的助理解释说他堵在路上了，大概两点半能到。

等到了两点半，又说三点；过了三点，又说三点半。

录音室门口来来回回好几拨人。

录音棚的招待小妹频频过来给林循添茶，盯着她情绪平平的脸大气都不敢喘。

耐着性子等到四点钟，林循抬头看了眼外头畅通无阻的车流，木着脸收拾东西走人。试音没成，录音棚的预约费用得照付。

刚下电梯，睿丽那边专门给她打了个电话。

电话里，助理小姑娘左一声右一声的抱歉，听上去都快急哭了。

林循不想为难她，按捺住火气，跟她重新约了个时间。

总之从头到尾，某个迟到两个小时的配音演员连个影子都没见着，就连抱歉也要个小姑娘替他说。

回家的路上，林循顺道去了一家生鲜超市。

她一边跟程孟打电话吐槽今天被某知名 CV "放鸽子"的遭遇，一边推了辆空的购物车。

"不是吧，远山怎么是这种人？耍大牌吗？"

程孟颇为惊讶，她自然知道远山，并且很喜欢他的一些作品。

她说着，在论坛上搜了搜，好半天疑惑道："我看论坛上他的口碑挺好的啊。"

林循逛到饮料区，对比着参数，挑了一箱适合老年人喝的高钙奶。

"或许是在从火星回地球的飞船上被外星人劫走了，除此之外，我想不到任何可能。"

程孟早就习惯她的毒舌："那你怎么搞？不是说听了那么多条人声，只有他的声音最合适？"

程孟跟汤欢一样，无条件信任林循的耳朵。

毕竟她可是"一只夜莺"最忠实的粉丝，元老级别的。

"嗯，约了下周第二次试音……"

吐槽归吐槽，林循心里其实已经压下了火气，理智道："至少目前来看，他的声音最合适，爽约一次我还能忍，或许真有什么难言之隐。只要后续录制没问题就行。"

"那也是你对声音适配度太挑剔。而且，循循，我真觉得你这几年脾气变好了。"

程孟啧啧称奇："这要是从前，你早就撂挑子了，能让咱们林姐干等两个小时的人，还没出生呢。"

"谁知道呢。"

林循不置可否，突然想到昨天沈郁认出她时的话，问道："对了，孟孟，咱俩高中那会儿有在我座位上聊过关于我的私生活吗？"

"私生活？"程孟以为她在说什么大瓜，声音都提高了好几倍，喜上眉梢，"你还有什么'私生活'没告诉我的？如实招来！"

林循无语："我的意思是我的个人信息，比如我是青原人，跟奶奶生活，父母双亡之类的……"

程孟愣了愣："不记得了，咱俩动不动挤在你位置上聊天，或许有呗。"

林循"嗯"了一声。她其实也不是很在意，又不是什么隐私。但心下却暗忖，以后说话可得提防沈郁，他的耳朵未免有点太好用了。

讲完电话，恰好走到水果区。林循挑了几个个头贼大的火龙果，想了想，又从货架上捧了一个西瓜。

还没等西瓜放进购物车里，身后忽然伸过来一只苍老的手："西瓜不是这么挑的，你这个肯定不甜。"

林循听着这苍老又熟悉的声音，诧异地转过身。

果然是姜老太。

老太太照例梳着精神的发髻，推着个购物车，身后不远处还跟着另外一个高大的"挂件"。

那"挂件"拄着根细长的碳黑盲杖，鸭舌帽檐压低遮住眉眼，高窄的鼻梁上架着副墨镜，薄唇与轮廓分明的下颌线沉于帽檐荫蔽。

一路上回头率很高。

林循也说不好那些回头的人是因为这根盲杖还是因为那张只露出半张却依旧优越难以忽视的脸。

大概一半一半吧。

她把那个西瓜放回原处，很听劝地问："……那该怎么挑？"

姜老太伸手将那堆西瓜挨个敲了敲，又凑近，挨个看了瓜蒂，最终选了一个中等个头浑圆的西瓜："就它了。"

林循对老年人的生活经验一向信服，伸手捧过西瓜轻轻放进购物车。当初奶奶还在世的时候，她就没吃过不甜的西瓜。

等买完水果，林循又囤了些泡面。姜老太也挑了一些调料和蔬菜。

沈郁一路沉默寡言，不仅没同她这个昨天刚相认的老同学说半句话，和老太太也全无交流，连表情都欠奉。

只有她们要从高货架上拿东西时，他才会勉为其难地伸手帮忙。

林循觉得奇怪，趁着他按照老太太吩咐拿顶层的花椒粉时，压低声音问道："他怎么了？"

姜老太扶了扶老花镜，满脸不乐意地撇撇嘴："跟我冷战呢。我

昨天就说了他一句，脸臭一整天了。我倒要看看谁比谁憋得住。脾气这么差，怪不得没人看得上他。"

"……"林循看了眼周围时不时交头接耳往这边看的小姑娘和阿姨们，觉得老太太这话多少有失偏颇。

她有点好奇："您骂了他什么啊？"

这么狠吗？能把人气成这样。

印象里，沈少爷虽然脾气差嘴又欠，但一贯走嘴不走心，只有他气别人的份，没人能气到他。

"呃……"

姜老太有点心虚，咳了两声后，说道："也没什么，我就是说他跟他爸挺像。"

"……"林循想起高中时候落在沈郁脸上那个结结实实的巴掌，以及那碗扣在沈父脑袋上鲜艳飘香的罗宋汤，还有沈郁那个看着没比他们大几岁、仿佛不掉几滴眼泪就说不出话的继母。

半晌后，又拿了一包泡面的林老板十分公道地来了句："……那是骂得挺狠。"

2

买完东西，三个人一道回家。

林循和姜老太走在人行道上，沈郁则拄着盲杖走在一旁的橙黄色盲道上。

他步速不算慢，右手那根黑色盲杖仿佛是他身体的一个器官，和双腿配合得极好。

可尽管如此，对他来说，走路并不是一件顺利的事。有好几次，狭窄的盲道上挡了些横七竖八的自行车、电瓶车，林循看得心惊胆战。

沈郁却只是皱眉，盲杖头探到那些障碍物，绕开，在旁边空荡的人行道上另寻出路，似乎已经十分习惯这种情况。

等走进单元门，林循把牛奶和水果搁在 101 室门口："姜奶奶，这是给您……给你们买的，多谢昨天的款待，很好吃。"语气平静得像是在还债，她从小就没长一张讨长辈喜欢的嘴。

姜老太愣了片刻，拎过东西，心里叹了口气，面上却乐开了花："哟，这牛奶是专门给老年人喝的吧？我之前也在那家超市看过，价格比普通的贵不少呢。还有这火龙果，我外孙就爱吃这个，个头这么大，平时我们都舍不得买。"

她话音刚落，一旁忽然被 cue（提到）的沈郁停下换鞋的动作，莫名其妙地抬起头：他很爱吃火龙果，还不舍得买？

姜老太对他的脸色视而不见，乐呵呵地收下东西，然后一个劲要林循留下来吃饭。

"今天做东坡肉和水煮鱼，再炒个酸辣南瓜藤，保证合你口味。"

上次那顿饭吃完，姜老太多少摸清了林循的口味。不像昼山这边大家普遍吃得清淡，这个北方姑娘更爱吃酱烧辣味的东西。

林循不知道如何解释，她买这些东西真的不是为了来蹭饭的。

她大脑理智地想拒绝，可胃却叫嚣着反对。

她中午点的外卖，菜色平平，只勉强扒了半碗白饭，下午又憋了一肚子火，早就饿得不行了。

东坡肉、水煮鱼、酸辣南瓜藤……

行吧，反正她饭量不大。

林循换了鞋子往里走。

第二次来，她没了第一次的拘谨，跟着走进厨房，默默帮忙打下手。

姜老太也不客气，扔了把毛茸茸的南瓜藤给她，教她怎么剥，又把沈郁叫进来洗菜。

沈郁洗菜还挺细致，手指触摸过的地方，每个边边角角都能洗到，一些眼睛分辨不出的微小尘埃被洗得一干二净。

林循不得不承认，在某些事情上，触觉比视觉更有效。

厨房不大，三个人在里面有点拥挤。

林循把水槽旁的位置让给沈郁，坐在角落里剥南瓜藤。

姜老太则在另一边的料理台上切肉。

切到一半，姜老太面不改色地从冰箱旁边的红色塑料桶里掏出一条活蹦乱跳的鱼，"啪唧"一声扔进水槽，吩咐道："剖一下，把鱼鳃和内脏掏出来。"

她话音刚落，那条鱼在水槽里疯狂地摆动着尾巴，还十分精神地跳跃着翻了个身，溅了水槽前的人一脸水渍。

林循发誓，她绝对在沈郁那张无懈可击的冷漠脸上看到了一丝碎裂。

老太太这招可真够狠的。

三秒钟后，沈少爷后槽牙附近的肌肉蓦地收紧，手指在空气中僵了片刻，认命般往水槽里摸去。

他下手没方向，鱼被摸了尾巴，不甘示弱地旋转跳跃起来，极其不好惹的样子。

几分钟过去，那条鱼一点皮都没破，他的脸上却已经溅了好些水。

林循瞥到沈郁额角跳动的青筋，心里莫名升起了一丝不忍："要不……我来？"

沈郁沉默了会儿，可还没来得及回答，切菜板那边剁五花肉的声音突然加重。

　　他抿了抿唇，冷冰冰地道："……不用，好好剥你的南瓜藤吧。"说着，撸起衣袖，僵着眉头伸手，死死按住那条滑不溜秋的鱼，一副鱼死网破、不死不休的架势。

　　……

　　这顿饭准备的过程颇为血腥惊悚，但最终成品的味道实在惊艳。

　　林循一边干饭，一边听姜老太介绍各个食材。

　　"这鱼可新鲜呢，我大清早去菜市场挑的，而且特便宜，一条只要十五块钱。"

　　她话音落下，一旁的沈郁筷子一停，偏了偏头，手指不确定般扯扯耳垂，像是听到了什么匪夷所思的话。

　　姜老太白了他一眼，接着说："还有这南瓜藤，是相熟的邻居送我的，不要钱的，一大把可以吃好几天呢。"

　　沈郁偏了偏头，轻声又莫名地"啧"了一声。

　　林循不知道这大少爷在不屑什么，不要钱的南瓜藤，他不也吃得挺香的。

　　她听着老太太得意扬扬地炫耀她的"战绩"，没忍住弯了弯眼睛，不由得想起从前奶奶在世的时候，每天都会早起去菜市场捡漏、讲价。

　　半块别人不要的老姜头、一斤猪肉摊的边角料、一把快要过期的花椒，加起来就是一顿美味晚餐。

　　更不用说在青原的时候。

　　自家地里种了各色蔬菜，春夏秋冬都有收获。鸡鸭鱼也养了一些，虽然大多数要拿出去换钱，可逢年过节还是能留一两只解解馋。

　　她从没觉得自己可怜过，起码，在十八岁之前。

　　好生活和经济状况并非完全正相关，也得看和谁一起生活，以及怎么经营。只可惜，她如今并没有这样的信念。

　　饭后，林循主动帮着姜老太一起收拾完厨房，又走路回工作室——今天还有些剧本没审完。

　　晚霞下坠，路两旁的梧桐绿着叶子，夜宵小贩慢悠悠出摊，过往行人们各有各的步调。是走了几百遍、再寻常麻木不过的一条路。

　　两分钟后，林循忽然停下脚步，摘下耳机。平时从来没发现这条路上乱停的自行车、电瓶车有这么多。

　　她翻了个白眼，耐着性子把那些歪七扭八挡在盲道上的车挪到停车线内。

　　其中有几辆电瓶车，不仅挪不动，一碰还"吱哇"乱叫。

林老板拧着眉毛，挨个踹了一脚。

客厅里，沈郁坐在沙发上打游戏，听着屋子里老太太咿咿呀呀地跟着电视唱戏，忽然开口："你今天什么意思，为什么要表现得这么穷酸？怕人家找你借钱？"

不说"买不起"火龙果的事，那鱼是他从一个朋友那儿买的海鱼，营养价值很高，一条得好几百块钱，养着给老太太补身体用的，怎么到她嘴里就成了一条十五块。

南瓜藤也不是免费的，昨天她买回来的时候还嘟囔着嫌贵。

说实话，以他对林循的了解，他并不认为这种防范有必要。

姜老太听他主动打破冷战，调低电视音量，瞥了他一眼。

"你懂什么，谁都跟你这大少爷一样眼睛长天上吗？小林要是知道这条鱼好几百块钱，她下次还肯留下来吃饭吗？

"那孩子性子虽然冷了点，但心眼实在，是真的觉得水果和牛奶能改善我们的生活，才会拎来。"

沈郁没吱声，伸手摸到茶几上冰凉的果盘。最上面堆着几个圆滚滚的火龙果，皮肤光滑，却有层叠如鳞片的"叶"。

他原本不喜欢这水果，甜里带点酸，口感润滑却又有籽，怪矛盾的。

姜老太又把戏曲声调大。沧桑沉稳的老旦嗓已经换成了婉转迂回的青衣。

她跟着哼了两句，沉默了会儿，又说："小姑娘一个人在昼山，没亲人、没男朋友，也没什么过日子的劲头……你是看不到，除了买给我们的水果和牛奶，她的购物车里全是方便面。"

3

之后几天，林循总是因为各种原因被姜老太留在家里吃饭。

一次是他们家的灯泡坏了，老太太换不来，特意上楼找她帮忙。林循换完灯泡，莫名其妙地被投喂了一顿晚餐，还被要了手机号。

第二次又说数字电视调不出来，老太太在家里发脾气。沈郁打电话给她，平静的语气中掺着僵硬和挫败。

……

总之，一段时间过去，林老板肉眼可见地长了一些肉。

她从小就瘦，青春期光蹿个子没长肉，一米六五的身高，体重才刚过九十斤，现在胖了几斤反而气色变好了。

林循自己还没发现这变化，直到某次汤欢路过她工位的时候，忽然倒退回来，直勾勾地盯着她看，好半晌，语气暧昧地来了句："谈恋爱了？"

林循从一堆剧本里抬头看她，满脸"你又口出什么狂言"。

汤欢伸手戳她的脸颊："你现在这张脸，就好比枯萎了一阵的鲜花突逢雨露滋养。说实话，好看得令我心生嫉妒。"

"……什么虎狼之词。"林循嫌弃地把戳在脸颊上的手指推开，懒懒道，"男朋友没有，算是交了个朋友。"

"朋友？"汤欢满脸促狭，"年龄几何？家住哪里？本地户口吗？什么工作？"

林循老实道："住我楼下，年龄应该八十多吧，是本地户口。"

汤欢"嘶"了一声，上下打量她："没看出来啊，林老板，你口味还挺重，老头……爱洗澡吗？"

林循没忍住白了她一眼。

"是个老太太，最近总邀请我去她家里吃饭……手艺真是太好了，不开饭店可惜了。"

真要说滋养，大概是小炒肉、蒸鸡翅、水煮鱼滋养了她吧。

汤欢看她一脸意犹未尽的样子，眉头皱得死紧，嫌弃道："我有时候真搞不懂你努力赚钱是要干吗，既不买奢侈品，又不玩男人，连顿像样的饭都懒得吃。真是世界十大未解之谜之一。"

"我也蛮好奇，"林循眨了眨眼，反问她，"你每天起早贪黑工作，跟个周扒皮一样虐待自己，就是为了赚钱……玩男人？"

"……"

等到和睿丽约的第二次试音，林循总算见到了远山本人。不出意料地，这次他又迟到了半个小时。

录音室门铃响起来的时候，林循从一堆剧本里抬眼看过去——玻璃门后站着一个人，看年纪应该在三十岁上下，个子挺高，长相斯文秀气，穿着打扮也很时尚，鼻梁上还架着一副金丝边眼镜。

林循在网上见过他的照片，由于样貌俊秀，又有好听的嗓子加成，他微博粉丝八成是女孩。

确认是本人后，林循拎着包站起身，平静地冲他摆了摆手："远山老师吗？我是林循，'一只夜莺'工作室的。"

她态度不算热情，但也给足他面子，没提上次的事。

只是正常人三番五次地迟到，不说抱歉，也该面有惭色吧？

远山却只是脸色寻常地朝她点点头，视线触及她乌黑的长发和白皙的面容时，突兀地多停留了一瞬，那眼神冷淡中带着点耐人寻味的了然。

几秒钟后，他连招呼都懒得打，转身径直往预约好的录音房走去——这次的录音棚是睿丽那边预约的，据说是他用惯的棚子。

天赋出众的人多少有点脾气，各行各业都一样。

林循懒得和他计较，拿上剧本慢悠悠地跟进去。比起个人性格，她更看重的是业务能力。

进了录音房，她把今天试音用的剧本给远山，简短交代了他试音的内容后，走进隔壁控制室。

控制室里，录音师正戴着监听耳机调音。

林循在旁边坐下，戴上另外一副，隔着玻璃用对讲话筒说："之前我发过去的剧本，你应该已经提前看过了吧？"

无论新人 CV 还是成名已久的配音演员，进棚子前读剧本是基本素养。

远山没吭声，坐在椅子上，把电容话筒调低，懒懒散散地翻开剧本。

林循继续说："麻烦翻到第三页第二段。这里是全剧最高潮的情节，我单独拎出来了，你找找感觉。"

他闻言抬头看了她一眼，又低下头去，手指草草地翻了几页剧本后，才翻到她说的第三页。

没看几秒钟，远山又抬起头，面无表情地问她："能开始了吗？我一会儿还有别的工作，赶时间。"

林循没说话，抬腕看了眼手表，五点四十分。

他迟到三十几分钟，到录音棚拢共不过五六分钟。

林循下意识地抠了抠左手手背上那只夜莺文身，语气却平淡如水，不见丝毫火气："行，开始吧。能不能赶上下一场，就看远山老师的实力了。"

她话音落下，对方却完全没有被她挑衅到，依旧吊儿郎当翻弄着剧本。

半分钟后，他清清嗓子，开始照着剧本念词。

"……只奈何你我缘分不够，前后三世，你竟从未将我放在眼里过，于你而言，或许还是道心和这苍生最重要吧？"

林循听着监听耳机中的干音，不得不承认，他的声音确实很优秀。

不同于沈郁那般天生悦耳的嗓音，远山平常讲话时的声音其实没有那么出色，但配起音来发声方式技巧十足，几个腔体运用得当，既有穿透力又不油腻。

更难得的是，他对于情感的细微变化拿捏得也非常好，一句话说完，那种破碎感和失望呼之欲出。

只是……

林循冷着脸打断了他："您这么多天没看过剧本吗？这是女主'苍越'的词，男主叫'玉清子'。"

　　没看过剧本也就罢了，连自己配的是哪个角色都不知道，未免有点太糊弄事儿了。

　　远山闻言眉心挑了挑，很快又压下眼皮，草草翻了几下剧本："什么破名字，男的像女的，女的像男的……浪费老子的感情。"

　　林循听他这满不耐烦的语气，舌尖忍不住顶了顶牙缘。

　　一旁的录音师感觉到这剑拔弩张的氛围，手指胡乱地在调音台上虚摁着，大气都不敢喘，一副眼观鼻鼻观心的样子。

　　半晌后，林循合上剧本，俯身过去轻声同录音师说："老师，麻烦您先出去一下，我和演员沟通几分钟。"

　　录音师如获大赦，摘下耳机就往外走，还贴心地给他们带好门。

　　"说说吧，"林循把对讲话筒拉过来，身子往后靠在椅背上，尽量控制自己的语气，"看我不爽？私事还是公事？能解决就今天解决。"

　　哪怕她对人际关系再不敏锐，也能感觉出来远山对她的敌意。

　　上次程孟说过后，林循也上网查了，远山这人顶多脾气有些清高，在业界口碑还是很好的。

　　那就是对她本人或者"一只夜莺"有意见了。

　　远山听她这般开门见山，视线平淡地在她脸上睃一圈，却完全没有想要跟她沟通的意思，连眼神交流都欠奉。

　　他站起身，无所谓地把剧本扔在一边，眼皮都没抬就往外走。

　　"既然不想录了，我一会儿还有活，就不奉陪了。这年头钱难挣，屎也难吃。林老板，你长得是很漂亮，但光靠一张脸就想走捷径，我劝你还是趁早改行吧，广播剧不是给你这种人做的。"

　　他说完，潇洒地甩门离去，剩林循坐在控制室里鞭长莫及，莫名其妙遭了一通抢白，连怼回去都没时间。

　　安静好半晌后，林老板骂了句脏话，冷着脸压着满腹火气收拾完控制台上摊着的剧本。

　　接着，她又去录音房里把被远山扔在旁边的那几张纸捡起来归拢好——上面都是她熬夜做的笔记。

　　等规整好东西，火才算消得差不多。

　　林循走出录音棚，边走路边垂眸沉思着。

　　合作是不可能继续合作的。罅隙已然存在，这样恶劣的态度不及时叫停，后续录制出的幺蛾子只会更多。

　　她不知道远山这人有什么毛病，却直觉这背后定然有些她不知道的龃龉。思及睿丽如此"良心"的报价，林循从包里翻出手机，给周洲打了个电话。

她自己则去超市买了些生活用品，路过泡面货架的时候，她习惯性地想去拿，又立马停手。

这段时间晚饭都在姜奶奶家吃，家里泡面的消耗速度都变慢了，还有好些没吃完。

等走到公寓单元门口，周洲的电话恰好回过来。

林循把购物袋暂时搁在单元门口，腾出手，走到旁边的绿化道边，按下接听。

电话那头，周洲的声音结结巴巴的，像挤不出的牙膏。

林循耐着性子问他："到底什么情况？"

周洲："呃……那个，我给远山打了个电话，他直接给我挂了。老大，你是不是跟人干架了？他伤得厉害吗？"

老大刚创业那会儿的"光辉事迹"，他可是听汤欢姐说过不少。

林循被他那诚惶诚恐的语气气笑了，干巴巴道："让你失望了，我一根手指头都没动他。"

她倒是想，谁让他放完狠话跑得那么快。

"那就好。"周洲显然松了口气，但紧接着又结巴起来，"那你保证，我说完你也不会去找人干架。"

林循失去了耐心："快、放。"

"我后来又打了好几个电话他才接。我听那意思，好像是睿丽有声部门的某位高层直接命令他接咱们的邀请，不仅压低了他的报价，还勒令他下个季度把其他更有名气的剧推掉，专心给我们配音。远山还说……"

周洲停下，咽了下唾沫。

林循不痛不痒地催他："继续。"

周洲加快语速："他说都心知肚明的事儿，他也打算吃下这个哑巴亏，你又何必做出光明坦荡的样子，既要当……咳咳……还要立牌坊呢？"

林循听出他有自动哔音的嫌疑，但此时关注点却全然不在此。

"睿丽高层？谁？"

周洲也是一头雾水，听远山的意思，应该是怀疑老大凭借美色勾搭上睿丽高层，给他施压。

但整个沟通和邀请的过程都是他一手经办的，老大连睿丽的联系方式都没有。

林循沉默了片刻，点头道："行，我知道了。你回去休息吧，人选的事我再想办法。"

她掐了通话，想了想，又给汤欢打过去，直截了当地问："你知道睿丽的有声部门是谁在管吗？"

汤欢听出她语气中的严肃，回忆了会儿道："睿丽是宁氏集团的子公司，现在有声部门应该是宁氏旁支的小宁总在管。"

"宁氏？哪个宁氏？"

"就昱山宁氏啊，前两年被沈氏收购的那个宁氏，做酒厂发家的。"

林循愣了下，无语地问："你说的那个小宁总，不会叫宁琅吧？"

"这我就不清楚了，只知道他很年轻，年纪应该和我们差不多大……怎么，你们认识？"

沉默好半天后，林循"嗯"了一声，补充道："高中同学。"

她没再多说，挂了电话，沉默地站了一会儿后，拎上东西往单元门内走去。

刚进大门，她登时停下脚步——昏暗的楼梯口台阶上坐着一个人，黑衣黑裤，条顺腿长，坐着也能窥出身量很高，那楼梯反而被衬得窄小了。

他膝盖上摊着一个纯黑色笔记本电脑。

楼道里夕阳剩半点残影，冷风窜行。

屏幕的幽冷灯光照亮他半边侧脸，另外半边隐于沉沉暮色。

整张脸略窄，搭上优越至极的眉骨、鼻梁、薄唇与下颚，漂亮到恍惚有妖气。

须臾，沈郁合上笔记本电脑，语气懒而淡："不是故意要听你打电话，我没带钥匙。"

林循挑了挑眉，也就是说，虽然不是故意要听，但都听到了？

4

其实林循并不怎么在意沈郁听没听到她通话的内容，不过是工作上的事，又不是什么隐私。

她只是单纯好奇。

"你都听到了？隔着好几米远，连电话那头的声音也能听到吗？"

不仅能听声辨位，还有顺风耳？这么神奇的吗？

"……"她话语中的惊奇太明显，像是将他当作某种进化后的生物。

半晌后，沈郁没好气道："我又没有超能力，只是靠声音确定方位的能力比寻常人强而已。而且，我也没有刻意打探别人隐私的癖好。"

事实上，他只听到了最后两句，含有耳朵没法过滤的词汇。

林循耸耸肩，表示好吧，又突然意识到对方并看不见她的肢体语言。

她转而问道："姜奶奶呢，没在家吗？"

这段时间她总去他们家蹭饭，同桌吃饭、一个厨房备菜，偶尔还会合作修理点家具。

一来二往，和沈郁之间的关系倒是比高中时候还要熟悉了，对话中也少了暌违多年的陌生和疏离。

"嗯，不在家，约她的几个老姐妹出去打麻将了，没两三个小时回不来。"

"……"老太太精神还真好。

"那你……没吃晚饭？"

林循上下打量了他一眼，穿着倒是很精神，一身黑色休闲套装、休闲鞋，看样子刚从外面回来。

也不知道在这儿坐多久了。

沈郁语气平平道："没，她走的时候给我留好了饭菜……但我现在进不去。"

林循抬手看看腕表，已经快七点了。

刚才或许是被气饱了，现在冷静下来，她也觉得有点饿。

林循其实很不习惯在家里招待客人，但吃了老太太这么多顿饭，帮她照顾一下外孙，也是应该的，又是老同学。

林循于是淡声邀请："那去我家吃点？呃……不过只有泡面。"

说不定，以这位大少爷的挑剔程度，或许宁愿饿着肚子也不想吃这些。

没想到沈郁并没拒绝，浓密的睫毛轻眨，略淡的瞳孔没任何光彩，偏了偏头："方便吗？"

林循认真想了想。她家里唯一不方便招待客人的，只有客厅地毯上扔着的几件没拆封的内衣裤。

但鉴于沈郁眼睛看不见，连这点不方便也消失殆尽。

"嗯，没什么不方便的，上来吧。"她说完，率先拎着东西往上走。

走了几步，才后知后觉地停下脚步——实在是沈郁平时的言行举止太过正常，总让她忘记他是个残疾人。

林循回头看去。他对这栋楼一楼以上的地方大概并不熟悉，此刻显然没有平时那般从容。

他一只手揣着笔记本电脑，另一只手谨慎又缓慢地在身侧挥了挥，摸到楼梯扶手的刹那，指尖稍离，眉头不愉快地往下压，唇线也抿得直。

林循顺着他的手指看向那楼梯扶手，老旧的铁质栏杆上覆盖着满满一层灰。

几十年的老小区，物业压根儿不存在，楼梯扶手向来没人擦，日积月累下，那灰尘起码有半厘米厚。

更别说有几处还有明显的锈迹和尖锐裸露的螺丝头，划破皮肤甚至会得破伤风。

林循想了会儿，晃了晃手上拎着的购物袋。塑料袋发出窸窣的摩擦声。

"要不你帮我拎这个？我正好空出一只手扶你。"她语气平淡，没有丝毫施舍和同情的意味，只是最简单直白的分工合作。

沈郁没说话，半晌后，抿着唇，松开扶着栏杆的左手，伸到她面前。

这便是同意她的安排了。

林循把塑料袋的两个提耳合拢在一起，挂在他手掌上，提醒道："有点重啊。"

沈郁却像是没听到般，收拢五指，干脆利落地把袋子拎过来。

林循这才意识到她的提醒很多余，沉甸甸的日用品到他手里，简直像个轻飘飘的空袋子。

她对自己的安排很满意，随即往下走了两步，转身站到他斜后方，然后轻轻抬手，很不熟练地扶在他右手小臂的位置。

手指接触的地方，体温比她指尖要高。

隔着微微卷起的袖口，林循能直观地感受到男性紧实而热烫的肌肉线条。

看来这几年没少锻炼身体……还挺身残志坚的。

随之而来的是一股淡淡的薄荷叶和草木气息，清新又好闻。

林循记得上学那会儿，沈郁身上的味道就很清新干净，穿着和发型也讲究得体，和一到夏天就满身酸臭汗味的男生们截然不同。

毕竟是程孟口中打个球都要换三套球衣的大少爷。

没工夫回忆太多，林循手指稍稍施力引导着他。

"你先抬脚，小心台阶……"

沈郁闻言没吭声，唇角僵直。他双眸垂着，尽管毫无作用，也似乎倔强地想要"看"清楚眼前未知的台阶。

林循能感觉到，他手臂上的肌肉也跟着绷紧。

她合上嘴唇，没再催促。

好一会儿后，沈郁抬起左脚。他的动作很犹豫，试探又警惕，完全不似寻常在家时的行云流水。

总算成功走了两步后，他鞋尖不慎磕到上层台阶，重心一个不稳，身子被带着往前倾。

　　林循眉心一跳，"哎"了一声，双手并用地揽住他的胳膊。

　　可惜她的体重实在太轻，最终的结果就是，两个人都直直往前倾，猛地磕在了台阶上。

　　"……"

　　林循在后面，摔下去的时候正好拿沈郁当了垫子，所以虽然声势浩大，却没有摔疼。

　　几秒后，她敏捷地站起来，拍了拍满手的灰尘，看了眼正翻转身子坐在楼梯上的沈郁。

　　他摔得狠，几乎是脸朝地，眼睫眉梢都沾了灰，那张漂亮的脸上也蹭满了尘土，很狼狈。

　　气氛突然有些凝滞。林循张了张嘴，不知说什么好。

　　沈郁也没说话。从头至尾，他都没什么表情，甚至眉毛都没皱一下。

　　但林循莫名就能察觉出，他的心情还蛮差的。

　　她无声地叹了口气，突然深刻地意识到视力的至关重要——沈郁当初和现在给她的印象，都是聪明、倔强，什么事都能尽力学会、做好。

　　总让她渐渐淡忘视障人士的艰难。

　　他们感知外界的方式，只能靠双手去碰，靠盲杖去触。一离开熟悉的地方，便如鱼失水、寸步难行了。

　　常人目之所及几十公里，在他们那儿，被压缩到几十厘米。

　　这个世界对他们来说，如同一个硕大漆黑的迷宫，未知、神秘、令人恐惧。

　　林循不太敢想，倘若哪天这厄运落在她头上，她会不会疯。

　　许久的安静后，沈郁率先打破沉默，抬起头偏向她的方向，问道："摔哪儿了？"

　　林循意识到他是在问她，摇摇头："我没摔到，你呢？"

　　沈郁闻言轻轻按了按右手虎口痛感传来的地方，果不其然，触到了些许温热滑腻的液体。

　　他摇头："我也没。"

　　"那就好。"

　　林循顿了会儿，深呼吸了下，又去扶他："要不……你先熟悉一下台阶高度？我们慢慢来。"

　　沈郁却不愿再尝试。

　　他伸了伸长腿，诚恳地道："算了，你扶不动我的。三楼，对我来说有点远。"

林循没法反驳。

说实话，她的确没什么信心，也没经验。强行充英雄，万一把人摔坏了，都不知道怎么跟姜奶奶交代。

可亲耳听到沈少爷这样直白坦诚地承认"三楼对我来说有点远"，她又觉得恍惚。

他确实变了很多。

十年时间，似乎让他接受了某个事实。这世界上许多对于寻常人来说轻松肆意的事，对他来说是不可逾越的高山。

林循想到这儿，没再劝，松开手。

沈郁垂着眼，感受到微凉的手指慢慢松开他臂弯。温度撤离的刹那，像是无声的回应。

他下意识舔舔干燥的嘴唇，添了句："我今天出来得急，没带盲杖。"说完，又迅速闭嘴，淡淡蹙了眉，像是不知道自己在画蛇添足点什么。

林循却能听出他这句解释的言下之意——如果有盲杖，他不至于这么狼狈。

她不知道说什么好，干巴巴地来了句："这样啊，那确实是很不方便，你下次记得带上。"

"……嗯。"

接着，楼道里又是一阵"惊世骇俗"的沉默。几只蛾子路过，在扶手旁边兜着圈子。

林循按了按眉心，突然很想管程孟借一张会安慰人的巧嘴。

她从小到大脾气和性格一贯很硬，装腔作势的威胁也好，色厉内荏的恐吓也罢，她都习以为常，可就是说不来温软动听的好话。她上下嘴唇开了又合，愣是一句温声软语都没憋出来。

反而沈郁先开口，语气是克制的平静："你先上去吧，不用麻烦了。"说着，摸到摔在一旁的笔记本电脑，翻开。

开机声响起，幽蓝的光线中，那俊秀好看的眉眼懒颓平静，绷紧的下颌却似藏有坚硬的壁垒。

林循木木地站了一会儿。

怎么这会儿反倒脾气这么好，但凡迁怒她两句，她也可以理直气壮地走人。

楼道里的风吹得脖颈发凉，林循转头看才发现，外头晚霞已经落到了最低处。

入秋了。

这时大门口的灯扑闪了两下，亮起来。林循回过头，借着那灯光上上下下打量他。

优越眉骨和鼻梁都蹭了灰，额角发端也没能避免。这么重的一跤，却没蹭破半点皮肉。

她眨了眨眼，转而看向他搁在键盘上不知道在敲着什么的双手。

难怪。

"行，那你自己先在这儿等会儿。"林循说完，从地上把那袋日用品拎起，脚步飞快地往楼上走去。

楼梯上的脚步声毫无滞涩地离开，一口气到三楼，然后掏钥匙，开门。

单元门静悄悄地打开，又"砰"的一声关上，万籁俱寂。

几只飞蛾锲而不舍地在他脸边嗡嗡绕着。沈郁伸出手掌，精确地根据它们翅膀扇动的声音判断出方位，"啪"地拍死了一只。

可等拍完后，他又觉得恶心，摊着两只手僵在半空中。过了许久，他没表情地把手掌按在台阶上，使劲蹭了蹭。

飞蛾尸体有一半在台阶边缘被碾平，另一半还留在手心，某种温热黏液混着厚厚的灰尘卡在掌纹里。

光那触觉和想象就令人作呕。

楼道里，入秋的晚风在肆行，家家户户关门闭户，安静得很。

他合上电脑，在原地坐了会儿，忽地扯了扯嘴角。

什么年纪了，怎么还敏感上了，真挺不合适的。

这么多年过去，这双手早就触摸过太多污秽，摔过的跤也比今天狠多了。

这才哪儿到哪儿。

片刻后，沈郁从裤兜里摸出手机，翻到方忖的电话，拨过去。

以备他不时所需，方忖的手机向来是二十四小时开机。

"老板，有事？"

"你有我家的备用钥匙吧？"

方忖察觉出他语气里的紧绷，愣了下，小心问道："嗯，有……您钥匙丢了吗？"

其实他更想问，是不是被人抢了。以他对老板的了解，这种语气，几乎已经处于爆发边缘了。

沈郁按捺住不耐，语速很快："麻烦送到晟霖苑来。我忘带钥匙出门了，现在在楼梯口坐着吹冷风，虫子很多。"

他下午去了趟工作室，来回都有司机接送，就没让方忖跟着。工

作室和家是再熟悉不过的地方，他连盲杖都没拿。

方忏闻言松了口气，原来不是被抢了，又忍不住腹诽……还"坐着吹冷风""虫子很多"。

不是，谁害他的吗？原本这段时间他和另外两个助理一致认为老板脾气变好了，看来都是假象。

方忏刚想接话，对面却突然轻声地"嘘"了一声，示意他闭嘴。

他赶紧把话咽下去，下意识地竖起耳朵听。

电话那头很安静，忽然传来了"咣当"关门声，很轻，像是从别的楼层传来的。

紧接着是一连串轻快的脚步声，由上至下，愈来愈近，听起来有点恐怖。

"老板，我——"

方忏下意识地说话，可剩下那半句"马上就来"还没来得及出口，电话那头突然压低声音来了句："不用了。"

接着便是"嘟嘟嘟"的忙音，电话被掐断了。

/ 第四章 "私底下"的交集 /
金光闪闪的梦。

1

沈郁掐断电话，听着那串脚步声渐渐靠近，最终停在他身侧。

接着是塑料袋窸窸窣窣的鼓动声，某种布料被从里头翻了出来，还没等他分辨是什么东西，答案便已然公布——一条软塌塌、毛茸茸的毯子被盖在他身上。

那手法异常粗暴，几乎兜头罩住他。

沈郁顿了顿，伸手将毯子从头上扯下来，盖在膝盖上，哑了片刻后，淡声问："……怎么回来了？"

林循没吱声，从袋子里拿出医用湿巾和纱布等。

"你可能没发现，"她蹲下来，有些无语于他的迟钝，"你的手摔破了。"

刚刚大门口的灯突然亮起来，她才看到那伤口在淌血。

一顿不吃不会饿死，但有伤不能不处理。这楼道常年不见光，潮湿阴冷，谁知道有什么细菌。

沈郁偏了偏头，莫名地没反驳："哦，是吗？没发现。"说着，还极其配合般摊开了双手，一副"任君检视"的态度。

林循在他身边坐下，探头看了一眼。待看到他手心惨不忍睹的"命案现场"后，她没忍住，皱眉"啧"了一声。

好半天后，她无语道："你没事打它干吗？蛾子又不咬人……搞得怪恶心的。"

江南的蚊虫大概是她这辈子都难以与之共存的东西，尤其是，血肉模糊的这种。

沈郁听出她话里直白的反胃，把摊开的手心合拢，遮住那蛾子尸体的痕迹，随口道："太碍眼。"

林循瞥了他一眼："怎么碍的？"医学奇迹？

"……"

"听着烦，不行吗？"

"……行。"

那蛾子但凡死在他身上任何一个地方，她都不可能去碰，可好死不死，就离伤口两厘米。

林循心下叹了口气，忍着恶心把他的手重新掰开、摊平，又将湿巾盖在他的手心，遮住那犯罪现场。

等草草把那半只飞蛾的尸体用湿巾包起来扔在一边，她才松了口气，抽了一张新的湿巾，帮他擦掉伤口附近的灰尘和血迹。

酒精湿巾触到伤口前，林循抬眼，十分贴心地提醒了下："你虎口这里破了一大块……我擦了啊，忍着点。"

对方没吱声，配合着她的动作，眼皮都没眨一下。

林循帮他处理着伤口，看他一眼，暗忖道，怎么触觉、嗅觉进化了，痛觉反而退化了？难道摔跤摔多了，免疫了？

这都不疼吗？

想是这么想，好事做到底，林循还是尽量放轻了动作。清理完伤口后，她又给他缠了圈纱布，贴上胶带。

林老板看着包得漂亮的纱布，满意地点点头，还未来得及起身，便听到一句匪夷所思的话。

"谢谢，你上去吧，楼道里冷。"

林循一怔。

这语气，竟然还有点温柔。

他平时要么不吱声，要么十句里藏着八句嘲讽，剩下两句也没情绪——突然这样说话，还……怪好听的。

每个音节都像透明翅膀，轻轻扇动着周遭的空气。那空气接着震颤，轻轻柔柔地挠她耳朵，有点痒，又有点酥麻。

林循不自觉地盯着他领口上方那片白皙的脖颈，声带颤动、喉结起伏的位置。

她暗戳戳地想，这么优秀的声带，给她就好了。

忽然，那声带震动起来。

"怎么了？"

随之而来的温热鼻息儿乎触到她额头。林循一抬眼，恍然惊觉他下颚就在她几厘米处。

这才意识到，她不知不觉靠得有点太近了，眼睛都快贴到人家喉结上去了。

职业病。

林老板轻咳一声，拉远距离，尴尬地偏过头去，胡扯道："哦，我看你眉毛上和眼皮上有灰，闭眼，我帮你擦掉。"

她说完，意识到有点不妥。

帮忙包扎一下伤口是天经地义，上赶着给人擦脸是什么行为？

以沈大少爷拒人于千里之外的性格，该不会以为她想借此骚扰吧？

林循一直记得高二那会儿，沈郁刚受伤那阵子，一堆女孩子挤在他课桌边想要帮忙，可都没得到什么好脸色。

林老板撇撇嘴，想着怎么尴尬不失礼貌地把上一句话收回。可还没等她想出来，眼前的人却忽然听话地，闭上了眼。

他还朝着她的方向稍稍低了头，似乎在迁就她的身高。

距离骤然之间被拉近，那张脸在她视野中放大。

轻闭的双眼轮廓干净，长睫微扇，无神的瞳眸被暗藏起。没了任何乖张、痞戾，反而像是全然信赖她。

"……"行吧。

他倒越来越不讲究了。

林循心里本来就没鬼，见他这副坦然模样，便也就不再客气。

她抽了张新的湿巾，毫无旖旎地伸手把沈少爷精致的眉眼鼻梁都擦了个遍——那动作和擦玻璃没什么区别。

等那张漂亮的面孔恢复白皙，她拍拍手："好了，睁眼吧，干净了。"

"……"

林循把用过的湿巾和作废纱布打包，站起身："行，那我上去了，有事儿喊一嗓子就行……哦，我就不给你拿水和吃的了，省得等下上厕所不方便，你自己忍忍啊。"

暗哑如风的女声语速飞快，说出来的话直白淡定，毫无同异性相处时的含糊暧昧。更不用说方才帮他擦去脸上的灰尘时，那样干脆利落的动作，像是在关照朋友家生活没法自理的小孩。

林循久久没得到回应，不由得低头看去。

街灯从窗口照进来。

他的侧脸却隐匿于黑暗中，只剩轮廓镶出一条优越立体的金边。他嘴角一刹那上扯，待她仔细看时又恢复了平直。

"……嗯，多谢你这么，替我着想。"

林循闻言忍不住掏了掏耳朵。

他语气没什么问题，但最后四个字，莫名带了重音。这种在录音时叫"台词点送"，用作强调，一般都别有意味。

林循挑挑眉，实在没琢磨出来这几个字有什么值得强调的，只当是自己多心，答了声"不客气"，径直往上走。

等走到楼梯拐角处，她又顿住脚步，回头问道："对了，沈郁，你有宁琅的联系方式吗？"

今天的事，百分之百是宁琅在背后自作主张，可惜她连当初的班级群都退了，没他的微信和QQ。他俩都是男生，或许沈郁会有。

沈郁却没接茬，重新翻开电脑。

莹蓝的光映着在空气中飘浮的尘埃。

就在林循以为他兴许是没听到，想再问一遍的时候，他突然来了一句："你都没有，我上哪儿有？我跟他很熟吗？"

依旧是平淡无起伏的语气，像是简简单单在回答她的话。

可一句话里又甩了两个反问。

林循能肯定，这绝对不是她的错觉。

她完全不知道他突然撒哪门子火，阴晴不定、莫名其妙的。

林循抿了唇，语气也跟着变得生硬："没有就没有，当我没问。"说完，她一口气走到三楼，关上门。

她有些愤愤地在门口站了会儿，又理智地把门打开，虚掩了一条缝，给外界的声音和呼救留一个入口。

觉得自己算仁至义尽的林老板这才去厨房，煮了一碗泡面。

大概两个小时后，楼下传来细微的交谈声，听不清具体说什么，但其中一个声音明显是姜老太。

没多久，一楼的铁门重重关上。

之后一切归于宁静，林循这才走过去，把门关严，反锁。

晚上，林循洗完澡，给程孟发了一条微信。

循：你有宁琅的联系方式吗？给我一下。

玛丽莲孟露：我没有，但陈诺之有……你要那孙子的联系方式干吗？你不会想要接受他的道歉吧？大可不必啊。

循：没有，工作上的事。

玛丽莲孟露：工作？

没过几秒，程孟直接拨了语音通话过来："循循，你最近在工作场合遇到他了？"

"也不算遇到。"林循把事情简单说了下。

最后一个字说完，那头程孟的声音简直要炸破天花板："我去！这狗东西怎么这么多年过去还这么贱啊，专干这种恶心巴拉、自以为是的事。有钱了不起啊？当年我们班的沈郁可比他有钱多了，都没他那副恶心人的派头吧？"

林循想了想，还真是。

那时候的沈郁虽然跟她也不是同一个世界的人，但他的讲究也好、挑剔也罢，都不掺杂任何与他人有关的优越感。

而更像是与生俱来的金贵。

所以当初刚入学的时候，班里的男生们和他的关系还不错。

宁琅则恰好相反。

同样是家境优渥、长得帅，他的异性缘很好，但同性缘很差。

很多男生私底下说他性子傲、爱装。

林循对这些八卦不是很感兴趣，后来她和宁琅相熟，是因为被程孟拉着加入学校广播社，宁琅是社长。

林循和人交往一向很浅，懒得挖掘对方私底下的性子，只要工作认真，沟通合作起来没毛病就行。恰巧，宁琅在这方面做得不错。

谁知道后来会有那么多的流言蜚语。

程孟很快要到了宁琅的微信号，发给她，还顺便叮嘱了一句：说归说骂归骂，别找人打架啊，现在是法治社会。还有，记住别喝酒。

循：？

前面那半句她还能听懂，"别喝酒"是出于哪种计较？

玛丽莲孟露：你一喝酒就容易上头，一上头就容易干架……你忘了吗？

循：我忘了。

她不爱喝酒，家里也从来没囤过酒，记忆中喝酒的次数寥寥无几。

玛丽莲孟露：忘了更好，真希望我也忘了。

玛丽莲孟露：[惊恐.jpg]

循：……

因为方才听程孟提到沈郁，林循顺便把这些天的事说了一遍。

这导致程孟"又双叒叕"打了个电话过来，语气里的惊讶不亚于听她提起宁琅。

这次，那惊讶里又夹杂着深深的同情。

"所以，沈少爷现在住在外婆家，就在你楼下？他真被沈家赶出来啦？我还希望是谣言呢。"

"嗯，没你想的那么糟糕。老太太人很不错。"

程孟好奇地问："那沈少爷呢？他怎么样？"

林循想到方才分别时他的阴晴不定，不怎么愉快地哼声道："跟高中差不多吧，脾气很差。"

"这……"程孟没来由地帮他辩解了一句，"但凡是个人，遭受像他这样的人生巨变，脾气都不能好吧？"她说着，有些惋惜，"其实，我觉得沈少爷私底下人还蛮好的欸……"

林循疑惑道："你跟他有过'私底下'的交集吗？我怎么不知道？"印象中，他们之间貌似连半句话都没说过。

闻言，程孟欲言又止了片刻，最终还是没忍住说道："不是吧，你居然真的忘了？就高三上学期，警察找到你爸爸遗体之后，你不是喝醉了吗？"

"？"

"你那天晚上醉醺醺在网吧门口跟人干架……后来班主任联系我，当时沈郁也在场来着。"

2

林华的尸骨从昼山市郊的某个荒废山头被挖掘出的那天，警察找到学校，联系林循过去辨认。

那天，她正好十八岁。

林华到昼山打工的时候，林循只有七八岁。

这期间，除了每个月寄回的信件、生活费，他从来没回过青原。

跨越好几个省份，一千多公里的距离，不论是什么样的交通方式都不妥当——要么费钱，要么费时间，都不是他能承受的。

这样算起来，她已经有十年没见过他。

在青原时，她年复一年地焦灼等待爸爸；来昼山之后，她和奶奶大海捞针般地寻找他……

无数次生出期待，又一次次破灭，心里其实隐隐猜到过结局，如今尘埃落定，本应松口气的。

所以，林循在从学校过去的路上，以为自己不会有多难受。

可当她亲眼看到他，突然就没绷住。

那尸骨被埋了那么多年，已经没有任何可辨认的特征了，只有脚上那双鞋还能窥出当初的模样。

林循认出来，那是他失踪的前一年春节，奶奶寄过去的。

为了做这双鞋，奶奶带着她翻山越岭去镇上，特意买了最好的橡胶底，在家熬夜做了两个礼拜。

林循没表情地盯着那具面目全非的尸体，眼泪大颗大颗地落下。她倔强地伸手擦掉眼泪，胃里却开始翻江倒海。

旁边的女警不忍心，伸手轻轻捂住她的眼睛。

林循却躲开女警的手，执拗地睁大眼睛看那具尸体。

她知道的，想吐不是因为气味难闻，更不是因为那场景有多骇人。

她只是突然想起了很多模糊的记忆。

小时候，每年她过生日，都能收到不远千里从昼山邮寄来的包裹——里面装着城里孩子才会有的洋娃娃、彩色蜡笔、粉色的铅笔盒、卡通图案的小书包……

村里的孩子们都很羡慕她。

羡慕她有个在大城市打工的爸爸，所以她能靠寄回来的钱上学；也羡慕她过年有新衣服穿，她家里的柜子里珍藏着他们从没见过的玩具。

林循自然很得意。

彩色蜡笔她不舍得用，便时不时摆弄那洋娃娃，缠着奶奶用家里剩的布头给它做各式各样的衣裳，走到哪儿都带着。

总之，那几年，大概是林循过往的人生里，唯一觉得自己像公主的时候。被人欺负了，她会哭，然后歪歪扭扭写信给爸爸告状。

那信来回两个月，每次他的安慰到的时候，她连跟谁闹别扭都忘了。

可就算是这样，林循从来不觉得自己是个没人管的留守儿童，她快乐又肆意，在青原黄沙弥漫的山区野蛮生长着。

十一岁那年秋天，林华的消息戛然而止，奶奶飞快地苍老，她开始逼着自己迅速长大，代替他成为家里的支柱。

别的女孩青春期是否有诸多浪漫情愫，林循不知道。

她的十几岁，蹬着三轮车骑过昼山长长短短的坡道躲城管、抄着板凳应付烧烤摊上酒后闹事的醉汉、满城东奔西走在大街小巷贴发寻人启事……

挣扎着在昼山生存下去，然后，找到他。

说她色厉内荏也好，外强中干也罢，总之成功造就了她这副在他人看来刺头般的性子。

害怕、委屈、少女情愫，统统无暇。

哪怕是这样，她好像也没觉得多痛苦，或许是内心总认为这样的日子终究会过去。等找到他，一家三口回青原，一切就能回头。

可回不了头了，十八岁的林循蹲在那里，咬着牙一次次伸手抹眼睛，心里绝望又负面地想着。

这一次，她是真的没有爸爸了。

……

那天认完尸体，林循被警察送回家。她在家门口站了很久，看着地下室隔板间亮着的暖灯，手抖得不像话，最终还是没敢敲门。

她不知道怎么跟奶奶说这件事。

早上去上学的时候，奶奶还答应她今天会早点收摊，给她买个生日蛋糕。奶奶边收拾出摊的东西，边感叹，希望林循二十岁生日的时候，能三个人一起过。

林循隐约记得，后来她离开了家，浑浑噩噩游晃到大排档要了几瓶啤酒。喝完之后，她醉醺醺地在那附近瞎走，至于其他的……

九年后的林老板回忆起当初，难免沉默了会儿，问道："我那天还跟人干架了？我怎么不记得？"

"……"

程孟闻言颇有些无语："本来觉得那晚对你来说肯定不愿意再回忆，所以我从来没提。没想到你酒品这么差，揍完人都能忘得一干二净？"

林循没吭声。

程孟回忆道："那天具体经过我也没看到，反正我到那儿的时候，你正抱着电线杆狂吐，沈郁和班主任都在。

"我只知道，跟你打架的是个中年大叔，胳膊上有条浅浅的口子还在淌血……他说，是你一言不合先动手的。"

林循有点蒙："不仅打架……还是我先动手的？"

程孟摇摇头："我也不清楚，那条街没监控……但你手上确实拎着个破酒瓶，真的怪吓人的。"

"……"林循完全不相信自己是这种人。

她一向是人不犯我，我不犯人的。

但这件事毕竟发生在她不清醒的时候，她多少有点不自信。

卡了半天，林循努力找到其中逻辑矛盾点："……那他怎么不报警？"

程孟想了会儿，说道："我也觉得蛮奇怪的。反正那天乱得很，我到之后没多久，那大叔就骂骂咧咧地走了，也没找我们赔医疗费。"

"……"这么说来，真是她的问题？平白无故把一个路人揍了一顿，然后，连医疗费都没给？

林循有点听不下去，捂住了脸。好半天后，她想起某个细节："……所以，沈郁在那儿干吗？帮我干架？"

就他那样，不被揍就不错了。

"不知道，他没说……反正是沈郁打电话通知班主任的。"

林循"哦"了一声，心想，难怪上次沈郁知道她家的情况。

程孟的记忆也相对混乱，那次她在家睡到一半，班主任给她打电话问林循家的地址——她来昼山后搬过好几个地方，当初学生记录上的地址已经失效了。

程孟迷迷糊糊从被窝里爬起来赶过去的时候，事情已经基本结束了。她只顾着照顾林循，现在想来，确实忘记问沈少爷为什么会在那儿了。

但是，之后的事她记得一清二楚。程孟想到这儿，没忍住，声音里带了点笑意："你听我说完啦，关键在后面……"

林循听得头皮发麻："……前面还不够关键吗？"

她到底干过什么离谱的事啊？

"后来，班主任要送我们回家，怕你走不了路，就让我们三个在网吧楼下的地下停车场等着，她去学校取车。"

"然后，呃……"

程孟停了停，摸了摸胳膊上的鸡皮疙瘩："中间大概有三十几分钟吧，你一直说停车场里很黑，周围都是'阿飘'，还说自己特别害怕，又哭又闹的……"

因为实在是不符合林老板的人设，所以这段连程孟都不知道该怎么合理解释。

林循捂着脸沉默半天，故作淡定道："哦，那还真是不像我，我怎么可能怕鬼。"

她说是这样说，但隔着电话线，还是免不了心虚。听到这儿，她才觉得程孟说的应该是实话。

林循从小就怕黑，也特别怕鬼。

这件事除了奶奶和爸爸，没人知道。这种恐惧没法通过锻炼消除，只是清醒的时候被适当藏起来了。

程孟很单纯地被她的人设蒙蔽了，认同道："是吧，你还能怕鬼？我觉得搁清朝你都能徒手抓僵尸。"

"……"也不用这么说吧。

林循想到那画面，忍不住打了个哆嗦。

她下意识地抠了抠手背上的夜莺图案："然后呢？你直接说关键吧。"

"别急。"程孟乐得声音都高了几个度，"我现在想起来都觉得太扯了，那画面简直鬼畜。你当时一边哭闹，一边整个人牢牢扒在沈郁背上，他走一步你跟一步，像只树熊一样把他缠得死死的，哭着喊着非要他——"

"……非要他？"林循听着这描述，心提到了嗓子眼。

"——非要他像个神仙一样带你御剑飞行离开这里，还逼他背诗、背佛经，说能驱鬼辟邪。"

程孟说到这儿，声音忍不住笑得发抖："你还特别恶劣地威胁人家，说要是他不背，你就推他出去把'阿飘'喂饱。"

"……"林循深深地把脸埋进胳膊里。

没脸再抬头了。

她突然想到当初让周洲找玉清子的 CV 时，脱口而出的熟悉描述——

"你闭上眼睛，想象月黑风高夜里，你独自走在一片阴森森的坟地，迎面走来几个'阿飘'。然后再打开音频，感受一下有没有哪位 CV 大大一开口让你觉得金光蔽体、足以辟邪驱鬼的。"

原来，出处在这儿。

林循深呼吸了几下，破罐破摔般气息微弱地问："然后呢？他揍我没？"

"没，"程孟笑得上气不接下气，"但我从来没看见沈少爷脸那么黑过，他几次想把你从背上扒下去，都被你重新抱得死死的。后来……"

程孟轻喘了一口气，按捺下笑意，这才平复了一些，说："沈少爷实在没办法，只好单手挂着盲杖，背着你，被你驱使着在停车场里到处'腾云驾雾'。"

她顿了一下，继续说："再后来，他开始背诗和文言文。《将进酒》《蜀道难》《岳阳楼记》《出师表》……"

程孟记得清楚，那天到了最后，那个冷漠又漂亮的少年嗓子很哑，体力也不支。

他一只手背在身后，托着八爪鱼一般醉得满脸通红，却依旧在胡言乱语的林循，另一只手挂着一根细长的盲杖，在黑暗里很不讲究地倚靠在停车场里脏兮兮的柱子上。

停车场里半点风都没有，他的声音句句有回响。

她当时听到那句不带半点情绪，却依旧流利的"先帝创业未半而中道崩殂"时，默默地想，沈少爷要是不瞎，大概能考状元吧。

挂了电话，林循忽然想通了一个她很多年都没明白的事。

爸爸的尸体被发现的那天，是她这辈子最黑暗的时刻。那些年少时无暇体会的无助、委屈、痛苦，像沙土般掩埋了她。

甚至是恐惧，对未来的恐惧，不知道该怎么面对奶奶的恐惧，以及，替爸爸觉得恐惧。

他被人草草埋在那个荒无人烟的山头那么多年。那坑挖得很深，坑底见不到半点光。黑漆漆、阴森森，周遭只有虫蚁和烂泥为伴，肯定很害怕吧？

但林循记得很清楚，这一切悲哀难熬的情绪，在她第二天醒来之后，莫名其妙地被治愈了一大半。

那天夜里，她似乎做过某个金光闪闪的梦，梦里金色光芒滚烫，普照众生，那些金光也照拂了她。

所以她很平静地睁开眼，起床，把这件事告诉了奶奶。

接着，就是更加漫长且烦琐的事——跟着警方追查线索、上诉、打官司……

林循从不觉得自己天性冷漠，忘性会有这么大。

她一直以为，那天夜里或许真的有某个仙气飘飘的神仙，看她太可怜，大方不计较地庇佑了她。

原来，并不是神仙呢。

3

第二天，林循起得很晚，前一天破天荒地有点失眠。

她没什么胃口，连泡面都懒得煮，干脆随便从衣柜里拽了件卫衣套上，踩着帆布鞋出了门。

推开门才发现门把手上挂着一个透明袋子，里头装着一盒饺子和一罐褐色的酱。

林循拿起袋子口贴着的一张纸条，是姜老太写的。

小林，我先去摊位了，怕你起得晚，就不敲门了。我今早包了饺子，是猪肉白菜馅的，吃的时候先烧水，水沸下饺子，浮起来之后再煮一两分钟就行。这酱也是自家做的，蘸着吃。

林循看着那纸条许久，抿了抿唇。她拿着袋子回到厨房，按照姜老太的指示煮了饺子，端到餐桌上吃起来。

饺子皮很软，个头又大，鼓鼓的，胖乎乎很可爱，咬开一口，滚烫的汤汁往外冒。

蘸酱是咸辣口的，里头大概有藤椒末，没吃几口额头便见了汗。她一边吃，一边点开《森林寓言》的最新一期。

等吃完满满一碗，恰好听完整期节目。耳朵和胃都得到了治愈，身体和心里的沉重郁气也从打开的毛孔中挥发出去了。

她拉开窗帘，让阳光照进来，然后舒舒服服地去冲了个澡，换上了一件精神些的衣服，再次出门。

半午太阳没有很浓烈，风也不热烈。楼道里，细小尘埃静静在光柱里飘浮。

路过 101 室门口的时候，林循盯着那扇厚重生锈的大铁门，脚步莫名顿了顿。

她想到之前姜老太三番五次找她修理东西，"顺带"请她吃饭，以及今天的饺子和蘸酱。

沈少爷跟他外婆其实挺像，大概都嘴硬心软吧。这祖孙俩，难怪尽管每天都贫嘴吵架，经济也困难，却能把日子过得这么好。

到工作室之后，林循点开昨天程孟推给她的宁琅的微信名片，加了好友。

几乎下一瞬，对方便通过了她的好友申请。

林循直截了当地打了个电话过去，省去时隔多年的寒暄，开门见山地说了之前的事。

她没带太多私人情绪，把私事当公事办。

对宁琅这个人，林循压根儿提不起什么同他争执的念头，争执意味着需要花费时间纠缠。

她只想着能把问题解决就好。

电话那头滞了一瞬，半晌后苦笑道："是我好心办坏事了，林循，你没生气吧？"

林循没回答他的问题，淡淡道："知道是办了坏事就好。未来我们和睿丽兴许还有合作的机会，下一次还请宁总高抬贵手，公事公办吧。"

宁琅听她的称呼，呼吸声在电话那头转了两圈，忽然低声道："嗯，我会注意的……你不知道我看到你打电话来多高兴。这周末有空吗，一起吃个饭？就当我给你赔礼道歉了。"

"吃饭就不必了，我周末还要加班。以后有合适的合作机会，我会让工作室的策划联系您团队的，辛苦。"

林循平静地说完，掐了电话，然后找了个机会，把所有的来龙去脉跟工作室的众人说了，包括远山几次三番迟到、放鸽子，睿丽过低的报价，以及这背后的龃龉。

她说得很平淡，汤欢听完却挑了挑眉，揶揄道："所以，睿丽的那个小宁总是你前男友？"

她跟林循同窗四年，从来没见林循谈过恋爱。

那会儿林老板凭着这张脸毫不费力地大杀四方，校里校外追求者都不少，但就没见她对谁动心过。

所以汤欢合理怀疑，她要么性冷感，要么有过一段难以忘怀的感情史。如果对象是小宁总，那确实年轻有为，样貌也是一等一的，挺够格。

林循却转着笔，不咸不淡地来了句："不是。"

汤欢摸了摸下巴，表情意味深长，明显不信，但见林循不想多说，也就没继续打探："我只想知道，我们和远山还有合作的可能吗？"

林循思忖了片刻，冷静道："我给宁琅打过电话了，他答应不会再多事。以后我们和睿丽或许还有正常合作的可能性，但这一次……"她说着，摇摇头，"今早我发邮件过去，要了远山下个季度原先的档期表，的确很满。其中有好几个都是大制作，网络剧、动漫配音，外加广播剧《长耀》……按照正规渠道，人家确实看不上我们。"

周洲听到这儿，瞪大了双眼："寻语公司接的《长耀》？我前两天刚看到官宣，宣传片还没出呢就上了好几次热搜。卡司阵容中有远山吗？竟然没被寻语工作室包揽？"

林循想起上次远山满脸吃了屎的表情，长睫轻扇："嗯，他还是男二号。"

寻语工作室放着自家这么多顶级 CV 不用，高价聘请一个别家公司的。看来有天赋有能力的人，在哪儿都会被认可。

周洲倒吸了一口气，好半天后，压低声音道："难怪他这么生气，我要是他，这么好的机会让公司给掐了，还被逼着配一个低价小 IP，我估计杀人的心都有。"

他说完，发现自己站错队了，咕哝着往回找补："那他也不能羞辱人啊，长得好看又不是老大你的错，他凭什么这么想？"

林循反而无所谓："人受了委屈自然要发泄，何况是这样明摆着的权势倾轧。你下午给睿丽打个电话，就说我们有别的选择，就不麻烦远山老师了。"

周洲点头，这么处理确实更好，可他又替林循不值："但他这么看你，你还帮他？要不我去帮你出出气？我们都知道，老大你根本就不是那种人。"

闻言，林循弯了弯嘴角，眼角眉梢都上挑起来，是毫不掩饰张扬的漂亮："我管他怎么看，跟我有半毛钱关系吗？起码他有一点没说错，老子就是长得美，红颜祸水、倾国倾城的那种。"

"……"

众人难以反驳。但就是，为什么，就这么嚣张呢？

玩笑开罢，工作间里的气氛难免有些低落。不管怎么说，谁都不愿意成为被瞧不起的一方。

这场闹剧下来，"一只夜莺"不像精美华贵的禽类贵族，反而像个遭人鄙夷的跳梁小丑。

周洲和后期小妹李迟迟都瘪了嘴，无精打采地敲着键盘。他们都

是大学毕业后就进了"一只夜莺"。

再摆烂，再摸鱼，再社恐，也都跟着挑剔的林老板和严苛的汤老板一起并肩奋战到现在，摸爬滚打做完了每一部剧、每一行台词、每一轨声音……

从第一部剧上线的时候只有寥寥几个听众，到现在官微有几万粉丝在催更。虽然至今没有大火，但一步一步稳扎稳打，踏实向前。

几个年轻人，二十几岁的年纪里，对于事业的一切骄傲和妄想，都在这间小小的工作室里了。

林循见状，站起身，语气坦然却不卑怯："就不谈这次的闹剧。专业和名气上，目前我们确实高攀不上人家。但我相信之后不是没有平等合作的机会，只要我们把工作室做好、做大。希望有一天，是我们挑 CV，不是 CV 挑我们。"

汤欢闻言，嘴角扬起，拍了拍手，掌声里却没了往日的严苛。

"这句话今日最佳，大家已经做得很好了。明天开始，放两周假，奖金我已经准备好了，一会儿就发。"

她说着，声音低下来，伸手过去薅了一把周洲的脑袋："能和你们共事，是我的荣幸。"

周洲忍不住"嗷"了一声，双眼忽闪忽闪地看着她，李迟迟也嘻嘻地抿唇笑。

林循跟着弯了眼睛。

汤欢没再加剧这种不常见的煽情氛围，转而又问她。

"林老板，那'玉清子'的人选怎么办？在预算内，我们已经没有更好的选择了，只能退而求其次。"

林循顿住，下意识抠了抠手背上的夜莺文身。莺背羽毛边缘因为她长期无意识的动作，褪色了一点点。

这文身是她大学毕业那年，用兼职多年的积蓄开这家工作室的时候文的。

当初程孟问过她，为什么要给工作室起这么个名字。林循那会儿没好意思说。

她小的时候一直很害怕黑暗阴森、潮湿狭窄的环境，也怕各种黑暗中爬行的昆虫。

但那会儿刚来昼山的时候，她和奶奶只能租住在菜市口附近的地下室里。

祖孙俩和从青原翻山越岭带来的三个巨大的蛇皮袋，挤在一个不足十平米的房间。卫生间和厨房是和隔壁共用的。

昼山本就潮湿炎热，更不用说排水通风很差的地下室。

在这样阴暗又湿润的环境里，老鼠和蟑螂是常客。起初那个月，林循常常睁眼到天亮，说不惶惑茫然是假的。

比起青原，这个大城市对她来说，更像一个原始又危险的庞大森林，充满着令人恐惧的未知。

但她通过一中入学考试的那天，回家后，奶奶兴冲冲地递给她一个小巧的收音机，以及一副轻飘飘的白色有线耳机，说是给她的入学礼物。

她那会儿还不太会用，随便拨到一个电台，女主播正在读王尔德的童话，《夜莺与玫瑰》，她的声音温暖淡然，娓娓道来。

在那个故事里，夜莺在月下彻夜吟唱，任尖刺穿透心脏，用自己的鲜血和躯壳滋养守护了玫瑰。结局却荒诞，夜莺的付出被弃如敝屣、碾于车轮之下。

那晚上林循沉浸在故事里，没顾上惶恐，只是淡淡想着，如果这世上能有这样一只夜莺愿意守护她，那她绝不辜负。

后来，林循爱上了各种人声，僻陋出租屋里深埋的巨大空白、刻意忽视的惶惑不安和恐惧，皆因为一副廉价耳机和许多现在听来制作粗糙的有声剧和电台而逐渐沉寂、明静。

再后来，她开了这间工作室，取名叫"一只夜莺"，妄想未来的某一天，他们产出的声音能如夜莺一般，守护一些像她这样的人。

……

许久后，林老板蓦地抬起头，双眼明亮，面孔漂亮。

"与其退而求其次，找个不那么适配的CV，我心里有另外一个想法。就是或许，有些惊世骇俗。

"我们培养一个天赋绝佳的素人怎么样？属于我们自己的，一只夜莺。"

4

话音落下，工作室里静默了一瞬。

半响后，汤欢打破沉默："培养一个新人CV？你是说……让他配'玉清子'？"

她也曾经想过培养新人，但那是为了工作室长期发展考虑，而非为"玉清子"这个角色——一是配音难度大，要求高，二是录制时间迫在眉睫。

实在有点冒险。

凡尘的剧本早就搞完了，距离正式开始录制，只有两个半月。

谁能有信心在这么短的时间里，将一个素人培养成专业能力过硬的配音演员？

林循早就预料到大家会有疑惑。

其实她自己一开始冒出这个想法的时候，也觉得是天方夜谭。

她想了会儿，忽然点开浏览器搜索，然后拔掉耳机，让声音外放。

"这是寻语工作室出品的《森林寓言》，最新一期，大家一起听听。"

今早出门前，她配着姜奶奶给的饺子，恰好听了这期节目。

在这一期里，祁南县下林村的孩子们又配了一个广播短剧。

不同于之前的小打小闹，这期的剧本是由国内某个知名编剧执笔，改编自一本现实小说中的经典桥段。

该片段有四个角色，分别饰演公爵和公爵夫人、年迈的女仆和青年管家，年龄、性别、身份、地位都有不同。

笔记本电脑的音响很一般，伴有轻微电流和排气扇的声音，却瑕难掩瑜。一开场，所有人都被惊艳了。

饰演公爵的孩子嗓音听着不过十来岁，但经过刻意塑造后，却稳重威严，听着竟真的有上位者的气势。

接着是女仆。

小女孩还在发育的幼嫩嗓音被压低，掺杂着恰到好处的气声与喉音震颤，让人忽略她的原声，脑补出一个佝偻沧桑的女仆形象。

其他两个角色同样出色，整体感情流畅，代入感十足。

听完这个音频，就连对声音无感的汤欢也咋舌："这些小孩练了很久吧？这么专业。要不是声线稚嫩，我还以为是专业 CV。"

林循没吭声，点开第一期："这是三个多月前。"

音频中，孩子们的嗓音瑟缩、拘谨、毫无技巧，普通话也非常不标准，掺着青原语调生硬的方言。

光听声音便能想象到，这是一群再平凡不过，亦没机会接受良好教育的大山里的孩子。

大家听完瞠目结舌，也明白了林循的意思。

林循适时道："每个行业都有敢于尝试的人，当其他人觉得高山不可逾越的时候，他们已经攀过山巅，前往新的天地了。与其被人挑选，高不成低不就，不如我们也赌一把。"

汤欢沉思了片刻，眉头忽地一展："林老板说得对，咱们目前的发展确实有些停滞不前。被人拒绝了，就降低标准选个要价低、适配性差的，出来的成品不尽如人意，陷入恶性循环。"

她说完，看向林循："但你之前也说过，'玉清子'这个角色对嗓音条件要求很高，咱们能找到合适的人吗？"

林循下意识地点头："我认识一个人，老实说，他的嗓音条件比远山更出色，也更加符合我心中'玉清子'的声线，我对他很有信心。"

"真的吗？"周洲闻言来了兴趣，音色比远山还好听，那得多好听啊？

他说着，两眼放光地问："人在哪儿？有 Demo 吗？可以听听声音吗？"

林循噎了下。

突然意识到，她好像话说早了，沈少爷那边她都还没去问过呢。

傍晚，大家忙完《小蔷薇》的收尾抽奖活动，开始了长达两周的假期。

林循从工作室拎了一盒中秋月饼，路过小区门口的菜摊，正好遇到姜老太收摊，便干脆搁了东西，站在旁边等她。

老太太脖子上挂着个付款码的牌子，喜滋滋地收起铺在地上一扫而空的油布，同林循讲："现在人出门都不带钱，只拿一部手机。我前几天让小郁帮忙弄了个收钱码，生意果然好了很多。今天的菜全卖光了，还卖了三瓶辣椒酱，一共八十几块钱呢。"

林循眨眨眼，跟着乐："那是不少。"

她知道老太太有退休金，加上卖菜的收入，两个人生活紧紧巴巴够用。

就是需要精打细算了。

两人并排走进单元门，等到了 101 室门口，姜老太开门走进去，连邀请她的客套话都没说，直接扔了一双拖鞋在门口，歪头出来，笑得露出一排整齐假牙："我今天早上便宜买了两斤鸡爪，卤了四小时，软烂得很。等我再炒两个菜，咱们就开饭！"

"嗯，好。"林循也不客气，换上拖鞋往里走，把那盒昂贵的流心月饼搁在客厅茶几上。

姜老太一头扎进厨房，打开油烟机，关上了门。

沈郁也在家，正在阳台上浇花。黑色长袖袖口挽起到臂弯，露出的小臂线条紧实。

他右手轻抚花叶，左手手腕下压，水流如注一丝不落地浇入盆中。

窗外斜阳昏黄，男人侧脸精致冷淡，眉眼和下颚都放松。

比起昨晚上的狼狈拘谨，他在这个家里，明显松弛慵懒很多。

林循远远看着他，摸了摸鼻子。不知道为什么，感觉有点尴尬。

这么多年前的事，他大概率不记得，而且就之前的几次相处来看，他并没有因为那件事对她产生什么看法。

就算产生过，也非常仁慈地没当面表现出来。

但林循还是觉得莫名的不自在。

这种感觉就像是，本来吧你觉得有个人脾气挺臭的，阴晴不定，跟你关系也非常一般。

你觉得他日子不好过，懒得同他计较，大部分时候冷眼旁观，少数时候因着淡薄的交情帮衬一二，觉得自己已经仁至义尽了。

然后突然有一天，发现这个人其实在你穷得要死的时候，匿名借过你吃饭的钱，让你不至于充当街头饿殍。

并且这么多年，一句都没提，也没以此博得同情和帮助……

林循顿了会儿，抱着胳膊走过去，咳嗽了两声，挤出一句关心："沈郁，你伤口好点了吗？纱布记得换，然后不要沾水，不然容易感染哦。"

她刻意放缓了语速，以表达善意。

谁知他态度却和昨晚上没两样，依旧阴晴不定，搁下手里的水壶，迈着长腿越过她，懒懒散散地往沙发上一靠。

他双腿交叠起来架在旁边的矮凳上，靠着沙发背闭目养神，这才来了一句："真把我当小孩了？那可多谢你关心。"

林循噎了下，琢磨了一会儿他的话，才明白应该是自己昨晚上那副"帮忙照顾邻居家倒霉孩子"的态度惹毛了他。

以这大少爷的自尊心，昨晚又当着她面摔了跤，心情差点也能理解。

何况，还得跟他提配音的事。

林老板走到沙发旁，十分宽容地耐着性子顺毛："谁把你当小孩了，你应该比我大！"

她生日是十一月份，高三上学期才满十八虚岁，应该是班里偏小的了。

当然，后来她被一中开除，在昼山打了一年工，又复读了一年，所以大学毕业比较晚。

沈郁闭着眼，双手交叉枕在脑后，不咸不淡地嘲道："你还知道啊？"

林循仔细辨别他的语气，虽然还是有点怪，但方才的紧绷气场似乎松懈下来不少，这次倒像是被摸顺了毛。

她于是再接再厉道："知道，你个子也比我高，腿也比我长，能够到我够不到的地方，行不？"

沈郁突兀地朝着她的方向掀起眼皮，那动作像是在表达——"但凡我不瞎，我都想睁开眼看看你现在是不是精神错乱了"。

好半晌后，他不耐地来了句："你到底想说什么，直说行不？很瘆人。"

林循非常有自知之明，她压根儿不知道怎么哄人，耐心也有限。

何况，她觉得与其搞这些虚的，不如帮点实际的。

他们工作室需要一个突破，需要一个能够打破当下局面的、令人惊艳的声音。

而对沈郁来说，这个社会对视障人士并不友好，就业很难。如果真的能走上配音这条路，也不失为一条很好的出路。

这是双赢。

林老板思及此处，在他身边坐下，开门见山道："老同学，帮我个忙行不？"

沈郁听她用上这样的称呼，又是如此正经的语气，眉头登时一皱。

他收起不耐，下意识地压低声音问道："怎么了？"

林循听他没直接拒绝，心里有了点底，斟酌道："事情有点复杂，我长话短说。你应该知道我现在在昼山开了个广播剧制作工作室吧？"

她第一次来他们家的时候就跟姜老太说过，当时还解释了什么叫广播剧来着。

不过当时沈郁一直在玩游戏，林循也不确定他有没有听到。

沈郁点头："嗯，知道，所以？"

林循接着说："然后寻语工作室你肯定知道吧？我在他们制作的公益电台节目里听到你的声音了。"

她说完这句话，沈少爷突然再次睁开眼，脸上表情有些了然。

几秒后，那双漂亮但无神的眸子又合上，却没否认。

林循见他这副态度，应该是在做义工的时候对有声行业有所了解，正好省得她从头介绍。

她继续说："是这样的，我们工作室目前有个广播剧项目，里面的男主角对 CV 的声线要求比较高……"

她省略了和宁琅有关的事，简短地说了下事情经过："原本想找的配音演员叫远山，在业界很有名气，不知道你听过没。"

为了方便沈郁理解她为什么找他，林循又多解释了几句："他是我审过的人里最适合这个角色的，也是我的第一选择。但是他接下来要录制寻语工作室的另外一个广播剧《长耀》。《长耀》比我们手头这个 IP 要大很多，给的报酬也高很多……"

她刚说完，还没来得及引出目的，沈郁忽然慢条斯理地开口："所以，你想让我帮忙，换掉他？"

"……"

林循有点没反应过来，又听他没什么情绪地说："抱歉，这件事我没办法帮忙。你自己都说了，《长耀》比你们手头正在做的IP要大，报酬也多，他得到这个机会也不容易。"

他语气平平，话毕眉头下压静了片刻，缓缓跟了句："你说一下要求，我帮你找找别人吧。"

和远山声线相似的，他手头有几个，恰好接下来有档期。

至于报价……虽然他是老板，但也没有压CV价位的做法。到时候私下帮忙垫一些也就是了。

"……"林循听到这里，忍不住掏掏耳朵。

她当然没有让寻语工作室换掉远山的意思，但就算她真的有这个意思……

不是，沈少爷到底哪儿来的自信啊？这年头义工还能决定选角吗？

至于帮她找找别人，哪怕他的确认识几个寻语的CV大大，人家能答应吗？

她只当沈郁是一时口嗨，没接这个茬，解释道："没有，远山在业界很有名气，也很有实力。就算他不接寻语工作室的活，也会有很多项目等着找他，档期很难清闲。何况，以我们目前的预算，也请不动他。我的意思是……"

林老板轻咳一声，直抒来意："沈郁，要不，你帮忙顶上？"

她诚恳道："我觉得你的声线比远山更加适合这个角色。"

"……"听到这里，沈少爷脸上的表情几乎瞬间凝固。

沉默了足足半分钟后，他缓缓挑起眉头，没好气地来了句："他不清闲，我就很闲了？以你们的预算请不动他，那就请得动我了？"

语气里，居然有那么一丝，令人匪夷所思的受伤意味。

那感觉就像是，把他和业界有名的CV放在一起提及，是在侮辱他。

林循完全不知道他在受伤什么。

只当他一直以来优越惯了，不愿意同人作对比。并且大概，真的对配音这个行业毫无认知。

她想了想，觉得从这个角度或许说不通，于是换了个角度，斟词酌句后，十分友善又坦诚地讲："那个，沈郁……我没有别的意思啊。我知道，你现在生活得挺充实的，平时帮着姜奶奶买买菜、干干家务活、打打游戏，没事儿还去青原山区做做义工，真挺好的。

"但我觉得这件事你可以认真考虑一下。你的嗓音得天独厚，做这行有天然的优势。而且配音这个行业对视力没有要求，工作时间也相对自由。之后如果做得好，收入是很有保障的，姜奶奶也可以不用那么辛苦，你说呢？"

"……"沙发上的沈少爷突然把双腿从矮凳上放了下来，蓦地坐直了身子。

阳台上风刮过兰叶，嗡嗡作响。他后知后觉地伸手，摸了摸自己的耳郭，难以置信到有些发蒙。

/ 第五章 给他找个活儿干 /

喜欢不喜欢，其实很明显。

1

林循知道自己的话虽然客观，但其实挺不好听的。她尽力斟酌着措辞，顾及他的自尊心。

"沈郁，你如果答应，我们会免费提供培训，带你进入这个圈子。虽然这次给的钱不多，但我跟你保证，只要你能好好提高自己的业务水平，以后能接的项目一定会越来越好。哪怕不能像从前那样大富大贵，起码有份收入可观且稳定的工作。"

她看着沈郁脸上凝固到几乎快要破裂的表情，话锋又回转。

"当然了，主要也是我想请你帮忙。我们工作室到现在都没能做出一部大热剧，在市场中止步不前，只有任人挑选的份。所以，我们特别需要培养一个属于自己的新人，打造我们的招牌'夜莺'，我直觉你就是。"

这番话，起承转合，点到即止，既顾全了他脸面，又把自己的诉求说得一清二楚。就算汤欢在场，恐怕都挑不出问题吧？

林老板对自己这次的发挥十分满意。

然而在她说完的很长一段时间里，身边的人都有点蒙，像是没反应过来的样子。

义工？沈郁手肘支在膝头，偏了偏头，在记忆里努力搜寻着这个词汇，好半晌才想起来，好像，确实有这么回事。

《森林寓言》第一期节目录制的时候，项目组的后期不小心把他的声音剪进去了，没想到在评论区掀起了一波讨论。

鉴于沈郁极少用真声示人，宣发就随便帮忙编了个身份。他们编的身份，好像就是义工。

这件事其实他都没有太放在心上。他不希望将真实嗓音暴露在外，并没有什么特殊原因。

只是因为他私心里认为配音演员和演员一样，需要神秘感，只有弱化本身，才能强化角色。

譬如一个演员，上太多综艺，将自己的真实性格坦诚地呈现给观众后，演戏容易没有代入感。

对他来说，做到这一点并不难。

他极其擅长变音、伪音，也就是俗称的"声音化妆"。每次拿到剧本都会根据不同角色去调整声线，让声音为人设服务——从业这些年，他甚至在一些动漫中配过动物、汽车、乐器等非人声的角色。

但除此之外，他其实从来没有刻意隐藏过身份，起码在昼山的配音圈里，认识他本人的不少。

所以他想当然地以为，林循是听出节目里他的声音后，跟人打听到了他的身份，才会来找他帮忙。

"……"沈少爷灵活的脑子花了许久才消化掉这些令人匪夷所思的信息。

直到林循态度良好地继续游说："你不用现在就给我答复，下两周工作室休假，你可以慢慢考虑。"

"所以，"沈少爷喉结上下滚动了下，"你的意思是，因为觉得我……"

他顿了片刻，感觉有点说不出口："……觉得我无所事事不挣钱，靠老太太养着。觉得我们生活得窘迫又可怜，想给我找个活儿干？"

他觉得很离谱。

老太太确实太能装了，什么十五块一条的鱼、买不起的火龙果、不要钱的辣酱和南瓜藤。

他配合她的说法，是希望林循过来吃饭不要有心理负担，所以从来没吭声。但他以为这么长时间过去，她应该多少能看出来。

这个家虽然应老太太的要求，没有重新装修。可大到家具布置、小到吃穿用度，没有一处不昂贵精细。

餐桌和茶几用的是黄花梨木，门口的地毯是密织羊毛，墙上挂着拍卖的大家作品，阳台的兰花也是名贵品种。

就连她每天吃饭用的筷子，都是不易腐朽发霉的红檀木。

更不用说设计师一寸寸精裁的各色衣物，款式虽简约，但面料和剪裁极其讲究舒适，他一贯不是个能将就的人。

沈郁想到这儿，突然意识到，如果是林循的话，或许真的看不出来。

她不是他从小认识的那些同龄人——住别墅、坐豪车，衣食无忧、奢侈无度，世间再昂贵的东西都觉得稀疏平常。

她的世界里，从来没有这些。

"……"所以，这么多天，在她眼里，他就是个衣来伸手饭来张口、靠年迈的外婆卖菜养活，还动不动发脾气、养不熟的"白眼狼"呗？

……他不要面子的吗？

沈郁想到这儿，抬手摁了摁突突跳动的太阳穴。

林循听到他方才的问话，刚想解释几句，厨房门忽地打开。

老太太健步如飞走出来，一边将两盘菜端到餐桌上，一边冲林循眨眼："小林，来尝尝这道爆炒海参，这可是好东西，是我一个在默海的侄子寄过来的，不要钱，免费吃。"

她话音刚落，林循还没回答呢，沙发那侧忽然"嗤"了一声。

那语气像冬日屋檐下结的冰凌，掉下来能戳人两个窟窿的那种。

"侄子？哪个侄子？

"我怎么不知道你还有个侄子在默海，还给你寄免费的海鲜？这么大方的人，介绍给我认识认识？"

明明是他花钱买的，很贵。

"……"姜老太回过头，她的好外孙此刻坐在沙发上，长腿屈着，双手支着膝盖，整个人漂亮俊秀，脸却黑得像喜剧角色里的黑脸张飞。

谁又惹他了？

老太太隔着空气剜了沈郁一眼，转而招呼林循吃饭："别理他，跟个刺猬似的，咱们吃饭。"

林循自然知道他在别扭什么，一时转不过弯来，不好意思在老同学面前直面自己的贫穷，也很正常。

她宽容地闭了嘴，伸出手轻轻拍了拍沈少爷的肩膀，应了一声，起身走到餐桌边，看老太太细心地把菜里的葱姜挑出来。

姜老太戴上老花镜，把一些难啃的尖骨头去掉，又把饭和菜细细分了，搁在沈郁惯用的餐盘里。

他的餐盘是银白色的，一共有四个格子，还附带一个同色汤碗。

这餐盘不知道是什么材质做的，筷子尖触到几乎不会发出声响。

而且盘底很稳很重，随手碰到也不容易打翻。

林循心想，哪天应该管他要个链接。看起来质量很不错的样子，她有时熬夜审音，困到神志不清的时候常常打翻泡面碗。

等老太太分好饭菜，鼻子里"哼"了一声。

沙发上静如雕像的人这才站起来，单手抄进裤兜，脸上没什么情绪地走过来，坐下。

一顿饭吃得格外沉默。

只有老太太一个劲给林循夹菜。

林循吃不大惯海参，这东西她之前也就是跟着程孟吃过一两次，那味道和口感实在是难以消受。

她更偏爱卤鸡爪。姜老太的做法和她奶奶不同，是热汤的那种，更软烂。虽然少了些许嚼劲，但配上那咸辣口的汤汁，更加下饭。

饭后，老太太打算出门扔垃圾，顺便散个步，临走前切了几瓣西瓜放桌上，让林循吃完再走。

林循啃着西瓜，瞟了眼还坐在桌边的沈郁。他今天木讷到连贪吃蛇都没玩，像是被她的话点中了哑穴。

林循慢吞吞吐出几颗西瓜籽，用纸巾包了扔进垃圾桶。

这才好脾气地回答他饭前的问题——是不是觉得他生活窘迫可怜，才想给他找个活干。

"这世界上可怜的人多了，我能力有限，总得先顾着自己。业内贵的 CV 我请不起，要价低的我看不上，高不成低不就。恰好你嗓音条件好，我从业这些年也没遇到过比你天赋高的，我想选个最出色的人，你呢也能有份收入，我觉得对我们来说，都是个机会。"

"何况，"她又吐出一颗籽，实话实说，"我压根儿没觉得你现在有多可怜。反而高中那会儿，你那么有钱，金尊玉贵、要什么有什么，我偶尔还觉得你可怜。"

本想着怎么有意无意透露下身份、以洗刷耻辱的沈少爷微怔："为什么？"

"不好说，"林循回忆了一下，淡淡地形容，"感觉很难接近，像玩具店里最上层的礼物，华美昂贵、包装精致，但没人买得起。"

"反而是现在，我看着你跟姜奶奶拌嘴，逛超市、剖鱼、洗菜，觉得你更像个人了。"

沈郁顿了片刻后，哂道："……什么破比喻，矫情。"

林循也知道自己语文很不好，扯了扯嘴角不再吭声。要不是为了劝他，她也懒得绞尽脑汁说这么多。

过了须臾，沈少爷又不痛不痒地来了句："你怎么不去找宁琅？我记得他就在睿丽，认识的 CV 应该不少吧。"

他语气平静得没有任何情绪，林循却听出些莫名的意味。

她有些好奇，反问道："其实我昨天就想问了，你跟宁琅有仇吗？"

不然为什么每次提到宁琅的时候，语气都那么恶劣。

沈郁哂笑："没仇，他配跟我有仇？纯粹看不惯罢了。"

"哦。"林循忽略他语气中的桀骜，点点头，男生之间有些小摩擦也正常。

高中班里看不惯宁琅的人多的是。

她顿了会儿，干脆把宁琅之前的"好心帮忙"轻描淡写地说了下。

沈郁听完，没吱声，脸上亦看不出什么表情。

林循咬完瓜皮上最后一块红色，慢悠悠地咽下炸满口腔的香甜汁水，平静地道："这种帮忙我不需要，也偿还不起。坦白讲，倘若你真的在寻语说得上话，还是当初的大少爷，而不是一个小小的义工，那我今天就不会来找你了。"

她的声音很淡，裹挟在风里，喑哑漠然到像含了一口薄荷烟。

沈郁忽地扯了扯嘴角。

这么多年过去，他没办法再看到她如今的面孔，但此刻脑海中却浮现出十六岁那年，一中旁的坡道上，推着辆三轮车、倔强冷淡、漂亮到张扬的女孩。

也记起多年前的夜晚，在那个安静空旷的停车场里。女孩子软软趴在他背上，一双手执拗地搂着他脖子不肯松开，色厉内荏地逼迫他背诗。

在他机械地背到那句"安得广厦千万间，大庇天下寒士俱欢颜"的时候，忽然有滚烫的液体浸入他后颈。

耳侧声音比现在还要低哑不成句，卷着浓重醉意，像是马上就会消散。

"……也会有这样一间广厦，分给我吗？"

他蓦地停住，听到她的声音在发抖，牙齿也在上下打颤。

"沈郁，从今天开始，我没有爸爸了……

"我不是公主了，再也没有人送我洋娃娃，给我买书包和蜡笔……也没人会给我造宫殿了……

"我得靠我自己了……但我有点害怕……"

她从来都没变过，能依靠的，只有她自己。

大铁门在此时传来钥匙转动的声音，姜老太推门进来，拍掉身上的雨水，咕哝道："外头下雨了，还好我没走远。"

林循一看墙上的时钟，已经七点半了，她起身告辞："姜奶奶，我先回家了。"说着，俯身对沈郁低语，"你好好考虑，想通了给我打电话。"

冷酒入喉般的嗓音，连同身上淡淡的洗衣液味，糅杂着西瓜汁水的清香，骤然间离近又拉远。

几根柔软冰凉的发丝无意间擦过他的耳郭。

沈郁低了头，搁在桌上的手指微微动了动，像是想伸手抓住那一缕微痒，却终究没这么做。

林循说完，站起身往外走，迈出两三步后，听到身后传来了一声淡淡的"嗯"。

2

第二天，工作室正式开启两周的假期。正好赶上程孟他们电视台也放假，林循便约了她吃饭。

刚一见面，程孟便问她远山和宁琅的事。等听完林循的解释，她翻了个白眼，免不了又骂了宁琅几句，这才问道："那你怎么办？还得重新再选人吗？"

林循本想告诉她自己打算找沈郁帮忙，但话到嘴边，想到沈少爷昨天一晚上没联系她，能不能答应还不确定呢，便又收回话头："嗯，没事，我再找找吧。"

程孟唉声叹气了一会儿，这次选角她从头到尾都知道，折腾了这么久，竹篮打水一场空，她想想都替林循烦心。

等点的几样菜都上桌，程孟边吃，边跟林循分享前两天她和陈诺之去看的一部电影。

"《大兴安岭的林中人》，是翻拍砚池大大的同名长篇小说，韩遂和蒋蒝主演的，最近特别火，你看了吗？"

林循摇了摇头，这部电影评分很高，她听周洲和汤欢推荐过不止一次，但一直没时间去看。

程孟羡慕道："好想管你借一双还没看过《林中人》的眼睛去二刷啊。这剧本超级好，砚池大大太会写了。而且，韩遂也太帅了吧，他歌手出身，怎么演戏还能演得这么好？

"关键是，他的原声台词也太酥了吧？又清澈，又性张力十足。啊啊啊……我听完人都要没了，一整个心跳加速，腿软，抱着枕头在床上打了好几个滚，疯狂尖叫，恨不得变成他的话筒啊谁懂！"

林循也知道韩遂，他之前参加过一个配音节目，是当时的飞行嘉宾，声音和台词确实很不错。

虽然不能和专业 CV 媲美，但在非科班出身的青年演员里，也算相当够格的了。

不过，听程孟那高亢兴奋的语调，林循忍不住咋舌道："好听是好听，但有必要这么夸张吗？"

还心跳加速、腿软、被窝里打滚，隔壁桌的该以为她们在聊什么限制级话题了。

程孟顿了顿，诚实道："不夸张啊，这不是'声控'的基本素养

吗？"

她话锋一转："难道你没有过？"

她问完，想了想，好像的确很难把林循那张哪怕看到陨石落下也能淡定如常的脸，跟"脸红心跳、尖叫打滚"联系起来。

林循却愣了愣，这些话她在很多有声弹幕里也见过，但她一直以为是听众们在表达喜欢时用的夸张修辞手法。

她是很喜欢各种各样好听的人声没错。

特别是夜深人静的时候，或者是生活中面临难处的时刻，这些声音能给她带来治愈和力量，但像程孟说的这种反应，还真是没有过。

哪怕是沈郁，算是她最喜欢的那款嗓音。

但每次听到的时候，更多的是欣赏关注，以及羡慕嫉妒恨——觉得为什么这么万里挑一的声带没长她身上。

程孟看她的表情，了然道："啧，循循，亏你自称十几年'声控'，又是耳朵经济从业者，昼山出了名的金耳朵，原来……

"你其实，还没挖掘出'声控'的精髓呢。"

林循半信半疑："精髓？"

她从业这么多年，自信对声音的审美远超一些同行，每次选角也好、审音也罢，都追求极致完美。

还有什么精髓是她没抓住的？

程孟暧昧地朝她挤了挤眼睛，凑到她耳边快乐地说："声音是治愈心灵没错，审音需要理性分析也没错。

"但听觉，本来就是一种不可抗的生理反应，不用思考那么多，也不用在乎逻辑理性。当某个你最钟爱的声音，说出让你动心的话，那瞬间不用大脑思考，耳朵和身体就会有回应。

"这就是精髓。循循，你还不合格啊。"

林老板闻言生平第一次对自己的专业能力产生了一丝丝怀疑，声音带来的生理反应？

吃完饭，林循回到家，幸运地躲过一场雨。

走在楼道上，那雨便开始落了。

昼山的秋天并不干燥，雨下得虽然没春夏季频繁，但也不稀缺。

林循将玻璃窗开了一条缝。

雨声渐大，由淅淅沥沥逐渐变成狂轰乱炸，连成线敲击在屋檐上，又齐刷刷落上窗台，像错落和谐的高低声部。

林循听着雨声靠床坐着，打算问问沈郁考得怎么样。她原本想打个电话，又觉得电话太正式，像是催促，还是发微信好一些。

等她点开微信，才突然意识到，她根本没有沈郁的微信号。

高中那会儿，林循没有手机，只偶尔用学校机房的电脑登录账号。因为用得不频繁，所以从来没主动加过别人。

沈郁也不主动加旁人，不，他比她更恶劣。

高中时有很多女生想方设法加他微信，但据林循所知，没人要到过。

所以理所当然地，他们都没有对方的微信。

林循想了想，翻到前几天沈郁给她打电话让她去帮忙调电视机时用的手机号。

她把那串数字输进微信新朋友搜索栏里，跳出来一个账号。

然而，令她觉得诧异的是，这个账号竟然早就躺在她的好友列表里，没有备注。

什么时候加的……

难道是她的记忆出错了？

林循点进去，沈郁的头像是一片漆黑，除此之外没有其他杂色。

朋友圈则是一片空白。

林循不太确定这是不是他的微信，干脆不再猜，直接发了条信息过去。

循：沈郁？

几分钟后，对方回了条信息："什么事？"

林循知道没找错人，便把他的备注改成"沈郁"，随口问：你知道我是林循？咱俩之前加过微信？

这次对面隔了挺久才回。

沈郁：你微信号是 linxun1103，微信名叫"循"。

"……"林循几乎能想到他打这句话时的表情。

感觉有被隔着屏幕嘲讽到，却没注意到他只回答了第一个问题。

林循想了想，开门见山地输入。

循：配音的事，考虑得怎么样了？有什么要求都可以提，我们可以商量。

沈郁：我在看我接下来的档期，得看看能不能挤出时间，等安排完再告诉你。

"……"因为不是语音，没办法分析他的语气，但起码从这段文字上来看，他是认真的。

林循有点想跟他说，这份工作真的不影响他抽空玩贪吃蛇，也不影响他逛超市洗菜剖鱼，但她忍住了。

谁都有色厉内荏、故作坚强的时候，谁都需要保护色。

而且，他今天没拒绝，很明显是已经把她的话听进去了，只是面子上还下不来而已。

　　林老板想了想，宽容地输入：好，不急，那你慢慢安排。

　　她又添了句：早点睡，晚安。

　　林徇说完，把手机搁在一旁，翻开电脑，随意看着配音圈的论坛。看了一会儿后，突然刷到一个帖子，是有关千寻大大的。

　　八卦：你们信不信，千寻大大从素人出身到上阵配萧珏，只训练了三个多月！

　　萧珏是当初千寻配的第一部网络剧，后来大爆上星，导演就是如今电视圈赫赫有名的杨勘。林徇看到这标题，不由自主地点进去。

　　发帖人自称是当年杨导剧组中的一名录音师。

　　楼主：大家估计不知道，杨勘导演在拍电视剧之前是电台节目的编导，所以对配音演员的声音要求特别高，萧珏的配音一直没敲定。

　　楼主：当时杨导在圈里没什么名气，约了好几个有名的配音演员，都没谈拢价格。他又不愿意将就，最后一拍板，决定训练一个新人。他跟千寻大大好像是在咖啡厅遇见的，偶然听到他的声音，当即惊为天人，就死命去勾搭人家。后来亲自给人上配音课，临阵磨枪了三个月就上岗了。

　　楼里大部分人都当故事听。

　　1L：怎么可能，萧珏的配音从现在来看都很专业好吧，我就是当时入坑千寻大大的。训练三个月？你逗我呢。

　　2L：就是，虽然是有小道消息说千寻大大不是科班出身，但你这说的也太扯了吧。

　　……

　　当然，也有顶楼主的。

　　12L：我也是之前杨导剧组里的，楼主说得没错啊，千寻大大真的就只学了几个月［捂脸.jpg］，不要限制你们对天才的想象好吗？

　　18L：我也觉得有可能欸，毕竟从专业角度来看，千寻的第二部剧就比第一部进步了很多，也就时隔半年而已。

　　林徇看完，却觉得这消息相对可信。

　　因为，楼主所说的杨勘导演当时的心路历程，几乎和她现在一模一样。

　　而且，她是知道的，杨导成名前一直是一档电台节目的编导，那节目她听过很多年。

　　林徇慢慢挑起眉，千寻老师肯定是这行业里万里挑一的天才，三个月就能成就一个如此惊艳的荧屏角色，绝非常人所能及。

但以她这么多年的耳力，沈郁未必就差多少。

有这样的成功案例，让她心里对这件事越发有底。

现在只等沈少爷回复了。

林循打了个呵欠，拿了睡衣去洗漱，又看了会儿平台上《小蔷薇》的评论，这才躺在床上准备睡觉。

窗外雨声渐小，风也温柔，薄棉被也软软的，被窝里有种舒适的困倦感。

困意渐渐上涌，夜晚沉谧，搁在枕边的手机忽然微微响动了下。

林循睡意惺忪地点开，发现沈郁给她回了一条微信。

这次居然是语音，但很短，只有两秒钟。

林循懒意地半合眼帘，捞起手机塞进被子里，她随手调小手机音量，而后把下缘音响出口对准耳郭，按下播放——

那瞬间，极其清晰柔软的三个字，清冷中带着从未有过的温柔语气，就这样毫无防备地撞进她耳朵里。

"嗯，晚安。"

嗯。

晚、安。

像块湿透的泥沼，让人想无止境地下陷。

"……"

耳朵里有一簇温柔烟火骤然炸开，嗡鸣声里，那余热经久不散，轰的一声烧到脸颊，脖颈以上迅速升温。

睡意顷散。

下一秒，心脏肌肉似乎失控，疯狂跳动起来。

扑通、扑通、扑通。

胸腔里有血液加快泵出，瞬间流经四肢百骸。五指放射性地酥软，不自觉轻攥身侧柔软床单，嘴角亦难以抑制地跟着心跳上扬。

不可抗拒的，生理反应。

窗外雨还在下，如同珠玉敲击窗台，时间在这刹那似乎静止。

柔软滚烫的被窝里，林循如同被热焰烧到一般，将手机远远扔开，掀开被子、坐直、开灯，伸手摸到床头柜上。

细长的五指紧握透明玻璃杯，白皙修长的脖颈后仰，如藻长发随着胸腔起伏。

一气呵成灌下一整杯冰水。

3

等喝完一杯水，林循咬着唇坐了很久，忍不住抬手摁住起伏的胸口。

此刻的心悸太过陌生，就连十几岁的时候都从未有过。

狭小的房间里，鸦默雀静，只有床头闹钟指针细微的走动声。

以及一声比一声急促的心跳。

明明手机早已被扔得远远的，无声黑屏了。那声音却像循环慢放，铺天盖地地慢慢充斥了她的耳窝。

带着从未有过的蛊惑，毫无防备地侵袭而来。

他的声音她听过很多次，不耐的、嘲讽的，抑或是大多数时候毫无情绪的。

却从未有一次像现在这样，温柔、慵懒、松弛、宠溺。

像是凑在她耳边，悄悄说给她听。

林循轻喘了几口气，还是没能按捺住沸腾的心跳。

她起身走去洗漱间，想用冷水洗把脸，可还没等打开水龙头，便被洗漱台镜子里那张绯红的脸吓了一跳。

那上扬的嘴角带着藏不住的笑意。

眼睛和眉毛也是弯的，整张脸原本攻击性极强的五官因着这表情，柔和了许多。

林老板猛地低下头，不敢再看镜子。

她迅速打开水龙头，双手合拢接了些冷水扑在脸上，如此往复几次，才终于感觉那热意散开了些。

从卫生间回去之后，她没再躺下，而是打开灯靠在床头。

心里有种莫名其妙的怪异感觉升起来。刚刚那不受控的感觉实在陌生，要不是今天程孟恰巧跟她提过，她都要怀疑自己是不是成了个变态。

但林循多少还是有点心虚，总感觉自己像是被传染了某种"大病"。

于是她打算上网搜一些相同"病例"。

林循想了想，点开一些之前令周洲和李迟迟他们惊叫连连的配音视频，专门拉到评论区里看底下的评论。

然后在一堆"嗷嗷嗷嗷嗷""啊啊啊啊啊"中总结出以下几点重度"声控"的症状——

"心跳加速""姨母笑""腿软""疯狂尖叫""在床上打滚"……

林循逛了一圈，眉头总算松懈下来，长长地舒了一口气。

看来"病友"很多，确实像程孟说的那样，这是一种在听到极其中意的声音之后非常正常的生理和心理双重反应。

就像某些"颜控"见到帅哥美女、瘾君子抽到优质香烟一样，没什么大问题。

而且跟他们比起来，她也还好嘛。

她也就是"心跳加速"的阶段，充其量带了点"姨母笑"，而且在短暂的两分钟内就完美控制住了呢。

就，也没那么变态嘛。

林循点了点头，摁灭手机和床头灯，心安理得地躺下准备继续睡觉——

她用棉被蒙住了脑袋，隔绝外界声响，却怎么都睡不着。

心跳依旧热烈，某种神经递质在大脑皮层里反复作用。

好半天的翻来覆去后，一条纤细白皙的胳膊从柔软的被子里伸出去，鬼使神差般摸到床头柜上的手机，勾进来。

被窝里静悄悄、热腾腾。

那只手重新点开某个令人上瘾的聊天框，还暗戳戳地给耳朵戴上了蓝牙耳机。

像是在为观看某些隐秘的限制级内容做准备。

透红的指尖快要戳到那条两秒钟的录音时，又退出去，十分谨慎地百度了一下。

微信反复播放语音消息，对方会有提示吗？

等得到了否定答案，那手指才再次放心大胆地回到聊天界面，深呼吸了一下，把那条语音又放了一遍——

两遍。

三遍。

四遍……

温柔宠溺的那三个字在耳机的加持下更加清晰直接，像是小猫软软的舌头在轻舔她的耳道。

等听到第二十遍的时候，林老板死死叼着食指关节，十分安静且克制地翻了个身，然后强制按了关机。

不管怎么样，绝对不能发展到尖叫打滚那一步，绝不。

第二天，林循在家宅了一整天。

因为不用上班，她干脆没出门，也没有再给沈郁发微信。

事实上，每当她企图点开和他的聊天框，发条消息问问他想得怎么样了，手指头就总是忍不住戳开最后那条语音。

一旦点开那条语音，便是没完没了的循环播放。

然后是灵魂出走般的失控、堕落、沉迷。最后往往以清醒后的深刻批判、自我规劝、强制关机结尾。

……

无所事事却超级消磨精力的一天过去后，林循木着脸，给程孟打了个电话。

程记者还在补觉，声音里带着被她吵醒的恼怒："干吗，这才一天不见，这么想我吗？"

她俩这工作性质都挺日夜颠倒的，动不动还能抽空打个电话聚个会，真的可以说是革命友谊了。

林循听出她很困，长话短说道："问你件事，你昨天说的……那个生理反应，通常会持续多久？"

程孟半醒半梦听到个限制级词汇，耳朵噌地竖起来："什么生理反应？这才过去一夜，你都有生理反应了？昨晚带男人回家了？这么刺激？"

"……"林循觉得这个电话，也不是非要打。

但她毕竟还未解惑，只好忍气吞声，耐着性子解释："我是指你昨天吃饭的时候说的，听觉是一种生理反应，听到喜欢的声音会脸红心跳，忍不住傻笑之类的……"

她有点说不下去，咳了两声含糊其辞道："……反正就是说，这些症状通常会持续多久？"

程孟顿了一会儿，突然拖腔带调地"哦"了一声，不答反问："我们家林老板开窍了？是谁啊，哪位大大让我们家旱了这么多年的铁树都开了花？音频发我，让我也跟着刺激刺激呗？"

林循没好意思说对方是沈郁，古井无波地直言道："你要是想嘲笑我，尽管来，我是不会被你笑到的。"

程孟"嘿嘿"笑了两声，没再惹她，想了想说道："嗯，怎么说呢，这也得分情况。"

"什么情况？"

"你记不记得我高二有一次突然请病假没来上学？"

林循回忆了一会儿，点点头："嗯，有点印象。"

她还记得当时程孟请病假的理由，说是得了重感冒。

结果第二天来了之后，人倒是精神得很，就是脑子好像不太好，茶不思饭不想的，说话也没个回应。

电话那头，程孟托着腮，满眼粉红泡泡地回忆起自己少女时期第一次被某个声音击中的场景："那个大大是当时的古风翻唱圈头牌，我那会儿不是在网上混翻唱社团嘛，然后有一次就有幸跟他合作了一首歌，当然啦，是有很多人唱的，我只有两句歌词。然后——

"那天我们一群人就开了YY语音软件连麦对词，我至今都记得他开嗓的时候，我整个人像是掉进了蜜罐里……我那天晚上睡觉后刷他的音频刷到凌晨，到第二天起床的时候还一直傻乐，我妈还以为我中邪了，着急忙慌带我去看了大仙……当然不能这么跟学校请假，就编了理由说是重感冒嘛。"

林循听到这儿，挑了挑眉。

果然给她打电话是对的，总有比她病得更重的。

她心里不由自主地松了口气："那怎么办？不能总这样吧？"

她现在就是这种感觉，根本没办法专心做别的事。

一静下来就忍不住刷手机，点那条音频听。

像个瘾君子。

程孟说："怎么可能总这样，这种事可遇不可求。我现在虽然偶尔也会听到一些很好听的声音，但基本上尖叫几分钟，也就冷静了。"

这倒是，林循想起今天下午，在"又双叒叕"点开了那条音频傻乐之后，她以为是自己的耳朵出了问题。

于是她重新听了一遍之前审过的很多人声，甚至再次点开了《小蔷薇》最后一集里亲密戏的桥段——那集播放量登顶，底下的评论几乎全是嗷嗷喊着"斯哈斯哈"的听众。

但她听完却心如止水。

并且十分专业地认为男CV在配音的时候喘息稍微有点重，表演痕迹刻意了一点。

——这些刻意营造的苏感和暧昧不清的语句，竟然不如沈少爷一句漫不经心的"晚安"带给她的杀伤力大。

程孟说到这儿，叹了口气："那个大大后来退圈了，三次元的消息没人知道。想想这么多年，我都没再遇到这么让人动心的声音呢。哦，除了千寻大大。

"不过我对千寻大大又是另外一种感觉，怎么说呢，敬仰和崇拜大于心动？因为他每个作品的音线都不一样嘛，而且从来不刻意制造苏感，每个音节都百分之百贴近角色当下的情绪。我每次听他的作品，就觉得一个人的声带怎么能发出这么多种声音呢？当初高中课文里的'京中有善口技者'，顶多也就是那样吧？"

林循觉得她说得挺中肯。

业界都说千寻大大是"声音怪物"，千人有千声，技艺神乎其神，听他的作品就像看爱因斯坦的手稿——大概没几个人会把关注点放在大科学家的书法上。

"总之，给你个忠告，"程孟说到这儿，眨眨眼，"你如果不想越陷越深垂直入坑，这两天建议拔一下网线，不然你就会像当初的我一样，把网上能找到的他的每条音频都翻个遍，然后掉在坑底爬不出来。"

"……"林循倒是想。

她突然意识到一个很严重的问题。网上那些人病入膏肓也好，无药可救也罢，他们沉迷的，只是隔着网线千里之外的声音。

大不了像程孟说的那样，拔了网线，或者在手机上装个防沉迷软件，重新做人。

但她要面对的，是现实生活中认识的人。还挺熟，楼上楼下的，动不动就能见面，未来还有很大几率要一起共事……

啧，这都什么事儿啊。

挂了电话，林老板丧着张脸坐在厨房吧台上，打算吃个晚饭压压被某个妖精般的声音勾得离家出走的灵魂。

可等她刚把面泡上，门铃便响了。

林循以为是她买的快递到了，趿着拖鞋走过去，拉开门。

下一秒，她砰地将门关上，简直以为自己出现了幻觉。

"……"他怎么上来的？

直到门铃声转变成不耐的敲门声，林循才压下所有情绪，重新拉开门，波澜不惊地直视前方。

只可惜，恰到好处的身高差以及门里门外分寸得当的距离，令她满目视野顷刻填满男人白皙的脖颈。

以及那形状优越、锋利突出的喉结。

——妖精的住所。

林循下意识移开眼，她丝毫不怀疑，如果此时此刻，这个喉结上下滚动着吐出一句话管她借钱，那她大概会倾家荡产。

林老板迅速提起戒备心，往后挪了一步，故作淡定道："你怎么上来的？一个人？"

沈郁闻言云淡风轻地抬起右手。

像是想特意证明些什么，他手指拈起那根碳黑色细长盲杖，在门边轻轻敲了敲。

"我上次只是没带盲杖，有盲杖，上个三楼不是多难的事。"

林循此刻却完全没注意他想要挽回颜面的意思。

她满脑子都是——他、说、话、了！

那喉结动了！

明明是和之前一样的语气，平淡中带点欠揍。

但她此刻听起来，却觉得每个字都如沐春风，像一颗颗隐形的温

092

柔炮弹。

像是被昨晚那三个字打通了任督二脉。

林循只觉得毛骨悚然，有种精神要被操纵的恐惧感。

"知道了知道了，不用多余解释，"她连忙打断他，不耐道，"直接说你来干吗的？"

"……"沈郁因她莫名不耐烦的语气皱了皱眉。

好半天后，他道："晚——"

"停，"林循直接后退两步，双手把耳朵捂上，满眼警惕地看着他，"别说那个词。"

也别管她借钱。

沈郁顿了会儿，偏了偏头，莫名其妙地吐出后半句："——饭吃了吗？"

4

他问完，没等她回复，又接着问："……你让我别说什么词？"语气里带着点莫名其妙。

如果不是声音没变化，他都要以为自己敲错门了。

许久后，林循放开捂着耳朵的手指，强迫自己恢复了冷静。

着实是一整天魂魄走失，再加上突然又听到这罪魁祸首的声音，有点丧失理智了。

好在林老板脸皮厚，一贯很会做表面功夫。

"我指的就是'晚饭'，本来想让你别问我吃没吃晚饭的。我在家吃泡面已经够凄惨的了，不想再被刺激到。"

"但没办法，既然你已经问了，我只好回答你，"林老板眼睛都不眨地瞎编着，"我还没吃，在等面熟。"

沈郁的眉头慢慢皱起来。他当然不信这鬼话。

只觉得她今天怎么前言不搭后语的？喝酒了？

空气里却并没闻到酒味。

没拎盲杖的那只手往上探了几寸，直奔她额头的方向，仿佛要看看她发没发烧。

林循敏捷地避开他伸过来的手，说："所以，你上来找我就是问我吃没吃饭？"

沈郁收回落空的手，耷拉着眼皮不咸不淡地道："我外婆今晚出门去老同学喝喜酒了，我得出去吃。她让我问问你去不去。"

男人的嘴唇一张一合，紧接着一连串软乎乎的声波向她耳窝侵袭而来。

林循咽下那句几乎脱口而出的"我去"，抿着唇，抬手摁了摁太阳穴，努力让自己适应这温柔攻击。

今后经常会见面，他也不可能变成哑巴。

来日方长，总不能真的被拿捏住吧？

只是，这到底是什么原理呢？

明明昨天之前听他说话还无比正常，怎么今天就感觉每一个字都是一记重击？

她缓慢地从内心微微的荡漾中走出来，理性分析出有用信息。

姜奶奶大概也是担心她外孙一个人出门不安全，才会来问她去不去吧？

林循想到那些占满盲道的自行车，私心里也觉得老太太的担心不无道理。

三魂七魄挤在门口思想斗争了一会儿，最终点头道："行，等我一下，我换件衣服。"

说罢她关上门，进屋洗了把脸，套上件针织长袖，临出门前又套了件薄风衣——这两天气温下降得厉害。

打开门，沈郁正双手抱臂靠在旁边的墙上，细长的碳黑盲杖斜斜支在墙角。

他神色平淡，脸上并没有长时间等待的不耐烦。

林循开口："你想去哪儿吃？"

"随你。"

林循忍不住腹诽，以他大少爷挑剔得要死的舌头，能随意才怪。

她想了想，忽然想起一个地方："要不去一中附近？我记得东门口有家陈记刀削面，巨好吃，你吃过吗？"

那会儿她跟程孟总是翘掉第一节晚自习，从一中围栏那被前辈们开创出来的狗洞爬出去吃那家刀削面，还有卤鸡爪和炸猪手。

记忆里那家是开了几十年的老字号，味道着实出色，用料也很干净卫生，店里每天都挤满了一中的学生，被程孟誉为一中最佳外包食堂。

离开一中这么多年，她再也没吃过。

沈郁回忆了一下店名，恍惚记起从前听班里男生说起过那家店。

但那种地方，他一向是不会去的。

他"嗯"了一声，表示没意见。

林循于是拍板："行，那就去那儿吧，正好离得远，咱们打车去，可以少走点路。"

晟霖苑附近的饭店街，要走十几分钟，对他来说不太方便。

还不如直接打车去个远点的地方。

两人一前一后下楼。

尽管有盲杖，上下楼也并非像沈郁说的那么轻松。

他走得很小心，也很慢，只不过比上次多了点自信和笃定。

林循慢悠悠地跟在他身后，饶有兴致地看着那盲杖轻轻点地，细致地探到每一寸台阶，从而引导双腿前进，熟练敏锐得像是身体的另一个器官。

她并没打算去扶他。

有时候并不是所有的忙都有必要帮。

只是快走到二楼楼梯口时，楼下忽然有个穿着蓝色制服的外卖小哥三步并作两步跑上来。

小哥一只手拎着外卖，另一只手飞快在手机上操作着，压根儿没法分心看路况，眼看着就要撞到沈郁身上。

林循眉心一跳，急忙上前一步，伸手轻揽住身前的人，身子下意识转到外侧护住他。

下一秒。

那外卖小哥噌地擦着她后背从狭窄的楼梯上挤过去，这才抬起头，扔下一句急匆匆的"不好意思啊我快超时了"，而后满头热汗地飞奔而去。

林循被他撞得往前踉跄了一步，下巴猛地磕到某个坚硬温热的东西。

她"啧"了一声，懒得跟他计较，这些人也不容易。

林循抬手揉了揉被撞得有点疼的下巴，这才发现，现在这姿势实在是有点暧昧。

她的手掌恰巧揽在他腰间，肩膀护着他靠在楼梯一侧的墙上，鼻尖离他锁骨只有两寸距离。

清新的木质气味侵袭而来，带着属于成年男性的压迫感。

她迅速反应过来，刚刚下巴撞到的坚硬温热之处，是他的胸口。而此刻视野直面的，是轮廓分明的喉结，干净、流畅，有种锋利的破碎感。

三秒钟后，那喉结克制缓慢地，上下滚动了一下。竟然，有点性感。

林循的脸皮登时烧起来。真见鬼了，这不是还没说话吗？

她蓦然松开手，飞快后退了两步，在台阶上站稳。

她的视线避开那要人命的喉结，转而落在他长而下掩的眼睫上，声音依旧无比淡定自如："这外卖小哥跑得还真快。没受伤吧？"

她心下却暗忖，他看不到起码有一个好处。那就是永远没办法发

现她的心虚。

沈郁扶着身后的墙壁，面无表情地站直身子。

胸口肋骨隐隐作痛。

皮肤和骨骼极其敏锐地捕捉到了女人下巴尖而窄的弧度与硬度，以及一侧脸颊的柔软和温热。

在那一刻，它们代替了视觉，在大脑中清晰地勾勒出她下半张脸姣好的轮廓。

画面感来袭的瞬间，连带着心跳开始有序失控。

与之相反的是女人的声音，依旧冷静自持，喑哑而清淡。撤离的手指亦不带任何留恋，界限分明。

她的情绪没有因为这场意外亲近有任何起伏。

喜欢不喜欢，有时候真的很明显。

支在盲杖上的手指轻轻摁了摁顶端低调的纹饰，他敛下眼皮，说："没，谢了，走吧。"

两人在晟霖苑门口叫了一辆车。

上车后，林循报了地址，便有一搭没一搭地跟沈郁说话——如同练习英语听力般，有意识地适应着他的嗓音。

他情绪好像一般，声线也平。

基本上她问一句，能吐出两三个字，语气也跟平常一样淡，完全没了昨晚上说那句"晚安"时不经意的温柔与宠溺。

林循松了口气的同时，觉得有安全感多了，心跳也逐渐如常，这才对嘛。

她毕竟是声音产业的老人，该是"万花丛中过，片叶不沾身"的。

怎么能轻易地被某一个声音操控住呢。

这个点正好是下班放学高峰期，路上很堵，等车子停到一中附近，已经七点半。

坡道上停满了来接学生的私家车，出租车开不上去，只能停在坡下。

林循率先打开车门从车上下来，又从车尾绕过去帮沈郁打开另一侧车门。

他下车也不用人扶，一只手轻攀车门框，盲杖先探出来找到地面高度，而后迈着长腿下车。

他动作虽慢，却行云流水、从容不迫，搭配上那张得天独厚的脸，像老电影里的慢剪镜头。

惹得一旁经过的几个女学生都忍不住回头盯着他看。

一中建在半山腰，附近都是坡道。

视野所处远山层叠，晚霞落了个干净，街灯安静明亮。风掠过树影，围栏下是层层叠叠的山道。

林循关上车门，抚了抚被风刮乱的头发，轻轻半挽着他的臂弯，引导他走上盲道："这一路都是人行道，没路口，沿着坡道上去走两分钟就到了，你跟着我。"

等带着他走到盲道上，林循松开扶着他的手指，把双手抄进风衣口袋里，脚步缓慢往坡道上走，时不时把盲道上歪七扭八的自行车踹回原位。

身后"嘚嘚嘚"的盲杖点地声，平稳有节奏，仿佛带着某种安静的韵律，跟在离她不远不近的距离。

林循抬眼看向四周，这里变了很多。

八九年前这附近都是长满向日葵的荒地，如今全都挖平，盖了一栋栋学区房。路两旁杂乱无章的野草，被整齐划一的香樟树取而代之。

就连曾经奔袭旷野的风，也被方正有礼的建筑切割成了规矩温顺的模样。

她一直刻意回避这里。

不仅仅是因为被一中开除了，也是因为之前和奶奶长期生活在这附近。

奶奶曾经的烧烤摊就摆在坡道旁的空地上，如今已经成了崭新的高楼大厦，她不想一个人回来。

就在林循怀疑那家刀削面馆还在不在这里的时候，一间崭新的店面赫然出现在街边——招牌倒是没变，还是那个熟悉又老旧的"陈记刀削面"。

门口忙活着削面的大叔比她记忆里苍老了许多，但确实是同一个人没错。

店里已经没了位置，挤了好多刚下课的学生，人手一碗刀削面和一碟鸡爪。

这两年昼山在减负，高中晚自习下课不能超过晚上七点。不像她们那会儿，吃个晚饭还得翘课翻墙。

林循带着沈郁坐到街上的露天座位，点了两碗刀削面、一碟鸡爪和猪脚。

他们两个看起来明显不像学生，再加上两人的颜值实在惹眼，店里十几岁的孩子们纷纷投来好奇又新鲜的注目礼。

邻桌的几个男生还冲她吹了个口哨，互相推搡着打趣。

一群小屁孩。

林循没所谓地撩了撩头发，回他们一个冷冷的笑。那男生被她看得脸一红，埋下头去吃面条，再没敢抬头。

刀削面很快便端上来，沈郁安静地吃着。

或许是不太合胃口，他吃得很沉默，鸡爪和猪脚更是半点没碰。

林循吃了半碗面条，又啃了一个猪蹄，放下筷子。

还是熟悉的味道，只不过风吹得有点冷。

"想想也蛮神奇的，"林循看着不远处一中熟悉而气派的大门、乌压压的教学楼、周围三五成群穿着校服的男生女生，感慨道，"沈郁，真没想到时隔这么多年，我第一次回一中，竟然是跟你一起。"

他们按理来说，都不属于一中。

高三下学期，她因为和宁琅"早恋"被开除了，他呢则因为视力障碍退学。

两人都没拿到一中的毕业证。

"两个没毕业的人坐在这儿一起吃刀削面，不也挺好吃的嘛。突然觉得也没什么大不了的。"

林循释然的话音落下，对面的人却忽然搁下筷子。一次性木筷和陶瓷碗沿碰撞，发出清脆而突兀的声响。

他手指慢慢探到一旁的纸巾盒，抽了张纸，慢条斯理地擦完嘴。

周围青春热血的少年们打打闹闹，人声沸腾。风和山道旁的梧桐叶打着架。

月亮慢慢爬上坡道。

林循百无聊赖地戳着碗里炖得很烂的猪脚，忽然听到他声音淡淡：
"值得吗？"

喜欢不喜欢，其实一直很明显。

她这样的人，十几岁开始靠自己，不信赖任何人，我行我素，对待所有人都一贯冷淡漠不关心。

似乎任何暧昧与心动，都和她无关。

怎么喜欢一个人的时候，偏偏连最基本的理智和前程都丢了呢？

"斯人若彩虹，遇上方知有。"

1

林循有点蒙，没明白他在问什么，什么值不值得的？

是指他们俩高中没毕业跑回一中怀旧，还是指几乎跨越半个城区、路上还堵了半小时来这里吃刀削面呢？

她看了眼沈郁碗里还剩不少的面条，以及他盘子里一口没动的鸡爪和猪脚，觉得他说的应该是后者。

"……"林循不由得有点赧然，这顿饭倒是满足她的口腹之欲了，但显然这路边小店并不符合大少爷的口味。

她有点不死心，拿了一双新筷子，把他盘子里的猪脚剔了骨头，夹了一块放他碗里。

"你要不尝一口？说不定吃完就觉得值得了。"

对面的人没接茬，却也没解释什么，好半天后重新拿起筷子，夹起炖得酥烂的猪脚，细嚼慢咽地尝了一口。

"还行。"

林循是见过他高中两年里每天吃着米其林三星饭盒，还无比挑剔嫌弃的样子的。

所以这评价从他嘴里说出来，几乎可以说是对食物的最高赞赏了。

"是吧。"她又给他剔了点肉扔碗里，"好吃就多吃点。这家店看着不显眼，但这么多年做学生的生意，用料很干净，不用担心吃坏肚子。从前我奶奶的烧烤摊就开在这附近，她说这老板的儿子和孙子都在一中读过书，从小就吃自家面馆长大的。所以他们买原材料很讲究，都是挑好的买。"

林循想到这儿，觉得这大叔跟她奶奶是一类人。

会为了几毛钱在菜场跟人辩论一上午，但真的做起生意，赚的都

是良心钱。

"嗯。"沈郁没再提刚刚的话题,坐在风里吃完了她给他夹的猪脚。

口感绵密软烂,确实不错。

吃完饭,林循觉得有点撑,便带着沈郁沿着坡道散了会儿步。

这一带没什么路口,不用担心车来车往。

半山腰风很大,林循拢了拢头发,双手揣进风衣口袋里。

她走到某处视野开阔的地方停下,倚着半山腰的栏杆,有一搭没一搭地感慨着周围的变化。

"……变化真大,这一片现在都是学区房,都有二三十层高吧。刚刚那个刀削面店之前是座平房,现在也搬到了商厦的一楼,要不是招牌没变,我差点找不到……那边新开发了个人工湖,我查了一下地图,叫天鹅湖……也不知道有没有天鹅。"

她絮絮叨叨,他的回答却漠不关心:"或许有吧。"

林循突然意识到,沈郁从十七岁开始失明,到现在正好十年时间。

社会发展最快的这十年,日新月异般的变化与更新换代,在他眼中是停滞的。

昼山这些年接踵而起的高楼大厦也好,新派设计师设计的奇形怪状的体育场、桥梁也罢,在他的大脑里应该没有任何影像。

他感知不到任何变化。

脚下这崭新的柏油路,十年前还是灰突突的水泥,围栏的红漆也是新刷的。

山道上几辆自行车从他们身边擦肩而过,上头的学生校服也换了个样式,以前是红底白条,现在成了白底红条。

这些他都看不到。

那么在他的脑海中,这个世界是什么模样呢?还是和十年前一样吗?

她心下好奇,便随口问了出来:"我没有冒犯的意思,就是有点好奇。沈郁,你还记得这周围是什么样子吗?

"我的意思是,你现在走在这条路上,脑子里想象的画面是什么样的?"

盲杖轻轻点着颗粒粗糙的柏油路面,沈郁在她身边站定,漫不经心道:"没有想象什么画面。"

十年过去,脑海中封存的视觉印象已经逐渐模糊了,现在他只关心眼前的路是否平坦,有无障碍。

至于别的,一米之外、触碰不到的东西,在脑海里只有一片虚无。

林循"哦"了一声,没再问。

忽然觉得有点可惜他看不到，她也没办法把看到的图像传递给他。

其实这里风景真的很好。从这个角度往下看，山下的昼山城已经亮起了万家灯火。郁郁葱葱的森林如墨一般黑，天空里挂着一轮安静的圆月。

今天好像是中秋节。

两个人继续慢步往上走，重新找了点别的不痛不痒的话题。

这么多年过去，他们的关系比高中坐前后桌的时候更加熟稔。那会儿他们完全是两个世界的人，没什么共同语言。

现在竟然还能一起吃晚饭，一起散步，聊点生活上的琐事。确实还蛮神奇的。

林循与人交往一向浅淡，甚至和汤欢都很少聊除了工作之外的事。

反正不知道沈少爷怎么想，她自己心里觉得，现在的他应该算是她从小到大为数不多的几个朋友之一了。

回到家已经十点多。

林循洗了个澡，换了身舒服的睡衣躺在床上。

和沈郁待了一整个晚上，对他声音的抵抗力直线上升——起码她现在能忍住不去点那个语音了。

恰好程孟给她发了一条消息。

玛丽莲孟露：怎么样啊，我们家铁树今天继续绽放吗？

林循勾了勾唇角，自信回复。

循：已经恢复了，小意思。

她觉得自己的定力和理智绝对超过百分之九十九的人。

不愧是程孟口中"单身了二十七年、意志如钢铁般坚硬"的女人。

林循说着，还不忘模糊现实。

循：我今天又听了一晚上这人的音频，也就还好嘛。看来昨天只是意外，我已经克服你说的所谓"声控本能"了。[没什么了不起.jpg]

程孟看完她发的得意扬扬的消息，一连发了两条音频过来。

玛丽莲孟露：不信，等你打脸。

玛丽莲孟露："声控本能"一旦被点亮，就一定会有下一次。[看好戏.jpg]

循：……睡吧。

林循搁了手机，躺在床上准备睡觉，突然又想起今天沈郁在风里问的那句。

"值得吗？"

当时她没多想，可现在安静下来，突然觉得这句话和这场景都有点熟悉。

是在哪儿听过呢？

林循翻了个身，闭上眼睡觉。

或许是因为今天去了一中的缘故，半醒半梦间迷迷糊糊地想起了高三时候的事。

那时候距离高考只有两个月。

一中作为重点模范高中，接待了省里领导的审查。就在那天，宁琅和一个女孩子在体育馆附近的树林里约会，恰好被一群领导撞了个正着。

也是赶巧了，但凡换个场合换个时间，这事都不会闹那么大。

可惜当天来的是省教育局的头把交椅，一群人中还跟了几个记者，准备在高考前报道一番一中的品学风貌，以振奋全省考生。

遇到这种事，学校也没法儿从轻处理。

好笑的是，那女孩子趁着现场无比混乱，跑了，全校都在猜她是谁。

宁琅被扣在校长办公室里遭受讯问，连他父亲都被叫来了学校。

虽然当时林循和宁琅因着相同的爱好和广播剧偶尔的活动，来往比其他同学更加密切一点。

但听到这些八卦的时候，她也只是诧异了一下。

她压根儿没时间，也没心思去关心别人的事。

她爸的尸骨从昼山市郊的山头被发现后，并不像电视剧演的那样，是尘埃落定、坏人伏法的温馨结局。

侦查诉讼的路，很漫长，也很艰难。

林华生前在昼山市的人际关系非常简单，租住在市郊的群租房里，没什么朋友，唯一来往频繁的就是工地上的几个工友。

警方经过一个月的盘查后，将嫌疑人锁定为他之前所在工地的项目经理，赵一舟——根据那些工友的说辞，林华在某次加班后不告而别，是赵经理说他辞职回老家去了。

大家都没怀疑。

十六七年前，昼山对待外来务工人员的政策还不完善，连常驻人口登记都没有。

工地招人也很随意，不用押身份证，做一天工，发一天钱。至于你是谁，从哪儿来，之后要到哪儿去，压根儿没人关心。

工友们并不知道林华的全名，只知道他叫"大林"，是北方人，有个女儿，长得很可爱——他钱包里有一张女儿的照片，四五岁的时候拍的，戴着红色毛线帽，脸上两坨高原红，他经常和他们炫耀。

除此之外，他们不知道这个北方男人的任何信息。

由于案件年代久远，尸骨上的痕迹几乎被时间湮没。

警方侦查了很久，凭着一些侧面证据，锁定嫌疑人赵一舟，却始终没有足够的证据向法院提起公诉。

奶奶也着急，拎着鸡蛋挨家挨户去找那些工友，想让他们帮忙做证，去的次数多了，人家也烦，门都懒得开。

所以那几个月里，林循一直忙得脚不沾地。

每天放学后，帮奶奶出完摊，便匆忙赶去学校附近的网吧，上网翻受害者家属论坛。

浏览了很多案例才知道，像这样的陈年旧案有多难破，信息缺失，证据不全，除非嫌疑人自己招供，否则几乎很难判案。

赵一舟偏偏是块硬骨头，家里也相当有势力。

直到有一天，林循看到论坛里有个受害者家属发帖，喜极而泣地称自己妻子被害的案子，判决终于下来了，案犯被判死刑。

转折点是，他找了个非常顶级的刑事专家律师，孙源。

林循立马网搜了孙律师的信息，得知他是检察官出身，具备十分敏锐的刑事案件审理和推断能力。

而且，他的律师事务所就在昼山。

她抱着一丝期望联系了事务所，孙律师业务能力好，报价也高，审前侦查、一审起诉加上二审的报价，一共二十万元人民币。

程孟找到林循的时候，她正趴在网吧角落的电脑桌上，死命抠着熬夜后酸胀难忍的太阳穴，心口堵得像堆了满山的石头。

程孟的语气愤怒又惊慌。

"循循，你知道吗？宁琅那孙子居然……居然说跟他钻小树林的那个人是你，他疯了吧？现在班主任和校领导都在找你，你快去跟他对质啊。"

程孟是知道的，林循这段时间每天在烧烤摊、学校、网吧连轴转，压根儿没时间搞这些破事儿。

"这孙子，平时还说跟咱们是朋友，趣味相投，出了事儿就拉你当替罪羊。"

林循当时只觉得太阳穴一跳一跳地疼。

她愁钱的事，好几天没睡觉，刚刚在电脑上看到一则贷款信息，内心居然有一瞬间的动摇。

那之后鼻子就开始发酸。

心里面恨得要死，恨不得一刀捅死赵一舟，一了百了。

所以程孟跟她讲这件事的时候，林循心里一点感觉都没有，麻木得像是刀割在棉被上。

"哦，他说就说呗，关我什么事？"

"……你打起精神啊，现在学校要严肃处理这件事，搞不好会被开除！"

程孟一股火噌地起来了，拎着林循的胳膊把她从椅子上拽起来，咬着牙费劲扯着她往网吧门口走："你别稀里糊涂替人家背黑锅了，你不是要考电影学院吗？前途还要不要了？"

林循被程孟拽得脑袋嗡嗡作响，挣扎了半天后，泄了力般跟着她往外走。

走出网吧的时候，林循忽然觉得阳光无比刺眼，脑袋也一阵阵发昏，双腿跟着打颤。

她停下脚步，深吸了一口气，靠着程孟的肩头说了一句："孟孟，我真觉得，活着好难。"

负面情绪铺天盖地。

真是不想处理了。什么都不想做。什么诉讼、早恋、开除，随它去吧。

如果旁边有条河，干脆拉上赵一舟一起跳下去算了。

程孟当时就哭得上气不接下气，手拽着她不肯放。

后来还是林循安慰她："得得得，你别哭。我现在就去跟校长说，行不？这种事我没做过，脏水怎么可能泼到我头上。"

杀人案尚且需要当事人亲口供认，才能判，更别说这种捕风捉影的破事。

可事情还真就这么荒谬。

宁家出面，这件事儿就这么板上钉钉了，不需要任何证据，也没有辩驳余地。等林循第二天找到校长办公室的时候，处理结果都已经打印公示了。

她被开除，宁琅记大过、留校察看。

林循的嘴像是被堵住了。

不论是之前作为受害者家属，还是现在作为"早恋"的"被告"，她说的每一句话，都没有人听。

后来，她约宁琅在那个据说他们约会的小树林见了一面。

他低低地恳求道："林循，算我求你。她成绩好，但胆子小，从小就是乖乖女，家里又是书香门第，接受不了这种事。如果她被开除，我怕她会想不开……你成绩本来就一般，而且你性格好，坚强又能扛事……我爸可以给你安排到熙和中学继续读，教学质量甚至比一中还好。"

林循冷着脸反问："这么说，我还得谢谢你？"她抬起手，巴掌狠狠落在他那张俊朗却无耻的脸上。

真荒谬，他从头到尾连那女生的名字都没提，却妄图让她背锅。

"成绩好，胆子小，家里是书香门第，跟你又走得近……是广播社的高二学妹，刘紫含？"

宁琅怔住，眼里有一瞬的慌乱，否认："……不是。"

"是不是她，你心里有数。她跳不跳楼，也和我没关系。你现在就去校长办公室说清楚。"

她的话平静无波，毫无动摇的可能。宁琅腮边肌肉几不可察地动了动，片刻后抬眸，眼底那丝慌张和恳求慢慢冰冻。

"我给你二十万。林循，这点钱对我来说只是小数目，但对你来说，恐怕不少吧？或者，我也可以让你在昼山待不下去。"

他的语气淡极了，仿佛对面是可以轻易碾在脚下的蝼蚁。

那瞬间，十八岁的林循终于恍然大悟。这个大城市，有它自己的运行规则，它比森林更复杂，比荒野更邪恶。

她简直想要再扇他一巴掌，然后昂首挺胸离去。奶奶从小便教育她，可以穷，但不能没骨气。

可某个词却像打桩机般钻进她脑袋，挣得头破血流也拔不出来。

二十万，孙律师的报价，正好二十万。

……

这件事林循很久没想起来过了。

钱货两清，她现在不恨宁琅，也不想再跟他有什么瓜葛。

反倒是宁琅，不知道抽了哪根筋，这些年频频通过各种方式联系她，说什么他早就跟刘紫含分手了，当年这么做也是被她怂恿的。

还说他压根儿不知道她家里是那种情况，很后悔在她最困难的时候伤害了她。

甚至，她在南漓上大学那会儿，他不知道从哪儿要到了她当时的号码，还打电话跟她表白。

"我每次闭上眼，都能想起你当时那双猩红的眼睛，后来很多年我都没睡过一个好觉。林循，你跟我在一起吧，我以后一定补偿你，好吗？"

一副要治愈救赎她的情圣模样，其实做人做事儿还和当年一样，权势倾轧、高高在上、轻易把别人玩弄于手心。

恶心又可笑。

这些都不是什么光彩值得回忆的过往。但她今天想起的，却是在那之后，一个几乎被她淡忘、微不足道的场景。

通告出来之后的第二天，全校人议论纷纷，有觉得凭什么对女生的处罚更重的，也有认为她能和宁琅搭上关系，这也值得。

当然，有些话更难听，林循自动过滤了。

中午，她坐在座位上收拾东西，程孟帮她去叫出租车。教室里照惯例只有两个没去食堂吃饭的人——她和沈郁。

她拿着几个大大的黑色塑料袋装东西，半点都没舍得丢。

成堆的试卷和书本可以捆起来当废品卖；校服和运动服可以继续穿；没用过的文具可以寄回青原给村里的小朋友……

可收着收着，心里突然空落落的。托爸爸和奶奶的福，整个上林村，只有她一个女孩有读书的机会。

她来昼山之前，是祁南县初中里成绩最好的。

哪怕这几年再忙，她也尽力抽空学习，考试前也会熬夜复习。一中教学质量好，她哪怕成绩一般，考上个一本还是没问题的。年前老师让大家写未来想考的学校，她写了南漓电影学院。

林循心里发慌，不知道未来该怎么办，只好习惯性地咬着牙深呼吸调整情绪。

不就是开除嘛，等爸爸的案子判完，她还可以从头再来，总比真的去借贷好，兴许对她来讲，这是好运呢。

可越这么想，心里越堵得慌，之前下意识跟程孟说的那句话无法控制地在她脑海里放大。

——活着真的好难。

她不喜欢这个地方。

她想回青原。

想回到小时候。

想要爸爸活着回来。

这样她就不用受这么多委屈，也不用大把大把地掉头发。

眼泪忽然不受控，大颗大颗地砸在桌子上。

她拼命捂着脸，不肯发出声音。

无声地痛哭了很久之后，前桌忽然传来刀叉划在金属餐盘上，刺耳且突兀的"刺啦"声，这声音她很久没听过。

自从高二下学期开始，沈少爷已经能十分优雅从容地吃完一餐饭了。

林循咬着嘴唇捂住眼睛，怕他发现自己在哭，却听到他突然停下手中不受控的刀叉，压低声音问她："为这种人渣，值得吗？"

那语气就好像，只要她说不值得，他就会帮她出气一样。

这件事实在太小，如果不是今天恍惚的熟悉感，她或许一辈子都不会想起来。

林循努力回忆起当时自己是怎么回答的。

大概隔了很久吧，她仿佛要借着回答他的问题来说服自己般，抹掉眼泪倔强地说："值得，很值得。"

他又是怎么回答的呢？

林循困得头痛欲裂，实在是不记得了。

第二天一早，林循从睡梦中醒来，被窝里捂出了一身汗。

昨晚迷迷糊糊梦到之前的事，导致醒来后整个人情绪都有点烦躁。

她耷拉着眼皮起床，安安静静喝了杯水，在床边呆坐了一会儿后，打开手机。

突然很想再听一听那条语音，获取点令人沉迷又不要钱的快乐。

可还没等她点开语音，便看到对话框里出现了一条新的消息——

沈郁：我安排好档期了，可以帮你配音。

2

林循对他的回复并没有太意外。

以她对沈郁脾气的了解，不想做的事压根儿不会考虑这么久，当场就拒绝了。

她想了想，回了一句。

循：好，那帮你安排一下配音课程，合同需要等工作室上班之后再说。

好半天后，林循看着静止的对话框，忍不住在输入行中打了一句话："我被一中开除的那天，你问我值不值得，后来我们还说了什么？"昨晚上想了很久都没记起来。好像还有过几句简单的交流，她当时情绪太丧，随便应付了一下。

本来不是什么大事，她这么多年都没在意过。

但因为死活想不起来，反而变得好奇。

可还没等发出去，她又逐字删掉，有点烦地拢了拢凌乱的头发。

有病吧，隔了八九年问人家这种细枝末节的小事，谁能记得。

何况对沈郁来说，那天就是个寻常日子。

不过就是一个平时不怎么熟，甚至酒后还大言不惭冒犯过他的后桌被开除了而已。

分别时随口说的两句话，谁会记这么多年。

林循觉得自己的情绪多少还是受到了昨晚那段回忆的影响，连带着智商都下降了。

她搁下手机去洗漱，开始干正事。

工作室并没有培养 CV 的先例，在配音方面，他们都是外行，所以还是得找配音培训班。

现在的配音课程几乎是网课，很少有线下的。

她之前听说过几个，但看来看去都觉得不太合适。

机构老师的水平一般，课程也很水，说得天花乱坠，但其实最后能学成入行的没几个人。

基本就是圈钱用的。

林循搜了一会儿，忽然想到上次在帖子里看到，千寻大大出道前也只训练了两三个月。

千寻大大出道前，好像也在昼山来着，该不会是自学成才吧？

如果不是，那他报的是什么课程呢？

林循想到这儿，在搜索引擎上搜索了一下千寻。

浏览了许久，却完全没有关于他出道前的信息。

倒是在某个粉丝的考古帖里看到了些其他的信息。

原来 @纪非老师曾经也是非科班出身？那天赋绝对能和千寻大大媲美了。难怪几年前两人因为抢资源，还闹过不愉快，只能说，纪非大大够格。可惜啊，这两年没再听过他的作品了，配音界只剩千寻大大一枝独秀咯。

纪非？

林循当然知道他，七八年前在配音行业相当有名气，配了好几部不错的电视剧主角。

不过听说这两年他因为声带受损，退到了二线，已经好久没有新的作品。

林循转而搜索纪非的微博，看了下他近期的动态，才知道原来他也办了个网络配音班。

林老板有点感兴趣。

他和千寻一样是素人出身，想必对培养非科班的 CV 入门商配很有经验。

她马上搜了一下纪非的配音培训班，记下了联系方式。

在这过程中还看到好些八卦。

纪非出道要比千寻早几年，千寻大大还是个素人的时候，他已经是业界顶尖的 CV 了。

所以他一开始压根儿没把这个新人看在眼里，直到几个相熟的导演三番五次弃他，找千寻配音，甚至好几次卡司里他是二番，千寻是一番。

他才逐渐把千寻当作了对手。

那之后，纪非本人在微博上暗戳戳挑衅过千寻几次，但始终被稳稳压了一头。

千寻大大倒是没回应过。但该抢资源还是抢，凭实力抢，剑拔弩张、分毫不让。

当然，这些都是配音圈里古早的陈年八卦。

估计当初纪老师年纪不大，心态还不成熟。

之后几天，林老板趁着空闲，买了几堂纪非的网课，旁听了几节。

他讲得很仔细，也很专业，整个课程分为几个阶段，从发音、气息，到声线变化、台词功底，循序渐进。

每个阶段还会有课程作业、评分以及线上答疑交流。

这套课程一共三个月，现在刚开始一个星期。

前面几堂课主要是基础介绍和训练，都有记录可以回放。沈郁如果现在插班进去，正好能在正式录制前完成这套课程。

她心里有了数，便帮他报了名。

她本想在微信上和沈郁说一下这件事，让他记得明天晚上开始去上课，恰好姜老太打电话叫她下去吃晚饭。

林循把课程信息记在备忘录里，下了楼。

等到了 101 室，家里只有姜老太一个人在。

林循自顾自把酱油搁厨房里，随口问："沈郁呢？出门了吗？"

老太太正在洗菜切菜，闻言点点头："嗯，好像有点事，晚饭会回来吃。说是这几个月度假，但他这两天又开始忙碌，像是日程很紧的样子。"

姜老太具体也不知道他都在忙些什么，或许是公司的事吧。

"哦。"林循走过去，想帮忙干点活，老太太却一个劲要她歇着，还给她洗了两个桃子。

又是脆桃。

林循站在厨房门口，边看她做菜边啃桃子。

姜老太听到她牙齿和硬硬的桃子磕碰的"咔嚓"声，只觉得牙龈隐隐作痛，忍不住道："这桃子太硬，你要是不想吃不用给我面子啊。"

林循愣了愣，问道："这不是您刻意买的吗？"

她还以为是老太太第一次买错之后，开始慢慢爱上了脆桃的口味，这才一而再再而三地买呢。

对她来说，自然是乐见其成。

姜老太摇头："小郁也不知道怎么了，口味变了，最近专挑这种

硬桃买。还好我本来就不爱吃桃子，不然假牙都得硌掉。"

她说着，指了指一旁桌上外孙给买的橘子："我呀，还是喜欢吃酸软酸软的橘子，越酸越好吃。"

"……"林循默默咽下在她吃来格外可口的桃肉。

原来改变口味的不是姜老太，而是沈郁啊。

也是，他牙尖嘴利的，每次说话蹦出来的词一个比一个硬，就该多啃啃脆桃磨一磨。

林循想到这儿，没忍住乐了乐。

姜老太正好要炒个酸辣白菜，等打开冰箱才发现辣酱罐子空了，便指了指油烟机上头的柜子问林循："小林，你够够看能不能拿到上面柜子里的辣椒酱？这瓶用完了。"

林循朝着她手指的方向看去，不由得咋舌。

那柜子钉得实在高，姜老太伸长脖子和手，都难以企及。

她在心里默估了一下，觉得以她的身高，恐怕也很够不着。

林循把半个桃子咬在嘴里，去客厅端了一把矮凳，脱了鞋站在上面才得以顺利拉开柜门，接着按照老太太的指示拿了瓶没开封的辣酱。

姜老太伸手接过，继续做菜。

大铁锅热油，一勺香喷喷的辣酱倒进锅里，"刺啦"一声，登时香气四溢。

林循关掉柜门，从矮凳上下来，没忍住疑惑道："姜奶奶，其实我前几次就想问了，您家的柜子和挂钩为什么都钉得这么高啊？"

比如玄关门口那个她一直挂不上包和外套的挂钩，以及客厅和厨房的置物柜，都是非常不合常理的高。

姜老太闻言，颠勺的动作一顿。

许久后，她关掉煤气灶，把炒好的酸辣白菜盛到盘子里，这才慢悠悠地解释："是我故意改的。"

林循表示不理解。这不是给自己找不方便吗？

姜老太关了油烟机，仰头看着那柜子，说道："家里这些事儿说不来也不怕你笑话。小郁的眼睛不是天生的，而是十六岁那年出了车祸，双眼当时就看不见了。原本那之后他压根儿没必要继续在普高念书，但他去上学反而莫名地心情更平静，家里也就随他去了。后来高三下学期，离高考就一两个月吧，突然有天就说不去念了，跟沈昌……他爸大吵了一架……"

老太太说到这儿，突然想到九年前那个春天的黄昏，昼山城里杨絮纷飞。

她卖完菜回家，看到家门口站着个少年。

他穿着件白色短袖，靠在楼道墙边，单肩挎着个书包，校服折起搭在臂弯，肩头落满被风吹散的杨絮。

盲杖被扔在一边的地上，少年的侧脸安静没有情绪。

楼道里光线暗，她有些不确定地问："……小郁？"

他平时几乎不来这里。

少年闻声抬起头，玻璃珠一般褐色的眼眸无神，好半天后，他从裤兜里翻出一张薄薄的纸，摊在地面前，声音很淡地说："外婆，帮我念一下这上面写的微信号。我看不到。"

她接过来，十分费力地用拼音的方式读了那串字母和数字的组合。

那字写得歪七扭八、匆忙潦草，连笔很多，笔迹的主人像是应付般草草写就，并不怎么在状态。

少年听完后，没吭声，俊挺的眉眼半垂着。

他重新拿过那张纸握紧，许久许久之后，突然克制又难忍地喘了一口气。

她当时真切地感觉到，这个从小比谁都骄傲、不可一世的外孙此刻很难过。

颓丧、挫败，不甘心却又无能为力。

仿佛失明后好不容易东拼西凑捡起来的信念，像漫天杨絮般，忽地散了。

……

姜老太想到这里，叹了口气，简略道："总之那之后，他就住到了我家里。那会儿他脾气比现在还要差，整天烂在房间里不出来，饭菜送到门口都不吃……我都怕哪天推门进去看到一具尸体。"

林循怔了怔。

离高考一两个月。

那他们离开一中的时间，竟然差不多。

她以为沈郁是自然念到了高考前，不能参加考试才离开的。

学了三年，却没办法参加高考。

母亲去世，自己视力残障，家里又有个严厉的爸爸，还有一个年轻不好对付的后妈，自暴自弃也正常吧。

但她还是有些疑惑。

明明她离开前，他的状态比高二刚出事的那段时间好多了。生活能自理，日常也没之前那么冷冰冰。

极偶尔午间两人一起吃饭，他还会不咸不淡地跟她说几句话。

"我就想了一招，骗他说家里要翻修，找了师傅把所有的柜子和

挂钩都拆了，往上钉了二十厘米。"

林循依旧有些不解。

姜老太笑呵呵地解释："后来有一次，我踩着椅子拿东西，不慎重重摔了一跤。那之后小郁才肯走出房门，从早到晚都在这房子里走动摸索。他那会儿只能靠盲杖和双手去摸，靠额头、膝盖去触，常常磕碰得浑身青紫，才把家里每个角落都摸透。到现在，家里什么东西放在哪儿，柜子、挂钩有多高，马桶、水龙头怎么修……他比我还清楚。"

老太太仰起脖子，目光静静地落在那排深木色的柜子上："这些高高在上的柜子，可算救了我那外孙呢。"

林循很久都没吱声。

她忽然想到那次在楼梯上摔了跤，沈郁淡淡地说，三楼对他来说有点远。

她那会儿只体会到不熟悉的地方对他来说，很艰难。

却没想过，想要把不熟悉的地方变得熟悉、轻车熟路，对他来说，该有多难。

她眨了眨眼，眨去心底某些翻涌而上的唏嘘，慢吞吞地问道："您真的是'不慎'摔了吗？"

老太太果然乐了，伸手戳戳她的额头："丫头，天知地知，你知我知啊。"说罢又得意扬扬地咕哝了一句，"我年轻的时候还上文工团表演过话剧呢，这演技骗他个盲人还不容易吗？"

饭菜刚端上桌，沈郁便回来了。

他在家门口收了盲杖，轻巧一伸手挂在门口极高的挂钩上。

而后单手插兜，驾轻就熟地走进餐厅，拉开椅子坐下。

吃完饭，林循坐沙发上跟他说了去上配音课的事。

"老师叫纪非，是前两年很有名的商配演员，他是非科班出身，对你这种情况更了解。我去听了几堂网课，讲得很不错。"

沈少爷蓦地搁下手机，眉头突兀地皱起来："……纪非？你让我去听他的课？"

"……能换个人吗？"

林循内心因他语气中浑然天成的"不屑"无语了会儿，问道："你认识他？"

沈郁抬手摁了摁太阳穴，憋出句："……不认识。"

"你是不是觉得没听过，所以不放心？"

林循耐心跟他讲："纪非大大的专业能力不比寻语的一些 CV 差，

早期甚至能和千寻大大媲美。他这两年名气下降，是因为声带受损了，作品减少。但他对配音的理解和专业性绝对是毋庸置疑的。"

过了很久，沈郁像是接受了般，闭着眼往后靠在沙发，麻木道："行。一对一吗？"

大不了上课的时候摊个牌，谁教谁啊。

林老板有点羞愧，轻咳了两声说道："纪老师这个级别的，哪怕是网课，收费也很贵……我给你报了大班，一对五十的那种。"

其实一对五十也蛮贵了。

毕竟是配音大师班，但还算在她的预算内。

"……大班？"她话音落下，沈少爷的声音不知道为什么有点飘忽，"你让我去上纪非的课，还是大班？"

林循以为他在担心教学质量，解释道："你放心，每个学员都可以加纪老师微信，每周他会提供一次免费的一对一答疑。"

"……"这都是什么事儿啊。

3

其实沈郁和纪非的关系并不像网传的那么差，事实上，是更差。

几年前，他们一起录过不止一部剧，在同一个棚子里配过音，因为合作的缘故也加过微信。

当然，几乎都是他是男主，纪非配男二。

网友们能看到的只不过是纪非在微博上偶尔内涵他。

但他收到的阴阳怪气可不止这些——这个人极其幼稚且好胜心极强，当年不仅在棚里挑衅他，每配一个剧、每获一个奖都要暗戳戳发微信给他炫耀，每一句话都仿佛在说"承认吧我配得就是比你好"。

沈郁每次都直接拉黑，下一次合作必须有对戏交流，又不得不拉回来。

他压根儿不惯着，该抢角色就凭实力抢到手软。

纪非越挫越勇，在他的阴影下努力钻研练习，配音水平几乎与日俱增，但还是被他稳稳压了一头。

这种轰炸式的挑衅和炫耀在前两年纪非声带受损后，戛然而止。

沈郁的耳根子也清净许多。

所以这两年两人并没联系过。

但本性难移，但凡被纪非知道他去上他的配音课，还是大班，这人恐怕未来三天睡觉都能笑醒，嘲笑的笑。

"……"沈郁面无表情地揉着眉心，好半天都没讲话的欲望。

配音课程是需要开麦的，看来到时候得披个马甲。

伪装一个声线对他来说比吃饭还容易，分分钟的事。

林循继续说："每周一、三、五晚上六点到九点上课哦，明天正好周三。咱们报名得晚，这轮培训已经开始了三四节课了，不过都是一些发声的基础介绍，有录屏回放，你记得上课前先去听一听，课后作业也跟着做一下。"

"嗯。"

林循觉得他有点敷衍，轻咳了一声道："别想着水过去，这是很重要的。正式录制前如果你没达到我的要求，我会换人。而且，我买的体验课还剩几节，接下来一周，我会跟你一起上。"

"……"也就是说，马甲都披不了？

纪非是认识他本人的，对他的原声很熟，当年为了超过他，把他所有组内原生 Demo 扒过无数次。这世界上对他的嗓音最了如指掌的，一个是他自己，另一个恐怕就是纪非。

毁灭吧。

林循看沈郁神色恹恹不吭声，以为他是对自己没信心。

于是稍微和缓了点语气说道："也不用太紧张，以你的天赋，只要态度端正好好上课，大概率没问题，我相信我的眼光。"

"……嗯。"

林循见他答应，眉头松了松，下意识拿了一旁茶几上的便笺纸和笔，把直播课网址和她注册好的账号密码抄下来递给他："这是网址和账号密码，机构已经给这个账号开好权限了，直接登录就能上课。我先走了，你明天晚上记得去听课。"

她说完，起身往外走。

走了两步，她突然觉得不对劲，回头看去。

男人闲懒地半靠在沙发上，薄唇抿直，眉目萧疏，浓密的眼睫往下垂着，眉骨、鼻梁立体分明的轮廓在侧脸投下流畅优越的阴影。

大概是出门有事，身上穿了较为正式的白衬衫和黑色休闲西裤。

布料下一双结实的长腿屈起，那衬衫解了两颗扣子，露出白皙的锁骨，清俊又落拓。他手里拿着她匆匆塞给他的便笺纸。

拇指轻轻在纸上摩挲着，像是想要借助笔迹的厚度，摸出纸上的文字。

这模样，竟然有点可怜。

林循眼皮忽地一跳，走回去站在他身边，把那张便笺从他指尖抽出来。

"我的疏忽，抱歉。"她说着，又问，"有电脑吗？"

沈郁"看"她一眼，懒懒地起身趿着拖鞋走到他的房间门口："进来。"

林循跟着走进他的房间。

这间屋子她从来没来过，朝北，没什么光。屋里拉着窗帘，也没开灯，一瞬间的黑暗让她呼吸都一窒。

完完全全黑暗而安静的世界，像个深不见底的洞穴。

沈郁脚步顿了片刻，想到什么，又退回来，手指十分不确定地在门边墙上摸索了一会儿。

大概很不熟悉开关的位置。

林循眼疾手快地伸手过去，触到他手指一直没摸到的开关："在这里。"

恰好他手掌在此刻也搜寻到这里，猝不及防地摁在她手背突起的骨节上，全然包裹住她。

黑暗里，男人手心的温度比她的要高，又带着摁下开关的力道，重重灼在她手背上。

站姿也巧，长臂几乎环绕她肩头，呼吸陡然落在她耳后。

林循手背骨头被那一下按得有点疼，耳后也觉得烫，下意识地"嘶"了一声。

便见他收回手，克制往后退了一步，喉头滚动着低声道："抱歉，疼吗？"

林老板脸皮骤然发烫，盯着他近在咫尺的喉结，按下开关，讷讷道："没……"

简单几个字从他口中说出来，嗓音澈而浅，明明毫无情意，却莫名有些缱绻多情的意味，有种说不清道不明的色气感。

让她想起了《小蔷薇》点击量最高的那章，男主在亲密戏份的时候也说了这句话。

她当时听完觉得 CV 的喘息声和停顿有点做作，还十分严谨冷淡地给了审音意见。

但最后一次还是觉得一般般，喘得刻意，问得也太骚。

还不如就像现在这样，简简单单的一句，与生俱来、毫不刻意的风情。

听得人几乎要——

林循内心迅速叫停。

想什么呢！

她适时闭了闭眼，赶走脑内匪夷所思的画面。

房间里刹那亮起来。

那灯泡大概多年没工作过，亮起的瞬间，发出一声"刺啦"声响，像憋了许久的窒闷呼吸。

林循稳了稳呼吸，若无其事地用手背贴了贴脸，跟在他身后往里走，下意识地打量着他的房间转移注意力。

布置得很简单，一张床、一个木制衣柜，还有一张书桌。

整个房间没有任何装饰性的东西，也没有镜子，但床边铺着软乎乎的毯子，床上的四件套看着也柔软舒适。

床头柜上扔着一盒开了封的薄荷烟。

所有带来视觉愉悦的事物一概没有，触觉与嗅觉得到补偿。

笔记本电脑就放在书桌上，他摸着椅背缓慢绕到前面，坐下，而后熟练地输入密码。

电脑里的读屏软件跟着开始阅读屏幕上的所有信息，和他打下的字，那冰冷的 AI（人工智能）语音被调到她完全无法理解的速度。

沈郁点开浏览器，而后把屏幕转向她。

林循于是上前一步站在他身侧。

床边到书桌的距离很窄，又放了一张大大的转椅。

她被迫挤在他身边，俯身伸手在他手背上轻拍，示意他把鼠标让出来。

键盘在他身前，她凑近过去，胳膊几乎紧贴着他的。

这距离实在太近。

近到她一低头，能清晰看到他淡褐色的眼眸和薄而淡的唇。

那鼻梁与眉骨的衔接弧度恰到好处，像造物主呕心沥血的毕设。

林循飞速移开视线，在搜索框里输入直播课的网站名，点进去，又登录好她预先注册的账号。

"网站我保存在收藏夹里，然后这是你的账号密码，我直接选了自动登录，你不要删浏览器记录就行。"

"嗯。"

他回答得懒倦随意，她下意识地低头想规劝他上心，却见眼前那对浓密眼睫忽地轻眨，唇边懒洋洋勾起一个淡薄又不耐的笑："行了林老板，我知道了，复习、上课、做作业，不会偷懒。你也记得拟合同，给我发工资。"

"……"林循突然觉得心跳又有加速的趋势，眼皮和耳尖都开始升温。

她飞快松开摁着键盘的手，撤开几步距离，语速飞快、刻意冷淡："OK，那我先走了，你复习完记得发功课给我。"

"好。"

她说完，双手插兜匆匆往外走，几乎是落荒而逃。

心跳如预料般加速，眉头却浅浅地皱起来。

她怎么回事？

沈郁长得好看这件事她一向知道，高中那会儿哪怕他瞎了，每天抽屉里都能扒出一大堆信件。

但问题是她从小到大都不是一个"颜控"。

对她来说，长相只不过是区分一个人的符号之一，就跟名字一样。

名字好不好听不重要，顺口就行。长相好不好看也不重要，顺眼就行。

所以她从来没因为某个人的颜值对其高看一眼，也不会因为某个人长得普通就忽视对方。

在她的观念里，能力和性格远比这些符号更重要，光看长相评判一个人，就是很肤浅。

但今天莫名就觉得，好帅啊。

每根睫毛、每个表情、每个动作，都好帅，帅到她自动变肤浅，只觉得他照不了镜子真是可惜了。

所以，什么情况？

是声带里的妖精跑出来，开始浑身游窜了？

林老板噔噔噔飞奔到三楼，接了杯冷水喝下，异样地"啧"了一声。

总觉得这样下去，会被精神操控。

这让她有种很强烈的不安全感。林循忍不住拿出手机给程孟发了一条消息。

循："声控"症状有上升真人的可能性吗？因为声音好听开始觉得对方长得好看，正常吗？

对面没马上回，应该是在工作。

程记者一天也蛮忙的。

她坐在高脚凳上发了会儿呆，想想还是得干点正事转移一下注意力。

休假快结束了，周洲和工作室另一个男生后期张成玉已经无聊到开始在群里互斗表情包了。

随便一点开就是几百条未读消息。

林循点开群聊，阻断他们的表情包大战。

循：玉清子的人选已经定了，我帮他报了纪非老师的培训班。@一锅海鲜粥 过两天上班拟一下试用合同。

群里表情包顿时停下来，开始七嘴八舌议论起来。

最欢腾的当然是周洲。

一锅海鲜粥：老大，是你上次说的那个声线比远山还好听的新人？

一锅海鲜粥：有 Demo 吗？想听，斯哈。

李迟迟也跟着发了个"想听 +1"。

就连汤欢都凑热闹。

thht：连林老板都说是极品，我倒要听听是什么声音。

她和林循刚好相反，对人声不敏感，但是个重度"颜控"，生平最大爱好就是收集各种长得好看的小奶狗当男朋友，当然都不长久，遇到更帅的就换一个。

所以汤老板确实也不富裕，事业心很强，但爱好也烧钱。

林循想想也是。

她口说无凭，大家连沈郁的声音都没听过。

她于是退出群聊，点进和沈郁的对话框。

循：我记得第二节课的课后作业是让大家找句电影电视台词跟读，你这两天做完给我发一下，工作室里大家需要听听你的声音。

等发完微信，她简单把家里收拾了一下。

每次放假在家躺尸久了，房子里就像个大型猪窝。

她把卧室的床单被罩和沙发垫换了新的，旧的丢进洗衣机里，又用吸尘器把房间的地面全都吸了一遍。

好在她家也没那些装饰性的东西，每件家具物品都是必须的，打扫起来比较容易。

程孟说她的装修风格是黑白灰简约风，林循没想那么多，只是怎么偷懒怎么来。

接着收拾厨房，看着从柜子里翻出来的好几大箱泡面，林循感觉有点头疼。

由奢入俭难啊。

这一两个月总去姜奶奶家蹭饭，口味被养刁了，偶尔自己一个人吃也不想将就吃泡面，不是点外卖就是下馆子。

以至于之前囤的这些泡面居然到现在都没吃完。

她想了想，拿了个纸板箱装上那箱泡面放到小区拿快递的地方。

还在箱子上贴了个纸条：没过期，各种口味都有，按需自取。

等家务活做完，不知不觉到了十一点，身上出了一身汗。

林循洗了个澡，坐在床边擦头发，这才拿起手机看了一眼。

程记者采访途中抽空给她回了消息科普。

玛丽莲孟露：恭喜你进入第二个阶段。

玛丽莲孟露："声控"的潜在技能就是非常具备妄想能力，听声音幻想长相是基操。所以大多数 CV 是不会露脸的，一旦剥去了面纱，打破了粉丝对他的幻想，会掉粉。

循：……那如果 CV 本人长得帅，会怎么样？

玛丽莲孟露：那就是极品了，不仅不会掉粉，声音的加持还会让他在粉丝心里六分变九分，八分变十二分。不然你以为远山那么多女粉丝哪儿来的？

行业里愿意露脸的 CV 并不多，远山算一个。某次参加线下活动，照片被曝光后，一夜涨了超多粉丝。

他长得确实不错，五官挺俊秀。但客观评价，也就在七分左右，却被粉丝称为神颜。

玛丽莲孟露：行了，我不说了，写报告去了，咱家铁树您慢慢开花吧。

林循搁下手机，用毛巾一点点吸去发端的水渍。

等到半干不滴水，她才躺下，闲闲地刷了会儿论坛，便去听论坛上新出的广播剧。

她偶尔也会听一些网配社团的剧，其中不乏制作精良的作品。

一些后来有名的商配广播剧工作室，原先也是网配出身。

她戴上耳机，定时播放着一部广播剧，调低音量，闭上眼。

耳朵塞满各式各样轻柔的人声后，大脑产生了舒适的疲惫感。

呼吸开始放慢，眼皮也重，就在她几乎要睡着的时候，忘记关静音的手机忽然响起炸耳的提示音。

林循蓦地睁开眼，满脸被吵醒的不愉快，捞过手机隔着困倦的眼雾看了眼。

沈郁给她回了消息。

是一条六十秒钟的语音，以及一条文字消息。

沈郁：交作业。

这么快就看完课，做完作业了？

效率挺高啊。

林循困得有点蒙，刚想点开听，想起晚上那句他随口一说就引人遐思的话，大脑忽然一激灵。

大半夜的，真没必要。

六十秒呢，她还睡不睡了？

林循于是没点开，直接把语音转发到了群里，然后关了静音，闭眼睡觉。

第二天一早，林循沉沉醒来，蓝牙耳机早就不知道掉哪儿了，房间里静悄悄的，只有窗外依稀的雨声。

又在下雨。

她木讷地睁开眼，坐在床边清醒了一下。

这才点开手机。

微信里有几十条未读消息，都来自工作室的群聊。

她以为又是表情包，随手点进去——

一锅海鲜粥：啊啊啊啊啊，我死了我死了，我耳朵怀孕了，什么神仙嗓啊，好苏啊，老大你为什么大半夜扰人睡眠啊？而且这口音这咬字也太标准了吧，人间极品！

李迟迟迟：！！！！！！！

李迟迟迟：！！！！！！！

李迟迟迟：！！！！！！！

三句一模一样的感叹号之间，都隔了一两个小时，是个内敛的孩子。

张成玉：？？？这确定是新人？我耳机差点炸了，大半夜给我听精神了。

之后又有陆陆续续一大堆"尖叫鸡"发言。

最近几条已经是早上了。

一锅海鲜粥：怎么办，我循环播放一夜无眠，出不来了。@循老大你简直丧心病狂，还我睡眠！［幽怨小狗.jpg］

李迟迟迟：这大大是谁，有微博吗？我要当他第一个粉丝！@循

thht：确实极品，光听声音就知道绝对长得贼帅，梦了一整夜。［腰疼.jpg］

一锅海鲜粥：汤欢姐你能不能闭麦，太不纯洁了。

林循忍不住乐出了声。

看来这群人里，属她最正常了。

她挑挑眉，做足了心理准备，点开那条语音，没想到竟然是英文。

—— "Some of us get dipped in flat, some in satin, some in gloss. But every once in a while you find someone who's iridescent, and when you do, nothing will ever compare."

十分标准且流利的英音从手机末端传出，刻意放慢的语速和稍稍压低的声线，带着浅而暖的温度。

如同黑夜般将人牢牢拢住，又洒下漫漫星光让你不至于惊慌失眠。

林循咬了咬唇，摁住逐渐不受控的心跳。

她听过这段台词很多遍，很经典，来自电影《怦然心动》。

大学编导课作业逐帧扒过这电影，当时还发朋友圈感叹过，觉得这段台词太美，太让人心动。

没想到他竟然挑了这句。

而且，他的发音真的很好听，和电影原声相比，丝毫不差。

台词结束，语音还没放完，男声念完英文原词，呼吸忽然停了一瞬，紧接着，念了一个中文译版："这世上有人住高楼，有人在深沟，有人光万丈，有人一身锈。世人万千种，浮云莫去求。斯人若彩虹，遇上方知有。"

男人呼吸浅淡，声音仿佛在唇齿间加了温，话末，他顿了一下，忽然多添了一句台词里没有的。

带着点漫不经心的随意——"我喜欢你。"

林循的脸噌地烧起来。

心脏像被泡在水里，一阵酸软酥麻，像是莫名被拉回电影里那些美好的画面——

长夜与滚烫土壤、晚风和肆意生长的野草、晚霞下牵手坐在树上的少年少女、酸涩而克制的青春初恋。

下一秒，脑海中脑补的画面突然变了。

她仿佛成为了第一视角，周遭场景也幻化成了101室里那间傍晚时分的北屋。

昏昏沉沉的暮色里，她的手指落在门口墙上的开关，打开灯。

几年未用的灯泡光线微弱，身侧极近的距离，有人伸手环绕过她肩头，温热指尖轻轻抵住她手背。

男人琥珀般漂亮的浅色瞳孔敛去光芒，眼睫如墨，骨相优越，轮廓深得像夜晚的兽。

他唇边散开一丝痞而懒的笑，低下头缓缓凑近她，一寸又一寸。

灼热的呼吸烫在她耳侧，缠绵呢喃，刻意勾引。

"我喜欢你。"

——是和电影里少男少女青涩初恋截然不同的，充满色气的，成年人的喜欢。

"……"脑补愈演愈烈。

耳朵和理智寸寸塌陷，嘴角失控，内心在喧嚣沸腾。林老板忍了忍，实在没忍住，捂着眼睛在床上翻了两个滚。

4

林循再一次循环播放了一上午，并且在床上翻来覆去打了好几个滚后，羞耻心慢慢褪去，逐渐接受了这个设定。

她决定跟自己和解。

"声控"虽可耻但有用，很快乐。是一种免费且高级的精神享受。

而且，从另一种角度来看，其他"声控"每天在网上穷尽心思搜寻心仪 CV 的声料，废寝忘食也就挖到那么一点点。

而她呢，所谓近水楼台、向阳花木，这么多年的老同学，又是楼上楼下的，还是合理合法的共事关系。

这便宜不占白不占。

林老板想通了这点，脸皮骤然厚起来，人也心安理得起来。

她没再跟程孟分享——毕竟刚刚她脑补的，已经不仅仅是长相了……

她把那段音频连带着上次那条"晚安"都保存到了电脑里，没和众多 CV 的音放一起，而是随手另创了个文件夹。

她顿了会儿，把文件夹重命名为"妖精"。

不过林老板在群里的形象还是维持得相当好。

她下午才回消息，语气十分淡定高深，俨然一个口味挑剔、丝毫不为所动的专业人士。

循：是还可以吧，嗓音条件满分，其他的还需训练。既然大家都满意，那就没问题了。

群里大家很快有了反应。

一锅海鲜粥：不愧是老大，耳朵就是刁，要我说素人就这水平，直接配玉清子都没问题。

张成玉：+1，做后期这么多年，第一次听到这么绝的声音，毫无瑕疵。不愧是老大。

李迟迟迟：+1。

thht：听林老板的，她的审美高度就是我们的水准高度。

林循毫不意外地收获了一堆吹捧，莫名有点心虚。

她很快压下那心虚，继续公事公办。

循：后天上班，我们下午开个会，我到时候带他过来，跟大家认识一下。然后我们一起讨论《凡尘》的制作流程。@一锅海鲜粥 你做一下策划案演示稿。@落尘有声@暮暮 两位编剧，后几集剧本还是有点问题，CV 能做得到的前提下，玉清子的张力可以再给点。明天见面聊。

底下一堆心悦诚服的"收到"。

倒是李迟迟迟悄悄地问了句：老大，有这个 CV 大大的微博吗？我想关注一下他。

林循还真不知道。

她点开和沈郁的对话框，这才意识到自己还没给他回复。

一上午醉生梦死，完全忘了。

林循先给他回了一条批改意见。

循：大家都被你的声音惊艳到了，初印象很不错，台词挑得也很好，再接再厉。

而且，沈少爷平时看着拒人千里、吊儿郎当的，认真起来很会啊！

话末添的那句"我喜欢你"简直如同神来之笔，把语音的氛围感推到了极致，引人遐思、动人心弦。

鬼知道她今天听了几百遍。

如果有一天他当真动了心思跟某个女生表白，这么来一句，谁能不答应啊。

林循"唔"了一声，用手背稍稍给脸颊降温，正想称赞一下他的台词审美不错，便看到他回了一句：林老板，那你呢？

林循联系了一下上下文，明白了他的意思——那你呢，有没有被我惊艳到？

那语气，自信到有点挑衅，完全没有初入职场面对老板时的战战兢兢和瑟缩。

啧。

林循想起他高中那会儿还没瞎的时候就这样，帅而自知，头脑好、家世好，毫不掩饰自己的光芒与得天独厚。

十年过去，性格虽然有所改变，这方面倒是没变。

还是那么拽。

不能让他一开始就飘了。

还得进步呢。

林老板摸了摸鼻子，违心道。

循：嗯，就还可以吧，蛮惊艳的，但也还好，毕竟我听过的声音实在太多。

过了许久他才回，倒是没被打击到。

沈郁：我继续努力。

很好，孺子可教。

林循满意地啃了口外卖送到的肉夹馍，又问他。

循：对了，你有微博吗？我们工作室的同事想关注你。

沈郁：没。

林循猜到是这样，就算有，那也是三次元的号，不方便做 CV 宣传号。

她顿了会儿，打字道：那我帮你注册一个，以后的所有配音活动都可以发在这个号上。

林循于是点开微博，想要注册一个账号，但又不知道取什么花名。

除却一些老牌影视剧 CV 演员外，广播剧和有声界的 CV 通常不会用自己的本名。

毕竟还是二次元的事。

她想了想，又给沈郁发了条消息。

循：你想叫什么名字？

他几乎秒回，那速度有些不耐烦也很不关心的样子。

沈郁：不知道，随便你。

林循坐着静静思考了会儿。

他算是他们签的第一个 CV，要不就叫"夜莺"好了，"一只夜莺"的夜莺。

没毛病。

于是微博号就这么迅速建成了。

林循把账号密码发给沈郁，自己先第一个关注了他，才把微博名分享在群里。

群里的人蜂拥去关注。

这个新账号瞬间拥有了七个粉丝。

下午，林循把之前周洲给她发过的《凡尘》的其他角色的 Demo 都听了一遍。

听过沈少爷的那段惊为天人的语音后，这些声音在她耳朵里激不起半点涟漪。

林老板戴着监听耳机，窝在工作间大大的转椅上，仔细针对每个人的声线和人设，做了点初步的审音指导意见。

这种粗略的声线方向意见不是每个导演都会给，但对林循来说，很重要——方便演员们进棚子前就可以对着剧本找找感觉，以减少返音次数，节省彼此的时间。

一审就是一下午。

傍晚，她才摘下耳机，一脸麻木地伸了个懒腰。

恰好门铃响起来，林循走到门口，发现是她订的千层蛋糕到了。

她换下睡裙，拿上蛋糕去了趟姜老太家。

"味道应该不错，每层都有芒果果肉，我前两天刚点过。"

林老板这段时间伙食水平飞速提高。

这附近好吃的外卖店铺她都了如指掌。

这家私厨蛋糕还是很不错的。

老太太欣然收下，拿去厨房切成了三份，自己率先尝了一块，愉快地"嗯"了一声："这蛋糕还真是一层一层的，每一层都很好吃，怎么做的？这些人手可真是巧。"

"我也不知道，"林循弯了弯唇，她哪里懂做蛋糕，只说道，"好吃下次我再买。"

她把剩下的两份端到客厅，恰好沈郁从洗手间出来。

他穿着一身绵软的居家装，单手拢在裤兜里，另一只手打开换气扇，而后反握着门把手浅浅带上卫生间的门。

应该是刚洗完澡，他肩上搭着条毛巾，黑发在滴水，薄薄的 T 恤胸口肩和背都被洇湿了一大片，紧紧贴着皮肤，勾勒出优越的骨骼和肌肉轮廓。

林循看他迈步出来，缓缓走近她，身高腿长，眉眼淡淡，慵懒不羁又极其出挑。

英俊如神祇般的压迫骤然而至。

她下意识地站着没动，呼吸放轻，视线顺着他湿润的睫毛一路滑到尖锐的喉结。

眼皮有点烫，情不自禁地，喉头滚动了下。

林循没有刻意移开眼，心忖，反正他又看不到。

视线肆无忌惮地落在他俊秀的长眉上，在他即将撞到她时，淡定地问道："吃蛋糕吗？"

沈郁脚步蓦地一顿，眉心因忽然出现在身前的障碍物而忽地一跳，手指敏锐地摁在身侧的墙壁上借了借力，才不至于撞到她，"啧"了一声道："走路这么轻做什么？"

林循忽然有点心虚。

她默默带他走到餐桌边，把其中一块蛋糕推到他身前，这才转移话题："晚上六点有课，别忘了。"

沈郁扯下搭在肩头的毛巾，低下头面无表情地擦了擦头发："为了提醒我去上课，还专门跑一趟？"

他一边说话，发梢上的水珠随着低头的动作甩在下巴上，又顺着下巴流入脖颈领口。

他眉头微皱，下意识地扯了毛巾一角，擦了擦湿润的锁骨，又轻轻往领口拭过。

修长立体的手指骨节瓷白，指尖轻触着裸露在外的一小片胸膛。

"……"林循内心狂跳，不得不移开眼。

再看下去，要犯法了。

她用勺子戳了戳蛋糕，缓缓说道："没，我正好买了蛋糕，自己又吃不完，一起吃呗。"又自然地补充，"味道不错的，不会很甜，你尝尝？"

"嗯。"沈郁擦完头发，把毛巾搁在一边。

125

他眼睛看不见，自然没办法擦得很仔细。

湿润的发梢凌乱搭在眉骨额角，有一些挡住眼皮，有种潦倒放浪的美感。

林循下意识抬手，帮他把那簇挡着眼皮的头发拨开。

沈郁抬眉，面上有疑惑。

"……"林循心跳得有点虚，暗骂这自作主张不受控的手。

好在声音还受控，她连忙收回手，平静无波道："你头发上的水都滴到蛋糕上了。"

"……"沈郁从她平静的语气中听出了半分嫌弃。

他拿起一旁的毛巾，又仔细擦了擦发梢，直到不再滴水，才拉开椅子坐下来吃蛋糕。

林循停下勺子，视线忍不住跟随他。

看他手指缓缓摸着一尘不染的桌面，摸到勺子柄，另一只手稳稳扶着盘子边缘，勺子触到蛋糕面，挖了一勺喂进嘴里。

那千层蛋糕在唇齿间软糯炸开，白澈奶油不经意沾了点在下唇角。

他没察觉，眉头因这恰到好处的甜度舒展了些许。

又接着吃下一口。

林循直愣愣地盯着他唇角上沾的那点奶油，他唇色浅，唇边缘和奶油之间的分界线十分模糊。以至于她大脑里下意识觉得，奶油边的唇角，也该是香甜的。

好半天后，她猛地低下头，三两口把那块蛋糕扒拉下肚，简直味同嚼蜡、食之无味。

她木着脸站起身："我吃完了，还有事先上去了。你记得去上课。"

林老板伸手触了触滚烫的脸皮，连去厨房跟姜奶奶打一声招呼都不敢，噔噔噔快步上楼。

沈郁是瞎。老太太的眼睛可雪亮。

要是被她发现自己觊觎她宝贝外孙，别说朋友，连邻居都没得做。

等回到家，林循换了衣服坐在沙发上，长长地叹了口气。

以后姜奶奶家还是少去吧。

太降智了。

就像程孟说的，有声音加持的情况下，六分能变八分，八分能变十二分。

像沈郁这样被誉为"一中十年难遇"的校草级神颜，现在在她眼底滤镜叠加下，简直像个魅惑众生、倾国倾城的狐狸精。

分分钟引人犯罪。

林循自然不认为这种过激的反应是喜欢。

她虽然没喜欢过人，但也编导过各种各样的爱情作品。

喜欢是需要灵魂共鸣的。

她这顶多不过是十分肤浅的欣赏。

换句话来说，就是由贪图声音演变成贪图美色。

以后一起共事，她又是那个"权势倾轧"的一方。

林循暗暗告诫自己，做人，就应该要守住做人的底线。

等到了六点，林循准时登录直播课网站。

她买的体验课还剩几节，正好旁观一下沈少爷听课。

纪非老师已经在线了，只不过还闭着麦，等五十个学员陆陆续续登录，林循才看到一个不起眼的账号亮起——是她昨天帮沈郁设置好的学员账号，头像没改过，是系统自带的，一只戴着耳机的兔子。

显得有点呆萌。

名字也没改，是一串系统随机编码。

人基本来齐后，纪非清了清嗓子，冷冷低声道："开始上课。"

他的课一般就是这样的风格，话不多，没什么插科打诨的趣事，从头到尾都很严肃冷淡，只是言简意赅地讲知识点，带着大家练习。

能不说话的时候就用PPT（演示文稿）展示。

毕竟他声带受损，不能说太多话。

纪非点开今天要讲的知识点，随意道："今天还是先做一下气息训练，你们闭麦跟我念，不要偷懒——"

他说到这儿，像是突然想起什么，插了句："今天有位新同学，麻烦改一下名字，我现在看到的是一串乱码，然后开麦做一下自我介绍。"

他说完，直播间里毫无动静。

纪非再次开麦，语气有点不耐："那只戴耳机的兔子，说的是你，改一下名字打一声招呼，让大家听听你的声音。我也需要判断一下，上我们课的学员前提是普通话要标准，我招生简章上说得很明白哈。"

"……"

好半天后，就在林循以为沈郁的设备出了问题，想给他发条微信问问时，戴耳机的兔子头像下方的话筒终于徐徐亮起。

音频静止了片刻。

几秒莫名的安静后，耳机里忽然轻咳了两声。

他声音比平常拉得还直，语速飞快，语气毫无情感，甚至有点糊弄。

"大家晚上好。"他说完，迅速闭麦，把那串乱码名字改成"夜

莺"。

就当自我介绍了。

"……"林循听着他极其敷衍克制的声音，没忍住扯了扯嘴角。

沈少爷也有害羞的时候啊。

也难怪，毕竟是直播课，在线五十几号人呢。

老师又是配音界大名鼎鼎的纪非大大，有点紧张也难免。

然而尽管只说了短短一句，直播课旁边的学员弹幕窗口依旧飘来一整片尖叫——

"哇这只兔子声音好好听啊！耳朵麻了！"

"人家叫'夜莺'，果然人如其名。"

"夜莺小哥哥以后肯定是优秀学员，天赋好好，就几个字给我说蒙了。求抱大腿！"

"音色真的绝了，小哥哥以后多多开口哦！"

林循忍不住弯了弯眼睛，托着腮看那些弹幕。

嗯，是很好听的。

虽然语速很快也很含糊，但就是很好听啊。

可等沈郁闭麦后，纪非老师却迟迟没开麦。

大约过了半分钟，他才开了麦，声音恍惚地说了一句："你们先跟着视频练，等会儿我抽查。我去一下洗手间。"

那语气，带了点疑惑、难以置信的恍惚。

不知道怎么了。大家只好跟着视频闭麦训练。

林循百无聊赖，摘了耳机去厨房倒了一杯水，又放了一遍手机里昨晚沈郁说的台词，听着那句"我喜欢你"傻乐。

沈郁说完自我介绍后的一分钟。

微信果然如期弹出个两年未见的对话框。

纪非：？？？？？

纪非：你来我直播课干吗？羞辱我？

"……"

沈郁单手摁了摁眉心，面无表情回复：你在说什么？

对方秒回了条消息。

纪非：是你瞎了还是我聋了？你的声音我听不出来？还想装是吧？

纪非：说吧，想干吗，想剽窃我的课程创意，你也要开班？

沈郁额角抽了抽。

好半天后，他舌尖抵了抵上牙膛，下颚收紧。

看在蛋糕的份上。

沈郁：不是，我就是突然悟了。

沈郁：觉得你可能真的配得比我好，想来学一学。

一分钟后。

纪非：噗！

纪非：哈哈哈哈哈，你承认就好。

纪非：想学就早说嘛，干吗偷偷摸摸的，还报个大班，混在里面浑水摸鱼的，以为我听不出来是吧？哈哈哈。

纪非：没事的，我不笑话你，虚心就有进步空间，谁不是这么过来的。

纪非：学费我给你打个九折，不，熟人价，八折好了。

纪非：其实前几年我就想说了，你在配某些角色的时候有点刻意隐藏原声伪装声线了，有点没必要，等哪天我专门给你指导一下，免费的，不收你钱哈。

纪非：哈哈哈哈哈，那你好好听课，我开麦了，认真听哦，对你有好处的。

七条信息毫无间隙地袭来。

打字手速大概达到了这狗东西的人生巅峰。

读屏软件飞快地把全部内容输入他耳朵，AI 机械又频繁的"哈哈哈"听得他耳窝发疼。

太阳穴也跟着发黑。

沈郁控制不住地敲着键盘反击。

又逐一删掉。

他牙齿蓦地咬在一起，嘴角扯出一个笑。

沈郁：……行。

/ 第七章 她那隐秘的私心 /
只是高中同学？

1

课程继续。

重新开麦后，林循发现纪非的情绪明显比之前几节课高涨多了，偶尔居然还会说几句玩笑话。

抽查作业的时候，点评也十分温和，几个逃过一劫的学员纷纷在弹幕区刷着：

——吓我一跳，还以为要挨骂了。

——纪老师恋爱了？今天心情这么好？

纪非气定神闲地讲课，声音里都透着一股喜气。

今天这堂课讲的是配音基础中的"吐字"。林循听完，从一个广播剧导演的角度也觉得大有获益。

她大学虽然是电影学院，但学的是编导专业，没有听过声台形表的课。

很多时候她审完音，只会从编导的角度去判断 CV 的情绪或者声线到不到位，有没有贴合声线，给出的意见也基本是和情绪有关。

现在想来，"吐字"和发声基础很能影响情绪。

"吐字"考验 CV 的唇齿发力，好的"吐字"需要清晰、饱满，不能含混不清。一旦发力没跟上，情绪再饱满，也没有清晰的"吐字"作为支撑，听到耳里只会觉得软绵绵的没感情。

一堂课上完，林循暗暗"唔"了声，重新戴上耳机把下午审过的 Demo 又批了一遍。

这次她根据这几节课学到的一些配音知识，除了虚无缥缈的情绪指导外，又揪了一些吐字和咬字问题。

有时候一针见血地针对这些基础问题做出指导，更方便 CV 修改进步。

等林循重新审完音，已经十一点多了。

她摘下耳机，伸手按了按酸痛的耳窝，趴在工作台上休息了会儿，又给自己多订了几节体验课。

纪老师还是很有两把刷子的。

林循打开微博，无聊地闲逛着。

电脑上自动登录了下午她给沈郁注册的那个新微博号，她用这个账号关注了一下纪非老师。

这才发现上完课后的半小时内，纪老师发了一条喜气洋洋的微博。

配图是两大串红艳艳的鞭炮。

@纪非：时隔多年，某人终于私下承认配音技术不如我了，人逢喜事精神爽，十月下旬配音课一律九折，欢迎报名。

底下一堆学员狂欢。

也有人问：

——纪老师，谁配音技术不如你啊？

——对啊，这给纪老师快乐的，又是跟哪位大大 PK 赢了？

纪非并没回复，但不难看出，他心情的确很好。

每条评论都点了赞。

林循虽然不知道他在说什么，也随手给这条微博点了个赞。

谁知临睡前，再次登录这个微博号，却发现她给纪老师点的赞被取消了。

关注也取消了。

林老板"啧"了一声，明白过来是沈郁自己在他那边登录了。

沈少爷还真是眼高于顶。

之后两天，林循找了借口没去姜老太家吃饭，以此躲避某些人的美颜攻击。

她决定在正式共事前，稍微压一下自己的觊觎之心。

省得到时候不做人。

两天后，放假结束，"一只夜莺"正式开始上班。

林循一早便到了工作室，大家也来得格外早。

周洲坐在工位上，看了眼坐在一旁专心工作的汤欢，谄媚道："放假前三天，玩得飞起；第四天，躺得沉迷；但玩儿天就觉得没意思了，还是想念我的工位。啊，上班真好。"

张成玉翻了他一个白眼。

林循不痛不痒地揭他老底："用不着暗戳戳表忠心，我看你昨天在峡谷浪得飞起，一晚上掉了两级。"

"……老大你做个人吧。"

临近中午，周洲把下午开会要用的《凡尘》策划案发给了林循。

两位编剧也按照她的想法粗略修了一集剧本。

林循一边干活，一边听大家有一搭没一搭地闲聊。

话题自然和新招入工作室的"夜莺"有关。

周洲："真没想到我们的第一个 CV 大大声音这么好听，我每天输完游戏都要听听他的声音疗伤，效果绝佳。我有预感，夜莺大大以后一定特别红。"

李迟迟："对啊，肯定会带着我们工作室一炮而红。"

周洲幽怨道："想想我是他微博第二个粉丝，也蛮激动的。可惜头号粉丝被老大给抢了。"

汤欢从一堆 IP 审查里抬起头，咂咂嘴："不知道长什么样呢，我这天做梦可都梦到了一张帅脸，千万别让我太失望啊。"

林循扯了扯嘴角，转着笔在剧本某处画了条下画线，懒懒地扯了扯嘴角："长什么样，待会儿不就知道了？"

她说着，看了眼手表，已经下午一点多了，两点开会。

林循拿起散装剧本习惯性地把边缘拢齐往桌上磕了磕，然后站起身："得，我接人去了，一会儿见。"

周洲见她拿起椅背上奔着的薄外套，疑惑道："还得老大亲自去接？"

林循把外套穿上，双手从后领处把长发拉出来，随手用皮筋扎了个马尾，瓷白的手腕托着乌黑如藻的长发随意甩到脑后，鬓边碎发恰到好处地落在冷淡的眉眼间。

好看得十分直白。

一套行云流水的动作看得周洲下意识地咽了咽口水。

这世界上，长得比老大还好看的人，应该屈指可数了吧？难怪远山见她第一眼，会下意识觉得她用美色走捷径。

林循匆匆拎起帆布包，唇边挽出个笑："等你哪天有这水平，我也亲自去接你。"

"……"可惜这性格，实在不解风情了一点。

林循昨晚上便在微信和沈郁说了开会的事。

等她回到晟霖苑，沈少爷已经在小区门口等她了。

中秋和十一过后下了好几天雨，昨天终于晴了，温度有些回升。

他身上只穿了件浅灰色的薄衬衫，看不出什么材质，但直觉柔软又轻薄。

袖口没有严丝合缝地扣上，而是松松垮垮挽在腕间，露出结实修长的小臂。

腕骨上有颗暗红色的痣。

他此刻闭着眼靠在墙边，如果忽略身旁那根斜倚着的盲杖，丝毫看不出眼睛的异样。

个高腿长，再搭配上那张出挑的脸，好看又惹眼。

这小区周遭是昼山最拥挤，也最老旧低洼的旧城区，贩夫走卒、人来人往。

路过的人们几乎无一例外地回头，视线或惊艳或赧然地落在他身上。

林循走过去，脚步声离他还有四五步时，沈郁睁开眼，十分自如地拎起一旁靠在墙边的盲杖："来了？走吧。"说着率先往前走。

林循有点好奇，跟上去问他："你怎么知道是我，而不是别的路人？"

方才来来往往经过他身边的人很多，他都不为所动。

沈郁眉眼冷淡，耐着性子解释："每个人的脚步声都是不一样的。"

林循却来了兴趣："但我今天穿的不是帆布鞋，而是带了两三厘米跟的单鞋。脚步声和之前应该是不同的，怎么分辨？"

"当然不是听鞋跟的声音，而是节奏、步调。比如你，走路很快，行色匆匆。动作利索，步伐间没有凝滞。而且每个人迈步的大小、步速也都有固定的模式，结合起来就像每个人的嗓音，声线、声调、语气都不同，还是很好分辨的。"

"这么神奇，"林循半信半疑，故意连蹦带跳踩了几步，又问，"那这样呢？还能听出来是我？"

脚步声轻巧，鞋跟与老街青石板地面清脆地相碰，溅起些跳脱的积水。

沈郁听着莫名勾了勾唇角。

从很多年前开始他就习惯用脚步声分辨不同的人。

每个人的脚步声都不一样。

疲惫的、自信洒脱的、轻缓平和的……这通常和性子相关。

只有她的脚步一直匆匆，从不犹豫、从不退缩。

像个漫天风沙里扛着沉重背囊裹衣前行的沙漠旅人，眉眼冷硬、内心更硬，脚下磨破血肉也得咬牙往前走，没资格在原地停留半秒

钟——只因为水源在很遥远的前方。

这脚步声在他失明后，人生剧变的那两年里，曾经一度让他觉得——只要站起来往前走，像根藤蔓一样野蛮地往上攀，不管是多远的未来，一定会有希望。

他也照着做了，得以度过那段人生中最黯淡无光的岁月。

此刻为了戏弄他，这脚步声忽地变了。

脚尖轻点地面，连蹦带跳，像个穿着裙子、无忧无虑又欢脱的女孩子。

记忆里那双蒙着灰尘的眉眼也跟着柔和起来，仿佛旅人终于到达目的地，回到了有山有水的故乡。

可以长久又安心地休憩。

沈郁敛了神色，停下脚步："我没听清，你再走几步。"

林循于是绕着他又踩了几步。

还没等他回复，她觉得自己这样子有点怪，在大街上蹦蹦跳跳的，像个小屁孩。

神经病吧。

林老板觉得自己跟沈郁在一起越来越降智。

她脚步迅速恢复如常，慢悠悠道："看你说得那么玄乎，大概率是吹牛。我如果以后在你面前一直变着方式这么走，你肯定认不出来。"

许久后，沈郁睁开眼，跟在她身后，声音忽然放低了些许："那就一直这么走吧。"

林循没听清，回眸看他："……什么？"

盲杖沿着青石板缝隙缓缓划过，男人眉眼间难得没有往日的懒倦和不耐，眼角眉梢拉直，平和中显得有些温柔："没事，走吧。"

沿着老街往工作室走的路上正好路过寻语工作室楼下。

这一带的盲道依旧被各种自行车占据。

林循自觉地拉着沈郁的衣袖给他引导方向，抬头看寻语工作室所在的那栋高耸入云的写字楼。

这栋楼里的企业非富即贵，不是她这种小作坊能比的。

门廊边停着一辆黑色豪车，门口来往的人，几乎都身着正装，手里拿着白领标配的咖啡。

林循羡慕地咂咂嘴，对着沈郁随意道："周洲一直很羡慕这种工作间，你努努力，等你火出圈了，或许我们就能在这里办公了。工作累了往落地窗边一站，俯瞰昼山的大好山河，想想都干劲十足。"

可还没等到他有所回应，那辆停在写字楼下的豪车突然启动，从他们身边疾驰而过，溅起街边积攒的污水。

林循下意识地揽着沈郁往里避了避，同时狠狠瞪向那辆不讲究的黑色轿车。

谁知道那车像是感受到了她的视线，在不远处的街角戛然停下。

然后竟然开始缓缓倒退，停在他们身边。

镶着银色边框的车窗摇下，驾驶座的人脑袋往这边探了探，声音里有十足的惊喜："……林循？竟然在这儿碰到你，好久不见啊。"

认识她？林循听这男声有点耳熟，但很普通，她想了想，没想起来是谁，只好稍稍弯腰看向车里。

视线对上，林循一愣。

九年未见，他的长相倒是没怎么变。

只是穿着打扮变了很多，穿着规格精致的衬衫，打着领带，腕间戴着一只沉甸甸亮晶晶的腕表。

看着比当年……更讨人厌了。

林循抬起头，想装不认识走人，想想又觉得没必要，于是不咸不淡地打了个招呼："宁总，好久不见。"

她说完，看向沈郁，想跟他介绍一下对方是宁琅。毕竟他也认识。

却见他眉目萧疏低着头，单手抄在裤兜里，另一只手无聊地把玩着盲杖。

表情冷然又淡漠，压根儿不感兴趣的样子。

宁琅的视线终于落在林循身旁的人。

他其实刚才就看到了他，这样出挑的两个人走在街上，想要忽视都难。

甚至，他第一眼，其实看到的是沈郁——匆匆一瞥便是暌违多年的压迫与危机感。

就像高中那会儿一样，这人举手投足都耀眼，在人群里轻轻松松就能成为被簇拥的焦点。

仗着家世头脑受尽追捧，明明高傲至极，人人还赞他洒脱不羁，上赶着往上贴。

哪怕后来瞎了，也依旧什么都做得好，人上人一般，从没跟谁低过头。

宁琅忽然想起某次偶然听到男生们私底下的议论。

"咱们班沈少爷明明比宁琅更有钱，但就是感觉没他那么装，为什么？"

"这还用问，人家沈郁从小是沈家当家人唯一的儿子，是真正含

着金汤匙的天之骄子。宁琅不过是宁氏旁支的儿子，上头还有两个哥哥。跟我们相比自然是都有钱，但有钱和有钱之间，区别也大了去了——一个不用装，一个装了也够不上。"

"得得得，还聊起有钱人的八卦了，我还是操心这次月考结束，我妈会不会如约给我买游戏机吧。"

……

可现在不是高中。

因着宁氏被沈氏收购了，他也知道些沈家的事。

沈郁是自己离开沈家的，并不像传闻中那样被扫地出门。

但即便如此，他确实和沈家再没有联系，现在住在没权没势的外婆家，也没听说在哪儿就业。

而且，他偏偏知道，像他这么骄傲的人，其实有个不为人知的软肋。

宁琅回忆起高三下学期，林循被开除、离开一中的那天。

那二十万，这点钱对他来说不过是零花，连爸妈都没告知。

但等他打听到她家的情况后，心里突然觉出愧疚与怜悯，中午吃饭吃到一半，食不下咽，便打算回班找她。

他怕她已经走了，匆匆走到十二班后门，远远看到角落里一前一后坐着两个人。

沈郁照例在吃饭，视力并没影响他的从容淡定。

宁琅皱了皱眉，移开目光看向他身后——林循木着脸草草收拾着东西，脸色苍白疲倦却难掩漂亮的五官。

某一刻她忽然停了动作，双手撑着桌面，眼泪大颗大颗往下掉，咬着唇逼迫自己不发出声音，整个人都在发抖。

是他从未见过的无助与茫然。

宁琅的心像是被人捏了一把，又酸又疼。

他忍不住想走进去跟她道个歉，哄哄她，许她一个光明的未来。

可还没等他走进去，便看到她身前的沈郁突兀地搁下刀叉，转过身来。

林循自顾自收拾东西，泪眼蒙眬没有抬头，宁琅却看得分明。

——少年脸上再没有令人厌烦的矜贵与桀骜，双眼浓得像夜，唇色却淡得很。

他听着压抑的抽泣声，视线空空荡荡地落在女孩满是泪痕的面孔上，不由自主地向她探出手，似乎想循声替她擦掉眼泪，却在下一刻紧绷着下颚收回，攥紧。

他额角青筋毕露，蹙起的眉头戾气骤起，紧绷的下巴写满不甘、挫败，以及，心疼。

像是自己珍视已久不忍亵渎的宝贝，被一个他向来看不上的人，随手打碎了。

那瞬间，宁琅心底所有的情绪，愧疚也好、怜爱也罢，统统被他压下。

另一种微妙的愉悦感升腾发酵。

他不自觉停住脚步没进去，听到沈郁克制地问："为这么个人渣，值得吗？"

宁琅见他那近乎狠戾的表情，几乎能猜到下一句——"只要你说不值得，我帮你毁了他。"

他眼皮一跳，危机感丛生。

可下一秒，他听到林循压下哽咽，倔强答了句："值得。"

宁琅知道她的"值得"压根儿与他无关，却还是松了口气。

大概过了很久，就在他觉得以沈郁那么傲的性子，再喜欢也该到此为止的时候。

少年却忽然低了头，平静地说："留个联系方式吧，好歹前后桌一场，以后有什么不顺利的事，可以找我。"

他说这话的时候竭力装作若无其事，却眼角眉梢都是破绽。

那颗高傲的头颅，亦在此刻低了下来。

宁琅忍不住"啧"了一声，扬了扬眉，看着林循木着脸魂不守舍地点头，随手扯过一张便笺纸，匆匆地在纸上写了一串字。

敷衍般塞到了他手里。

她写完那行字，单薄瘦弱的身子拖着几个大大的黑色塑料袋，心不在焉地从前门离开了教室，压根儿没注意后门站着的他。

但宁琅此刻没去追，也顾不上在意。

他倚在门框上，看着教室里无人知道的秘密——

不可一世、金尊玉贵的沈少爷，手里捏着那张看不见也读不到的便笺，指尖轻轻摩挲着那纸上的字，一遍又一遍。

……

宁琅想到这儿，盯着街边站着的男人许久，唇边缓缓溢出一个笑，问道："沈郁也在啊，好久不见。你们怎么会在一起？"

林循没接茬，反问道："马路这么宽，我们不能走吗？我还想问呢，宁总，您怎么在这儿？"

她虽然谈不上恨宁琅，但实在烦他，自然没什么好态度。

宁琅却没计较她脾气冲，和气地回答："我来寻语工作室谈个合作。"

他语气很平常，但林循听着却觉得别扭，仿佛还有句潜台词——

"我可是能和寻语谈合作的人。"

不怪她多心，这人高中时候就这样，随便一句话都要拉面大旗扯一扯。

林循撇撇嘴，没搭理他。

宁琅却像是想到了什么，语气有些惊讶："昨天我专门给你们汤老板打了个电话，想给她推荐个除了远山之外的人选。汤老板拒绝了，说你们打算培养一个新人……不会是沈郁吧？配音入行说难不算难，但要说容易，也不算容易。"

他说着，对林循柔声道："我虽然刚接手睿丽有声部门没多久，但在这方面还算有些资源，可以提供点帮助。小循，晚上一起吃个饭？我帮你介绍几个专业老师，也算是跟你道歉，好不好？"

2

"……"林循实在是不知道宁琅抽的哪门子风，用这么熟稔的口吻和她说话。

"小循"这个称呼她很久没听过了，一开始一中广播社的学长学姐这么叫过她，久而久之社里大家也会这么叫。

但宁琅从来都是连名带姓喊她。

林循懒得跟他废话纠缠，便也没纠正，皱眉说了句："这点小事就不劳宁总操心了，至于吃饭，抱歉，我今晚没空。"

要不是如今好歹算是同行，未来或许还有合作的可能，她真是半个眼风都不想浪费给他。

林老板说完，转身便走，走出两步后才发现沈郁并没有跟上来。

她回头看去，沈少爷冷着脸杵在原地，宁琅也没走，坐在车里好整以暇地看着他。

林循耐着性子走回他身边，随手拉了他的衣袖，说道："走了，站在这儿干吗？"

跟这种人完全没有叙旧的必要吧。

何况她记得，沈少爷上次说过挺烦他来着。

沈郁没吱声，半合着眼不知道在想什么，盲杖轻轻点地，迈着长腿跟着她往前走。

林循直觉身后有道视线追随，抿了唇加快步速，又担心沈郁跟不上，干脆松开手中的衬衫衣袖，直接握上他的手腕。

指尖半握住他的腕骨。

他手腕温热，她指尖微凉。

这样彼此牵着，踩在落了梧桐叶的人行道上，肩肘相接，呼吸相触。

仿佛与周遭熙攘隔开了一个单独的世界。

要是往常，林循早就忍不住各种脑补，心猿意马了。

但此刻她心中半点旖旎也无，只想走快点，裹了裹外套，偏头淡声道："跟着我走就行，放心，不会摔。"

宁琅的车还停在原地，透过挡风玻璃，视线远远落在两人交叠的手上，面色沉了又沉。

发生了这么个不太愉快的小插曲，林循一直走到工作室门外的时候，还忍不住绷着一张脸。

她偏头看去，沈郁跟在她身后半步距离，蹙着眉抿着唇，显然是一路被拽着走，有些不爽。

没出言打断她，已经是仁至义尽了。

"……抱歉，"林循反应过来，赧然地松开他的手腕，"刚刚走得有点急，到我们工作室了，跟我进去吧。"

她察觉到自己还是受了点影响，情绪无法控制地烦闷。

倒不是因为宁琅这个人，而是时隔多年看到他，连带着记忆里那些痛苦难挨的岁月止不住地翻涌上来。

沈郁听出她语气中掩藏不住的心绪起伏，唇角慢慢拉成一条线。

他右手轻轻摁了摁方才被她拽得有些疼的左手腕——腕骨上还残留着她手心微凉的温度。

她一贯最是淡定，或许是经历的事情太多，平常情绪很少会有波动。

起码在他面前是这样。

林循压下心底的情绪，推开工作室的门。

工作间里，大家吵吵嚷嚷的议论声因着门口动静戛然而止。

下一秒，六道火热目光带着克制又殷切的期盼与好奇，纷纷看向林循身后的男人。

紧接着，不知道是谁忽然短促地"嘶"了一声，又陡然憋住。

林循顺着声音看过去，只见李迟迟捂着脸偏过头，满脸涨红着掩饰自己的失态。

周洲则不停地用手戳着张成玉，一脸兴奋。

只有汤欢，眼眸里半是惊艳半是打量，挑着眉眼神玩味地盯着沈郁，目不转睛。

唇边的笑意越来越明显。

林循揉了揉被风吹得有些木的情绪，走进屋内，跟他们介绍："这位就是我们新签约的CV，他目前在上纪非老师的大师课，嗓音呢，

139

大家上次也听过了。"

周洲率先出声打招呼："夜莺大大好，我是工作室的策划，周洲，也是你的第二个粉丝哦。"

汤欢眼眸一转，懒懒道："我是第三个，汤欢。"

沈郁微微颔首："嗯，你们好。"

"我去，真人的声音更好听，简直醉了！"

周洲小声冲李迟迟挤眉弄眼，得到了对方小鸡啄米般的回应。

张成玉也适时摘下了耳机。

林循意识到他看不见，便向他介绍起工作室："我们工作室目前常驻的成员，包括我，一共是七个人。刚刚跟你说话的，是工作室另一个合伙人，汤欢汤老板，同样也是编导。然后是我们的策划，周洲。这两位是后期，李迟迟和张成玉，然后是两位编剧，罗成和唐小慕……"

几个被 cue 到的 I 人们无声地跟他打了个招呼。

林循顿了下，对他们说："你们别光摆手，他看不见。"

她介绍的时候，沈郁恰好从门口走进来。

大家这才注意到他手里拎着的细长盲杖，以及走动间用盲杖轻微试探的动作，反应过来后，不由得纷纷讶然。

竟然，是个盲人。

看外表完全发觉不了，只觉得是个超级惹眼的大帅哥一枚。还以为是帅哥性子有点冷酷，不爱跟人对视罢了。

工作室里一静，都好奇地打量着他。

大家不是没见过盲人，但没见过这么帅的，不，应该说，不盲的也没见过这么帅的。

一时间又是震惊，又是惋惜，你推我搡的，就是没人敢开口说话。

最终还是汤老板打破沉默，缓慢问道："小哥哥本名叫什么啊？不能以后一直管你叫'夜莺'吧？那多不方便。"

沈郁跟着走进屋内，淡淡道："沈郁。"

"沈我知道，哪个郁？"

"浓郁的郁。"

汤欢半打趣道："哦，那就是左边一个'有'，右边一个'耳'？跟你的声音真配，世间有你这样的嗓音，值得人类长了耳朵。"

李迟迟闻言忍不住乐了一声。

好久没见汤欢姐发功了，但这功力丝毫没退步。

太会撩了，她简直想拿一支笔记下来。

可惜这帅哥丝毫不为所动，拎着盲杖跟在循姐身后往屋里走，眼睫下压，长眉冷淡。

完全没被撩到，更没有丝毫被人搭讪时不自在的反应。

汤欢支着下巴转了转笔，知道他看不见后，一双眼睛更是肆无忌惮地在他脸上打转，声调也拖得长："哦，你看起来，跟我和林老板差不多年纪，还是比我们小？我该叫你什么？"

这刻意压低的语气，让一旁的周洲吃瓜神经瞬间被点亮，压低声音跟李迟迟交头接耳："看样子汤欢姐又有新目标了，她分手不是才一个月吗？"

李迟迟低声说："汤欢姐分手都一个月了，依她谈恋爱的频率，早就该找下一个了。而且他长得也太帅了吧，虽然眼睛……反正我要是汤欢姐我也上。"

周洲一愣，语气突然别扭起来，跟她拉开了点距离，不咸不淡道："那你倒是上啊。"

李迟迟吐了吐舌头："……我倒是想啊，我可不敢。"

林循没察觉这暧昧氛围，只觉得汤老板实在热情，再问下去，那双眼睛能在沈少爷脸上扎两个洞。

她于是接腔道："他是我高中同学，跟咱们差不多大，大家叫他沈郁就行。"

工作室里大家都年龄相仿，硬要区分的话，应该是她年纪最大，汤欢比她小一岁，其他人比汤欢再小一两岁。

毕竟林循当初在昼山打了一年工才去复读，毕业得比较晚。

"原来是你高中同学啊……"

汤欢的视线在他们两人脸上若有似无地睃了会儿，眨了眨眼，站起身："那咱们开会？周洲，你去会议室把策划案放一下。"

"哦，好。"周洲难得没插科打诨，拿上笔记本电脑走去会议室，脸拉得老长。

会议室里，林循照着策划案的演示稿，同沈郁介绍《凡尘》的制作周期和卡司阵容。

"《凡尘》原著比较长，总共会分三季播出。录制总时长预计在一百个小时以上，每个CV可能会有五到八个小时的分配时长。当然，你和配女主角的南寻老师是主役，时长肯定会比其他人久很多。

"前期录制收音会统一录完第一季，之后边播边进行后期制作，所以时间比较紧。有些CV下周就要进棚子。我打算把你的戏份放到最后再收音，包括和你对戏的几个CV。这样能给你更多时间练习。"

林循顿了顿，认真道："不过哪怕是这样，最晚的录制时间离现在也只有两个多月，所以沈郁，你要好好上课哦。"

她说完，自己都觉得有点压力。

可沈少爷懒怠地坐在会议室前排，神色寡淡，完全没被吓退："行。"

不知为何，林循看着他一脸淡定不当回事的样子，不但不觉得恼怒，心里渐渐有了底。

也是，他可是沈郁，哪怕遭遇巨变，双目失明，也从不给他人同情怜悯的机会。

做什么事都能做到最好。

倒是周洲不知何故，莫名其妙呛声道："可别太自信哦，我们老大耳朵很刁的，对声音很严格，你要是不好好练习，到时候也不是不可能换人。"

工作室其他人齐刷刷地看着他，一脸的疑惑。

这家伙，昨天不还捧着人家的音频如痴如醉，嚷嚷着"夜莺大大压根儿不用学，直接配就能出圈"，还要当人家头号粉丝吗？

怎么今天这么有骨气。

周洲也意识到自己语气有点尖锐，憋了半天，撇了撇嘴："我也是丑话说在前头嘛。"

林循点了点头："总之一切以最后的干音质量为准，不过我对他有信心，你们安心就是。"

汤欢听她话语中不自觉的力挺和维护，莫名挑了挑眉，视线第二次在她和沈郁之间打转，但又看不出个所以然来。

这两人除了交流工作，并没其他互动，看着不算熟稔。

而且，她跟林循认识这么多年，从没听她提起过。

长这么帅，要是真有过感情，不可能这么淡定吧？

林循接着介绍："……配女主角的是南寻配音社团的琳琅大大，也是之前《小蔷薇》的女主，之后你们会有很多对戏，一会儿我给你发个链接，你听听她的声线和配音风格。"

"好。"

之后，林老板又跟大家讲了一下后期制作流程，以及她刚批完的剧本修改意见。

会议从两点一直开到四点，等散完会，她只觉得喉咙都要冒烟。

其他人都回各自的工位继续干活去了，林循让沈郁在会议室里等一会儿，自己推门去了隔壁的茶水室，倒了一杯水。

制作广播剧就像在打仗，这行是以时间计费的。

每次新开始一个项目，从最初策划拿版权、编写剧本，到选角、

PIA 戏录制、拟声、后期、美工、宣传……每一步都得抓紧。

她半靠在窗边喝水，伸手摁着眉心。汤欢跟着走进来，面上表情带点欲言又止。

林老板搁下水杯，有些疑惑："干吗这表情，有话直说。"

"就……"汤欢在窗边站定，顺手拉上茶水间的门，低声道，"林老板，问你件事，你这个高中同学，有女朋友吗？"

林循愣了愣，摇头："应该没吧，你问这个干吗？"

她跟沈郁重逢到现在也有两个月，的确没见他身边有过其他异性。

所以，应该是没有吧？

汤欢缓慢地"哦"了一声："虽然我谈的都是帅哥，但迄今为止还没谈过这么帅的呢，他没女朋友的话不是正好。"

"……"林循多少有点没反应过来。

不是才第一次见吗？这么迅速？

她想到汤欢换对象的速度，又觉得，这种事好像在她身上也成立。

汤欢见她表情有点蒙，凑近道："但冲之前，有件事想问你下。"

"……什么？"

汤老板略尴尬地顿了顿。

她谈恋爱虽然不走心，可都会提前跟对方说好。而且，该有的原则还是要有的。

哪怕这帅哥确实极品，但如果林循对他有那个意思，她立刻撤，半点心思都不会有。

另一边。

沈郁坐在会议室里戴上耳机，点进刚才林循给他发的 CV 琳琅链接。

不得不说，林老板对人声的审美确实很好。

这位 CV 他知道，是影视学院科班出身，嗓音和实力都很好，只是毕业后一直没什么资源，不温不火的。

嗓音很出色。

刚听了几个片段，手机轻轻响动。

他点开微信，发消息的是他的两个工作助理之一，孟绍。

读屏软件加速后的声音通过耳机传来。

"老板，刚刚睿丽的小宁总来过，想跟咱们谈《森林寓言》的衍生版权，他们想做广播剧改编。"

"小宁总还说，很荣幸这次《长耀》能选择他们公司的远山作为男二号，他早就让远山推了其他的项目，专心帮我们配音。看起来合

作态度还是相当好的。"

沈郁手指下意识捻了捻粗糙的剧本页面。

《森林寓言》自从上线后就大火出圈，成了一个现象级IP，至今已经有好几家娱乐版权公司跟寻语接洽，谈各种衍生版权出售。

他并不认为公益节目就不该卖版权，反之，节目越火，版权费广告费越多，钱就越多。

做公益，谈论其他的都没意义，最基本的需要，就是钱。

在商言商，一个版权的价格，够给青原修几条马路，在山区建个小学，或在岐南山陡峭的山头间连接起通往外界的钢索吊桥。

何乐而不为呢？

只不过，做生意，也得挑对象。

像这样左右逢源、扯着面旗子两头谄媚的人，他可合作不起。

沈郁不紧不慢地给他回复。

"合作可以谈，但我记得睿丽有声有个副总，也姓宁吧？联系他，把这个项目给他做。"

听说宁琅三个月前通过某些手段，把另一个宁氏旁支的堂叔挤下去，自己接管了有声部门。

这位堂叔如今在他手底下憋屈地当个二把手，想来彼此也不大对付。

孟绍从这句冷冰冰的话里，感觉到老板心情不怎么样。

只是，这睿丽的小宁总又怎么惹着他了？

人家上任的时候，老板还在青原大山里啃着窝窝头呢，按理说也没机会见面啊。

真是尊阴晴不定的大佛。

但他没敢问，回答道："好，我马上联系。那我们之后都不跟小宁总合作了吗？"

沈郁在输入框里打了个"嗯"。

但想起林循刚刚见面后的反应，他烦躁地扯了扯领子。

看她那情绪起伏的模样，像是还没释怀。

沈郁不耐地"啧"了一声。

也不知道这种人有什么好惦记的。

他删掉输入框里的字，冷着脸扯掉蓝牙耳机，打了句：再说吧，这次先这样。

跟孟绍谈完工作，沈郁支着额头坐了会儿，想起方才宁琅口中那个称呼。

会议室的空气无比窒闷。

窗外有阵阵风声，他想起身去窗边，摸了半天，盲杖不知道扔哪儿了。只好扶着会议桌旁的墙壁，顺着风声缓慢往阳台上走。

他勉强走到外头，隔壁窗口传来压低的交谈声。

他听力虽好，可并不热衷探听他人隐私，正想戴上耳机，却听到半温的风里传来了他的名字。

说话的是方才跟他打招呼的汤老板。

语速快、声调较高、尾音上扬，是个自信且雷厉风行的女性，很好认。

——"所以，循循，你和沈郁什么关系，只是高中同学？你不喜欢他？要是这样的话，我可冲了啊。"

3

林循被汤欢这直白的话问得有点蒙。

所以，她是打算追沈郁？

林循心里霎时觉得有点怪异。

她沉默了片刻，理智觉得这不自在十有八九来源于沈郁对待女生的态度。

林循想起以前。那会儿哪怕是在他失明之后，她都总能看到形形色色、不同年级的女孩子趁着课间或者放学拦他，攻势各异，有腼腆矜持的，有直入主题，也有攻势猛烈死缠烂打的。

但无一例外，沈郁每次都拒绝得无比干脆，压根儿不考虑对方是否受伤。

哪怕是之前跟沈郁关系还可以的一个女生——白恬默，就是当初她跟着奶奶在一中门口摆摊，第一次见到沈少爷时，跟在他身后的女生。

听程孟八卦过，白恬默家里同他是世交，算是从小就认识。

沈郁对她态度比旁人好一些，但奈何白恬默后来想不开跟他表白了，被他丝毫不留情面地拒绝，朋友都没得做。

对待相熟的人尚且如此，更何况刚见一面的陌生人。

汤欢谈的恋爱多，男人压根儿走不进她的心，林循倒是不担心她会因此受伤。

但毕竟以后要一起共事，搞得太尴尬也不好。

沈郁对待这种事，说话一向没分寸。

她静了一会儿，回答道："我们就是普通同学，我不喜欢他——"

十月中早秋的傍晚，窗边的风不见得有多冷。

但街边探着枝条的梧桐树，早没有夏日那般枝繁叶茂。

从隔壁窗口传出来的女声冷淡无情绪，说着预料中的话。

沈郁靠在阳台上，站了会儿，本来也没什么可听的，但方才呼吸竟然荒唐地停了片刻。

片刻后，他面无表情地戴上一边耳机，转过身，放轻动作摸到墙壁，企图往回走。

这空气流通的阳台，也不见得多么透气。

可还没等他迈开脚步，风里忽然裹挟着喑哑如冷空气的女声，接着说。

"——但我觉得你们可能不大合适。"

他偏了偏头，下意识屏了呼吸，听汤欢询问中带了点犹疑："为什么——"

下一秒，茶水间的门突兀地被拉开，发出"刺啦"声响。

周洲耷拉着脑袋走进来，脸色绷得紧紧的，随便朝两位老板点了点头，一边把杯口对准水龙头，一边打开热水。

林循咽下话头，没时间再多想，抬眼看去，只见周洲魂不守舍地接着滚烫的热水。

眼看那水快要溢出杯子，她飞快地伸手把龙头关掉，皱了皱眉："干吗呢，想把自个儿烫死？"

周洲"啊"了一声，不自在道："我没注意。"

林循看出他状态不太好，拍拍他的肩膀，好脾气地说："怎么心不在焉的，没事儿干就回家休息吧。"

这两天刚开始上班，项目不算忙。

"嗯，好。汤欢姐，一起走吗？"

他们俩家在隔壁小区。

汤欢的视线在林循脸上停了停，表情颇有些耐人寻味。随即，她点点头："行，姐今天跟你一起挤地铁，走。"

两人于是收拾了东西一起下楼。

楼道里，周洲这个工作室难得的氛围包，难得情绪低落，突然开口问汤欢，语气有些惴惴："汤欢姐，你谈过这么多次恋爱，那你知道喜欢一个人，到底是什么感觉吗？"

汤欢的高跟鞋在楼道里敲出阵阵回响，闻言扬眉笑道："你问我？我是谈过那么多次恋爱，可没几次上心的。"

半晌后，她忽然想起方才茶水间里林循的反应，敏锐地眯了眯眼，眼神玩味道："不过嘛，喜欢一个人，通常是从占有欲开始。尽管有时候，你都没意识到，但当你在意的人被他人觊觎，或者表示出对他人的好感时，心脏下意识的反应不会骗人。"

周洲听完她的话，脸突然红了起来。

恰好背后工作室的门一开一阖，李迟迟背着个电脑包温吞吞地走出来，远远地朝他们招手："周洲、汤欢姐，你们等等我，我今天去我奶奶家吃饭，跟你们一起坐地铁。"

周洲半点没敢看她，屁股像被火苗点着了似的，推开大门跑得飞快，声音如同被这阵秋风加了速。

"汤欢姐，我先走了，呃……我突然想起来我还得去附近商场买点东西，再见。"

汤欢皱眉站在原地等李迟迟，看他莫名其妙地红着脸飞奔而去。

这小子，犯什么病呢？

林循站在茶水间喝完了一杯水，总觉得有点不自在。

不知道是被汤欢说想追沈郁震惊到了，还是被她后续的问题问蒙了。

她耷拉着眼皮看窗外街旁，稀稀拉拉的梧桐落叶，心情有点压抑。

刚才下午遇到宁琅就挺烦的，原本开了个会，心态因为工作转移了，但这会儿不知道为什么，那种莫名其妙的纷扰窒闷感又升起来。

她放下杯子，压下心底的情绪，往隔壁会议室走去。

沈郁还站在原先的位置，弯着腰曲着膝盖，衬衫挽起在腕间，干净修长的双手轻轻沿着椅背往地上摸去。

指尖在有些灰尘的瓷砖上一寸寸探着，像是想要找什么东西。

他的搜索很慢，手几乎摸遍周遭半米范围，才挪动双腿换个地方。

继续摸。

那双手很快沾满细碎灰尘。

指尖还蘸着点昨晚不知谁吃完外卖滴落的黏稠汤汁。令人恶心的触觉袭来的刹那，男人好看的眉眼微蹙，唇轻轻抿起来，顿了两三秒后，若无其事般继续往旁的地方摸索。

林循看得牙根疼，心脏突然错跳了一拍。

她抿着唇快步走过去，伸手拉他起来，掰开他的手，从会议桌上随手抽了张纸，飞快帮他擦掉手上的污秽。

接着，她走到另一侧的墙边——刚刚开会的时候，她随手把挡了座位的盲杖靠在这儿了，会议室不算大，又空空荡荡的，常人扫一眼过去，两秒钟就能发现。

林循拎着那根盲杖走回他身边，塞到他手里："你在找这个吗？被我随手搁在墙边了。怎么不等我进来，把手搞得这么脏。"

沈郁垂下眼，接过盲杖的动作稍顿，捻了捻被她随手擦干净的手

指，突然不耐道："这算脏吗？你没见过更脏的时候。"

他语速比平常快点，没有丝毫停顿起伏，像是不自觉地带了点火气。

林循只以为他找盲杖找得闹心。

对盲人来说，这根不起眼的棍子，或许是他们所有的安全感寄托。

她难得没呛回去，顿了一会儿慢慢说："下次不会帮你乱放了，抱歉。"

沈郁也意识到自己的语气有些呛，她的否认本就在意料之中。

于她来说，不喜欢就是不喜欢，并未说错什么做错什么。

他垂下眼，压下心底的浮躁，淡声道："没事……回去吧。"

一路上两人心思各异。

林循有点心烦意乱，不想说话，沈郁也罕见地没吱声。

两个人一前一后走在老街的人行道上。

林老板噼里啪啦踹着盲道上的自行车，慢悠悠地晃在前头；沈少爷面无表情地支着盲杖，懒洋洋地缀在后头。

某个路口林循回眸等他，打眼看过去，不由得眯了眯眼——

熙熙攘攘这么多路人，她的视线却没办法从他身上移开，长身玉立、眉眼却如霜，看起来人模狗样的。

难怪有这么多小姑娘喜欢。

汤欢作为资深"颜控"，眼光可高得很。

她记得之前李迟迟和周洲在工作室里追某部偶像剧，里头饰演男主角的演员是今年公认的最帅小生，连她都觉得还不错，眼睛是眼睛、鼻子是鼻子的。

可汤老板凑过去看了眼，却觉得也就那样，提不起兴趣。

没想到今天对沈郁倒是一眼惊艳了。

林循打量着他，视线从眉毛滑到眼睫，又随着他走近，寸寸路过立体分明的下颚轮廓线，最终落到那硬朗喉结。

不得不说，沈少爷还真是有这个资本。

等人走到近前，林老板张了张嘴，憋出一句："绿灯了，走吧。"

到了晟霖苑，两个人各回各家，没什么别的交流。

姜奶奶问她要不要一起吃饭，被林循婉拒了。

她压根儿懒得吃晚饭，早早洗漱完躺在床上，忍不住想起当初被一中开除之后的日子。

当年十八岁的林循，被迫开始了社会闲散青年的生活。

她不敢跟奶奶提被开除的事，每天早上依旧六点钟起床，装模作样地穿上校服校裤，背上书包、啃着奶奶摊的煎饼出门。

但也确实没什么地方可以去，网吧她快待吐了。

每天临近早晨，整个网吧里都是一股隔夜烟味，浓烈得呛死人。

常年混迹网吧的那些染着红色、黄色头发的小混混也恼人，隔三岔五找她搭讪，不搭理就直接动手动脚，要么就是她抄着键盘跟人干架。

时间久了，林循觉得自己都快变成个小混混了。

而且，网吧开个桌一个小时四块钱，每天待一上午就是十几二十块。

她花不起。

后来，林循学那些刷夜复习功课的大学生，大清早跟奶奶告别，直接去二十四小时营业的西式快餐店里待着。

她没钱买那些汉堡可乐，便不太好意思占着座位，通常随便找个角落蹲着打瞌睡。

店员见她扎马尾穿校服、一副学生打扮，不像是无家可归的流浪汉或者不学无术的街溜子，也就睁一只眼闭一只眼了。

何况林循很有眼色，不会每天都去耽误同一家店，肯德基、麦当劳、汉堡王，甚至一中附近的大排档……每天换着蹲。

她通常得蹲到上午十点，等孙律师的律所开门。

等到了十点，在快餐厅消磨掉早上无用的三四个小时后，她就去律师事务所，询问案件的进展——宁琅给的那二十万全都交了，林循偷了奶奶的身份证跟孙律师签了合同。

几个律师助理见她每天都来，不胜其扰，压着火耐心地跟她讲，查案子是细心活，不能心急，心急吃不了热豆腐，总劝她赶紧回学校上课。

后来或许是看出来林循压根儿没学上了，也没别的事干，整颗心整个人都挂在这个案子上。

孙律师便也跟那些店员一样，睁一只眼闭一只眼了。

他特地让助理在办公室旁边的休息室给她摆了张沙发——某次林循十点过去，窝在沙发上竟然睡着了，一觉睡到律所关门，醒来才发现，身上盖了一条毯子。

日子就那么一天混一天地过，好在案件终于慢慢有了点起色。

可惜奶奶没能看见。

那年高考前两周，她退学的一个半月后，奶奶因为忧心过度、外加风霜操劳，突发脑溢血去世了。

她去世之前都不知道，她宝贝孙女没学上了，整天在外头混日子。

奶奶临终前几天似乎有所感应，拿着攒了好久好久的钱交给林循，让她好好参加高考,用来交大学第一年的学费,还特别违心地跟她说:"你爸的事,都是命。奶奶不急,你也别急。循循,如果有一天奶奶也不在了,以后这世上只剩你一个人了,你可得好好的。"

那笔钱,林循后来用来买了两处祁南县的墓地。

把他们俩的骨灰葬在了一起。

……

窗外,干枯的梧桐叶被风卷起。

昼山这个城市,路上不是香樟就是梧桐,种得很满,春夏遮天蔽日、秋冬落满街巷,十几年过去也没什么新意。

林老板躺在床上,眼眶干干的,心里却难得有点堵。

她有时候其实不知道自己待在这儿干吗,就像汤欢说的,人赚钱总是有目的的,人吃苦,也都是因为有想要的东西。

可她想要什么呢?

最亲的人都变成了骨灰,埋在千里之外的大山里。

剩她一个,孤魂野鬼般在这座城市里游荡。

但有时候人生就是这样,没什么坚持的意义,也没什么彻底放弃的理由。

不咸不淡、不冷不热地挨着吊着罢了。

她睁着眼睛看天花板,粗糙的吊顶上,挂着一盏圆圆的灯。

她忍不住伸手去触那暖黄色的灯光,暖洋洋、圆润润,像个微型太阳。

手机在这时响起来。

林循没看号码,直接按了免提:"喂?您找谁?"

"小林,是我。"

林循分辨出电话对面是孙律师的声音,他有两年没跟她联系过了,前两次打电话,都是说赵一舟减刑的事——从有期徒刑十八年,减刑到了十五年,再到十三年。

她心里忽然突突地跳,有种不太好的预感。

果然,下一秒,孙律师叹了口气,迟疑着开口:"赵一舟这几年劳改表现得很好,这次应该会继续减刑。"

林循翻了个身,觉得有种置身事外的不真实感。

片刻后,她用力咬了咬下唇,刹那间的疼痛感带来阵阵眩晕。她闭上眼,捻了捻太阳穴,平静地问:"这次减刑到几年?"

"现在还没确定,不出差错的话,应该会减刑到十年……后年就出狱了。"

"嗯,好。"她语气淡得像是在听别人的事,倒也没忘了礼貌,

150

"谢谢孙律，麻烦您辛苦通知我，我知道了。"

"小林，你……"

孙律没往下说，语气里带着浓酽的悲哀与怜悯。

林循突然忍不住了，她咬牙克制住语气，应付了一句，挂断电话，呜咽着用手背盖住了滚烫的眼睛。

她爸来昼山十年，在荒郊野岭里暗无天日地埋了七八年，她用自个儿的前程拿了见不得光的二十万，奶奶夜不能寐、食不下咽，病死前都没看到案子终结。

一切的一切，换他一而再再而三地减刑。

这个世界大概疯了。

林循下意识狠狠抠着手背上的夜莺文身，疼痛一阵阵刺激着大脑，直到手机再一次突兀响起来。

她拿起，点开，隔着满眼蒸腾的雾气看过去——

沈郁：你今天和汤欢在隔壁说话，抱歉，我听到了。

沈郁：你说我跟她不合适，为什么？

林老板忍不住咬了咬曲起的食指关节。

这一刻，她突然发现其实在茶水间的时候，她心底的不自在与下意识的反应，并非全然大方无私、为他人着想。

她有隐秘又可耻的私心，也有短暂的想要的东西。

谈不上喜不喜欢。

就像嘴里发苦的时候，面前摆了一块特别甜的糖，自私又贪婪地企图攥在手心里，不想分给别人。

她伸手擦掉满眼的泪，翻了个身盖上被子，咬了很久、几乎在打颤的牙关松懈下来，两腮因为突兀泄了劲而发酸。

手指代替大脑，在输入框里无法无天地敲着。

循：没什么原因，我就是觉得你们不大合适，你觉得合适吗？

没等他回复，她又发了一句。

明明白白地以权谋私，像个一穷二白的杂货店老板，每天守着空荡荡的柜台，闲了饿了就偷点自家店铺的糖吃。

循：沈郁，你昨天的作业做了吗？发过来，我都你听听看，进步了没有。

4

林循一股脑发完，颇有点不顾一切的架势。

对面却久久没有回复。

她忽然觉得心口有点闷，坐起来，披上一件外套，推开玻璃门走到阳台上。

呆站了一会儿，冷意顺着光秃秃的脖颈攀进胸口。

她紧了紧外套，想回屋里，却见一楼阳台门被打开，有人从里头走出来，轻车熟路地走到外头院子里，站在一丛蝴蝶兰旁边。

或许是在熟悉的地方，他手里并没拿盲杖，除却稍微用指尖触墙壁指引方向之外，看不出任何异样。

林循不由自主地驻足在原地，倚着栏杆，身子微微向外倾斜，从上而下看着他。

沈郁在院子里站了会儿，不知道在想什么。

路灯在他背后拉出长而斜的影子。

许久后，他从口袋里摸出一盒烟，手指利落地推着尾端，拿出一根来，咬在嘴里，点燃。

这还是她第一次见他抽烟。

之前不过是在他床头柜上看到过烟盒。

一点猩红燃在唇间，暮色沉沉中，那张脸隐在黑暗里，看着萧疏又冷淡。

他低着头，烟灰落在水泥地上，看不清表情，但脖颈脊背都微微弓着，显然情绪不大好。

他也有很烦、搞不定的事吗？

是因为配音作业，还是什么？

林循突然觉得如今的沈少爷其实跟她算是一类人。

不如意，却强行想要如意，所以脾气个性都很倔。

我行我素，不信赖他人，真正的情感难以外露，所以阴晴不定、拒人于千里之外。

她靠在窗台上，莫名看他抽完一整根烟，又续上一根。

第二根抽到一半，他突然停下，未尽的烟头被捻灭在手心，像是感觉不到烫。

他灭了烟，匆匆回屋。

不多时，林循的手机响了。

她拿起来看了眼，沈郁给她回了微信。

大概是烦心事过去了，有时间看微信了。

沈郁：的确不合适，你就当我没听到。

林循看到他的回复，心底莫名松了口气。

她还没想好回什么，便看到他发了一段一分钟的视频过来。

沈郁：你要的作业。

这次的作业，是挑选一段电影对白进行配音尝试。

纪非老师给了好几个选项，沈郁挑的是前阵子刚上映的电影片段，《大兴安岭的林中人》。

林循还没看过这部电影，戴上耳机，点开来。

沈郁配的是韩遂饰演的主角，不知道叫什么名字，总之看妆造是个三十多岁的青年人。

深得不见光的黑夜里，周围全是参天松林。

男人坐在林间木屋前的空地上，用铁钳扒着一处明明灭灭的篝火。

他身边坐着个孩子，身上背着小小的登山包和水壶，像是迷了路的小旅客。

小孩的脸被火烤得通红，凑在他身边问他："叔叔，你在这儿多久了？"

男人蹲下身，翻动着铁圈里几乎炭化的木块，声音与演员的表演严丝合缝："二十八年。"

林循几乎要忘了那是沈郁的声音。

他没刻意改变声线，但就是觉得不一样，语气也好、情感也罢，与那张黑夜里沧桑的脸贴在一处，竟然毫无违和感。

而且，她压根儿不知道他怎么做到的。

看不到画面、看不到演员的口型，只光听电影原声、核对剧本，就能这么精确地找准情感基调吗？

这结果不仅仅是天赋异禀，更缺不了勤勉。

看来他很用心，她丝毫没有担心的必要。

"我今年才六岁，二十八年，是多久？"

童声稚嫩天真，不知是后配的还是电影原声。

男人的声音却缓，玩笑中带着些似有若无的沉重。

"二十八年，够这棵松树从树苗长到二十米高，也够你长到我这么大。"

"那你为什么不离开？"

"离开过，又回来了。"

"为什么回来？"

"外头没有这么高的松树，太空荡，感觉风能穿着胸腔过。"

孩子自然听不懂，只觉得他说得吓人，龇牙咧嘴地打了个哆嗦。

男人也不是说给他听，温和地笑起来，从火堆里扒出个滚烫的烤红薯，用棉布包了递给他。

视频结束。

林循没看过上下的剧情，仅仅看这个片段，都不知道他们在说些

153

什么。

但心里莫名有种深哀的共鸣。

她甚至没有过多思考他的配音好不好听，思维已经跟着走进那片松林里，画面、演员、配音，融为了一体。她难以想象电影原声是什么样，大脑没法产生第二个版本，这一版似乎才该是原版。

过了好一会儿，林循眨眨眼，看向远处的天。

风在肆虐，夕阳慢慢下沉，天边泛起浓烈的黑，远山连绵起伏。

这是她在昼山的第十二年，几乎每天傍晚都是这样的景色。这个城市没有黄沙弥漫，亦没有鹅毛大雪，除了落叶与温度，春夏秋冬的差别似乎并不大，风雨是常客。

这点与青原很不同。

说起来，她已经好几年没回青原，上一次回去，还是大前年。

她那会儿大学刚毕业，还没开这间工作室。

她遵照奶奶的遗愿，憋着一口气供自己念完大学，突然不知道应该干什么，像是全身的狠劲都散了。

索性回青原待了两个礼拜。

上林村早就拆了，为了建那个没有影子的天文台，被夷为平地。

几个远房亲戚住在镇上的回迁房里。

奶奶当初拿了拆迁款来昼山，没要房子，林循回去连个落脚地都没。

她在三表叔家借住着，由着表叔表婶热情地给她介绍了一个相亲对象。

是一个小包工头，比她大十二岁。

表叔说他条件好，在镇上有两套房子，手底下还有六七号人的施工队，在这穷地方不得了。

就是年轻时候顾着干活，娶媳妇耽搁了。

林循没反对，她反正也不知道毕业后要做什么，跟那男人吃了几次饭，看了几场电影。

男人对她的样貌和性情都很满意，不计较她无父无母、没有嫁妆，成天送些吃的和小玩意儿过来。

表婶甚至帮他们算了八字。

那架势，像是一两个月后就能领证结婚。

可两个礼拜后，林循留下一张告别的字条，连夜坐火车回了昼山。

她也不知道为什么。

明明没什么想要的，但最后一次看完电影，跟着那男人走在回表婶家的路上。

男人突然伸手过来牵她，另一只手抖抖索索往她身上摸，碰到的刹那她全身汗毛竖起，剧烈地挣脱开。

黑夜里小镇水泥路周围没几棵树，空空荡荡的，全然不似她记忆中郁郁葱葱的青原——似乎那风也快要穿过她的胸膛了。

她已经没有家了。

也没地方可回。

接下来一周，林循每次上完课都会问沈郁要配音课的作业，戴着耳机一句一句听。

有时候一听就是一整夜。

纷乱的心绪也渐渐压下去。

生活总得继续。

沈少爷做功课挺认真，配音水平一次比一次好。

每当林老板认为他的声音足够好，已经没进步的空间时，他总能再次刷新她的认知。

其中也不乏一些引人遐思的爱情桥段。

林循避免不了地脸红心跳了好几次，最终还是十分可耻地发展到了"打滚尖叫"的阶段。

当然，她面上还是装着淡定高深，时不时给他发点模棱两可的建议和鞭策，完全看不出一副被他声音操纵得醉生梦死、鬼迷心窍的样子。

她没把这些语音或者视频发给别人，全都存进了电脑那个名叫"妖精"的文件夹里。

工作的时候，也经常暗戳戳地戴上耳机当背景音，循环播放，旁人以为她在审音，敬佩她一心两用、如此刻苦，工作室的士气都被激起了几分。

林老板从一开始的心虚，到现在老神在在。

脸皮是越来越厚了。

还有件事——她这一周来每天上班都会收到一束宁琅送的花。

自从上次遇到他之后，他人没来过，花却一天不落，卡片上今天道歉明天表白的。

装腔作势的深情。

林循压根儿懒得处理，每次收到都直接扔一旁的纸篓里。

汤欢却觉得浪费，捡出来拆了包装养在花瓶里："啧，工作室里免费的花艺，不要白不要嘛，反正又不是咱们花钱。"

林循挑了挑眉，不置可否。

汤欢又说："对了，我听在睿丽上班的朋友说，最近他们小宁总挺焦头烂额的。睿丽好像买了寻语《森林寓言》的版权，但这项目不知道为什么，被宁副总谈成了，这可是个大IP，我看下半年睿丽的项目资源会往宁副总那儿倾斜了……难为小宁总还有心思给你送花。"

林循想起上次在寻语门口见到宁琅，看他意气风发的样子，想来那会儿还没吃闭门羹。

她没心思听宁琅的八卦，只当左耳进右耳出，抄起水杯喝了口水。

汤欢见她不感兴趣，也不再提，踌躇了会儿，托着腮，意味深长地说："循循，我谈恋爱了，所以，用不着你帮忙撮合我和沈郁啦。想想还蛮可惜的，他比我男朋友还是帅一点呢。"

林老板惊得险些被一口水呛着，瞪大眼睛看她，说："这么快就移情别恋了？"

汤欢"嘻"了一声："上周去酒吧，遇着个长得蛮帅的调酒师，我就去要了个微信。"

"然后就在一起了？这么简单？"

"嗯，不然呢？要多难？"

汤老板说完，撩了撩头发，突然凑近些："循循，我认识你这么多年，从没看你谈过恋爱。追你的人这么多，包括——"她指了指桌上那束郁金香，"就没一个看得上的？"

林循摘下耳机，歪了歪头，还真挺认真地思考了一下。

无果。

"我也不知道，总感觉怪怪的，谈恋爱就意味着要信赖一个跟你全无关系的人，萍水相逢，我凭什么相信他？"

汤欢莫名伸手戳了戳她，眨眼："为什么要信赖？谈个恋爱而已。你是不是想太多了，日子这么苦闷，工作这么枯燥，谈个恋爱就跟看个电视剧一样，找个乐子而已，开心不就好了，干吗要想这么远？"

"那不会……有点不负责任？"

她可没办法保证，自己真的会"爱"上某个人。

跟人家谈恋爱，又喜欢不上，不会耽误了人家吗？

汤欢看她那副又正直又蒙的模样，莫名觉得林老板有点可爱。

谁能二十七岁还没谈过恋爱的，真是稀有生物。

"这种事，你情我愿就好了，当然要提前跟对方说好，不走心地谈。谁要是违规走心了，那就分手呗，只要不欺骗，没什么不负责任的。"

林循还是不解："那既然不想负责，也不想保持长久的关系，那为什么要谈恋爱，做朋友不好吗？”

汤欢顿了一下，看她的眼光宛若看个大龄智障。

“林老板，你真该找个时间放下工作好好谈个恋爱。你傻啊，朋友能让你想做什么做什么吗？谈恋爱多好玩啊，可以为所欲为，啧。”

她那个“啧”字，配上一脸遐思的表情，让林循无端端打了个哆嗦。

“……”总感觉听得耳朵疼。

她讷讷地转移话题：“下周开始我就要盯棚子了，阿欢，你盯一下剧本和后期。”

“嗯，”汤欢应了声，“我办事你放心。对了，要不要让沈郁跟着试一下音，录一下玉清子的片花 Demo？宣传片得提前做，说实话，我觉得他现在的声音已经够可以的了，反正我这种外行听着，觉得起码比远山好听。”

林循依据沈少爷最近的作业，觉得他虽然配得好，但可能真的是天赋异禀学习能力强，等到正式录制的时候肯定会更好。

不过，确实提前熟悉一下录音棚也好。

她想了会儿，说道：“行，那我跟他说一下，约个时间进棚子。”

晚上回家，正好在单元门口遇到卖菜回来的姜老太。

老太太拎着包急匆匆地往外走，见到她时双眼一亮：“小林，我刚想给你打电话呢，家里一些日用品和调料断了，有些晚上就得用。我约了麻将局，赶时间去不了超市。你有时间吗，你跟小郁替我去一趟？”

林循张了张嘴，见她眼里的匆忙，只好答应下来。

老太太一边走一边说：“小林啊，你最近怎么工作这么忙，总是忙到大晚上的，都没时间来奶奶家吃饭了，这周末一定要留个时间啊，我给你烧你爱的酱排骨吃。”

林老板摸摸鼻子，有点心虚。

她这段时间总是找工作忙的借口没去吃饭，省得被某只妖精勾得七魂六魄不全。

就只每天听听他的录音，还勉强能守得住做人的底线。

想想沈郁这么多年对女生的态度，她不觉得自己能幸免。

说不定人家压根儿不喜欢女的。

何况，其他人待他尚且有点真心，都被他那么残忍地拒绝了。

她呢，十分觊觎里有六分贪他嗓音，四分馋他美色，半点真心都没有。这要是某天露了馅被发现，估计比汤欢追他还尴尬。

林循想到这儿，打了个激灵。

一会儿还是得警醒一些，别迷了心窍。

她先回去放了东西，才再次下楼。

沈郁正好换好鞋子，打开门，手里拿着两三个空的环保袋，另一只手拎着盲杖。

他今天穿了一件风衣，长到大腿中间，更显得身姿出众、俊气难掩。眉眼间却有疏离之色，听到她在门外，只是简单点了点头。

在林循的刻意躲避下，两人一周没见面，关系也疏远了些，有点像是回到了刚重逢的时候。

林循想说两句话活跃下气氛，好半天憋出一句："沈郁，你领子没翻好。"

其实也不是没翻好，那风衣大概可以立领穿，他脖颈长，体态又好，反倒有种不羁的随意感。沈郁闻言眉头皱了皱，抬手摸到领子，却越翻越乱——一边翘起来另一边压下去，反而不伦不类。

林循见他一张脸越来越黑，下意识地伸手帮忙。他个子高，她几乎踮着脚，两手轻轻搭在他肩膀上把这褶皱抚平。

她双眼不由自主地仰视，对上一双轮廓精致的眼。随着她的动作，方才还蹙起的眉头微展，眼睫不自觉地扇了扇。

像两把小扇子。

林循咬了咬下唇，松开手，淡声道："走吧。"

两人一前一后到了家附近的超市。

林循推着购物车，沈郁一只手搭着一边扶手，另一只手用盲杖，跟在她身边。

一路逛到食品区，她才想起来问："姜奶奶给你清单了吗？要买什么？"

他背诵般说道："两提卷纸、三提抽纸、一瓶洗发水、一瓶沐浴露、五张抹布，还要两瓶生抽、一瓶料酒、一袋面粉、两袋糖、一袋盐。"

"……"记性还真好。

林循想了想，卖调料的地方就在食品区，离这不远，便先"连车带人"绕到后两排去买调料。

"两瓶生抽……然后什么来着？"她脑袋多少有点短路。

姜奶奶是要把厨房搬回家吗？

沈郁顿了会儿，慢悠悠地回答："还有一瓶料酒、一袋面粉、两袋糖、一袋盐。"

"哦，"林循从货架上找到那排料酒，看了眼标价，问他，"有五块八、八块八、十五块八的……你要哪个？"

还有一种叫什么精酿花雕酒，居然要二十二块，她觉得实在太离谱，干脆没说。

沈郁伸手朝着她说的方向轻轻摸了摸那些瓶子，但显然他并没摸出什么所以然，淡淡收回手，随口道："那就十五块八的吧。"

林循忍不住看了他一眼。

要是她，就买那个五块八的，都是500ml的料酒，能有什么区别？

刚拿到第一笔试用期工资就这么挥霍，她作为老板都没他讲究。

"你不再考虑一下？八块多的那个也不错。"

沈郁听出她语气中隐忍的规劝，木着脸："我就要这个十五块八的，不行吗？"

"……行。"林循没再劝，拿了那瓶十五块八的放进购物车里。

她想去拿清单上其他的东西，脑袋突然卡壳，咳了两声赧然问："……料酒之后是什么来着？糖？还是盐？"

她短期记忆力的确一般，高中时背课文就很痛苦。

沈少爷顿了会儿，慢慢挑了挑眉，慢条斯理地吐出一句："要不买点脑白金吧——"

林循皱了皱眉，刚刚清单里有这个？不是调料吗？

"——我看你挺需要。"

"……"

没等她发火，他忽然弯下腰，凑巧般，嘴唇几乎擦过她的头发，呼吸停在她耳边。

他耐着性子般放慢了语速，声音里带了点宽容的笑意。

"行了，这回仔细听啊，别拿错了，我看不到。还要买一袋面粉、两袋糖、一袋盐。面粉一公斤装的就可以，糖和盐随便。"

那音质未受收音设备和麦克风的压缩，直接顺着唇齿与耳窝间极其短暂的空气，传达给她的耳膜。

伴随着浅浅的、热热的呼吸。

仿佛不是在说着油盐酱醋，而是在这超市的角落圈住她，凑近她耳朵，说着某些见不得人的悄悄话。

林循耳尖一下子热起来，竟然半个字都没记住。

……是说一公斤的盐？那也太咸了吧。

她忍不住侧目看过去。

他迁就着她的身高弯了腰，或许是看不到，所以判断不好距离，乖巧的风衣领子边缘轻轻刮着她脸颊，温热的薄荷烟气息带着压迫感骤然侵袭。

视野里，几厘米之外，男人眼睫浓密、鼻梁挺直，优越的轮廓线条流畅性感，形状分明的嘴唇一张一合。

　　近到失了分寸和界限，她却完全没有当年被那个相亲的包工头近身时的不适感。

　　他的嘴唇，看起来很软的样子，竟然没什么死皮。

　　林老板脑袋乱糟糟的，突然想起白天汤欢的那句话。

　　"谈恋爱多好玩啊，可以为所欲为。"

　　……

　　怎么为所欲为？

　　是她现在想的这样吗？

/第八章 "晚安，林老板。"/
"我愿意。"

1

林循脑子里一旦闪过这个念头，视线就没办法从他嘴唇上离开。

直到沈郁犹疑着蹙眉，伸手在她眼前晃了晃："想什么呢？这次记住了吗？"

饶是林老板脸皮再厚，这会儿也忍不住尴尬。

怎么办，肯定不可能是一公斤盐，对吧？

那得吃多久？

但，要是再问一次，恐怕会被他用脑白金砸晕。

好半天后，林循"嗯"了一声，突然说道："你说得这么慢，我当然记住了。但我非常怀疑你这次说的和上一次说的不一样，是不是其实你自己没记住，每次都现编啊？"

她淡淡道："你敢不敢再说一次？"

沈郁皱着眉在原地站了一会儿，被她这突如其来的幼稚挑衅搞得有些无语："一袋面……"

"停。"林循伸手轻轻推了推他肩膀，眼观鼻鼻观心，"你说归说，能别靠那么近吗？耳朵震得疼。"

林循说完，借着他看不到，迅速点开手机语音识别软件。

一而再，再而三，她现在丝毫不相信自己的理智和记忆力。

这破脑子，此刻塞满了见不得人的东西，已经丝毫没有智商可言了。

"……"

好半晌后，沈郁直起腰拉远了些距离，把那串清单再次重复了一遍。

林循看着软件识别出来的文字清单，"嗯"了一声，干巴巴地道："OK，和上次一样，看来你没记错，记性还挺好。"

原来是一公斤的面粉。

林循松了一口气，还好她反应快。

要是真的买成了一公斤的盐，姜奶奶只怕是再也不会让她帮忙买东西了。

她十分利索地跟着清单买齐了所有东西。

沈少爷挑的全是贵价的，一样两样或许差别不大，但全部加起来，结账时的数字让林循瞠目结舌。

沈郁却波澜不惊，听到总价眉头都没皱一下，拿出一张卡轻飘飘一划，接着拎上东西走人。

仿佛这价格不是他的上限，而是这家超市的上限。

林循跟在他身后，帮忙拎了点轻些的纸巾和盐。

她低头看了眼袋子里的盐，包装得很精美，名字听都没听过。

但再精美，也不能比别的盐贵好几倍吧，难道是单位体积比别的更咸吗？

钱还能这么花的吗？

林循默默觉得，姜奶奶这么多年真的是挺辛苦的。

养着这么个大手大脚习惯了的大少爷。

她张了张嘴，知道自己没立场说什么，只叮嘱了一句："沈郁，你要好好练习，千万别偷懒，以后，还是有发达的机会的。"

"……"沈郁拎着两大袋东西站在收银台外面，有点赶不上她思维跳跃的速度。

因为买了太多东西，外加沈郁眼睛不方便，拎了东西就没办法拿盲杖，林循便叫了一辆车。

几袋东西被搁在了副驾驶，她扶着沈郁一起坐在后座。

林循想起之前汤欢的话，觉得有必要跟他说一下，省得之后会有误会："上次你听到我跟阿欢说的话，别往心里去啊。她这个人一向爱开玩笑，特别是看到大帅哥。她有男朋友了。"

沈郁的注意力在她那个轻描淡写的"大帅哥"上顿了下："大、帅哥？"

林循无语，他是真的好能嘚瑟啊。

如果没有被命运打击过，这人现在不知道会变成一副什么样的嘴脸。

但林循私心里无端地觉得，如果真是那样的话，好像也挺好的。

十七岁之前的沈郁，天赋异禀、出类拔萃，他头脑好、长得好，天生就有骄傲的资本。

做什么事都信手拈来，看着吊儿郎当的，但每次考试都名列前茅。

记性、逻辑能力，都是一等一的。

林循对十七岁之前的沈郁并没有什么太大的印象了，但现在回想起来，必定是意气风发、闪闪发光的，还没沦落到跟她这种人成为一类人，挺好。

也不知道那时候的他，有没有想要做的事。

有没有想过二十七岁时，会是这样的境遇。

林循突然歇了想要反驳打击他、不至于让他太过得意的心思，随口"嗯"了一声："怎么，你不知道？你不是一中公认的十年难遇的校草吗？"

沈郁莫名重复了一遍："公认？"

林循有点心不在焉，没听清，随口问："什么？"

沈郁皱了皱眉，迁就般往她身边凑了凑。

车内空间本来就小，他们都坐在后排，距离不算远。

他突然凑近，导致那慢悠悠的询问带着点不确定，再次没分寸地直接传到她耳边。

"你说公认。公认的意思是，你也不否认？"

"……"林循忍不住伸手挠了挠发热的耳尖，下意识往旁边躲了躲，脑袋便撞上了车玻璃。她揉了揉发疼的额角，想了想，觉得很有必要跟他说一下。

"沈郁，你可能看不到，所以没意识到有时候你说话的时候离我太近。"

她瞎编了个理由："凑得太近，你说话又大声，我耳朵真的很疼。"

略带嫌弃的话音落下，沈郁脸上闪过一丝困惑，好半晌后，他扶着座椅边缘坐到了另一侧去。

他干脆转脸朝着窗外，闭了嘴，没再吱声。

林循这才看了眼他，她虽然不是"颜控"，但的确不否认。

他此刻只有侧脸朝着她，另外大半张脸朝向窗外，像是在"眺望"窗外的风景——这会儿出租车正好驶过一个街角，一群鸟雀被惊得飞起，乌压压地飞到电线杆上。

林循慢吞吞地移开目光。

汤欢说他是"大帅哥"，半点都不夸张。

像个妖精。

前排开车的司机听着两个人的对话，撇了撇嘴，心想我倒是要看

看有多帅。

怕不是小情侣恋爱脑，情人眼里出西施吧？

后视镜里看不到男人的脸，他忍不住趁着下一个红灯，往后座瞄了一眼。

这一眼险些耽误了绿灯，直到后排车猛地按了下喇叭。

"……"行，没毛病。

车停在晟霖苑门口，林循下车，把几大袋东西全都拎到一旁的人行道上。

沈郁扶着车门框走下来，弯着腰触摸着那些袋子，挨个提了提，然后单手拎起几袋最重的，只给她剩下两袋卷纸。

他另一只手拿着盲杖，兀自往小区里走。

林循拎着卷纸走在他身后，跟他说下周一进棚子的事："我们需要在正式上线前制作一个宣传片。"

沈郁想到刚才遭遇的"嫌弃"，刻意离她远了些，尽量放轻了声音问："什么棚子？"

"就是录音棚。你应该知道吧，商业广播剧录制通常都要线下进棚子，你别紧张，到时候我会先把录制内容的电子版整理好发给你，你听读屏软件熟悉一下。"

沈郁："我的意思是，哪家录音棚？"

林循回答："就工作室附近一家，叫'一天录音棚'，你应该没听过。"

"他家设备还是蛮专业的，老板本人之前是专业歌手录音团队里的，聘用的几个录音师水平也都是一等一的，不用担心。"

大少爷听完却不为所动。

林循便补充了一句："哦，对了，寻语的新广播剧《长耀》就在'一天'录制。"

"……"他面色总算有些波澜。

林循撇撇嘴，暗笑他对这个行业一知半解。

大概也就知道个寻语了。

沈郁顿了一会儿，说道："签合同的时候我提过的吧，我的工作尽量安排在周一、周三和周五，剩下两天我有事。"

林循自然知道，这行时间本来就自由。但她还是很好奇，每周二和周四整整两天，他到底用来干吗了。

是贪吃蛇还没通关？

她这么想着，便也随口问了出来。

沈少爷面无表情地道："初入社会，不太适应每周上五天班，想用两天睡懒觉，不行吗？"

"……行。"

等到了沈郁家，姜奶奶还没有回来。

林循帮忙把所有东西一一归置好，这才回自己家。

这边沈郁听到她关上门，起身走到阳台上。

他拿出手机，给另一个工作助理苏世城打了个电话。

苏世城家里和沈家算世交，沈郁母亲在世时和他母亲很要好。

他比沈郁小三岁，去年毕业后进了寻语，跟着他历练，以后是要回家接管生意的。

沈郁也不客气，给这小孩安排的活很多。

苏世城最近负责的,就是《长耀》等几个广播剧项目的跟进和沟通。

电话依旧很快接通。

苏世城的声音有些疑惑："郁哥，你今天上班吗？"

上个月沈郁突然回了趟工作室，把所有跟他有关的会议和录制全部排到了每周二、周四以及周六。

今天是周五。

对于沈郁的这个安排，几个助理，包括他，都挺不解的。

沈郁刚从青原回来没多久，公司里要处理的事情很多，业务上，则有一部电视剧配音要录制。

工作时间压缩到每周三天，便总是要忙到大半夜，连带着他们几个也跟着作息不规律，黑眼圈都长三倍了。

方忖和孟绍私底下跟他吐槽过，说再这么下去，就算老板不成佛，他们都要成佛了。

沈郁没接茬，问道："《长耀》剧组现在在'一天'录音？"

工作室签约的 CV 们之前常去的是另外一家录音棚，老板和他相熟。

但这两年寻语扩大业务，接了各种有声和广播剧本子，一个录音棚档期排不开，便在昼山陆陆续续多找了几家。

不过这些细节他没过问，都是交给苏世城处理的。

苏世城不知道他问这个做什么，但还是回答："对，是在'一天'。"

沈郁耐着性子问："那下周一他们有录制安排吗？"

苏世城翻了一下日程表："有。"

"……"

苏世城听出他有点欲言又止，还以为他是对这个录音棚不满意，虚心发问："郁哥，你有什么别的建议吗？"

他从小就把沈郁当作榜样，毕业后通过妈妈的人情关系进了寻语，这一年里学到的东西不少。

郁哥对待合作对象一贯有自己的考量，决断很精准。

寻语这些年逐渐发展成配音行业的半边天、一把手，跟他在商场上雷厉风行、杀伐果断的做事风格脱不开干系。

总之，他很会赚钱。

苏世城因着家里的关系，是少数几个知道这背后原因的人之一——郁哥失明之前，可是被沈氏当作唯一接班人来培养的。

然而就在他以为，沈郁这次又能以小见大，从一个小小的录音棚安排引出一番高论时，对面忽然顿了片刻，而后含混不清地说了句："那什么，咳咳，你跟张月华和元沐他们几个说一声，如果在录音棚看到我，就当作不认识。"

"……"这又是什么离奇的商业手段？

而且，他进棚子干吗？临江阁别墅里不是有间豪华的私人录音棚吗？

苏世城想了半天没想出个所以然来，私心里鞭策自己仍需好好修炼，早日参透他的用意。

面上却一副有所领悟的样子："哦，好的，我知道了，郁哥，你还有什么事吗？"

"没——"沈郁话到嘴边，忽然伸手摸了摸喉结的位置，顿了下，"等会儿，我问你件事。"

他手指在突出的喉结上慢慢划过，感受着说话时声带的浅浅震动："我平时说话声音很大吗？"

苏世城总觉得他今天格外怪，也很难领悟其深意，干脆诚恳问道："什么意思？"

沈郁压着不耐，问道："就是，如果我说话时离你很近，你会觉得声音很刺耳，难以忍受吗？"

"……"

苏世城有些无语，实话实说道："要是靠得很近的话，那应该是挺难以忍受的。郁哥，你知道公司里那些项目组的小姐姐是怎么说你的吗？"

"怎么说？"

"她们说，宁愿你每次布置工作的时候直接打字，不要打电话。因为一听你说话就容易神魂颠倒、意乱情迷。结果就是，要么被你牵着鼻子走、被拿捏得死死的，要么光顾着听你声音，压根儿没听清工作内容，好几次都差点误事。"

沈郁挑了挑眉："还有这种说法？"

苏世城："别说她们了，连我刚来上班那会儿，你每次给我布置任务，我都要反应好几秒钟。"

毕竟是配音界头号"神仙嗓"，工作室里一众"声蛊"中，当之无愧的"蛊王"。

沈郁默了会儿，他那时候以为苏世城脑袋不太好来着。

"行，挂了。"沈郁掐断电话，突然想起今天在超市里，林循三番五次问他清单，最后借口考问他，让他又重复了一次。

以及之后三番五次让他离远点。

"……"他还是觉得不可能是苏世城说的那样。

沈郁一直知道林循很欣赏他的声音，不然也不可能在不知道他是千寻的前提下，找他一个"素人"配音。

但林老板应该只是从专业角度欣赏而已。

别说日常讲话了，她连面对他精心录制，甚至夹带了私货的各种音频时，都无比淡然，毫无波澜。

淡定到，甚至一度让他觉得挫败。沈郁皱了皱眉，点开和林循的对话框，然后用读屏软件放了一下她每次的回复。

——"嗯，就还可以吧，蛮惊艳的，但也还好，毕竟我听过的声音实在太多。"

——"还不错，声线很好，情感缺了点，再接再厉。"

——"这次作业很好，比前两次有进步，加油。"

AI的声音都没她的话正经。

哪里听得出来有任何神魂颠倒、意乱情迷？

当晚临睡前，林老板睡眼惺忪地半躺在床上听剧。

放在床头柜上充电的手机突然响起来。

她捞过手机按开，是通语音电话，来自沈郁。

林循有些疑惑，他几乎没给她打过语音通话。

大晚上的，有什么急事吗？

她接起来，问道："有事？"

"嗯，有点事。林老板，问你一个问题。"和往常不同，他此刻的声音像是刻意放缓了。

明明说着再正常不过的话，平仄转折间却似呢喃，缱绻又缠绵。

如同彻底丢掉了某些限制，一个字一个字地、刻意地、放浪地勾引着她的耳朵。

像只……彻底开了屏的孔雀。

林循呼吸滞了片刻，大脑和耳朵分工合作，十分勉强地分辨出，他好像，是想问个问题。

片刻后，她捋了捋耳窝，语气平平地说："行，你问。"

对面，极其悦耳的男声顿了片刻，声音更加轻柔，每个字像是掺了毁人心智的迷药，又像采耳时用的最高级的羽毛，一点一点刷着她耳道中的绒毛。

"三十二加二十三，等于几？"

"……"林循翻了个身，咬着唇把手机拿远了一点点。

为什么要这么说话？喝酒了？

好好说不行吗？

她一个字都没记住，几加几来着？

她用力克制着嘴角上扬的冲动，揉了揉忍到僵硬的脸，木声道："我数学不好，算不出来。你问这个干吗？自己不会算？"

好一会儿之后，麦克风里突然传来一声低沉而愉悦的笑声。

紧接着，他的声音终于恢复正常，语气却散漫，像裹在柔柔春风里。

"不干吗？

"只是个小测试。

"晚安，林老板。"

2

通话被挂断，林循拿着手机，愣在了原地。

大半夜的，发什么疯啊。

她咬着唇翻了个身，满脑子都是那句"晚安，林老板"。

翻来覆去好久，又听了好几集剧，才终于勉强睡着。

这周末林循又约程孟吃了个饭，顺便跟她说了她请沈郁帮忙配音的事。

程记者差点没把一口茶水喷到饭菜上，呛得眼泪汪汪地说："林老板，你竟然能让沈少爷给你打工？这世界也太魔幻了。"

她顿了顿，看着林循，一脸欣慰的表情："循循，我总觉得，不久后的将来你就能开上劳斯莱斯了。"

林循扯了扯嘴角："还劳斯莱斯呢，我现在只想赶紧把房贷还了。"

程孟跟她碰了一杯，咧嘴道："任重道远啊。我都不敢想，如果我不是本地人，需要自己在昼山买房，该有多艰难。就我这点工资，

168

怕是连首付都凑不起。"

林循夹了一块烧茄子，边吃边道："你不是还有陈诺之？他现在在科盛做研发部组长，还愁买不了房子？"

程孟顿了下，冲林循眨眨眼，不自在地说道："那个……我们俩打算领证了。"

林循有些意外，更多的是惊喜："你总算松口了？"

他们俩谈恋爱已经有十年了。

前几年开始，每次程孟过生日，陈诺之都会求一次婚。

程孟是单亲家庭出身，小学开始跟着妈妈和继父生活。

虽然继父待她视如己出，可或许是受亲生父母鸡飞狗跳的婚姻生活影响，她一想到结婚就心慌，所以一直没有点头。

"嗯，就突然觉得没那么心慌了，如果是嫁给他的话。"

林循静静看着面前姑娘弯弯的眉眼和溢于言表的安心，忍不住伸手薅了薅她的头发："挺好，回头我给你包个大红包。"

程孟欢喜了一会儿，忽然又敛了情绪，眼巴巴地看向林循，有些欲言又止。

林循给她夹了片牛肉，注意到她的神色，问道："怎么了？"

程孟用筷子尖戳着肉，忍不住问她："循循，你真的不想谈恋爱吗？"

林老板被问得一怔。

最近怎么总有人问她这个问题。

她单身久了，习惯了一个人生活，每天工作室和家里两点一线，私心里并没有很强烈的想要谈恋爱的欲望。

可此刻听程孟这么问，脑海里霎时浮出一双浅琥珀色的眼眸、薄而柔软的唇、硬朗尖锐的喉结。

还有一声莫名宠溺的"晚安"。

林循脸颊一烫，匆匆低下头扒了两口米饭，敷衍道："还行吧，也不是很想。"

程孟看出她提到这个话题不自在，本不想再说，可忍了忍，终究没忍住："循循，你是不是对谈恋爱有什么心理障碍啊？其实可以先尝试尝试，我倒不是觉得女孩子就应该早点谈恋爱结婚，但……我想有个人能陪陪你。"

她说得认真，语气也关切。

林循沉默了会儿，没再含糊其辞地转移话题。

她戳了戳碗里的米饭，挑起一口塞进嘴里。

这米饭做得软和可口，不用配菜，干吃都很香甜。

她不禁想起儿时在青原吃的米饭，不是混着半碗粗糠，就是掺了一半黑乎乎的野菜，口感苦涩，吃不出半点香甜。

　　"我五岁的时候，我妈嫌家里太穷，跟着一个比她大好多岁的泥水匠跑了。才过一年，她生孩子的时候，难产去世了。

　　"我爸原本恨极了她，但那天听村里的人说我妈难产，在卫生所吊着一口气，那泥水匠舍不得麻药钱，不同意剖宫产……我爸还是揣上家里大半的钱，去了镇上的卫生所。

　　"听人说，我爸那晚在手术室外蹲了一整夜，可惜最后人还是没了，孩子也没活下来。"

　　林循干巴巴地说完，便觉得嘴里的米饭也发干。她低下头，淡声道："我以前也想不通，为什么她宁愿为了一个外人就能抛弃我们。后来想通了，在生存面前，没有什么东西是永恒的。人本来就是趋利避害的动物。父母子女、骨肉至亲尚且可互相抛弃，更别说所谓的爱情。"

　　所以她能相信的，从来只有她自己。

　　程孟听她语气淡淡，忍不住停下筷子。

　　她自然是知道林循这一路走过来有多不容易，可这段往事却从来没听她提过。

　　她一直以为，林循的妈妈是早年因病去世，此刻听到她轻飘飘地说出来，好半天都不知道做什么反应。

　　她爸妈虽然离婚，也为一些鸡毛蒜皮的小事鸡飞狗跳地争吵过，但好歹最后是好聚好散的。

　　哪里见过这样的事。

　　程孟不知道还应不应该劝她，张了张嘴只觉得鼻子发酸。

　　她慢慢说道："循循，都过去了。这些事都跟你没什么关系，你现在好好的就行。"

　　林循咽下那口饭，没所谓地笑了笑："嗯，我知道。"

　　十月底，周末下了两天的阵雨，总算在周一放了晴。

　　气温也有所回升。

　　林循看了眼外头难得的艳阳天，边站在试衣镜前换上件轻薄点的衬衫，边给沈郁发微信："我马上下楼，你出来吧。"

　　她今天要带沈少爷进棚子，试音外加录制一部分的片花。

　　等林老板收拾妥当下楼，沈郁也恰好从 101 室走出来，拎着一根盲杖，反手带上门。

　　林循注意到他换了根白色的盲杖。

他的盲杖不知道是什么材质做的，都很细长轻便，和她印象中盲人用的手杖有所不同。

大铁门发出沉闷的声响，却没能掩盖她的脚步声。

沈郁转过身对着她，站在原地等她。

等林循走过去，他才勾了勾一边唇角，低声说道："走吧。"

林循有些古怪地看了他缓和的眉梢，以及唇边稍纵即逝的笑意。

他一向没什么好脸色，怎么今天心情这么好？

她顿了一会儿，一边跟在他身后往单元门外走，一边问道："我前天发给你的宣传片台词听了吗？"

"嗯，听了。"

林老板点点头，直白地说："我们只约了两个小时，如果试音能节约点时间，就能多录点宣传片，少约两次棚子，给我省点钱。"

沈郁听她这么说，未免哂笑了声，却没回怼，反而破天荒顺着她："知道了林老板，我会努力给你省钱的。"

"……"他这么听话，倒叫林循有些不好意思，心下惊疑。

吃错药了？还是转性了？

或者，就跟昼山这天气一样，他今天恰好处于"阴晴不定"中的晴天？

她想起上周五，半夜里那通不明就里的语音通话，和那个古里古怪的算术题，忍不住问道："你那天，喝醉了？"

"嗯？"他闻言蓦地停下脚步，林循正往前走呢，便险些撞到他后背。

她连忙刹车，悦耳的音质从头顶咫尺距离传来，尾音有些上挑："哪天？"

"就上周五啊，"林循看了他背影一眼，"你不是给我打了一通电话吗？莫名其妙地问了我一个问题。"

"哦，那天啊。"

他继续往前走，模棱两可地说道："或许是吧。"

"……"什么叫或许是？喝醉就是喝醉，没醉就是没醉，有那么模糊吗？

林循懒得再问，总觉得他今天有些怪。

两人肩并肩穿过两条狭窄的老街，抄近道到了"一天"楼下。

出了电梯，林循径直推开录音棚的玻璃大门。

刘束依旧顶着一头干枯爆炸的黄毛，穿着一身松松垮垮的卫衣，打扮很潦草，人却精神得很。

他正在一旁的开放式会客间里招待几个客人。

那几个客人有男有女，正背对着他们坐在沙发上，看不到脸。

林循没多在意，走过去同刘束打招呼："刘老板早啊。"

刘束倒完最后一杯茶，拎着不锈钢水壶回过头，看着她笑开："林老板又早到了半小时，2号录音房现在有人在用，你在这等会儿，跟大家拼个桌？"

林循视线在背对着她的四颗脑袋上掠过，没所谓地点点头："行。"

"对了，听说你们家新签了个CV，来了吗？"

林循"嗯"了声，回头招呼刚刚走到门口的沈郁："过来这里坐。"

她话音落下，门口风铃随着玻璃门的晃动响起来，沈少爷一手支着盲杖，一手扶着玻璃门，神色疏离地走过来。

沙发上坐着的四个人听到盲杖末端"嘚嘚"点地的声音，无一例外地转过了头。

林循这才看清他们的长相，惊讶地发现，其中有三人都与她有过一面之缘——中间两位是寻语的张月华老师和元沐老师，最右边坐着的，竟然是远山。

只有左边那位她不认识。

应该是广播剧《长耀》的剧组，看样子他们也到得早，坐在这儿等录音室。

好巧。

林循不由自主地看向坐在中间的张月华和元沐。

两位是寻语青年CV中的翘楚，听说都是千寻大大亲自从素人中挖掘的，亦是他亲手带出来的学生。

张月华是个大高个，人也长得结实，面相却相当儒雅。

林老板的视线最终停在元沐身上，内心多少有点起伏。

这可是元沐！

现役配音女演员中的头牌，常年包揽各大古偶女主配音，网友戏称每年爆火的剧都是流水的女演员，铁打的元沐。

上次在"一天"不过匆匆一瞥，林循只记得她蛮年轻，今天仔细一看，才发现她的确年轻，绝对不到三十岁。

元沐本人长得不算惊艳，个子小小，却极其温婉有气质。

她身上穿着件丝质小衫，长发在脑后挽了一个发髻，当中插着一支素色簪子，除却脖子上挂着的新款耳机外，整个人倒真像古画里走出来的美人。

明明是同她差不多的年纪，人家已经如此有成就了。

林老板不禁咋舌，心忖，什么时候要是能和元沐老师合作一部剧，那她也算是熬出头了。

然而此刻，这位业界翘楚却直愣愣地盯着她身后，轻眨的美眸里掺杂着一丝难以掩饰的错愕。

林循不禁侧目看去，发现除却远山之外，张月华以及另外一位陌生CV都看着她身后，脸上亦是同样神情。

难以置信中……带着点莫名的不知所措。

林循顺着他们的目光回头看去，沈少爷正好走到她身后，淡淡地问她："坐哪儿？"

她顿时明白过来。

难怪他们惊讶。是因为发现沈郁视力有碍吧？盲人配音演员的确不常见。

林循伸手拉着沈郁的衣袖，回答道："去对面，我们跟几个CV大大拼下桌。"

紧接着，她忍不住凑近他，压低声音难掩淡淡的激动："这两位是张月华老师和元沐老师，都是寻语的，你应该没见过？他们很厉害的。"

沈少爷闻言却不以为意地半颔首，脸上半点偶遇业界顶尖CV的兴奋也无，由着林循拉着他衣袖往前走。

盲杖末端与瓷砖碰撞的声音亦平稳有序，毫无停滞顿挫。

几个CV大大并排坐在靠外的四人沙发上，应该是在讨论剧本。

林循本想绕过他们，带沈郁走到茶几对面的双人沙发坐下，只是会客室比较小，需要从茶几与墙壁之间稍显拥挤的缝隙中穿过去。

林循小心拉着沈郁的衣袖，引导着他慢慢往前走。

可还没等他们走几步，张月华突然"啊"了一声，麻利地带头站起来。

随后元沐和另外一位寻语的CV也迅速站起身，挨个侧身挤过茶几和墙壁间的空间，快步走到另一边的双人沙发前。

张月华临走前,还顺手把搞不清状况的远山从沙发上一把薅起来,冲着林循讪笑道："那个，嗯……你们俩坐这儿就行，不用折腾过去，比较方便哈。我们在这边挤挤就行。"

他话音落下，元沐和另一位CV纷纷认同地点头。

三个人十分默契地挤在狭小的双人沙发上坐下。

皮质双人沙发空间实在是很小，挤攘间，元沐身上的丝质小衫不免起了一片褶皱。

她毫不在意地伸手抚平。

张月华个子高，人高马大的，夹在中间显得十分可怜。左边那位CV也没好到哪里去，外套被张月华坐在了屁股底下，扯了半天没扯出来。

只剩远山不知所措地站在一旁，一头雾水却又无处可坐。

好半天后，他莫名其妙地挠了挠额头，视线不禁在林循身上打了个转。

她今天穿着件柔软的棉质衬衫，苗条的身形玲珑有致，一条修身的牛仔裤掐得腰身很细、双腿又直又长，底下微微的喇叭搭在随意的帆布鞋上，显得有些学生气。

长发随意散在脖颈后，平直的锁骨瓷白又精致。

远山想到上次两人的对峙，以及自己恼怒之下说的那些难听话，眼神暗了暗。

那次他回去之后没受半点苛责，反而拿回了所有项目，心里略微一计较，便知道是自己误会人家了。

他到底没好意思坐在林循一边，走到旁边拿了张椅子，拉到元沐旁边的空位上。

"……"变动发生在眨眼间，林循看着眼前火速腾出来的宽敞沙发，微微错愕地愣在原地。

这些寻语的CV大大，名声这么显赫，业务这么顶尖。

没想到，人还怪好的。

她还在犹豫要不要坐下，身旁的沈少爷却已然云淡风轻地点着盲杖走到空出来的四人沙发前。

他伸手一寸寸抚着沙发的皮质靠背，而后借着触觉指引，堂而皇之地屈着长腿坐下，随口说了句："谢谢。"

沈少爷脸上神色淡然，没有丝毫拘束推托，甚至都没多少谢意。

他随手把盲杖靠在沙发旁，拍了拍身侧宽敞得能躺一个人的空位，对林循点了点下巴。

"坐啊。"

"……"

林循"嗯"了声，一脸恍惚地在沙发上坐下。

等到他们都落座，刘束正好又端了壶新泡的茶，并另外拿了两个陶瓷茶杯过来，给他们分别倒了新茶。

他见到茶几对面委委屈屈挤在小沙发上的三个大佬，不由得愣了愣，有点摸不着头脑。

张月华和元沐老师虽然为人和善没有架子，但好像，也没有和善到这个地步吧？

茶水倾倒间，茶几两侧的气氛莫名有些凝滞，甚至是尴尬。

刘束挨个看过去。

张月华和元沐方才讨论剧本谈得火热，此时像是被谁掐住了喉咙，挤在小沙发上一声不吭了。

远山也怔怔地出神，时不时看一眼林循，不知道在想什么。

林老板则占着宽敞的沙发，神色稍微有些不自在，抑或是同大家都不熟，所以自动噤声。

只有她旁边坐着的那个眼生的帅哥神态惬意。

他慢悠悠地伸手，食指触到刚倒好的茶盏边缘，好整以暇地端起来抿了一口新泡的绿茶。

茶水入口，他眉头皱了皱，像是不怎么合胃口，便又放下茶盏，没再喝。

刘束莫名觉得他那套行云流水的动作，仿佛是在嫌弃他的茶不好。

这可是明前龙井！

……虽然是去年的。

刘束呼吸着这周遭凝滞的空气，觉得他作为老板，有必要活跃一下气氛。

他笑着先跟张月华他们介绍林循二人："这位是'一只夜莺'的林老板，和他们工作室刚签约的新人CV。"

"……"

"……"

"……刚签约的，新人？"

双人沙发上三脸惊愕，随后那惊愕又变成带着点兴奋的意味深长，三道视线在她和沈郁之间来回睃着。

伴随着极其小声又隐秘的交头接耳。

远山倒是面带好奇又神色复杂地打量了一眼沈郁——这个林循找来替代他的人。

沈郁自然看不见周遭这些神态各异的目光，兀自坐着。

刘束又向林循介绍起对面："这三位是寻语工作室的配音演员，你应该都耳熟。这位是张月华老师，这位是元沐老师，以及秦桑老师。"

他知道林循和远山之间的龃龉，"咳"了一声，特意没给她介绍。

远山张了张嘴，到底没说什么。

林循闻言却有些惊讶，看了眼委委屈屈挤在沙发角落的瘦弱青年。

没想到这人竟然就是寻语的秦桑大大，今年上半年一部大IP动漫，就是他作配。

难以替代的清澈少年音，还上了热搜呢。

寻语果然是神仙打架。

随便揪一个都是她高攀不上的大腕。

林循压下心底的唏嘘，顺着刘束的话，适时跟几个业界知名的大佬推销起自家的广播剧："我们工作室专营广播剧制作，前阵子在广播剧平台上了一部《小蔷薇》，不知道你们有人听过吗？"

林老板虽然知道大家在业界不是一个层面的，但也不认为自家就低人一等，说话间淡定自若。

话音方落，对面的元沐率先弯着眼睛说道："我听过，《小蔷薇》是今年难得的制作精良的现代广播剧，我还追更来着呢。原来是林老板的工作室做的，好优秀。"

她说完，伸手揉了揉身边的张月华，眨眨眼睛问他："我记得你也听过吧？"

"我听过……吗？"张月华迅速瞄了眼对面没什么表情的沈郁，舌尖在唇齿间打了个转，"……吧，嗯，我听过，是很不错，相当不错。"

林老板一连得到了业界两位大佬的赞许，再淡定也不免有些欣然，面上却谦虚道："哪里，肯定比不上各位大大。"

她说罢，伸手戳了戳一旁沈少爷的胳膊，偏头微笑道："沈郁，时间还早，机会难得，要不你向几位大大讨讨经？他们可都是行业里顶尖的配音演员，配音经验很足的。"

这机会确实难得。

要不是同在一个录音棚，平日里很难与这些大牌相识。

沈少爷闻言，忽然重新又端起那杯茶。

茶盏与桌面相触，发出极轻的声音。

他不在意地抿了口润润唇，而后也像她这样偏了头凑近她，在她耳边低低应了声："嗯，听你的，我学着点。"

那声音里还带了点笑。

林循总觉得他今日格外温顺听话，像只被撸顺了毛的猫咪。

柔柔的一句话落入耳中，不免耳尖一热。

她不自在地往后仰了仰头，离他远了些，咳嗽了几声以作掩饰。

"……"对面三人却全然没这情调。

三脸吃瓜迅速变成三脸干巴巴的局促和窘迫。

秦桑甚至莫名涨红了脸。

"哪里哪里，林老板谬赞了，我们哪有什么经验。"

"对对对，我们配得相当一般了，也就是混口饭吃而已，很业余

176

的。"

"就是就是，我顶多算是刚入门，老……呃，这位帅哥肯定比我们强，呵呵呵。"

一个比一个推托得很，只差说自个儿刚学会说话了。

"……"林老板错愕地张了张嘴，心想，这些大大不仅人好，还怪谦虚的呢。

这般心性，非常人能及，难怪能这么成功。

3

一群人围着沙发干坐了一会儿，《长耀》约的1号录音室先空闲了。

元沐和秦桑率先站起身，拿上剧本往录音房走去，张月华紧跟其后，像是身后有什么洪荒猛兽在追。

远山没那么着急，视线在林循身上落了落，欲言又止。

他最终没能说出什么来，咳嗽了一声起身，亦拿上一摞厚厚的剧本跟着寻语三位大佬去了录音房。

林循见他手中剧本上有许多彩色便笺，想是做了十分充实的备注。

她挑了挑眉。

难怪远山在业界口碑这么好。看来他平常时候，做事也是极其认真的。

她又看了眼消失在录音室门口的三位知名CV，忍不住同刘束嘀咕道："刘老板，寻语的CV都这么和善吗？"

不仅把靠得近的宽敞座位让给他们、自己挤小沙发，言辞间也十分谦逊，半点没有行业大佬的做派。

刘束闻言却咋舌："谁知道呢，或许吧。"

他挠了挠头，只觉得有些怪异，却也说不出个所以然来。

正好此时2号录音房的客人也刚录制完。

林循看了眼墙上的挂钟，差不多到了约定的时间。

她拎了包站起来，带着沈郁去了录音室。

等扶着他在凳子上坐下，林循才拉过一旁挂着的耳机。

"你稍微低一下头。"

沈郁闻言顺从地低下头，林循抬手把耳机戴在他头上，又调整了一下松紧，直到两个耳罩严丝合缝地罩在他耳朵上。

她双腕抬起，操作得仔细，行动间衬衫袖口轻轻在沈郁额前晃着。

视野漆黑，嗅觉更凸显。

女人腕间极其干净而轻微的香气萦绕在他鼻端。

片刻后，沈郁喉头微动，突然伸手阻了她："……我自己来。"

他声音低了些，林循以为是嫌她动作慢。她看了眼话筒位置差不多合适，便收回手走出录音房，到了隔壁的控制室。

录音师还没进来。

林循坐在调音台前，隔着真空玻璃看沈郁。

他调整完耳机，又缓缓摸到身前的话筒支架，熟练地上下挪了一下位置，把话筒调到离嘴唇十多厘米的距离，然后又轻车熟路地挪过防喷罩。

林循看得眉头一挑。难道他之前进过棚子？这么熟练？

录音时话筒离嘴唇的距离通常是有讲究的。

如果离得太远，直达音会减轻，信噪比会大大降低，很影响录制效果。

但离得太近，一些音爆、口水音和齿音也会被收入音频，增加后期难度。

总之，他现在调整的距离恰如其分。

恰好此时刘束走进来，在林循身旁的空位坐下，从耳机分配器上取下一副监听耳机。

林循便来不及多想，有些诧异："刘老板，今天您亲自上啊？全哥呢？"

全亮是一天聘请的录音师，跟林循合作惯了。

"他刚刚录完请假了，说是身体不太舒服，正好我也想听听你们新招的人，"刘束说着，挑了挑眉，"怎么，不满意？"

林循也拿了一副监听耳机戴上："哪里，那我不是占了便宜。"

刘束专业上更强，又是老板，通常只服务最好的录音室，收费自然也比其他录音室高上一等。

等刘束调完控制台，林循拉过对讲话筒，"喂"了一声："沈郁，能听到吗？"

下一秒，监听耳机里传来十足清晰的声音："嗯，听到了，开始吧。"

林循怔了一下。

她一贯知道沈郁声音好听，但，此刻在录音室里听，却又不一样了。

录音室里的设备非常专业，将他音色中每个细节、所有频段都毫无遗漏地捕捉、放大，过滤剔除那些杂乱的音波，绝无仅有的音质一波波传递到她耳边。

一旁的刘束原先还动作懒淡地转着控制台上的旋钮，这刹那猛然抬起眼，怔愣看着隔音玻璃那侧的人，额上干枯的黄毛跟着抖了抖。

半晌后，他拿下耳机，关了对讲话筒，挤眉弄眼地说："林老板，您哪儿挖的宝啊？这音质，差点把我天灵盖掀翻。"

林循莫名有些与有荣焉，淡然地抬了抬眉，说道："别贫了，开始吧。"

刘束见她一脸云淡风轻的模样，自愧弗如地竖了个大拇指："还是你牛。"

林老板咳嗽了一声，把对讲话筒打开："我们先试个音，就先试一下我给你发的宣传片台词中的第三段吧。"

林循下意识地道："你念……呃，背一下？"

她说着卡了壳，突然意识到，别的 CV 录音都是对着剧本念稿，录制前只需读熟台词。

可沈郁看不到，且他戴着录制耳机，没办法边听读屏软件边念。

这么长的剧本，他能背下来？

她之前倒是从来没思考过这个问题，早知道应该给他准备一轨返音 Demo 的。

刘束亦皱着眉抬头看了她一眼，也同样意识到了问题。

谁知下一秒，沈郁"嗯"了一声。

他思索了一会儿，大概是在大脑中搜寻她说的第三段是哪段。

片刻后，他清了清嗓子，闭上眼，扶着一侧耳机边缘缓缓说着台词："月魔洞妖魔作祟，祸害人间。本座看你伤势已无大碍，此番前往月魔洞，必然是凶险之极、九死一生，你可愿——"

他不仅全部背下来，字里行间全无背诵的僵硬感。

反而，配得极佳。

小说中玉清子的人设是不近女色、不动凡心的道修之首，七情六欲皆由自己所封。在妖魔横行的时代，他身居高位却仍一心向道，超然绝俗，不为私欲所迷惑，只为守护苍生万民。

而女主苍越，则是他在苍尘山下捡到的孤儿，由他亲自培养为宗门中最顶尖的死士。

这段话本是玉清子在察觉自己对苍越的心意前，不顾她有伤在身，想要再次差遣她去除魔时说的话。

剧本里此刻他虽未动心，可看到苍越满身伤痕，仍是动了恻隐之心，所以话语间不再如往常般严厉命令，反而多了一丝犹豫。

这是全书中，玉清子第一次待苍越，与他人不同。

这些前后因果林循并未完全发给沈郁，然而所有的隐秘情绪、怜悯，皆在他恰好到处的抑扬顿挫中被表现得淋漓尽致。

耳机里他尾音落下："——你可愿随本座，一同前去？"

悦耳至极的音色。

如同高高在上的神仙，突如其来的心软和蛊惑。

林老板呆了呆，刹那间脱口而出："我愿……呃……"

她话没说完，瞬间反应过来，蓦地咬住舌头。

心脏猛地跳起来。

"……"

"……"

半响后，耳机里突然传来一声低而浅的轻笑，稍纵即逝。

刘束也压着一边耳机，满脸疑惑地看着她。

林老板简直想要找个地缝钻下去。

她刚刚说什么了？

脑子呢？早上落马路上了？

她闭了嘴，压根儿不想说话。但现在不吭声，好像更容易让人怀疑。

许久后，林老板扶了扶对讲话筒，面无表情地咳嗽了一声，说道："我是说，我觉得你配得不错，试音通过，我们直接开始录宣传片花吧。"

"……"刘束忍不住疑惑地皱了皱眉。

他总觉得林循刚刚好像说的是"我愿意"。

但看她此时满脸不为所动的模样，他又觉得是自己听错了。

他没多想，转头看了眼沈郁，眼底有难掩的惊艳。

做录音师这么多年，听过好听的人声如同过江之鲫，但这么蛊的还真没听过。

而且，这真的是新人能有的水准吗？

不论是咬字还是情感，都是一等一的，要说不足，顶多就是配的时候气息稍稍有些松懈。

但刘束从业这么多年，对人声结构比林循可老到太多。

他心里莫名觉得沈郁并非是气息不行，他的声压很大，像是明明应该能做到更好，只是不知为何，莫名掺了点水分在里头。

沈郁却像是全然接受了林循拙劣的解释，抬了抬眉心，"嗯"了一声。

继续照着台词，一句句背诵。

所以他没听到吧？肯定没听到对吧？

但他刚刚好像笑了？是笑了吧？

还是她的幻觉？

林循仔细回忆了一下，她当时绝对只说了两个字就回归理智了，而且还有些含混不清。

所以，他肯定，猜不出来吧？

不然她这么多天装得人模人样，一副高深莫测、不为这"靡靡之音"所惑的人设，岂不是露馅了？

"……"林老板实在忍不住，伸手扯了一下唇角。

这破嘴。真是太降智了。

录制继续，林循总算压下心底的纷乱，渐渐沉进剧本里。

原本约了两个小时，她还觉得时间肯定不够。毕竟沈郁是第一次进棚子，她已经做好了再录两次的打算。

没想到之后的每一句台词几乎都是一条过。

等录完宣传片需要的所有干音，她看了眼手表。

竟然还剩十多分钟。

一旁的刘束亦咋舌，摘下耳机后，对林循说："林老板，未来你们工作室大火之后，可要记得，苟富贵勿相忘啊。"

林循知道他这个人傲得很，当年在娱乐圈都不曾低过头，这么说已经是很高的称赞了。

她也懒得谦虚，弯了弯嘴角，拍拍他的肩膀："到时候给你介绍生意。"

刘束见她得意模样，翻了个白眼，嘁道："那可得仰仗你。"

"好说。"

录完音，林循去录音室里帮忙规整好东西，招呼沈郁离开。

她一边往外走，一边忍不住侧头看他。

他脸上没什么多余的表情，也没有任何调侃和嘲笑的神色。

林老板松了口气。

所以，刚刚那声轻笑，应该，是她的幻觉吧？

等走到过道里，恰好《长耀》的四个人也刚录制完从1号录音室出来。

秦桑站在墙边，伸手拍了拍远山的后背："岳哥，你可不能这么抠门啊。上次录完是元沐姐请我们吃烤肉，上上次是我请客，再前一次是张月华，今天该轮到你了吧？"

远山哂了声，手搭着他的肩膀："老子差你这顿饭钱吗？走，去吃德胜庄。"

元沐自然地牵着张月华，另一只手挑起发簪，把头发重新挽了挽："行，那就去德胜庄吃涮羊肉，今天岳哥请客，我要大吃一顿。"

张月华"喊"了一声："就你那小鸟胃，再大吃一顿能吃多少？"

林循远远听到，心想，原来远山真名姓岳吗？

而且听秦桑的语气，张月华和元沐老师倒是本名？

还有，他们居然是情侣。

这要是被他俩的粉丝知道，可得哭倒一大片。

走廊那头，远山听到 2 号录音室门口的声音，回头看了眼。

他目光落在林循脸上，犹豫了一下，搭在秦桑肩膀上的手放下来，快走两步迎上她。

林循停下脚步，面无表情地抬头看着挡在身前的人。

又想挑衅？

她今天刻意没跟他有什么交流，毕竟之前闹得那么不愉快。

虽说知道他之前是因为受了宁琅的剥削才气不过，但也不代表她就能全盘接受那些无端的脏水。没跟他算账，已经是因为她年岁渐长、脾气渐好了。

可远山却没有丝毫为难她的意思，反而局促地在她身前站定。

片刻后，他低声说："今天正好轮到我请客吃饭，要不你们一起来？上次的事实在不好意思，是我没了解清楚。一起吃个饭，就当揭过去了，希望以后咱们还有合作机会，行不？"

"……"

他话音落下，身后张月华三人都十分无语地看着远山的后脑勺。

这人是有什么毛病吗？

这么殷勤干吗？

元沐歪着脑袋看了眼亦步亦趋跟在林循身后的沈郁，压低声音喃喃道："我现在如果说家里有事去不了，还来得及吗？"

张月华："我脑壳现在开始痛，不晚吧？"

秦桑："我胃疼，是真的。"

其实公司里最怕千寻的，还真就是这帮人前光鲜亮丽的 CV 大佬。

千寻名义上是他们老板，实际上是带他们入行的老师。

寻语签的 CV，除却几个科班出身的，大多都是他亲自教出来的。

三个人不约而同想起刚被他挖进寻语的时候。

每周三堂配音私教课，老板亲自教。

起初的几次录音也都是在他家里录，他们战战兢兢地念台词，老板在控制室面无表情地控场。

他对配音技术和水准十分挑剔。

气息、咬字、情感，只要一处出错，他都懒得说什么，只清清浅浅"啧"一声，皱着眉拿下耳机摁摁耳窝。

那样子，仿佛耳朵里被人强行塞了一坨屎……

这种由衷的嫌弃，简直是让人半夜三更想起来都要披衣坐起、头悬梁锥刺股再练几遍台词的程度。

这也就导致他们每个人的入门时间都贼短、被迫进步神速，迅速在业界站稳了脚跟。

所以，这顿饭还能吃得香吗？

怕不是调个麻酱要个葱花都得跟服务员提着气说话吧？

这边林循倒是没料到远山是这个意思，她挑了挑眉，没吱声。

本来想拒绝，合作是合作，私交如何她完全不在乎。

可看了一眼1号录音室门口杵着的三个大佬，她又有心想让沈郁多跟他们接触。

这送上门来的机会，何乐而不为呢？

林老板眼睛转了转，没所谓地点头道："好啊，那走吧。"

远山眉头一松，随即带着大家往楼下走。

元沐三人完全没了吃饭的兴致，蔫蔫地跟在他后面，时不时回头看一眼拄着盲杖缀在最后的老板。

元沐："你们说，他到底在搞什么啊？昨天苏助理跟我说的时候，我就觉得奇怪。为什么要我们装不认识，而且他怎么突然变成一个小工作室签约的新人了？不会是某种监控督促咱们的新方式吧？"

张月华："不知道，也或许是一种新奇的cosplay（角色扮演）？"

秦桑白了他俩一眼："你俩还真是一对，是不是有病，这都看不出来？"

他朝林循的方向努努嘴："当然是追妹子了，这么漂亮，还不得要点心机啊？"

张月华："……难怪他周一、周三、周五不上班，真行。"

他们低声议论着，远处沈郁突然似有所感般抬头"看"过来。

三人想到他超乎常人的听力，登时噤了声。

等出了写字楼，林循才想起来她方才压根儿忘了问沈郁的意见，便回头问他："沈郁，你待会儿应该有时间吧？

"难得有机会和寻语当红的配音演员吃饭，可以探讨探讨配音经验。这圈子很看人脉资源，多认识些行业内的人，对你未来有好处。怎么样，你要跟我一起去吗？"

一群人站得很分散。

远山正在打车，寻语的三个人则远远站在根电线杆旁。

于是写字楼门口只剩了他们俩。

风卷起树梢上千疮百孔的梧桐叶，发出枯而涩的声响。

林循问完话，好半晌没得到回复。

她以为他没听清，刚张嘴想要再问一次，却见他忽然俯下身，双眼与她发端平齐。

距离再一次被拉近。

那双琥珀色的漂亮眼眸眨了眨，唇边皆是散漫的笑意。

下一秒，他弯了弯眼睛，放缓语速，喉音低低地说了句：

"林老板，我，愿，意。"

"……"

"？？？"

4

林循几乎没反应过来。

她刚才只是随口问他要不要去吃饭，在这种语境之下，无论如何也不可能回复"我愿意"这么郑重的话吧？

所以答案只有一个。

——他听到了！

大脑随即宕机了一瞬，一下子不知道该怎么找补。

恰好街道旁，远山冲他们招手："林老板，车来了。"

林循咽下到嘴边的话，看了眼沈郁，率先上了车。

德胜庄在北城区，离录音棚比较远。

一行人打了两辆车，寻语三位大大一辆，他们和远山一辆。

远山主动坐了副驾驶，把宽敞些的后座让给他们。

一路上，林循时不时看一眼靠着窗户假寐的沈少爷，几次欲言又止，却最终没吱声。

手背上的夜莺文身都快被她抠烂了。

远山有一搭没一搭地跟她说话，她心不在焉地随口应着。

这一路不算堵，等过了几个红绿灯，林老板已经做完了心理建设。

不就是听到她下意识的回复吗？

这原因有很多种，兴许可能是她太喜欢那剧本，所以被动入戏了呢？

又能说明什么？

林循想起他方才那句拖腔带调的"我愿意"，心里不免郁悒。

就不能装没听到吗？非要阴阳怪气她。

沈少爷这性格，还真是跟从前一样恶劣。

等到了饭店门口，刚好过了中午饭点，店里反而没那么多人排队。

这里林循之前跟着程孟来过一次，不算陌生。

远山去了趟前台，随即便有一位服务员过来带他们去二楼包厢。

八人座的四方桌上摆了个高高的铜锅，服务员很快端着几盘鲜切羊肉上来。

锅还没开，大家各自离开座位，去调料台挑选蘸酱。

林循本来憋着股闷火，想自顾自去调酱料。但见沈郁孤零零坐在靠墙的位置，面前的调料碟锃光瓦亮，又觉得有些不忍，便木着声音问他：“你想要什么酱，我去帮你调。”

沈少爷坐在靠墙的位置，看着没什么胃口的样子，懒懒道：“都行，你吃什么口味，给我复制一份。”

林循怔了怔，突然若有所思地挑了挑眉，应了声：“行啊，你没有什么过敏的东西吧？”

按照青原的吃法，吃羊肉时大多会用韭菜花作蘸酱。

小时候村里有人家杀羊，奶奶便会去买一小扇肉，用大铁锅炖上几个小时，炖到酥烂，配上韭花酱吃。

这样的日子，一年里顶多有一次，林循记忆犹新。

可惜韭菜花的味道辛辣偏咸，不是寻常人能吃得惯的，会觉得有股怪味。

程孟头一次尝试，甚至怀疑里头搁了什么腐烂的东西。

沈郁不知她的小心思，点了点头：“没。”

“好，那你等着。”

林循快步走到调料台，扫了一眼，果然看到了角落里满盆的韭花酱。

和旁边快要见底的牛肉酱、辣酱相比，这韭花酱几乎无人问津。

她狠狠挖了两勺，又按照自己的习惯往里头掺了点腐乳和麻酱。

如此复制两大碗回桌，把调料碟往沈郁面前一搁：“调好了。”

沈郁看不见那碟里绿油油黑乎乎的颜色，无所察觉地颔首道谢。

林循见状，心里一乐，十分好心地帮他拆开碗筷上封的塑料膜。

几人纷纷落座。

服务员帮忙把一整碟羊肉拨入铜锅，清汤锅底沸腾，翻上来一段大葱，滚烫的锅气袅袅升起，一时间锅边热意蒸腾。

羊肉切得薄，很快便涮好了。

林循率先夹了一筷子放进沈郁面前的韭花碟里，不动声色地握住他的手腕，带着他触碰到碗碟边缘：“给你夹了一片肉，吃吧，小心烫。”

她的声音放得缓，很有些哄骗的意味。

话里难得的温柔令沈郁莫名一怔。

片刻后，他眉眼间也不自觉染上点笑意，“嗯”了声，伸手去夹

那片肉。

因为眼睛看不到，筷子尖便也缓顿，导致那片肉在碗里游荡了许久、蘸了满身的韭花酱才被夹起。

林循搁下筷子，转眼盯着他的动作，看他毫无所觉地把那片绿油油的肉送入口中。

下一秒，他整个人蓦地怔住，脸上出现了从未见过的懵懂表情，逐渐变为古怪。

那双漂亮的眉眼蒙蒙地皱起，就连失明了多年的瞳孔都似乎有放大的趋势。

或许是因为多年来的好教养，他愣了一会儿，终究没把嘴里一股怪味的东西吐出来，飞快嚼了几下，喉结滚动着吞咽下去。等咽完之后，才实在忍不住，偏了头对着墙壁猛烈咳嗽起来。

那张脸似乎和韭花酱一样，有逐渐变绿的趋势。

"噗！"林循实在没忍住，乐出了声。

好半晌后，她笑着轻轻拍他的后背，然后给他递了两张餐巾纸，好心道："怎么了？呛到了吗，吃慢点。"

沈郁一边咳嗽，一边反手握住她胡乱不走心在他背后乱拍的手，直到嘴里的呛辣刺鼻消散，才闷声问道："……你给我放了什么？"

元沐和秦桑分别坐在他们左右，听到这阵咳嗽，纷纷停下筷子看过来。

元沐的视线在老板狼狈的面孔和两人面前放的酱料碟上转了一圈，忍不住好笑道："原来是韭花酱，林老板是北方人？"

她外公是北方移民过来的，家里逢年过节也会做些韭花酱，但她实在吃不惯这个味道。

"是啊，我是青原人，喜欢吃韭花酱配羊肉。"

林循眨了眨眼，愉悦地收回被他握住的手腕，见好就收，不再戏弄他。

她帮忙倒了一杯水搁在沈郁桌前，又去调了一碗寻常的麻酱碟，慢吞吞地说道："看来你吃不惯，给你换了麻酱碟。"

沈郁黑着脸，用筷子尖试探着蘸了点麻酱尝了一口，听着她话里似有若无的愉悦，总觉得，她是故意的。

林循却一脸坦然地跟元沐几人攀谈起来："元沐老师，你们都是昼山本地人吗？"

元沐点头："对，我们四……三个都是昼山的，孟远哥是北方人。"
林循看了眼远山，原来他本名叫孟远。
那其他人就都是原名了？

元沐说完，又有些好奇地问她："林老板，那你是在昼山念大学吗？"

林循摇头，随意道："不是，我高中就来昼山了，大学反而是在南漓念的。"

她话音落下，沈郁的筷子停了停。

好半晌，他才夹起一片肉，却没蘸那碗妥当的麻酱，反而在韭菜花里滚了滚。

远山却突然惊讶道："你是在南漓上的大学？好巧，我也是，你哪个学校的啊？"

林循用公筷夹了几筷子羊肉分别搁到自己和沈郁的碗里，回答道："南漓电影学院，你呢？"

远山怔怔道："我也是，念的配音和后期，林老板呢？"

林循也有点惊讶，没想到远山跟她竟然是校友，还真是不打不相识了。

"我是编导专业。"

遇见校友总是更亲切一些，而且还都是北方人，有种见老乡的熟稔。

远山脸上的笑也比之前更真诚了，站起身越过桌子给林循倒了一杯橙汁，也改了称呼："师妹好。"

又问她是哪级的，听完她的回答，远山不禁叹道："你竟然比我小四届，那你今年才二十五？难怪有时候看着像个学生……"

林循穿衣风格很随意，也很少化妆，总是不施粉黛的，长得又贼漂亮，看着像某个大学在读的校花。

"没，我二十七了。"林循说着，喝了一口橙汁。

每个人都有不同的经历，远山"哦"了一声没再问，元沐和张月华也没吱声，只有秦桑"啊？"了一声，掰着手指头算："林老板，那你跟元沐姐和张哥是同岁啊，怎么比他们毕业晚了两三年？"

沈郁忽然搁下筷子，筷子尖和碗碟碰撞发出些许声响。

秦桑莫名觉得自己是不是说错了什么话，刚想转移话题，却听林循慢悠悠道："我当时高中没毕业，后来在昼山打了一年工，存够钱才去复读，所以比同龄人晚几年上大学。"

林循语气淡淡。

从前有阵子，她对这些过往避而不谈，但最近突然觉得也没什么不能说的。

她说得轻巧。

可在座的基本都是昼山本地人，远山家境也殷实，亦是按部就班、

顺风顺水走到今天。

听她轻飘飘的那句"打了一年工,存够钱才去复读",全部愣了愣。

气氛有点凝滞。

远山觉得是自己打开话题的方式不太对,便转移话题问起了她身边坐着的沈郁。

"这位帅哥,那你呢,你是昼山人?"

沈郁淡淡"嗯"了一声,他彻底放了筷子,直起身子,一副没什么胃口也不大想交流的模样。

远山却反而对他好奇起来。

听说林老板当初找他之前,一直没挑到合适的人选。

《凡尘》的剧本后来他也草草看过。

男主的人设的确很出彩,但对 CV 的要求也高,前期要清冷无双、惩忿窒欲,后期则因爱堕入魔道、凶残狠戾,不是那么好把控的。

专业 CV 尚且头疼。这么个新人,怎么搞?

于是,他又问:"那你是配音专业出身,刚入行吗?"

"没,我大学学的是工商管理。"

林循吃了口羊肉,闻言抬头看他。

她还是第一次听他提起大学的事。

重逢这么久,她好像连他在哪儿念的大学都不知道。

只依稀记得之前听程孟说过,他好像第二年考了盲文卷,念了一个不错的大学。

她不禁接着话茬,好奇地问:"沈郁,你在哪儿上的大学啊,昼山吗?"

沈少爷闻言抬起头,"视线"在她脸上凝了一瞬,又没什么情绪地移开:"嗯。"

远山夹了一片肉塞嘴里,随口问:"哪个学校啊?"

沈郁:"昼大。"

"……"林循筷子尖夹的鱼丸差点掉了。

昼大?是她知道的那个昼大吗?

和北霖大学、南漓大学并列 Top3(前三名)的昼山大学?

程孟只是说沈郁后来念了一个还不错的大学。

这叫,还、不、错?

她一时觉得无语,但思及他如今的窘迫,难免呼吸一窒。

昼大不是一般人能考上的,何况是他这样的状况,该有多么不容易。

他心底,也是有抱负的吧?

188

所以哪怕眼睛看不见了，也努力用功了。

可这个社会，给视障人士的就业机会实在太少，他念了这么好的大学，却仍然找不到工作。

难怪脾气会这样差。

林老板摸了摸鼻子，觉得自己刚刚因为他的一句话而捉弄他，未免有点过分。

人家原本不用靠嗓子吃饭，对他来说，声音或许只是他众多闪光点中微不足道的一点。

远山听到沈郁是昼大毕业，也忍不住咋舌，好半天后说了句："竟然是大学霸，失敬失敬。"

张月华三人倒是不惊讶，老板的学历他们是知道的。

他们当年刚进寻语的时候，沈郁才大三，一边在昼大上学、一边创业，还得配音。

他视力有碍，所以做什么都比旁人艰难一些。记忆里那段时间，他每天只睡三四个小时，后来不仅顺利毕业，公司也越办越大。

所以他们几个虽然怕沈郁，但更多的是敬佩。

老板对旁人狠，对自己更狠，换位思考，他们没人能做到像他这样。

远山连连啧了好几声，又好奇地问他："那，你是因为视力缘故，所以才留在本地念大学吗？"

既然能考上昼大，那北霖大学、南大也不在话下。

一般人兴许会选个离家远些的大学，更有新鲜感。像他，就从北方来到南方读书生活。

林循也这么以为，他视力有碍，去别的城市恐怕不方便。

可沈郁却面无表情地摇头。

他放下杯子，像是突然连喝水的欲望都没有了。

林循莫名地感觉到，他的心情好像无端地变差了。

好半天后，他懒散地说了句："因为当时有个挂念的人还在昼山，怕她生活遇到过不去的坎，万一哪天，突然想起来联系我呢？"

"原来是这样。"远山点点头，本就是随口问，也不太在意他到底是什么原因。

林循却听得愣住。

他还有挂念的人在昼山？姜老太吗？

但听他这口吻，又不太像。

她脑子里乱乱的，不知道为什么，渐渐地也没了胃口。

几人继续聊着各种话题，逐渐熟稔起来，还互相加了微信。

林循才知道原来这几位包括寻语在内的现役 CV，基本都是千寻大大的学生，不由得对千寻本人更加敬佩。

自己出色便罢了，还能带出这么多非科班出身的大佬。

眼光和能力都是顶尖，难怪能成功。

吃完火锅出来，才发现外头下起了暴雨。

昼山这阴晴不定的气候，天气预报也措手不及。

雨势实在太大，人多车少，几人换了好几个打车软件都没叫到车，路上飞驰而过的出租车也全是满客。

暴雨如注，气温刹那间下降了七八度，天色也惶然黑下来。

雷声竟比夏日还大，强烈的闪电劈开天边的浓黑，带来瞬间的白光，又骤然消失。

这天色，黑得不像下午三四点，反倒像半夜。

林循抱着胳膊站在窄窄的门廊下，雨水似无阻挡般落进来，淋了她一身。

她皱着眉，不自觉地往沈郁身边靠了靠。

这种天气，总觉得心里发毛。

因为对黑暗和阴冷氛围的恐惧，她这几年基本很少在雷雨天出门。

没想到今天碰巧赶上了。

张月华见远山满脸打不到车的焦虑，又看了眼屋檐下挤满的行人。

他想了想问道："要不，我让公司派车来接吧？"

他说完，看了眼站在一旁的老板。

沈郁皱着眉，伸手拉过林循的手腕，护着她往屋檐里站了站，极不可察地点点头。

张月华松了口气，走去一旁打电话。

雨天，路上很堵，寻语的车大半个小时之后才到，一共来了两辆。

前头那辆是个寻常商务车，后面跟着的那辆却十分豪华。

漆黑流畅的车身破开倾盆雨幕停在饭店门口，车窗摇下来，司机看到饭店门口站着的沈郁，连忙下了车，过来扶他。

张月华带着远山他们走向那辆商务车，远远扔下一句："林老板，我们几个先走了。你坐我们老板的车吧，司机反正要开回寻语，你刚说你家是在那附近吧？"

"……嗯。"

林循于是莫名其妙地坐上了寻语的豪车——听张月华的意思，这是千寻的车？

她"啧"了一声，不禁伸手摸摸后座昂贵的真皮椅背，再一次感叹，寻语真是一个充满人文关怀的企业。

千寻大大竟然也肯派自己的车过来接他们两个陌生人。

沈郁却没像她这么多感想，由司机扶着，慢条斯理上了车。

他轻车熟路般在司机身后的座位坐下，随即伸手摸到座位中间的平台，抽了几张纸巾，擦去身上的雨水。

他又给她递了几张："擦擦头发。"

"……"林循有点无语。

用别人车上的东西，用得这么顺手吗？

但他抽都抽出来了，又塞不回去。

林老板只好接过，草草擦了擦额前和肩头落的雨水。

冷意后知后觉袭来，衬衫薄了些，她不自觉打了个喷嚏。

便听到沈郁说了声："把空调打开，温度调高点。"

他语气淡淡，司机竟也默不作声地照做。

车子缓缓启动，引擎几乎没有发出任何声响，也感受不到路面的起伏。

豪华而稳重。

过了一个红绿灯，司机忽然张了张嘴，想要确认一下目的地："老……"

他话音未落，被沈郁及时打断："去晟霖苑，15号楼。"

"……好的。"语气却有些莫名。

还用说几号楼？又不是没去过。

"……"林循听他几番和司机说话的语气，仿佛在吩咐自家的司机。

十足的大少爷做派。

她有些欲言又止，不禁侧头看向沈郁。

玻璃窗外，天色漆黑，一道闪电乍然亮起，照亮他半边侧脸。

他唇线抿得直，仰着头靠在椅背上，仔仔细细擦着脖颈上的水渍，修长手指一寸寸触着尖锐的喉结。

道路拥挤，车子缓缓开过昼山一条条街道，窗外是狼狈避雨的行人和横冲直撞不想误时的外卖员。

车里却静得很，半点雷声都听不到，司机心无旁骛地开车，后排宽敞座位，仿佛在这喧闹的世界上，隔绝出一个隐秘的空间。

林循的视线不自觉地落在他脸上，或许是空间密闭，又或许是眼前的人实在太俊秀好看，她心跳又有加速的预兆。

一点水渍顺着他的领口滑落，他缓缓皱了皱眉，伸手扯了扯领口。

林循忽然感觉到，他心情很差。

好像从刚刚吃饭的时候便开始了，所以整顿饭压根儿没吃几口。

难不成是被那碟韭花酱坏了胃口？

她有点心虚，不由得低声问道："你怎么了？哪里不舒服吗？"

车里静得落针可闻，只有空调出风口发出微小的暖流声。

就在林循以为他懒得说话时，沈郁忽然转过头来，没什么表情地问："你离开一中后，没直接去读书？在昼山打了一年工？你奶奶呢？"

林循一愣，语气寻常地回答道："我奶奶在我被开除后不久就去世了，是打了一年工，得赚学费，怎么了？"

又过了许久。

"那大学呢，怎么念的？你那几年……怎么过的？"

林循又被他问得怔住，半晌后坦白道："就接着打工呗，生活费学费，都得花钱啊。"

那几年乱糟糟的，她其实也记不分明了。

总之就是没完没了的兼职、上学，公园里捡过瓶子、做过服务生、摆过地摊、送过外卖……

落雨如泼，她忽然看了眼窗外，跟他们挤在同一条车道的外卖员。骑着辆电动车，连雨披都没有，满头满脸都是水。

她也曾经在这种天气送过外卖——乌压压的天和云，毫不心软的雨。

湿滑的路面、危险拥挤的车道、惊慌失措的行人。

十八九岁的林循戴着头盔骑在这熙攘的街道，双腿冷得打颤。

路的尽头很黑，仿佛有能将人吞吃了的鬼魅猛兽，但再害怕也不能停，因为超时了会被投诉，被投诉就会被扣钱。

那会儿的她很厉害，不仅供自己念完了书，还在毕业时有了一笔不错的存款，所以才在青原相亲失败后，有能力回昼山发展。

如今二十七岁、事业小有成就的林老板忍不住摁了摁虎口处的夜莺文身，静静地说："干吗问这个？还能怎么过，就那么过呗。"

反正再艰难，也都过来了。

起码她现在有避雨的房子，不用在这样的日子里流落街头。

沈郁的呼吸几乎停滞。

胸口攀上极慢极慢的窒息感，他惶然伸出手，在旁边探了几寸，触到女人柔软的被雨水浸湿的衬衫下摆。

车子终于缓缓驶进小区门。

黑暗里，她毫无察觉，他克制地轻轻抚了抚那布料，又收回手，忽然开口问她："为什么，不联系我？"

加过的微信从来没有声响，偶尔发去的问候也没有得到过回复。

朋友圈亦是空白了好几年。

直到几年后，看她突然发了条在南漓电影学院的动态，摘了《怦然心动》里大段的台词，才总算知道她的状况。

所以，他一直以为那些年里她有亲人，有她认为"值得"的男友，并不像他当初担心的那样，过得那么艰难。

林循却觉得奇怪，下意识反问道："为什么联系你？我们当时应该……不熟吧？"

如果她没记错的话。

1

她话音落下，沈郁默了片刻。

车子慢慢在单元门口停下，他敛了眉眼，缓声道："是不熟。"

他喉头动了动，最终只说道："下车吧，到家了。"

"……好。"林循总觉得他神情很疲惫，心里有种异样感升起。

放在膝头的手指微动，几乎想要抬手抚一抚他眉心的褶皱。

但她觉得自己应该没说错什么。

他们那时候确实不熟。

她神思恍惚，沈郁却已经率先下了车，司机也忙不迭下来替他打伞。

两人站在屋檐下说了几句话，司机又走过来替她打开这边的车门，帮忙打好伞。

林循回过神，连忙道谢，就着那把大大的黑伞下了车。

等走到单元门口，却没见沈郁的身影，只听到101室的大铁门"砰"的一声关上。

楼外依旧大雨滂沱，车子缓缓启动，消失在雨幕中。

林循抱了抱胳膊，这才抬脚往楼上走。

等回家洗了个澡，她擦完头发，这阵雨竟然还没停。

林循打了个喷嚏，突然觉出两侧太阳穴到眼眶骨后一抽一抽地疼，像是感冒的前兆。

她今天确实穿得太少了，大概是之前在德胜庄门口等车那半个多小时里冻着了。

林循看了眼墙上挂钟，不过晚上六点多。

她伸手摁着酸痛的太阳穴，从床头柜上翻了点感冒胶囊，随便就着点凉水喝下，便躺在床上打算睡一觉。

刚来昼山那几年，祖孙俩并没有医保。

看病太贵，所以她们几乎很少去医院，神经紧绷之下身体也莫名争气，甚至没怎么生过病。

久而久之，这不爱去医院的不良习惯就养成了。

哪怕她现在有医保，也有看病的钱，但莫名地就对医院有些排斥。

这种感觉就像之前有几次，她陪程孟去奢侈品店买东西。

明明她现在有购买奢侈品的能力和存款，但心里总会觉得这些东西好像跟她是两个世界的，不应该属于她。

无端地没有底气，表面上装得再淡定不为所动，心里却发慌，想逃。

贫穷带来的不安和窘迫感，像是一种深入骨髓的慢性疾病，哪怕治好了，某些症状是会伴随一生的。

这一觉睡到了后半夜。

醒来之后，喉咙像是吞了刀片一样疼。

林循迷迷糊糊地坐起来，伸手摸到床头柜上的水杯，却发现杯子已经空了。她张了张嘴，只觉得满口干苦，嘴皮也发紧。

岁数过了二十五岁，身体的自愈能力显然下降了。

头痛欲裂，睡是睡不着了。

林循坐在床上发了会儿呆，突然想起昨晚坐在车上，沈郁说的话。

——"为什么不联系我？"

她脑子此刻混沌，越发难理解他这句话。

更觉得十分莫名其妙。

就不说当时他们不怎么熟，只不过是非常简单的前后桌关系。

就算他们关系不错，那又怎么样？

她那几年是日子过不下去，没钱，穷得要死，但就算联系他，又能怎么样？

管他借钱？

没记错的话，他当时应该也自身难保吧？

而且，就算是借钱，也得还啊，亲兄弟还该明算账。

人总不能真的毫无顾忌、肆无忌惮地靠着别人生活吧，那不是成了无赖吗？

林循脑子里全是乱七八糟的念头，理智上觉得自己的想法没错。

她从十一岁开始，到今年二十七岁，十六年里辗转多个地方，从来没办法依靠别人。

可一想到沈郁昨天说那话时的表情，心里又有些莫名其妙的酸涩

感。

就好像，他曾经挂念过她。

林循脑袋装满木木的疼痛，极其迟钝地想起了静静躺在她好友列表里沈郁的微信。

她当时只是意外他们什么时候加过微信，但后来也没多想。

此刻想起来，更觉得奇怪。

程孟他们都没有沈少爷的微信，当年的高三（12）班，应该没几个人有。

那她又是什么时候加的他呢？

就很莫名其妙，而且她没有给他备注，这么多年甚至都没注意到过那个漆黑一片的头像，完全不知道曾经加过他。

林循不禁回忆起沈郁问的，她那几年的生活。

奶奶去世后，她找了一份超市收银的兼职，顺便搬了家，住进了超市楼上的员工宿舍。

一个房间里有七八个人住，比大学宿舍还要拥挤狭窄。

那段时间她过得非常自闭，孤独、执拗、不安……

但生活上的艰难却让她没时间去处理这些负面情绪，长期积压麻木之下，心理上多少有点情感障碍和抑郁倾向。

而且那时候实在太忙，她每天打好几份工，还兼职帮一些微店刷单，注册了好多微信号。

每天一起床，轮换的几个号上都是"99+"的兼职消息，她闲暇时几乎每分每秒都在应对，就连睡觉都不得空闲。

有些消息就这样掺杂在这一堆庞大繁杂的信息中，如同沧海一粟，被她有意无意地忽略了。

所以那两年里，她甚至跟程孟都断了联系。

还是后来，她终于考上了大学，去南漓上学前，在火车站和程孟重逢的。

林循还记得那年八月底，她买了去南漓的绿皮硬座。

除了十五岁那年从青原来昼山，林循再没有坐火车的经验。

再加上昼山的火车站很大，慢车和高铁根本不在一个楼，她进站之后找不到地方，无头苍蝇般走进了高铁候车楼。

她当时背着大大的书包，手里还拖着两只二手收的磨损严重的行李箱，在候车室里盲目乱窜。

眼看着发车时间只剩二十分钟，她仍然没找到候车点。

在昼山独立生活了好几年，内心那种属于大山的卑怯却似乎仍未洗脱，越忙越乱，越乱越找不到地方，没办法，只好找人问路。

恰好在角落里看到一个女孩，烫着棕色卷发，戴着口罩和大大的耳机，坐在崭新的粉色 Hello Kitty 行李箱上玩游戏，背影看着软糯可爱、很亲切。

　　林循咬着唇寻过去，伸手轻轻拍那女孩的肩膀："你好，能不能帮我看一下，K2456 火车怎么走？"

　　女孩闻言，随意地抬眸应道："嗯，好，我帮你看一……"

　　她脱掉了高三时大而厚的眼镜，口罩下的半张脸全然看不见，穿着打扮也已经和当年截然不同，整个人散发着独属于大学生的，青春肆意的漂亮。

　　但林循一眼便认出了那双眼睛，大大的，忽闪忽闪的，曾经笑起来会弯，哭起来也会弯。

　　那双眼静静地看着她毫无遮挡的脸。

　　很快，眼眶通红着，盛满了泪。

　　对方恍惚地伸出手，摸摸她为了节约时间好兼顾学习和打工而剪至耳上的短发，又摸摸她消瘦无肉、看着比自己年长好几岁的面颊，哽咽声还没出，眼泪便已经流了满面。

　　"循循，你怎么都不回我消息？而且还搬家了。你这两年，都在哪儿呢？"

　　那是林循第一次意识到，这个世界上，除了奶奶和爸爸。

　　还有人挂念她。

　　所以这么多年，只有面对程孟，她尚有几分真心。

　　那……沈郁呢？

　　难道他也给她发过消息吗？

　　二十七岁的林老板思及此处，突然觉得心脏怦怦直跳。

　　她从床上起来，撑着昏沉沉的脑袋从床底拉出一只旧旧的行李箱——就是当年她去上大学时候用的那只二手箱子，后来闲置了，用来装些陈年物品。

　　她双手在箱子里胡乱翻着，翻出一堆旧物。

　　其中就有一个当年用的手机，里头有很多当年的聊天记录。

　　她把手机重新充上电，等了五分钟，灰暗的屏幕总算不辜负地亮起。

　　多年前的智能机型，当初买的就是二手的，现在用起来卡得难以适从。

　　林循点开微信，耐着性子登录，果然，当年的聊天记录都还在。

　　她耐着性子往下翻，在一大堆乱七八糟的对话框里，果然看到了一个漆黑的头像。

是他。

她心口一跳，惶然点进聊天记录。

手机卡了好一会儿，她忍不住刷新，终于刷出了页面。

一共有七八条聊天记录。

第一条在九年前，她离开一中后不久。

林循，听程孟说你在昼山，但她也联系不上你。随便问一下，你现在在哪儿复读？

之后的每一条，都隔了几个月。

中秋快乐，吃月饼了吗？

生日快乐，［蛋糕］［蛋糕］［蛋糕］

新年快乐，最近还好吗？

……

最后一条是在她上大学之后。

开学后，她申请到了学校的助学金，生活和心态都有所好转，时不时和程孟约饭，虽然依旧忙碌但没那么闭塞，也开始接受学校里免费的心理辅导。

看到了你发的朋友圈。你在南漓电影学院上学？我记得你当初填的理想学校就是那里，恭喜。

这条之后，沈郁没有再发来过任何消息，像是终于知道她过得好，便不再担忧。

林循看着那一句句聊天记录，忽然觉得眼睛发涩。

他的语气客气而疏离，和当时他们坐前后桌的时候没什么区别。

但在长达两年的时间里，作为同学，萍水相逢的前桌，他没有忘记她，还挂念着她。

她眼眶疼得厉害，头皮像针扎。心里铸就的铜墙铁壁却因着身体的疲乏不适而土崩瓦解。

那些年里，她生活得太苦太累，一颗心又冷又硬，恨不得把自己关在忙碌又狭窄的世界里，所以对与生存无关的一切都视而不见。

其实现在想想，很多事都被她忽略了。

去认尸时，女警紧紧拥抱着她。

班主任在知道她家情况后，一次性给她批了半年晚自习假条，时不时带着水果上门家访。

孙律师在她无处可去的那几个月里，专门在休息间给她腾了沙发，一次次在她睡着后帮她盖上毛毯。

姜老太找借口请她吃一餐又一餐适口的饭菜……

以及，沈郁。

这个她一直觉得跟她活在两个世界，彼此没什么交集的前桌，同样遭受生命之痛的天之骄子。

听说他当初挂着盲杖背着她，在停车场漆黑难眠的夜晚，背了半个小时的古诗词。

亦在她离开之后，每隔几个月挂念她的消息。

如今重逢，知道她过得不好后，惶惑痛心地问她为何不联系自己。

原来当初他对自己是有过善意的，又或者他早把她当朋友，所以才会关怀挂念。

不仅仅是她认为的"不熟"。

林循突然意识到，或许高中前后桌的那两年，他们之间还有很多被她视而不见或无意遗忘的相处细节。

但她那时候忙于生计，实在没时间和心情去体会那份善意。

林循从前一直认为，她是凭着自己一个人活下来的。

从青原到昼山，再到南漓，她执拗地认为，万事万物、生存活命，她只能靠自己。

所以她不信赖任何人，与人交往浅，没心思管他人的闲事，也很难敞开心扉。

更别说跟别人谈恋爱。

但她如今恍然发现，她忽略了一点，这世界上，人心最是险恶，却也最柔软。

她一路走来，周遭不乏心软的人。所以辗转至今，天光尽亮，拯救她的，从来不只她自己。

……

林循坐在冰冰凉凉的地板上，伸手摸到床边的手机，无端地想给沈郁发条消息。

但看了眼时间，已经夜里三点半了。

而且，她好像也不知道发什么好。

她心里堵塞，鼻子更堵，头脑糨糊般思考不清，只好重新躺回床上，又喂了自己一片感冒药。

这一觉睡得很不踏实。

梦里有很多碎片式的场景，最终定格在某个画面。

——是她临走那天，沈郁问了她值得不值得的事。

然后，好像，他问她要了联系方式，让她撑不下去的时候，可以联系他。

她当时满腹仓皇，压根儿听不进去，只呆滞木讷地扯过旁边一张没用的纸，心不在焉地写下自己的微信号，草草塞进他手里，却压根儿没在意他视力有碍。

甚至之后的多年里，将这插曲遗忘到了凡尘琐事间。

光怪陆离的梦魇里，林循渐渐发起了高烧。

……

再一次迷迷糊糊地醒来，是被门铃声吵醒。

林循费力睁开眼，只觉得手心和脸颊都滚烫，头脑昏昏沉沉不记事，恍惚之间都不知道昏晨时分。

看了眼窗外，天色暗淡，像是黄昏，又像是早晨。

雨倒是停了。

她撑着身子起床，握拳锤了锤木讷的脑袋，趿着拖鞋去开门。

门口站着姜老太，她身后还跟着沈郁。

林循迟缓的目光在他们脸上掠过，声音嘶哑地问："什么事？"

两人听到她的声音，皆是眉心一跳。

姜老太看到她面色潮红、嘴唇却发白的模样，更觉得不好。

沈郁先开口，语气冷淡："工作室群里，大家说你今天一整天没去上班，我上来看看你还活着没。"

"已经第二天了吗？"林老板迟钝地摁着额头，缓慢道，"我睡蒙了。"

姜老太却责怪地看了眼外孙，掸掇她上来的是他，语气冷淡的也是他。

"还说这么多干吗，小林明显是病了。"

老太太说着，伸手来探她额头，忍不住倒吸了一口冷气："怎么这么烫？"

2

姜老太的手背从她额上收回，又摸了摸她脖颈，感受到惊人的热度后，连忙脱了鞋，扶着她往里走："这是发高烧了，别起来，快去躺着。"

林循只觉得身体很重，脑子也混混沌沌，傀儡一般被她搀扶着往房间里走。

等躺回床上，她才忽然想起什么，哑着嗓子跟姜老太说了句："沈郁也来了？让他小心点，我家翻修过，敲了几堵墙，格局和101不一样。"

姜老太责怪地睨她一眼："都什么时候了还操心别人。"

两人说话间，沈郁也脱了鞋走进来。

房子里的布局和陈设的确与101室大相径庭，空间被分割成了不同的几块。

他皱着眉，一边用盲杖试探着这些变化，一边心里默记几堵墙的方位，循着声音往卧室的方向走去。

等摸到门框，却是站在门口没进去。

姜老太去洗漱间给林循拧了一块湿帕子放额上，边将玻璃窗打开半扇通风，又回头问她："小林，家里有温度计和退烧药吗？"

林循点了点头："应该在床头柜里，我昨晚吃了一粒感冒药，退烧药还没吃。"

姜老太闻言坐在床边，弯腰去翻床头柜。

林循看着她里外忙碌照料，本能地想要坐起来，却又被她按回床上，掖了掖被角。

额上湿毛巾带来的凉爽和空气流通的房间让她觉得身上稍稍轻了些。

嘴里又被塞进一根用酒精消过毒的温度计。

林循看了眼床边坐着的老太太，又看了眼靠在门框上神色不明的沈郁，含混不清地咕哝了句："……谢谢。"

"谢什么？"

老太太等到了时间，把温度计从她嘴里抽出来，看了眼，皱眉"啧"了一声："这都三十九度了，再烧下去脑子该烧糊涂了。"

她不赞同地说："你这孩子，应该是昨晚就病了吧？咱们住楼上楼下的这么方便，你又有我们的电话，怎么不跟我们说？生病的时候最怕一个人待着，要有个突发情况都没人照应。"

林循没吭声，只睁眼看着她。

姜老太说罢，又对着窗户的光眯着眼睛看床头柜里翻出来的那些个乱七八糟的药盒，等看完又是一阵无语："……你昨天就吃的这个药？这都过期一年了。"

她回头看了眼林循，责怪的话还没说出口，便见她乖乖躺在被窝里，烧得红扑扑的脸尖尖瘦瘦，一双眼睛蒙着平常少见的无措与脆弱，正眼巴巴看着她，像是凭空小了好几岁。

又仿佛确实烧糊涂了，那目光透过她，好似在看着旁的什么人。

老太太想起之前小林说过，她相依为命的奶奶过世了。

她叹了口气，回头招呼门口杵着的外孙："进来吧，你眼睛又看不见，没有非礼勿视的说法。你帮我照顾下小林，我去买点退烧药。"

她说完，又看了林循一眼，忽然伸手轻轻地摸摸林循的头发，放低了声音："奶奶去买药，你睡一会儿，要是下午还不好，咱们去医院。"

林循讷讷地点头，没反对，视线一路追着她匆匆往门外去的背影。

好一会儿后，玄关大门被关上，林循终于收回目光，张了张嘴，突然对沈郁说："我有点羡慕你。"

沈郁皱了皱眉："……什么？"

她声音实在嘶哑含糊，说的话又不着边际，饶是他耳力再好，隔着几米的距离也没听清她在说什么。

"没什么。"林循转过脸，没再吱声。

她语焉不详，沈郁犹豫了一会儿，蹙着眉走进来。

盲杖不多时便触到了床脚。

他伸手轻轻探了探床边缘，忽然隔着被子摸到个细细长长却弧度有致的东西。

林循把小腿从他手心中抽出来，咕哝道："你摸到我腿了。"

"……"

床边空间并不大，林循见他直愣愣站在一旁，连个坐的地方都没有，便说道："要不你去客厅坐着？我没事。"

他却没走，单手插兜站在床边："我外婆说让我在这儿照顾你。"

这样一来，高度差带来的压迫感更是骇人，林循仰着脖子看他，只觉得太阳穴晕乎乎的不自在。

"……那我去给你搬个椅子。"她说着想要起来，可还未起身，刚刚逃脱的小腿又被按住。

"在哪儿？我自己去拿。"

这房子格局不一样，对他来说就是陌生的地方。

林循有点不相信他能做到，但鉴于他摁着她小腿的力道坚决，脸上神色又冷得很，便只好重新躺回去，喃喃道："阳台上有，出门左转有个沙发，绕过沙发才是阳台，有两把折叠椅……你能找到吗？可别摔了。"

"你躺你的，用不着操心我。"沈郁听她话里话外的质疑和小看他的意味，脸色更臭了。

他松开摁着她的手往外走，不多时就拎着一个折叠椅进来。

像是想要证明什么般，他三两下把折叠椅在床边过道上支好，又俯身问她家里有没有热水。

林循愣了愣，怔怔地说了热水壶在厨房大致的位置。

沈郁闻言再次转身出去，没多久又端了一杯热水进来。

林循一瞬不瞬地看着他缓慢但稳当的动作，呼吸停了停。

直到片刻后，他慢慢走到床边，微微弯下腰，一只手沿着被角一寸寸摸到她的肩膀。

手指像是被她身上温度烫到般顿了顿，而后才使了巧劲扶她起来。

林循像个提线木偶般，身子软软不作力，配合着他的动作。

等喂她喝了半杯水，沈郁再次伸手过来，帮她掖了披方才又松散了的被角。

"……"

"谢谢。"

他搁了水杯，在床边的折叠椅上坐下。

好半晌后，他声音懒怠地来了一句："下次生病记得叫人，就算我外婆不在，我也在家。我失明十年，不是十天，给你倒杯水、叫个救护车还是没问题的。"

那椅子是之前工作室出去露营买的便携折叠椅，质量一般，也很矮，他蜷着长腿坐在里面，显得有些滑稽。

林循眨了眨眼，吸吸鼻子，好整以暇地打量着他。

高中那会儿怎么就没注意呢，沈少爷人真的蛮好的。

她动了动嘴唇，想起了昨晚上那个半真半假不真切的梦，慢吞吞地问他："沈郁……我被开除的那天，你是不是问我要过联系方式啊？然后我写在一张纸上给你了吗？"

似是很不想回忆那段热脸贴冷屁股、好心被当驴肝肺的往事，沈郁脸色又冷了三分，片刻后"嗯"了一声。

又或者是"哼"。

林循没听太清，但也知道原来那个梦没错，她心里只觉得自己那会儿的确忽略了好多，咳嗽着说了句："抱歉啊，我当时心思在别的地方，没注意那么多。"

沈郁听到她说"心思在别的地方"，轻哂一声。

那会儿她的心思，自然是在别的事和别的人身上——被退学也值得的人。

他没接茬，林循又问："我后来一直不记得咱们加了微信，昨晚收拾旧手机，才发现你之后给我发了挺多消息。"

她不知道怎么解释自己那段时间的自闭，顿了顿，只简短地说道："那几年我实在是太忙了，手机上每天都有很多兼职消息，所以就没注意……抱歉一直没回你，谢谢你挂念我。"

她一连说了两句"抱歉"一句"谢谢"，语气不像平常时候那么冷硬干脆，反而柔软，甚至，有种病中神经被迫放松后独有的脆弱。

沈郁只当她是病糊涂了，才会提起这些他都懒得再去回忆的事。

许久后，他开口道："生病的时候最忌想当年，别想以前的事了，想点开心的。"

林徇躺着，因为发烧耳膜一阵阵鼓痛，伴有耳鸣。

但他的声音仍然如金如玉，带有蛊惑，引导着她的思绪。

"开心点的吗？我想想。"林徇脑子里又乱又疼，视线迷迷茫茫落在沈郁脸上。

他坐得离她很近，从这么死亡的仰视角度看过去，面部轮廓依旧流畅完美，挑不出任何死角。

这张脸仿佛救世主的造物，找不到任何扣分的理由，难怪这么多女孩子喜欢。

她的视线慢慢地，又滑至他色泽浅淡的柔软唇角。

——"谈个恋爱就跟看个电视剧一样，找个乐子而已。"

——"谈恋爱多好，可以为所欲为。"

——"其实可以尝试尝试。"

——"我想有个人能陪陪你。"

这些她不大认同的观念，此时此刻莫名塞满昏昏沉沉的脑袋。

沉甸甸的大脑和心脏同时发出叫嚣声，想要点不用负责的快乐。

这世上本来就不只有她一个人活着，交朋友和谈恋爱，都是很正常的事。

起码就像现在这样，生病了能有人在旁边陪着。

就像汤欢说的，喜不喜欢的不重要，起码从认识的异性里，她想象中如果自己跟人谈恋爱，有亲密的接触，最不反感的，好像就是沈少爷。

谈个恋爱而已。

只要跟他说好，谈一下试试，别走心，那……之后岂不是不用以权谋私找那些作业边角料以慰藉？

而且，沈少爷一直对她挺好的，嘴硬心软，从她没察觉的时候开始就把她当朋友、牵挂着她。

如果……如果她问问他，他应该，说不定，兴许，能接受呢？

想象越来越美好，林徇病中脆弱的神智被冲破，张了张嘴，某句话几乎要脱口而出。

又被她仅剩的一丝理智遏制住。

沈郁对待朋友好像都挺好的。

林徇记起第一次和他见面时，跟在他身后那个叫白恬默的女孩子，也是他朋友，听说还是从小一起玩到大的世交。

当初就是那个女孩子说想吃冰粉，沈少爷便大手一挥，把她们摊上所有的冰粉都买走了。

这样的对待，应该算是挺亲近的朋友了吧？

林循自认她和沈郁之间的关系肯定不如他们俩。

但哪怕是这样青梅竹马的关系，人家小姑娘跟他表白之后，不是也被残忍地拒绝，最后连朋友都没得做吗？

林循躺在床上，思考能力欠费，脸一阵红一阵白，呼吸紊乱起来，心绪焦灼地翻了个身。

沈郁听到这声响，以为她不舒服，问道："哪里难受？"

林循想着脑海中的问题，没吭声。

他压着脾气道："说话，别吱声。头疼吗？"

她敷衍道："是有点不舒服，睡不着。"

她想到他那些年拒绝的信件一大撂，不论是失明前还是失明后，都没跟任何女孩子有过暧昧。

那些女生里不仅有优秀洒脱的，也有死缠烂打的，但从没见他心动过。

她自己不谈恋爱尚且是因为没时间也没心情，那他呢？又是为什么呢？

没道理啊。

林循呼吸渐渐急促起来，忍不住又翻了个身，突然想到上次他没任何犹豫就说和汤欢不合适，明明都还没了解接触过，就压根儿不留任何余地。

"……"不会吧？

她错乱不堪的呼吸声越发频繁失控，沈郁看不见她此时的样子和状态，心里猛地一跳，蓦地站起身，弯下腰去触她额头，声音也发硬："到底怎么了？我帮你叫救护车？"

林循一时间心绪纷乱，往后躲了躲，从被窝里伸出手握住他的手腕。

"沈郁……"

女人呼吸就在他耳边，手心黏腻滚烫，五指柔弱无骨软软地攀附着他的小臂，力气很微弱，应是使不上劲。

沈郁听到她的声音还算有力，总算放下点心。

他眼眸轻敛，克制地反手包住她的拳头，匆匆把那只手塞进热腾腾的被窝里："怎么？"

林循盯着他看，嘶哑的声音里带些好不容易想通了却出师未捷身先死、恍然大悟的难过。

"你不会……不喜欢女的吧？"

"……"

他绷着下颚，好半晌气乐了，忍不住伸手轻轻弹了下她的脑门：

"这就是你想了半天想到的开心事？"

3

沈郁只当她是发烧烧糊涂了，重新在床边坐下，懒得搭理她这无厘头的问题。

"睡你的觉，别想东想西的。"

怎么生病了也跟喝了酒似的。

林循却执拗地睁着一双眼，颇有一种打破沙锅问到底的态度："所以呢，是真的吗？"

沈郁听她一连串问句中的探寻和好奇，心里没来由翻上一股火。

"我倒是想。"要是那样，说不定日子反而能过得顺心点。

也不用吊死在这棵藤蔓上了。

林循听他这么说，登时松了口气。

喜欢女的就好。

起码性别上，她是符合的。

她想了想，又来探问他的口风："那你为什么这么多年不谈恋爱？还是说，之前谈了，又分了？"

毕竟他们有九年没联系，他要是有几任女朋友，也很合理。

"不想谈呗。"沈郁好脾气地应付着她病中的胡言乱语。

现在又开始八卦他的情感史了，平时怎么没见她这么求知欲旺盛过。

他想起上次汤欢让她牵线搭桥，心底不由得漫上一阵躁意。

林循没得到自己想要的答案，锲而不舍又小心谨慎地问："为什么不想？不是有很多女孩子追你吗，就没有喜欢的？"

"没，怎么了？"

林循噎了噎，枕着柔软的枕头静静地看他："就很好奇，你到底喜欢什么样的女生啊？"

沈郁听罢掀了掀眼皮，反问："又想帮哪个同事或者朋友做媒？"

"不是。"林循伸手摁着太阳穴，硬着头皮压着气息，继续淡定地问，"那我换个问题，咱们就先不谈喜欢不喜欢的。你能接受跟什么样的人谈恋爱呢？"

谈一场互不喜欢但互不讨厌，不用考虑结果和未来的，甜甜的恋爱。

有可能吗？

"……"

沈郁总算听出她话里有话，挑眉道："你直说，想干吗？想跟我谈恋爱？"

最后一句绕着唇舌吐出来，带着自哂般的嘲弄，却听得林循头皮一炸，昏昏沉沉的脑袋连带着整个人都清醒了几分。

她连忙摇头，意识到他看不见，才咳嗽着否认："没有，我不是这个意思。"

沈郁"嗤"了一声，答案永远在他意料之中——只是高中同学、不喜欢、不是这个意思。

没什么可期待的。

林循心脏却跳得贼快，烧得昏沉的头脑开始飞速运转，半晌后，她偏过脸不敢看他，语焉不详地解释道："前几天程孟领证了，汤欢又找了对象，感觉好像谈恋爱、有个人陪着也蛮好的，所以……"

"所以，你也想谈了？"

沈郁低下头，手指下意识摸着折叠凳粗糙的帆布面，好半天后没表情地说道："怎么，遇到让你觉得合适的人了？"

"呃……"林循盯着他的表情，模棱两可地咕哝了声，"算……算是吧，所以有点好奇你、你们对谈恋爱是什么看法——"

她的话被打断。

或许是对这类恋爱话题不感兴趣，又或许是被问烦了，沈郁忽然伸手薅走她额上已然升温的湿毛巾，没情绪地说了句："已经热了，我去换一下。"

说罢，他突兀地站起身，拎着盲杖往外走，起身的时候碰到了折叠椅，铝制四脚与木制地板摩擦，发出一阵刺耳的声响。

"……"林循噤了声，心想还好刚才没冲动。

这才试探了两句，脸就臭成这样。

她躺在床上，摁着越来越胀痛的额头，慢悠悠地叹了口气，大脑恍恍惚惚地想着。

——要是他真的是一块甜甜的糖，抑或像她当初比喻的那样，是货架最顶层那个无人问津、包装精美的玩具就好了。

那么，哪怕再昂贵，她也可以努力赚钱买下来。

等沈郁给她换完额上的毛巾，林循已经再次睡着了。

床上的呼吸逐渐平稳，天色渐渐下沉，窗外属于夜晚的喧嚣声渐起。

沈郁坐了一会儿，门铃便响了，是姜老太拎着药店里买的几盒药回来了。

她小心地把林循叫醒，给她喂了一片退烧药，又看她无知无觉地睡过去。

老太太叹了口气，又问沈郁："昨天你们一起出去的？"

"这么大的雨，也难怪要重感冒，估计没个一周两周好不了。希望能退烧吧，这阵子得流感的人多，诊所医院都爆满了，看病都难。"

床边却许久没人吭声。

老太太下意识地看过去，见他双手抄着兜靠着床边的墙站着，表情看不分明，脊背却微弯。

她一时恍惚，只觉得这时候的他，仿佛和九年前那个春日黄昏的楼道，突然来找她帮忙读一串微信号的少年重合了。

也是这样的表情。

许久之后，姜老太想要说句话打破这骇人的沉默。

他却摸出烟盒，忽然开口："我出去抽根烟。"随即拎了一旁的盲杖，头也不回地往外走。

兴许是退烧药起了作用，林循这次总算睡了个好觉，等再次睁眼之后，高烧也成功退下去了。

只不过第二天，她又发起了低烧，其他感冒症状也加重了，鼻子像糊了层水泥。

姜老太干脆停了买卖，白天都留在她家照顾她。

老太太前前后后往冰箱里塞了不少东西，这房子几乎崭新的厨房承担了从未有过的重任。

煮粥、炖雪梨羹、煲汤……沈郁也跟着在楼上吃了好几天连汤带水的寡淡食物，直吃得一张脸越来越冷。

林循看得有些心惊胆战，不敢多病。

好在她身体一向硬朗，等到了第五天早上，除了还有点鼻塞咳嗽外，身上好得差不多，人也精神了不少。

这几日工作室里有汤欢照料，她一个人承包了两个人的活，白天去跟棚子、审音，晚上过剧本。

只不过最终干湿音拍板还是得林循来。

几天下来，积压了一大堆没过终审的音轨。其中有一些宣传片马上要用，CV 们也在等返音。

林循有点躺不住了，便想去上班。

姜老太给她测了好几遍体温，才放她走。

到工作室的时候正值中午，汤欢去录音棚了，其他人也出去吃午饭了。

工作室里只有周洲一个人在。

林循跟他打了个招呼，还没走到自己的工位旁，便看到桌上放了个大大的双层蛋糕。

她走近两步看过去，发现白色的蛋糕面上写着"生日快乐，岁岁平安"。

她看了眼手机，这才恍然，今天已经十一月三号了，是她生日。

这几天过得日夜颠倒，连她自己都没意识到。

周洲眉飞色舞地走过来，拍了拍她肩膀，指着桌上的蛋糕，满脸求夸奖的表情："怎么样，这蛋糕漂亮吧？是我们几个一起挑的，给你庆生，顺便恭喜你大病初愈。"

林循摸了摸蛋糕上系着的白色飘带，觉得有点陌生。

自从十八岁生日那天，她被通知去辨认林华的尸体之后，她从来不过生日。

此刻她却没介意，反而弯了眉，薅了一把周洲的头发："嗯，是很漂亮。"

她又问："你们怎么知道我生日？"

周洲笑开："老大，你是不是傻，你微信号是 linxun1103，然后微博也是。而且汤欢姐那儿有我们每个人的档案啊。"

林循看他一眼，也跟着笑，难得没贫嘴："哦，那多谢你们。"

她忽略的或许不只是那几年。

就连这个工作室，在不知不觉中，也已经不只是合作同事关系了，更像是没有血缘关系的大家庭。

每个人都在这儿待得很舒心，包括她。

周洲"嘁"了声："谢什么，搞得我都不习惯了。不过，老大，你终于病愈了，你都不知道我们多担心你。"

林循摸了摸鼻子，有点无语："我又不是得了什么大病，不过是个感冒而已。"

周洲却煞有介事："哪有，我听郁哥说，你发烧发到三十九度，还烧了好几天呢，算是很严重了。"

"郁哥？"林循听到他称呼，挑了挑眉，"你什么时候跟他关系这么好了？之前不是还莫名其妙呛人家？"

她还以为周洲对沈郁的印象不好呢。

"以前是以前，现在是现在嘛。"

他没好意思说之前因为李迟迟的缘故对沈郁有点芥蒂，眼睛一转忽然凑近过来，眨眨眼说道："老大，我问郁哥了，他说他就住你楼下？你生病这几天，是他和他外婆在你家照顾你？

"所以，你们——

"是什么关系啊？"

林循见他一脸八卦的模样，挑了挑眉，问他："就老同学关系，干吗？"

"哦——"周洲声调拖得老长，又压低声音问，"这么衣不解带地照顾你好几天，只是老同学？"

林循把包放在座位上，淡定地说："怎么就衣不解带了？他一天在我家的时间也不多，基本是老太太在照顾我吧，我们是忘年交。"

周洲却依旧执迷不悟，越想越歪，摸着下巴道："原来是这样，看来以后连见家长的障碍都没有了。"

他又想了想，总结道："他对你有没有那个意思，我不知道，但是老大，你应该有那个意思吧？干吗装得一副没有意思的样子，这种事有什么好害羞的，很正常嘛。那个，你要是不好意思，用不用我帮你跟他意思意思？"

他在想明白自己对李迟迟的感情后，都迅速决定要表白了呢。

"……"这一串莫名其妙的"意思"绕得林循头晕。

只觉得中文真是博大精深。

林循忍了忍，干脆问："你到底想说什么？什么叫我有那个意思？哪个意思？"

周洲没忍住，半是尴尬半是揶揄地摊牌。

"老大。"他呼吸顿了顿，像是有点不好意思。

"我总觉得背地里知道却不告诉你，很不好。就，你不是请假了好几天嘛，这几天都是我们大家帮你审音的，用你留在工作室的电脑——"

林循呼吸一窒，头皮简直要炸开，便听他说："我们不小心看到了一个文件夹，名字叫，溺死人不偿命的，妖精。"

不仅如此，里面每个珍藏的文件都是郁哥的声音，除了那段"怦然心动"的台词外，他们都没听过。

周洲说着，声音低了些，多了点同病相怜和唏嘘。

"没想到老大你这么喜欢他啊？难道这么多年，你一直单方面暗恋？"

4

听他一字一句念出那个文件夹的名字，林循只觉得大脑几乎宕机，脚趾头都尴尬地蜷缩起来。

她当时命名的时候觉得再贴切不过，但此刻被人当面念出来，简直不要太窒息。

好半天后，林循扶了扶身后的桌面，回过神来，警惕地问："你们大家？你的意思是，你们，都看到了？所有人？"

"那倒不是，"周洲表情抱歉，"是我、汤欢姐还有张成玉。我们当时一起在找一个 Demo，所以……他俩本来是想不告诉你，但我觉得在背后发现了又不说，不太好。而且，老大，我很理解你的，我可以帮你。"

"……"林循简直要维持不住脸上的表情，三个人……他们工作室拢共也没几个人。

这工作室还能待吗？她可以多请几天病假吗？

半晌后，她木着脸问："……帮我什么？"

周洲完全没犹豫，理所当然道："当然是帮忙撮合你和郁哥啊，我最近总跟他发微信，前两天还带他进了棚子，我俩现在可熟了。"

一起进棚子？林循回忆了一下，好像确实有这事。

她生病期间，汤欢发现宣传片花里沈郁的台词还少录了一段，所以找他重新进了一趟棚子。

原来是周洲陪着。

说到这儿，周洲满脸都是回味和感叹："因为郁哥眼睛不方便，汤欢姐就喊我帮忙带他过去，然后我还有几个一起来的 CV 就在旁边听他录音。刚好那几句台词比较肉麻，大家当场都快被迷晕了好吧，当晚有个 CV 把录下来的片段发网上了，点击量破万了。现在郁哥的微博有一千多个粉丝了，还有人给他创建了超话，真的好优秀啊，也难怪老大你那么喜欢他。"

林循一路听下来，等听到他着重的那句"难怪你那么喜欢他"，眉尾不禁抽了抽。

她伸手按了按太阳穴，下意识为自己辩解："也没有'那么'喜欢吧？"

"……"周洲愣了一下，反应过来后，一脸"你终于坦白了"的了然表情。

"没有'那么'喜欢？也就是说，确实喜欢咯？"

"……"林循怀疑自己可能确实是病傻了。

她想反驳，但又觉得这反驳很亏心。

以前也就罢了，她虽然沉迷于沈郁的声音，时不时监守自盗点配音作业，但从来都没想过要跟他谈恋爱。

但现在，这念头在脑海里愈演愈烈、肆意生长。

她这几天躺在床上，闲来无事权衡了一下跟沈郁提这件事后可能的后果。

百分之十的可能，他直接答应，那当然是最合她心意。

百分之八十的可能，他念在两人交情不浅的份上，拒绝的话不会说得太难听。

还有百分之十的可能，他不想跟一个打他主意的上司共事，直接撂挑子不干。

林循左思右想了几天，不太敢赌那百分之十的概率，决定还是把《凡尘》录完再考虑表白的事。

想到这儿，她含糊其辞地说："算是有点吧，但我暂时还没那方面的意思。"说罢，双眼眯了眯，手掌拢起在脖子上利落虚划过，"不许瞎说啊，要是把工作室氛围搞坏了，影响录制进度，我唯你是问。"

周洲被她锐利的眼风扫过，情不自禁地打了个冷战，笑嘻嘻道："放心好了，我知道我知道。"

只是眼底的兴奋却藏不住，那目光来回在林循脸上缠绕。

林老板摸了摸被他看得发毛的脸，压着不耐问他："干吗？"

"我以前就好奇，"周洲说道，"老大你喜欢一个人会是什么样子？没想到——"

他说到这儿，飞快跑回自己工位坐下，扔下一句：

"还是这么凶。"

下午，大家陆陆续续吃完饭回来。

汤欢也刚从录音棚回来，一脸精神清爽，仿佛这几天一个人干两个人活、昼夜颠倒的人不是她一样。

果然是精力充沛、事业心和战斗力强到爆炸的 ENTJ。

她把手头几个策划案甩给林循："《凡尘》之后的几个项目。林老板，您给审？早做打算，我好去买版权。"

"嗯，好。"林循瞥了眼那一沓厚厚的策划案，心想这几天汤欢着实忙碌，由衷道，"阿欢，这几天辛苦你了，接下来一周我帮你顶班，你可以休息休息。"

"不辛苦，哪里辛苦了，"汤欢眉梢微扬，抬起胳膊搭在她肩膀上，凑到她耳边，意有所指，"为了我们终于开窍的林老板未来的幸福着想，我再辛苦点也愿意。"

说完，不待林循反应，蹬着高跟鞋哒哒哒地进了会议室，给投资商打电话去了。

"……"两番打击下，林老板痛定思痛，决定破罐破摔，戴上耳机，开始审核积压已久的录音。

颇有种两耳不闻窗外事的架势。

等到了傍晚，她手头的工作终于告一段落。

林循摘下耳机，伸了个懒腰，看了眼墙上挂着的时钟，已经五点了。

她摸了摸身旁大蛋糕上的丝带，扬声说道："大家今晚有空吗？我请客，想去哪儿吃，你们定。"

她话音落下，连续工作了好几天的众人不由得欢呼起来，工作室里犹如炸了锅，七嘴八舌地讨论着去哪儿吃。

林老板勾着唇角，慷慨地补了句："不用给我省钱。"

最终，大家定了去城东的一家新开的网红港式餐吧，据说里头的烧腊和点心做得一绝。

周洲倒是多了一嘴："就我们吗，老大，你不叫郁哥吗？他也是我们工作室的一分子。"

那眼里的某种隐晦含量简直不要太超标。

林循递给他一个威胁的眼神，却也没反对。

她给沈郁发了个消息，又对周洲说："你不是跟他很熟吗？那你一会儿去接他？我们在餐吧会合。"

"好嘞。"周洲一口答应，临走前又凑过来暗搓搓地保证了一遍，"老大放心，我绝对不瞎说。"

林循瞥了他一眼，放他离开。

一群人于是拎蛋糕的拎蛋糕、打车的打车，欢欢乐乐、吵吵闹闹地往楼下去。

刚走到楼下，便迎面碰上来送快递的小哥。

小哥一直负责这一块的快件派送，时间长了跟大家都挺熟。他把四五个包裹塞给张成玉，坐上小面包车扬长而去。

张成玉按照快递包裹上的收件人姓名分发，把其中一个包裹递给林循。

林循接过快递，有点意外。

她这几天生病了，没买过什么东西，而且还是寄到工作室的。

她随意扫了眼寄件人，眼神蓦地僵住。

——"昼山市龙湖监狱，赵一舟。"

良久，她抿着唇走到汤欢身边，镇定地说了句："阿欢，你带他们先过去排队点餐，我有点儿事，一会儿再来。"说完，也不待汤欢细问她有什么事，拿着包裹匆匆地往楼上走。

林循刷开工作室的门，没顾上开灯，边往里走，边伸手去撕快递开口处的胶带。

奈何这包装包得极其结实，胶带缠了好几圈，她撕扯得手指发红都没撕开半个口子。

她停下动作，强迫自己冷静下来，走到工位上拿了一把美工刀。

这些年来她不止一次收到过来自赵一舟或者他家人的包裹，都在他屡次获得减刑前后。

他家人寄来的是各种昂贵却华而不实的礼物，都被她一一退回了。

而赵一舟自己寄来的，则都是信，七八页的长信。

里面写满了忏悔和对她的歉疚，言辞恳切，句句肺腑。

林循很清楚他的动机。

他这些年在狱中遵守狱规、积极接受教育和劳改，被认定有悔改之意，也没有再次犯案的动机，所以一再得到减刑。

可减刑程序与量刑审判会综合很多因素，减刑的限度也是有讲究的。

如果在这期间，能得到受害者家属的谅解书，那么减刑力度将会大大提高。

她眼神沉了沉，抿着唇拆开包裹。

缠了好几圈的胶带被割断，纸箱口弹开，里面果然又是一封厚厚的信。

林循摸着那沓沉甸甸的"忏悔书"，不禁伸手扶着办公桌，弯着腰轻轻扯了扯嘴角。

还真是每隔几年，就要问候她一遍呢。

肩头散落的几根发梢落在桌沿。

良久，她忍不住骂了一句脏话，把那封不用看都知道说什么的信揉皱了，扔进一旁的垃圾桶。

等过了许久，理智才慢慢恢复。

她面无表情地拾起来，重新拆开，匆匆地扫了一眼。

信里的说辞与前几次并无二致，先是洋洋洒洒写了这几年他在狱中的生活——信了教，每天做祷告潜心忏悔，向主祈祷她能过得顺风顺水平安喜乐，这样他才能安心悔过。

还说自己多年来诚心劳改，终于再次得到了减刑的机会，希望能早日出狱弥补她，并且希望获得她的谅解。

她的目光静静掠过信中的那段。

"如果不是我当年一念之差，我和你父亲也算得上是朋友。小林，你是他唯一的女儿，如果你能谅解我的罪过，我一定好好替他照顾你。"

林循逐字逐句读着，某一瞬间突然觉得双眼刺痛、肠胃里翻江倒海，喘不过气。

她忍不住蹲下，强迫自己大口大口呼吸。

怎么才算是"一念之差"呢？

当年赵一舟作为经理，贪污了项目款，被林华撞见。

赵一舟在多日后的深夜，把林华骗到工地，将他从未完工的大楼上推下去，后又把他的尸体连夜拉到城外，草草掩埋。

他在地下尸骨不全地埋了七年，遭尽虫蚁啃噬。

她和奶奶七年里抛弃一切来到昼山，满怀希望却最终绝望。

七年，赵一舟有无数机会可以自首，让爸爸落叶归根。

可他没有。

他的一念，能有七年这般长吗？

林循干涩的双眼盯着工作室冰冷的地面，瓷砖缝隙里堆满了打扫不及的尘埃。

这世界上不缺受害者家属出具谅解书的。

但她做不到。

无论如何都做不到。

她感受不到，一丁点的善意。

一模一样的信来了一封又一封，时机恰到好处，如梦魇般纠缠她，不肯放过她。

字里行间隐藏着的，全是为了减刑做出的勤恳却冰冷的努力。

甚至，林循怀疑这些信亦是律师代笔，不然以他初中肄业的文化程度，如何写出这些"感人肺腑"的言辞？

神经的紧绷不安因着无法控制的频繁换气越发严重，感冒后还未好全的偏头痛再一次侵袭而来。

许久，林循勉力把注意力拉回信上。

信末，他写：

小林，前阵子我家翻修，我家人无意间找到了当初你父亲离世前的旧物，是个还没寄出的包裹，里头有个未拆封的MP3和他给你的生日祝福。我特地让他们带来给我，和这封信一起寄出，希望能赶上你今年的生日。

不胜祷企。

赵一舟

林循眉心一跳，伸手翻了翻包裹。

果然，在纸箱子底下压着一个小小的盒子，连包装都没拆。

上面简陋的产品宣传印刷很不清晰，广告词老土得像上个世纪的东西。

她心里怀疑，可翻过盒子看了一眼，却发现背面确实夹着一张简陋不能称之为信的字条。

那上面的字迹很丑，笔画和连笔都是错误，却令她整颗心都狠狠地揪起来。

是爸爸的笔迹，也是他的口吻，是她十一岁之前，年年都会收到的，来自昼山的祝贺。

——"乖女儿，十一岁生日快乐。这东西叫MP3，是听歌用的。爸爸不敢拆，怕给弄坏了。乖女儿最聪明，你记得仔细看说明书研究研究。"

爸爸失踪，是她十一岁那年的秋天，她生日之前。

林循突然记起，她最后一封寄给他的信里似乎提到过，某次她跟着奶奶去镇上买做鞋的材料，听到一家音像店里在放歌。

她很喜欢听，在人家店门口坐了一下午，险些和奶奶走失。

不过是一桩趣事，他却当了真，给自己的宝贝女儿买来了昂贵的礼物。

却战战兢兢，连拆包装都不敢，生怕弄坏。

十六年前的MP3应该很贵吧？

他工资不高，报酬是多劳多得，所以，他为此多熬了几个夜、多省了几顿饭菜呢？

林循恍惚地撕开外头的塑封，拆开盒子拿出那个小巧的白色MP3，手指哆嗦着按下开机键。

可狭窄的屏幕却怎么都没反应。

她咬着唇，急切地插上盒子里附带的电源，焦灼地等了许久，却依旧是一片黑屏。

——坏掉了。

他不舍得拆开、她也未收到的，昂贵的礼物。

尘封十六年来到她身边。

却已经坏掉了。

林循木讷地把那没有丝毫反应的MP3装回盒子里。

她双手支着椅背，死死咬着牙逼着自己不要落泪。

窗外天色渐渐暗沉，室内一片宁静，只余万般压抑的喘息与悲哀极了的心跳。

怎么能这样呢？

如果真的诚心悔过，真的为她好。

为什么隔了这么多年，等到它都已经报废了，才无意间"找到"？

为什么当时不给她，偏偏想要减刑了，才寄过来？

他不会觉得，时隔这么多年收到礼物，她就会感激涕零吧？

她绝对不谅解。

绝不。

压抑的呼吸声里，手机忽然发出声响。

林循咬着唇接起来，电话那头，周洲的声音清晰愉快："老大，我接到郁哥啦，我们现在打车过去。汤欢姐说你有点事？你这个寿星可千万不能迟到啊，大家都等着给你过生日呢。"

林循咽下满口涩意，缓声道："好，我马上来。"

她挂了电话，站直身子，把 MP3 盒子放进自己的帆布包里。

顿了一会儿后，把那封信撕得粉碎。

5

林循打了车到城东街区，沿着长兴路走了会儿，这一带全是酒吧和餐吧，很热闹。

路两旁是四季常青的香樟树，风很大，树叶被吹得哗哗作响。

树上挂满了彩灯，此刻天黑了一半，彩灯也亮了大半。每棵树下都有人比着"耶"跟这张灯结彩的风景合照。

林循却丝毫没有驻足欣赏的兴致，裹紧外套闷声快步往前走，不多时便看到了长街一角的餐吧。

门口有许多人在排队。

她穿过熙熙攘攘的人群进门，报上周洲发过来的包厢号，很快便有服务员来带她。

包厢里，大家都到齐了。

周洲坐在靠门的位置，手边正放着那个给她买的大蛋糕。

沈郁屈着长腿散漫地坐在他旁边，比他高了半个头，正气定神闲地戴着耳机玩游戏。

汤欢和李迟迟在看剧，另外几个人则在旁边的小方桌上玩桌游。

周洲听到门口的脚步声回过头，看到林循后，不禁朝她挥手："老大，这里。"

林循没什么表情地颔首，走进去。

周洲帮她拉开沈郁身边空位上的椅子，冲她挤了挤眉头："你坐这儿。"

林循没察觉他的揶揄，点点头，径直坐下来。

包厢里开了暖风空调，她脱掉外套抖了抖，抖去一身湿寒。

她自进门来便寡言，惹得汤欢从手机屏幕前抬起眸看了她一眼，

待见到她略微有些苍白的面色后，眉头皱了皱："林老板，怎么了？"

林循摇摇头，咳嗽了两声："没事，来的路上有点晕车，胃里难受。"

汤欢想到她病刚好，便没怀疑，待她缓了片刻，指了指桌边的点单二维码："大寿星，我们已经点了一些菜，你再添两个。"

林循反应慢了半拍，才意识到汤欢是在叫她。

这桌人，都是欢欢喜喜聚在一起来给她庆生的。

念头闪过，她打起了些精神，扯开个笑："好。"

林老板顺从地拿出手机扫码，看了眼长长的菜单后，随意地加了两个菜。

她放下手机，一闲下来忽然觉得心慌，于是站起身，去一旁橱柜上拿了一壶热水，把每个人的碗碟拆开，细细烫了一遍。

汤欢和周洲都有些受宠若惊，调侃："寿星今天怎么这么善解人意？"

林循晃了晃周洲的杯子，把烫完的热水倒进一旁的垃圾桶，又伸手去拿沈郁的杯子，打趣回去："难得我生日，为你们服务一次，怎么，还不领情？"

"领情，领情。"周洲笑嘻嘻地接过温乎乎的杯子，突然拍拍脑袋，"啊，对了，这家店有个网红陈皮红豆粥，我忘点了。"

说着，他又扫了码，重新看了眼菜单，添加一道。

突然，他"咦"了一声，问道："老大，你怎么把牛腩煲和烧腊拼盘又点了一次？我已经点过了呀，你没看到吗？"

林循怔了下，往沈郁碗里倒热水的动作蓦地顿住，半晌笑道："嗯，没注意，你删一下好了。"

她刚刚随手加了两个菜，连菜名都没看。

"哦。"周洲也没在意，删掉那两个重复的菜式。

林循低下头，不知道在想什么，直到拿着热水壶的手倏地被握住。

她抬眸看去。

沈郁不知什么时候停了游戏，一只手轻握着她的手腕，淡淡地提醒道："溢出来了。"

林循登时"啊"了一声，看向他的碗。

果然，热水已经超过了碗沿，溢到了其下的盘子里。

她连忙拿正水壶："抱歉，没注意。"

沈郁松开她的手腕，眉头慢慢皱起来，却没说什么。

林循呆站了一会儿，把水壶放回橱柜，又帮他把面前的水渍清理了，这才坐下来，不再忙活。

包间里很闷。

她想去开窗，但知道外头冷，便没动作，蹙着眉解了两颗扣子。

等酒菜上来后，大家轮番敬她酒，给她庆生。

桌上气氛很好，推杯换盏、觥筹交错。耳边是嗡嗡作响的各色祝福和欢声笑语。

她亦配合着言笑，扮演着热闹，接梗、贫嘴、打趣，一杯接一杯，来者不拒。

还被戴上了属于寿星的皇冠。

只是满桌菜，没有一道尝出了味道，连酒也寡淡。

林老板似是难得热闹，喝了一杯又一杯的酒。

饭后，大家开始切蛋糕。

汤欢把十八根蜡烛插到蛋糕上，说道："祝我们林老板永远十八，生意兴隆，情场美满！"

大家欢呼起来。

周洲和李迟迟头对头，帮忙把蜡烛一一点上，回头按灭了包厢里的灯，推了推林循："老大，快许个愿啊。"

林循木木坐着，像好半天才听懂他在说什么。

她含糊应了一声，随他们的意，站在蛋糕前双手合十闭上眼，默数了五个数，迟钝地睁开眼，吹灭蜡烛。

周洲这才打开灯，张罗着众人瓜分了大大的蛋糕。

他见林循吹完蜡烛便支着额头坐着，闭着眼睛，对手边的蛋糕置之不理，便凑上去问："老大，你醉了？不是吧，喝点啤的也能醉，酒量这么差吗？"

他话音刚落，眼前的人忽地睁开眼。

一双眸子无比清醒，哪有半分醉意和惘然。

"没。"

周洲莫名觉得她的表情有点怪，把蛋糕往她面前推了推："那你怎么不吃蛋糕？"

"吃。"她点头，稳稳当当地拿起勺子，一口接一口不停，直到吃完了一整扇蛋糕。

周洲不禁多看了她几眼，见她神色平静一如寻常，才勉强放下心里的异样，又切了块蛋糕推到一旁，招呼道："郁哥，你也吃啊，别客气。"

他也有点酒精上头，情绪激昂地抬手拍拍沈郁的肩膀，说："以后你就把'一只夜莺'当自己家，快吃！"

饭后，一群人又说要去楼上的 KTV。

林循没反对，默不作声地跟着他们晃到楼上，坐在包厢角落听大家唱歌。

看不出任何异样。

张成玉拖长了声音唱"千年等一回"，惹得哄堂大笑，她也跟着一起笑。

汤欢唱了首十分擅长的英文歌，惊艳四座，她亦跟着鼓掌。

后来话筒传到沈郁手里，大家起哄要他唱首歌，她亦跟着起哄。

却被他毫不犹豫地拒绝："抱歉，记不住歌词，而且我五音不全。"

沈郁说完，把话筒交到周洲手里，站起身拎着盲杖往外走："你们玩，我去一下洗手间。"

包厢里很闷，他照着之前来的时候服务生说的方位，走去洗手台洗了把脸。

关了水龙头，他从口袋里摸出纸巾，慢条斯理地擦干脸上的水渍，旋即下意识又摸了摸另一侧的口袋。

他支着洗手台两侧，"看"着面前镜子里黑洞洞的自己。

礼物是上个月买好的，但是找不到时机给。

等他慢慢摸回包厢门口，正想推开门，忽然觉得有些不妥——包间没走错，隔音不算好的门内，传来周洲鬼哭狼嚎般的歌声，在唱一首情歌。

走廊上亦能听到其他包厢的歌声，空气里有浓郁烟味和甜腻劣质的酒味。

然而某段曲子终了，嘈杂的鼓点和音乐声停息的瞬间，左侧不远处，忽然传来一声极低而压抑的抽泣。

那声音，在长廊尽头的角落，瞬间又被接踵而至的音乐声掩盖。

沈郁皱着眉，无端觉得那声音很熟悉。

他迟疑着伸手扶着墙壁，慢慢走过去。

抽泣声发出的位置很低，声音亦压得低，似是闷在什么东西里。

鼻端闻到一阵醺人的酒味，耳边也终于听清那令人心窒的哽咽。

是很熟悉。

"……林循？"他话音落下，那压抑的抽泣忽然戛然而止，然后是布料摩擦发出的窸窸窣窣的声音。

他沉默了片刻，扶着墙壁蹲下来，伸手触到女人散乱却柔软的长发，又沿着发端，轻轻摸到她的肩膀。

这才发现她双手环抱，整个人缩成一团蹲在地上。

在发抖。

他眉心一跳，干脆扔掉碍手的盲杖，双手并用地轻轻触到她的面颊，指尖不意外地沾到一片惊心的湿冷。

感受到他的触碰，她却不躲，反而将脸颊往他手心里贴了贴。

眼泪冰冷，眉睫眼眶却滚烫。

听到她牙齿打颤的声音，沈郁下颚紧了紧，想起她刚到时和汤欢说的话，压低声音问她："……你怎么了？胃还是不舒服吗？"

面前的人却没吱声。

许久，就在他以为，她不想回答的时候，她忽然伸手，轻轻抓住他的衣袖。

喑哑沉闷的声音在耳边响起，语气急促而飘忽，空空洞洞的。

"沈郁，我不想过生日了。每次过生日，都好黑啊，我好怕。"

沈郁心口一跳。

这语气让他瞬间想到多年前那个夜晚，她十八岁生日那天。

她喝醉了，还遇到了什么事。

他面色倏地沉下来，语气却放缓放轻，低声问她："到底怎么了？出什么事了？"

她却像是没听到，一直喃喃重复着，声音惶惑又不安。

沈郁知道此时此刻问不出来，只好任她拉着他的衣袖，干脆利落地给司机打了个电话，报了餐吧位置，让司机到楼下停车场接人。

他想扶着她下楼去停车场，可眼前一片漆黑，慌乱中，连方向都迷失了。

几秒后，他忍不住骂了一句脏话，重新摸出手机，给周洲发了一条消息。

不多时，收到信息的周洲推开门出来。

他一眼看到角落里姿态亲密的两个人，眼睛一亮，刚想打趣，便发现老大的样子不太对劲。

她又哭又闹，整个人趴在沈郁身上，死死扯着他的衣袖，嘴里振振有词着什么，身子还在发抖。

"这是喝醉了？刚刚不是还好好的？"

周洲诧异地走过来，帮着沈郁把人扶起来，便听他说："是醉了，我已经叫人来接了。麻烦带我们去楼下停车场。"

周洲看着林循的模样，有点新鲜，一边啧啧称奇"原来老大酒品这么不好"，一边带着他们往电梯的方向走。

电梯里，他忍不住频频回头。

靠里的墙边，老大一直拉着郁哥的衣袖不放，整个人几乎要黏在郁哥身上，脸也快要贴在他胸口，一直喃喃着周围有鬼。

周洲被她说得冷不丁打了个哆嗦，站得离他们近了些。

他又回头看沈郁。

沈郁靠着电梯墙站着，脸上的表情很冷，可却任由老大扯着他衣服下摆，一只手还绕过她的肩膀，紧紧护着她。

气氛有些怪异，周洲心里的八卦之魂在燃烧，可又不太敢说话。

电梯门打开，他欲言又止了一下，指引着他们走到 B2 停车场等候区。

沈郁淡淡道谢，周洲眼珠子转了转，看了眼几乎要钻进人怀里的老大，眨眨眼，识趣道："郁哥，那我上去啦？你送老大回去。"

沈郁没什么表情地点点头，突然像是想起了什么，又问："这里很黑吗？"

周洲看了眼停车场几米就有一盏的灯光，摇头道："不黑啊，有很多灯，怎么了？"

"没事，你回去吧。"

"哦，那你们到家跟我说。"他摸不着头脑，一步三回头地走了。

电梯"叮"了一声，良久，停车场里再次寂静。

沈郁伸手慢慢触到一面墙，这才松开林循的肩膀，扶着她站到墙边。

行动间，她的手不安地攀上他的衣襟，柔软的面颊往他衣襟处躲。

滚烫的呼吸落在他胸膛上。

沈郁滞了滞，喉头上下滑动片刻，克制地伸手推开她几寸，顺带摸了摸她额头，还好，不烫。

他艰难地摸出手机，又给司机打了个电话询问："还有多久才能到？"

电话那头有车流喇叭声，司机的声音有些为难："附近有点堵，还有两个红绿灯。"

"行。"沈郁顿了顿，嘱咐了一句，"小心点开。"

挂断电话，方才还抑制住的哽咽声再一次出现，甚至比之前更加剧烈。

碎碎念也变成了号啕。

被他推离几寸的女人双手并用往他身上缠，沈郁看不到她的动作，一个重心不稳往后倒。

好在后头是墙，他后脑轻轻磕了下墙壁，却没摔倒。

"沈郁，我害怕。"

哭声中夹杂着胡乱的呢喃声，惶恐又脆弱。

沈郁的掌心在她肩头顿了顿，却没再推开她，反而放在她发顶，轻轻拍了拍："别怕，我虽然看不到，但刚才周洲说，这里有很多灯。"

"没有灯，没有灯……"她却执拗地不依不饶，"就是很黑，很黑，很可怕。有小鬼追着我，想要咬我。"

衣襟上滚上一片泪。

沈郁直觉那眼泪像是烫进了他心口。

这是他第三次听到她哭。

不是过生日吗？怎么会这么难过？

他压低声音安抚："林循，黑也没有多可怕。你看我，黑了这么多年，习惯了就好。"

"我习惯不了……怎么办？"她还是怕，声音打着冷战，甚至开始胡言乱语，"……他们为什么不放过我。这么多年，为什么……不放过我。"

沈郁不知道她说的"他们"是确有其人，还是她恐惧中的臆想。

几番安抚、哄骗都没用。他没辙，忽然伸手扶住她的肩膀，弯腰凑近她，在她耳边轻声念着什么，一边规律地轻轻拍着她的后背。

良久后，怀中的人无意识地呓语了几句，僵直发抖的身体终于软和下来，靠在他肩膀，呼吸渐渐平稳。

沈郁停下念诵，松了口气，半支着她的身体，静静等司机开车过来。

回到晟霖苑，司机帮着把人扶到三楼才离开。

沈郁从她包里翻出钥匙，开了门，扶她走进去。

这房子他前几天来过好几次，还算熟悉。

只是一边要用盲杖探路，一边又得支撑着她，谨慎小心不敢摔跤，没走几步就出了一身汗。

等终于将她安置在床上，他支着墙扯了扯领口，轻轻喘了口气。本想离开，可犹豫了片刻，仍是坐在了床边还未收起的折叠椅上。

他静了一会儿，听着她逐渐平稳的呼吸，点开手机，给周洲发了一条已经到家的消息，又给老太太打了个电话，说会晚点回去。

就这样坐了一个多小时，床上的人忽然呻吟了一声，而后噌地坐起来。

沈郁听到动静，收起手机："醒了？"

林循恍恍惚惚地睁开眼看他，房间里黑乎乎的，只能隐隐约约地看到他一半的轮廓。

她不自觉地伸手去床边，按下床头柜旁的开关。

屋子里的灯霎时亮起来。

223

熟悉的房间、熟悉的人，丧失的理智和不安的心跳渐渐归位。

人却还是很蒙，头也有点痛。

良久，她问："你怎么……在我房间里？"

"你喝醉了，我送你回来。"

他声音如常，又伸手过来触她冷汗涔涔的额头，皱眉道："不会喝就不要喝这么多。"

好半天，他又问，语气更压得寻常，像是友人之间再正常不过的关怀："发生了什么，方便跟我说吗？"

林循却没回答，怔怔地看着他。

她大脑迟钝地运转着，慢慢想起刚刚不清醒时的片段。

没像那年一样喝得烂醉，她这次还有点记忆。

她还记得自己喝了点酒。

压抑了一晚上的情绪爆发，却不想扫大家的兴，所以撑着走到了包厢外面。

后来酒意上头，只隐隐约约记得一些。

她好像一直在哭，心里觉得很悲哀，也很害怕。

只觉得周遭乌压压一片，哪怕有光的地方也觉得黑，恐惧无所遁形，苦闷和委屈一股脑翻上来，压得她喘不过气。

多年前的那些负面情绪，卷土重来。

再后来——

似乎有很清越疏冷的声音从耳朵里钻进来，不急不徐、温柔又仁慈。

犹如普度众生的梵音，慢慢安抚着她。

林循按了按太阳穴，喃喃开口："沈郁，刚刚你是不是，给我背了什么古诗词？"

他顿了一会儿，片刻后，淡淡道："没，你记错了。"

"没记错，"林循执拗地看着他，回忆很清楚地袭来，"你好像背了《桃花源记》……为什么是这篇？"

他闻言皱眉哂了一声："你是装醉吗？记得这么清楚。"

他懒得说，毕竟当初那个夜晚，她喝得烂醉，第二天便不记得了。

那天也是像今天这样。

安安静静的停车场里，她整个人趴在他后背，扯都扯不走。

他被逼迫着一首接一首地背着古诗词。

直到背到那篇《桃花源记》，她似乎感受到了文中那种与世隔绝的安宁，渐渐睡着了。

他不过是试试，没想到时隔多年，竟然还是一样有用。

年岁渐长，她却好像从来没变过。

林循没得到答案，也没强求。她抱着膝盖坐在床上，视线肆无忌惮地落在他身上。

心跳一点一点地平复着，热烈着。

怎么会有这么矛盾的人呢？

那侧脸线条出类拔萃，明明满是倨傲，看着不好接近。

却偏偏又好心软。

就像许多年前，梦里那个金光闪闪又悲悯的神仙，一次又一次庇佑照拂她。

刚刚坐在KTV的包厢里，听着躁动不安的鼓点，久违的惊恐和焦虑发作的瞬间，喘不过气的濒死感袭来。

她几乎以为，自己要活不下去了。

可现在一觉睡醒，又像十八岁的时候一样，什么事都没有了。

所有的不安也好、悲哀也罢，统统被治愈。

一如很多年前那样。

林循吸了吸鼻子，心里酸软，又有强烈的贪婪压制不住地涌上来。

寂静的房间里，她的心脏怦怦跳着。

她舌尖顶了顶牙缘，忽然冲动地，想要试探一下。

看他到底能心软到什么程度。

她装着酒醉未醒的模样，含含糊糊地咕哝："沈郁，房间里好黑。你坐过来点，坐在床边，离我近一点。"

他看不见，所以这戏不需要演技。

她嘴上"醉醺醺"说着，目光却十分清醒地凝视着他。

果然看到他不耐地皱了皱眉，似乎拒绝的话就在嘴边。

林循登时噤声，手指轻轻抠了抠手背上的文身，心里泛上一阵莫名的委屈。

只是这样吗？

可下一秒，他忽然皱着眉，语气中带着犹疑与担忧："……怎么又糊涂了。"

他说着，站起身，伸手缓慢摸着床沿，又弯腰触到她的肩膀。

竟然，真的在她身边坐下了。

在靠她很近的地方。

他脸上依旧没什么表情，说出的话也寡淡："行了，睡吧。我等你睡着再走。"

林循看着近在咫尺的人，忍不住攥紧手心。

几息后，她大着胆子伸出手去够他衣袖，继续呢喃着试探："你

再过来些……"

她咬了咬唇，心脏狂跳起来，有点羞于启齿，但还是闭了闭眼，说道："……你抱抱我，很……怕。"

她说完，极力平稳着几乎要抑制不住的紊乱呼吸，一瞬不瞬盯着他脸上的表情。

听到她的话，他眉心狠狠一跳，几乎难以置信地抬头，面上表情亦是僵了一瞬，而后蓦地站起身，距离骤然拉远。

看来，这就是极限了？

林循伸出的手空落落停在半空，心脏也错跳了几拍。

突然生出些借酒装疯、博取同情的心虚感。

同时又觉得难过。

是到此为止了吧？

再心软，也该有个度。

她心下叹了口气，讷讷地想要收回手。

可下一瞬间，床边站着的人忽然叹了口气，问她："你知道我是谁？"

林循怔怔道："知道，沈郁。"

他闻言沉默了会儿。

林循也跟着，屏住呼吸不敢吱声。

像是过了一个世纪。

窗外刮进一阵冷风，窗帘鼓起来。万家灯火投在床边，斜斜照出了窗户锐利的边角。

他终于弯下腰，一侧膝盖半跪在床边，小心翼翼地倾身过来。

修长的双手慢慢擦着她的肩膀，克制地绕到她背后。

而后，很轻很轻地，抱了一下她。

像是在哄一个难眠的孩子。

独属于他的气息笼罩而至，林循未收回的手僵在他身后。

呼吸瞬间停滞，大脑也跟着宕机。

他竟然，没有拒绝。

竟然，心软至此。

林循愣愣地被他抱着，鼻头突然发酸，好半晌没回过神来。

片刻后，她察觉到他松开双手，似乎想要抽身离去。

她忽然觉得心里一空，下意识地合拢了双臂圈住他。

所有的理智和曾经的考量，逐步被强烈的渴望蚕食。

心脏几乎快要跳出胸腔。

安安静静的房间里，酒味与薄荷烟味交织，他的身体僵硬而温暖。

却没有推开她。

林循闭上眼睛，一鼓作气将脸埋进他胸膛，双手紧紧收拢。

她声音闷闷的，带着惶惑不安又冲动的颤抖。

终究没忍住，做了最后的试探——

"都到这个程度了，你就再心软一次，行不？

"别拒绝我，沈郁，我想跟你谈恋爱。"

/ 第十章 为所欲为的滋味 /
很喜欢的人。

1

林循终究说出了那句话，慌张地一下一下数着自己抑制不住的心跳。

这种事，她活了二十七年，还是第一次做。

原来真的会这么紧张，难怪从前看到人家递情书时会手抖。

她都快缺氧了。

可过了半分钟，他都没什么反应，身体依旧僵硬，手臂轻轻搭在她肩膀上，维持着原来快要撤离的力道。

似是完全不为所动。

林循屏住呼吸，心想，最坏的结果不过就是他不答应。

那样的话，她就当作自己真的是喝醉了，再不提这件事。

给彼此都留点体面。

可想到这里，心里又钝钝地觉得难过。

这还是她第一次做一件超出理智和生存之外的事。

又过了许久。

被她拥抱着的人忽然动了，他轻轻挣了挣，使了巧劲把紧紧圈在他后背的双手一点点掰开，握着她的肩膀，将她推离些许。

林循心里一沉，手惶然地松开，却依旧闭着眼，不敢去看他的表情。

又是尴尬，又是气恼，甚至有点委屈。

可意料之中的严词拒绝没等到，几秒钟后，男人温热的指尖轻轻抚上她的面颊，轻轻抬了抬她的下颚，促使她睁眼。

而后，他冷静地问了句："林循，你现在清醒吗？你知道，你在说什么吗？"

他的声音近在咫尺，却不似往常那般清越动听，反而有些嘶哑。

那张脸隐在微弱的月光里，看不分明。

林循终于睁开眼，挣扎了片刻，看着他的眼睛诚实地道："我清不清醒，取决于你的答案。"

她咽了咽口水。

"如果……如果你要拒绝我，那我现在就是酒后胡言，明天早上起来，我会忘了这件事。如果……你接受，那我无比清醒。"

她说完，觉得他脸上淡然的表情有瞬间的碎裂。

可下一秒，他喉头微动着，手指在她脸颊上轻轻抚过，像要帮忙擦去她脸上的泪痕，却依旧压着声音平静地问："为什么？"

他顿了顿，慢条斯理地开口，问得更清楚了些，不留任何歧义："你，很喜欢我吗？"

林循一窒。

没想到他会问得这么直接。

她很清楚自己的动机。

她觊觎他的声音，觊觎他的样貌，也觊觎他这个人。

要说喜欢，或许是有的。但，绝对不是因为笃定的喜欢而告白。

基本的道德标准她还是有的。

就算会对结果造成影响，但不能在开端就说谎。

她想了想，坦白道："我不知道。"

她话音落下，沈郁脸上的情绪没什么变化，良久，他又哑着声音问："那为什么？是因为，今天喝了酒，有点上头？"

林循连忙否认："不是，我已经想了蛮久了，不是一时冲动。"

她的脸有点红，咳嗽了一声，一不做二不休地把自己所有的觊觎和心路历程说得一清二楚。

"你应该发现了吧，我对你的声音没什么抵抗力。

"那次你在微信里发了条晚安，我没有回你，其实那天我循环播放了好久，一直没有睡着；之后每次有不开心的事，我总借口工作需要，问你要配音作业；那次在超市，你离我很近，在我耳边念清单，我却一个字都没记住。"

她叙述着，察觉到他的手轻轻擦过她眼睫，而后慢慢离开了她的脸，在身侧握成了拳。

声音却依旧拉成平直的线。

"嗯，我知道，然后呢？"

"然后这个念头就产生了。"

林循观察着他的神色，继续说："一开始我没太当回事，但那次汤欢说想让我帮忙追你，我觉得不太舒服，所以直接拒绝了她。

"后来……程孟她们都觉得我活得太枯燥苦闷，让我考虑看看要不要找个对象。我第一反应就是你……如果真的要找个对象，那好像除你之外，其他人都不太合适。越这么想，我越抵抗不了这个念头。"

她缓了缓，接着补充："我原本不打算说出来的，因为觉得谈恋爱应该是一件很认真的事，不能草草决定。何况，我活到这么大多是孑然一身，想象不出以后如果要跟另外一个人产生联系，要负责，要信赖，是什么感觉。

"但那天我生病，翻到了我被开除之后的那两年里你给我发过的微信。我又觉得，如果是你的话，我好像很想尝试一下。

"就是怕你会拒绝我，所以一直憋到了现在。"

她逻辑清晰、思维敏捷，把多日的心理过程一口气说完。

心底也知道自己这段没有任何粉饰包装的自我剖析太不具备诱惑力。

之前追他的女孩子，哪个不是一片真心，非他不可。

但她不能说谎。

林循说完，对面的人低着头，眼眸眨动，静静消化着她的话。

良久，他攥紧的五指蓦地松开，嗓音低沉，不紧不慢地总结："也就是说，你想要谈个轻松不走心的恋爱，同时又很喜欢我的声音，也觉得我很合适？"

林循想了下，觉得差不多是这个意思。

"嗯，我没办法想象其他人。你在我身边，跟我说话，我就很安心。所以想跟你在一起。"

她说完，又问："那你同意吗？"

他的呼吸似是紊乱了几秒，又似是她的错觉。

林循忽然觉得有些不安，便听他温和地笑了笑，一字一句说道："林循，我觉得，你可能想得太简单了，你知道看不见光，是什么感觉吗？"

如果只是这样，他又怎么会这么多年，只敢做到牵挂这一步。

沈郁想起她十八岁生日那天。

那天晚自习下课，他心里烦躁，懒得回家，丢下司机，自己拎着盲杖在学校附近散散心。

刚走了两个街区，便听到身边有人在争执。

他原本懒得管，却听到一个极其熟悉的、醉醺醺的暗哑女声。

"你摸我干吗？死流氓，当老子好惹的？"

女声色厉内荏地落下，而后响起了某种玻璃碎裂的声音，和中年男人拉长而嘶哑的痛呼。

两人扭打起来，男人似是落了下风，因为疼痛倒吸着冷气，匆匆说："姑娘，我就是看你醉醺醺的，扶你一下，不可以乱讲的啊。"

话是这样说，可男人的语气却慌乱掩饰："惹不起你，我还躲不起吗？算了，我不跟你这个醉鬼计较。"

说着，脚步匆匆地经过他身边，想要逃跑。

沈郁眉心一跳，只觉得浑身血液和止不住的戾气冲上头顶。

他当即伸出盲杖，凭着耳畔急匆匆的脚步声，幸运地将擦肩而过的人绊倒。

他知道自己看不到，如果真的打起来，没有任何优势。于是趁着男人没反应过来，重重按着男人的后背，将他压在地上。

他一边死死按着他，一边拿出手机想要报警。

那男人俯趴在地上，反抗不了，看他打了110，起初还慌张挣扎着为自己辩解，可还未等电话接通，他似乎察觉出什么，忽然停止了所有动作和声响。

几秒钟后，男人一边低低笑了声，一边附在他耳边说话。

"原来是个瞎子。

"你报警，打算说什么呢？你看到我摸她了吗？这小姑娘醉醺醺的，你又是个瞎子，能做什么证？我胳膊上还流着血呢，警察来了，你觉得，他们会带走谁？"

他听到这话，心里狠狠一跳，蓦地沉了脸，额角青筋不住抽动着，拳头控制不住地直往男人脸上挥。

可最终还是掐断了电话。

他按着那男人不肯松手，生怕一松手，男人会再次恶向胆边生。

却连分心去扶她都做不到，只能一边给班主任打电话，一边死死拽着男人的后领，听她弯腰站在街边，一声又一声嘶哑地呕吐着。

那呕吐声散在沉沉的风里。

他到今天都记得。

……

当年同样十八岁的他，对命运尚且不甘心，却没办法不承认，他这个情况，最顶尖的医学也无能为力，更不是自己努力就能有用的。

很多对正常人来说，十分自然简单的事情，对他来说，如同山脉海峡，难以跨越。

身边的人亦会被拖累。

特制家具、二十四小时助理和司机、老太太每餐饭细心挑出的骨头和鱼刺……

老太太常说，她就是上辈子欠了他们母子俩，这辈子来还债的。

沈郁想到这儿，忍不住舔了舔干燥至极的唇。

也怪他自己。

明明十年前就明白的道理。

偏重逢后一次又一次克制不住地靠近，失了分寸。

哪怕察觉到她喜欢他的声音，也贪婪地没有远离，幼稚得像个想要得到表扬的孩子，一次次炫技。

他压下心里的所有情绪，疏离地解释："我知道你现在是想谈一个轻松愉快的恋爱。但如果对象是我，那就很难轻松，也很难愉快。"

林循觉得他的呼吸有点压抑，声音也很压抑。

她怔怔地问："为什么？"

男人面无表情地伸手，指尖在离她发顶几寸的距离顿住，又收回。

他的声音如同被套上了生锈的枷锁，空洞而嘶哑。

却很镇定。

"比如今天这种情况，你喝醉了，如果没有周洲或者其他人在，我没办法一个人送你回家，连停车场都找不到。

"如果你遇到困难，或者遭遇坏人，我没有能力保护你，锻炼再多也没有用，一个十岁的孩子都能轻松把我绊倒。"

他说到这里，实在很难再继续，可仍是没停，语调散漫地接着说：

"不说这些极端的情况，就说你想要的甜甜的恋爱、约会。

"我没办法跟别人一样，陪着你看你喜欢的电影、陪你追剧。

"一起去逛街的话，我不能在你挑选衣服的时候帮你做参考。

"你换了发型或妆容，我发现不了，也给不了任何的反馈。"

他的声音麻木而干枯，如同窗外长夜里穿梭的风。

"如果一起去旅游，我看不到你眼里的风景，不能感同身受，更不能帮你拍好看的照片。

"除此之外，平时散步，还得劳驾你照顾我，帮我看着路。

"一起吃火锅，我连调酱料都做不到，得麻烦你帮忙端到我面前。

"去到不太熟悉的地方，我会本能地感到恐惧、局促，谈何分心照料你。"

他说到这儿，忽然觉得咽喉干痛难忍，心里也麻木钝痛，再也说不下去了。

"……还有很多，你想接着听吗？总之，跟我在一起的话，生活的所有方面都会受到影响，这就像个无底洞。

"这会是你想要的恋爱吗？"

他在十八岁那年，一次又一次冲动地想要回过头，跟坐在后桌、近在咫尺的女孩表明心意。

但那会儿，他就无数遍想过这些事，次次都无解。

——这些小事，就连他再看不上的人，都能轻松无碍地做到。

所以哪怕宁琅不值得，他自己也未必值得。

沈郁忍不住深呼吸了一下，扯了扯嘴角，安抚般伸手摸摸她的头发。

"林循，如果是别人，我可能懒得说这些。但你这么多年独自一个人走过来，从青原到昼山，又到南漓，养活自己，努力生活，已经很辛苦了。真的不用谈个恋爱都比别人艰辛。"

他说完话，从床上站起身，拎起一旁的盲杖，敛眉哂道："好在我们都不是真的喜欢对方，可以及时止损。我就当你喝醉了，明天之后，我也不会再提。你好好睡，我先走了。"

他的手不自觉从口袋里摸出烟盒，脚步加速，似乎再多待一秒，就要后悔了。

就会难以收场。

可下一瞬间，他衣服的下摆却从身后被人拽住。

"你先别走。

"没有你长篇大论地说完，不让别人说的道理。"

她的力道不大，他的脚步却顿时僵住，眉毛一点点拧起来，漂亮的下颚也紧绷。

像一根快要绷断的弦。

身后，浓酽的风吹得窗帘沙沙作响。

她的声音很淡，也同他的一样沙哑："沈郁，我承认你说得对。抱歉，你说的这些我之前的确没考虑到，是我想得太简单了。"

"嗯，"他赞同地点头，声音哑得不像话，"现在明白也不晚。"

林循叹了口气："是不晚，但我还是想试试。"

她盯着男人瞬间僵硬的背影，低声说："你也知道，我奶奶去世之后，我一个人独自生活了九年。这九年里，我做的每一件事、每一个决定，都是为了赚钱生存，为了养活自己而迫不得已。而你，是我唯一一次，自己想要的，特别想要，所以患得患失、不敢轻易开口。"

林循不知道原因。

她明明只是喜欢他的声音和外貌，只是想跟他谈个轻松愉快的恋爱，并不曾与他心心相印、灵魂相交。

可刚刚听他冷着脸说话的那几分钟里，她感受到了从未有过的心脏疼痛。

感觉自己快要爆炸了，如鲠在喉、喘不过气。

像是惊恐发作，但又其实不是，只是并不比那好受多少。

她心尖狂跳着，某一处慢慢塌陷，有一种强烈而迅速的直觉。

——如果今天让他离开，那往后，就一点机会都没有了。

想到这里，身体本能地先于大脑做出了决定。

而此时此刻，大脑才后知后觉地，因为留住了他而庆幸。

心里堵着的那股气，好像也终于能喘匀了。

她抓着他衣服的手慢慢探到他手腕，又顺着那手腕滑到他五指，轻轻拉住他。

"我觉得不是不能尝试……不看电影的话，我们可以一起去听演唱会。我追完我自己爱看的电视，可以跟你一起听电台和广播剧。

"我这人买衣服向来不参考别人意见，只挑自己喜欢的，你参考不参考，意义不大。

"别人对我的妆容有什么反馈，对我来说更不重要，我天生丽质不需要粉饰，得体就好。

"如果一起去旅行——"

她掀开被子站起身，光着脚走到他身后。

"我可以告诉你，山是什么样，海是什么样，人们又是什么样。恰好我拍照技术很好，你这个模特也顶尖。"

"沈郁，"她声音沉沉，眼神也沉，"或许我们以后不一定会很喜欢对方，这场恋爱也未必能谈多久，但我觉得它一定会很甜。"

明明还没谈的时候，只要跟他在一起，就觉得很甜。

他不知道，他像一颗蛊惑人心的糖。

"所以……"林老板木着脸，拿出了曾经浑不吝的狠劲，最后一次冷声问他，"你答应吗？"

"……"落在身侧的手一握再握。

理智再难回笼。

她都这么说了，他怎么可能舍得再拒绝一次。

他喉头艰难地滑动着，嘴唇也干燥，渴望最终战胜所有顾忌。

"好……"他声音干哑单薄不成线，配音时妥帖的气息全没了，"那我们先试——"

他话未说完，林老板扬着眉毛笑起来。

她光脚绕到他身前，踮起脚，仰起细长脖颈，单手勾下他的头，直奔她想要为所欲为很久的地方，顺便堵住他所有的说辞："答应就行，那就别说那么多没用的。"

她笨拙地亲吻着他唇角，闭上眼，捕捉他瞬间失控的呼吸，感受他修长的五指倏地握紧她的手。

柔软相接，所有感官都是前所未有的愉快。

嗯。真的好甜，比想象中还要甜。

汤老板没说谎。

谈恋爱的滋味。

为所欲为的滋味。

可真好。

2

窗外灯火未歇，吵嚷的夜色，每户人家都有不同的声响。

只这间房里，只有紊乱的心跳与交织的呼吸。

晚风与月光共鸣。

林循的心脏怦怦跳，屏着呼吸，贴着他唇角极其不熟练却又十分放肆地亲了一下又一下。

像上瘾般停不下来。

直到觉得自己快要喘不过气，才终于回过神。

她喘了口气，愣愣地看了眼近在眼前不知所措站着的人。他被她勾着脖颈，低着头喘气，如羽的眼睫扇动，琥珀色的眸子暗淡无光，一张俊脸都被她亲白了。

唇角发红，却又亮晶晶的。

疑似她的口水。

"……"

方才那一阵上头的冲动逝去，令人神魂颠倒的甜蜜过后，一腔孤勇像是被戳破的肥皂泡。

理智和羞耻心终于后知后觉地回归。

林老板内心好似有一万匹羊驼奔腾而过。

所以……她刚刚不仅借酒装疯索抱，还表白了好几次？

最后，居然还强吻了他？

她的淡定呢？不为美色所动、理智冷静呢？

虽然之前就有预兆，但"崩人设"不该一点一点地崩吗，直接"扒皮"算怎么回事？

肯定是因为酒精害人……

林老板"唔"了一声，登时松开他，拉远了些距离，万分羞耻又尴尬地想走。

她没谈过恋爱。

在谈恋爱的第一分钟就接吻，正常吗？

不会刚在一起就被分手吧？

但是他们都二十七岁了，不是十七岁，这进度，应该也还好？

林循脑子里乱七八糟，咽了口唾沫，想往床上溜。

要不装醉睡遁？

谁知她刚转过身，悄无声息地走出去一步，腰却忽然被揽住，而后被一道温柔却不容拒绝的力道往回带。

猝不及防下，她踉跄一步，后脑勺猛然磕到他锁骨，不由得低声痛呼了下。

一直被动的人此刻从背后紧紧将她圈在怀里，另外一只手抚上她额头，将她脑袋按在胸口。

他的声音很不稳，低低在她头顶响起。

"再待一会儿。"

"……"林循没挣扎，双手僵硬地落在身侧，不知道该往哪儿放。

但这个反应……看来，他也不是很抗拒？

那岂不是，可以再……

念头闪过，林老板心底可耻地唾弃了自己一声。

她乖乖靠在他怀里没动弹，侧耳去听他同样狂乱的心跳。

良久后，他终于松开她，伸手从口袋里拿出手机，修长的手指飞快地点动着。

林循只听到读屏软件加快数倍、难以识别的声音，下一刻，他淡色的眼眸对准她，心绪不定地说："你再说一次。"

"再说一次什么？"

"你想跟我在一起。"

林循愣愣地不知道他要干吗，又觉得再说一次很羞耻。

但听他声音还蛮正经严肃的，她也懒得拿腔作势，就轻咳了一声，咕哝着又说了一遍："嗯，我是想跟你在一起，怎么了？"

她说完，见他又按了一下屏幕。

林循好奇地转过头去看他手机屏幕，才发现是录音界面。

他刚按下暂停，列表里正躺着一条新鲜出炉的录音。

她心底狐疑，忍不住转身问他："你录下来干吗？"

眼前男人紧绷的下巴终于稍稍放松，唇边也有了星点笑意。

他晃了晃手机，低声说："没事，留个纪念。"

"……"什么癖好。

林老板虎着脸，结结巴巴地问："你不会想跟别人炫耀，是我追的你吧？"

"没。"他勾了勾嘴角，忽然伸手揉乱她头发，"怕你明天早上起来忘得一干二净，那我不是白被占便宜了。"

毕竟这人有酒后失忆的前科。

林循的注意力不禁锁定在"占便宜"三个字上，血液差点涌到脑袋。

她故作淡定地解释："那不叫占便宜，你都答应了。"

"嗯，"他声音里有忍俊不禁的笑意，"你说不是就不是。"

"……"林老板张了张嘴，仔细想了想，又觉得自己的说辞挺站得住脚的。

她费尽心思考虑这么多天、跟他讲这么多，是为了什么？

不就是为了合法合理地为所欲为嘛。

有什么不好意思的。

就是心跳得好快。

林老板摸了摸滚烫的脸，几步走回床上躺好，用被子蒙住头，故作镇定道："行了，既然该说的都说完了，你走吧，我要睡觉了。"

她话音落下，许久后，床畔响起窸窸窣窣的声音。

温热好闻的气息慢慢靠近。

林循猫在被窝里，心里莫名紧张了一下。

他不会想留宿吧？

下一秒，林循感觉到他手指摸到她脑袋的位置，然后，俯身，隔着被子轻轻地抱了她一下。

他喉音沉沉，蓦然穿透柔软棉被，滚入她耳朵。

"嗯，睡吧，晚安。"

话音落下的瞬间，林循几乎忘了呼吸，嘴角上扬着，五指忍不住揪了一下床单。

密闭的空间，他的声音似乎有回响。

每个音波在被窝粗糙的纤维表面漫反射。

暧昧软和的几个字，带着温柔和宠溺。

他抱着她，贴在她耳边说话。

——和她曾经疯狂脑补的可耻场景，一模一样。

林循脑袋里轰然炸开朵烟花，短促地"嗯"了一声，心里乱糟糟地想。

如果，这个时候，他趴在她耳边说想要留宿。

好像，也不是不能同意。

只可惜，声音的主人说完这句话，十分克制地起身离开，盲杖点地的动静规律远去，直到玄关门被打开，片刻后又轻轻关上。

起码等了两分钟，林循才谨慎地拉下被子，忍不住咬着下唇在床上来回翻滚了几圈。

这算不算是，女朋友的专属福利？

时钟已经走过十二点，窗外喧嚣声渐散，万家灯光也灭了一大半。

浓黑的，如常的夜。

林循在床上躺了很久，却怎么都睡不着。

或许是一天之内心绪起伏太大，精神有些亢奋，太阳穴因为酒精作用，隐隐作痛。

她干脆爬起来去洗了个热水澡。

等吹完头发，她又坐回床边，想拿一旁的手机听会儿剧，忽然瞥见床头柜上放着一个精致的盒子，盒子外面还打了蝴蝶结丝带。

林循疑惑地挑了挑眉，确认这不是她的东西，那就只能是沈郁放这儿的。

难道，是送她的生日礼物？

她犹豫了会儿，拆开丝带，打开盒子，发现里面是一副最新款的蓝牙耳机。

这个牌子是她最爱的耳机品牌，虽然是蓝牙款，但音质依旧非常在线，而且还有隔音的功能。

上个月发行的时候，她还想买来着，但有点被价格劝退。

林循眉心一跳，他怎么会送这么贵的礼物？

她翻过耳机盒，拿出底下压着的字条。

沈郁的字迹很好看，但排版稍微有点歪。

也没写什么特别的，只有一句简单的祝福。

——"生日快乐。"

他是带着礼物去吃饭的？

她邀请他之前，从来没说过今天是她的生日。而这副耳机，起码也得预订半个月。

所以，他早就买好了？

林循抿了抿唇，小心翼翼地拆开耳机盒，动作轻柔得几乎有点神经质，像是生怕把它弄坏了。

她匆匆把那副耳机拿出来，皱着眉照着说明书和手机配对。

配对成功的那一刻，蓝牙耳机一侧闪着微弱的蓝光。

她莫名松了一口气。

还好，没有跟那副 MP3 一样坏掉。

她忽然又开心，又难过。

她把耳机戴上，点开手机音乐播放器，放了一首很老很老的歌。

十一岁那年，镇上古老的音像店里放了什么歌，她已经全然不记得。

或许就是这种风格的吧？

歌词直白、曲调婉转。唱着捉摸不透的爱情，和悬而未决的未来。

一曲终了，又开始循环播放。

她沉默地穿上鞋，走到玄关，找到回来时候仓促扔在门口鞋柜上的帆布袋。

从里面翻出白天收到的那个 MP3 和父亲写给她的字条，以及沈郁写的那句"生日快乐"，一起收进了床头柜里。

林老板听着耳机里传来的音乐，忽然伸手，拍了拍床头柜白色的木制柜门，弯着眉毛说：

"爸，你放心，你送的生日礼物，我收到啦。

"我现在就在听歌呢。"

第二天，林循一觉安心地睡到了八点。

迷迷糊糊想起今天九点钟约了 CV 录制，她猛地从床上爬起来，迅速洗漱完穿上鞋出了门。

一路上秋风萧瑟，地上干枯的梧桐叶被踩得哗啦啦作响。

林老板动作一向麻利，虽然起晚了，但现在才八点半。

她晃到街，边睡眼惺忪地买了两个素包子，一边困意未消地打着呵欠，一边脚步匆匆地往录音棚走去。

大脑完全没反应过来今天有什么不同。

只觉得是个寻常又忙碌的干活日。

直到她木着张困困的脸吃完包子，从口袋里掏纸巾想擦擦嘴，忽然摸到早上匆匆从床头柜上拿的耳机时，才愣了一下。

这形状，不是她原先那副。

昨晚的记忆猛然回溯。

唇角不由自主地上扬起来，秋日萧条的空气忽然香甜了几分。她情不自禁地放缓了脚步，想了想，掏出手机，点进和某人的微信对话框。

又有点不知道说什么。

她干脆停下脚步，在人行道旁站了一会儿，吹着早风，断断续续打了几个字，又删掉。

犹豫纠结的时候，对面忽然发来一条消息。

沈郁：起床没？

林老板眼睛亮了亮，慢吞吞地回复：嗯，起了。

语气十分平常矜持。

没过几秒，对方直接拨了个语音电话过来。

林循愣了一下，清清嗓子接起来，克制着心里的雀跃，淡淡地问："怎么了？我在去录音棚的路上，一会儿有录制。"

对面静了片刻，像是在揣摩她的语气。

几秒钟后，他问了句："……你不会忘了吧？还是想反悔？"

男人的声音完全没她的精神，还带着昨晚的沙哑。

好像一整夜都没睡好。

林循瞬间觉得这段恋爱里，起码不是只有她一个人有心绪起伏。

她愉快地勾了勾嘴唇，咳了两声继续往前走："没有。"

唇齿间现在似乎还有柔软香甜触感。

怎么可能忘。

"嗯，那就好。"他慢悠悠地说完，语气松弛了不少。

林循摸着口袋里的耳机盒，跟他确认："床头柜上放着的耳机，是你送我的生日礼物？"

他坦然地承认："嗯，用了吗？"

林循没回答，忍不住问："怎么送这么贵的礼物？"

都能赶上他小半个月的实习工资了吧？

何况他订购的时候，他们还只是普通朋友而已。

电话那头稍稍静了一下，像是琢磨着什么，下意识般反问："贵吗？"

"……"林老板无声叹了口气，总觉得他这大手大脚的毛病不太好。

但她也没有在一起第一天就插手人家消费习惯的毛病，便没吱声。

沈郁却像是听出了她的心声，忽然解释道："放心，不是拿老太太的钱买的，是我自己……呃，之前攒的钱。"

林循总感觉他声音里带点莫名其妙的憋屈。

但她却觉得心里酸酸的。

他是她生命里，第二个攒钱送她礼物的人。

所以，哪怕之前只是朋友，对他来说，她应该也是个蛮重要的朋友吧？

电话那头沉默片刻，又语气寡淡地问她："不喜欢吗？"

林循眨眨眼，连忙说道："当然很喜欢了！我自己都不舍得买。谢谢。"

可以说是送到她心坎上了。

"喜欢就好，"他语气没什么起伏地说，"对我来说，不算贵。你喜欢什么，我下次再给你买，不用不舍得。"

当时送的时候考虑到了价格，所以特地选了个便宜的东西。

"知道啦，一点都不贵。"林循迁就着他别扭的自尊心，嘴角一直扬着放不下来，但又不知道说什么。

两个人静静地通着电话，却都没讲话。

电话那头，沈郁大概是刚刚起床。

听筒里传来窸窸窣窣的穿衣服的声音、慢条斯理的脚步声，而后是开门、关门声，不一会儿，又响起水声。

手机被搁在了某个地方，他淡淡地说："我简单冲个澡，你看着点路。"

却没让她挂电话。

"哦。"

水声很大。显然他把手机搁在了离淋浴间很近的地方。

甚至，就在淋浴间里。

某种暧昧的气息散在晨风里。

林循一边走过一条又一条的老街，一边木木地想着，洗澡的时候，手机放这么近，不会进水吗？

她感觉她的脑袋都快要进水了。

林循拐过最后一个街口，叫停满脑子见不得人的脑补，深呼吸了一下，走进"一天"的写字楼。

她提高了点声音，说道："我到录音棚了。"

她话音落下，电话那头的水声骤停，然后是湿漉漉的脚步声。

气流声也并不畅通，还有滴答滴答的水流碰撞声。

以及某种布料被拉扯的声音、摩擦的声音。

突然又传来一阵刺耳的声响，应该是手机被拿起的瞬间，和瓷砖台面碰撞产生。

男人散漫清冷的声音裹挟着水汽，透过手机下缘的音响出口，骤然放大："……你刚才说话了？"

简单一句话，带着毫不费力、迷人心窍的色气。

林老板作为广播剧导演，比谁都懂声音能塑造的画面感。

他们后期做拟音的时候，都需要尽善尽美地还原每个场景的环境音。

所以她轻而易举地通过声音，还原了电话对面的场景——

狭窄的淋浴间，热腾腾的水汽，花洒被关闭，余下的水滴撞击着湿漉漉的地板。

他光着脚走过来拿手机，顺手扯下一旁木架上的浴巾，擦了擦头发。

或者是其他的哪里。

林循喉头上下滚动着，突然福至心灵。

为所欲为。

好像，也可以，不只是昨晚那样。

她脸颊一烫，暗骂自己不要脸，匆匆说了句："嗯，我到了，要进电梯了，先挂了。"

说完，立刻掐断了电话。

林老板长长呼出一口气，拧着眉毛走进电梯。

啧。喜欢不喜欢，她很难说。

但起码这"蛊毒"是越中越深了。

万一哪天真的谈不下去分手了，她真的还能找到"代餐"吗？

林老板心事重重地走出电梯，刚到接待室，便又收到一条信息。

沈郁：几点结束？我外婆叫你一起吃晚饭。

"……"林循脚步一停，脸色忽地僵了一下。

她都完全忘了还有这层关系了。

所以，该怎么跟姜奶奶解释呢？

人家把她当作忘年交，处处关心照顾她，什么好吃的好喝的都惦记着她。

她却不仅蹭吃蹭喝，现在还厚着脸皮把人家宝贝外孙给蹭到手了？

3

林循给沈郁回了一条消息，收起手机，走进录音棚。

今天她到得晚，离录制时间只有十来分钟，预约好的那间录音室已经空出来了。

两位来录制《凡尘》的年轻CV也已经到了，都在接待室等着，看剧本。

林循朝他们礼貌地招了招手，带着人径直往录音室里走。

两人拿上剧本跟着她。

其中配制恶毒女二号的CV悠若今年才二十岁，是昼山艺术学院台词系的大二学生。

她刚入行，作品不多，也没什么经验，但天生的强势御姐音很符合角色，所以被林循挑中。

但她本人性格却和剧里心机女配的人设大相径庭，十分碎嘴却外向，完全是当代大学生的精神状态。

刚坐下就对着话筒问她："林姐，今天'夜莺'大大怎么没来？他不用录制吗？我还有几场和他的对戏呢。"

另外一位配男三号的木栖年纪也不大，跟着问："是啊，还想着再听一次他录音呢。那音色简直绝了。"

林循反应了一下才明白过来，对方指的是沈郁。

她拉过控制室的交流话筒："他没什么经验，所以还在学习配音基础，下个月才会开始正式录制。我会把他和女主角琳琅大大的戏份延后，你们跟他的对戏可以分开收音，不用担心。"

木栖闻言"啧"了声，唏嘘道："上次听策划小哥说他是刚入行的新人，我还不信……人比人真是气死人，这天赋，赶上我们练习好多年，难怪出道就是男主……我什么时候能混上男主啊。"

林老板挑了挑眉："不用妄自菲薄，我们工作室虽然规格一般，但我的名气应该还可以？"

悠若忍不住莞尔："那是当然，在舟山广播剧圈出了名的苛刻和挑剔。"

"所以，我觉得你们行，你们就肯定很行。"林循翻开剧本，"以后要努力让我高攀不上哦。"

她清了清嗓子，不再调侃，公事公办道："今天的剧本前两天汤老板应该跟你们讲过了，那我们开始吧。"

录制的过程，林循一向不苟言笑、吹毛求疵。

PIA 戏的时候，听到任何小问题都会拍一下桌子提示。

她这段时间跟着沈郁一起上纪非老师的网课，陆陆续续上了几个礼拜，学到了很多声音基础知识，耳朵越发刁。

很容易便能发现他们俩配音时的一些习惯性小毛病，一一纠正。

他们两个基础已经很不错了，顶多就是一些台词上的小瑕疵，没有太不专业的地方。

但林循还是忍不住想起那次带沈郁来配片花，明明是第一次，他还是全文背诵台词，却几乎都是一条过。

也难怪相较之下，木栖要妄自菲薄了。

录制还算顺利，勉强达到了她的期许，只是时长有点超了。

林循合上剧本，弯了弯唇角："剩下的明天再录，我们去招待室聊一下录音时的问题，几分钟。"

两人都没意见。

林循于是摘了耳机，推开控制室的门往外走。

正好隔壁录音室的门也被打开。

远山——也就是孟远、元沐和张月华几个人拿着剧本走出来。

几目相对，林循眨眨眼，跟他们打了个招呼。

自上次一起吃饭之后，他们还没再见过面。

243

孟远率先跟她打招呼，录制了两个小时、略显疲惫的脸上也顷刻间挂上笑。

元沐和张月华却先看了眼她身后，搜寻了片刻无果后，才像是松了口气般，神采奕奕地同她挥手。

"是林老板啊，好几天不见，最近好像跟棚的都是你们工作室另外一个汤老板？"

林循点点头："对，我前几天生病了，请了一周病假，汤老板帮我替班。"

其他两个人"哦"了一声，孟远却皱眉问："怎么会生病？是那天吃完饭着凉了吗？去医院了吗，现在好了没？"

林循被他一连串的问话问得有点蒙，良久后挑了最后一个回答："嗯，已经好了。"

她说着，一边带着两个CV往招待室走，一边向他们介绍："这位是睿丽的远山老师，这两位则是寻语工作室的元沐和张月华老师。"

三位都是业界翘楚，木栖和悠若不免满脸激动，甚至说话都结结巴巴起来。

张月华和元沐倒是没像上回那么谦虚，温和地打了招呼，云淡风轻地跟他们说话，颇有一副前辈过来人的温厚架势。

林循心里觉得有点怪，但也没多想，兀自在茶几旁坐下。

身后，孟远留下还在交谈的几人，三两步走到她身边，语气熟稔。

"师妹，你一个人待在昼山，不能这么马虎。要是平时有什么不舒服，可以微信找我。"

林循察觉出他言语中的关切，多少有些意外。

毕竟上一顿饭之前他们还是剑拔弩张的关系。

但听他叫一声"师妹"，想到两人都毕业于南漓电影学院，又觉得蛮亲切的，态度便也温软下来："好。"

虽然她肯定不可能会因为这点小事去麻烦他就是了。

孟远见她答应，脸上的笑容更甚，又跟她寒暄了几句话，还提了几件南电最近发生的八卦。

林循之前就有同学在娱乐圈当影视剧导演的，同校明星校友也很多，圈内的八卦她多多少少有所耳闻。

不过她对这些不是很感兴趣，一边听他说，一边偶尔淡淡回几句。

孟远听出她兴致不高，又挑了别的话题，语气殷勤。

林老板没察觉出什么不对，可一旁的元沐却看得胆战心惊。

等几轮对话结束，林循开始招呼木栖和悠若讨论录音。

孟远才终于停下话头，单手插兜走到元沐他们一起，表情还是吊儿郎当，但唇角却微扬，一副心情很好的样子。

元沐看着他脸上的笑，欲言又止了一下，忍不住问道："孟哥，你不会想追林老板吧？"

孟远唇边笑意一僵，好半晌后叹了口气，回头看了眼林循，摸了摸微红的耳朵。

"……这么明显吗？"

他之前只是觉得误会了师妹，还说了那么难听的话，有些抱歉。但那次吃饭时，听她偶然提起自己的零星过往，又觉得她不容易，便更加上了心思。

"……"元沐和张月华都同时噤声。

孟远被他们看得心里发毛："怎么了？我前两天跟他们工作室的策划打听过，她没男朋友。"

都是北方人，算半个老乡，又是校友。年龄合适、职业般配，还有不打不相识的缘分。

而且，就凭林老板那张让他一眼误会的脸，他会起这个心思，也不奇怪吧？

孟远女生缘一直蛮好的，自己事业算是小有成就，长得不错，家境条件也很富裕。

所以也没有太考虑很多，喜欢就追呗，追不上再说。

元沐"呃"了一声，欲言又止了一下，还是闭了嘴。

反而是张月华来了句："孟哥，要不，你还是再观察观察？《长耀》第一季还有几天就录完了，等录完再看看？"

孟远有些摸不着头脑，张月华却拍拍他的肩膀。

天知地知，他真的一片好心，怕他失业。

他知道《长耀》这个大 IP 对孟远来说，是一次难得的升咖机会。

里面男二的人设特别好，很容易出圈。

虽然老板没有过公私不分的前例，但他这次都能做出为爱装穷这么离谱的事，为爱开除个情敌，好像也不算更离谱？

张月华说着，看着孟远的眼神里带了一丝同情。

两个人拽着一头雾水的人往门外走去。

刚下电梯，便看到一楼电梯旁杵着个人。

拎着盲杖，眉目萧疏，气质和样貌都得天独厚，个子甚至比三人中最高的张月华还要高上几厘米。

写字楼门口来来往往路过的人都忍不住看他几眼。

男人却一概不理，神色疏离。

听到电梯门打开，他才似有所动，懒散地摘下一侧耳机，偏头过来。

待辨别了下里头人的脚步声，又不声不响地戴上耳机，面无表情地低下头。

元沐和张月华早就看到他，既想着还是得打招呼，又不知道该叫什么，咳嗽了两声站在一旁没说话。

反倒是孟远走上前两步，热络地跟他寒暄："是沈郁啊，你来找你们林老板录音吗？用不用我给你摁电梯？"

沈郁听出他的嗓音，虽然没吭声，倒也算温和地摇摇头。

孟远本就不是真的关心他来做什么，犹豫了片刻，有点不好意思地问他："上次林老板说，你们俩是高中同学？"

沈郁闻言长眉蓦地一抬，原本耷拉着的眼皮也跟着掀起，默声两秒后，慢条斯理问道："是，怎么？"

"那你知道她平时都喜欢做什——"孟远话音刚落，便觉得后脑勺凉凉的，似是有两道十分瘆人的视线。

他转头看去，发现张月华和元沐竟然都还没走，站在离他和沈郁两三步的距离，两脸无语地看着他。

孟远摸了摸后脑勺，不知为何感觉怪怪的。

他回过头，本能地把还未完全问出口的话咽下去："算了，之后再说。"

反正来日方长。

他想了想，转而温和道："都是一个行业的，下次找机会一起聚一聚。"

沈郁却眉睫轻敛，不置可否。

孟远继续说："对了，哥们，之前林老板最开始是找我录《凡尘》的，你知道吧？"

沈郁依旧没什么情绪，仿佛压根儿没放心上："所以？"

孟远觉得他语气很冷淡，这才意识到他这话说得像是挑衅。

但其实他没这个意思。

他解释道："虽然这次因为一些原因没合作成，但我后来仔细看过那个本子，对角色多少有一点揣摩，玉清子这人设不好配。所以，如果你对哪句台词有点摸不透的，可以微信找我。"

他语气和善，又不吝赐教，完全没有知名 CV 的架子。

通常新人 CV 听到该感恩戴德了。

可眼前人却无端皱起了眉，一双浅琥珀色的眼眸没什么神采地"盯"着他。

满脸都是不耐的倨傲。

还伸手，戴上了刚刚和他说话时摘下的耳机，像是完全懒得搭理他的示好。

孟远不由得怔了一下。

上次只觉得沈郁不声不响跟在林老板身后，是个安静的新人。

要不是长得实在出色、嗓音也优越，都很难引起他的注意。

但今天却忽然觉得，仿佛某层刻意的伪装被揭开，他身上凛冽的锐气裸露出来。

甚至，有点骇人。

这气场让孟远下意识回忆了一下自己的话是不是有什么不妥。

他大概是觉得自己目的不纯？

孟远咳了两声，解释道："我没别的意思。

"你们林老板是我师妹，又是半个老乡。她一个人在昼山打拼不容易。我知道这次的本子对她来说很重要。我作为她的师兄，经验比你们多一些，自然要尽力帮忙。"

谁知道他这话落下，眼前的人忽然开口，语气矜贵疏冷："林老板念的是编导系，我记得你是配音系？"

他声音很淡，好像只是在询问。但脸上那神色，仿佛在说"什么八竿子打不着的师兄妹"。

而且语气里隐隐有傲慢，像是，不太看得上他。

饶是孟远再想跟他套近乎，这会儿也忍不住有了点脾气。

还没出道呢就这么傲？

他也懒得热脸贴冷屁股，刚想走人，便听到电梯门"叮"的一声打开。

孟远下意识回头看过去。

电梯里，林循正带着两个 CV 走出来，清冷面容上带着些困倦。

门口堵着好些要进电梯的人，林循却一眼看到沈郁。

她眼睛蓦地亮了亮，嘴角忍不住勾起，走了两步远远问道："你怎么来了？你一个人？"

她一边说，一边穿过拥挤的人群，往他身边走。

走到近处才发现他好像在跟远山交谈，表情很冷淡。

可在听到她声音的那刻，寡淡的眉眼又慢慢舒展开，唇角一点点勾起。

面上似有星点光芒。

林循身后，木栖和悠若见他到也有些惊喜，同时道——

"夜莺大大怎么来了？"

"你今天不是没有录制嘛？"

沈郁的"视线"莫名在孟远身上停了一瞬，不易察觉地挑了挑眉。

孟远眼皮一跳，心里登时有种不好的预感。

总感觉，他在挑衅。

但很快，他又漠然地偏头，转向木栖。

仿佛只是在回答他的话，跟其他人无关。

"是没录制。来接女朋友下班。"他说着，眉目一敛，身上的傲慢和锐气消失殆尽。

唇角温温挂起，一副"二十四孝好男友"的顺和模样，堂而皇之又疏懒痞沓地朝林循伸出手："林老板，回家吃饭。"

"哦。"林循对周遭的氛围毫无察觉，抿了抿唇，有点不自在地伸手牵住他。

电梯门口瞬间几脸震惊。

"……"

孟远愣愣地看着他们消失在门口的背影，整个人都如遭雷击。

好半晌后，他想起刚刚元沐的提醒，难以置信地回头看去，钝钝的心酸里带着些咬牙切齿："……你俩早知道？怎么不说清楚？"

他居然套近乎套到人家男朋友身上去了。

难怪遭了一通冷脸。

然而张月华和元沐似乎也很震惊，小声又默契地议论着。

"我去，还真被他追上了？"

"所以，林老板就喜欢穷的？这是什么癖好？"

"可能是，所谓的养成系？"

两个人走在回晟霖苑的路上。

手却一直牵着。

午间太阳不算炽热，风毫无阻挡地刮过孤零零的枝丫，梧桐树上不剩几片叶子。

手臂与肩膀时不时互相碰撞，步速也不由自主地放缓。

明明昨天抱也抱了，亲也亲了。

但莫名就觉得这样牵着手走在之前走过好几次的长街上，好像更加漫长，更加磨人。

青石板还是那个青石板，包子铺也还是那家包子铺。

转角的人行道上依旧塞满了自行车。

但就是觉得风景大有不同。

林循有点不自在，注意力全在手心上，不知不觉就出了汗。

她下意识想挣开，却又被紧紧牵住不松手。

他倒是自然得很，居然还开口问她："怎么了？"

林循磨了磨牙，无论如何也不能露怯，淡定道："没事，你手心出汗了，有点热。"

沈郁挑了挑眉，这是一句没办法反驳的话。

手心里的汗，是谁的，现在完全分不清。

他眨眨眼认下来："是吧，那怎么办？"说着，作势要松开手。

林循勾了勾嘴唇，懒洋洋地"哎哟"一声紧紧牵住他不让走："算了，我忍一忍。"

谈恋爱就是这样的吗？睁眼说瞎话也有人接着。

真好。

等总算晃晃悠悠到了晟霖苑，一条路走了平常两倍的时间。

林循都不知道自己走路的速度怎么变得这么慢了。

两个人走进单元门，径直走到101室门口。

林循咳嗽了一声，松开了牵着他的手，不动声色地在裤子上蹭了下手心的汗。

沈郁弯弯唇角，掏出钥匙开了门，又帮她把包挂在门口高高的挂钩上。

姜老太的声音远远地从厨房推拉门里传来："回来了？你俩先去洗个手，还有一道菜，马上开饭。"

林循正坐在门口的换鞋凳上换鞋，听到她的声音，脸有点红。

她其实还没想好怎么跟老太太说。

林老板谨慎地想了想，周围不乏谈恋爱一两周就分手的。

她有个大学室友，每次谈恋爱都要在朋友圈官宣，分了以后又悄无声息地删掉。

怪尴尬的。

林老板左思右想，忍不住抬手拉了拉沈郁的手腕，问他："你跟你外婆说了吗？我们……"

他转过身，把盲杖靠在一旁："还没来得及，一会儿吃饭的时候提一下就行。"

"哦，"林循松了口气，"那要不还是先别说？我们现在关系还不稳定。要不，等过一个月，如果没分手再说？省得老太太操心。"

而且她还想探探老太太的口风，下次起码带个礼物来才好。

她话音落下，眼前的人却好半天没吭声。

林循不禁抬眸看去。

狭窄的玄关过道，他单手插兜站着，眉深目淡,神色莫名有些颓淡。

她怔了片刻，想想自己说的话，好像有点太理智薄情了。

毕竟刚在一起，就提分不分手的事。

她刚想解释一下自己没那个意思，却见他忽然无所谓地点点头。

"嗯，你考虑得对。"沈郁想起她昨晚说想跟自己在一起时的两个原因。

声音好听、觉得合适。都不是无可取代的原因。

未必会变成独一无二的喜欢。

同时符合这两个条件，并且对她有好感的健全的人，正好有个现成的——玉清子的第一人选。

如果没有那些龃龉，或许早就没他什么事了。

心防一旦被打破，贪婪与占有欲无所遁形。

林循见他神色如常，才慢慢放下心来，于是松开他的手腕，起身想要往里走。

可还没等她站起来，肩头忽然一沉。

他双手置于她肩上，用了点力将她按在换鞋凳上。

他牢牢禁锢着她不让动，忽然俯身下来。

距离骤然拉近。

男人微微偏头，薄而柔软的唇一寸寸逼近。

走道狭窄，昏暗灯光在头顶如同摆设。

身后是冰冷的墙壁，视野被他侵占。

林循瞳孔微张，心跳狂乱。

虽然……她不是不想。

但在这里？

恰好这时厨房的门被推开，姜老太的脚步声细碎响起。

林循简直紧张到难以呼吸，死死咬着唇瞪他，想起他看不到，才后知后觉地伸手去推他。

却不想意料中的吻未落下，温暖的唇轻轻擦过她脸侧，一触即分，而后势不可挡地落在她耳畔。

"林老板，我和远山的声音，公平竞争的话，你更喜欢谁？"

他问完，没等她反应，忽然亲了一下她耳垂，又亲了一下。

音色沉沉，带着点不容拒绝的强势，气息晦涩，暧昧不明——

"选我吧。"

说是公平竞争，却下一秒就明目张胆地，犯规。

4

肩膀被他圈着，周遭的所有空间都被强势的压迫感所笼罩。

林循没办法分心想其他，注意力全在耳垂上温软的触碰和耳畔蛊惑人心的话上。

血液一股脑往耳尖上涌。

大脑完全反应不过来，亦来不及思考他这突如其来的问题和之前的对话之间的关联。

只知道顺着他说："……公不公平的，都选你。"

像个没有灵魂、被操控的提线木偶。

下一秒，厨房门口的脚步声越来越近，林循心里一凛，神智清醒了一瞬，紧张地偏过头去看。

手指下意识揪紧了衣摆，现在推开他都晚了。

姜奶奶两手在围裙上擦着，慢步绕过厨房和玄关之间的转角。

四目相对的刹那，身上得到满意答案的人牵起一边嘴角，低低"嗯"了声。

他慢条斯理将手从她肩上错开，姿势却未变，脸颊依旧离她很近。

林循的心脏几乎跳到了嗓子眼，有点惊惶地跟姜老太对视了一下，却发现她眼神没丝毫怪异。

她不禁回头看了眼。

沈郁依旧保持着弯腰在她身侧的姿势，手慢慢探到一旁的鞋柜，十分自然地从里面拿了一双拖鞋。

这才直起腰，若无其事地开口："换好了？让我下。"

声音和往常一样冷淡，只是唇边还带着未收的笑意。

"……"林循噌地站起来让到一边，压下紧张又悸动的心跳，慢慢呼出口气。

心里暗暗腹诽，他这心理素质都可以去本色出演谍战片了，脸皮真的比城墙还厚。

那边姜老太见到她，看她满面醺红、眼波潋滟的样子，满脸和蔼笑意："小林，看样子感冒完全好了，就是怎么脸这么红？外面热吗？"

她犹疑的问话落下，林循身后响起一声似有若无、稍纵即逝的轻笑。

林循下意识用手背贴了下脸颊，心有点虚，但还是故作淡定道："是有点……姜奶奶，我去洗手。"

说罢，几步迈进洗手间，打开水龙头，先洗了把脸。

她盯了眼镜子，脸上的潮热慢慢退去后，嘴角却忍不住勾起来。

半晌，林老板收了笑，这才仔仔细细洗了手，擦干净手和脸，走出洗手间。

沈郁面无表情地换上鞋，等在卫生间门口排队洗手。

擦肩而过的时候，林循想起他方才的捉弄，忍不住伸手掐了他胳

膊一下。

却被他敏捷地握住手。

他手指微弯，轻佻地在她手心里挠了一下，又迅速松开她。

而后默不作声地走进洗手间，带上门。

隐秘又暧昧的小动作发生在一瞬间。

林循心口微跳，出来后看到老太太一脸如常的热情，心简直虚到了极点，都不好意思抬头看她。

好在姜老太丝毫没发现她的异样，带她走到餐桌边，给她介绍今天的饭菜。

"今天排骨是用冬笋炖的，还加了咸肉和千张结，我们这边叫腌笃鲜……不知道这种做法你吃不吃得惯。"

"嗯，在饭店里吃过，"林循有点惊喜，她口味比较重，这是她唯一一道爱吃的昆山本地淡口菜，"我第一次吃的时候觉得好鲜，都要鲜到眉毛了。"

"那就好，"姜老太放下心来，一边布碗筷，一边说，"其实本来该春天做，用春笋……当年小郁妈妈年轻的时候，最喜欢的就是我做的早春腌笃鲜。"

林循怔了下，她还是第一次听到有关沈郁母亲的事。

听她说"年轻的时候爱吃"，不禁好奇："那她后来口味变了吗？"

"不知道。"老太太摇摇头，叹了口气，把桌上的菜都摆到合适位置，"后来她大学没毕业就嫁给了沈……小郁的爸爸，我们来往得便少了。"

林循听老太太每次提起沈郁的父亲，表情都极其冷淡。

看样子是很不满意这桩婚事的，也不知道当初是什么原因。

她还想问，可正好洗手间的门打开，沈郁轻车熟路地走过来，便噤了声。

她忍不住抬眸看他。

重逢这么久，他从来没有提过有关父母的事。

她莫名有点想知道他的童年和少年时代，都发生过什么，想了解他多一点。

只是，一想起之前高中时，她亲眼目睹沈郁和他父亲之间剑拔弩张的氛围，又觉得这不是什么轻松的话题。

这样不走心的恋爱关系，他未必愿意告诉她。

还是以后关系再亲近点，再问好了。

一顿饭吃得很尽兴。

姜老太做的腌笃鲜果然十分好吃，汤头炖得奶白，而且没有饭店里的一股鸡精味，所有的鲜都来自于食材。

鲜得林循多吃了半碗饭。

沈郁似乎也挺喜欢，吃完饭还盛了一碗汤，慢慢喝着。

这套餐具他已经很习惯，用勺子舀汤的时候，几乎不会碰到碗壁，悄无声息的。

吃相也很好，惹得林循不由自主看了好几眼。

老太太吃完，起身去厨房里收拾碗筷，林循刚想跟进去帮一下忙。

蹭吃蹭喝就算了，不能总是什么都不做。

可还未等她有所动作，垂在桌下的手忽然被牵了牵。

林循吓了一跳，转头看了眼，隔着玻璃推拉门，只能看到老太太哼着戏，忙忙碌碌的背影。

洗碗槽里的水声窸窸窣窣地响起。

怎么有种在老人家眼皮子底下偷情的感觉。

她回过头来，想要抽回手，他却不放。

无声挣扎了片刻，林老板不敢动作太大，只好放弃，转而压着眉毛低声问道："干吗？等会儿被看到了。"

他还在喝汤，闻言"嗯"了声，却没顺从放开她。

手指不像之前在路上那般老实牵着她，而是顺着她手心轻轻摩挲，一直到指尖。

最后停在她手指的一些旧茧上，来回摸了几遍，眉头忽然蹙了蹙。

林循眉毛拧起来，下意识想抽回来。

其实她手还蛮丑的。

骨节比较粗大，陈年老茧很多，还有一些伤口结痂后长出来的凹凸不平的皮肤。

这都是难免的。

她这些年没事儿就用护手霜，但没什么效果。

这些对她来说不算什么，而且他又看不到。

但被他这样细细摸着，忽然觉得所有的粗糙和丑陋都无所遁形，不免有点难堪。

盲人的触觉应该也很灵敏？

林循抿了抿唇："嗯什么嗯，放开我，我去厨房帮下忙。"

男人闻言没吱声，轻轻抚摸着她指尖硬硬的茧，好半天后说："不用你去，厨房里有洗碗机，只是老太太不喜欢用。"

林循没办法，只好说了自己心里的打算："我是想，顺便去打探一下姜奶奶的口风。"

"什么口风？"

他下意识问完，又像是反应过来，意味深长地"哦"了声，戏谑道："看她对你'选、了、我'，有什么反应？"

其中三个字加了重音，拉腔带调的。

林循见他眉头舒展，唇边亦有明显笑意，总觉得自己被拿捏得死死的。

她磨了磨牙，呛道："选你是我的个人喜好，跟专业无关。我之前找远山试过一次音，虽然只念了一句台词，还念错了，但人家专业能力肯定是很好的。沈郁，你不能太飘哦，还得好好努力。"

"嗯，我努力，不辜负林老板的个人喜好。"说着，他手指捏了捏她，才终于舍得松开。

他答应得十分妥帖，但最后四个字拉长，有种无端的愉悦。

丝毫不像被规劝到的样子。

林循忍不住瞪了他好几眼才走。

等进了厨房，她转身关上门。

老太太见她进来，停了嘴上哼哼的小调，连忙赶她出去："哎哟，用不着你在这儿碍手碍脚，你去歇着就行。要是有工作，直接上楼好了。"

"碍手碍脚？"林循闻言反而撸起衣袖，有点不服气，"您可小瞧我了，从专业层面上来，我洗碗铁定比您洗得好。

"我十几岁开始跟着奶奶摆烧烤摊，生意好的时候，每晚能洗一两百个碗。"

那会儿她们还用不起一次性餐具，摊位上买的都是能长久使用的不锈钢碗筷。

为了客人吃得卫生，用完后所有餐盘都得洗好几遍，还会消毒。

更别说后来，她还做过好几份餐厅兼职，洗碗扫地端盘子倒水……这些都是老本行了。

也可能是从前做过的这些琐事太多，现在一个人生活，反而一件事都懒得做。

听到她这话，老太太怔了怔，怔愣间被林老板顺利地从水槽旁挤开。

看着那双干净白皙的手打开水龙头，把碗筷上的固体污渍先草草冲掉。

之后又拿了个不锈钢盆统统装上浸泡，到了点洗洁精，拿洗碗布，几乎几下就洗完一个碗。

看着真是比她还要熟练，又干净又快，而且很省水，也省洗洁精。

姜老太站在一旁，透过盆里漂浮的细腻泡沫，看到她瓷白的手指上有很多旧茧。

颜色和皮肤一样，不仔细看看不出，但边缘是扭曲厚重的。

老太太不由得愣愣看向姑娘漂亮无瑕的侧脸。

她干脆利落地把碗盘洗过，一边搓筷子，一边勾了唇角。

眉眼扬着点嚣张的得意，抬眸看她。

"怎么样？快吧？以后我来蹭饭，就我负责洗碗。咱们分工合作。"

姜老太张了张嘴，半晌没吭声。

良久忽然问道："小林啊，你家里人都不在了，以后是要一直留在昼山吗……就没打算找个对象？"

林循手上动作一停。

她能说她已经谈了吗？

就外面那位，您的好外孙。

她噎了一下，支支吾吾道："也打算吧……就，看看再说。"

姜老太听到她的回答，并不意外，只当她工作太忙找不到合适的。

她还想再说什么，林循忽然打断她，十分镇定自然地反问道："对了，如果……沈郁要找女朋友，您觉得……呃，他该找个什么样的？"

她嘴上功夫向来装得到位。

语气仿佛只是在顺着这个话题唠嗑，完全没半点试探。

虽然说这年头谈恋爱也用不着家长同意，两情相悦就好。

但显然他们没有两情相悦。

而这个家长，她又很在意。

如果……如果老太太挺反对，或者对外孙媳妇的要求跟她截然不同，那她也得考虑考虑有没有必要发展。

林老板心里也没什么底。

她家里这种情况，放相亲市场也是比较奇葩的，当朋友自然无所谓，但当亲人，可能有些人会有忌讳。

"他啊，还找个什么样的，"果然姜老太没发现她的意图，轻啧一声，冲外头努努下巴，"就他那怼天怼地、谁都看不上的臭脾气，哪天要是能找到对象，我老婆子可得烧炷高香。"

林循没忍住乐出声，心里轻松了许多。

却又听到她说道："不过很难。"

"为什么？"

"听说小郁最近在你们工作室？"

"嗯。"

老太太听沈郁提过一嘴，对他工作上的事没深究，只说道："那你应该发现了，他对女孩子都是那个半死不活的态度，熟络不起来。"

林循想到除自己之外的女孩子，点了点头："也是。"

姜老太叹了口气："但他其实不是一直这样。以前有那么一段时间，他情绪很差……好像是大二，还是大三。他平时什么都不跟我说，还是有次跟一个同学在外面喝得醉醺醺回来，我听到几句醉话。"

"才知道，他好像有个很喜欢的女孩子。"

"但因为一些原因，没在一起。"

姜老太说到这儿，隐隐约约想到那天的事。

是个像今天一样的秋天。

她在看电视，客厅墙上的时针走到了十一点，门口才有钥匙转动的声音。

少年穿着一件黑色的防风外套，匆匆走进来，带进来一身冷冽的风。他也没看她，把盲杖往旁边一扔，冷着脸直奔卫生间。

姜老太对他的沉默寡言见怪不怪。

已经好几天了，都是这副死样子，像是回到了高三退学那年。

只做家务的时候能跟她交流几句，其他时间就是待在房间里，要么在学校上课，要么去配音。

直到她听到卫生间里有剧烈的呕吐声，才感觉事情不对，匆忙走过去看他。

一凑近便闻到少年满身的酒气。

他吐得昏天黑地，整张脸都涨得通红，表情却依旧清醒冷淡。

姜老太给他递毛巾，他也晓得接过去擦脸擦嘴，还顺便抽了几张纸巾把马桶边缘的污秽收拾了。

就在她以为他没事了，想去厨房给他做碗解酒养胃的汤喝的时候，忽然听到少年声音低低地喊她："外婆。"

他很少用这么乖顺的口吻。

老太太走近一些，努力分辨出他在说什么。

少年声音空空洞洞的，说的话也没头没尾，不像是跟她说。

"……她上周发朋友圈了，在大学里过得很好……"

"真好，我跟她说了恭喜。"

他说这两句的时候，嘴角还牵着，像是蛮高兴的。

可下一秒，人又有点懵懂迷茫。

"但以后，是不是就结束了。没必要再联系了……再也不会有什么交集。"

"好像连挂念都用不着了。"

老太太忍不住问他："谁啊？"

少年弯着腰，双手撑在马桶的水箱盖上，皱着眉，表情既痛苦又挣扎，仿佛这个答案需要十分艰难才能说出口。

良久良久后，他扯了扯领子，声音嘶哑得不像话。

淡淡的语气里，裹挟着浓浓的哀颓、悲戚与珍重。

就好像，这句话，这辈子只有这么一次机会。

趁着不清醒的时候，说给旁人听。

"是……我很喜欢的人。"

他重复了一遍，换了个副词。

"最喜欢的人。"

那语气让老太太不由得想起几年前的春日傍晚，少年突然来找她，在昏暗的楼道里等了许久，让她帮忙念那串微信号。

他喜欢的人。

是那个人吗？

姜老太曾经对爱情嗤之以鼻，她女儿就是毁在所谓的爱情上。

可见到他这样子，又觉得心里像是被捏了一把。

她这个从小早慧的外孙，平时看着比同龄人成熟许多，可今天喝醉了这样难过，她这才意识到，他今年也才二十出头。

老太太下意识走过去，伸手拍拍少年弓着的脊背，不由自主地缓了声音："既然很喜欢，为什么没必要再联系呢？"

少年却没说话，忽然固执地用纸巾蹭着马桶边缘。

企图靠自己，把所有污渍都弄干净。

只可惜，马桶盖上还有一些，很显眼，但他看不到。

老太太忍不住帮忙去擦，手却被挡开。

少年咬着牙关、绷着下颚，额上青筋突兀地拧起。

他扔了纸巾，忍着恶心执拗地用干净的双手一寸寸摸着马桶盖，摸到了就擦，擦完再摸，一点秽物都不放过。

不知道较的什么劲。

她站在旁边，愣愣看着他，心里却一下子就懂了。

——很喜欢，却没必要的原因。

……

老太太感叹着说完，又觉得不太好，"嘘"了一声，眨眨眼道："小林，这件事还是天知地知你知我知啊，保密。"

却见姑娘愣愣拿着沾满泡沫的筷子，好半天没动静。

姜老太疑惑地伸手轻轻揉了揉她，林循失神地"啊"了一声，才总算回魂。

她匆匆地搓了几下筷子，然后把剩下的过第二次水，麻利放到碗架上，弯眉笑道："好啦，那我先上去啦？"

"嗯，上去吧。"老太太说完，跟着送到过道，看她没什么异样地打了个招呼，快步晃去门口拿包。

那挂钩很高，包带又软，姑娘托着包身往上顶，好半天也没从挂钩上取下来。

紧接着，她外孙从客厅里闻声走过去，轻松地一抬手，帮她拿下来，递给她。

"……谢谢。"

两人之间气氛客气又疏离，姑娘淡淡道完谢，拉开门便匆匆走了。

倒是外孙在门口杵了好一会儿。

老太太莫名觉得这氛围有点怪异，但又想不出怪异在哪儿。

她想到之前林循说以后每次都要洗碗，咳嗽了两声，有点不好意思地招呼还站在原地的外孙："小郁，厨房里的洗碗机怎么用的来着？"

沈郁松开莫名皱着的眉，回过身："之前不是很固执，死活不肯学？"

老人家对这些高科技总是有强烈的不信任。

就好像那洗碗机哪天能变成个怪物，爆炸掉一样。

老太太虎着脸："我现在想学不行吗？要你管？别废话，进来教我一下。"

林循三步两步走上楼，只觉得心里慌得很。

她回到家，给自己倒了杯水喝，坐在吧台上缓了一下。

脑子里全是那句——"他好像有个很喜欢的女孩子。"

很喜欢。

有多喜欢？

大二大三的时候？那就是大学同学？

能考上昼山大学的女孩子，智商肯定很高。

人也肯定很优秀。

她喝掉一整杯水，木着脸没表情。

很快，又觉得自己的反应莫名其妙。

老太太都说了是很多年前的事了。

他今年都二十七了，没谈过恋爱，但喜欢过人又怎么了？

再说了，这段关系，本来就是她想要的不走心、轻松的、甜甜的恋爱。

但怎么就突然有点变味了呢，一点都不甜，反而酸得要死。

林老板拧着眉毛，又闷声给自己倒了另外一杯水，想要压下这些情绪，心里却又晃过好多好多脑补的场景。

很喜欢的话，也会趴在人家耳边说晚安吗？

也会犯规地要求人家，选他吗？

不对。很喜欢的话，应该更过分才对，所以"很长一段时间情绪很差"，所以喝得烂醉。

不能跟她做对比。

他又不喜欢她，只是同意谈个恋爱而已。

林老板摁着心口磨了磨牙。

不知道为什么，好不爽啊。

她拿起手机，想发点什么，但又理智地知道自己现在要是去跟他翻这种陈年旧账，也太小心眼了。

他们才在一起一天，他又不是现在喜欢了别人。

而且姜奶奶让她保密的来着。

林循放下手机，深呼吸了一下，心里还是堵得慌。

他都没有喜欢过她，以后也未必会。

明明她好像——

想到这儿，脑子里忽然闪过一个惊悚的念头，那瞬间，几乎连玻璃杯都握不住。

所以，在觊觎声音、觊觎样貌、觊觎肉体之后……

她不会，开始走心了吧？

她走心了。

1

脑海里闪过这个念头，林老板只觉得整个人都僵了片刻。

还没等她多想，手机屏幕倏地亮了。

是沈郁的消息：怎么走得这么匆忙？

林循的手指在输入框顿了许久，到底没好意思问别的，思索片刻找了个借口：待会儿还有一场录制，时间有点赶。我上楼拿一下剧本，马上就得去录音棚。

下午的确有录制，只不过没她说的这么紧急。

好在对面的人并没有察觉出什么，回了个"好"。

林循松了口气，放下手机，半晌后有点心烦意乱地揉了揉头发。

她在家待不住，干脆拿上剧本出了门，先去了一趟工作室。

工作室里，周洲正忙着在各个社交媒体平台和广播剧平台上做《凡尘》的预告宣发，以及制作卡司阵容。

按照现在的时间轴安排，第一季的上架时间在两个多月之后，通常情况下，并不需要这么早进行宣传。

但因为这部剧的原著 IP 非常小众，本身知道的人不多，所以前期宣传很有必要。

得趁着《小蔷薇》完结的热度，吸引一波关注。

林循见他整颗脑袋都恨不得埋到键盘里，抬头看向一旁的张成玉："宣传片做得怎么样了？"

张成玉闻言摘下耳机："补的那几轨音都混好了，对轨做了一半吧。不过现在配乐、环境音都还没给我。"

林循思考了一下，说道："这次的主题曲，我打算请一个小众古

260

风音乐社团来做，前阵子阿欢已经跟他们谈完了。但从作曲编曲再到填词、录制，流程会很长……我们宣传片花得在《小蔷薇》还在首页榜单的时候出来，等不了那么久……就先在商用音包里找一个吧。"

林老板说着，想到今天已经周四了，便道："这样，你把做好的混音给我，我下周一找到合适的配乐再给你。"

"好，"张成玉点头，又问，"那背景音呢？也用音包吗？"

林循点头："嗯，只能先这样了，等到快要上架的时候，再自己做拟音。"

做拟音也是很耗费时间的。

张成玉闻言，不免有点迟疑："老大，我理解时间紧张，没办法做得太精细……但这样会不会没有亮点，反而劝退粉丝啊？"

毕竟之前《小蔷薇》的宣传片，从配乐到拟音，所有环节都是精心准备的。

也是林老板一贯要求的高质量。

他话音刚落下，林循还没回答，一旁的李迟迟先接茬，两手捧腮，声音里带着笑意："张哥，你是不是想多了，怎么可能没亮点？"

她嘴角快咧到耳朵，一脸幸福地说："我一边后期一边傻笑，夜莺大大的声音当然就是我们最大的亮点啦。"

张成玉愣了下，没反驳："也是，男主声音这么好，可比宣传片里一带而过的音效重要多了。"

林循亦弯了弯嘴角，原本按照她的想法，宣传片肯定是不能草率的。但她同时也不想错过《小蔷薇》完结后的热度。

而且，她的确对沈郁的声音有非常强的信心。

林老板接着问音包到位后需要的时间，张成玉和李迟迟估了一下，一周应该能搞完。

林循点点头："那就这样，下周你们两个辛苦一下，周五前把成片给我，我审完没问题的话，就让周洲发出去。"

她安排完工作，翻开电脑，登上微博。

先去看了眼工作室的官方微博号"@一只夜莺"的动态和留言。

周洲已经发了一条最新的宣传动态，配了美工新出炉的《凡尘》宣传图。

文案里是CV卡司阵容。

这条微博是上午发送的，到现在两个多小时，已经有上百条评论了。

大多数在期待配制女主角的琳琅大大，毕竟她是《小蔷薇》的女主。

评论里都在喊着期待，也有少部分人看过原著了解男女主人设的。

△《凡尘》居然要播广播剧了，这可是我私藏的一本小说，我的仙侠top（第一）啊，可惜原著有点冷门。而且竟然是琳琅大大配我女鹅，想想就好搭啊。

△这本书我也看过！琳琅简直是天选苍越。不过这本书男主人设也很出彩，怎么CV是个名不见经传的新人？

△对哦，CV叫夜莺？我看了一下他的微博，一条动态都没有，倒是有一千个粉丝，不会是买的吧哈哈哈。

△有可能，新人嘛，也理解，就是不知道声音怎么样，和琳琅大大搭不搭。

△感觉入坑有风险欸，为什么不找《小蔷薇》男主夜秋水大大啊？想看他们二搭。

总之没人看好男主的选角。

林循看到这儿，顺便点进周洲文案里的卡司阵容。

排第一位的就是@南寻－琳琅，第二位则是@夜莺。

林循点进沈郁的微博，的确是一条动态都没有。

看来还是得稍微维护一下这个账号，省得别人以为这些粉丝是买的僵尸粉。

林老板退出自己的微博，登上沈郁的账号，从"溺死人不偿命"里拎出那条《怦然心动》的台词配音，编辑了一下，帮他发了第一条微博。

也没多说别的，文案就简单几个字——"日常练习1"。

接着，她又让周洲用工作室的官方账号转发了那条微博。

周洲十分了然地冲她比了个"OK"的手势，配文"来听听我们夜莺大大的神仙嗓！"，又带了几个热门tag（标签）和《凡尘》的超话。

林循没再管，关了微博，打开背景音包，对着宣传片的音轨一一筛选，找类似的氛围感音乐。

周洲也干活去了。

微博发出去半个小时后。

周洲随手点开微博后台看了眼，忽然双眼瞪大，愣愣地看着屏幕，又愣愣地抬头看林循，嘴里不由自主地喊了句："我去。"

林循摘下耳机，伸手在他眼前晃了晃，皱眉道："怎么了？"

周洲的声音木讷又震惊："破纪录了。"

"……破什么纪录？"

"半小时之内，评论数竟然破了五百条……这是什么盛况？平时转发抽奖都没这么多评论。"

"我们官方号涨了一百多个粉丝，郁哥微博也长了一千多粉丝。瞬时热度直接冲上了配音词条的热门，所以……粉丝量和评论数还在持续上涨。"

周洲喃喃道："老大，我们不会要红了吧？郁哥知道吗？"

林循有点诧异地挑了挑眉，把工作页面最小化，点开微博瞄了一眼。

果然是他们这个小工作室难见的盛况。

五百多位，并且还以迅猛的姿态增加的，"尖叫鸡"。

△啊啊啊啊啊，我死了，我死了，这什么神仙嗓啊？哪里冒出来的新人 CV？

△真就夜莺转世呗？怎么有人能把中英文都说得这么好听啊，还有那句"我喜欢你"，太犯规了吧啊啊啊啊。

△嗷嗷嗷嗷嗷嗷，救命，循环播放，出不来了！求求多放几条吧！

△天选玉清子，快录快播！我想听！

△虽然没看过原著，但有这样的神仙音加持，肯定没毛病啊，已滚去平台收藏，播了求踢。

△谁懂啊，我刚刚在上概率论课，戴着耳机听完尖叫了一声，结果被教授点起来回答问题了呜呜呜呜呜……

评论无比热烈。

林循忍不住弯了弯唇角。

片刻后，她重新戴上耳机，犹豫了一下，点开那条录音，又听了几遍。

时隔多日，在重复听了不下几百次之后，耳朵再次听到带着浅浅呼吸的"我喜欢你"，心腔依旧难以控制地剧烈跳动了一下。

实在是太蛊了。

也难怪大家会有这样的反应。

林老板也跟着点了循环播放，又听了好几遍。

持续上扬的嘴角在某个瞬间忽然拉直。

某个念头冒出来。

——这句话，他应该说过吧？跟那个"他很喜欢的人"。

然后，被拒绝了吗？所以才没在一起。

不愧是昼大的女生，意志力真的超乎寻常，竟然能拒绝这样令人毫无抵抗力的告白。

如果是她的话，怕不是得被牵着鼻子走。

莫名其妙的念头一股脑钻出来，林老板"啪"的一声关掉音频，伸手摁了摁自个儿的太阳穴。

想什么呢？

她静了一会儿，点开手机和沈郁的聊天框。

对话停留在他发过来的那个"好"字上。

林循想问问他在干吗，刚打了几个字，又删掉。

最后只公事公办地说了句：用你账号发了条你之前的配音作业，现在你微博粉丝涨了很多。以后记得按时更新配音作业维护一下粉丝数哦，对广播剧 CV 来说，经营社交平台也是很重要的。

她发完，等了几分钟。

他没回。

林循有点烦躁地摁灭手机，"啧"了一声。

周洲却没注意她的情绪起伏，龇着显眼的白牙，一条一条地看着评论，边看边凑过来跟她分享。

"啧，我们郁哥也太牛了，就这么一条声音带来的人气，够别的 CV 勤勤恳恳攒好几个作品了。"

"老大，"他乐不可支，压低声音随口道，"你要是想追人，可得抓紧了，我看这里还有好几个新晋的女友粉，可别被网上的小姐姐们勾搭走了。"

林循的大脑还沉在杂七杂八的情绪里，压根儿懒得看他，语气平平地说了句："关我什么事。"

听到她异常平静的回复，周洲蓦地抬头，这才发现她敛着眉眼，在键盘上敲敲打打，表情看着漠不关心，但指法全是乱的。

他歪头看她的屏幕，果然，不知道在打什么乱码。

"……"周洲愣了下，原本他频繁 cue 这个话题，总是半认真、半调侃的。

毕竟老大好像没有太当真，也未必就到了多喜欢的程度。

但此刻他忽然觉得，事情好像没他想的那么简单。

他突然想安慰她几句，迟疑道："老大，其实我觉得郁哥对你未必没意思。"

这句话没头没尾，林循本懒得搭理，可心思绕了半圈，却鬼使神差般问："……你怎么知道？"

周洲知道自己猜对了，声音也正经了很多："就郁哥平时那张冷脸，连我有时候都觉得有点怕。但他对你，好像挺不一样的。昨天你喝得那么醉，一直往他身上黏，我看他不仅没推开你，还一直护着你来着。"

他见林循一直认真在听，便多说了几句。

"后来到了停车场，你还在哭闹，我走的时候看他好像在哄你……

要说对你完全没意思，我是不信的。"

林循沉默了片刻，不咸不淡地"哦"了声，没再说话。

她心不在焉地工作了一会儿，忍不住又拿起手机看了眼。

他又回了个"好"字。

她抿了抿唇，关掉电脑，拿上剧本和笔记本电脑去了录音房。

下午是另外几个配角CV，戏份不多，只要再进两三次棚子，第一季的戏份就结束了。

他们的台词没有几个重要角色那般有强烈的情感变化，所以录起来比较轻松。

林循尽量把注意力放在工作上，戴着监听耳机心无旁骛地给建议，没再想别的事。

等到录制结束，已经傍晚。她下了电梯，下意识往电梯口看了眼。

空空的，没有人。

林循拿出手机看了眼，他也没有发消息过来问什么。

在写字楼门口的台阶上站了会儿，半分钟后，感觉风直往光秃秃的脖颈里钻。

她伸手裹紧大衣的领口，抿了唇，大步往家的方向走。

心里却慢慢地明白过来。

就因为姜奶奶那么一句轻飘飘的话，她心浮气躁了一下午，因为他回消息慢、回得简单而患得患失。

甚至，连周洲那么不靠谱的安慰都认真去听。

林循在十几岁情窦初开、最懵懂敏感的年纪里，从没喜欢过人，这么多年也没时间想这些，以至于她成年之后，在感情的方面一直非常迟钝。

但哪怕这么迟钝，她仍是后知后觉地发现。

——她对沈郁，并不仅仅是在一起之前以为的那样，只是简单的、轻松的、觊觎。

她走心了。

这世界上声音好听的人有很多，合适的人也不少，怎么就偏偏是他呢？

林老板脚步匆匆踩在昼山满地的落叶上，跨过湿漉漉的青石板，踩过一个个小水坑，不得不承认。

她吃醋了。

除了心软之外，她好像，也想得到他的喜欢。

这种认知让林老板感到强烈的不安，乱了分寸，觉得自己忽然从

主动的一方，变成了被动的一方。

甚至不知道这段恋爱接下来该怎么谈。

走到晟霖苑门口，林循刚过马路，便看到一辆眼熟又低调的黑色轿车缓缓从小区里驶出来，与她擦肩而过。

她抬眼看去，等看清楚车牌号和车型时，目光微怔。

那不是千寻大大的车吗？

来他们小区做什么？

她在原地站了会儿，倒是没多想，收回目光，继续往小区里走去。

刚到楼下，便迎面遇上从单元门里走出来的姜老太。

老太太跟她打了个招呼，臂弯里揣着个熟悉的包裹精神奕奕地往外走，大概又是去打麻将。

走出去两步后，老太太忽然拍了拍脑袋，回过头对她说："差点忘了。小林，现在小区快递都放西门的快递架上了，离咱们很远。你有个快递好像在那儿放了好几天了，我下午顺道帮你拿了，还挺大的。我放门口鞋柜上了，你待会儿记得去拿一下……小郁在家。"

"又是快递？"林循恍惚着点了点头，心里有了猜测。

跟老太太告别后，林循走到 101 室门口，迟疑地敲了敲门。

很快，她便隔着门听到一阵熟悉的脚步声。

旋即，铁门被打开。

"怎么回来了？没带钥匙？"

这语气，他应该以为她是姜老太。

林循没吱声，不禁抬头看了眼沈郁，发现他今天穿得还挺正式。

上半身是件笔挺工整的白衬衫，下半身是同样利落的休闲西裤，材质看着舒适又服帖。

这样一套简单的衣裳，让他看起来有种和平常时候截然不同的味道。

更不好接近了。

还让她无端想起了当年的他。

今天是周四，他没有配音课，那他是出门了吗？

林循不由得想起沈郁签合同时的要求——所有的工作都必须安排在周一、周三、周五。

所以，周二和周四，他有另外的事情做？

但他不是说，只是为了睡懒觉？

她忽然意识到，自己对沈郁的生活完全不了解。

"……是我。"林老板压下这些心思，"姜奶奶说她帮我拿了快递。"

她话音落下，门内原本面无表情站着的人，嘴角忽然一点点扬起来。

他伸手触到她的肩膀，又慢慢顺着她的手臂往下，牵住她。

林循任他拉着往里走，一眼便看到门口鞋柜上放的包裹。

寄件人果然是王素梅——赵一舟的妻子。

每次减刑前后，他们的快递总是同时到，一个送礼，一个送信。

从南漓跟到昼山，从租住的地下室跟到她的工作室、新家，如影随形。

一次次"好心"提醒着她，这个世界上，原本属于她的一切，都被夺走了。

林循抿了唇，看了眼被牵着的手，忽然就不想计较太多了。

她拥有的东西本来就很少，而且一向抓不住。

小时候收到那些洋娃娃、蜡笔的时候，没想过十一岁开始，就会没有。

跟着奶奶大街小巷蹬着三轮车摆摊的时候，也没想过十八岁之后，就会没有。

她运气一直很差，所以比谁都更明白一个道理：

拥有的时候就别计较，如果再不满足，贪婪地想要更多、更奢侈的东西，可能会连原本有的都弄丢。

林老板反手摸到身后冷冰冰的门把手，稍微用力，大铁门"砰"的一声被带上。

整个房子瞬间成了密闭空间，只有他们两个人的空间。

她回过身，盯着他如同浅色树脂的眼眸，无神却纯净。

或许是她的目光太灼热，哪怕他看不见，也感受到了注视，于是牵了唇角，语气慵懒地问："怎么了？"

"我用你账号发的那条微博火了，是你之前配的《怦然心动》里的台词。"

"嗯，我知道，怎么了？"

林循默不作声地走近他，直白地要求："想再听你念一遍，我好爱那段台词。"

"哦。"他笑得喉音散漫，却没刁难，从善如流地将中英文片段又念了一遍。

却唯独没念他自己添的最后一句。

林老板循循善诱："还有呢？"

男人愣了愣，偏过头去咳了一声，表情有点不自在，像是不太好意思当面说出那句话。

抑或，觉得跟她说，不合适。

林老板目不转睛地盯着他，突然放软了点语气，玩笑一般地撒娇："大家都喜欢你加的最后一句，我也想再听一遍，说嘛。"

"……"他终究还是心软，"嗯"了声，清越如泉的声音带着柔软的震动。

"我——"他刚开口。

林循忽然闭上眼，悄无声息地上前，吻上他近在咫尺的喉结。

贴上去的瞬间。

嘴唇上无数敏感的神经末梢，都因着声带的震颤而震颤。

舌尖具象而物理地，将后头三个字，勾进绵软口腔里。

"——喜欢你。"

2

这个猝不及防的吻印下的瞬间，悦耳的三个字惯性般落下。

而后，那轮廓尖锐的白皙喉结忽地静止。

连同呼吸都停住。

悄无声息的一个吻结束，林循安静地后退一步，默不作声地看着他面上神色几乎凝固。

半响，那双长眉忽地微蹙，表情有些错愕，他迟钝地抬起手，修长指尖触到脖颈，轻轻地摸了摸喉结的位置。

因为看不到，所以不确定。

但那一瞬间濡湿柔软、令人头皮发麻的触感，又不像是凭空想象。

倒像是——

喉结克制地上下滚动了一下，问道："你刚刚干吗了？"

"我干吗了？"

林老板无辜地眨眨眼，语气淡定："我什么都没干啊，不是在听你念台词吗？怎么了？"

"……你亲我了。"他语气肯定地试探，指着喉结的位置，眉眼深深地控诉，"这里。"

被这么明晃晃地指出来，饶是林循脸皮再厚，也忍不住红了耳朵。

但眼见才为实。她主打的就是一个死不承认的态度。

"没啊……不会是有蚊子，咬了你一口吧？"

林老板说着，还不动声色地凑过去帮他看了一眼，又伸手摸了一下："好像红了，一会儿不会起包吧？"

她靠得很近，灼热呼吸再次触碰到他脖颈，几根碎发也似有若无地拂过他领口位置，调皮地往里探。

微凉的手指在他喉间轻轻拭过。

视觉被封印，一切触感被放大。

漆黑一片的静谧里，神经安静跳动，如同一只蛰伏在陷阱里、等待反攻的兽。

只可惜狩猎的另一方毫无所觉。

林循若无其事地用手指擦掉他喉结上残留的作案痕迹——她的口水。

"行了，等下我帮你抹点花露水，"她咳嗽了一声，硬着头皮转移话题，"那现在先陪我去退个快递？"

说完，林循拿上鞋柜上那个沉甸甸的快递，率先出了门。

门里的人却一直没动作，绷着下颚，像是在忍耐什么。

过了好半天，他才总算伸手拿上挂钩上的外套、换了鞋跟她出来。

压下满心燥意。

外头风大，沈郁将挎在臂弯的格纹薄呢大衣套上。

里头是正经的白衬衫，一身笔挺，更显得长身玉立、俊挺又痞雅。

再加上手上拎着的那根碳黑手杖，简直像个上个世纪的英伦绅士。

林循打量他好几眼，忍不住伸手去牵他："拿个快递，打扮得这么花枝招展的干吗？"

他一边翻领子，一边勾了勾唇角，语气半真半假："勾引蚊子。"

"……"

她刚反应过来，又见他伸手，挠了挠喉结，十分淡定地说了句："某些蚊子，就爱躲着，偷偷咬人，怎么办？"

林·咬人不见血·蚊子："……那是挺怪的。"

快递点在小区东门口，离他们这栋还比较远。

两个人并肩走着，沈郁忽然伸手，不由分说从她怀里挖过那个沉甸甸的快递箱："我来拿。"

等箱子到手，他颠了颠重量："这么沉？买了什么，怎么没拆就退了？"

林循摇摇头："不是买的，我也不知道是什么……别人送的。"

"？"他忽然停下脚步，眉心意味深长地抬了抬，将那箱子左右摇晃了下，仿佛想要靠细微的声响分辨出里头的东西。

无果后，他才勾唇，声音痞沓又危险："别人是谁？追求者？"

林循面不改色地认下来，口吻轻松："没错，一个追了我七八年的人。大概是非我不可吧，动不动就给我寄东西，我搬家、换地址、换号码都没用。"

她说完，期待中的打趣和带着醋味的调侃没落下。

林老板偏头看去，却见他表情有点凝重，面色也冷了些，问她："搬家换地址换手机号，都没用？"

"嗯。"他没再吭声，直接将快递箱搁在地上，弯腰三两下撕开胶带。

林循"哎"了一声，想要去拦，却没拦住。

包裹被打开，沈郁蹙着眉毛，伸手摸了摸里面的东西。

指尖拨开一层层泡沫纸，摸到了一个细细长长的玻璃瓶，边上还有别的东西。

他摸着那瓶东西，面色更加难看，却又看不见，语速加快问她："是什么？"

林循连忙说："你放心，是两瓶红酒。"

她又把看到的东西一一跟他说："还有一盒冰皮月饼。"

沈郁"嗯"了声，皱着眉把每个角落都仔仔细细摸了，确定没有任何有威胁的东西，才敛了眼皮，又把快递箱拎起来，才继续开口问她："……这什么人？"

林循张了张嘴，不知道怎么说。

他大概听出她不想回答，嘴角慢慢拉成一条线，好半天后，仍是说："这已经算是骚扰了，可以报警。"

林循看着他满面肃色，怔了怔，好半天后，故作轻松地提了一句："前几年报过，没用。"

她顿了顿，云淡风轻地说："警察也像你一样检查了里面的东西，没发现什么不好的……就觉得是我大惊小怪。算了，我又没受到什么实质性的伤害。"

她说得轻巧。

第二次收到赵一舟和王素梅的包裹，是她在南电读大三的时候。

快递直接寄到了宿舍里，连她在哪儿上学，住哪栋楼、哪个宿舍号都一清二楚。

林循刚做完兼职回来，看到室友帮忙拿回来的包裹，当即恶心得没吃下中饭，拆都没拆，拎着直接去了派出所。

听她叙述完事情经过，派出所里几个民警也觉得事情挺严重。

几个人还戴了手套，郑重其事地拆开包裹，小心翼翼地把东西都拿出来——结果可想而知。

那一沓厚厚的、言辞恳切的信和昂贵却无害的礼物对她造不成任何威胁。

林循不记得当时自己是什么心情。

后来几年，她又陆陆续续收到过好几次包裹，但再也没报过警。

"没受到实质性的伤害？"

他听她轻描淡写地说完，眉眼却凛冽："你换了多次地址都能被追踪到，对方如果不是找人跟踪你，就是通过某种手段得到了你的信息。而且，哪怕他送的东西无害，但这种行为本身就是骚扰，侵害了你的隐私权，骚扰了你的生活。"

"不是实质的人身攻击才叫伤害，只要你自己觉得某种行为侵犯了你的权利，就是伤害。"

林循倒是第一次听到这种说法。

她这方面的意识一向很薄弱，从小没得到过良好的教育和引导，报警是她能想到的唯一办法。

她没再嘴硬，私心里也很想解决这件事，于是喃喃问道："那怎么办？"

"有很多解决方式，看你想要做到什么程度。可以先出具律师函警示，如果对方再犯，就拿着律师函和再次收到的包裹，直接起诉。如果知道他的单位信息，直接投诉到直辖单位，兴许比找警察更有用。"沈郁一口气说完，脸上表情依旧不轻松，"我等会儿联系我的……认识的律师，你把那变态的详细信息，以及他为什么要骚扰你告诉我。"

他甚至已经不再用所谓"追求者"来美化这个行为。

然而这个身份本来就是林循编的。

如果当真是追求骚扰倒好了，可对方是个罪犯。

她下意识不想把他扯进这种撕扯不清又暗含危险的事情里，也怕吓着他。

林老板揉了揉太阳穴，把他的建议一一记住，淡淡道："没事，你不用操心，就是我的一点私事，我自己看着办吧。我也有熟悉的律师，回头去咨询一下……不过，谢谢你给我科普。"

她说完，身边许久没动静。

林循抬头看去。

他低着头拿着那个快递箱，脸上没什么表情，唇亦抿得紧。

不用他操心的私事。

他还以为，他们的关系和从前有很大的不同。

林循登时觉得氛围有点压抑。

片刻后，他的语气恢复疏懒，甚至有点陌生距离，却还是妥帖地说："行，这次你自己处理，但再有这种事，记得告诉我。

"如果，你想说的话。"

林循敏锐地意识到，他好像生气了。

她倒不是存心想隐瞒，只是不知道从何说起。

这个故事太漫长了，而且沉重得让她张不开口。

"……好。"

接下来一路，两个人都没说话，各走各的。

林循一边走一边瞄他，几次欲言又止。

转眼便到了网点门口，沈郁伸手把快递给她，依旧没吭声。

林循暗自叹了口气，去把快递寄了，趁着快递员重新包装，转身看着他。

在这嘈杂的市井街道里，他的样貌实在出众。

来寄快递的人们都不住回头看他，等看到他手边拎着的盲杖后，满眼惊艳又变成惊诧。

他对这些目光毫无所觉，整个人没什么表情，像是要融进冷风里。

亦完全没有要跟她讲话的意思。

林循忽然觉得心脏莫名其妙往下沉。

就好像回到了刚重逢的时候，他也是这样的态度，不远不近的陌生人，疏离又冷漠。

当时觉得很正常，现在却半点都受不了。

"姑娘，你这酒还挺贵的，外国牌子啊，送亲戚？"

林循没反驳，笑了笑。

"那我给你多包几层。"

快递小哥包完，称重，说道："同城寄送，当天就能到，一共三十二。"

林循点点头，扫完快递费，三两步走到沈郁身边，犹豫了片刻，伸手去钩他的手指。

他淡淡偏过头不理会，手指却到底没抽开，任她钩着。

林老板心里莫名松了口气，弯了弯眼睛，斟酌了片刻，问他："你上次说，去不熟悉的地方会恐惧……那摸到不熟悉的东西呢，也会吗？"

"会。"他没隐瞒，"怎么了？"

林循的手指慢慢穿插进他的指缝，与他十指相扣，又问："那你刚刚担心那箱子里有危险的东西，怎么还敢伸手去摸？"

甚至一丝犹豫都没有。

"电视里像这样来路不明的恐吓包裹里还会有蛇呢，你不怕吗？"

他脸色又绷了绷，觉得她简直明知故问，得寸进尺。

"我反应慢，不行吗？"

"哦，那也行，正好，我就喜欢反应慢的。"

"……"

眼前的人还是没吭声，眉头却微动。

林循肆无忌惮盯着他每个表情，方便调整策略。

声音试探着软了半分，手还晃了晃他的手："不想看你冷着脸，都不帅了。"

他依旧没说话，良久"哼"了声，脸色却缓了不少。

林老板勾了唇角，继续顺毛撸："我知道你是关心我，只是，这件事比较复杂，只言片语很难说清楚，我先自己处理看看，如果弄不好再找你，行不？"

她态度真诚，他闻言沉默了片刻，最后挑了挑眉问她："没撒谎？"

林老板诚实地摇摇头："撒了。"

眼看他眉头又拧起来，她语气淡定地坦白："抱歉，我上上句话的后半句撒谎了。"

"上上句话，后半句？"

他重复了一遍，在记忆里回溯，却又听到她一本正经地说："你就算冷着脸，也是大、帅、哥，我最喜欢的那款。"

"……"

饶是某人对自己的长相再有自知之明，此刻也被她这哄人的手段勾得有点不自在。

好半天后，他磨磨牙，"啧"了声，忍不住伸手弹了下她额头："林老板，你大学念的是恋爱专业吧？这么会？都在哪儿实践的？"

林老板大言不惭地点头："从大学到现在，是审了很多言情剧本来着，但还是缺乏实践，要不——

"你给个机会？"

他不知道她又要说什么骚话，顺从地接茬："……什么机会？"

她语气却没再不正经，甚至有点认真。

"后天就周末了，沈郁，你要跟我约会吗？"

3

林老板问完，仰头看他，却见他面色有些恍惚，好半晌没有回复。

她捏了捏他手心，问道："怎么，周末没空吗？"

眼前人总算恢复散漫的笑："有空。就算没空也得有空。"

只是难免有点晃神。

十七岁的他大概无论如何都想不到，会有这样的时候——肆无忌惮的冷风里，她握着他的手，问他要不要去约会。

"哦，"林循眨眨眼，大大方方地说，"那就周六吧。"

"好。"他回答得简短，但声音却沉沉，音色也十分好听悦耳。

林循偏头看他眉眼，更觉得自己的想法当真无比正确。

喜欢不喜欢的，计较那么多干什么。

甜不就好了。

等到单元门口分别的时候，林循才发觉自己口袋里被塞入一个东西。

她挑了挑眉，想拿出来看看是什么，手却被握住。

沈少爷手指懒洋洋地挠她手心，良久后才松开她，催促道："上去吧，早点睡。"

"哦。"林循目送他进了房门，才往楼道上走，一边好奇地掏口袋，摸出一支白色的管状物，像是放大版的牙膏。

是她没见过的品牌，"L"开头的。

她辨认了下包装上的英文字，才知道原来是一支护手霜。

林老板脚步顿了顿，转身看向 101 室厚厚的铁门。

忽然想起白天吃饭的时候，他似是无意地一寸寸摸过她手指上细碎的茧与伤疤。

没想到他竟然记住了，还出门买了护手霜。

……

夜色已深。

林循将晒在阳台的几件衣服收了，一件一件叠进衣柜里。

她坐在地板上叠晾干的毛衣，神思却忽然转到沈郁刚才说过的话上。

赵一舟和王素梅给她寄快递的事，真的可以算骚扰吗？

如果算的话，能解决？

她敛着眉眼，动作利落地把最后几件衣服全叠好摆放整齐，拿着手机去了阳台上，久违地拨了孙律师的电话。

铃声响了许久，电话才被接通。

孙律师的口吻倒是热络："是小林啊，怎么给我打电话了？有什么事吗？"

林循听他那头的声音安安静静的，只除了文件翻阅的声音，便猜到他还在事务所工作。

孙律师名气大，找他诉讼的案件都是大案难案，他工作勤勉，几乎全年无休。

林循本也不好用这点小事烦扰他，但实在不认识别的律师。

且孙律师从头跟她父亲的案子，对前因后果再清楚不过。

于是她十分简要地把事情说了一遍，有点犹豫地问："孙律，他们给我寄的包裹里确实没有什么有害的东西……这种情况，能处理吗？"

那头孙律师的语气十分惊讶："他们这七八年来时不时给你寄包裹？而且不管你换什么地址、手机号，他们都能找到你？"

"是这样，"林循不太懂这些，"不知道怎么打听到的。"

孙律师叹了口气，又问她："这些事你怎么从来没跟我说过？"

林循解释道："我以为不是什么大事。"

孙律师却很不赞同，他手头经过的刑事案件多如过江之鲫，很多都有先兆。

"这种事可大可小，往大了说，他们作为当年惨案的施害者，为了减刑一再打扰被害者家属，并且人肉你的信息，是有构成刑事犯罪隐患的；往小了说，这种行为也违反了民法里对于隐私权的规定，在没经过你本人的同意下，侵扰了你的私人生活安宁。"

林循听他的口吻与沈郁一致，总算知道这事儿的确不是自己大惊小怪。

"那您觉得，我该怎么办？"

孙律师沉思了片刻，又细细问她赵一舟给她写的这些信里，都提到过什么。

林循把大致内容说了："他写得倒是恳切，但每次内容都差不多，无非就是强调自己怎么怎么努力服刑劳改，并且出狱之后要多照顾我。"

孙律听完，语气却没她这么轻松："他强调了出狱之后会照顾你？"

没等林循反应，孙律又说："正常悔改的罪犯，大多心有歉疚，不愿意打扰受害者家属，如果真的要弥补，也是出狱之后再说。而服刑期间就一而再再而三侵扰的，我这里也接到过不少案例，有服刑者给受害者及其家属寄'软威胁'信件的，其中的恶意都不会明写出来，最常见的就是出狱后'关照'的说法。"

他担心林循没听懂，说得更直白了点。

"潜台词就是——如果你不出具谅解书，那就等着我出狱之后再找你算账。

"并且，出狱之后实施报复的，也不在少数。"

林循听着他的话，忍不住倒吸一口冷气。

她之前只觉得烦不胜烦，却完全没想到这一茬。

她心里一凛，想到好在赵一舟现在还在服刑，威胁不了她，才总算松懈下来："这种情况，警察也不管吗？"

孙律师摇了摇头："不过他言辞小心，没露出什么端倪，我们的猜测当然不能当作证据。那几封信你还留着吗？"

林老板怔了下，赧然说道："有几封留着，有一些被我撕了……"

"没事，有就行。你把信件拍照发给我，包括你每次收到快递的时间、地址和单号。我马上出具一封律师函寄到赵一舟家里以及龙湖监狱，同城寄送，快的话明天就能到。"

他继续说："如果他们之后还不消停，那再谈后续的维权追责，或者起诉。"

林循听着他一一说着章程，只觉得心里一安，不禁松了口气，便跟他谈咨询和后续的律师费。

孙律听她公事公办的语气，忽然想起她当年的样子——红着眼睛闯进他办公室，一双手狠狠抓着他的袖子，拿着不知道哪儿来的银行卡，连转账都不会，直把卡往他手里塞。

"孙律师，这里面有二十万，您帮帮我爸，帮帮我们。"

之后的每天，一大早事务所还没开门，这姑娘就一个人蹲在门口等，天天来，连他助理都烦了。

后来听说她奶奶也去世了。

姑娘又没学上，没亲人，整条命整颗心都挂在这件案子上。

像个孤魂野鬼。

这么些年，他偶尔也会跟她通个电话，知道她打工供自己念了大学，现在在昼山有了一份事业，还买了房子。

他儿子也就比她小一两岁，月初还在问他要钱买游戏机。

他叹了口气，忍不住说道："律师函而已，对我来说没多少工作量，收费的事，以后如果真的要诉讼再说吧。小林啊，再有这种事，你别一个人扛着，心里藏着这么多事，容易生病，心理上的疾病有时候比生理上的，更麻烦。"

林循没吱声。

孙律师知道她性子倔，也不再劝，揉了揉眉心要挂电话。

只是按下去之前，听她语气恳切，说了句："多谢您，我知道了，我下次注意。"

兴许是跟孙律师通了电话，心里安定，当晚林循睡了个好觉。

第二天，她一大早便到了工作室，效率很高地从商用音包里挑了几条适配的背景音乐交给张成玉，又开始参照宣传片里的台词选取适当的音效。

广播剧对于音效的选择，有时候比影视剧还要精细，毕竟没有画面加成，听众们的所有想象都依赖声音的呈现。

一条三分钟的宣传片，音效不下百个。

一直工作到下午四五点钟，林循才总算干完活，摘下耳机，伸手按了按酸痛的耳窝。

汤欢见状又推了杯护耳茶过来，面不改色地勒令她喝下去。

林老板一口气喝完，被苦得龇牙咧嘴，忍不住啧声道："汤老板，我怎么感觉你把我当古代的牲口在用？"

像是拉磨的驴，使唤完了塞一口杂草，再接着使唤。

汤欢挑挑眉："有什么区别吗？哪天你要是聋了，咱们工作室也就走到头了。"

她话锋一转，突然问："这两周你是不是没去做耳疗SPA？我查了一下，卡里的次数没少。"

林循的确是忙忘了。

她忽然想起什么，问道："这卡可以带别人一起吗？"

"可以啊，随便你，反正是用你的钱冲的卡。"

林·长工·循："……"

林老板没再跟她贫嘴。

敲了一天的键盘，指腹有点涩疼，她原本不在意地甩了甩，忽然想起什么，从包里翻出昨晚沈少爷送的护手霜。

打开盖子，里面还有一层铝箔封层。

林循随意地揭开，挤了一大坨抹在手背上。

她手上皮肤很差，爱干燥还爱长冻疮，所以这些年偶尔也会用护手霜。

但她其实并不喜欢用，觉得香气太重，闻着呛人，而且涂在手上黏黏腻腻的，很碍事。

但这款护手霜却没有什么香味。

林循使劲闻了闻，只闻到一股很淡的草本味道，心里顿时觉得沈少爷的品味还不错。

还不等她抹开，一旁汤欢探头看来，十分震惊地"嘶"了一声："你挤这么多？"

林循不知道有什么问题："不该挤这么多吗？我手不小。"

她手指在女生里算长的。

"不是该不该的问题，林老板，你最近赚到什么外快了吗？"

汤欢小心拎起那支护手霜，来回看了一眼，咋舌道："这护手霜我都不舍得买，比很多面霜还贵。"

林循闻言不由得疑惑："面霜很贵吗？"

她用的都是开架商场随便买的基础老牌国货，打折的时候囤，一罐一百都不要。

这些东西她一向不讲究，只要有补水功能就行。

汤欢没忍住，幽怨地看了她白白净净的脸蛋一眼，哀叹道："行了，别炫耀了，有意思吗？"

"……"林循真不懂自己炫耀什么了。

汤欢又把话题扯回护手霜上，拿起手机飞快地在某个购物软件里搜了一下，举到她面前："就是这款，官方旗舰店标价，你这个还是大包装，价格得乘以2。你什么时候这么有钱了？"

林循随意扫了一眼，下一秒，眼睛眨了眨，又眨了眨，怀疑自己多看了一个零。

她忍不住倒吸一口冷气，捏起那根毫不起眼的白色管子看了看："乘以2，那这玩意儿……要一千七？"

好半晌，林老板盯着自己手背上那一大坨膏体，简直想把它们抄起来塞回去。

她觉得自己刚刚挤了能有十分之一。

也就是，一百七？

"……"

片刻后，林循眼不见心不烦般，迅速把其中一半在手上搓匀，然后又把另一半刮在汤欢手上，镇定地说："给你来点，别浪费。"

半晌后。

林循盯着桌上放的护手霜，还是没忍住给沈郁发了条微信。

循：你送的护手霜，我用了。

没过多久他便回了。

沈郁：嗯，好用吗？不喜欢的话，我换个别的。

"……"林循手速飞快，但语气还算是收着，尽量没有说教的意味。

循：好用是好用，就是会不会有点太贵了？

谁知她的斟词酌句却没换来他的半点反省。

沈郁：好用就好。

林循看着某位不食人间烟火的大少爷轻飘飘的几个字，觉得这件事还是有必要跟他好好说一下。

她其实完全没打算插手他花钱的方式。但这钱现在花在她身上。

上次送的耳机已经很贵了，可毕竟是生日礼物，一年也就一次，她还勉强能够接受。

没想到随手塞给她的护手霜都要这个价格。

林老板沉思片刻，还是决定给他打个电话聊聊。

与此同时，沈郁正在临江阁的家里。

他上午临时有个录音，一直忙到刚刚才结束。

两个助理，方忖和苏世城都跟着一起忙到现在。

回林循消息的时候，沈少爷正坐在沙发上，订周六晚的游艇私宴。

昼山水系发达，东面靠海，连接其中的是绵江。

绵江北岸是昼山最昂贵的别墅住宅区——临江阁就在中心。

南岸则是整个昼山最繁华的地方，CBD商圈、纸醉金迷的娱乐场所都开在这附近，亦有全世界最顶尖的餐厅。

其中环境最好的，是绵江上的游艇晚宴。

他周遭不乏有钱纨绔的公子哥，成天没有正事，开私人游艇沿江出海，邀一些小明星、歌手，办些无聊的宴会。

那种场合沈郁从来不去，名下的几艘游艇也闲在港口发霉。

但，第一次约会，总得给她一个舒适的体验。

沈郁搜索着信息，忽然记起在林循心里，他贫穷的经济条件，脸蓦地黑了半晌。

考虑良久，他总算没大张旗鼓地动用自己的私人游艇，退而求其次，找了一家评分还不错的游艇餐厅，选定了个两个人的包间。

够平价了吧。

刚预约没多久，那头林老板的电话打过来。

沈郁勾了勾唇，戴上耳机，推开临江阁靠江的落地窗，走到二楼阳台上。

未至黄昏，江风携着太阳未落的余温。

"林老板，下班了？"

他想到明天的约会，声音不经意放得轻柔，面上疏懒的笑意令客厅里正在帮忙整理电子剧本的方忖和苏世城忍不住面面相觑。

电话那头有点欲言又止，过了片刻，女人喑哑清冷的声音十分正经，没半点旖旎。

"沈郁，你有时间吗？我想跟你聊一下。"

沈郁怔了片刻，连忙问道："怎么了，出什么事了？"

"也没什么大事，"林循尽量让自己的语气听起来比较和缓轻松，"就是想跟你说一下那个护手霜。我本来不认识那个牌子，还是汤欢告诉我，这牌子很贵。她帮我查了一下，你送我的这支要一千七。"

她顿了顿，继续慢悠悠地说："我知道你从小家境优渥，也是第一次谈恋爱，所以想送我一些好的、贵的东西，我很领情，也很感激……但——"

林老板叹了口气，硬着头皮说到很现实的话题："你是想跟我在一起多久啊？"

"……"

还没等他反应过来，又听她稍微有点严肃地说："在一起两天，就连送了两个这么贵的礼物，除非你只是三分钟热度，过两天就想分手，不然你有多少钱可以挥霍在我身上？我又该拿什么还？"

林循其实觉得说这件事很尴尬。

但她现在知道自己走心了，也想要把这段关系继续下去，所以不能不提。

可一口气说完，对面忽然没了声响。

几秒后，他的声音低低的，带了些懊恼和莫名的憋屈。

"……没想分手。一千七，很贵吗？"

林循听得一怔。

他很少用这样的语气说话。

不论是从前还是现在，沈少爷一贯冷淡又自带锋芒，说话做事一向高高在上、不近人情。

但这句话说出口，却没半点气势。

反而，有点像是不经意做错事的孩子，想犟嘴，但又不敢太大声。

林老板顿觉自己的言辞似乎有些严厉。

想到他辛辛苦苦攒钱给她买礼物，却没得到满意，大概是个人都会委屈、不开心的。

她于是放软了语气，将话筒贴在唇边，低低哄他几句。

"沈郁，你别生气，我没有别的意思。

"咱们一起努力，未来如果你真的能在这一行站稳脚跟，有足够的收入，你送我多昂贵的东西，我都高高兴兴收着，行不？"

"如果现在就已经是呢？"他话音落下，听筒里，他的呼吸浅淡。

林循没听懂，下意识重复："现在就是什么？"

他的声音不疾不徐，带着些许漫不经心的试探："如果我现在就很有钱呢？"

林循听着他的假设，不禁想到他这么多年窘迫的遭遇，心腔忽地一疼。

如果他没有遭遇那场事故，没有失明，也没被沈氏厌弃。

那么，凭借他的家世和头脑，再不济还有昼山大学的文凭，或许一千七的护手霜，对他来说，的确没什么。

林循胸口微滞，旋即漫上一阵钝钝的疼。

是啊。

如果是那样的话，他可以生活得很好，这世界上再好、再昂贵的东西，他都值得拥有。

他的天地，本不只有这么大。

也不用跟她这样的人——满脑袋狗血官司、无父无母、请不起好的 CV、连房贷都快还不起的广播剧小老板在一起。

但哪怕是这样，他也只是想给她最好的东西而已。

没做错什么。

林老板想到这儿，眨眨眼，换了只手拿手机，打电话前想认真谈判的气焰全没了。

"不要想那么多，嗯？如果你现在很富有，我们就不会重逢，我也不可能找你帮忙……"

她弯了弯唇角，跟他摊牌："那样的话，我们就是两个世界的人了。我其实，会有点自卑的。"

是真的。

十七八岁的时候装着什么都不在乎。

但每天中午啃着昨晚卖剩的鸡脖子，穿着廉价土气的衣裳，用着比手指头还短的铅笔的时候。

虽然没抱怨命运不公，自卑却是真的。

所以她从来不主动找这个每天吃着米其林三星的前桌搭讪，尽管教室里只有他们两个人。

甚至，她不会像其他女孩子一样，谈论他长得有多帅、个子有多高、头脑有多好。

哪怕偶尔听到他的声音，难免也有过一次又一次的悸动和心跳难忍，也绝对不敢让那初始的情绪往下延伸，不允许自己有半分妄想的可能。

更遑论像现在这样，明目张胆又肆无忌惮地觊觎他，想要拥有他。

十年前那个贫穷难以维持生计和体面的女孩子，给自己设置了一条最初的、绝不逾越的分界线。

不要多看他一眼。不要多听他讲话。

不要跟别人一样，对他动心。

因为你们，不是一个世界的人。

倘若不是这次相遇，这个人，只会成为她记忆里那个众星捧月、矜贵又疏离的天之骄子。

仅此而已。

林循忽然觉得眼眶有点酸，很想抱抱他。

命运对他们都不公平，但对她，似乎又施了一份偏爱。

"虽然我很希望那场灾难没发生过，也宁愿你从没遭受过这些痛苦和不公平的对待……但它如今已经发生了，"林老板的声音散在柔柔的风里，"那么沈郁，欢迎你，来到我的世界。"

像个原本至高无上的神明，降临在她黑漆漆、乌糟糟、一无所有的世界里。

让她有幸能够赖上他。

– 上册完 –

看不见你的第十年

【下册】

钟仪 著

四川文艺出版社

/第十二章 野蛮生长的藤蔓/

要不然算了吧。

1

林循从来没跟他说过这么肉麻的话，也没跟人这样坦白地剖析过自己。

平时再露骨的调侃和挑逗，她都能厚着脸皮淡定地说出口，可方才这几句，她说完之后连自己都愣了愣。

好在不是当面。

林循咳嗽了一声，掩着手机麦克风口，匆匆说了句"汤欢他们在找我，拜拜"，就挂了电话。

电话那头，沈少爷捏着手机，在阳台上站了好一会儿。

脑海里依旧是她玩笑般轻飘飘的那句话——"那样的话，我们就是两个世界的人了。我其实，会有点自卑的。"

他忽然无比庆幸，当初没拗过老太太，跟着搬回了晟霖苑。

半晌后，沈少爷神色难明地往宽敞的客厅走。

他坐回沙发上，打开刚刚预订好的餐厅页面，思索了一会儿，转过头问方忖——苏世城亦是从小锦衣玉食长大的富家子弟，他自动略过了苏世城。

"过来帮我看一下这个餐厅价格贵不贵。"

方忖疑惑地偏头过来，等看到屏幕上的双人晚宴价格，眼睛瞬间睁大了。

还贵不贵？这难道不是在抢钱吗？抢钱就算了，还附赠一顿晚饭？

他好半天不知道说什么，便又听到老板平静地问："你和你女朋友平时约会订游艇晚宴的话，这样价位的合适吗？还是得再便宜点？"

"……"方忖实在忍不住，没好气地白了他一眼，反正他都看不见。

"不好意思哦老板，这题我不会。我和我女朋友约会的时候，没订过游、艇、晚、宴。"

沈郁听出他的阴阳怪气和愤懑，眉头忍不住蹙了蹙，也意识到这价位肯定比自己想象的要高。

那头苏世城听他们议论什么贵不贵的，放下手头正在处理的工作，好奇地探头过来看。

等看到屏幕上那家餐厅，他乐道："这家是法餐，开业的时候我去过。怎么说呢，菜色倒是中规中矩，但人很多，比较吵，环境跟私人游艇比起来还是差一些。郁哥，你要带妹子去吃饭？你不是有几艘私人游艇吗？我可以给你介绍几个法餐厨师跟艇，保证比他们做的好吃。"

方忖默默地往旁边挪了挪，半点都不想跟他们这种不食人间烟火的公子哥搭话。

可没想到，沈郁听完却轻嗤了一声，半点不领苏世城的情。

他慢悠悠把餐厅取消了，站起身往录音房走去，头也不回地来了一句："别年纪轻轻就这么奢侈浮躁，钱是那么好赚的吗？多学学方忖，沉稳点。"

"……"

"……"

一句话，被拉踩的双方都黑了脸。

苏世城：我奢侈？昨天嫌我推荐的护手霜看着廉价的人，是谁？从小到大最挑剔、最奢侈、最眼高于顶的人，是谁？

方忖：如果贫穷就是沉稳的话，我宁可浮躁。

林循打完这通电话，把处理完的音效包发给张成玉和李迟迟，旋即拎了包回家。

刚到家，便又收到沈郁的微信：抱歉，是我考虑不周，我以后会注意。

她眨了眨眼，因为在换鞋，所以一下腾不出手回复。

再等她拿起手机，才发现他大概以为她没消气不愿意回消息，又发了两条消息过来。

沈郁：别生我气，行吗？

沈郁：[求消气.jpg]

林老板看着屏幕上的那个"摇尾乞怜撒娇的小狗"表情包，惊讶地张了张嘴。

他居然还会发这种表情包。

半晌后，她忍不住在脑海里把这个表情跟沈少爷那张倨傲无边的脸联系在一起，忍不住笑出声来。

她笑了一会儿，语气淡淡地回了句：这表情包不错，以后多用。

片刻后，他又回：好。

沈郁：明天想去哪里吃饭？你挑个合适的餐厅，我订一下。

他主动问她要去哪里吃饭，看来是把她的话听进去了。

林老板满意地弯了弯唇角，不由得上网搜了一下附近有哪些还不错的餐厅。

搜了好久都难下决断，有点担心踩雷，而且有些饭店的菜色看着就很不方便食用。

除了偶尔跟程孟一起下馆子，她平时很少外食，所以对各种餐厅、菜系都不怎么了解。

林循思考了一会儿，打开跟程孟的微信聊天框，犹豫着戳过去一句。

循：程大记者下班没？问你下，有什么比较适合两个人吃饭的餐厅？环境好一点的，价位合适就行。

程孟迅速回了消息，发了几家餐厅过来。

玛丽莲孟露：这几家都是我和陈诺之的心头好，保证不雷。

玛丽莲孟露：不过，什么情况？你今天这么礼貌还问我下班没？

玛丽莲孟露：而且，两个人吃饭？你跟谁啊？

林循眨眨眼，本来她觉得跟沈郁之间的关系不太认真，所以没打算告诉共同认识的人。

但现在突然觉得没那么多忌讳。

循：我脱单了，明天要去约会。

半分钟后，手机铃声如预料般炸耳。

林循好整以暇接起来，下意识把手机听筒口拉远了点。

果不其然，程孟的声音简直要掀翻屋顶。

"真的假的! 你居然脱单了啊啊啊啊啊啊啊，今天不是愚人节吧? "

程孟的声音里止不住的兴奋："快说，是谁? "

林循等她激动地号完，才咳嗽了两声说道："就我之前不是跟你说，被一个人的声音迷住了嘛，你还记得不? "

程孟惊呼："我当然记得了，那可是你这万年铁树第一次开花，还问我会不会因为声音好听开始觉得对方长得好看……所以，你对象是个CV大大? 网恋奔现? "

程孟作为一个"声控"，简直不要太震惊，不等林循回复继续狂轰滥炸："是哪个大大啊，我认识吗? "

林循淡定地回答："嗯，你认识，不过不是网上认识，而是现实生活中认识……是沈郁。"

电话那头，程孟突兀地安静了三秒钟，惊呼声竟然比之前更大声，又夹杂着一股莫名其妙的激动："天哪，你和沈少爷？你们俩在一起了？我就知道，天哪，我就知道！"

林循挑了挑眉："什么你就知道？你还能猜到我会跟他在一起？"

连她自己都想不到，现在想起来，都觉得像是在做梦。

电话那头，程孟窸窸窣窣着不知道在干什么，匆匆说了句："你等着，我找点东西。"

然后就莫名其妙地掐断了电话。

林循听着电话那头突兀的"嘟嘟"声，眨了眨眼，着实跟不上程记者跳跃的思维。

她摇了摇头，回到微信聊天框，把程孟推荐的那几家餐厅看了一遍，选了一家比较温和的粤菜，发给沈郁。

循：那就这家吧，我让程孟推荐的，她说很适合两个人吃。

沈郁：嗯，我马上订座位。

过了一会儿，他又发过来一条。

沈郁：我们在一起的事，你告诉程孟了？

林循不太清楚他问这个是不是觉得不妥，斟酌着回复：嗯，应该没事吧？孟孟是我最好的朋友，你刚刚打电话的时候说过，跟我在一起不是三分钟热度，暂时也不想分手。那告诉她，也没什么吧？

良久。

沈郁：那你呢？

林循眉头跳了跳，明白过来他这句问话是在问什么。

她心脏跳得有点快，脸也有点红，好半天才回：我也不是。

过了几秒。又补了一句。

循：我也不想分。

她很鸡贼地，没加暂时。

发完这句话，林老板脸皮有点烫，想把手机推开不看，但又想知道他会回什么。

谁知道他并没回，反而直接打了个电话过来。

一天之内两次电话，怎么想都有点腻歪。

接起来之前，林循不自觉地清了清嗓子："干吗？"一张口，她突然有点嫌弃自己的声音。

怎么就这么低哑呢，她想起刚刚跟程孟打电话时听到她的声音，连尖叫都软软的，好听极了。

林老板有点懊恼，还不如发微信好了。

可下一秒，等听到他的声音，又觉得电话真是这世界上最伟大的发明。

听筒里传来的笑声落拓清疏，喉音漫漫，如同五月杨絮温和俊雅，覆盖在她耳窝上。

"不干吗。

"就是，想跟你说一下。

"我很高兴。"

林循的嘴角一点一点抑制不住地翘起来，好半天"哦"了一声。

一时间通话双方都没再说话，只剩他散漫的呼吸声撩着她的耳朵。

林老板用指尖触了触发红的脸，内心忍不住惊呼。

这个人，怎么连呼吸都这么好听啊。

"那我上配音课去了，"他终于舍得挂电话，"明天，约会见。"

林循被撩得神魂颠倒，连再见都忘了说，直愣愣地握着手机站在原地。

许久后，她才回过神来，看了眼时间，才发现的确快到六点钟了，一周三次的配音课，她也没落下。

她十分克制地忍住了再给他打一通电话的欲望，想要转移一下注意力，于是切回和程孟的聊天框。

循：你找什么呢？不回我要去听课了。

玛丽莲孟露：去吧去吧，一时半会儿找不到，等我找到再跟你说。

循：行吧。

结果直到晚上睡觉前，程孟都没给她回复。

2

第二天是个难得的晴天。

林老板特意定了早起的闹铃，破天荒地捯饬了一番。

挑了条不常穿的连衣裙，还久违地化了个淡妆。

她收拾好自己，给沈郁发了条微信：你到单元门口等我吧，我马上好，一会儿就下来。

可过了没多久，门铃却响了。

林老板猜也知道，应该是他上来接她了。

就这么楼上楼下的，还用接吗？简直瞎折腾。

她想是这么想，嘴角却忍不住勾起来。

林循一边挽着头发，一边加快步速走到玄关。

刚开门,她视线便是一停,片刻后,面上笑意一缓。

门口站着个快递小哥,戴着顶蓝色的快递员专用帽子,长着一张很普通的面孔。

应该是之前给她送过快递。

她思绪飞速飘过,面前的快递小哥便对她温和地笑了笑,白净的面孔上忽然露出一对梨涡。

看着也就比她大三四岁。

接着,他将手里拿着的快递盒递给她:"小姐,你的快递签收一下。"

林循有些疑惑,怎么又有快递?难道又是赵一舟送来的?

孙律说,昨天他们就已经收到那封律师函了。

怎么还不死心?

她皱了眉,下意识伸手去接,可快递另一侧的手却没松开。

她稍稍用力扯了一下,依旧没动静。

林循不解地抬眼看那快递小哥。

却见他面上和煦的笑意一点点消失,压低帽檐下的那双眼睛,不带任何神色地盯着她。

冰冷的视线肆无忌惮地从她的脸上,一寸寸落到她白皙的脖颈、平直的肩线,再到裙摆。

林循看着他那对沉冷的眉眼,一瞬间,忽然想起了很多细碎的画面。

这个人她好像,见过很多次。

不仅是在楼道里。

之前在南漓,大学宿舍楼下,他应该给她送过外卖。

还有某次,在她昼山打工的店里,他似乎来买过东西。

前阵子,工作室水表坏了,他好像,也来修过水表。

……

所有画面里,那些平凡到没有记忆点的脸,忽然在此刻重叠。

林循瞬间背脊生寒,五指跟着条件反射性地发抖。

她想她大概知道为什么无论她怎么换地址,都会被他们缠上。

下一秒,林循果断地松开快递,迅速往后退了一步,手压着门把手企图关上门。

对方比她高大半个头。

她没有任何把握。

可那男人似乎早就有准备,一只脚飞快抵在门缝里,一只手反握门框,用力一推,蓦地欺身进来。

"砰"的一声，隔音效果绝佳的大门在他身后被无情地关上。

外界的一切声响与人烟，都被隔绝在门外。

视野被男人所占据，鼻端嗅到一股极呛人的烟草味。

林循下意识地一步步后退，头上却仍然罩上了陌生的阴影。

男人扔掉手里的快递盒，看着她控制不住惊惧发白的脸，忽然又笑起来。

还是那般温和无害的笑，双眼甚至无辜地眯起来，却更加无所顾忌地上下打量着她。

他的视线掠过她脸上精致的淡妆和层层叠叠的裙边，眼底闪过一丝不掩饰的惊艳。

"打扮得这么漂亮，是要去约会吗?

"我看到你男朋友了，他就在楼下单元门口，正拿着一束花等你呢。我上来的时候打量了他好几眼，可惜啊，他根本没注意到我……

"我跟你们好几天了，他是个瞎子对不对?"

林循瞳孔一缩，五指瞬间攥起来。

她把双手背到身后，掩饰住不安的颤抖。

这么多年都只是无害的快递和信，她的确早就放下了戒备，完全没想到还会有这种危险。

她慢慢拉长了呼吸，迫使自己冷静下来，开始用余光打量着周遭的出路。

玄关被他死死堵住，家里再没有其他的出口。

只有厨房里，有一把她没怎么用过的菜刀。

林老板一边压着声音里的颤抖，色厉内荏地问:"你是谁? 想干吗?"一边不着痕迹地往后退。

托重新装修的福，厨房就在几步之外，并且，是开放式的。

男人闻言短促地笑了一声，颊边秀气的梨涡若隐若现。

他继续一步步逼近她，因为占据了逃生的出口，他这会儿倒彻底松懈下来，撕开了伪装的面具，扬了扬眉。

他的笑声阴冷，声音低沉又嘶哑，满眼皆是戾气。

"我想干吗?"他说着，从口袋里拿出一把短刀，慢悠悠地走近她，"我想找你啊。臭婊子，我爸在牢里受尽折磨，你的日子倒是过得很滋润，还交了个瞎子男朋友?"

果然。

林循眉眼一紧，心脏跟着剧烈跳动起来。

她盯着那明晃晃的刀，不得不承认，此时此刻恨意、愤怒袭上心头之前，恐惧先从心头散开，游窜到四肢百骸。

她其实一直都没有那么厉害。

十七八岁逼着自己跟人干架的时候，不过就是抄着酒瓶子，赌对方没自己狠，没自己豁得出去罢了。

林循咬了咬舌尖，绷紧了神经，趁着他还在说话的工夫，迅速转身往厨房跑，拼命伸手去够刀架上的刀。

可指尖离刀柄只有几厘米的时候，腰却从背后被死死揽住。

一双强有力的胳膊死死掐着她的腰身，将她往客厅里拖。

林循痛呼了一声，冰冷又痛恨的眼泪在此刻无法抑制地涌出来。

她拼尽力气想要挣脱，发狠般去踩他的脚，身后的人却不为所动。

她双脚蹬着地板不肯就范，却还是被他硬生生地拖拽到了地毯上，两肋被那力道箍得火辣辣地疼。

下一刻，男人蹲下身来，膝盖抵着她的肋骨，死死将她钉在地上，而后伸手掐住她的脸颊，逼迫她同他对视。

林循瞪大双眼，用力咬着颤动的唇，恶狠狠地瞪着他，手还在不停地挥舞着，却被他单手轻而易举地扣住。

力量差距无比悬殊，没有任何逃脱的余地。

男人轻轻松松制住她，目光好整以暇地在她漂亮的面孔上慢慢地扫过，拿着短刀的那只手，忽然抚上她的脸庞，轻轻拭去她眼眶旁的泪。

他声音很轻，像是在讲情话。

"跟了你这么多年，怎么越长越好看了？我看过你爸钱包里你小时候的照片，土里土气的，怎么现在出落得这么漂亮呢？

"漂亮到，我都于心不忍了。"

林循瞳孔微缩，呼吸亦开始急促。

他的气息却绵长、舒适，连半点气喘都没有。

"所以我就想，如果你签了谅解书，我就放过你……嗯？你怎么就这么令我失望呢。

"这么多年，给你寄了这么多包裹和信，你倒好，半点不识抬举，竟然还寄了投诉信去监狱。"

说到这儿，男人的眼神忽然狠戾起来。

"臭山沟里长出来的贱种，穷到根里的烂货。我爸好不容易积极表现得来的减刑机会，都被你给毁了。"

男人说着，那只手放开她的脸，转而用刀刃对着她，离得很近，虚虚划下。

"让我看看，从哪儿开始呢？你男人在楼下等你，我得快点。"

290

被刀尖对着的感觉令人头皮发麻，每寸被针对的毛孔都猛烈收缩着，危机感作祟，胳膊后背成片的鸡皮疙瘩迅速爬上来。

屋子里静悄悄的。

只有男人压低的嗓音和她不断压抑的喘息与哽咽，被压在身下的双手不住地颤抖，连带着眼神也在抖。

肋骨上传来的疼痛，以及冰凉刀尖的触感，无限被放大。

林循逼着自己盯着他的双眼，企图在里面找到一丝冲动和恐惧，却全然没有。

反而是平静、兴奋、愉悦。

甚至是，快感。

一种挣扎了很多年，终于下定决心的快感。

这样的人，说什么都没用。

求生的希望很渺茫。

她可能，要死了。

不知道爸爸死之前，有没有像她一样害怕。

有没有像她一样，企图求生呢？

想到这儿，林循心里积攒的恐惧忽然散开，取而代之的，是刻骨铭心的恨与愤怒。

凭什么？

凭什么这世界上，只有她活得这么累？

这么多年，她看着赵一舟一次次减刑，再不甘心，却无能为力。

她爱的人，爱她的人，统统离去。

只剩她自己，色厉内荏地伪装自己，明明胆子那么小，却一次次硬着头皮拼尽全身力气活着。

却还是活得不好。

整日失眠、心慌、自闭，那几年里需要吃安眠药才能入睡。

这一瞬间，她突然就不害怕了。

活着这么累，那么死又能有多可怕呢？

至少——

林循忽然停止了无畏的挣扎，亦停止了颤抖，她慢慢地扬起了白皙漂亮的脖颈，去抵那刀刃。

她一双眸子静静盯着他，唇边也溢出一丝笑来："我记得你，当年的文件上有你的名字，赵帆？你也就比我大两三岁吧？

"原来，你为了让你爸减刑，跟了我这么多年啊？浪费了这么多的青春，跟坐牢有什么区别？"

"好同情你，"她一字一句地说，"因为我从一开始就不可能谅解，我做梦都恨不得，你爸哪天死在牢里呢。"

她话音落下，赵帆果然被激怒，抬手狠狠扇了她一巴掌。

林循被打得偏过头去，口腔里全是血腥味，却挑了挑眉，反而笑了："杀了我呗，然后跟你爸一样，成为一个人人喊打的杀人犯，父子俩在监狱里重逢，多美好。"

甚至会更恶劣。

这样严重的恶性报复杀人，会被判得更狠。

她反正没什么可活的，也不想日日夜夜再受纠缠和折磨。

那就让他们都不得好死好了。

赵帆脸上骤然涌上一股强烈的暴怒，拎着她又是一耳光："我爸才不是杀人犯，他……"

说到这儿，他猛地一滞："你给老子闭嘴！"

林循咽下嘴里涌出的血，仰着脖子笑。

"你觉得他不是杀人犯，有用吗？怎么，说这么多，你不敢跟他一样？"

下一秒，男人被她的话语逼得额上青筋毕露，那刀刃忽然逼近她脖颈。

林循闭上眼睛，心里忽然闪过最后一丝遗憾。

还没有跟他约会呢。

那个坠落到她身边的"神仙"。

也没能跟他更进一步。

没听到他在那种时候的喘息，以及说的情话。

一定会很悦耳，很甜吧？

再给她一段时间，她肯定会爱上他，而不仅仅，是喜欢。

或许还会有一天，磨到他也爱上她。

那这个世界上，就会有另外一个她爱的、也爱她的人了。

老天总算给她一点甜头。

可惜来不及了呢。

她的脖颈轻轻地疼了一下，可预料之中的剧痛与窒息感却没来临。

半响后，赵帆喘了两口气，再一次冷静下来："别想激怒我，也别做梦，我做好了准备才来的。"

刀尖一寸一寸割着她皮肤表层，热烫的鲜血淌下来，伴着那嘶哑嗓音里，如同鬼魅般的恶意。

"周围一个目击者都没有，你这小区也没监控，连这身快递服都是我捡的，我才不会被抓。"

"啊，不对，"他忽然惊呼一声，像是想到了什么，兴奋得声音都在剧烈颤抖，"你男朋友是唯一的目击者呢。"

他凑近她，一字一句地吐露着令人毛骨悚然的话。

"可惜，他根本看不到我。

"你猜，等他发现你的尸体，再回想起跟我这个凶手两次擦肩而过，他却根本就看不到我的脸，也没办法跟警察描述任何证词，他会怎么想呢？

"他这辈子都不会好过吧？"

他话音落下，林循骤然睁开眼。

被制住的双手再也控制不住地发着抖。

已经绝望怨恨到连自己的生命都漠视的心脏，忽然在此刻重新猛烈又痛苦地跳动起来，企图冲破胸腔，随之而来的剧痛从心尖涌开。

下一瞬间，她咬着牙根，浑身颤抖着，忽然鼓起这一生最大的勇气，主动向刀口上撞去。

鲜血刹那间飙出来。

猝不及防之下，赵帆眼皮一跳，猎物主动赴死的不爽感令他下意识移开了刀子，短暂放松了压制着她的手。

趁着这极其短暂的间隙，林循猛地蜷起身子，撞开他，飞快往阳台上冲去。

身后的人愣了两秒钟，骂了一句，朝她追来。

林循耳边嗡嗡作响，心脏跳动到了人类极限，她几步狂奔到阳台上，拼了命爬上椅子，闭上眼横了心往下一翻。

刹那的静止后。

耳边是风声。

"砰——"重物坠地的声音在耳边炸开。

同栋楼的住户都吓了一跳，纷纷打开窗子看楼下发生了什么。

单元门口，拎着花背着手站着的男人那一瞬间心腔陡然室痛，他下意识抬脚，往单元门里走。

片刻后，耳边忽然传来声嘶力竭的尖叫，那苍老又嘶哑的声音无比熟悉。

手中的花砸落，他心口猛地一跳，扔了盲杖，加快步伐往 101 室门口跑去。

手触着墙面，凭着记忆里的方向飞奔。

狭窄昏暗的楼道里，某个急匆匆从楼下冲下来的人，忽然与他擦肩而过。

对方比他矮上几分的肩膀狠狠撞在他胳膊上。

沈郁脚步一顿，下意识地侧目看去，视野里一片漆黑，只能听到对方无比粗狠的呼吸声。

像头逃跑的野兽。

他心神一凝，却顾不上去管，迅速掏出钥匙打开门，循着老太太惊恐的尖叫和不知所措的呼喊哭声，迈开腿往阳台冲去。

无比熟悉的路，却跌撞了两次。

直到终于奔到阳台上。

下一秒，他的呼吸几乎停滞。

因为一吸气，就能嗅到女人身上熟悉的柔软味道，裹挟着无法忽视的、强烈刺鼻的血腥味。

3

这一瞬间，几乎停止运转的大脑，并没办法把有限的感官信息组合起来。

视野依旧被沉沉的黑牢禁锢，耳旁是清晨嘈杂温柔的风，鼻端是脆弱的铁锈味。

直到周遭迅速地变拥挤，无数陌生脚步声踏破脆薄的枯叶。

惊呼声、窃窃私语凌乱不堪。

"有人跳楼了吗？"

"这么年轻的小姑娘，怎么看不开呢？"

"是啊，好多血，太吓人了。"

"谁叫救护车了吗？"

以及——

某个苍老混浊的咽喉里，声嘶力竭又绝望的哭腔："小林！小林！"

下一秒，世界鲜活回溯。

仓皇停在阳台边的男人如同慢镜头快放般，飞快拿出手机拨了120，说了几句后，冷静地把手机递给姜老太。

男人的眉眼如同被虫蚕食的枯叶。

"外婆，你描述一下她的伤势，我看不到。"

悲痛的哀号被打断，白发苍苍的老人家泪眼模糊地看他，那瞬间被他面孔上巨大的空洞与悲怆慑住。

老太太哆哆嗦嗦地接过手机，却因为极度惊恐，在交接的刹那，险些将手机滑落。

好在男人及时接住。

他果断地将手机交回她手里，握住她颤抖的手，眉眼颤抖着低声恳求："外婆，求你，别慌，说仔细点。"

他交代完，快步走过去。

血腥味的终点是姜老太的菜圃，那里的泥土潮湿又冰冷。

男人丝毫不在意地跪到地上，双膝一寸寸爬行，指尖在一簇簇青葱丛里摸索。

直到触到一个温热的躯体。

一动不动。

手指搜索的动作突兀地停止，那一瞬间的触觉，比往常接触到任何未知东西都令人恐惧、悚然。

他深吸了一口气，旋即继续往她身上轻轻触摸去，却不敢多碰，也不敢动她分毫。

直到探到胸口浅浅的起伏，镇定的指尖才开始剧烈抖动。

"……是，应该是从三楼摔下来的，好，我们绝对不挪动她。已经昏迷了，有呼吸……外伤的话，脖子上有一处外伤……有血，还在往外冒。"

老人佯装镇定的话传到耳边。

男人呼吸窒住，不敢盲目去碰她的脖颈。他下颌紧绷，抬起头朝周围的陌生人群沉声问道："你们哪位，能不能帮个忙，帮我摁住她伤口靠近心脏的一端。"

周围的人目光落在这个双目失明、狼狈跪在泥地里的男人身上，听着他沉沉声色里淡淡的哀求，却都不敢上前。

这样骇人的场面，没人敢负这个责任。

片刻后，一个二十多岁的男生咬咬牙，跨过矮树丛挤进小院，硬着头皮说道："我来吧，我学过点急救。"

说完，他蹲下来，努力去找伤者脖子上的伤口，视线落下的时候，忍不住"嘶"了一声。

最深的那处伤口，鲜血直往外冒，殷红染透女孩漂亮白皙的侧脸与脖颈，洒在满地青葱上。

身旁男人听到他下意识倒吸冷气的声音，呼吸几乎停了一瞬，却还是镇定地起身，快跑着到客厅里翻出纱布和止血带。

动作麻利得不像个盲人。

很快，男人重新回到他身边，语速飞快却平稳地教他怎么用。

男生似乎被他的情绪所感染，尽管没什么经验，努力镇定地照做着，内心却觉得怪异。

男人的声音冷静得不像话，虽然看不见，但思维清晰、急救知识也很丰富。

可明明，摁在地上的修长十指，已经不自觉地深陷进泥地里。

直到许久后，救护车的声音愈来愈近，男生看了眼女孩不再淌血的伤口，终于松了口气，兴奋道："……血止住了。"

"好。"男人用衣袖轻轻擦了擦女孩额头上的灰尘，平静却感激，"多谢你。"

后续场面混乱又有序，救护车后跟着附近巡逻的警察和小区保安。

看热闹的人络绎不绝。

医护人员将毫无声息的姑娘小心翼翼地抬上担架，一边赞许地看着她脖子上做的急救处理，边对男生说道："多亏你帮忙处理了，看这出血量，如果不及时做止血处理，未必等得到我们来。"

男生赧然地摆手，想说自己也慌得不行，都是听人指挥。

可转过头去看旁边那个冷静指挥自己的人，却倏地愣住——

此时此刻，那人终于撑着膝盖，缓缓从泥地里站起来，弓着的脊背颤抖得厉害。

他双手沾满污泥与鲜血，忽然长长地、长长地呼出一口气，如同劫后余生般。

像是此前的一个世纪，都被扼制住呼吸。

"从这么高的地方摔下来，幸亏只有轻微骨折和脑震荡，算是不幸中的万幸了。

"林女士脖子上的伤口是刀伤，而且我们在她家里发现了拖拽的痕迹。初步判断，她应该是在家里和歹徒搏斗后，被刺伤，然后被逼跳楼。"

四十多岁的周警官说到这儿，看着病房门口倚着门框站着的伤者的男朋友，唏嘘道："小伙子，根据你们的聊天记录，凶手上楼的时候，你应该正好在楼下等她。想想实在是太恐怖了，凶手跟你擦肩而过两次。"

他去勘察现场的时候，还看到了楼下掉落的一束鲜花。

周警官话音落下，不知为何，门口的男人忽然绷着下颌，掀起眼皮。

那表情，如同深夜中的独行者，无法感光的瞳孔像两个黑洞。

周警官以为他是在后怕，便安慰道："好在他没伤害你。"

男人闻言却倏地敛下眉眼，掩饰着满面的戾气。

周警官没察觉，继续说道："好在林女士求生欲很强，果断跳下楼

逃生。她坠楼的声响很大，小区的很多人和保安都跑来，所以目前我们已经收集到很多目击者。"

警官说到这儿，眼前的年轻男人终于开口，声音十分平静，仿佛只是随口问道："是什么样的人？"

"据目击者说，是个三十岁上下、个子很高的男性，长相普通，穿着快递员的衣服，头上戴着帽子。"

"身高大概一米八到一米八二，比我矮四五厘米，"沈郁蓦地打断警官，唇角抿得直。他回忆着跟那人在楼道里擦肩而过时的细节，补充道，"并且身上烟味很重，听脚步声，应该穿着一双橡胶底的跑鞋。"

周警官眼睛亮了亮，这些细节，倒是其他未失明的人没注意到的。

"太好了，他肯定会换掉那身衣服，但鞋子和气味大概率不会换。目前我们已经把附近的街道封锁了，不过你们家周边都是民居商街，七弯八绕的老街太多，估计不太好找。"

周警官说到这儿，揉了揉眉心，也觉得头疼。

就在这时，他腰间挂着的手机响起来。

他接起电话，交谈几句后，挂了电话转身对沈郁说："总之你刚刚提到的信息，我们会详查的。我先回所里了，抓到人前，我们队小孙他们会守在病房门口，不用担心。等林女士醒了我再过来。"

沈郁跟他道谢，没露出什么异样。等周警官的脚步声消失，他才转身，走到走廊拐角，给方忏打了个电话。

"让你雇的人雇好了吗？"

"嗯。"电话那头，方忏说道，"雇了五十个，都是最顶级的安保和私家侦探。"

他从来没接触过这些，声音里带了点兴奋。

"行，先让几个人来医院守着。其余人一部分去查快递信息，另一部分负责找跟快递有关的人里符合特征的。"

他声音疏懒冷沉，眉间散过丝戾气。

"找到人先告诉我。"

挂了电话，沈郁拎着盲杖走进病房。

姜老太正坐在床边给林循擦脸，忍不住红了眼眶。

"什么人啊，怎么会这么狠。

"刚刚那个小孙警官说，小林脖子上的伤口很深，那个人杀人意图很明显。幸好我们小林坚强又聪明，捡回来一条命。"

她说到这儿，看着林循被吊起来的手和脚，以及包得像木乃伊一样的身体，心疼道："左小臂和左小腿都骨折了，得多疼啊。现在上着麻药睡着还好，等麻药过去了，可得遭多少罪啊。"

她絮絮叨叨地说着，却见一旁的外孙冷着脸没说话，僵立在一旁，像是没什么同情心的样子。

但姜老太想到他之前的反应，又觉得矛盾。

下一秒，外孙忽然走过来，伸手接过她手里的毛巾："外婆，我来吧，司机在门外，我让他送你回临江阁休息。"

老太太今天也吓得不轻，嗓子都哑了。

姜老太看着他熟稔地帮林循擦着脸颊和眉眼，心里涌上一丝怪异，却也没多想。

她的确吓得够呛，到现在精神都有点不好，需要休息一会儿才能回来照顾伤患。

"好，那你在这儿守着，她要是醒了给我打电话，我马上回来。"姜老太说着，收拾了东西往外走，又带上了门。

病房里终于没有其他人。

沈郁在病床边坐下，先是俯身，很轻很轻地抱了抱她。怀中的躯体十分瘦弱，根本填不满他圈起的手臂。

许久许久后，他松开手直起腰，手指轻轻触上她发梢，又慢慢滑落到额头，再到立体精致的鼻梁、鼻尖和嘴唇。

他摸得很慢，像是想把女人的轮廓全然描摹进心里。

那手指在她脸上摸过几圈，最后停在她鼻端浅浅的呼吸上，感受着平稳有力的生机，心里闪过一丝庆幸。

庆幸他的女孩这么坚强勇敢。

像藤蔓一样，无论在什么艰难的环境里，永远野蛮求生。

然而下一刻，某些话如同恐怖的诅咒，让他没办法不去在意。

——"那个人杀人意图很明显。"

——"好在林女士求生欲很强，跳下楼逃生。"

——"幸好我们小林坚强又聪明，捡了条命。"

——"凶手跟你擦肩而过两次。"

冰冷的手指蓦地收回，他弯下腰，眉眼间都是浓酽的哀恸，双手死死支着床沿，忍耐着。

就像回到了九年前那场沉沉的晚风里，听着她一声声呕吐，却无能为力。

只是这次，严重万倍。

半小时后，程孟从现场直接来了病房。

她刚推开门，见到林循昏迷的样子，便止不住地哭。

事情发生后，她被电视台派去犯案现场采访，本以为只是一个社会案件，可等进了小区就开始恐慌。

——被大家围住的，是林循住的那栋楼。

等程孟看到菜圃里那片扎眼的鲜血，又被告知出事业主的单元号时，简直要拎不住相机，匆匆跟上司请了个假就来了医院。

沈郁和她也有很多年没见了，此刻两个人却顾不上寒暄，十分默契地守在床边。

片刻后，病床上的人像是感应到有人来看她般，忽地动了动手指。

程孟"啊"了一声，下一秒就看到林循缓慢地睁开眼睛。

程孟眼睛一亮，飞快站起身，弯下腰，伸手在她眼前晃了晃，唇边扯开一个笑："循循，你醒了？怎么样，疼吗？"

沈郁听到动静，眉头亦是一跳，跟着站起身，面上沉厉散开些许。

他帮她披了披被角，而后也不管旁人在，指尖探进被窝里，轻轻握住她没受伤的那只手，在她手心安抚地捏了捏。

可片刻后，他的手却被挣脱开。

林循眨了眨干涩的眼睛，盯着天花板好一会儿，没说话。

她脸上没什么表情，更没叫痛。

程孟以为她还没反应过来，哽咽着安慰道："循循，没事了，你现在在医院，你安全了。"

可病床上的人仍然没有任何回应。

又过了很久。

病床上的人眸眼轻眨，视线终于从白晃晃的天花板上挪开。

她极其冷淡地瞥了他们一眼，又扫了眼自己包成粽子一样的躯体，眼神平静到像是在看一具模型。

半晌后，她喃喃地说了句："我怎么，还活着呢。"

那声音拉成一条线，喑哑不成调，没有丝毫感情和庆幸，甚至连一点点劫后余生的惊惧起伏都没有。

反而有点不耐烦。

病床边的两人心里皆是一凛。

林循说完那句话，没再看他们任何人，好像既不关心他们的心情，也不在乎自己的心情。

她拒人千里地闭上眼，脸颊蹭着消毒水味的被子缩进被窝里，极轻极轻地"啧"了一声。

"真烦，好累。"

病房里静悄悄的，午后的风刮起窗帘一角，这场景很有些诡异。

包成木乃伊般的女孩静静地躺着，呼吸平静，意识清醒，完全不像是刚刚经历过九死一生的人。

她好像没有任何求生欲。

更不是什么野蛮生长的藤蔓，追逐阳光的向日葵。

明明拼尽全力为自己争取了一线生机，可醒来后，说的每个字却都在放弃。

沈郁僵着空落落的手，眉头缓缓皱起来，胸腔一角渐渐往下沉。

程孟的心脏却止不住地狂跳，眼皮也跟着跳。

她见过一次的，这种样子的循循。

——把所有人都隔绝在她的世界之外，丧失了任何求生的信念。

4

程孟在回忆的时候，沈郁已经摁下了呼叫铃。

林循的主治医生是外科权威医生，郑教授，亦是沈郁母亲的高中同学。

郑教授很快过来，细细检查了一下林循的状态。

他问话，林循很清晰地回答，只是声音很淡，没什么情绪。

等不痛不痒地回答完医生的所有问题，她便不再吭声。

郑教授没察觉出异样，和善地点头道："人醒了就没事了，其他都是外伤，好好养就行。小沈，我还有个会，晚上再来看她。"

沈郁有些欲言又止，但忍着没说什么，面色沉沉地开门送他到病房外，自己也跟了出去。

程孟见状，知道他大概率有问题要问，便也跟着走到外面。

病房门口有几个警察守着，还有几个穿黑衣服的人。

程孟打量了两眼，像是保镖。

沈郁边跟着郑教授往会议室走，边沉声问道："郑叔叔，轻微脑震荡会影响大脑吗？"

林循刚刚醒来的反应，实在是诡异，完全不正常。

郑教授摇摇头："大概率不会。她跳下来的时候是左侧身体着地，左胳膊下意识护住了头，所以胳膊上的骨折是最严重的，头基本没怎么撞到。而且，病人的意识很清醒啊。"

沈郁凝神片刻，还想再问，却被一旁的程孟打断。

"应该不是脑震荡的问题——"

她咬了咬唇，脸上没什么血色："循循她，以前有很严重的抑郁症、自我封闭。我觉得她好像，复发了。"

她话音落下，身旁的男人脚步停了下来："……什么时候的事？"

程孟看着他脸上的表情，愣了一下。

说实话，她跟沈少爷真的很不熟，从高中到现在都没说过几句话，私心里也觉得他不好接近。

但此时此刻，她突然觉得他们站在同一条线外。

因为挂念着同一个人，有着同样的感受。

"应该是她被开除之后的那两年。当初我跟她断了联系，所以她怎么得的这个病我不清楚，不过——"

二十岁那年的八月，程孟和林循在昼山火车站重逢。

她从那时候便察觉到，林循好像跟之前不一样了。

高中时候的林循，虽然性子有些淡漠，但骨子里很生动，有种不向坎坷低头、永不服输的劲头。

笑也坦然，痛也率直。

说到自己喜欢的声音、爱听的广播剧时，会侃侃而谈；在程孟被同班男生调侃欺负的时候，会挑着眉帮她回击。

高二那年，她还帮着程孟，跟一个死缠烂打的骚扰者干过架。

程孟当初想和陈诺之做朋友却不敢说，还是林循帮她递的信件，在背后给她打气。

所以尽管她们来自完全不一样的环境，也有截然不同的成长背景与性格，依旧成了好朋友。

程孟总是觉得林循很可靠，像长在悬崖峭壁上的一条藤蔓，落拓又洒脱，肆意而张扬。

风刮不断，雨打不趴，更没人攀得上。

后来，林循因为宁琅的事被开除。

程孟给她发了好多好多的消息，却统统没得到回复。高考后，程孟实在放心不下，还去她家里找过她——那个她跟奶奶住了两三年的地下室群租房。

可林循已经搬家了，邻居也不知道她搬去了哪里，只告诉程孟，林循的奶奶去世了。

就这样，她们断了联系。

直到两年后，在昼山火车站，去学校报到的程孟戴着耳机坐在行李箱上打游戏，忽然被人叫住问路。

程孟匆忙抬起头，一眼就认出了林循，却很难相信那是她。

彼时她拖着一个破旧的二手行李箱，头发剪得很短很碎，身上穿着件非常土气不符合年龄的夹克衫，脚下踩着一双洗到发白的旅游鞋。

面色干枯，嘴唇发白没血色。

是她。

却完全不像她。

没有不羁的高马尾，也没有明媚张扬的笑。

焦灼又茫然的双眼里，全是疲倦与麻木。

那次之后，她们恢复了联系。

起初程孟只是以为在火车站偶遇的那次，林循只是太累太着急了，所以状态不对。

可在南漓约着见了几次面后，她越来越发现，林循像变了个人。

林循每分每秒都在忙碌，生活里被学习和兼职填满，不再跟她聊爱好、兴趣，吃饭的时候要么在走神，要么就是在回兼职消息。

跟林循说话，她会礼貌回复，但没有什么能往心里去。

连笑容都像是模式化，浮在那张空洞惨白的脸上。

程孟虽然觉得这样的她有点陌生，但也没太往心里去。

毕竟每个人都会长大，都会变。

比起学校里其他朋友，她还是更喜欢跟林循在一起，觉得安心。

就这样过了一个学期。

某天晚上，程孟跟陈诺之一起去南漓剧院看一个电影的首映式。

两个人看完电影出来，走过一个狭窄路口的时候，程孟正兴奋地谈论电影里有血有肉的场面，说到兴处，陈诺之忽然打断了她。

他语气很迟疑，像是有些不确定："那是不是……林循啊？"

程孟停下声音，往马路旁看过去。

昏暗的路灯下，行道树的倒影都被拉得长而奇幻。

人行道边倒着一辆蓝色的很笨重的电瓶车，车灯碎在地上。

那车边上，蹲着一个女孩子。

女孩身上穿着外卖员宽宽大大的套装，戴着同样很大的头盔，远远看去，整个人瘦得只剩细细一条。

像被装在一个很不合适的套子里。

她狼狈地蹲在马路边，脊背折着，伸手去捡摔落在地面的两个外卖。

捡起来之后，她焦急地检查了一下，看着里头摔烂的饭菜，垮着肩膀蹲了很久，旋即站起身走到旁边，把那两个外卖扔进了垃圾桶。

之后，她摘了头盔扔在一旁，站了几秒钟，被头盔压得乱七八糟的头发迎着风。

下一秒，女孩子突然抬起头，直愣愣地看着马路对面的方向。然后，像是失了魂魄般，径直往车流里走。

程孟的心脏猛地一跳，身子僵冷在原地，眼睁睁看着一辆车要刹不住，撞上她。

那一瞬间还是陈诺之反应快，迅速上前将林循拉回人行道。

车主狠狠骂了一句，扬长而去，女孩被扯得一个趔趄，却依旧没动静。

程孟心脏怦怦跳，连忙跟过去，才发现她视线直勾勾地看着他们，却没有任何神采。

仿佛透过这虚空，在看别的什么东西。

直到程孟走到她身边，她都没反应。

程孟当下便觉得心里咯噔一下，不知道为什么，很慌。

她伸手去摸摸林循的肩膀，低声唤林循，却不敢问出那个令人头皮发麻的揣测，只说道："循循？你是摔蒙了吗？这里不能过马路的。"

林循这才回过头，仿佛对刚刚的危险一无所知。

她十分平静地看了程孟一眼，眼中并没有对这次偶遇的惊讶与起伏："孟孟，是你啊。"

程孟边听她说，边借着路灯微弱的光打量她，蓦地倒吸了一口冷气——她身上薄薄的棉袄刮破了一大片，露在外面的手蹭破了皮，再往下看，米色的袜子和裤脚亦全被鲜血浸没。

明明就摔得很重。

程孟赶紧扫了一眼那电瓶车，车头已经撞得稀烂——这两天一直有雨，路上很滑，天又黑……

她心里一紧，可林循却像是感觉不到疼。

细细一条影子在路灯下晃，脸色苍白无生气。

孤零零的。

程孟当即便绷不住了，红着眼睛问出了最初的揣测："……你刚刚想干吗？为什么要往马路上走？你怎么了？"

林循扯了扯嘴角，眼睛也跟着弯起来。

那笑容里，再也没有十几岁她刚认识她的时候那股野蛮生长的劲和蓬勃生气。

"程孟，我不想再继续了……好累，喘不过气……我想歇一歇，就歇一会儿……"

那一瞬间，程孟几乎不能呼吸，她张着嘴，喉咙干哑不能言语。

林循却还在笑，神色恍惚，像是回过神后终于有点庆幸："还好你们拉我一把，多谢——"

程孟以为林循在后怕，却听到她继续喃喃道："不然撞我的人真是倒了大霉。"

　　程孟的心脏瞬间被刺痛，涌上股难消解的火气。

　　她冲上去抖着手扯林循的领子，声音也很凶。

　　"不就是因为两个破外卖吗？多少钱？我帮你赔还不行吗？你不开心的话你倒是哭啊，干吗这样？你的命还不如两个外卖值钱吗？"

　　二十岁的林循任她撕扯着，像个没骨头的玩偶。

　　很久很久之后，她在她耳边，浅浅地叹了一口气。

　　……

　　那次之后，林循有一个月没去上学，也没继续兼职。

　　程孟去找她，她也不见。

　　同宿舍的室友说，她整天就是躺在床上发呆，点外卖，玩手机，连洗澡都要三四天才洗一次。

　　旷课旷了一个月，被教授点名批评了好几次也不在乎。

　　程孟把情况告诉了林循的班主任和辅导员，让他们盯着她。

　　但好在她并没有再做出任何危险的行为。

　　后来，大概过了很久很久，程孟也不知道林循是怎么走出来的。

　　总之，大一下学期之后，林循开始看学校里免费的心理医生，定期地吃抗抑郁的药。

　　程孟也隔三岔五跑南电跟她一起吃饭。

　　学校拉下的功课被她一点点补上，生活也终于，慢慢步入正轨。

　　最重要的是，那年林循拿到了贫困生助学金，还做成了一个小买卖，从市场批发当年很流行的光腿袜裤在网上卖，运气使然，一下子成了爆款，她赚了一些钱。

　　生活脱离了长期的窘迫，兼职也不再那么忙碌。

　　或许是生活不那么难，又或者是药物和心理治疗起了作用，那个鲜活的女孩慢慢回来了。

　　她顺利地把自己供到毕业，还用多年积攒的存款开启了自己的一份小事业，招兵买马，手底下多了几个友善的员工，也在昼山有了家。

　　所以程孟几乎已经把那段日子忘记了。

　　直到今天。

　　……

　　程孟一口气说完，连郑教授都叹了口气，又觉得奇怪。

　　"我听警方说，她能活下来，是凭借着足够强的求生欲跟歹徒搏斗，后来还不惜跳楼逃生……这样的人，怎么会……"

如果丧失了生存的欲望，又怎么能爆发出这样的勇气，从三楼往下跳呢？

程孟也茫然地摇了摇头，心里觉得很矛盾。

她乱乱地想着，难道林循不是因为想求生才跳楼的？

那又是为什么？没理由啊。

她想不出来，下意识看了眼沈郁，那一瞬间却被他面上稍纵即逝的冷冽吓到。

片刻后，他面上又恢复了寻常神色，跟教授道别，又给周警官打了个电话。

两个人返回病房。

程孟给林循喂了水，又问她想吃什么。

林循不吭声。

程孟叹了口气，说道："那我给你买你爱吃的小笼包，你等我。"说完也不等她反应，拿上外套和包包就往外走。

林循终于开口，因为脖子受伤，喉咙不敢用力，声音很嘶哑。

"不用忙了，孟孟，你回去休息吧。"

程孟脊背一僵，心里又冒上来一股火，拉开门往外走，语气也硬："我忙我的，你管不着。"

病房里再一次静下来。

林循转过头看了眼窗外白蒙蒙的天。

脖颈、胳膊、小腿都传来难耐的疼痛，又很麻木，不像是她自己在疼。

就像是玩 4D 游戏，主角受伤的时候，游戏机也会轻微扎玩家一下。

隔着一层什么。

她又抬头，看了眼在床边靠站着的男人。

她张了张嘴，有点不知道说什么，又懒得开口。

直到他俯身下来，伸手，摸了摸她的额头。

那动作轻轻很慢，就好像再用力一点，她就会碎掉一样。

林循觉得好笑，又觉得没劲。

"沈郁，你也回去吧，如果可以的话，帮我请个护工。谢谢。"

男人没说话，低了头，敛着眉眼深深吸了一口气。

她从没见过他这样的表情，就好像忍耐不住，就要爆发一样。

她叹了一口气，觉得沈郁也蛮可怜的。

怎么就被她这样的人追上了呢。

才谈了几天，就平白无故惹得一身骚。

在毫无察觉、没有防备的情况下跟歹徒遭遇了两次，差点遭遇危险。

而且，如果她没跳楼的话，真的会只留他一个目击者。

那就像赵帆说的那样，他余生都会背负着不必要的愧疚和心理阴影。

林循不想死了还害人，背上一身债。

所以明明在刀子落下来之前，她已经想通了，却还是跳了。

……但是她跳进了他们家的院子里，应该搞得到处都是血吧。

不知道老太太是不是吓坏了。

房东会因为觉得晦气，把他们赶出去吗？

……

林循在这一瞬间想到很多很多事，又觉得好累，真的不想处理了。以至于，连抱歉的话都懒得说了。

"没必要。"林循直勾勾地看着他，哑着嗓子开口，"沈郁，你没必要继续心软了。"

不值得。反正又没那么喜欢，他一开始也想拒绝的。

只是玩玩而已。

"要不——"

她话音未落，男人绷得很紧的下颚忽然松了，眼皮掀起来，整个人都带着收不住的戾气。

又像是怕吓着她似的，他蓦地伸手盖住了她的眼睛。

下一秒，两人的呼吸拉近。

嘴边的话也被某个柔软湿润的东西用力堵住。

跟之前每一个她主导的吻都不一样。

他发抖地、用力地、恶狠狠地，纠缠她，舔咬她。

仿佛想用嘴唇上的那一点痛觉，唤回她的情绪。

林循难受地"嘶"了一声，那狂乱的吻才停下。

可捂着她眼睛的手却没挪开。

灼热的液体滴落到她的面颊上。

他还是没说话。

林循有点不敢相信，但也懒得去想那是什么。

她的心脏平静得像一潭死水。

所有沟壑都被熨烫平整，包括欢喜与心动。

她活到现在真的好不容易啊，好艰难好累。

装出来的勇气不是无穷无尽的，这么多年，早就耗光了。

上天公不公平什么的，她也懒得计较了。

甚至连恨都懒得恨了。

很久之后，林循牵着唇角，伸手抚上男人的眉眼，喃喃开口。

"喂，这是不是你第一次主动亲我。

"我原来好像总想亲你来着，每次看到你都想偷亲。"

她说到这儿，盖在她眼皮上的手忽然松开。

男人的脸上似乎恢复了点神采。

林循看着他猩红的眼眶，收回手，面色平静地说出下面的话：

"但现在，怎么感觉，一点都不甜了呢。

"我喜欢你什么来着？

"感觉不到了。

"好累，好没劲，沈郁，"她认真地看着他，把之前没说完的话说完，"要不然算了吧。"

5

林循说完这句话，床边的人蓦地直起腰，背过身去。

她的视线跟随着他，看着他绷着脊背，手在身侧慢慢攥成拳。

整个人就好像一根要绷断的弓弦。

林循看着他的背影，没说话。

她忽然觉得好悲哀，又很无力。

她知道自己这样蛮渣的，哪怕这段感情起初就不走心，但也是她先挑起来的，现在轻易说放弃的又是她。

只是她真的感受不到了，所谓的心动也好，喜欢也罢。

她什么都不想要了，美好的、甜蜜的，统统懒得去追求了，也不想再花精力去维持任何关系。

在刚刚昏迷的这段时间里，她做了一个很长很长的梦。

梦里她一直在原始森林里奔跑，身后全是各种猛兽、毒蛇、虫蚁。

她起初拼尽全力地逃跑，绞尽脑汁地躲过了一次又一次险境，但最后还是被拖进某个深不见底的旋涡里，看着自己一点点被蚕食。

林循想了会儿，开口跟他解释："沈郁，抱歉啊，那天我说想跟你在一起，你起初是不同意的，让我考虑清楚。"

她说到这顿了一下，才继续道："我当时……的确觉得自己考虑清楚了。我以为我的生活已经变好了，所以想要追求一些，嗯，跟生存无关的，更美好更奢侈一点的东西……所以我才跟你保证，你跟我谈恋爱一定会很甜。"

她语气很平静，在回忆并且诉说着自己前两天的心理活动。

"我本来真的打算跟你好好谈的，包括今天的约会……

"我买好了游乐园的票，想先带你去坐过山车，然后下午我们再一起去做耳疗。

"我其实有点恐高，胆子也不大，所以坐过山车的时候从来不敢睁眼……耳疗也是，闭着眼躺着享受就好了。

"所以这两件事，都不需要视觉参与，我们应该会有一模一样的体验……"

她说到这里，忽然被他打断。

"那等你康复出院了，我再陪你去不就行了，又为什么要算了？"他依旧背对着她，语气很压抑。

林循顿了一下，有点不忍心。

她该怎么解释呢？说了他应该也不会懂的。

情绪这种东西，连她自己都觉得很奇怪，并且无解。

就像大一那次。

明明昼夜不歇地供自己复读完，终于考上了理想的学校，兼职和学业都步入了正轨——她这么怕黑的人，逼着自己在昼山阴沉沉乌糟糟的冬季夜晚，每夜每夜骑着车穿行在大街小巷里，把全身的勇气和力量都调动起来，一单一单地攒着下学期的学费。

那时候她有一个记账本，清楚地规划着大学四年需要多少生活费和学费、毕业之后要多少启动资金。

这些总账，被细致地剖化成每天要攒多少钱，打多少份工，每天打卡完成任务的时候，都觉得未来在朝自己一步步靠近，希望就在眼前。

——却因为两个摔烂的外卖，突然就想放弃了。

还有一次，是她大学毕业的那年。

明明一切都很顺利，又咬着牙多走了三年，经济条件也比之前有了飞跃。

可内心却像是被蚕食到了某种程度，再一次崩坏了。

所以万念俱灰地丢掉多年打拼的一切，回了青原。

如果不是那次体验很差的相亲，那双在黑夜里触碰她的手，她或许真的会在那儿烂一辈子，再也爬不起来。

人真的是很割裂的生物。

她的确一直在为了未来努力。但同时，也在被未来消耗吞噬。

这两条线在她没有察觉的时候，同步存在，互相滋养，扎进她的血肉里。

就像光影的两面，相互依存，光越盛大的地方，影子也越漆黑。

林循其实到现在都不认为自己有什么抑郁症。

她哪有资格得这种病。

她真的觉得自己只是太累了。

这次也一样，她自己知道，甚至比前两次更严重万倍。

她已经走不出来了。

毕竟，她连这么多年唯一渴望过的最奢侈的存在，也懒得再追求了。

"是我自己的问题，你要是觉得不爽，"林循盯着他的背影，没解释太多，"骂我几句出出气好了，别太往心里去。"

气氛压抑到了极点，直到被一阵敲门声打破。

周警官推门进来，一进门就感受到房间里两个人之间的氛围，不由得愣了一下。

但这是小情侣之间的私事，跟案子无关。

他兀自大步走到病床边，拉了张椅子坐下，自我介绍完便直接从大衣口袋里掏出本子和笔——已经几个小时过去了，嫌疑人或许早就突破封锁线逃走了。根据现有的证词想在这么大的昼山抓到人，不亚于海底捞针。

所以刚接到电话说受害人已经醒了，他马不停蹄地赶了过来。

开口之前，周警官还是稍微压了压心里的着急，关怀了一句："林女士总算醒了，感觉精神怎么样？"

林循木然地点了点头，声音平静地坦言道："您直接问吧。"

周警官觉得她的反应很怪，完全没有其他受害者死里逃生后的心理阴影，甚至没有任何喜悦或后怕的反应。

他下意识抬头看了她一眼，却见女人半躺在病床上，直勾勾地看着他，那表情似乎在说：我很累，赶紧问吧。

周警官咳嗽了两声，没再多想，开始问准备好的问题："林女士，根据现场的痕迹和目击者的证词来看，歹徒应该是伪装成快递员进了您家……您跟他之前认识吗？"

林循静了一会儿，说道："算是认识，他跟了我很多年了。"

她话音落下，周警官反而松了口气。

熟人作案，总比无差别杀人好查。

他继续问："请问您跟他是什么关系？"

"没有关系。"

周警官记录的手一顿，抬头看她，有点没明白"算是认识"和"没有关系"之间的逻辑联系。

秒钟一帧帧地走。

林循原本想让沈郁出去，但话到嘴边又觉得，让他知道也好。

他知道的话，应该就不会觉得她的提议有多难接受了。

她跟他本来就不是一个世界的人。

她闭了闭眼睛，轻描淡写道："如果真的要说关系的话——

"十六年前，他爸把我爸杀了，尸体就埋在昼山郊外。"

她话音落下，病房里的另外两个人呼吸都一窒。

周警官直接从椅子上站起来，心跳都加快了几分。

这案子的性质，根本不是他原先猜测的入室抢劫或者情杀，远比他想得更加恶劣、耸人听闻。

他压了压心底的悚意，来回踱了几步，又重新坐下，声音比之前严肃了一个层次："继续说。"

林循挖了挖手背上的文身，低下头，声音不咸不淡的。

"我爸是青原人，二十年前来昼山务工，于十六年前失踪，生不见人、死不见尸，杳无音信。

"十二年前，我和我奶奶拿着老家的拆迁款来到昼山寻亲，那年我十五岁……

"三年过去，我们每周都会骑车在昼山的大街小巷张贴寻人启事，却没任何结果。直到我十八岁那天，警方在昼山郊外的山坡，发现了一具掩埋多年的尸骸……

"后来，在孙律师的努力下，我们终于发现了一些线索……赵一舟认罪，被判了有期徒刑十八年……"

漫长的寻人、更加漫长的找线索、诉讼，一次次和命运对抗，天一寸寸塌在肩膀上又被她硬生生扛起来……

她的十二年。

头破血流的十二年。

本以为说出口的时候会很痛苦，但没想到她只觉得很麻木，语气干瘪、声调平淡，像是在叙述别人的故事。

"他在狱中表现很积极，得到了减刑机会，刑期一减再减。"林循的声音很冷漠，"每次减刑前后，他们一家人都会给我寄快递，赵一舟也频频从监狱里给我寄很长很长的信，试图让我签署被害人家属谅解书，好让他能得到更大幅度的减刑……我一开始不知道为什么不管我换什么地址都没用，今天见到赵帆才知道，他这么多年，一直在跟踪我。"

"他去过我的大学，伪装成外卖员在我宿舍楼下蹲守过；也伪装成顾客，去过我之前打工的店里买东西。就连这个小区，他也来过好几次，只是我一直没注意。"

她说到这儿，被周警官打断："他们之前一直在给你寄快递，还一直追踪你的地址？那你怎么不报警？"

林循掀起眼皮看了他一眼："报过。警察检查了那些快递，没什么危险的东西。他们也读了他给我写的信，也没什么问题，就不了了之。"

"……"笔在纸上划出很难听的撕裂声，周警官忍不住叹了口气，心里沉甸甸的。

林循却完全没有要兴师问罪的意思，仿佛只是在解答他的疑惑。

她的声音依旧很淡："然后就是前几天，我又收到了赵一舟的信和快递。这次我没像之前那样冷处理，我找了我的律师，律师建议我应该维权。

"所以我们出具了律师函，寄到了赵一舟所在的龙湖监狱。因为这封律师函，他今年的减刑应该会被重新考虑……于是就有了今天的事。不过也是早晚的，他说，他早就想杀了我了。"

她一口气说完，病房里静悄悄的，没人回应。

林循又开口，交代了今天从遇到赵帆开始，所有的细节。

只是在最后的关头，她看了眼沈郁，隐去了她主动跳下楼的原因。

等她讲完所有的前因后果，已经过了两个小时。

中途程孟也回来了，坐在旁边惊疑不定地听着她的叙述。

周警官的笔录记了满满好几页。

等所有问题问完，他亦是缄默，做警察这么多年，再无奈再残忍的事都见过，可此时此刻，心里依旧装满了对这个年轻女孩的怜悯与悲哀。

他叹了口气，面色严肃地保证："林女士，我们会尽快抓到嫌疑人的，这医院里二十四小时都有警方的人守着，你不用担心。"

"谢谢警官，我不担心。"林循摇了摇头，因为说话的时间太长，她声音已经哑得不像话，"还有问题吗？没有的话，能不能让我休息一会儿？"

周警官听出她声音里的疲倦："没问题了，那你好好休息。"他说完，起身往外走。

病房里又安静下来。

程孟坐在床沿，手边放着一盒小笼包。她看了眼闭着眼睛、呼吸漠然的林循，忽然比任何时候都理解，林循为什么会变成这样了。

她把脸埋进手心里，肩膀抽动着，抑制不住地呜咽，一句话都说不出来。

她只知道林循的父亲被人谋害，后来林循拿了宁琅的钱打官司的事。

后来重逢，她听林循轻飘飘地提起过官司打成功了，其他所有的细节，她一概没说。

所以她只以为那是一段多年前的往事，已经过去了。

却没想到，林循受了这么多年的折磨。

她再也没办法像当年那样，站在马路边因为林循不可理喻的轻生念头而发脾气了。

事到如今，再去劝她好起来，不要想不开，要对生活充满希望，似乎是一件很残忍的事。

程孟扪心自问，自己如果处在林循那样的情况下，绝对做不到更好。

她弯了腰，抱了抱床上满脸苍白的女孩——这个她几乎被命运数次打压，再也没办法完整的挚友。

只觉得说什么都很无力。

"循循，这么多年，你辛苦了。"

1

窗外夕阳一寸寸往下沉，病房里的空气几乎凝滞。

倒是林循先开口："沈郁，我今天说的话，你回去考虑考虑吧，我实在是……没有力气处理这些了。"

程孟闻言转过眼，看到沈郁站在窗边，弯着腰双手支在窗沿上。

她只能看到他的一半侧脸，碎发落在眉间，脸上安静得一点情绪都没有。

听到林循的话，他也没什么反应。

但程孟就是觉得两人之间的氛围压抑得让人难熬，她想开口说两句话调节一下，恰好沈郁的手机响起来。

他从口袋里拿出来，下意识想摁灭，但听到读屏软件加快扭曲的声音后，又快步走到房门外接起来。

隔着房门，程孟没听见电话那头说了什么，只透过门板上的玻璃看到他眉眼蓦地一凛，"嗯"了一声，又低低说了句什么。

挂了电话，他又推开门走进来，径直走到床边。

程孟看着他伸手，却在快要触及林循发端的时候轻轻握拳，收回。

他下颚紧了又松，额前的碎发遮挡了眉眼。

许久后，他说："好，我会考虑，你给我点时间。"

程孟听得呼吸一窒，觉得他的嗓音甚至比林循的还要哑。

下一秒，男人转过脸来，对程孟温声道："麻烦你了，多陪陪她，我有点事，一会儿回来。"

说罢，他拿了一旁的大衣和盲杖，大步离去。

程孟的视线跟随着沈郁的背影，一直到他消失在病房外。

她又回过头看林循，猜到了什么，问道："循循，你是不是跟他……提分手了？"

林循没说话，就是默认了。

程孟能理解林循，林循连自己都想放弃了，又怎么会有心思谈恋爱。

大一那段时间，林循自我封闭到连她都不想见。

她心里很难过，又说道："那也不用现在就分手啊，你不想处理的话，可以不用处理，就当多一个人陪在你身边，不好吗？你不是喜欢他的吗？"

说到这儿，床上的姑娘才慢慢睁开眼。

"不是喜欢。"她疲惫地说。

她迎着刀刃往上撞的那一瞬间就已经明白过来了。

她对他根本不仅仅是喜欢。

——所以更没办法，将这么心软的他，拖进这个没有终场、亦无法逃离的负面旋涡里。

她救不了她自己。

程孟却显然是误解了，她叹了口气，喃喃道："你要是不喜欢的话，的确不用强求。本来昨天你跟我说你脱单了，对象是沈郁，我还很高兴呢，我高中那会儿就觉得你们两个挺配的。"

"而且不仅仅是我，"程孟翻出手机给她看昨天她找了一晚上的东西，"你看这个帖子，我当时就看到过，还跟过帖呢。昨天找到半夜，来不及给你发……现在是不是有点迟了？"

林循下意识地看向屏幕，是个很多很多年前，一中的帖子。

主图是一张很糊的图片——那时候手机像素低，而且拍照的人显然手有点抖。

视角是从教室后门往里拍。

图片里只有她和沈郁，她背对着镜头，沈郁则露了大半张脸。

隔着一张桌子，他弯腰，神态松懒地递给她一支钢笔。

帖子的标题是——中午偶然路过十二班门口，感觉这两人好般配啊啊啊啊啊，好帅好美，而且氛围好暧昧啊，不由自主目光就被吸引了！有人知道他们叫什么吗？

帖子底下竟然有很多的回复。

学校里认识沈郁的人实在太多了，所以这帖子也很热。

底下乱七八糟的议论都有。

林循一眼扫到一条赞同的跟帖：我也觉得！看到好几次了，那个女生叫林循。我连他们的CP名都想好了，就叫"千与（郁）千寻（循）"

哈哈哈，有人站吗？

底下接连好几条回复。

△噗，这名也太土了吧。

△还好啊我觉得怪好听的！

说"怪好听"的那条，ID 是"昼山玛丽莲孟露"，是程孟的网名。

林循神色有些恍惚，好久之后才想起那天。

好像是学校发了一个什么表格，每个人都要签名。

沈郁也需要签。

但他自从失明后，很久没写过字，用惯的钢笔也不知道有没有墨，就回过头来管她借笔。

林循的中性笔恰好快没墨了，她灌了点水在坚持写，所以便挑了一支她笔袋里的铅笔给他。

是她自己用的那几根里最长的了，但也已经削得只比手指长一些。

他接过那支铅笔握在手里，忽地挑了挑眉。

因为他手指很长，那支铅笔握在手里显得十分滑稽。

林循忽然觉得很刺眼，心底的自卑莫名其妙翻上来，她想伸手抽回那支笔，给他削一支新的。

他却二话没说转过身去。

几秒钟后，响起了笔尖与纸张摩擦的沙沙声。

他很满意地"嗯"了一声，说了句："比我的好用。"

然后，他不在意地从自己的抽屉里翻出一支钢笔和一罐墨水，递给她："跟我换？我这个不好用。"

就跟当初说"牛排不好吃"一样。

"……好。"林循看了眼自己贫瘠的笔袋，恍恍惚惚地接过那支看起来就很贵的钢笔，没舍得拒绝。

后来的一年里，他动不动就跟她借那些手指头长的铅笔，而她呢？一直"心安理得"地用着交易来的那支钢笔。

书写得很流畅，那一整瓶的墨水好像怎么都用不完，她再也不用往中性笔里灌自来水了。

那支钢笔，她后来还给他了，在被开除之前。

用了一年有了点感情，却也知道自己不是它的主人，没资格带走它。

林循想到这儿，忽然伸手把被子拉到脑袋上，不敢让程孟看到她绝望的眼睛。

如果她不是一个笔袋里只有手指头长的铅笔的女孩就好了。

是不是会开心一点？

315

是不是可以早点喜欢他，不用推开他？

赵帆是在东城区的一家网吧里被发现的，口袋里还装着今晚南下的火车票。

警察没能这么快排查到这里，反而是沈郁雇的私家侦探先锁定了人。

沈郁过去的时候，人已经被带到网吧地下停车场，几个保镖合力压着他，他没有任何逃脱的机会。

他知道自己被抓是因为什么，说实话，在林循出乎他意料跳下楼的时候，他就知道这次没法善了了，所以买了车票想逃。

却还是被抓住了。

但他没想到抓到他的人并不陌生。

赵帆看着从一旁那辆豪车上悄无声息下来的沈郁，眼皮跳动着，眼里微微的惊讶过后，不仅没半点恐惧，甚至有些兴奋。

那表情连一旁摁着他后颈、五大三粗的保镖都觉得瘆人。

像电视里那种天生的反社会人格。

"老子看走眼了啊。"赵帆饶有兴致地盯着沈郁一步步走近，又瞄了眼他身后价值不菲的豪车，"还以为你跟那臭婊子一样，是个穷到根里的瞎——"

他话音没落，腹部突然被人狠狠踹了一脚，后背重重撞在墙上。

赵帆吃痛地弓了腰，疼得一边眼睛都睁不开，只从半合的眼帘里，看到眼前男人浅淡无光的双眸。

居高临下地"看"着他。

赵帆笑了一下，说："你觉得你很牛吗？让三个人摁着我？有本事单挑啊死瞎子。"

男人却丝毫没被挑衅到，拎着他衣领将他重重掼到地上，膝盖压下来，死死压住他的肋骨。

像他压着那女人时一模一样的痛感，甚至更狠，几乎要把他的肺压烂了。

下一秒，男人面无表情地攥拳，拳头直往他身上落。

赵帆痛呼了一声，知道自己今天逃不脱了，居然像是解脱般"嗬嗬"地笑起来。

"看来她醒了？老子这次踢到铁板了，我认。但你这块铁板，也不怎么扎实呢。"

他满眼都是嘲弄："我用刀割到她脖子的时候，那婊子都已经放弃挣扎，闭眼等死了，后来又突然主动往我刀刃上撞，还趁着我没有防备冲去阳台跳下楼，她有没有告诉你，是为什么？"

意料之中，那拳头骤然停了停。

赵帆盯着他那双没有丝毫光彩的眼睛，越笑越大声。

"因为我跟她说，如果她静悄悄地死了，那你这个瞎子男朋友，就会成为唯一的目击证人，一辈子遭受良心谴责。你说你是不是很没用？老子上楼前可是看了你好几眼呢，要不是你瞎，我未必有机会——"

他话没来得及说完，更加狠戾的拳头落下来。

许久后，沈郁站起身，死死克制着某种欲望，鞋底碾了碾地上那人的脸："送去警局。"

赵帆吐了口带血的唾沫，恶狠狠地盯着他的背影。

"我要告你，故意伤害。"

"告，尽管告。"男人回过身，揉了揉僵硬的指关节，从口袋里掏出一张名片扔到他眼前，语气傲慢又疏懒，像是在处理什么没用的垃圾，"麻烦你，记得联系我的律师。"

人被送走后，方忖指尖抖了抖，看着停车场里站着的老板，一个屁都不敢放。

他见过老板发脾气，但……

方忖打了个哆嗦，总算开口："老板，咱们回医院吗？"

可下一秒，眼前的人却忽然像失掉了所有的狠劲，他仓皇靠在车门边，抖着手从裤兜里摸出盒烟。

方忖默不作声地看着他抽完半盒烟，一根接着一根，抽到开始咳嗽、干呕，才总算结束。

许久许久后。

他安静地说："先送我回临江阁，洗个澡换身衣服。

"她现在不会喜欢烟味。"

等到了晚上，林循已经在护工的帮忙下，吊着手脚又艰难地睡了一觉，此刻正半靠在床头发呆。

眼神比下午的时候还要木讷。

程孟看得心惊，又实在不知道该怎么办。

——这次醒来，她甚至连累都懒得说了，嘴巴紧紧抿着，不曾开口说过半个字。

半晌后，程孟听到敲门声。她轻手轻脚地过去开门，让门外的沈郁进来。

外头下雨了，他带进来一身的水汽与寒气。

他把外套随手搁在床边的沙发上，抬眸对程孟说："辛苦你，晚上我来守吧，你先回去休息。"

程孟本想着自己跟林循比沈郁更亲，应该她来守夜，可忽然看到沈郁在床边坐下，手心交握搓了十几秒钟，直到搓热了才去触循循的额头。

她又莫名地把到嘴边的拒绝给咽下了："好，那我明天早上过来。"

程孟说完，拿上东西跟林循道别，床上的人只是眼神平静地看了她一眼，又转回头去，盯着天花板。

程孟心酸地叹了口气，转身离开了病房。

窗外泼雨染浓了黑夜，房间里再一次陷入死一般的沉寂。

"警察刚刚打电话来，说人抓到了。"沈郁坐在床边，温和地开口。

女孩没什么反应，气息都没变一下，像是漠不关心。

他又说："你让我考虑的事，我也考虑好了，要听吗？"

她的呼吸总算变快了一瞬。

沈郁低下头，伸手去够她的手。

明明在开着空调的病房里，她的手却凉得不像话，而且在发抖。

他看不到她的表情，可凭借这体温和她杂乱的呼吸声也能判断出来，她很不好受。

麻药已经过去了，肯定很疼吧？

他低低地说："我考虑好了，我是后悔了。后悔瞻前顾后，没早点跟你说。"

无比后悔且痛恨，他十八岁时的退却。

以及这么多年里，他没有坚定地守在她身边，沉浸在自己的自卑里，自以为她过得很好。

"哪有什么心软，我这个人从来不心软，"沈郁说，"林循，我喜欢你，很喜欢，最喜欢。"

唯一的喜欢。

他话音落下，她的指尖在他手心里微颤，再次挣扎着想要挣脱。

沈郁知道，他现在不管说什么，都填不满她心里的黑洞与绝望。

——因为在最后的关头，她的拼死挣扎，并不是为了求生。

大一那次，她被陈诺之拉住，庆幸的是没祸害到无辜的司机。

这一次，则是为了他。

没有人能在经历这些之后，在保持善良的同时，还能囫囵完整。

他深吸了一口气。

他得情绪稳定，他不能比她还丧。

他松开手，由着她挣脱开，轻轻地摸摸她的头发："我只是跟你表个白，不要有负担。不想处理就不要处理，觉得累了就睡，不想说话就不要说话。

"你不用对任何人负责，包括我。"

很久很久之后，林循总算开口，喃喃地说："可是沈郁，我这次真的觉得我好不起来了。连你跟我表白，我都感觉不到心动了。"

如果是今天之前，她该有多开心啊。

如愿以偿地听到他在耳边说喜欢她，很喜欢，最喜欢，而不是像上次那样，是她撒谎骗来的。

"我知道，"他笑得温和，"实在好不起来的话，就不要强迫自己好起来。不心动的话，也不用心动。

"不要做任何你不想做的事。"

林循麻木地睁着眼，她没想过这个选项。

每一次，每一次她都逼着自己痊愈，坚强起来，把塌了的天一寸寸顶回去，继续往下走。

不然的话——

"那我就好像，有一颗缺了一角的心脏了，我还能活下去吗？"

她知道自己这话说得好像有点矫情，但真的是她现在的感觉。

她的胳膊和脚都会愈合的，但她心里愈合不了了。

她对任何事情都失去了期待和心动。

房间里安静了许久。

顷刻后，床头的灯忽然被关上，世界陷入一片漆黑。

林循眼皮一跳，伸手不见五指的黑夜里，只有窗外的雨声依旧。

就好像突然到了他的世界。

下一秒，床边的人骤然低下头，掰开她的手，把那双失明多年的眼睛，埋进她手心里。

他的睫毛在她手心里扇动，微痒。

他笑得喉音漫漫。

"这世界上本来就不是所有的伤都能痊愈。不要给自己太大的压力。

"我经历过的，我跟你保证，伤痊愈不了，人也能活下去。

"你如果好不起来，那咱们就当两个残疾人。就像你之前说的，如果一起出门旅游，你可以告诉我山是什么样、海是什么样、人们又是什么样，而我告诉你——

"跟你在一起，心动是什么样。"

2

他说完这句话的时候，林循的手心里接到了一些从他眼里流淌出来的，滚烫的液体。

它们随同他的话，像是从她封闭的心脏外围，烫出了一个口子，很细小，却忽然让她觉得可以呼吸了。

——就算好不了，也能活。不挣扎着爬起来，躺着也可以。

这样的观念，林循从来没有听到过。

哪怕是之前学校的心理咨询师，也是通过各种办法鼓励她好起来，积极向上，不要被负面情绪打败。

林循这么多年一直照着做了。

效果很明显，她咬着牙度过了一年又一年，拖着沉重的背囊在大风沙里往前走，眼看着目的地越来越近。

可随之而来的，是一次又一次越来越严重的复发。

她茫茫然摸了摸沈郁湿漉漉的眼睛，小声地跟他确认："我真的可以吗？什么都不用管，不用强迫自己好起来？"

"嗯，相信我。"他的声音闷而沉，再也没有面对旁人时高高在上的傲慢姿态。

林循想到他经历的漫长的十年黑暗，突然觉得这话从他嘴里说出来，好像能够说服她。

她闭上眼睛，什么都不愿意再想。

就好像心里绷着的那根弦彻彻底底断了，也不再尝试着去修补。

那一瞬间，身体上一直麻木的感官似乎活了过来。

摔断的左手臂和左腿忽然开始向大脑传递剧烈的、不再压抑的痛觉。

她没法翻身，慢慢地、小口小口地吸着气，弓着脊背，肆无忌惮地呜咽出声。

"沈郁，我真的好疼啊。"

接下来的几天，林循彻底成了一个"任性"的人。

就连请来的护工也觉得这位林女士很奇怪，每天来病房里看她的人很多，有她形形色色的同事、一位年纪很大的朋友、她的闺蜜、心理咨询师，甚至是警察、记者和律师。

床头的花几乎每天都在换。

可林女士却安安静静的，待人接物也没什么礼貌，想搭理别人的时候就言简意赅地说几句，不想吱声的时候便闭着眼睛睡觉，连警察和心理咨询师都没办法让她开口。

如果不是偶尔半夜会因为伤处实在疼得厉害而痛哭之外，护工几乎感受不到她的任何情绪起伏。

像是活在某个属于自己的世界里。

林女士的先生——应该是先生吧，或者是恋人，也每日都在病房里陪着她。

他似乎很忙，总是行色匆匆的，每天早晨六七点钟过来病房，带着笔记本电脑办公，一坐就是一整天。

经常要到半夜两三点钟，等林女士彻底睡熟了才会走。

先生有眼疾，拄着一根盲杖，面色也生人勿近、冷淡得厉害。

两个人之间的氛围漠然得不像情侣。林女士从来不跟他说话，不要他触碰，但也不赶他走。

——倒像是一个因为眼盲一直走错了病房，另一个懒得出声提醒。

要不是有一天夜里，她撞见先生小心翼翼地亲吻沉睡中的林女士，简直要以为他们当真是陌生人了。

反正这病人和家属都很怪，但护工丝毫不在意，反而每天都干劲十足——实在是先生给的薪水太高了，挣这一单，抵得上往常小半年的收入。

何况林女士虽然脾气怪，却从来不发火，吃饭也不挑。

很好伺候。

某天中午，护工看到林女士的闺蜜急匆匆来到医院，同林女士的先生在走廊里小声交流了几句。

她去取饭菜，依稀听到他们的只言片语——

"……问了大学室友……"

"……她大一烂在床上的那一个月……她们有次无意看到过……"

"……她戴着耳机听人声……有声故事……"

"……她最喜欢你的声音……你试一试……"

护工也搞不懂他们在讲什么。

总之，那晚开始，先生每晚都会坐在床边，给林女士念故事。

他手里也没有捧任何纸质书，而是一边耳朵上戴了耳机，边听边念，却念得极其流畅——他会念各种各样的志怪小说、短篇爱情小说，也会有一些科幻故事、散文，甚至是优美却难懂的骈文诗赋。

护工今年四十五岁，活到现在还没听过这么好听的声音。

而且他读得十分有代入感，她往往听着听着便沉浸在故事里，连活都干不下去了，最后干脆暗戳戳搬了板凳坐在旁边听。

反正每天只有短短的三十分钟，不耽误事。

后来，先生的外婆——亦自称是林女士的"忘年交"也来了，每天准点在"故事时间"来病房里报到，戴上老花眼镜满意地边听边记。

老太太白发苍苍，看着得有八十多岁了，眼睛却不混浊，常常兴高采烈地在先生和林女士身上来回打量，嘟囔着什么"脾气这么臭的人也有今天""有生之年"。

外婆个性十分开朗，在周遭的病房中很是吃得开，短短几天和其他VIP病房的病友家属们混得熟稔，忽悠来好几个听故事的。

这层的大部分家属都有钱有闲，家人则大多都是重症，他们在这一守就是几个月，待得都很压抑。

有的人起初就是来凑个热闹。

但听了一次后，立马"真香"，有个十八九岁的小姑娘甚至说，先生的声音比她最爱的广播剧主播还好听。

之后每天都提前来，美其名曰来"直播间""打榜追更"。

最后便造就了一个十分滑稽的场面——

一个偌大又豪华的顶层单人VIP病房里，一到晚上九点钟就会围了七八个人，大半都是年轻的小姑娘小伙子，搬着小板凳排排坐着听故事。

让护工想到了小时候在农村里，跟着家里大人去镇上看拥挤的露天电影。

起初先生脸上的表情几乎是碎裂的，满脸都写着"无关人士给我爬"。

但他外婆一句轻飘飘的"循循都没意见"，便遏制了他所有的暴躁与疏冷。

开始半不自在又半迁就地，继续念。

——的确，林女士一向很讨厌应付访客，白日里一些记者和警察都遭过她的冷脸赶客。

但通常这种时候，哪怕病房里人很多，很拥挤，她依旧没什么表情，总是一言不发的。

似是默许。

然而不同于"直播间"里其他听故事听得嗷嗷叫的年轻小姑娘，林女士的表情很淡，每天的半个小时里一直闭着眼睛，虽然没出声打断，但也没什么反应，不知道有没有在听。

有好几次，护工几乎以为她听睡着了。

……

这样的日子过了一个月，林女士似乎有了些转变，虽然依旧话不多，但她逐渐能开始处理工作了。

她白日里会戴着耳机工作几个小时，屏幕上的软件护工看不懂，反正有一轨又一轨复杂的波形，看得人眼晕。

每隔几天，她也会跟来探视的同事们讨论项目进展，神色冷淡，言简意赅。

可看着似乎比之前多了些生气。

先生开始偶尔跟她的同事们一同来去，护工从他们的只言片语中听出来，这出手阔绰、丝毫不差钱的沈先生，似乎在林女士手底下打工。

还只是实习而已。

护工不由得暗暗咋舌，看林女士的眼光充满了敬畏——连实习员工都这么有钱，那她自己肯定是个大老板了。

……

又过了半个多月。

外头的气温越来越低，昼山城下了今年的第一场雪，不大，但气温也达到了零下五度。

病房里倒是四季如春。

林女士手臂上的石膏和脖子上的纱布都拆了，活动也比之前自如了许多，能自己做很多事，偶尔还会单脚蹦跳着自个儿去上厕所。

虽然依旧不爱讲话。

某天晚上，先生在讲一个爱情故事的时候。

病房里那群小姑娘小伙子都托着腮听得冒了满眼的粉红泡泡——有一个穿着打扮十分中二的小伙子，家里病人都已经出院一周了，他还每天都来报到。

经历过两段婚姻，养育了三个孩子的护工，听着年轻的先生清越绝尘的嗓音讲着动人心弦的片段，只觉得自己早就埋葬了好几十年的少女心都快要复活了。

也逐渐理解了那群年轻人说的"耳朵经济"崛起的原因。

她要是年轻二十岁，她也"追更打榜"。

护工听完最后一句，先生照着书里念的温柔告白，脸皮突然有点热。

她若无其事地偏过头掩饰，扫了眼每天这个时候都面无表情的林女士。

下一秒，她忽然看到林女士悄悄扶着自己那条硬邦邦的伤腿，艰难地翻了个身，而后把脸埋了一半在被子里，轻轻咬住了指关节。

那张苍白漂亮的年轻面孔上，嘴角一点点上扬。

一贯死寂淡漠的双眼也亮晶晶的。

好像在笑。

那一瞬间，护工突然愣了愣，旋即眼眶蓦地发热。

她忍不住走过去，在满室静默里，轻手轻脚地替这个只比她女儿大了几岁、听说跟歹徒搏斗后跳下楼求生的坚强姑娘，掖了掖被子。

就好像精心照料了一个半月的一株原本已经从根系开始腐烂、几乎每天都可能会枯死的花草。

在这年十二月末的深冬里，忽然冒出了一点点嫩绿的新芽。

那天晚上，等人都散了。

护工从走廊里过来，想要进门收吃剩的餐具。

可下一刻，她庆幸自己没直接推门而入。

隔着病房门的玻璃，能看到窗外在下雪。

这年冬天昼山的第二场雪下得很大，安安静静，汹涌庞大，似乎想将整个昼山城都掩埋于其下。

而同样雪白的病房里，调得暗黄的灯光下，他们坐在床沿接吻。

姑娘仰着头，撑在被子上的手指微微动了动，而后悄悄地、一寸寸地，攀上她爱人的肩膀。

护工转过身，暗道非礼勿视。

她静悄悄地走回隔壁的休息间，不忍打扰他们，嘴角却忍不住勾起来，年轻人的恋爱啊，真好，可真甜。

3

元旦前夕，林循终于拆了左腿上的石膏和钢板。

她下了床，光脚走了几步。将近两个月的时间，左腿长期没有使用，肌肉萎缩后比右腿细了一圈。

习惯了好一会儿，才总算能两条腿均匀使力。

除了左腿之外，她整个人都比受伤之前清瘦了很多。

姜老太在旁边看得直叹气，嚷嚷着好不容易之前喂上去的几斤肉全掉光了。

出院这天正好是元旦，下午，沈郁和姜老太去帮她办出院手续。

"一只夜莺"的所有人都来了，还给林循买了一个大大的蛋糕。

大家在病房里把蛋糕分了，一人一口吃掉，说是要帮她把这次苦难统统吃光。

林老板看着周洲狼吞虎咽的样子，没忍住乐出了声。

一旁李迟迟吃了口蛋糕，抬头恰好看到她的笑，怔怔地同汤欢交头接耳："哇，我觉得我快一个世纪没看过循循姐笑了。前阵子每次开会，除了给返音意见之外，她基本都不怎么说话，就像变了个人。"

李迟迟说到这儿，有点难受，又小声说："我大学还没毕业就来这里了，循循姐给的工资比别人高，我就卯着劲想要好好干，怕被开除。有天晚上熬夜做后期到两点多，胃疼，还是她来我家照顾我的……她不会煮饭，就去敲楼下早餐店的门，给了人家一百块钱帮忙炖了一碗鸡汤粥……一边喂我吃一边骂我脑子有包。"

"这样的人，"李迟迟塞了满满的蛋糕，恶狠狠地咬着，"怎么能遇上这种事呢。"

汤欢听着她说，远远靠着沙发扶手站着，手里也端着一块蛋糕。

谁说不是呢。

林老板看着总是冷冰冰的，却比绝大多数人都要心软。

她跟林循认识这么多年，却从来不知道她的这些往事。

要不是发生了这次耸人听闻的案件，上了昼山的社会新闻，还因为性质太过恶劣在热搜上挂了好几天，估计这些包袱，她一个人得背一辈子吧。

……

大家在旁边分吃着蛋糕，程孟一边帮林循整理行李，一边跟她讲案子的进展。

这个案件的关注度很高，电视台专门设了专案项目组，她也是其中的一员，所以对一些最新的进展，甚至比林循本人还清楚——之前的一个月，林老板对案子压根儿不闻不问，大家也不太敢当着她的面讨论。

但最近这半个月，程孟眼看着她精神状态在慢慢变好，她也总算是松了一口气。

"赵帆之前还不认罪，说自己就是想威胁你一下。但现场痕迹实在太多，而且又有你清醒后的证词，他狡辩也没用。他前几天在最后一次审讯中已经交代了犯罪动机，就是因为赵一舟减刑受阻的事。他对犯罪事实也供认不讳……"

程孟深吸了一口气："……这样的恶性报复杀人未遂，起码也得判八年以上。而且这件事现在引起了广泛关注，在媒体的呼吁下，赵一舟前几次减刑的过程也被要求进行公示，基于他之前写的那些'威胁信'，应该会重新审核他的悔改态度。"

林循"嗯"了一声，倒是没什么太大的反应。

她也不知道为什么。

之前那么多年，支撑着她活着的大半勇气，都来自满腔的恨意和不甘。但这次彻彻底底放弃之后，那些恨意似乎也跟着一起泄了劲。

躺平的这两个月里，她每天都能感觉到，心脏竟然在自主地、有意识地，一点点复苏。

但不甘和恨，似乎并没有跟着回来。

公道这种东西，她控制不了，也拯救不了她。

程孟又想起了什么，问道："对了，循循，你跟孙律师联系了没？你要找他帮忙诉讼吗？前两周他过来探望你，但那会儿正好你在睡觉，我们就没叫醒你。"

她想了想，又接着说道："孙律还挺关心你的。"

林循颔首道："我昨天拆完石膏给他打过电话了……"

算是报了平安，也跟孙律师聊了挺久。

这案子发展成如今的样子，超出了所有人的预料，孙律师也唏嘘得很。

林循安静了片刻，接着说道："不过因为这次证据确凿，我就没请孙律帮忙辩护，大材小用了。"

程孟点点头，表示理解。

七八年过去，孙律师的名气比当年更盛，几乎都是接的刑事犯罪中很难追踪证据的难案重案，甚至是冤假错案。

这是一方面。

另一方面则是，孙律师如今的报价比起七八年前更高了。

而显然，林循并不希望他因为人情关系而少收费。

该说的大致说完，程孟不再聊这么沉重的话题，帮着她一起将带来的换洗衣物放进李箱。

她忽然想到什么，又对林循说："对了循循，你可能不知道。前阵子宁琅来过——"

林循蓦地抬眼看她，眼底有些微讶，下意识地问："他来干吗？"

她可不认为宁琅会关心她。

自从听汤欢说宁琅好像在睿丽遇到了一些麻烦之后，他就没再往工作室送过花。估计自己都焦头烂额的。

"不过沈郁没让他进来。"

准确地说，沈少爷连话都没跟他说半句。

程孟想到那天宁琅来的时候还带了一束花，结果愣是连病房门都没能进。

门口两个穿黑衣的保镖像两尊铜像一样，把她都骇了一跳。

程孟想到这儿，忽然压低声音问林循："……你之前说，沈少爷从一中退学后被沈家赶出来了，这几年一直生活得很窘迫？所以你才想到请他帮忙配音？"

林循点点头，反问道："怎么了？"

程孟面色有些古怪。

她这些天三天两头往医院跑，跟沈郁也算是挺熟了。

程孟是昼山本地人，家里做小生意的，从小家境殷实。

陈诺之也是个小富二代，他们俩平常的消费水平跟林循不是一个层次的，又哪能看不出来——哪怕比高中时候更低调内敛了，但沈少爷如今的吃穿用度，仍然没有一样不讲究不矜贵的。

更别说前两天，她在楼下亲眼看到沈郁从一辆豪车上下来。

林循却没注意到她的脸色，以为她是在替自己担心医疗费的事，笑道："这医院费用还挺合理的，我刚刚看了眼账单，这些天的医药费和各种检查费、人工费，一共也没多少。我把卡给沈郁了，让他帮我去交费。放心，我不会破产的。"

程孟："……"

她忍不住打量了眼这宽敞的顶层 VIP 病房，心想那账单上估计没有包含这些。

说实话，要不是这次林循住院，程孟都不知道昼山人民医院的住院大楼里竟然还有这样的病房。

就……还蛮刷新认知的。

只不过循循从小到大几乎没怎么去过医院，住院更是第一次，所以才没发现吧？

她欲言又止了一会儿，觉得这种事情自己没必要多嘴，再说了，有钱不是好事嘛。

程孟想到这儿，放宽了心，忍不住道："循循，你之前不是说你跟他在一起不是因为互相喜欢嘛，其实我感觉……沈少爷很喜欢你。"

而且，很有可能，不是现在才喜欢。

她话音落下，床边的人忽然弯了弯眼睛。

"嗯，我知道。"

他上次就说过了，不是心软。

她虽然那会儿听着没什么感觉，但没有忘。

林循把最后一件毛衣叠进去，程孟还在一旁喋喋不休地跟她说这两个月娱乐圈的一些八卦。

两个人头对着头。

林循抬眼，看到对面女孩笑起来眼角有一丝干纹。

比起十六岁刚认识的时候，她还是有点变化的。

林老板忽然打断她，声音低哑却又真诚地说了句："孟孟，这么多年，谢谢你。"

程孟愣了愣，偏过头去，没吱声。

过了一会儿，她才说道："有什么谢的……我和陈诺之的婚礼定在一月底，你给我好好的，养好身体，到时候来当我的伴娘就行。"

"好。"

又过了蛮久。

程孟把行李箱盖上，眨掉满眼的湿热，说："其实我挺害怕的，高中那会儿总是你在保护我，我也习惯了依赖你。但是你大一那次，我就发现我好像帮不了你什么，这次也一样。

"看你醒来之后那段时间的样子，我真的以为……"

她说不下去，放眼四顾，看着满屋子一口一口帮忙吃掉"苦难"的蛋糕、吵吵嚷嚷的人，又突然笑道："还好，总归不是只有我一个人——"

——试图将你拉回来。

出院之后，林循先回晟霖苑放了行李，然后请大家一起吃了一顿饭。

跟两个月前生日那天相比，她今天心情反而更好。

她想偷偷从周洲的酒瓶里蹭点酒喝，却被沈郁按住。

林老板盯着自己杯子里倒着的那一丁点啤酒，又看了眼他按在杯口上的手，有点无语。

这人这会儿倒像是视力恢复了。

还面无表情地嘲她："遵医嘱啊林老板，医生说了，忌烟忌酒。"

"……"林老板愤愤不平地看着他把那个杯子拎走，换了个新的给她，又帮她倒满果汁。

吃完饭，两个人一起打车回家。

路上，林循实在没忍住，凑过去他身边问了句："你怎么发现我倒酒的？"

沈郁挑了挑眉，伸手戳戳她脸颊："你就当我有超能力。"

"哦，"林循反应过来，"闻出来的？沈郁，你嗅觉这么灵吗，那……"

刚受伤的一个月，因为浑身上下都包着纱布，不能洗澡，只是每天让护工帮她简单擦洗身体。

头发几乎有两个星期没洗过。

那会儿她哪有心思管那些。

但现在，林老板忽然后知后觉地，觉得有点不好意思："我之前是

不是……臭臭的？"

她自己没怎么闻出来。

但他鼻子这么灵……而且动不动靠她很近。

沈郁闻言眉尾微扬，唇角勾了勾，承认道："是有点。"

林循瞬间垮了肩膀，稍稍挪得离他远了一点，又做贼心虚般拉了自己的头发过来，若无其事般很轻很轻地闻了几下。

只有洗发水的味道。

她昨晚拆掉石膏，刚洗过的，还洗了两遍。应该不会因为太久没洗，腌入味了吧？

然而下一刻，身边的人却忽然毫不在意地伸手薅了把她的脑袋，揉乱她披散的长发。

"暗戳戳闻什么呢？"他笑，"你是不是忘了？我除了嗅觉很灵敏之外——

"听觉也很灵敏？"

等再次回到晟霖苑，已经是晚上了。

她有两个月没回过这里，下午匆匆回来放行李，也没仔细打量。

这会儿反而觉得还是有些变化的。

小区楼下成排的冬青都被薄薄的残雪覆盖，门口卖五颜六色六块钱一碗的冰激凌的老奶奶改卖烤红薯了。

生计逼着人转行。

人们也都穿上了羽绒服和棉袄。

林循身上这件还是前两天快要出院的时候，沈郁带给她的，不知道什么牌子的，反正穿着很舒服暖和。

比她自己买的要好。

不知道为什么，林老板有点开心，她玩了一会儿羽绒服的衣袖，又去玩沈郁的大衣袖子。

手指正拨弄着他的袖口，手却被一把扣住，握紧。

正好快要走到单元楼下。

沈郁握着她的手，停下脚步，语气忽然有点正经："林循，要不再重新找个房子？我帮你把这里处理了。"

林老板怔了怔，半天才反应过来他是什么意思。

她拉着人走进楼道里，慢吞吞地说道："不用……赵帆不是被抓了吗，不会有危险了。而且刚刚下午回来的时候，我发现门口的保安亭多了好几个，安保团队好像也换过了。听保安说，自从那件事发生后，这个小区有个贼有钱的富豪业主直接拨款升级了整个安保团队，连带着小区房价都涨了一点……也不知道谁这么有钱，不会是老李头吧？"

林循想起之前见过的老李头手里那一整挂、起码几十把的钥匙。

觉得极有可能。

某沈姓年轻富豪业主："……可能吧。"

林循想到这儿，忽然又问："对了，之前我那个跳到你们家院子里，老李头没难为你跟姜奶奶吧？有没有涨房租？"

沈郁觉得她因为这点小事着急的样子有点好笑，又很珍贵："没。"

这会儿站在没有消毒水味的楼道里，听她絮叨这些小事，才终于觉得她好像真的回来了。

"那就好。"林老板"啧"了一声，"看来老李头还算是个好人……那我上楼啦，你进屋吧。"

楼道里依旧是昏暗的灯光以及绕着这残旧的温热飞舞的蛾子。

墙也同两个月前一样斑驳。

"好。"他拉起她的手，亲了一下她的手指头，站在楼梯口没动，"你上去吧，我听着。"

林循一步三回头地走到三楼。

忽然弯腰往下看，他还在楼梯口站着，似乎是听到她停下脚步，他微微仰起了头。

她忍不住牵了牵唇角，掏出钥匙打开房门，走进玄关。

等关上门，她又熟练地打开灯，换上拖鞋往里走的时候还没觉得有什么。

毕竟是住了一年多的家。

但快要走到客厅里的时候，看到被换掉的崭新地毯和明显清理过的地板与沙发，突然明白过来刚刚沈郁为什么要让她换房子了。

不是危险不危险的事。起码不是物理意义上的。

脑海里不受控制地想到了一些恐怖的画面，她站在厨房和客厅的交界处，竟然一步都不敢往里迈。

放眼看去。

阳台外空空荡荡的，漆黑一片。远处的山描摹出诡异的轮廓，凶恶毕现。

汹涌的风刮起雪白的窗帘，仿佛，在呼唤她。

林循的心脏猛然跳起来，在原地停留了好几分钟，忽然觉得浑身鸡皮疙瘩都起来了，那种后怕的感觉，没办法控制。

她惊恐地喘了几口气，几乎落荒而逃般拉开门想要往外跑，连鞋都来不及换回去。

下一秒，便在二楼的楼梯拐角处，看到一个人——

他单手拄着盲杖，另一只手扶着墙壁，敛着长眉，很不熟练地一步步往楼梯上走。

长身玉立，面上是一贯的疏离。

听到她开门的声音后，他的脚步蓦地加快了许多，最后几乎弃了盲杖急匆匆走上来。

鞋尖却不慎踢到了最后一级的台阶，不禁一个趔趄。

好在他最终扶着墙壁稳住了身体，三两步走到她身边，蹙眉问道："怎么了？"

林循看着沈郁额前凌乱的碎发和脖颈处的薄汗，狂乱的心脏像是找到了归处。

躁动不安的神经也慢慢归于宁静。

她这辈子从来没有某一刻像现在这样觉得，自己原来这么需要这世界上的另外一个人。

不仅仅是信赖。

她嘴唇动了动，忽然上前一步，伸手抱住他："没怎么。"

林老板轻嗅着他大衣领口的凉意，用力把脸埋进去，眼眶有点红，嘴上却很欠地调侃他："你怎么又上来了？才分开一会儿就想我了？"

他猝不及防地接住撞到胸口的重量，用了点力气让自己站稳，哂道："你想得美。"

"那干吗上来？大少爷，你不会还有一个女朋友住四楼吧？"

林老板这么说着，眼睛却很亮。她作势要推开他，却被他伸手强势地搂住了腰。

"就算有又怎么样，你吃醋了？"

沈郁敛着眉眼低声笑她，顿了一会儿，才拎了拎手里的盲杖，勾唇坦白道："我练习一下，在这里上下楼。放心，已经练了有几天了，比以前熟练很多。"

林循顿住，忍不住抬头看他。

他的声音依旧清越动听，可语气却在下坠，很严肃。

"那天我在楼下等你，是因为觉得自己上下楼梯太慢，不想约个会还要你在旁边等我。"

黑夜里，他的瞳眸浅淡、眉睫如墨。

如同穿过千万重风雪，踏破所有崎岖昏暗的夜，舟车劳顿却坚定不移地到她身边。

"对不起，是我的问题。

"以后我都上来接你。"

4

林循听他语气里的严肃和认真，才突然意识到，那天的事，他一直如鲠在喉。

他好像觉得，是他对不起她。

林循怔怔地低头看了眼他的盲杖，心里像被戳了一个洞。

好半天后，她才开口道："那根本不关你的事，赵帆跟我很多年了，不是那次也会有别的时候……你不要这样想，沈郁，你不欠我什么的，反而是我——"

不仅不欠她什么。

他已经对她不能再好了。

从来没有人像他一样，念两个月的故事唤她回来。

更没人像他一样，跟她说痊愈不了也能活，告诉她心动是什么样子，在黑夜里一步步朝她走来。

这两个月里，林循总觉得自己像是做了一场很漫长的梦。

梦里她被一个巨额彩票砸中了。

她不止一次地惶恐，再醒来会不会其实自己就躺在冰冷的客厅里，脖颈上横着霜雪般的刀刃，等待着死亡的降临。

"——反而是我，"她摇着头，声音里带了点哭音，"说要跟你谈一场甜甜的恋爱，但差点害你遭遇危险，还连累你在医院里照顾我这么久。而且我那段时间对你爱搭不理的，还跟你说算了……对不起。"

她话刚说完，便被打断。

沈郁有点失笑："林老板，怎么相处久了，感觉你年纪越来越小了？"

林循停了抽泣，抬头看他，毫不掩饰泪眼蒙眬的模样。

反正他又看不到。

"怎么就越来越小了？今天元旦，算阳历的话我们都二十八岁了。"

过了很久，沈郁"啧"了一声，说道："还知道都二十八了？那还连道歉都要跟我攀比？"

林循忍不住瞪了他一眼，说："不是攀比，你这个人怎么这样，我真心的。"

好不容易掏心掏肺跟他说几句话。

被他说得好像她是个胜负欲很强的小孩子一样，什么事都要比。

"行，你真心的，"沈郁伸手抹掉她脸上的眼泪，没好气道，"那我也说真的，我坦白。说实话我这辈子没怎么自卑过……但这次真挺自卑的，没能保护好你。你之前问我要不要在一起，我就想过，如果有一天你遇到危险了，我没能力保护你怎么办。

"当时真没想到，这么快就会有这天。"

他说这话的时候脸上还带着不经心的笑，林循不知道他是认真的还是话赶话的玩笑。

但听他说自卑，她不知道为什么，心里慌得厉害，既不想他这么低看自己，又害怕他有别的想法。

她下意识问他："那你后悔了吗？后悔答应我了？"

他又笑："嗯，有过。"

林循呼吸一室，不知道说什么好，她手指紧紧攥着他大衣的下摆，心里有点慌。

便又听他说："不是没想过的，你只是想谈个恋爱而已，如果当时不是我，而是别的人正巧合适……那你是不是能轻松很多。"

那天在院子里摸到她浑身热烫的血，以及后来听警官说，嫌犯跟他擦肩而过两次，这个念头就在疯狂滋生了。

更不用说后来听到赵帆恶意地提起她跳楼的原因。

他当时站在那个停车场里，觉得自己这辈子都没这么自责过。甚至怀疑自己的靠近对她来说，是不是一种伤害。

但这些负面情绪，没必要一一说给她听。

沈郁抬了抬眉，依旧保持着轻快的语气："不过后来冷静下来，就觉得既然你选了我，既然我答应了，那与其浪费时间想那些没用的，不如想想以后。"

林循看着他的眼睛，忍不住去摸他立体精致的眉骨，听说就是因为车祸时撞到了那里，他才失明的。

"……以后什么？"

"更努力一点呗。"

沈郁闭上眼睛，任她摸着他曾经受伤的地方："十年前我连独立走路吃饭都做不到，现在不是也差不多了。大不了再努力十年……不管你喜不喜欢我，心不心动，只要你还愿意选我。"

林循没说话。

很久之后，她重新打开门，伸手将他往门里头扯。

大门在男人身后被关上，客厅里灯光通明，几分钟前叫嚣着要吃人的空气似乎因为他的参与，逐渐变成了半块糖、甜到周密的雾。

林老板将人摁在门板后，牢牢勾着他脖颈，踮起脚迫不及待地吻他。

两条略微有些粗细不一致的小腿在此刻踩上他的鞋面，整个人重心不稳到几乎挂在他身上，披散的长发穷途末路般缠住了他。

林老板一边肆无忌惮地亲他，一边说："是我弄错了。"

在一起这么久，除了第一次玩笑一般的告白，她好像从来没正经跟他讲过。

"是我对感情太迟钝，所以感觉错了。"

林循的眼泪忍不住满下来，嘴唇贴着他的唇角，啃咬着，舔舐着，一边去剥他的大衣、衬衫领口的扣子，却因为没有经验，扯得乱七八糟的。

"沈郁，没有什么其他合适的人。我这么多年，从来没考虑过谁跟我合不合适，对待其他人，我好像连往这方面想都没有过，更别说什么心动。只有你——"

她说得很急，动作更急。

直到某一刻，有人忽然反客为主，绷着下颚拦腰将她抱起。

林循惊呼一声，到嘴边的话被掐断，惶然地盯着地面，生怕他摔跤。

可他似乎已经把这个家摸得一清二楚，单手毫不费力地横抱着她，另一只手稍稍触着墙面指引，步伐几乎和常人无异，大步越过白澄澄的客厅，进了卧室。

下一秒，天旋地转，等她反应过来的时候，人已经躺在了柔软崭新的被子上。

男人站在床边，随手扔掉被她扯得乱七八糟的大衣，又慢条斯理地解开她一直没扯掉的衬衫纽扣。

浅淡的瞳眸里像是住了两只潜伏在夜里的猛兽。

又似是她看错。

他倾身过来的时候，林循的大脑几乎空白了几秒钟。

心脏怦怦跳着，在他掐着她的腰埋首至她脖颈时，才茫然地"啊"了一声。

她刚刚的确扯他衣服了来着。

她自己也不知道为什么，就是有点想彻底地为所欲为，身体力行地抓住他，告诉他不是他想的那样，她才不是因为什么合适才选的他。

但他此刻动了真章，色厉内荏的林老板马上像是被戳破的气球。

一颗心都在漏气，虚得不行。

暧昧紧张的氛围在升腾。

男人灼热的手心握着她的腰，轻而易举地将她翻了个身，面朝下轻轻摁在被子上。

他随即吻上她后颈窝，唇齿忽然触到什么，顿了一下，而后试图咬开她后颈处细细的挂脖——为了穿脱方便，她受伤后穿的都是这种款式。

他眼睛看不见，两只手又控着她的腰。

人类惯常用作解绳结的两样"工具"此刻都没派上用场。

他只凭唇齿，所以解得分外艰难，却又稳操胜券般不急不徐。

俊挺的鼻尖时不时蹭着她后颈。

林循睁着眼咬着唇，觉得自己脚趾头都红透了。

她忍不住伸手抓了抓身侧的床单，几乎连呼吸都停了半分钟。

直到他牙齿咬着某处轻轻一拽，颈后蓦地一松。

林循牙关咬了又咬，把脸埋在枕头里，小心地问。

"医生说……说什么来着？我要戒烟戒酒戒海鲜发物，那……用戒色吗？要的吧？我还没……那个……恢复好。我刚刚只是跟你开个玩笑，要不改天？"

"……"

良久后，身后的动作总算停了，他翻了个身躺在她身边，贴着她耳朵闷闷地笑。

那声音钻进她耳道里，密密麻麻地填满她耳窝。

林循脸更红了，忍不住反手去捂他的嘴唇，威胁道："你不准再笑了，也别离那么近。"

又过了好几秒钟，他才停下笑，在她手心亲了一下，又伸手扯扯她滚烫的脸皮。

"有贼心没贼胆说的是不是你？这种事能开玩笑吗？"

"……"林循只觉得自己曾经的气势和人设一点点被他撕开推倒。

这段恋爱不是明明一直都是她主导的吗？

沈郁笑够了，支着脑袋摸摸她的头："行了，你刚恢复，我又不是禽兽，这时候碰你，反正都等了这么多年了……就是给你个警告，你男朋友只是瞎了，不是全身残疾，以后没想清楚之前别有这种毛手毛脚的举动——"

林循丢脸到压根儿懒得说话，眼泪汪汪地扭了头，却恰好对上他扯掉扣子的衬衫领口。

林老板瞳孔微震，悄悄抬眸看了他一眼。

他兀自在那儿说话，好像压根儿不知道她脑袋冲哪边。

林循慢慢地"哦"了一声，眼睛一眨不眨地盯着看。

很久之后，她面红耳赤地把脸又埋进了枕头里。

突然想起高一上学期。

有一次，程孟跟她说，男生们在球场打球，沈少爷因为太热脱了上衣，结果被围观了，有好多高年级的学姐都去给他送水。

程孟和班里另外几个女生一脸激动地问林循，要不要一起去凑个热闹。

她当时听她们说的时候，只无聊地嗤了一声，连教室门都懒得出。

当时想着，不就是脱了个上衣吗？有什么好看的。

谁身上的肉不是肉，他的肉就比别人高贵点吗？

这边沈郁还在喋喋不休地说她："——像上次那样装蚊子随便亲也不行，听到了没？"

林老板闭着眼，耐着性子伸手轻轻戳了戳他锁骨，严肃道。

"你才是，把衣服穿上好好说话，成何体统。"

"……"

沈郁挑了挑眉，听她语气似乎有点不悦，以为她恼羞成怒了，便不再挑衅，乖乖地把衬衫领子系好。

便又听到她磨了磨牙："什么毛病，以后在外面冷了热了都不能脱衣服，听、到、了、没？"

最后四个字原封不动还给他。

沈郁："……"

空气凝滞了一会儿。

他大概思考了一个世纪她这话里的逻辑性，以及自己到底什么时候有过在外面乱脱衣服的毛病，但还是慢慢悠悠地点头，乖顺地妥协："行，听到了。"

听到满意答案的林老板终于把脸从枕头里拔出来，平心静气地看他。

几秒钟后，她突然想起他刚刚一长串话语中夹杂的某一句："……你刚刚说，反正都等了这么多年了？"

林循茫然地重复了一遍："这、么、多、年，你——"

听她这么问，沈郁眉心忽地一跳。

以为被她发现了话里情不自禁的疏漏。

他几乎想坦白了，又怕说出来给她负担。

毕竟这个阶段，她刚刚开始信赖他，心理也才开始愈合，他不想把人吓跑。

沈少爷揉揉她的脸颊，正琢磨着措辞。

又突然听到她说："——沈郁，你不会，真是第一次吧？"

林老板看着他瞬间凝固的表情，觉得自己突然拿回了主动权。

她忍不住笑起来："还警告我，给你能的，老子差点被你唬住了。"

"难怪——"

她仰起脖颈，将长发拨到一边，慢悠悠地把带子重新系上。

"这么长时间才解开。"

快乐的口嗨结束，林老板付出了代价。

被某个恼羞成怒的人摁着亲了好久之后，她终于轻喘着讨饶："行，你还是比我厉害，行了吧？"

沈郁听着那句拉长又敷衍的"行了吧"，俊秀的长眉一点点挑起来，又伸手去捉她。

林循反应敏捷地从床上爬起来，笑得直不起腰，踩着拖鞋要去洗漱。

走到门边又有点犹豫，回头看他："……我这里有备用的牙刷，但是是粉色的，女士的。"

言下之意，她还是有点怕一个人在这里待着。

沈郁听懂了她另类的邀请，没好气地说道："你其实可以不用告诉我是什么颜色。"

林循"哦"了声，又问他："那你打电话跟姜奶奶说一下？就说……你跟朋友在外面喝酒，不回去了？"

这么多天稀里糊涂的,她还从来没跟姜奶奶亲口坦白过他们的关系。

而且姜奶奶在病房里的时候，他们好像也没有过什么特别亲密的举动。

林循想着，下次专门请老太太吃个饭，跟她好好解释一下。

"不用。"沈郁挑了挑眉，晃晃手机，"外婆刚刚给我发语音，说她煮了宵夜，我如果不回去的话，她一会儿给我们送上来。"

林老板脸一红："……我们？"

沈少爷实在没忍住，伸手弹了下她额头："老太太虽然八十二了，但头脑有时候比我还清楚。"

林循听他这么说，忍不住走到客厅里盯着大门看，内心有点忐忑。

果然，没多久便听到了敲门声。

她硬着头皮走过去，从猫眼里看了一眼，果然是姜奶奶。

林老板打开门，表情里带了点尴尬和不自在。

她想解释几句，但又不知道从何说起。

没想到老太太却一脸自然，认真问她："丫头，你们北方人是不是有个说法，'出门饺子进门面'，这样才能平平安安的？"

林循一愣，旋即便看到老太太窸窸窣窣地从塑料袋里掏出一个饭盒递给她，又伸手摸了摸她脑袋："咱们出门的时候太仓促，没来得及吃饺子，那回家第一天，就吃顿面条吧，我加了红烧肉，你爱吃的。"

林循红了眼眶，闷闷地"嗯"了一声，好半天才伸手去接。

等门关上，她拿着沉甸甸、热乎乎的饭盒回过身再次往里走，脚步忽然顿住。

那一刹那，阳台的尽头，漆黑的昼山城，这个她从年少时候待到现在的庞大城市。

忽然一盏接着一盏地，亮起了灯火。

/ 第十四章 世界上最亲的人 /

"你的眼睛好漂亮。"

1

两个人一起坐在厨房的吧台吃光了那份面条。

老太太的手艺一如既往。

林循前些日子一直在忌口，每天不是鸡汤就是鱼汤，清淡得不行，自然吃得格外香。

等吃完面，林循先洗了澡，又带着沈郁摸了遍她家卫生间的布局，牙膏牙刷放哪里、花洒淋浴怎么拧、自动马桶怎么摁冲水……

他的确对记忆方位很有一套，只草草记过一遍后就不用她操心了，将她赶出了卫生间。

林循一开始还有些不放心，担心他摔倒。

但在门口站了一会儿，却见他气定神地闲拿了浴巾，推开淋浴间的玻璃门，旋即站在花洒下慢悠悠地解起了扣子。

"……"林老板"啪"的一声关上门。

她回了房间，双手抱臂在门口站了一会儿，看着一米五宽的床，"啧"了一声。

留宿是留宿了，怎么睡还是个问题。

当初装修的时候，她就没想过这个家还会住进来第二个人，所以她把另外一个房间改成了她的书房兼工作间。

客厅里的沙发也是短短的那种单人沙发，睡不了人。

林老板站在床前想了想，从柜子里拿出一床新的被子，将不算宽敞的床泾渭分明地分成两边。

等放好枕头，她又多看了两眼，突然觉得有点奇妙——浅色床单上，两床一蓝一白的被子贴得很近。

339

沈郁回到房间的时候，便发现林循安安静静地站在床边，也不吱声。耳边只有她轻轻的呼吸声。

他擦着头发，不由得问她："怎么了？"

林循回头看他，就着房间里白澈的灯光将他的脸看得很清晰，心里更有一种很奇妙的感觉。

"没什么。"林老板弯了弯唇角，忍不住道，"奶奶去世之后，我已经有好多年没跟人分过一张床了。"

她说完这话，便见沈郁擦着头发的手忽然顿了顿，而后眉梢微扬，唇角儿不可见地勾了勾。

林循没反应过来他在开心什么，继续感慨："沈郁，我就是觉得缘分蛮神奇的。咱们十年前就是前后桌，离得也很近，但那会儿完全是两个世界的人。谁能想到才重逢不到半年，你就变成我的——"

她漏了半句没说，坐到床沿上，脸有点热。

沈少爷却没那么轻易忽略，执拗地问："变成你的什么？"

林老板想了想，突然觉得也没什么好不自在的。

这是事实。

"——我在这个世界上，最亲的人了。"

唯一的，可以分享同一张床的亲人。

她慢悠悠说完，男人的动作忽地一僵。

发梢上的水珠顺着他额角滑落，几秒钟后，他忽然伸手揉了揉她的头发。

那动作，让林循莫名觉得他好像在安抚一只可怜兮兮没有同伴的流浪小狗。

仿佛是为了验证她心里这个想法，他又俯身过来，亲昵地用鼻尖碰了碰她的脸。

"嗯，但有个事纠正你一下。

"十年前我们也不是两个世界的人。哪有两个世界，你的世界在哪儿，我就去哪儿。"

他靠得很近，语气没平时那么吊儿郎当的，非常非常的正经。

正经到，每一个音节都很清晰悦耳，直往她耳朵里灌。

林循忍不住笑，又伸手推了推他："你怎么撒谎都不打草稿的，这么会说情话。"

十年前，又不是现在。

那会儿怎么可能她在哪个世界，他就去哪儿。

沈郁弯下腰抱她，半真半假地说："我说的是事实。"

林循拖腔带调地"哦"了一声，伸手去拿他头上的毛巾，由着他抱着，一点点帮他将头发擦得半干。

这才关了灯，自己先爬上床，躺到另一边。

又帮他掀开他这边的被子，林老板拍拍床单，说道："前桌，晚安。"

她随口的称呼，让他微怔，仿佛时间穿梭回到了十年前。

那会儿他们都还小，她也还没经历后来的诸多苦难。

亦从来没这么称呼过他。

印象里，她好像几乎没主动找他搭话过。

偶尔传作业，也只是"喂""哦""嗯"这样简单的音节。

好半天后，沈郁才跟着躺在床上，连人带被抱了抱她。

"嗯，晚安，后桌。"

一整天又是出院又是聚餐的，回家还收拾了东西。

林老板两个月都没这么大的活动量，很快便睡着了。

沈郁却睡不着。

他的眼睛不见光，感受不到天黑与天亮，所以昼夜节律的生物钟比寻常人要差很多。

平时为了规律睡眠，都得靠褪黑素或者一些药物来调节。

今天留宿得仓促，并没有拿。

更何况。

他偏了偏脑袋。

此时已经过了十一点半，应该是暗沉沉的晚上，虽然视野同白天没有任何区别。

可夜晚的世界比白天要安静，仿佛连风都要轻一些。

——只除了，身边几厘米的位置，有着平稳且绵长的呼吸声。

喜欢了十年的女孩子，此刻安眠的呼吸声萦绕在他耳边，安安静静地伴着他的心跳。

一下一下，似有回响。

他躺了很久，几乎不敢翻身，也不敢动弹，生怕扰了那乖巧的呼吸。

思维清晰到，半点睡意也没有，也不想有。想多清醒一会儿，就这样待着。

直到床头柜上的手机忽地响起来。

沈郁心口一跳，飞快地拿起手机，不耐地按掉来电。

好半天后，等听到身边的呼吸声并没有被打断，他才摸索着戴上耳机，听了读屏软件念的来电显示。

——是方忏。

沈郁默了一会儿，坐起来，披衣去了阳台，等关上隔音的玻璃门，才给他拨回去。

"这么晚了，有什么事？"

方忏接起电话，便觉得老板的声音不是很愉快，就好像被他打搅了什么美梦似的。

他有点无语。

才十一点半好嘛！老板平时工作忙，又要忙着"cosplay"两头倒，还得去医院，一般不都凌晨两点之后才会睡觉嘛。

不过方忏今天要报告的是挺重要的内容，所以腰板挺得格外直。

"您昨天不是让我帮忙联系一下孙源律师嘛。"

昨天林循和孙源律师打了半个小时的电话。

他之前只以为负责林循父亲案件的律师是法院提供的公派律师，昨晚才知道，对方竟然是孙源——国内屈指可数的刑事辩护侦查专家。

当年他和妈妈出车祸后，沈昌亦不肯相信是意外，也找过孙律师帮忙查。

但最终证明，的确是意外。

孙源律师的专业能力毋庸置疑，可听林老板的意思，她这次不打算让孙律帮忙辩护。

但沈郁还是让方忏联系了他。

这次虽然证据确凿，但最终怎么判刑还两说，总归需要一个优秀的律师帮忙辩护。

沈郁沉声问："怎么样？"

"我按照您的意思说了，就说我们寻语的公益基金会看到了社会媒体报道，对林小姐很同情，又是同行，所以出资请他帮忙辩护……他很爽快地就答应了，还说要不是林小姐拒绝得果断，这案子他也是很想继续跟的，毕竟那份引发赵帆不满的律师函还是他写的。"

方忏说到这儿，补充道："孙律明天应该就会联系林小姐。"

"行。"沈郁转了个身靠在栏杆上，听他好像还有话没说完，便问，"还有什么事吗？"

方忏愣了下，说道："哦没事，我在整理收据入账……"

他说着，咕哝了句："还真挺贵，律师这行这么赚钱吗？我听事务所的助理说，七八年前帮林小姐父亲辩护的时候，一审二审的辩护费和其他费用就要二十万了。"

方忏嘟囔完，沈郁默了一会儿，忽然问他："二十万……很多吗？"

他其实也知道多，但还是有点没概念。

方忖没好气地翻了个白眼："您知道普通人要挣二十万有多难吗？还是七八年前。我今天跟孙律师聊了会儿，听说林小姐当初跟奶奶摆个烧烤摊，两个人住在地下室里……这么说吧，她们一个月的房租应该也就四五百，一串烤肠一块五，一晚上卖两百串也才三百的营业额，还要刨去人工、食材、水电成本……也不知道怎么拿出来的这二十万。反正不管是怎么赚的，肯定很辛苦吧。"

方忖说到这儿，叹了口气，很有些唏嘘："人跟人的差距，真的很大的，当时赵一舟有权有势，警方查了好几个月都没线索……好在孙律师最终发现了蛛丝马迹，最终迫使赵一舟不得不认罪，这钱花得算值。"

他话音落下，忽然听到电话那头没了声音。

方忖没在意，自顾自地说起另外一件事："对了，老板，这段时间那赵帆安分得很，也没提要告咱们的事。"

那天被移送警局之前，他被揍得很惨，临走前还恶狠狠地扬言要告老板故意伤害。

方忖说到这儿，不由得松了一口气。毕竟在他看来，多一事总不如少一事。

可沈郁听着，却反而无端地皱起了眉。

其实他早就做好了准备，当时虽然是有过很不好的冲动，但他下手的时候还是带了分寸，再加上是协助警方抓人，赵帆就算要告他，也充其量就是不痛不痒的结果。

可他竟然没了动静。

这样的人，就像穷途末路的凶徒，在没有任何退路的时候，总是会抓住所有的筹码。

狗急了还会跳墙。

如今他这么谨小慎微地认了罪，对其他的一声不吭，反倒让沈郁觉得，他仿佛在藏着什么更深的软肋，不敢暴露过多。

沈郁蹙着眉，又说道："你帮我约个时间，这两天我亲自去找一下孙律师。"

"好。"

挂了电话，沈郁放轻脚步走回房间，在床边坐下。

床上，女人的呼吸依旧平缓，丝毫没有受到打扰。

他坐在静谧的黑暗里，想着方忖刚刚的话。

"——您知道普通人要挣二十万有多难吗？"

一块五一根的烤肠，怎么可能攒到二十万呢。

好像怎么算，都很难。

沈郁想起当年林循笔袋里一根又一根削到只有手指头长的铅笔，从重逢到现在一直强调和他不是一个世界的人。

他又想起那次她发烧，突然跟他道歉，说自己那几年太封闭，没看到他的消息。

她当时重点在道歉上，其余的只是轻飘飘地一句话带过了。

——"那几年我实在是太忙了，手机上每天都有很多兼职消息，所以就没注意……"

很多兼职消息。

太忙了。

所以会因为两个几十块钱的外卖想不开。

那么，在那种情况下，她是怎么拿出来的二十万呢？

床上的人呼吸依旧绵软，可他的心腔却似乎被某个钝物扎透了。

他清醒地认识到，无论是何种方式，她都不可能是完好无损的。

她的脚步声从来都匆匆，没时间为任何人停留，更没时间为自己停留，连疗伤都欠奉。

沈郁握着拳，呼吸慢慢急促起来。

可耳边却忽然响起了更急促的呼吸声。

她似是从梦中忽然惊醒，一股脑坐起来，突然开始剧烈地喘息换气，上下牙腔互相摩擦着，打着颤音。

沈郁眼皮一跳，连忙伸手去触她，指尖摸到她冰凉的脸颊。

她整个人都在发抖，并且换气越来越频繁，四肢蜷缩起来，手指也跟着无意识地揪着胸口，拍打着、揉按着。

像是怎么都喘不过气来。

变故发生在一瞬间。

沈郁伸手去抱她，那刹那她挣扎得厉害，大口大口呼气，四肢都在抖，像是想要从床上爬起来，可下一秒又蜷缩得更紧。

呼哧呼哧的呼吸声里夹杂着嘶哑又艰涩的喉音。

沈郁按着她，抖着手打 120。

可却被她摁住，她一边剧烈喘着气，一边意识清醒地死死拦住他不让他打电话。

沈郁只好扔了手机，牢牢抱着她，他按着她的头发，一边替她揉着胸口，一边不自觉地咬着牙关。

脸色一寸寸跟着发白。

大概又过了两分钟。

她的身体终于松软下来，脱力地躺在他怀里，呼吸也渐渐平稳。

眼角也开始淌泪。

"别怕。"林循的声音哑得不像话，口腔里也有淡淡的血腥味，像是刚刚咬破了唇舌。

她解释道："我只是惊恐发作了，不是心脏病也不是癫痫，现在已经过去了，别怕。"

林老板知道自己发作时候的症状应该很吓人，大概是吓到他了，于是慢慢解释："就是急性焦虑发作时的躯干反应……会突然喘不过气，心跳加速，四肢颤抖无法控制……我也没料到今晚会发作，已经有几年没这样过了。"

她隐去了其中一个症状，惊恐发作不亚于鬼门关走一遭的体验。

她发作次数不多，但每次发作的时候，都会有非常强烈的窒息濒死感。

刚刚也是。

脑袋一片空白，无法呼吸，清醒地感受到自己的生命在慢慢流失，但也知道，自己不会真的死去。

沈郁听她说完，好半天没吭声，他将头埋在她脖颈里，拼命嗅着她身上的气味。

"以前也有过吗？"

"嗯，"林循伸手抹掉眼眶无意识流出来的泪，慢慢地呼吸着，诚实道，"有过几次，就，我一直挺焦虑的，压力太大了……"

之前学校的医生说过，抑郁和焦虑经常会相生相伴。

前几次惊恐发作也都是在大一和大四的抑郁期结束之后。

脑部神经在度过了漫长的颓丧不活跃的阶段之后，突然开始活跃紧张，就容易爆发严重的焦虑。

抑郁不抑郁的她总是不想承认。但焦虑是真的。

那些年她压力太大了。

钱是一方面，兼职是一方面，学业前途是另一方面。

又总是想到赵一舟减刑的事。

吃安眠药也睡不着的夜晚，就会惊恐发作。

她总是一个人蜷在被子里，发着抖，告诉自己没事的，好好呼吸，熬着等那几分钟过去就好。

林循想到这儿，又抬头看他，声音有点低落："这些心理上的毛病好金贵，需要长期控制，也未必能痊愈，还容易复发。沈郁，你会不会觉得我很麻烦啊？是不是吓到你了？"

她说着，伸手去摸他的头发和脸，反过来笑着宽慰他："其实也不是很严重，别怕，通常来说没有外界诱因是不会发作的……而且，我最难的时候都挺过来了，现在只需要吃药控制就行……明天你陪我去趟医院吧，我停药好几年了。"

他没回答，狠狠吻着她的下巴和唇角。

许久之后，他将她小心地圈在怀里，一下又一下地顺着她骨节突出的脊背和十分明显的蝴蝶骨，只觉得她真的瘦得厉害。

他总算能开口。

"不用安慰我，我只是……林循，你不用安慰我。"

他喉头哽得厉害，还是尽量压着自己的语气："没被吓到，也不觉得麻烦，有病我们就治，你也别怕。"

他这辈子虽然遭遇了一次惨痛的事故，可仍然没太体会过人间疾苦。

——真正痛入骨髓的疾苦。

在她身上，真真切切地，一刀一刀地发生着。

沈郁不知道自己该怎么抱着她，才能给她安全感。

他伸手去摸她头发，去亲吻她的脸颊，又去揉按她刚刚不住颤抖的手和脚。

不知道自己该怎么做，才能让她不焦虑。

又过了很久，等到林循的呼吸彻底平顺下来，他才终于沉声问道："你刚才说，这症状需要诱因才会发作，那今天是为什么？跟我一起睡不习惯吗？我们以后尽量避免。"

林循呼吸停滞了片刻，半晌后摇了摇头。

她咬着唇，脸色苍白地把脑袋埋在他胸口，慢慢伸手环住他的肩背。

就好像这样，才敢去回忆方才那个梦——

"我刚刚梦到我爸爸了，他被一座山压着，魂魄都被压散了。

"后来，我又梦到了赵帆。

"他就站在当初埋我爸的那个山头。"

林循忽然抬起头，看着他，觉得又惊悚又难受，心脏怦怦直跳。

"他那天在客厅压着我的时候，我说他爸是杀人犯，他下意识地反驳了我，语气很愤怒。当时我只觉得他在维护赵一舟，可是，刚刚的梦里——"

林循的眼泪再次惶惑地涌出来。

"刚刚的梦里，是赵帆拿着铁锹，把我爸给埋了。"

2

　　林循艰难地说完刚刚这个如天方夜谭般诡异的梦，自己都觉得太不真实。

　　她父亲去世的那年，赵帆应该只有十四五岁。

　　怎么想都不太合理。

　　她淡淡呼出一口气，恿懒地靠在床头，闭上眼："别担心，应该是因为那件事发生后我第一次回到这个家，所以做了个噩梦而已。"

　　她说完，却没听到沈郁的附和，隔了几秒睁开眼，见他在一旁坐着，唇角绷成直线，像是在思考着什么。

　　良久后，沈郁撩起眼皮问她："他还跟你说过什么？"

　　林循愣了一下，才回忆道："其实拢共没说几句，他知道你在楼下等我，所以很着急……"

　　她想了想，把跟赵帆之间的对话一五一十地说了，包括他那句下意识的反驳。

　　以及很多非常难听的话。

　　那天的所有细节她都记得一清二楚，林循干巴巴不带情绪地还原，比上次跟周警官做口供的时候还仔细。

　　她说到后面，顿了顿，仍是隐瞒了跳楼前的那段，含糊其辞地带过了。

　　"……就这些。"

　　好在沈郁似乎没有注意到，他沉默了一会儿，将重点放在另外一句她认为无关痛痒的话上。

　　他面无表情地重复了一遍。

　　"他掐着你的脸跟你说，'我看过你爸钱包里你小时候的照片，土里土气的，怎么现在变得这么漂亮'？"

　　林老板原本不觉得这句话有什么，但此刻被他单独拎出来，她顿时觉得有些奇怪。

　　她认真想了下，片刻后身子一僵，觉得整个后背都在发凉。

　　林循的呼吸急促了一些，几乎语无伦次地喃喃道："是啊，是说不通……当年赵一舟被定罪后交代过，他把我爸从未完工的大楼上推下去后，将他拉到昼山城外掩埋了。而我爸身上所有能显示身份的东西，包括装着证件的钱包、工牌等，都被他第一时间销毁了……这样的话，赵帆又是怎么看到他钱包里的照片呢？他当时只有十四五岁，赵一舟没可能让他帮忙处理证据啊。"

　　她讷讷自语着，越说，心跳越快，但又很快冷静下来："……兴许是之前就看过？他作为经理的儿子，偶尔会去工地里玩吧……"

林循脑子里很乱，怎么想都解释不通。

直到沈郁轻轻地揽住了她的肩膀，用了巧劲强势地将她重新塞回被子里。

他脸色也不好看，耷着眼皮压下心底所有的起伏，温和道："想不通就先别想了，光凭猜测起不了作用。过几天等孙律师上班了，咱们一起复盘一下当年的证据链，看看有没有这个可能性。"

"好。"

林循深吸了一口气，又缓缓吐出来。她看着沈郁的眼睛，忍不住说道："幸好今天你在我身边。"

他闻言牵了牵一边唇角，尾音上扬："这算是表扬吗？是的话，我接受。"又安抚地摸摸她的额头，"睡吧。"

林老板"哦"了一声，关灯闭上眼。可毕竟心里装了事，神经也很紧绷，躺了片刻仍然毫无睡意。

她慢吞吞地翻了个身，隔着被子凑到他身边，好奇地问："那你怎么没睡？我醒来就见你坐着。睡不着吗？是不是床太小了？"

一米五的床，放两床被子，好像的确有点挤。

"要不明天去完医院，我们再去买张大点的床？"

她话音落下，耳边传来一声意味深长的低笑："你这是在变相邀请我长期留宿？"

林老板是这个意思来着，但是被他这样当面戳破，免不了有些恼羞成怒："怎么，不乐意？"

"倒也不是不行，"沈郁勾了勾唇角，"但买床就不用了吧，你不是最讨厌乱花钱吗？"

他说完，长臂一伸将她从另一床被子里挖出来，扯进自己的被窝里。

"这不就够用了？"

距离骤然被拉近，属于两个人的气息与体温在同一个封闭柔软的空间里交织。

林循被迫躺在他臂弯里，鼻尖抵着他喉结，肩膀被圈着。

她眨了眨眼，看着那锐利性感的喉结在两厘米之外轻佻地震颤。

"……"林老板登时闭上眼，不敢乱看，担心下一秒她又会不自觉地"毛手毛脚"然后被他以身作则"警告"一番。

她窘迫地咳嗽了几声，手脚都不知道往哪儿放，可圈着她的人似乎泰然自若。

修长温热的手指顺着她的头发，慢慢悠悠地滑到她后背，甚至，还有向下的趋势。

林循眼疾手快地按住他的手腕，飞快地转移话题："不买就不买，那你为什么睡不着？"

沈郁没再逗她，摊牌道："我感受不到昼夜之间的光线变化，又没吃褪黑素，睡不大着。"

其实刚跟她在一起的时候，他会有意地避免提及这些。

因为很想在她面前表现得像个正常人。

但现在又想要坦白，想把所有弱点都暴露给她，让她知道，人有缺陷太正常不过。

不论是生理上的，还是心理上的。

林循听到这答案怔了片刻，半晌后，她伸长胳膊，摁开床头柜的灯。

刹那间，白澈的灯光照亮了眼前男人俊挺漂亮的面孔，亦照亮了窗外如注的大雨。

静悄悄的夜里，只有他们两个人。

林循盯着他近在眼前的瞳孔，忽然伸手，捂住他的眼睛。

几秒后又松开。

这样强烈的感光对比，他却连眼皮都没有动一下，瞳孔更是毫无变化。

林循抿了抿唇："……一点变化都感觉不到吗？"

"嗯，感觉不到。"他不怎么在意，懒洋洋地捉过她的手，盖回自己眼睛上，企图用眼皮的温度去温她冰凉的手心。

"当初车祸伤到颅脑，导致创伤性视神经损伤。起初还有轻微的光感，能看到很模糊的影子，视力在 0.05 到 0.1 之间。后来……大概两年后就完全丧失光感了。"

那时候每天睁开眼都是一种折磨。

因为光在消失。

人像是被埋进了一个深墓，手脚被绑缚，看着泥土一点点被填满，头顶的天空一寸寸消失，却无能为力。

林循忽然不知道说什么好。

她咬着唇，用手指去感受他眼睛的轮廓和形状，明明摸着与常人无异，眼球、眼窝、眼眶骨都是完美漂亮的形状，甚至那上挑的眼尾还带着些睡前的缱绻。

怎么就会看不见呢。

沈郁任她摸着，语气有些玩味："怎么，心疼我？"

林老板直白地点头："是，很心疼。"

"都过去了。"他笑得痞沓疏懒，眉眼里藏着愉快，"不过偶尔拎出来提一提也好，跟你卖个惨，让你知道我有多辛苦。"

他半开玩笑地说，林循的语气却很认真："那你都说出来，你有多辛苦。"

"……"沈郁愣了下。

他自然没打算说那么多细节，可林老板却不放过他，执拗地说："沈郁，我想知道。"

"行。"他抬了抬眉，随便挑了几件不痛不痒的事，满足她的好奇心。

"比如刚刚说的昼夜节律、生物钟问题，我没办法跟常人一样规律入眠，很容易日夜颠倒，难以保持正常的作息。"

"还有呢？"

他又想了半天，散漫道："平时找东西会很困难，所以我的东西用完都必须放回原位，不然就会找不到。"

林循想起那次在工作室，她随手动了他的盲杖，进屋便见他几乎半跪在地上，手指摸索着肮脏的地面。

她抿了抿唇，没情绪地说："知道了，然后呢？"

"……""沈郁听出她那平直语气里的认真，喉头难耐地滚动了下。

他忽然伸手去摸她的脸，从眉头到鼻梁，再到柔软的脸颊与嘴唇，最后划过尖窄下巴——在脑海里一点点构建她的轮廓。

其实最难以接受的事，是他喜欢上她以后，却再也不曾见过她。

在他的记忆里，她的模样定格在十七岁。

很想知道她现在二十七岁是什么样。

也想知道她被他吻着的时候，脸红是什么样。

但顷刻，他闭了眼，深呼吸了一下，仍然挑了件无关紧要的小事。

"说出来不怕你笑，我一直会让旁人帮忙矫正眼球姿态。完全丧失感官后，眼球容易乱飞，但因为我是后天失明，后续也一直在刻意矫正，所以没这种情况，外表看起来才会像个正常人一样。"

这是他的一点私心。

倒无关外貌。

他不想走到哪儿都被人察觉，从而遭受特殊的对待。

林循怔怔地看着他。

这些事她好像从来没去想过，因为对正常人来说实在是像呼吸一样自然。

但听他这么说，她便懂了。

当一个人完全丧失视觉后，眼球是不会根据周遭环境的变化而转动的。

可他没这个情况。

他跟她说话的时候，眼睛会"看"着她，给她反馈。

也会根据声音的来源转动眼眸，眼神虽然空洞，可方向是精准无误的。所以汤欢他们在没有看到他手里的盲杖时，完全发现不了他是个盲人。

原来仅仅是维持这么件事，都要付出常年的努力。

林循不由自主地盯着眼前那对近在咫尺的浅琥珀色瞳眸，由衷地感叹："沈郁，你知道吗，你的眼睛好漂亮。

"我第一次去你家吃饭就发现了。

"真的很漂亮，"她喃喃着，近乎失神地吻上他眼睫，"像一对，透明又清澈的琉璃珠子。"

他的眼皮在她温热的唇下轻颤，却没吭声。

许久后，林循松开他，声音暗哑，语气却和煦："我知道啦。"

她轻声细语地说："以后每天晚上我们都一起睡，感受不到天黑的话，你只要跟着我一起就好，我闭眼你就闭眼，早上天亮了，我叫你起床。

"然后找个时间，我们一起把这个家规整一下，定个规矩，什么东西该放在哪里。我要是放错了就罚款。一次十块？算了，还是五块吧，我记性不太好，十块太贵了。"

她说到这里，男人抵着她的额头笑出声，调侃道："确定五块不改了？会不会一天就破产？"

"我也没这么穷好吧？我好歹是你老板。"

林循戳戳他，又摸了摸他的睫毛："还有，以后这种事就找我，别麻烦别人了。我们每天考试，你要是眼球乱飞，也罚款。就……一次二十好了，行不，大少爷？"

沈郁听到她的定价，顿时翻身坐起来，不可思议地挑眉："那我不是亏了？"

林老板乐得笑出声，挑眉问他："知道资本家是什么样的吗？"

沈姓资二代有点蒙："什么样？"

"资本家就是很会吸血的，你这个打工人，就别想翻身了。"

"啧。"沈少爷简直被她无耻到了，嫌弃地扯了扯某资本家的头发，模棱两可地说了句，"林老板，那你别后悔。"

"后悔什么？"

他蓦地低头，咬住她的脖子。

"后悔哪天起床突然发现我变成个吸血鬼。"

第二天还是元旦假期，林循睡了个自然醒。

意识回笼后，还没等她睁眼，便觉出了与往常的不同——她枕着的不是软乎乎的枕头，而是坚实温热的手臂，背后紧贴着某人的胸膛，属于第二个人的滚烫呼吸规律地落在她颈后。

似乎感受到她醒来，男人的脸不自觉地蹭了蹭她后背。

陌生又熟悉的气息笼罩着她。

"……"林循的身体后知后觉地僵住片刻。

昨晚他们聊到两点多，后来竟然说着话就睡着了。

林循自己都没想到，在做了那样惊悚的噩梦并且惊恐发作之后，居然还能睡得那么香。

她忍了忍，悄悄地把被他手臂压住的头发扯出来。

然后在他怀里小心翼翼地转过身。

阳光里，他的五官近在咫尺，额前碎发有些凌乱，眼皮很薄，像是透着光。

他脸上没有任何多余的皮肉，轮廓分明，下颌微窄，干净得像只丛林里漂亮无辜的兽。

林循几乎屏住呼吸打量他，在想要不要叫醒他。

还没等她开口，男人的眼皮忽地动了动，眼睫微扇着。

他睁开眼，表情略有些迷茫，空洞的视线亦落空。

可几秒钟后，像是忽然意识到了什么，枕在她脑袋下的胳膊从背后搂住她肩背，另一只手也顺势在她腰间收拢，轻而易举地将她整个人都往前拖了几厘米，嵌在怀里。

他额头抵着她的锁骨蹭了蹭，声线慵懒，带着点睡意未消的沙哑。

像只刚苏醒的蛊虫。

"早上好。"

林老板不出意料地被蛊得面红耳赤，噌地挣脱开，扔下句"我去刷牙"，匆匆离开了房间。

上午，两人吃过早饭，先去了一趟医院。

林循之前从来没去过学校之外的精神科，连挂号过程都很生疏。

还是沈郁在旁边提示她流程。

等排到她想看的专家号，已经临近中午了。

她听到科室外叫号，便让沈郁在门外等着，自己进去找医生。

等聊完，拿到诊断书和开药单，已经又过了半个小时。

精神科医生和心理治疗师不同，不会同病人聊太多，他们只负责按照病人的症状进行药物治疗，而非心理辅导。

她看完医生，又预约了同医院的心理治疗师，约了每周三次。

等拿着药单走到门外，便见沈郁姿态散漫地坐在门口的长椅上等她，正百无聊赖地玩着手机。

林循放轻了脚步走过去，本想吓吓他，可靠近的瞬间，他仍然听到了熟悉的脚步声，抬起头，勾了勾唇角起身。

反应敏捷得几乎和常人无异。

林老板吓人失败，妥协地去牵他的手，扬眉道："走吧，陪我去拿药。"

"嗯，都配了什么？"

"有平时需要规律吃的抗焦虑和抑郁的，也有惊恐发作后吃的。"

两个人一边说着话，一边往三楼楼梯口走去。

这一整层都是精神科，看病的人不少。

林循让沈郁走在她身后半步的位置，跟着她往前走。还时不时小心着，不让一些神情恍惚没有分寸的病人撞到他。

可刚走过一个拐弯，她便觉得衣服下摆似是被什么东西挂住了。

她停下脚步，惊疑地回过头，视线登时对上一双泛黄的眼睛——一个鬓角灰白、穿着朴素的中年女人突兀地站在她身后。

那女人死死拽着她的衣服，视线似乎有些混沌，还没说话呢，人就往地上跪。

她口中不清不楚地哀求，眼泪同时连成串地往下掉，看着凄楚又可怜。

"林小姐，我求你，放过我儿子好不好？我给你当牛做马，给你钱，你想要什么都行，你行行好，放过我儿子。"

她说得语无伦次，林循脸上的笑意却消失殆尽。

她下意识扯过衣摆想要离开，可那女人却死活不松手。

周围已经围了挺多看热闹的人，视线在他们之间打量。

林循抿了唇，还没等她有所反应，沈郁已经冷着脸将她护在身后。

不知道他怎么使的劲，修长手指轻巧地一掰一折，那女人便痛呼一声松开了林循的衣摆，抱着手臂哀号起来。

下一刻，楼梯口忽然走上来一个年轻男生，手里还拎着一袋药品，亦是精神科的药品，显然是刚刚去缴费拿药了。

他听着女人的哀求，面色极其复杂地走上前。

林循眉心一跳，下意识地往前走了半步，企图挡住沈郁。

可那男生却完全没有同他们兴师问罪的意思。

他十分强硬地将那女人从地上拽起来，颇为难堪地看了眼林循。

男生的视线在她脸上停了几秒钟，又像是连看都不敢看她，仓皇地低下头。

"抱歉，林小姐，我妈她精神不太好，给您添麻烦了。"

他扔下这句话，竟然连自我介绍都没有，急匆匆地拖拽着那女人便走了。

那女人仍在痛呼、哀号，男生却毫不心软地低低斥骂了她几句，将她连拖带扯地拉到了楼下。

经历了这一遭，林循的心情止不住地变差。

那女人和男生是谁，不言而喻。

她记得的，赵一舟和王素梅还有个儿子，好像叫赵桅，桅杆的桅。

比她小几岁，看样子才大学毕业没多久。

林循懒得说话，闷声去缴了费，拿了药。

沈郁站在不远处，等待的间隙，他迅速给方忖发了一条微信：查查赵一舟的小儿子赵桅，把联系方式给我。

如果真的有隐情，时隔十六年，几乎不可能会有残留的物证。

兴许，赵桅会是个突破口。

他敛眉想着事，没多久，再次听到那熟悉的脚步声接近，才慢悠悠收起手机，掀起眼皮，唇边带了点不经心的笑。

"不开心了？"

林老板拎着药，没好气地耸了耸肩，半点忍不住自己的情绪："是，肺都要气炸了。怎么就跑得这么快呢，害得我他妈憋了八百句脏话没骂出口。"

她不仅想骂，还想拎着那女人揍一顿。

谁不放过谁啊，搞笑。

她正在气头上，说话丝毫没掩饰，又凶又冲，半晌后突然反应过来，有点尴尬。

林循瞬间收了爪牙，压着火气矜持地在男友面前立起人设："我就是随口说说，咳咳，你知道的，我这人从来不讲脏话。而且，我其实也没有很生气，我气量很大的。"

还没等沈郁有什么评价，林循率先回忆起来，她刚刚那句话里就带了脏话。

而且她还说自己肺都要气炸了。

"……"林老板难堪地捂了捂脸，这一瞬间她简直想向传说中长了

354

八张嘴的千寻大大借七张，帮自己澄清一下。

可下一刻。

她男朋友拖长音调"哦"了一声："我知道，你半点没生气。但我很气怎么办？"

林循愣住："什么？"

车来车往的医院门口，全是光秃秃的梧桐树。

屋顶和车顶都堆着几厘米厚的雪。

男人弯腰"平视"她，半晌后，慢条斯理地从大衣口袋里拎出两张游乐场的门票，在她眼前晃了晃。

"礼貌又大度的林小姐，陪你小气的男朋友去坐个过山车，消消气，行不？"

3

林老板惊讶地看着沈郁手里的那两张票，竟然就是她两个月前为了约会买的同一个游乐场的票。

没想到他还记得，兀自买了票，等她出院第一天就带她去。

林循静了片刻，旋即大大方方走过去挽住他的胳膊。

她脸上带了笑，语气却傲慢："行吧，那我勉为其难陪你去消消气。"

沈郁也不拆穿她，把票重新揣回口袋里，伸手揉了下她的头发，表扬道："我女朋友真大气。"

医院门口这条路比较拥堵，通常打不到车。

两个人慢悠悠地往南边的路口走去。

沈郁一只手牵着她，另外一只手拎着盲杖，熟练地探着路。

这条路两旁种满了光秃秃的梧桐，零星还有几棵笔直的枫树。

来来往往的行人很多。

人们路过他们身边时，纷纷投来惊异和好奇的目光。

林老板不由得低头，看了眼沈郁手里轻轻点地的盲杖。想起他昨晚说过，因为不希望遭遇区别对待，所以刻意练习眼球姿态。

可平时在外的时候，因为要挂盲杖，所以哪怕外表再正常，还是会被发现。

她忍不住问："沈郁，盲杖的作用就是确认方位、盲道和障碍物，对吗？"

"嗯，差不多，路边的盲道转弯、直行都会有不一样的突起图案。如果有障碍物的话，盲杖也能提前探到，方便绕过。"

林循低头看去，果然，盲道直行的时候有条状突起，而转弯的时候是圆形突起。

她之前还从来没仔细观察过。

林老板想了想，晃了晃被他牵着的手，提议道："那如果我在你身边，咱们只是走人行道，不上下楼梯的话，你是不是其实可以不用盲杖？"

"我来提醒你前面是不是要转弯，有没有障碍物，就是——

"你得信我。"

对于盲人来说，视觉消失的时候，盲杖是他们所有安全感的来源。

没了盲杖，转而信赖其他人，应该会挺困难的。

她语气认真，还带了点诚恳。

沈少爷却只是抬了抬眉，干脆利落地将手头的盲杖折叠成短短的一根，拎在手上。

而后他随意地捏捏她手心："那走吧。"

他这副将全身心交付于她的模样，反而让林循迟疑了一下，犹豫道："……那万一摔了怎么办？"

沈郁眨眨眼："看摔成什么样了。"

"……怎么说？"

沈郁一本正经地缓声音，语气有点郑重："如果摔得不重，那没什么，摔跤对我来说就是家常便饭；要是摔得很重的话，那……"

林循心里一紧："那……"

他听她欲言又止的恐慌，尾音忽地上扬："那我就赖上你了，行不？"

"……"这人真是一贯不正经。

林循忍不住白了他一眼。

"行吧，"她深吸了一口气，尝试带着他往前走，边严肃地发号施令，"先直走……

"右拐右拐……

"沈先生，左边有辆自行车，请绕行。

"前方有个水坑，抬脚……"

起初两个人的配合还不熟练，走得很慢。

可沈少爷肢体真的相当协调，才走了两三分钟就越来越习惯她的号令，甚至能通过挽着的手，把控她细微的肢体表达。

——后来都不用她出声提醒。她拐弯的时候，他能立马跟着调转方向。她抬高步子过障碍物，他亦心领神会。

等下了出租车，一路走到游乐场门口的时候，两人的步速几乎和其他情侣没两样了。

林循环顾四周，惊喜地发现，周遭人们投来的目光中只剩了惊艳，再也没有下意识的探究和好奇。

甚至他们去检票的时候，工作人员也没发现任何异常，友善地提醒他们园中有几处 4D 体验馆开放了。

还给他们发了两副三维眼镜。

两个人拿上眼镜往大门里走，彼此心照不宣地弯了弯唇。

像是默契地藏起了全世界只有他们知道的秘密。

昼山这个游乐场是江南三个省最大的，是沈氏的产业，地处绵江南岸。

那周遭都是寸土寸金的商圈，能买下这么一大块地做游乐场，实在是资金雄厚。

不过林循并不知道这些。

等走进园子，林循一抬头就看到了游乐场里最负盛名的过山车。

这过山车能有她曾经在南漓坐过的那个三四倍大，共有三个三百六十度的轨道，其中最险峻的一段悬浮在绵江之上。

如同一条匍匐江边的庞大巨龙，看起来贼吓人。

林循正这么想着，恰好车体从她头顶的那段轨道飞速驶过，隔着遥远的距离，那尖锐的滑行音爆连带着一车人近乎失智般的惊恐尖叫响彻云端。

没过多久，车子缓缓在终点停下。

两个身高一米八多的壮汉从车头的位置下来，还没站稳呢，就开始狂吐。

"……"林循眼皮抖了抖，腿也莫名软了软。

突然就有点后悔。

约会就约会，她提什么过山车啊，这不是自己坑自己吗？

她不动声色地看了眼身边眼不见心不烦、面色寻常的沈郁，咳嗽了两声，提醒道："那个，为了你的身心健康着想，要不我给你描述一下？"

"就这个过山车吧，还蛮吓人的，有一段浮在绵江上，也不知道能不能甩出去……其实这乐园里还有好多别的好玩的，你要是怕的话——"

她慢吞吞地说，沈郁挑了挑眉："没事，我不怕。你怕了？那我们去玩别的也行。"

"我怎么可能怕，"林老板清了清嗓子，云淡风轻道，"我那是担心你，刚刚有两个男的在那儿狂吐呢，我看他们女朋友都挺担心的，我怕你待会儿也这样。"

沈郁"哦"了一声，唇角弯了弯："谢谢关心，但你男朋友没那么弱。"

林循咬了咬牙，木着脸做了会儿心理建设，拉着他排到了队尾，语气淡定："行，那我就没什么好担心的了。排吧。"

排队坐过山车的人是最多的。一拨又一拨的人安然无恙地上去，面如菜色地下来。

林循脸色一变再变，连话都少了很多。

直到快要排到他们。

她僵着身子、硬着头皮往前走，牵着他的手心开始不断冒汗。

等快要走到闸口的时候，身后的人忽然停下脚步。

他感受着她手心里的汗，提议道："要不，不坐了？"

林老板心里一喜，几乎想马上溜走，但还是问了句："为什么？"

"没什么，我突然有点害怕。"

"……"林循盯着他那张毫无波澜的脸，没有一个毛孔写着"怕"字。演技还能再差点？

"没事，"觉得自己被看不起的林老板磨了磨牙，一鼓作气拉着他进了闸门，咬牙道，"我保护你。"

"……"

十分钟后。

林循坐在花坛边，拎着工作人员塞给她的塑料袋，直把昨天的隔夜饭都吐了个一干二净。

等吐完最后一口酸水，她泪眼蒙眬地抬起头，看了眼蹲在她身边帮她拍后背的人，从他手里接过水瓶。

她狠狠漱了漱口，又塞了颗薄荷糖嚼了嚼，才把口腔里的酸涩驱散。

林循脱力地往后靠，靠在他怀里，感受着他胸膛止不住的愉快起伏，操着刚刚喊劈了的公鸭嗓破罐破摔地说："你就笑吧。"

刚才在过山车上，她的尖叫声艳压群芳。

下来之后，工作人员一边憋笑，一边十分有眼色地塞给她一个塑料袋。

啧。她哀怨地回头看他，忍不住问："我现在在你心里，人设是不是已经全塌完了？"

先是贪图声音、贪图美色、以权谋私的色鬼，又变成暴躁易怒、心胸狭窄、爱说脏话的胆小鬼。

"你有什么人设吗？"沈郁听着她话里的丧气，简直要笑得直不起腰，"我认识你的时候，你不就这样？"

初见的时候，她就敢隔着车窗瞪他，明明一双细瘦的胳膊拼命推着车，还在发抖。

后来她又醉醺醺地趴在他背上，一边威胁他，一边哭着逼他背佛经。

十年过去，她一直都没变啊。

"……"

林老板有点无语，腿软得厉害，干脆彻底放弃治疗，靠在他身上小口小口喘气，面如土色地骂了句："好吓人啊，我魂都没了，再坐我就是狗。"

休息了半个小时后，林循拉着沈郁把游乐场里不吓人的项目玩了个遍。

那些项目几乎都是小朋友在排，他们两个大人混在里头，备受瞩目。

但好在沈郁看不到那些目光，而林循呢，脸皮又比较厚。

在碰碰车馆里赢了一众七八岁的"小萝卜丁"后，林老板得意地露出一口白牙，一扫刚刚的郁气，胜利离去。

天色渐渐黑了。

两人慢慢往园区的山坡上走——晚上八点乐园有烟花秀。

她环顾四周，找了个没人的树下，铺开从小卖部买的报纸，拉着他坐下。

山坡上的草皮很柔软，泛着黄。风在漫山遍野地奔跑。

不远处的过山车仍然在咆哮。整个乐园里人满为患。

从他们坐的位置，可以俯瞰整个游乐场。

闪闪发光的。

烟火绽放的时候，林老板忽然往后一躺，双臂枕在脑后，看着布满天空的绚烂。

她之前唯一一次去游乐园，是因为班级活动。

好像是大二的时候。

通常这种活动她是从来不参加的。

但那段时间林循开网店赚了点钱，心理医生又建议她要多交朋友，她便报名了。

她平时忙兼职，跟班里的同学都不熟，在学校里又沉默寡言的。

大家说要去坐过山车，她便跟着去了，排队的时候就觉得头皮发麻，可为了能合群，忍着没说。

坐完之后，她白着脸去厕所吐了半天，出来却连大部队都找不到了，也没力气再参与任何项目。

那次回去之后，她不再逼着自己融入班级活动。

直到毕业。

处理人际关系、交朋友，都很花时间的，也消耗精力。

林循摇了摇头，不再回忆，开始专心地看烟火，边跟沈郁描述眼前的场景。

可惜她语言很贫瘠，形容不出来这种目不暇接的盛况。

"现在这朵烟花像金色的流苏，炸开之后是三个大圆……

"哇，然后中间那个圈居然变成了一只银色的鲸鱼，鲸鱼旁边又炸开好多海浪，好漂亮。

"天哪，现在这簇好像是朵海棠，粉色的那种，好想把我看到的画面无损传送到你脑袋里……"

她喋喋不休着，直到烟火燃尽。

暮色沉沉。

林老板转头看着身边闭着眼睛，跟她一起躺在山坡上的人。

他曲着一条腿，清瘦的手背搭在额上，青色脉络贴着眉心，姿态落拓慵懒，随随便便这么躺着都很养眼。

刚刚烟火燃起之前，一群女孩笑闹着从他身边经过，一步三回头，大眼睛忽闪忽闪着交头接耳，声色快乐。

要不是碍于她在旁边，恐怕都要过来要联系方式了。

林循眨了眨眼，忽然问道："你一直知道我是什么样的人的话，为什么会答应我？"

其实她一直想问来着，没找到合适的机会。

追他的女孩子那么多，什么类型的都有。

她一直觉得自己的性格并不招人喜欢。

太累了，不轻松，也不甜。又不擅长经营和周围人的关系。

连追他，都很敷衍。

林老板想了半天，咋舌道："总不能是因为我最凶吧？"

她当初逼他答应的时候，是蛮凶的，还强吻。

"那要不就是因为，我最漂亮？"

她丝毫不谦虚，可片刻后又改口，"不对啊，你又看不见。"

"……说完了？"

沈郁皱眉打断她，问道："林老板，劳你帮忙看看，周围人多不多？"

林循环顾了眼四周，看完烟火，人陆陆续续都散了。

他们周围恰好没人，连路灯都没。

"……不多，干吗？"

"哦，"他勾了勾唇，搭在额前的手探过来，动作散漫地拉过她的手，抵在他心口的位置，而后倾身过来。

"那我就要亲你了，闭眼。"

林循一怔，下一秒，周遭便笼上只属于他的气息。

不容拒绝的吻落在她唇边、脸颊、下巴，又辗转撬开她的口腔。

她的手心被抵在他胸前，被迫捕捉着他猛烈的、紊乱的、不会说谎的心跳。

缺氧之前，林循总算明白过来。

——这是他的答案。

漫长的吻结束。

他的声音带着微微喘息，落在她耳边。

"感受到了吗？"他摁着她的手不放，"跟你在一起，我有多心动。所以，没有为什么。"

这个夜晚，如同他们彼此承诺过的场景。

她告诉他烟火的样子。他告诉她心动的节奏。

林老板咬着被亲得发烫的下唇，看着他近在咫尺的浅色瞳眸。

好半天后哑声说了句："嗯，感受到了，而且——

"我被你传染了，怎么办？"

4

元旦假期结束后，林循第一次回归线下工作。

《凡尘》第一季的录制已经进入尾声。

事实上，按照原本的时间线安排，第一集原本应该在元旦上线的。

但由于之前林老板一直在住院，期间跟棚子都是汤欢和周洲他们轮流着负责，她则是远程指导 PIA 戏、讲戏以及返音。

总归是耽误了一些进度，导致时间线不得不往后推一个月。

目前其他角色的干音都收得差不多了，只除了男女主之间的最后几场对戏。

接连忙了两个礼拜，林循约了个下午，带着沈少爷和配女主的琳琅一起进了棚子。

三个人刚到录音室，刘束便端了茶水过来，上上下下打量了林循一眼。

看她囫囵完好、没缺胳膊断腿的，他才打趣道："啧，林老板两个月没光临，我这小店就很久没这么蓬荜生辉了。知道你要来，我们家前台小哥今天还破天荒洗了头。"

"……"林循听他刻意夸张的语气，忍不住莞尔。

她受伤的事上了社会新闻，并且汤欢和周洲过来的时候也提过，所以刘束和远山都知道。

远山和元沐他们还去医院看过她。

不过《长耀》第一季已经录制结束上线了，他们几个最近都没来"一天"。

作为言情大 IP，《长耀》一开播就在平台上爆火了，累积播放量直接破千万。

除却寻语和参演的 CV 们收割了一波热度，连带着"一天"录音室也在圈中备受瞩目。

林循进门之前还看到隔壁那间工作室像是装修到一半，门上挂了简单的"一天"招牌，应该是被刘束包下来打算扩建了。

她扫了一眼阔气的空间，抬了抬眉道："刘老板真是人逢喜事精神爽，连嘴都变甜了。"

刘束一改往日的疏傲，笑得春风满面："那也是沾了大家的光。听说咱们《凡尘》也快要上线了？"

林循点点头，回头示意身后的沈郁和琳琅："今天是最后一次录制，后期制作已经完成了大半了。现在就差一个主题曲还在收尾阶段，估计两周后就能上线了。"

刘束笑容更盛："哎哟，那我得期待一下。你们这些老板吃口肉呢，我就能跟着喝口汤。"

他说着，朝沈郁的方向努了努嘴："我有预感，有这么一尊崭新的大佛在，您这广播剧肯定能大卖、播放量登顶。"

林循忍不住笑，倒是半点不谦虚："那借您吉言。"

并非她盲目自信。

得益于沈少爷这两个月锲而不舍地在他的微博号上发配音片段，粉丝量暴涨的同时，听众们对《凡尘》的期待值和关注度也水涨船高。

目前《凡尘》在平台上的预订阅量是当初《小蔷薇》的五倍还多，突破了工作室有史以来的天花板。

所以这段时间林老板压力还挺大的，每个细节都精益求精。

上周末两天都在加班。

等寒暄完，录音房也腾出来了。

今天依旧是刘老板亲自担任录音师——自从那次试音之后，他主动包揽了每次沈郁的录音，美其名曰"洗耳朵"。

等进了控制室，趁着刘束调控制台的工夫，林循看着对面的录音室。

沈郁站在琳琅左侧的位置。

这会儿他正弯下腰，手指摸到话筒架下端的固定旋钮，轻巧地拨开，将话筒往上拨了一大截。

这才戴上耳机，面色淡淡地对他们点了点头，示意可以开始。

他个子比旁边的琳琅高了一个头还要多，这样才刚刚好。

林循透过隔音玻璃看着他熟练的模样，不由得弯了弯唇角，与有荣焉。

还真是有模有样的。

没多久，琳琅也调好设备。

录制开始。

林循和琳琅是第二次合作了。

她是科班出身，咖位虽然不大，但专业能力很好，在《小蔷薇》里的表现就很出色。

林老板几乎没怎么打断她，任她自由发挥。

琳琅念完第一段连贯的长台词后，便轮到了沈郁的部分。

他依旧没有剧本，全靠背诵，只一开口就让在场的其他三人不约而同地屏息。

话筒没连接的情况下，控制室里的声音并不会传到录音室里，但林循和刘束依旧不由自主地噤声了。

她看着剧本上单薄的台词，一边将监听耳机按紧，静静听着耳机里传来的人声。

平面苍白的一行行文字，成为他口中的一个个音节，瞬间像是活了过来，每词每句都填满了细致的故事感和画面感。

林循心里暗忖，他还真是天生就该吃这碗饭的。

这几场戏对两位配音演员的情感要求都很高，琳琅刚刚的演绎已经是无可挑剔了，但凡换个男CV，此时此刻都会很有压力，担心接不住戏。

但沈少爷却全然没这个问题，他不仅仅能完美诠释自己的戏份，更能托着女主的情绪和台词，将整个氛围感烘托到极致。

几场戏终了，琳琅长长呼出一口气，摘下耳机笑道："每次跟沈老师配音，都是一次审美和技术上的提升。"

按理说琳琅是前辈，可她称呼沈郁时却用了敬称。

这行与演艺圈还是不大一样的，没那么多人设营销。咖位虽然重要，但真正热爱配音的人，私心里依旧以嗓音、实力与技术为尊。

沈少爷难得朝她点点头，简短道："谢谢，你也不错。"

琳琅一愣。

这还是他第一次在录制完之后对她有评价。

虽然只是淡淡的一句，但她莫名有种被大佬认可的飘飘然的感觉。

琳琅第一次见沈郁之前，就听悠若和木栖他们说过，这位新人 CV 是林老板的男朋友。

她当时一方面恍然大悟，心想难怪这人还没出道就能配男主。

一方面又担心，怕他压根儿搭不了她的戏，而且男主角如果很拉胯的话，这部剧大概率会仆街。

直到一个月前的第一次一起进棚子……

那天过后，琳琅被打击到回去狂练了一个星期的台词，把剧本翻来覆去背诵了好几次，仔仔细细做了一整本关于情绪、停顿、咬字的笔记，才敢来第二次。

她心情复杂地坐着没动，摇摇头，再一次深深地怀疑人生。

这种被新人吊打的滋味，实在是不好受。

一旁的沈少爷却云淡风轻地说完，压根儿不等她回应，摘下耳机往录音室外走去。

林循整理好音频和剧本，推开门往外走，便看到沈郁已经站在控制室门口等她了。

他今天依旧没拿盲杖，听到她的脚步声，无比自然地伸出手："林老板，回家了。"

"哦。"身边都是熟人，林循也没有在人前秀恩爱的癖好，十分淡然地牵过他的手，"走吧。"

这段时间两人一直同吃同住，偶尔一起出门去工作室，或者压个马路，他都不用盲杖。

两个人之间的配合越来越默契。

她现在连口头指挥都不用，只需要在极端的情况下提醒一二就足够。

沈郁由她牵着，脚步落后她半个身位，跟着她往电梯里走。

电梯门合上的时候，他突然捏了捏她柔软的手心。

电梯里人很多，林老板回过头，小声问他干吗。

他唇边带了稍纵即逝的笑意，垂了眼皮也跟着压低声音："没什么，就是有点同情某个人。"

林循好奇道："谁啊？"

沈郁没吭声。

——是两周前的他自己。

昨天他出门去公司，不得已带了盲杖，却怎么用都觉得不顺手——又冷又硬，没有生气，不会呼吸不会笑，不会跟他说话。

十年的习惯。

短短两个礼拜，就改变了。

第一季的所有干音都收完，之后就要等李迟迟和张成玉做完基础的对轨降噪，再发给她审音了。

所以一整个下午，林老板都没有工作安排。

难得空闲的周五，两人先去了趟超市。

自从沈郁开始在三楼留宿之后，她还没来得及置办东西。

现在家里用的，都是他从 101 室拿上来的。

林循推着车，沈少爷跟在她身边，一只手牵着她，另一只手搭在推车把手上帮她一起推。

他们步速如常，穿梭在超市的货架间，没人能发现沈郁的视力障碍。

林循走到家居区，拿了双冬季的棉拖鞋扔进购物车里。

沈郁伸手摸了摸购物车里的东西，半晌后语气有点玩味地说："给我的？"

她本想点头，但见他笑得欠揍，改口道："没，给我自己买的。"

"哦，"他又摸了摸那拖鞋，从头摸到尾，张开食指和拇指比量了一下尺寸，挑眉道，"那是不是买得有点太大了？"

林循平静道："我脚大，不行吗？"

沈郁眉尾轻扬："行是行，但这双不太行。"他说着，把那双拖鞋放回原位。

林循不解，刚想去拿回来，便听他说："有没有情侣款的？"

"……"林老板愣了下，她还真就没想过这种事。

对她来说，拖鞋就是拖鞋，能穿就行。

给他买一双新的，也只是因为他自己的那双是夏季款。

这些天昼山气温已经降到零下了。

不过，谈恋爱的话，好像，这种仪式感也是要有的。

"有倒是有。"林老板咳嗽了两声，带着他走到另外一个货架旁，"你想要什么颜色的？"

沈郁："都有什么颜色的？"

林循看了眼货架上的所有款式："有一款是白色的底红色的爱心，

365

还挺好看的，毛茸茸的。"

她原本觉得这个不错，可看了眼价格，倒吸了一口冷气，什么拖鞋要一百多啊，两双就是两百多。

情侣的钱这么好挣吗？

林老板迅速改口："这个就算了吧，太不耐脏了……"

她把目光投向另一排价格亲民一些的。

"这个，女生款是粉色兔子，男生的是蓝色兔子，"她拿起来看了眼，价格倒是合适，就是——"好像有点土……"

林老板一边描述，一边弯腰挑着，对比了各种款式和价格，最终决定买一款棕色小熊的，男女同款，只不过女生的那款，小熊脑袋上有个粉色的小蝴蝶结。

还蛮可爱的。

她挑完才发现，虽然问了他想要什么颜色，好像并没有参考他的意见。

毕竟这拖鞋有他一半。

林循便又放回去，问他："那你想要哪个？"

"就棕色的吧，"他听出她语气里的偏好，顺着说，"棕色适合我。"

林循闻言看了他一眼。

棕色适不适合不一定，小熊，好像挺适合的。

两人挑完拖鞋，又很顺理成章地去买了情侣牙刷、牙杯、马克杯、围巾……

林老板借机挑了一对情侣毛线帽，底下是寻常的款式，灰色针织松紧冬帽，但顶上趴着圆滚滚的泰迪熊。

等结完账从超市出来，她借口外头冷，淡定地给沈郁戴上帽子，又牵了他的一只手，把几个购物袋塞到他另一只手上，不给他触摸发现玄机的机会。

他果然没察觉，神色如常地拎着大包小包回家。

等摁开101室的门，姜老太往玄关看了眼，蓦地瞪大眼睛。

老太太慢悠悠地掏出眼镜戴上，又仔仔细细地看了眼冷着脸的外孙，以及他脑袋上趴着的那只泰迪熊，乐得前俯后仰，好半天说不出话。

沈少爷狐疑地掀了掀眼皮："……笑什么？"

"没事，"老太太偷偷给林循竖了一个大拇指，"就是觉得你今天挺像个人。"

"……"

等吃完午饭，林循本想去一趟孙律师的事务所，还没出门呢，就先一步接到了孙律师的电话。

"我正想去事务所呢，没想到您就给我打了电话，好巧。"

电话那头，孙律听她的声音挺有中气，舒怀笑道："看来是恢复得不错，那我就放心了。前几天听你说，你最近在看心理医生，怎么样，好点没？"

"嗯，吃着药、一周做三次心理辅导，情况还算比较稳定。"

林循没细说。

其实这种心理上的疾病不像头疼脑热，不是挂两天盐水、吃两天药就能好的。

她昨天半夜又惊恐发作了。

幸好沈少爷在边上，及时给她拿了药。

上次林循从医院开回来的药瓶上，都被他贴了细致的盲文标签，什么情况吃哪种药，一次吃几粒都标得清清楚楚，这样在她情况不好的时候，不用她自己找，他也能帮忙拿药。

"那就好，"孙律松了口气，叮嘱她，"总之心理上的病有时候比生理上的更难对付。我有很多客户，在经历了一些事情后，都患上了创伤后应激障碍。"

他说得唏嘘，也有劝诫林循的意思。

毕竟她当时躺在病床上那副死气沉沉的样子，连孙律看了都心惊不已。

"好，我会注意的。"

孙律师"嗯"了一声，这才切入主题。

他的语气严肃了一些："前几天你跟我说的事，一开始我觉得是你想多了。但这两天我仔细复盘了一下证据链，发现兴许真的有这个可能。"

林循听罢眉心蓦地一跳。

上次做完那个噩梦之后，她自己都觉得太扯了，第二天醒来之后便没当回事。

可在医院遇到王素梅之后，她又接连做了几次噩梦，才去找了孙律师，跟他坦白了自己的猜测和隐忧。

起初孙律师自然是不相信的，当年虽然没有确凿的证据，但孙律师在经过细密的侦查后，发现了一些警方没有收集到的侧面线索。

几次会面之后，赵一舟在孙律的心理压迫下，顶不住压力交代了。

他交代的作案动机、作案过程、抛尸流程都是十分充分的。

何况，考虑到赵帆十六年前才十四岁，孙律师并不认为他具备作案抛尸的条件。

"想到这个可能之后，我今天上午又去了一趟龙湖监狱，见了赵一舟，"孙律师的声音有些凝重，"我重新问了一遍他对当年犯罪过程的描述。他对抛尸那段的叙述十分自然流畅，并不怎么注重细节。但在说到杀人过程的时候，却着重强调了很多细枝末节。"

"我记得当年也是这样，但我当时没往这方面想。

"人在复述自己亲历的事情时，往往会注重整体的连贯性，而不会刻意去强调细节和逻辑。往往是在编造一些自己没有经历过的事情时，为了使说辞更加真实可信，会下意识地添加很多细节。

"接着，我就试探性地问了他，当年案发时赵帆在哪里。他的反应非常不自然，说话前后矛盾，而且情绪很激动，到最后可能也知道自己有破绽，干脆闭口不谈，只混说不记得了。"

"再结合赵帆那么强烈地想帮他减刑的态度，"孙律深吸了一口气，凝重道，"小林，你的梦有可能是对的。如果我没料错的话，极有可能是赵帆杀了人，赵一舟从旁协助抛尸，然后帮忙顶罪，至于作案的过程，应该是赵帆告诉他的。"

"抱歉，"他说到这儿，停顿了一会儿，语气里有歉意，亦有怜悯和悲哀，"当年你这么信任我，但有可能，真的抓错人了。"

/ 第十五章 将一切都归位 /

更想要永远了。

1

林循听着孙律师说的话，脑袋里如同塞了无数嗡嗡作响的飞虫，几乎要站不住。

好在沈郁在旁边及时搂住她的腰。

握着手机的指节由于太过用力而发白，她沉默了片刻，才艰难地摇了摇头："您不用自责，当年那个案子几乎没有什么证据，您最后能让赵一舟认罪……您已经尽力了。"

孙律却不这么想，惭愧地叹了口气："我收了你的委托费，自然是要把案子查明白的。这是我工作上的重大失误，如果当年我成功抓住了赵帆，你也不会受到这么大的伤害。有错误，就该拨乱反正。"

他说道："小林，前段时间你刚出院那会儿，有一家基金会看到新闻找了我，出资让我在这次赵帆故意杀人未遂的案子里帮你辩护。但现在这两个案子并作一案，我就不能再收一次辩护费了，我会联系他们说清楚……"

他说到这儿，不容林循拒绝，接着说道："总之这个案子我会负责到底的。不过我还是想先问问你，小林，这次你还信我吗？这么多年过去，想要找到新的线索难如登天，我未必有把握，但我会尽力。"

林循完全不知道还有什么基金会。

但她现在也兼顾不了那么多了，她深吸了一口气，点头道："我信。这么多年，您帮过我太多次，对于这个案子，您甚至比我还了解、关心，要是连您都做不到，那这世上没有任何人能做到。"

"好。"孙律松了一口气，"那这两天我先把当年的案件卷宗、笔录重新核对一下。光凭猜测，警察也不会立案的，等我有新的发现再说。"

挂了电话，林循在沙发上坐了很久，一直没说话。

惊悚的猜测被权威的刑事专家证实，要说不丧气，是不可能的。

当年为了这个案子，她险些赔上了自己的前程，之后的许多年里，唯一值得欣慰的事就是凶手被绳之以法，得到了应有的惩罚。

可如今才知道，原来真正的凶手一直逍遥法外，还在多年后再一次犯案，险些要了她的性命。

并且如今想要翻案，会比当年更难。

林循想到这儿，手脚一阵冰冷，不自觉地攥起了拳。

直到后背被轻轻搂住，紧握的拳头被他有耐心地一点点掰开。她紧绷僵硬的身体才渐渐松软下来。

林循在他怀里抬起头，忽然瞥见他眼底一闪而过的戾气。

他垂着眼，面色不比她好看多少。

"没事。"她缓缓吐出一口气，不想再让负面情绪影响到他。

"也是好事，如果最后真的能抓住赵帆，那他们父子俩也算是为自己的所作所为付出代价了。赵一舟坐了这么多年牢，算起来，是我赚了呢。"

她语气里有刻意的轻快，他却没说话，只是一下下轻抚她脊背。

林循看他黑着脸，绷着下颚的样子，眨了眨眼睛，眨去眼里的湿润，拖长了尾音唉声叹气道："哎哟，我对象怎么这么小心眼？我都没生气，你又生气了？"

沈郁被她气乐了，伸手戳戳她脸颊，嗔道："行，你最大度，我最小气，行不？"

林循顺着说："本来就是。不过我还是想劝你，别气了，生气容易老得快。你脾气这么差，我脾气这么好，会不会等咱俩五十岁的时候，看起来像父女？到时候人家不会以为我是傍大款的吧？那可怎么办？"

沈郁被她的厚脸皮惊到，好半天后忽然抬抬眉心，懒散道："傍吧，我乐意给你傍。"

他说到这儿，埋头在她颈边乐不可支地笑起来。

林循默了一会儿，总觉得哪里不对劲，怎么感觉好像被占便宜了。

半响后，他笑完，突然低低说了句："但我的确过不去。"

林循怔了怔，便见他扯了扯唇角，没什么情绪地说："这次我陪你一起，别怕。

"我们将一切都归位。"

接下来一周，孙律师没打电话过来，看守所那边也没任何消息。

林循努力地不去想这件事，该上班上班，该休息休息。

只是夜里依旧噩梦不断，每次惊醒都是一身冷汗。

这阵子正是项目最忙碌的时候，为了不耽误工作，林循背着沈郁，偷偷地将每天吃的抗焦虑的药加了量，原本一天吃两颗的药片，加成了一天三颗。

不知道是不是心理作用，加完药之后，她的精神状态好像的确稳定了一些。

这天又是下雪。

今年昼山比往年都要冷，这已经是一月份的第三场雪了，温度也一直持续在零下三四度左右。

周洲和李迟迟他们都是土生土长的南方人，每次见到下雪便兴致盎然。

林循倒是见怪不怪。

窗外大雪纷飞，林老板正坐在工位上看周洲做的宣发策划书。

《凡尘》的主题曲已经录制结束了，她听了几遍，觉得很不错，发给张成玉让他重新制作一版宣传片。

第一集的后期做得差不多了，美工也完成了几张宣传海报和 Q 版角色图。

万事俱备，只等着一周之后正式上线。

她刚看完一半，周洲从外面进来。

他手里拿了杯楼下买的咖啡，脱掉棉袄，拍了拍裤子上落的雪，说道："老大，门口有人找你。"

林循从策划书里抬起头，下意识地以为是沈郁来接她下班了。

她看了眼窗外的大雪，又低头看了眼手机，没有消息。

这才晃过神来，如果是沈郁，那周洲肯定就带他上来了。

她抿了抿唇，淡声问道："什么人？"

周洲挠了挠头，把棉袄挂在门口的衣架上，描述道："是一个阿姨，看着五十多岁？她说是你的亲戚。"

林循没吱声，半晌后把策划书合上，起身拎了外套和手机往楼道里走。

周洲不由得看了她一眼，总觉得她的表情有些怪，但也没多想，哼着歌回了工位。

刚走出工作室，林循站在一楼和二楼的转弯处，隔着玻璃窗往楼下看。

果然是王素梅。

她胳膊上挎着一个红色的塑料袋，穿着一件玫红色的羽绒服，站在大雪里直打哆嗦。

可能是天气太冷，她一边搓着双手，一边不断地哈气。

林循当年见过她，在法庭上。那时候她虽然憔悴，但还是个保养得当的富太太，哪有现在这么狼狈。

她没表情地关上窗户，给周警官打了个电话，这才下楼。

派出所就在附近，警察过来，要不了十分钟。

出了单元门，王素梅听到声音转过身来，快走几步迎上她。

她一改前次在医院时的偏执，满脸都是谄媚的笑："林小姐，还没下班呢。"

林循没回应，冷着眉问："什么事？"

王素梅伸着冻得通红的双手，打开塑料袋，里面是一袋子紫红紫红的车厘子。

"没事，阿姨给你买了点水果。"她说着，想把袋子塞到林循手里。

林循却没接，只淡淡地看着她。

气氛僵持了一会儿。

王素梅讪讪地收回袋子，下一秒，声音里就带了哭音。

那情绪转变突然得像是某些烂俗的电影。

"林小姐，阿姨知道，是我们家人对不起你。但我儿子真的只是想威胁你一下，他没想杀人的，他不会杀人的……你能不能跟警察说一下……"

林循看了眼手机。

周警官已经在来的路上了。

她压着脾气打断了她："你的意思是，他没想杀我，是我自己跳楼找死？"

"不是，"王素梅见她态度冷硬，语气软下去，换了个说法，"小帆肯定是态度不好，让你误解了，所以才会……但他之前跟踪你，也只是想吓唬吓唬你，他没想做坏事的。我是他妈，我了解他的，求您行行好，就当可怜可怜我。"

林循听到这里，忽然觉得这女人真的很可笑。

"我从小就没妈，"她不咸不淡地说，"所以不知道，是不是当妈的都这么可笑。"

"你儿子是个杀人犯，"林循慢悠悠地说，"还能有什么坏事，比杀人更坏呢？"

她说了杀人犯，没说杀人未遂。

林循说完这句话，仔细观察着王素梅的表情。

王素梅很明显地愣了几秒钟，细碎的哭声戛然而止，嘴角抽动着，脸上神色莫名地有些惊慌不定。

她的目光落在林循脸上，视线与她对上几秒，像是想从她眼中看出她是不是知道了什么。

可下一秒，似是为了掩饰自己的不自然，她又避开视线，哆哆嗦嗦地低下头。

知道林循不吃这套，王素梅干脆收起了眼泪，声音干巴巴的："我不知道你在说什么，我儿子不是杀人犯。至于这次的事，是他太冲动了。你要多少钱都可以提。我知道你家里穷，这么多年一个人也不容易。我们家老爷子还留下来好几套房子，你要是肯放过我儿子，我给你一套都行。"

林循没表情地问："你要给我一套房子？如果我不要呢？"

王素梅又抬眼看了她一眼，随即压低声音道："你就收了吧，拿了钱日子也好过点不是。不然的话，我男人虽然在监狱里，但昼山的房地产，三分之一是姓赵的，我随时都可以让你混不下去。"

"哦，这样啊。"

林循将手插在大衣口袋里，忽然眯着眼睛笑起来，扬声对她身后满脸肃然的人说："周警官，怎么办，她威胁我，我好怕。"

……

等到了派出所做完笔录，王素梅因跟踪骚扰、威胁受害人的罪名被严重警告，并罚款五百元。

由于没有造成什么实质性的伤害，并不到拘留的份上。

她进了派出所之后，整个人就开始有点分裂，神神道道地说着一些胡话，连口供都说不清楚。

周警官皱着眉，给她儿子赵桄打了电话。

没过多久，赵桄便急匆匆地来了，进门的时候脚上还穿着室内拖鞋。

他满脸铁青地看了眼坐在审讯室里的王素梅，又回头看了眼林循。

他咬了咬牙，额上青筋都快爆出来了，压低声音呵斥王素梅："妈，我就一天没看住你，你就出来找人家麻烦，你又去找她干什么？"

王素梅像是没听到他说话般，还在喃喃着："你哥不是杀人犯，我儿子不是杀人犯……"

赵桄深吸了一口气，像是实在忍受不了了，伸手将她一把拽起来，低声吼了句："你要点脸行吗？你老公杀了她爸，你儿子杀人未遂。你不要脸，我还要脸呢。"

他说到这儿，王素梅忽然抬头，冷冷地看了他一眼："我怎么就生了你这么个冷血的东西？他们是你爸和你哥，没有他们，你是什么东西？"

母子俩开始大吵起来。

林循站在一旁冷眼看了会儿，拿起桌上的外套，跟周警官打了声招呼，往外走。

不多时，赵桅忽然追出来，他手上拿了一张银行卡。

林循低头看了眼那张卡，挑了挑眉，没吱声。

赵桅却压根儿不敢看她的眼睛，拿着卡的手也在抖。

他语无伦次道："林小姐，这里面是二十万块钱……我没别的意思，我知道你这么多年不容易，也有经济压力，这就当是医药费和精神损失补偿。我妈她精神状态不好，给你添麻烦了。"

林循站了片刻，好脾气地接过那张银行卡看了看，而后两手用力，将它掰折了丢还给他。

"留着这钱给你爸和你哥买棺材吧。我祝他们不得好死。"

等回到家，沈郁还没回来。

他今天陪姜老太去亲戚家喝喜酒了。

林循把包和外套挂在衣架上，拉上窗帘，窝进了沙发里。

头有点痛。

她伸手摸到茶几上的药，倒了三颗出来，和水吞了，沉沉地闭上眼睛。

等被人轻声唤醒，已经到了晚上。

林循困倦地睁开眼，只觉得太阳穴一跳一跳的，好像比下午睡前还要疼。

男人俊秀的轮廓在黑暗里隐约可见，身上的味道熟悉得令她安心。

声音也是。

"去房间里睡？在这里窝着不舒服。"

林循忽然伸手摸了摸他脸颊，哑着嗓子问他："几点了？"

"九点多了。"

沈郁打横抱起她，几步走到卧室里，稳稳当当地将她放在床上，又帮她盖好被子。

林循闭上眼，听他在外面收拾东西。

几分钟后，他忽然拿着她随手搁在沙发扶手上的药瓶子走进房间，站在她床边，深吸了口气，冷着脸居高临下地问："林老板，怎么回事？我刚刚就发现这瓶子很轻，就倒出来数了数……你吃了多少？药是可以

374

随便乱吃的吗？"

林循愣了几秒钟，扯了扯嘴角，挑眉笑道："怎么眼睛看不见还这么不好糊弄。没多吃，就一天加了一颗……"

看他满脸冷沉，林循伸手去扯了扯他衣袖："哎呀，别担心，我最近情绪很差，我上网查了，多吃一颗是可以的。"

他却丝毫不吃这一套，声音里带了许久没有过的冷然，压着脾气说道："上网查？哪个网？回复的人有医师执业资格吗？能对你负责吗？"

林循怔住，不知道说什么。

便见他坐在床边，拿出手机给她的心理医生打了个电话。

挂完电话，他才掀起眼皮，视线"落"在她脸上，依旧没什么情绪地说："医生说了，长期不按照医嘱，私自加量，会有很多副作用。有可能药物中毒，轻则头晕、呕吐、身体乏力，重则，死亡。"

林循没敢吱声，好半天后勉强笑了下："也没这么严重吧？我就每天多吃一颗，真的，就一颗。"

"是，幸好你还有点常识。"

他晃了晃手里的药瓶："你吃的时间不长，剂量不多，所以还没造成什么问题。以后这药我没收了，每天给你发，你先睡吧。"

"……好。"林循乖顺地点头，再次伸手去牵他。

却被他挣脱开。

她愣愣地看着他大步往外走，面无表情地拎了外套和盲杖出门。

大门"砰"的一声被关上，房间里陷入一片黑暗。

她在床上坐了一会儿，双腿曲起来，抱住了膝盖。

忽然觉得心里空洞洞地疼，难受得直想掉眼泪。

脑子里乱乱的，不知道该想什么。心脏像是被什么东西堵住了。

其实每次都是一个人熬过来的。

但这次不知道为什么，一个人待着，怎么会这么难受呢。

过了十多分钟，门口忽然传来钥匙开门的声音。

大门再次被打开。

脚步声响起的瞬间，林循蓦地抬头往房间门口看。

他把手里的袋子放在梳妆台上，正慢条斯理地解着外套的扣子。

他身上全是白茫茫的落雪，头发上也落了一些。

林循咬了咬唇，忽然掀开被子，光着脚走过去抱住他。

他外套上的雪落进了她脖颈。

男人解衣扣的动作一停，许久后，才慢慢环住她的腰。

他身上的温度很低，手也凉。

透过衬衫薄薄的布料贴着她后背，冷得她一哆嗦。

林循却觉得自己心里堵着的东西被人挪走了，血液得以流淌。

整个人都开始回暖。

她吸了吸鼻子，眼睛酸得很，瓮声瓮气地说："我以后不这样乱吃药了，我肯定好好活着，你别丢下我。"

这是她这辈子第一次说这种话。

五岁那年，妈妈走的时候，她紧紧牵着奶奶的手，睁大眼睛看着她的背影，一句挽留都没说。

七岁那年，爸爸去昼山打工，临走前亲了她额头一下，她也没留他。

奶奶去世的时候，她红着眼咬着牙拿着她给的存折，满心悲痛惶然，却连哭都不敢哭。

"想什么呢。"

他似是感受到了她的惶恐，紧紧地圈住她，将她深深搂在胸口，解释道："怎么会丢下你。我去买牛奶了，还有点吃的。医生说，最好喝点温牛奶帮助代谢药物。"

林循这才看到桌上的袋子，里头放了一瓶牛奶，还有一些零食。

她咬着唇，脸慢慢红起来。

揪着他衣襟的双手嚯地松开。

她匆匆丢下一句"那我去热牛奶"，便拎着袋子走出房间。

等喝完牛奶，又吃了点零食，她总算觉得手脚慢慢没那么冰了。

精神和情绪也好了一些。

林循窝在沙发上，看着沈郁戴着耳机在听什么。

她凑过去看他的屏幕，发现他竟然在听第二季的台词。

林老板有些惊讶："离第二季开始录还有一个月，你这么早就开始准备了？"

沈郁按灭手机，摘掉耳机，弯了弯唇："是不是有点失望？你的对象不是天才，背台词也是要时间和精力的。"

林循愣了下。

才知道他每次能够那么流利地背诵台词，背后下了多少功夫。

她伸手环住他的腰，说道："没失望。我男朋友真帅。认真的男人最帅。"

是实话。

他低低笑了声，手指轻轻拨着她的头发，忽然问道："能不能告诉我，今天发生了什么？你今天情绪很差。"

林循在他怀里待了一会儿，慢慢觉得没什么不好说的。

她把今天下午的事情说了一遍，也没看他，继续道："你说，穷是不是原罪啊。为什么所有人都想给我钱呢，就很奇怪。我看起来这么缺钱吗？"

他语气没什么波动："除了他们，还有谁想给你钱？"

林循弯了弯眉毛，说道："好多。"

她掰着手指头数。

"我上大一的时候，系里有个辅导员，跟我说如果我和他交往，他就帮我申请最高的助学金……大三那年做电商，服装厂的老板说要包养我，一个月给我两万块……还有大四毕业的时候。"

她像开玩笑一般地说："我成绩挺好的，毕设做了一个微电影，也做得很好。导师拿了我那个作品，说是帮我投稿，结果没过两天，我突然发现那个微电影发表了，还得了奖，署名是系里另一个同学，我们导师的侄子。我去找他，导师给了我一张卡，里面存了十万块呢。"

林循睁开眼睛，忽然亲了他一下。

"他当时那个语气，特别理所当然，他说他知道我家里穷，这微电影本来不值钱，但他想补贴我一下。说的就好像，是在为我好。啧，怎么想的啊。"

就因为这件事，她跟导师闹翻了。

毕业后也因为断了人脉，在南漓影视圈混不下去。

一来二去抑郁症复发了，感觉人生也那样，就灰溜溜回了青原。

然后，差点嫁给一个大她十二岁的包工头。

林循说到这儿，简直忍不住笑："那包工头也有意思，说我最大的优势就是年轻漂亮，还是大学生。让我给他生三个孩子，他每个月给我五千块钱，我还不用出去工作，在家享福就行。"

沈郁搁在沙发上的手指轻轻攥起。

他闭上眼，忍住没做什么表情，许久后才笑着说了句："我们林老板真棒，才不会因为金钱屈服呢。"

他话音落下，怀中的人却停了停呼吸。

她的声音像是从另外一个空间传来。

空洞又乏力。

"屈服过的。"

林循眼睛很酸，却执拗地看着他："你会不会看不起我？我屈服过的，你当初还问过我呢，值不值得。"

2

窗外是昼山沉静的夜，像只蛰伏在大雪里的猛兽，睁着黑色的眼睛。

房间里也静，空气仿佛凝滞了。

林循不确定沈郁还记不记得她临走时，他说过的那句话。

毕竟对他来说，那只不过是高中生涯的一个小小插曲。

可对她来说，是有些难以启齿的，除了程孟之外，她没告诉过任何人。

这好像是她的人生开始崩坏的重要一步。

其他人怎么想她现在无所谓了，但沈郁……她其实很在意他的评价。

林循深吸了一口气，没再看他，指甲轻轻掐进了手心里，稍稍放松了些语气，兀自说道："你应该记得的吧，我高中被退学，是因为跟宁琅……'早恋'。"

她说到"早恋"那两个字的时候，停顿了一下，莫名感觉腰间箍着的手腕紧了紧。

"……记得。"

"嗯。"林循声音低了一些，深吸了一口气，坦白道，"其实，当时跟他早恋的人，不是我。我那会儿整日忙着我爸的案子，我奶奶身体又不好，正是焦头烂额的时候，哪里抽得出来空谈什么恋爱。"

"……"

林循刻意地没去注意沈郁的反应，她语速很快，像是害怕自己但凡停下来，就没勇气继续说下去了。

"真正的当事人是广播社里的一个学妹。当时事情闹得很大，后面你也知道了……为了保护那个学妹，"她眼睫轻扇，无意识地掰开他的手指，一根根把玩着，"宁琅就跟校领导说，那个人是我。

"开除的通报几乎第二天就下来了，像是要给这事儿赶紧敲上一个不会被推翻的章……我去找了校长、主任，但这件事已经被宁琅那边压下来了，我说什么，他们都不听。当时我觉得我就像一个哑巴，没有一个人能听见我的声音。

"后来宁琅找了我。他说我性格好，很坚强，不像那个女孩子，单纯又脆弱，被开除了可能会活不下去。他还说……他们会负责帮我安排一个更好的学校，还可以给我支付未来的学费……"

林老板半合着眼睛，摸索着他剪得干净妥帖的指甲盖，低低地叹了一声。

"总之确实蛮奇怪的，我是在青原的大山里长大的，那里有成片成片未开发的原始森林。可没想到等我到了昼山，才真正认识到，何为原始——

"最原始的，弱肉强食、适者生存，最原始的欲望、丑恶、倾轧。

"我没要他帮我安排学校。"

林循喉头哽了片刻，忽然紧紧牵住他的手，十指相扣的那种，像是生怕他听完下一句走掉。

"但我，"她闭了闭眼睛，"……我认下了这件事……宁琅给了我二十万。"

她说到这里，呼吸急促了一点。

似是想为自己的恶劣解释一句般，她补充道："当时孙律师的报价就是二十万……我实在没有钱……我爸在等我，他在地下埋了那么多年，可伤害他的人却逍遥法外。我爸在昼山的那几年里，像一棵没有根的浮萍，连失踪了都没人发现……只有我和奶奶能帮他讨回公道了。我奶奶每天拿着一筐一筐的鸡蛋去找那些我爸的工友，但一点线索都没有……赵一舟抵死不认，陈年旧案，警方也找不到证据……没有人能帮我们。"

她听不到他的呼吸，手指却被他握得很疼。

林循不知道为什么，忽然觉得好委屈。

明明之前想到这件事，只觉得可笑又悲哀。

可此刻跟他说的时候，心里面铺天盖地地填满了委屈和难过。

为十八岁的自己，后知后觉地觉得委屈。

她不由自主地红了眼眶，声音也开始发抖："沈郁，我离开的那天，你问过我值不值得，那时候你是不是……挺瞧不起我的。但我真不是为了谈恋爱连前途都不要的人……

"小时候在青原大山里，整个村子只有我一个女孩子能读书。我爸就是为了让我能走出大山，去更大的世界，才孤身一人不远万里来昼山打工的，为了我的学费生活费，那么多年他都没回过家，连硬座都不舍得坐……

"后来，我十五岁那年跟着奶奶到了昼山，她鼓励我考了一中，但择校费要好几万。当时我说我不想继续念了，她在家里掉了半天泪，拿了一半的拆迁款出来，背着我去交了择校费。

"我奶奶供我上学不容易，我高中三年的学费是她用一根又一根的烤串赚出来的，你没见过她的手，被铁签扎得全是孔洞，外头又裹上了一层层的老茧，像蚕蛹……

"所以，"林循哭得肩膀都在抖动，"如果不是当时那种情况，我肯定会抗争到底的……我不想退学，我也没打算辜负他们……你相信我吗？"

她说到这儿，几乎泣不成声。

为自己，更为如今埋在青原山里的两盒骨灰。

她不懂这命运为什么要这么对他们。

这个城市，真的会吃人。

林循说到这儿，停下所有辩解，隔着灼热的眼雾抬起头，想要看看他，可双眼却被捂住。

所有氤氲的潮湿都藏进了他手心里。

下一刻，那只温热修长的手又滑到她后脑，刹那间将她的脸摁在怀里。

林循垂下眼眸，只能看到他脖颈上突起的青筋，和上下震动的喉结。

"嗯，我相信。"

他的声音哑得厉害，如同被冷厉的风雪穿透了咽喉。

"小时候奶奶就跟我说，不要拿别人的东西，要行得端坐得正，不然会被人戳脊梁骨的。我也不知道自己做得对不对，但我没办法了……"

林循闭上眼，抽噎得厉害，半晌后仍是贪心地问了句："所以，你不会看不起我的，对不对？"

他没说话，很久之后，林循感觉他稍稍弯了脊背，下巴贴在她发端，缓缓地，呼出一口很长的气，才总算压下了什么："怎么会，是我该跟你道歉。"

他实在是难以控制自己的表情，所以不肯让她抬头。

他从来没想过是这样的原因。

哪怕当时听方忏提起那二十万的时候，他也疑惑过，她是怎么拿出的那笔钱，却也没想过是这个原因。

但不论如何，他居然在她那么艰难的时候，误会了她这么多年。

他一直以为她当真是因为喜欢上了那么个人渣，所以才不惜放弃自己的学业。

可即便如此，他也从来没瞧不起她过，只是觉得惋惜、不甘心、替她痛心。

嫉妒得要发疯，怎么想都想不明白，说服不了自己——这样好的姑娘，让他只敢将她放在心上、不忍触碰的姑娘，怎么就会喜欢上那样的人渣呢。

仅仅是这样而已。

可他不甘心了那么多年，今天却忽然觉得，还不如是他以为的那样。

他宁愿不是这么个可笑的原因，宁愿她在十几岁的岁月里，除了那些苦难，也曾在另一个人身上感受过一丝喜悦与甜蜜。

怀里的人依旧很瘦，骨骼上包裹的皮肉很薄。

但这样纤细的皮肉之下，孕育着一颗千疮百孔却依旧强大的心脏，滋养着富有生命力的脉络。

"对不起，是我太浅薄了，太自以为是。"

沈郁松开咬紧的牙关，一下一下顺着怀里姑娘的长发，如同抚摸着生命中唯一的珍宝，低声呢喃："有时候我真的觉得，人是很极端的生物，很脆弱，但也很坚硬。我出车祸那次，车里明明有最好的安全气囊，但我和我妈就像两个脆弱的陶瓷玩偶，一碰就碎了……可我又实在庆幸，你没事。"

庆幸她在那些无法呼吸、无人可寻的黑暗岁月里，一次又一次地，挺了过来。

跟他聊完，林循哭了蛮久，哭完后反而身心畅快了不少，连带着下午因为王素梅而产生的负面情绪也好了不少。

就是有点丢脸。

怎么总在他面前哭。

就很奇怪。

明明只是些陈年旧事，她先前还会调侃自己，可刚刚在他面前，一开口就忍不住委屈。

心理生理都变得好脆弱，就好像吃多了糖，由奢入俭难，一点点苦都吃不了了。

林循不自在地去洗了个澡，换上睡衣，吃了一粒褪黑素，短暂地睡了一觉。

沈郁却睡不着，压抑了一晚上的呼吸，终于在她睡着之后开始失控。

他慢慢松开被她牵着的手，等了一会儿后，感觉她的呼吸没有变化，才掀开被子坐起来，披上外套，趿拉着拖鞋走到阳台上。

他从口袋里摸出一根烟，摁开打火机，凑上去。

或许是风大，又或许是手不稳失了准头，怎么都点不着。

他低骂了一声，干脆没再尝试，双手扶着冰冷的栏杆站了片刻。

阳台外，落雪的声音不同于其他任何，寂静细微却不容忽视，带着漫天寒意，填进耳郭里。

良久后。

沈郁叼着未点燃的烟，面色冷沉地给苏世城打了个电话。

对面接到电话还挺惊讶。

沈郁的上一部电视剧配音已经录制完成了，《长耀》亦制作完毕，目前正在稳步播放中，所以这段时间他是半休假状态，一周就来两次公司，连带着苏世城和方忖几个助理也跟着轻松了很多。

"睿丽有声部门的宁琅你认识吧，我记得你们家跟宁氏有生意往来。"

"知道，"苏世城点了点头，语气还挺不爽，"我从小就认识，唉郁哥，我最烦的就是他，本事么没多少，但贼能装，还特别会捧高踩低。"

说到这儿，苏世城还有点愤愤不平。

就因为宁琅作为宁氏旁系，却年纪轻轻做到了睿丽有声的总经理，他爸妈动不动拿他来鞭策自己。

要他说，宁琅的能力，连给郁哥提鞋都不配。

"你问他做什么，"苏世城忽然想到什么，有些幸灾乐祸，"他最近日子可不太好过。咱们之前跟睿丽合作了《森林寓言》的衍生版权，最近衍生动画已经上线了，特别火。但当时孟助也不知道怎么回事，跳过了宁琅，跟他手底下另一个宁副总谈的。

"就因为那个项目，宁副总得到了宁氏的重用，这几个月隐隐有些压过了宁琅的风头，他俩忙着在公司内部打擂台呢。"

他话刚说完，便听到沈郁冷声说："那就帮他一把。"

苏世城愣了下，问道："谁？宁琅？"

"嗯，"沈郁咬了咬叼着的烟，声音没起伏地说，"帮他变得更坚强一点。"

"他性格这么好，"沈郁轻笑，"失业的话，也不会活不下去的吧。"

"……"苏世城耳朵凉凉的，忽然意识到自己大概最好不要问原因。

半晌后，他说："……我们，那个，郁哥，要怎么做？光靠寻语手头的项目和能量，还是有点难……睿丽就算不跟我们合作，也有别的项目，未必会放弃宁琅。"

"那就联系沈氏。"他换了一只手拿手机，"有一半股份是我母亲留给我的。"

苏世城倏地屏住了呼吸，嗓子有点干："……郁哥，这么多年你都没动过那些——"

哪怕寻语发展初期，最艰难的时候，他也没动过那些人脉和资源。

苏世城清楚，他不愿意。

他话没说完，便被打断。

电话那头，男人的声音冷硬疏沉："是，我还有点不够格。不借助那些，怎么倾轧？"

权势倾轧，就像他曾经对她做的那样。

高高在上地，为了一己私欲，漠然又轻易地决定她的前程生死，像碾压一只蚂蚁。

事后还自以为是地施舍、怜悯。

真把自己当神了。

"做完之后，"沈郁掀起眼皮，"往他卡里打二十万，就当作我给他的补偿。"

半夜，林循迷迷糊糊地被渴醒，才发现身边空无一人。

她茫然地坐起来，灌下半杯水，起身走到客厅。

刚打开灯，便看到沈郁站在阳台上，咬着一根未燃的烟，正低头去够手里打火机幽蓝的焰。

隔音的玻璃门关着，他听不到她的声音，点了一次又一次，却不知道是为什么，始终点不着。

林循推开门走到他身边，拿过他的烟，帮忙凑上火："怎么了，睡不着？"

听到她的声音，他面上沉郁倏地散开："没，就是有点闷。"

林循把点燃的烟递给他。

她只见他抽过几次，知道他没有烟瘾，但还是多嘴了一句："吸烟不是个好习惯，少抽。"

沈郁顿了顿，蓦地笑出声，伸手接过那烟在手心里摁灭："那你还给我点？"

林循挑了挑眉，认真道："因为感觉你现在很不开心。"

她说着，帮忙拍去他肩头落的薄薄一层雪，又理了理他额前几乎要遮住眼睛的发。

沈郁没说话，只是笑。

他伸手轻轻摸了摸她柔软的脸颊，带着烟味的指尖停在她耳侧。

许久之后，他低低地说："是有点。"

林循踮起脚，亲亲他下巴，问道："怎么了吗？"

"没怎么，就——"他喉头上下滚动着，眼眸轻眨，"对自己挺失望的。当初没多了解一些，没帮到你，对不起。"

要个联系方式都那么扭捏、束手束脚的。

莫名其妙的自卑。

之后也沉浸在自己的想法里，以为隔几个月发一句消息就是牵挂了。

说得好听，其实还是自私，卑微又龌龊。

因为从小到大没受过磨难，接受不了不完美的、残缺的自己，所以满心害怕被她拒绝，担心配不上她。

他话音落下，林循却忍不住笑："关你什么事啊，当时班里除了孟孟，没有人知道我的事啊。我不说，谁会知道？何况那会儿就算你要帮我，我还会以为你别有居心呢。"

她圈着他的脖子看着他。

两个人都没再说话，站在阳台上，任细薄的雪落在交错的肩头与发梢。

林循的视线落在他那双漂亮又浅淡的眼眸上，忽然叹了口气，喃喃道："所以我真的没骗你。这么多年，我只喜欢过你一个人。"

他眉睫微动，刚要说话，却被她仰头堵住。

亲着亲着，就换了位置。

她大概是嫌踮脚太累，开始放弃他的嘴唇，吻上他喉结、脖颈与锁骨。

掐在腰间的手紧了又松，松了又紧，直到某一刻，他忽地用力将她整个人提起来，扛在肩上，一声不吭地往房间里走去。

白皑皑的雪随风穿行，风开始呼啸。

他抱着她，将她整个人搁在梳妆台上，一只手制住她的腰，另一只手插进她的长发，扶在她脑后，仿佛不容她再胡来般，攥住了她到处作乱的呼吸。

漫长又强势的一个吻结束后，他低下头，靠近她耳边，声音哑涩，带着抑制不住的缱绻与色气。

"上次说的忘了？还敢乱来？"

"没忘。"

林循顺了顺呼吸，忽然侧过身，弯腰从梳妆台底下的抽屉里翻出一盒东西，麻利地拿出一个塞到他手里，笑道："上次买情侣拖鞋的时候顺手拿的，早就该派上用场了。

"你不是说，没帮到我吗？"

"给你个机会，最近睡眠质量好差，总是做噩梦，我想——请你帮忙，到我梦里来。想在梦里，听到你的声音。"

想很久了。

想想就心跳加速。

沈郁捏着手心里被塞进来的小小的包装袋，呼吸一滞。

欲念与情意在脑海中交织，发酵，疯狂。

鬼知道这几个礼拜他是怎么睡着的，要不是想让她再恢复一段时间……

他没再往下想，也不想再忍，沉着眉摸索着去解她的扣子，可下一秒，手却被按住，手里的东西被她轻巧拿回去。

他没停下动作，继续往下解，埋在她脖颈间，唇贴着她脉搏哑声道："反悔了？那也来不及——"

"没，谁反悔了？就是差点忘了，"林循不躲不避地仰起头，慢慢悠悠撕开包装，细长手指往下探，"你看不见嘛。"

"我帮你。"

3

昼山的冬天没有青原那么冷寂，风也远远没那么烈。

风和雪玩笑般在漆黑的夜里兀自狂欢。

空气里充斥着灼热与窒闷。

因为看不到，所有需要视觉辅助的方面，统统只能用触觉来替代。

带着浅淡烟味和温度的手指，没经验地试探着，一次次慢条斯理地，纠错。

林循仰着脖颈深吸了一口气，凌乱的长发散开在脑后。

每一个毛孔都因他的指尖而震颤收紧，脑子里像是烟火炸完后一片黑寂的天，再也想不起刚才的能耐。

也想不起来要提什么要求。

倒是沈郁还清醒地记得。

在最后一刻之前，他忽然停下来，蓦地抬起头，声音沉沉地问她："你想听我说什么，来入你的梦？"

林循闭着眼，压根儿不敢看他，平日里的明目张胆和虚张声势在此刻统统消失殆尽，她投降道："不用……你别……别说话了。"

"哦。"男人声音里带了点笑意，忽然凑近她耳侧。

下一秒钟。

他低低的、毫不刻意的、温声柔软的叹息，随着他的一切，他的温度，那样游刃有余地掌控她所有的感官。

比她曾经脑补的，还要动听、美好一百倍。

就，还不如说话呢。

像是风在心脏里穿行，带来刻骨铭心的疼。

林循睁着眼，脑袋里晕乎乎地想着，以后绝对不能给他找这种剧本和台词。

片刻后，滚烫的脸颊被他双手珍视地捧起。

俊挺的鼻尖抵着她唇侧，喉结上下滑动着，克制地停了片刻。

锋利的眉尾沾了薄汗与淡淡的绯色。

他捧着她的脸，实在忍不住般，没能听从吩咐，开了口。

清越的声音携着浓浓的情意，再也没有往日的从容。

"林循。"

"我好喜欢你。"

"……"

黑漆漆的房间里，林老板无法克制地红着脸，偏过头，咬住了他腕间温热跳动的脉搏。

……

格外漫长又混乱的时间过去。

雪已经停了很久，风声渐歇，整个城市都进入了悄无声息的深夜。

林循长发濡湿着，一声不吭地被人抱到浴室，浑身发软地靠在他肩头由着他帮忙清理。

几分钟后。

"……"她从脖颈热到了脚尖，咬着牙跳下洗漱台。

光裸的脚心踩在瓷砖上，冰冷的触感由下往上传递，神智终于清醒了半分。

她用冰凉的手背贴了贴面颊，忍不住瞪了洗漱台前姿态散漫的人一眼，磨了磨牙，没好气地问："沈郁，你今天是不是一直都是故意的？平时哪怕看不见，不是也什么事都能做好吗？"

高三那年音乐课上，她还看过他弹钢琴呢。那么多个琴键丝毫不乱，那手指头比谁都灵活。

怎么一到这种事就这么磨叽。刚刚也是，左蹭蹭右蹭蹭，笨得像刚装了假肢。

"没，哪能。"沈少爷慢悠悠洗完手，好脾气地牵唇为自己辩解了一句，"做什么不都得长期训练吗，我是缺乏练习，抱歉。"

林老板上下打量他的表情，判断了一会儿，觉得这个回答好像挺真诚，默了许久后淡淡道："行吧，那你下次注意。"

"……"听她这么淡定坦然地说"下次"，沈郁反而无端地噎了一下。

好半天后。

"好，我肯定进步。"他拉过一旁的毛巾把手指擦干，懒懒地掀眼皮，"但下次，是什么时候？"

林循觉得他现在脸皮简直比她还厚，她挑了下眉，觉得输人不能输阵。

于是她故作轻松地把湿润还在滴着水的头发拨到一边，挑衅道："那得看你了，你要是行的话，一分钟后也行。"

她说完，忽然感觉卫生间里的空气像是凝滞了五秒钟。

他放下毛巾走过来，站在她面前，居高临下地"看"她："这句话说完，就，还有半分钟，来吗？"

林循盯着他几秒钟，听着他数："二十七，二十六……二十……"

他站在离她很近的地方，呼吸触碰到她面颊，可却没碰她半点。

很守规则地数着数。

累得要死的林循不禁往后退了一步，视线向下一带，"唔"了一声捂住眼睛讨饶："我就口嗨一下，别当真别当真，消消火。我真不行。"

搞不过，真搞不过。

她现在是脸皮、体力和精神三方面被压制，溃不成军。

"哦，"他停了数，实在忍不住笑，又问，"那重新给我个期限？认真的。"

"……"

林循认真想了想，咳了两声道："就，起码，四十八小时吧。"

林循这一觉睡得比往常都要好。

她没有再梦到昼山郊外那个山头，也没梦到跳楼那天耳边呼啸的风声，更没梦到任何负面的东西。

沉睡间，耳边好像反反复复听到他说"好喜欢你"。

后来又变成"好爱你"。

又变成"最爱你"——"只爱你"——"爱你很久了"——"永远爱你"。

那些声音十分真实悦耳，伴随着温柔的触摸，仿佛在深夜里一声声地安抚着她。

驱赶了独属于夜晚的所有疲倦与痛苦。等再次醒来，林循下意识地捞过手机看了一眼，已经快到第二天中午了。

今天是休息日，工作时间比较灵活。

她没着急起床，偏头看了眼旁边的枕头，惊讶地发现沈郁竟然也还没起。

林循干脆坐起来，放轻呼吸，凑近打量他。

看着看着，不禁想起某些画面，又想起昨晚她梦到的那些话，她不由得无声地唾弃了自己一下。

不愧是脑部能力满分的"声控"，人家只不过在那种时候说了一句"喜欢"，她就脑补出什么爱不爱的。

还有——"永远爱你"。

啧，人的欲望真的很可怕，无穷无尽、欲壑难填，有了一就想要二，得寸进尺没有上限。

林循在心里谴责了自己半响，深呼吸了一会儿，压下这样的心态，让自己不要想太多。

这样就已经很好、很甜、很幸福了，千万别一步步提升自己的念想阈值。

人和人之间的相处，是不能预料的，没有人能永远陪着另一个人。

她经历过太多难料的分离，都是靠着一次次降低期待，才挺过来的。

但这个人，一而再再而三地拉高她的期待值，给了她妄想的空间。

再这样下去，万一下一次就真的万劫不复了怎么办？

林老板叹了口气，忽然眼珠一转，清了清嗓子，模仿了一下高中班主任又细又凶的声线，凑到他耳边："喂，沈同学，上物理课了，不准睡觉。"

"……"装睡装了半天的沈郁实在忍不住，听着她极其没有天赋的配音，笑得肩膀都在抖。

原本刚刚感觉到她醒了，在看他。

他还想继续装一会儿的，让她多看两眼。但听到这句，实在是忍不住了。

她声音原本就哑，在女生里算比较低沉的，为此还特地掐着嗓子提高了声线。

沈郁睁开眼，忍俊不禁："林老板，你知道你现在像什么吗？"

林循模仿完，自己都觉得贼难听贼滑稽，赧然地转过头去，也懒得计较他装睡了。

她闷声问："像什么？"

他忍不住过来抱她："像是，蜡笔小新在 cosplay 樱桃小丸子。"

林循咳嗽了两声，丧气道："是，我声音是不好听。"

她这辈子最遗憾的就是，自己作为一个顶级"声控"，长了双那么挑剔的耳朵，却有这么一副沉闷难听的嗓子。

真的无解。

可她刚说完，咽喉的位置忽然被人亲了一下。

"很有特点，我很喜欢。"

林循听着他万里挑一的嗓音，懒懒道："鬼才信。"

这就好像一个亿万富翁说喜欢穷人口袋里叮当作响的那两三个硬币。

沈郁抬了抬眉，忽然说道："你记不记得高二上学期的元旦会演？你们广播社也排了个节目。"

林老板不禁回忆了一下，好像是有这么一回事来着。

广播社当时要排个话剧，但人不够了，宁琅就把她也排进了节目单。

那是个童话题材，她试了女巫、公主、精灵等多个角色，越试大家越无语。

那把嗓子就像被火烤了，又像是安了把漏气的风箱，连配女巫都不够格。

当时试戏的时候，程孟和宁琅笑得前俯后仰。

林循黑了脸，懒得再试。

最后，她演的是公主……身边养的一只会说话的玩偶小熊。

在和女巫的战斗中，小熊为了保护自己的主人，被女巫石化了。

林循想到这儿，无语了一会儿，反问道："记得是记得，但你还会去看元旦会演？"

他当时好像除了上学，什么活动都不参加的吧？

"嗯，"沈郁笑道，没说太多，"我那天蛮无聊的，被班里男生拉过去，想着随便听听。"

"那次好像节目都蛮无聊的，唯一一个他们说还不错的舞蹈，我又看不见。所以，本来我都快听睡着了，结果，忽然听到一个特别萌的声音，一下就醒了。"

林循下意识说："哦，那应该是孟孟的声音，她演的是精灵，又仙又萌。"

沈郁摇摇头："没，我听到的，是一只小熊在讲话。"

"我还记得点台词呢，"他清了清嗓子，笑着学了两句，"主人主人，你长高了。主人主人，你怎么不开心。主人快跑，小熊来保护你。主人，小熊保护不了你了，你自己要好好的。

"我当时就觉得，好可爱，好治愈。"

林循听他这么说，时隔多年的回忆涌上来，她呼吸莫名停滞了一下。

其实，十七岁的她是有一点在意的。

不仅仅是经济条件，她有很多地方都跟同学们不一样，比如口音。

她那会儿刚来昼山一两年，青原山区的口音很重，说好听点是淳朴，说难听点，就是讲话有点土。

高一时候班里还有男生在私底下学她说话，被她揍个拎出来教训了一顿，之后就没人敢嘲笑她了。

但她自己还是有点往心里去的。

她当时就想着，到时候在台上不能给程孟他们拖后腿。

所以哪怕是配仅仅有四五句台词的小熊，也在家里练了好久，还让程孟帮忙纠正普通话发音。

只是没想到，时隔多年，竟然有人能记得她那四五句台词。

并且，还一个字不落地复述了出来。

林循手指攥了攥，没忍住，问他："你真的觉得很可爱、很治愈？不难听吗？"

"不难听，很温暖很可爱，所以我到现在都记得。"

那天是元旦。

他不是无聊，只是不想回那个所谓的家，假装团圆，迎接没有希望的新年。

所以想找个吵吵嚷嚷的地方打发下时间。

可听到那个声音的时候，却在那瞬间被治愈到了，甚至产生了一些从来没有过的童话般的天真幻想——如果他有这么一只小熊陪在身边就好了。

因为声线伪装过，他甚至不知道那是林循，还是后来听他们谢幕才知道的。

想到这里，沈郁认真道："林老板，每个人的嗓音都是独一无二的，好听不好听，只是人们自己强加的评判，不重要。你配的小熊，真的很贴切。"

所以他在做千寻的时候，从来不在意变幻出的各种声线是否"好听"。

只要合适就好。

林循沉默了一会儿，忍不住伸手扯了扯枕头的边缘。

她看着他的眼睛，听着他语气里的笑意，忽然觉得，连现在的她都心跳如鼓，那么——

十七岁的小林循如果听到这句话，该有多心动。

那样的话，恐怕因为自卑画的那条不可逾越的线，都要守不住了吧？

她闷闷地咬了咬唇。

怎么办。

更喜欢他了。

更想要永远了。

4

话说着说着，气氛不知道从哪句开始，从疗愈可爱忽然变得不可言说起来。

窗外是遍地积雪，早午的空气在升温。

床单皱着，被子罩住蒸腾的气温。

林循俯身趴在枕头上，长发散在脸侧，迷迷糊糊间觉得自己像是丧失了所有能动性的木偶，被动地沦陷。

直到她抑制不住地红了眼角，身上的重量却忽地一轻。

她被人抱着坐起来，不急不徐地被摸索着套上柔软的睡裙。

"……"林循怔忪着，思绪完全在状况外，有点想问问为什么不继续，但又不太好意思。

身前的人却似乎知道她在想什么，手上动作停了几秒，慢悠悠地笑开："四十八小时没到呢，我可不能犯规。"

这才帮她把睡裙整理好，还细心地把长发拉出领口。

林循看着他，不上不下地揪了揪床单，脑子里乱乱地想着，要不干脆不要脸皮了。

反正这期限也是她自己定的，她现在反悔，也没什么吧。

沈郁垂眸帮她套上外套，拉上拉链，彻底封住她的念想："乖，先吃个早餐，一会儿出门买点药。"

他伸手掐掐她的脸颊："你受伤了。"

林老板咳嗽了几声偏过头。

昨晚后来的确是挺不舒服的，所以才咬定了四十八小时。

但一觉睡醒又觉得，还能再忍忍。

但这种话她是不可能说得出口的。

"行吧。"林循咬咬唇，跟着他起床，视线一直跟着他的背影。

那头肩比、骨骼轮廓、窄而结实的腰、疏懒修长的腿，哪怕在松垮的睡衣下也出挑优越。

连走路姿势都很好看。

脑子里开始闪过昨晚的很多画面和感受。

想知道他平时都怎么锻炼的……

厨房里传来倒牛奶的声音。

林老板摇摇头，倏地赶走那些杂念，忍着不适和疼痛走到洗漱台边，接了捧水泼脸上。

怎么感觉，继声音、样貌之后，她好像开始沉迷于肉体了。

啧，能在大脑里装个防沉迷插件么。

吃完早午餐，沈郁出去买药。

小区门口就有药店，林循也放心他一个人去。

她先在家工作了一会儿，把李迟迟发过来的第一集成品反复听了几遍，越听越满意。

比起《小蔷薇》和早期的一些剧，这部剧他们倾注了更多的心血，精益求精，从配音到所有的细节，没有一处因为预算而妥协的。

等沈郁回来，她忍不住拉他进了工作间，把耳机给他，让他也听了一遍成品。

等到一集播完，林循迫不及待地问道："怎么样，是不是不错？"

"嗯，"沈郁有些诧异地抬了抬眉，他把进度条拉到一开始继续播放，再次听了半集后，由衷地点头，"制作很好，剧情节奏和各个 CV 的声音融合审美上，这点上已经超越《长耀》了。"

除了对戏的部分，他之前从没听过其他人的干音，亦没想到成品会这样令人惊艳。

甚至能和《长耀》媲美，虽然后期技术还没那么完善，但在审美方面有过之而无不及。

要知道"一只夜莺"只有六七个员工，而寻语的广播剧部门，可有七八十号人呢。

他忍不住牵起嘴角，用手背蹭了蹭林循的脸："我们林老板好优秀。"

"哪里哪里，"林循说是这么说，语气却一点都不谦虚，"我也就一般般优秀吧，主要是你和琳琅他们很优秀，尤其是你。"

谁懂啊，明明这些干音她审了好多遍，但刚刚听到成品的第一次，还是快要溺死在他的声音里。

太好听了。

她现在由衷地觉得，周洲说的"耳朵都要怀孕"真的是字面意思。

今天外头虽然没继续下雪，但气温确实是这个月最低温。

两个人在家里窝了一下午，林循在工作间工作，还不忘把客厅里的单人沙发拖进来，让他在旁边陪她。

他没什么事做，点开平板开始背台词。时不时给她放一杯水，提醒她站起身活动肩颈、腿脚。

林老板一一照做，等工作告一段落，她合上电脑，当真觉得肩颈和胃都比平时舒服放松很多。

她从前一直没有培养出好好生活的习惯。

在家干活经常一坐就是好几个小时，连喝水、上厕所都会忘，而且进食也很不规律。

时间长了，肠胃和颈椎都多少有点不好。

到了饭点，两人去楼下吃饭。

昨晚姜老太从酒席上搂了席面回来，所以今天满桌都是硬菜。

可惜沈少爷显然对剩菜没什么胃口，只象征性地夹了几筷子，惹得老太太频频白眼，骂他金贵。

林循在旁边啃着剩的大闸蟹，看他们吵嚷拌嘴。

等啃完两只蟹，姜老太问起赵帆的事，林循才又说起昨天遇到王素梅的事。

对这个案子，原本她刻意没在老太太面前提起，不想让她担心。

但姜老太说，三个臭皮匠顶个诸葛亮，她年纪虽然大了，脑袋还清楚，总能帮她出出主意。

还能帮她多长个心眼。

所以后来林循便全部交代了，包括他们对赵帆的怀疑。

"昨天我试探了一下王素梅，从她的反应来看，她肯定是知道当初那件事的内情的。她精神状态很差，偶尔清醒，大多时候都疯疯癫癫的。"

林循顺手给沈郁夹了一块剔好的清蒸鱼肉："至于赵桄，他应该是不知道的。也正常，他比我们年纪小，当年事发的时候只有七八岁。"

她说完，姜老太可惜地摇摇头："唉，原本听你的描述，我觉得这个赵桄跟其他赵家人不一样，而且跟赵一舟和赵帆的关系也很微妙。如果他也知道内情，兴许还有站出来做证的可能。"

沈郁倒是没什么反应，默默吃着她夹到碗里的鱼肉。

自从那次在医院遇到赵桄，沈郁便让方忖找私家侦探去跟他，也有过几次试探性的联系。

从目前的探查来看，他的确不知情。

他看过他的资料。

赵一舟夫妇在当年案发之后，没心思养育小儿子，于是赵桄从八岁那年开始便长期寄居在舅舅家。

他舅舅和舅妈都是医生，为人非常正直，夫妻俩还多次参与过抗震、抗疫救灾。

他们没有孩子，所以这些年几乎把赵桄视若己出。

这也就导致赵桄的性格和赵一舟、赵帆截然不同。

资料上显示，他从十八岁开始积极参与各种公益活动，献血证都有好几本……

总之，这些在他能力范围内能够查到的信息，都匿名同步给孙律了。

之后的事，只能交给更专业的人。

林循亦叹了口气："是，孙律那边的调查也陷入了泥潭，毕竟时隔多年，要找到新的线索真的很难……"

桌上气氛沉闷了些。

林循扬起眉，筷子尖戳了戳碗里的米饭，语气轻快地转移了话题。

"下周《凡尘》就要上线啦。广播剧协会要在南漓办一个线下活动，我们工作室也被邀请了，正好去宣传一下新剧。所以我从明天开始要出差三天，回来给你们带礼物。南漓还是有不少好玩好吃的特产的。"

她话音落下，沈郁忽地停了筷子，重复了一遍她话里的字眼："'你、们'？"

"林老板，你出差，不准备带我？"

林循怔了下。

其实按理来说，他作为"一只夜莺"唯一的CV，又是《凡尘》的男主，应该多去参加线下交流会的。

但她好像，确实从没想过要带他。

她下意识地觉得，他这样的情况，出远门或许不大方便，担心他有负担。

沈郁听着她的沉默，咬了一口鱼肉，嚼了几下，慢慢咽下去。

他停下筷子，没什么情绪地说了句："没事，带我的确有点麻烦，我不习惯出远门，就不拖你们后腿了。是正事，不好耽误。"

林循心里一室，连忙道："没，我才不是怕麻烦，如果你愿意去，你去哪儿我都陪你。但这次名额已经报上去了，不好改……"

她歉疚地去牵他的手："我下次一定带你。"

他没什么动静，许久后才回握，捏了捏她手心，扯了个笑温和道："没事。"

林循看着他脸上那个佯装轻松的笑，心里更堵了。

她不知道说什么好，连忙拿了一只大闸蟹忙起来："我帮你剥只蟹吧，吃一点？味道不错的。"

"好，谢谢。"

"……"

老太太在旁边看得分明，外孙刚刚低头的时候，脸上明明出现了一丝稍纵即逝的笑。

居然卖惨，太可耻了。

她嫌弃地低头扒了两口饭，忍着没揭穿他。

不习惯出远门？拖后腿？

他这几年出差去外地的次数还少吗？

去年听说有个什么交流会，还去了一趟欧洲，听他助理说，半个多月跑了七个国家。

与此同时，和晟霖苑相距三十分钟车程的一处豪华公寓，十一楼。

宽敞的三室两厅大平层，装修是十几年前很流行的金碧辉煌的风格。

只是光线很暗，靠窗的一面全都拉着窗帘，丝毫感受不到奢华。

房子似乎很久没人精心打理了，到处都乱七八糟的。

墙纸脱落了很多处，水槽里还搁着快要泡烂的杯碟与残羹冷炙。

赵桅胡子拉碴地在饮水机旁发着呆，等温水溢出杯口，他才回过神来，端着水和药瓶去了卧室里。

他面色沉淡，精神有点疲惫，伸手推了推床上闭眼躺着的死气沉沉的人。

自从赵帆被抓后，她就开始生病了，精神分裂。

"妈，吃药了。"

"别叫我妈，"王素梅连眼睛都没睁，语气更是没什么起伏，"我没你这个儿子。"

她说完这句话，像是被戳到了心肺般，忽然揪着衣襟失声哭起来。

"都快过年了，我儿子今年不能回来了，也不知道看守所里会不会给他吃年夜饭……"

"……"

赵桅脸上蒙了一层讽刺意味："年夜饭？你想什么呢？能有口吃的就不错了。"

王素梅听到他的话，更加剧烈地呜咽出声，哭得半边身子都蜷缩起来。

赵桅冷眼看着，眼里丝毫没有同情。

他淡声道："他拿刀将人家姑娘逼得跳楼的时候，怎么不想想人家能不能吃上年夜饭？你的好儿子现在吃牢饭，不就是你一步步惯的吗？我最庆幸的，就是你没把我当儿子。"

听舅舅说，赵帆出生之前，王素梅流了三胎。好不容易保住胎，可赵帆小时候身体很差，好几次险些夭折，王素梅抱着他跑遍全国最有名的医院，才救回来。

所以从小，赵帆就是王素梅的宝。

赵桅还记得他五六岁的时候发生的事情。

那会儿赵帆已经快上初中了。

有一天他们两个单独在家，他亲眼看到他从楼下抱了只流浪猫上来，在浴室里拿着铅笔刀剖开了猫的肚子。

赵桅当时年幼，吓了一大跳，做了好几天的噩梦，一直呕吐发烧。

他病了好几天，才敢跟王素梅说自己看到的事，可她却说肯定是那猫先挠人，该死，还火急火燎地送赵帆去了医院，包扎他腿上几道浅浅的已经快要愈合的刮伤。

倒是赵一舟知道后把赵帆绑起来，说要狠狠揍他一顿，可还没上手呢，就在王素梅一哭二闹三上吊的威胁下，无奈放弃。

想到赵一舟，赵桅神色复杂地抿了抿唇。

……

王素梅听他冷言冷语的讽刺，被刺激得上下牙关都在打颤。

"滚，你给我滚。"她说着，开始有些神志不清。狰狞的面孔上还挂着混浊的泪，可喉咙里却发出咯咯的笑声。

笑得人头皮发麻、脊背生寒。

"我的小帆不会杀人的，都是他们太坏……他就是吓唬吓唬她，恶作剧而已……他们父女俩都活该……

"当时一个人都没有，谁看到了？工地楼没装窗户，说不定是他自己失足掉下楼的，怎么就是我儿子推的了……对，对，就这么说，就是他自己摔下去的……不行，他们不会信的，老赵，你就说是你推的，是你做的……对，是你做的……杀个人而已，咱们家有钱，有关系，不会判太久的……"

"砰——"手里的水杯脆声砸落在地。

赵桅听到她语无伦次的话，难以置信地抬起头。

/第十六章 "我想跟你结婚。"/

"我爱你，也是常态。"

1

晚上，林循开始准备第二天出差要带的行李。

南漓比昼山的温度高，哪怕是一月份，气温也有十多度。

她从柜子里拿了几件秋天穿的薄毛衣和牛仔裤，叠进行李箱。

除却三天的换洗衣物、日用品之外，沈郁又帮她分出了三天的抗焦虑药量。

他把那几颗药片专门装进一个小药盒里："一天两片，所以我给你放了六片，不许多吃。"

林老板眨眨眼，抗议道："我肯定不多吃，但只带这么点，万一路上弄丢了怎么办？这药没有处方的话，药店里可不给开啊。"

沈郁沉思了会儿，拿出第二个药盒，帮她多装了几片，没好气道："有备无患，这盒明天我放汤欢那儿，不许偷吃，食言而肥啊林老板。"

看他一脸不信任的模样，林循想到自己的确有前科，也不敢再抗议："那行吧。"

等收拾完行李，两个人分别洗漱完，一起窝在床上。

沈郁靠坐在床头，玩他永远通不了关的贪吃蛇。

在一起之后，林循才知道这款贪吃蛇游戏是国外一个公益组织制作的，专门帮助训练盲人听力和反应能力的游戏，所有的信号都由语音传送。

而他玩这个，也并不是因为无聊，只是日常训练自己的一种手段。

林老板在旁边看了一会儿，啧啧称奇，深刻觉得那速度连她这个正常人都很难通关。

她看得眼花缭乱，倦怠地打了个呵欠，躺回枕头上，点开《长耀》

的最新集。

今晚九点更新的，才过了两个小时，点击量已经登顶了。

她听完一整集，不由得感叹道："不愧是寻语出品，每一处的背景音和剧情都融合得天衣无缝，一整集听下来，没有任何一个音效是多余的，对耳朵真的太友好了。"

林循把脑袋靠在身边人的腿上，喃喃道："这次南漓的线下交流会，《长耀》剧组也被邀请了，也不知道作为总导演和监制的千寻大大会不会去。"

她话音落下，便听到头顶飞快的操作声中，传来一个不经心的声音："不会。"

林老板听他语气笃定，翻了个身，看着他惊讶道："你怎么知道？"

"……"屏幕上的贪吃蛇一头撞上墙壁。

几秒后，沈郁摁灭手机，淡定解释道："我是说，应该不会吧。他不是不出席线下活动吗？"

"也是。"林循继续躺回去，想起网络上没人见过千寻大大的真容，不由得咋舌道，"真的，千寻大大既不参加线下活动，也不来线下录音棚。这么一尊大神，同在昼山，我居然从来没见过……"

她随口说道："汤欢和程孟她们都说，千寻大大本人大概长得有碍观瞻，所以为了不破坏听众心里对他声音的幻想，才从不露面。"

"……"

林循没注意到他的沉默，继续说道："其实也没什么嘛，千寻大大的实力毋庸置疑，长得丑不丑的也没那么重——"

她话说到一半，被人打断："不丑。"

他声音有些莫名其妙的憋屈。

林老板再次惊讶地抬眼："……你又知道了？"

"……"

沈郁放下手机，伸手戳戳她发顶，圆场道："你不是知道吗，《森林寓言》剧组在青原录制的时候，我去当过呃……义工。当时千寻也在。"

"对哦，"林循双眼微亮，当时千寻大大也在组里的，她兴奋了片刻，旋即又有些疑惑，"但是你又看不到他长什么样，怎么知道不丑？"

沈郁垂下眉眼，掺杂了句实话："听那些孩子们说的。"

他翘了翘一边嘴角："他们说，千寻是个超、级、好、看的哥哥。"

"哦。"林循有些惊讶，但也没震惊。她本就是随口一问，其实心底对 CV 的长相到底如何并不是特别关心。

但听到他这么说，她莫名其妙地抬眼打量了他一眼。

眼前的人刚洗完澡、吹完头发，蓬松的头发随意搭落在额前，面部轮廓在白炽灯光映照下，越发显得俊秀立体。

每一寸骨骼结构和其上覆盖的皮肉组织都配合得恰如其分。

她忍不住问："那那些孩子没夸你？千寻比你还好看？"

"……夸了，"沈郁面不改色道，"他们也夸我好看了。"

林老板挑挑眉毛，坐起来："你是'好看'？千寻大大是'超级好看'？"

"……"沈郁抬手，忍不住摁了摁太阳穴。

"我怎么不信，"林循嘀咕着，盯了他几秒钟，忽然伸手抬了抬他的下巴，将那张脸对着灯光，仔细打量了几眼，狐疑地来了句，"还能比你好看？那帮小孩的审美绝对有问题。"

"……"沈少爷难得耳郭微红，轻咳两声，实在不知道该做什么表情。

这天夜里，林循再一次做了噩梦。

沈郁睡眠本就浅，听到耳边模糊不清的呻吟和略显急促的呼吸，瞬时睁开眼，伸手去触她的额头。

果不其然，摸到了一头的冷汗。

他唇角拉平，缓缓地将缩成一团的人揽进怀里，一下一下地轻抚她后背。

额头贴着她滚烫的脸颊，一声声在她耳边安抚她。

她的手指无意识地揪着他的衣襟，手心里的汗和着冰凉又混乱的眼泪，沾湿了他的胸口。

直到十几分钟后，怀中姑娘紧绷的身体终于渐渐地放松下来，手脚也摊平了，渐渐睡了过去。

他却没了睡意，在黑暗里坐了很久，手指攀着她的睡衣一角，不知道在想什么。

第二天一早，林循依旧在混乱的梦里醒来，只觉得身心疲惫。

一夜又一夜的梦魇，仿佛恶魔般蚕食着她。

但她早就习惯了这样的状态，自从这次焦虑症和抑郁症复发之后，哪怕吃着药没有惊恐发作，她也几乎很难得到一夜好眠。

她打起精神去洗漱，同沈郁一起吃了早餐。

去南漓的高铁在早上十点，等吃完饭，汤欢的车已经到楼下了。

沈郁送她下楼，帮忙把沉甸甸的行李搬到车后备厢，又把另外一盒药亲手交给汤欢，简单嘱咐了两句，认真道："汤老板，有事记得给我打电话，二十四小时都行。"

"知道了，知道了。"汤欢却没听出他语气中的严肃，接过药盒塞进随身包里，好脾气地翻了个白眼，"你上去吧，再秀恩爱高铁都赶不上了。"

"嗯，麻烦你。"

等送走人，沈郁却没上楼，坐在楼梯口抽了一根烟。而后给司机打了个电话，去了趟医院。

林循的心理治疗师是郑教授帮忙介绍的，亦是这方面的权威。

进了科室，沈郁开门见山描述了林循的情况。

"她吃着药，但情况依旧没有好多少，虽然白天清醒的时候她总是极力表现得很正常，可夜里还是会一直做噩梦。几乎每晚都会，伴随着心跳紊乱、手脚轻微抽搐、呼吸急促……"

似乎是为了向他证明自己会越来越好，她白日里跟他待在一起的时候，按部就班的工作也好，懒散轻松的温存也罢，都很正常。

还经常开玩笑逗他。

可每每睡着后，没了刻意的意志力控制，她似乎依旧遭受着旁人难以体会的痛苦。

想到这儿，沈郁闭了闭眼，沉声问："她好像仍然有未解的心结……是因为案子还没了结吗？"

医生沉思了会儿，翻开林循的病例。

这姑娘在她这儿做心理咨询，已经有将近大半个月了，七八次咨询下来，她能感觉到，姑娘对当年那个案子的执念已经减轻了很多。

现在的生活、经济条件、工作情况也没有很多让她焦虑的因素。

就像她自己说的那样。

明明生活在一天天变好，事业稳步上升，有相濡以沫的恋人、彼此交心的友人、可靠友善的同事……伤害过她的人虽然还没有得到最终的审判，但起码不再构成威胁……

可还是无时无刻不觉得，心慌，喘不上气。

就好像，这一切只是一场梦。

等这场大梦醒了，她还是那个孤身在黑暗里咬着牙淋着雨、骑着几百块钱二手电动车的女孩。

举目无亲，孑然一人，没有任何值得牵挂的东西。

医生摇了摇头，说道："具体的交谈过程我们都是签了保密协议的，哪怕你是她男朋友，我也不能跟你透露太多。只不过——"

她叹了口气："我唯一能说的就是，她的心结从来不是单独的一件事情。"

"这个姑娘，"医生一页页翻开密密麻麻的咨询记录，像是翻开女孩过往千疮百孔的人生，她总结道，"她遭遇了太多次厄运、离别、打压，日复一日，年复一年之下，她的心态发生了很大的改变。对她来说，好运气是意外，终究会被收回，而噩运和挫折才是生命的常态。

"她的心理状态极度悲观，她一边渴望地祈求着好运降临，一边却不敢相信，这世界上会有任何长久的、纯粹的美好，发生在她身上。

"她得到了幸福和安稳，却也焦虑惶恐着，害怕会像之前的每一次一样失去这些。她总是认为，所有美好都是短暂的，都是她握不住的。"

医生说完，对面的男人若有所思地垂了眼。

许久后，他低声重复了一句："长久的、纯粹的美好吗？"

在南漓的线下交流活动很顺利。

正如沈郁预料的那样，林循果然没见到千寻大大，倒是看到了孟远、张月华和元沐。

三人作为《长耀》的主创，位置都在前排。

林循和汤欢原本坐在会场后排，没想到元沐同工作人员打了个招呼，将她们的位置换到了前排空位上来。

经过上一次在"一天"的"让座事件"，林循下意识认为是元沐大大再一次大发善心。

反而是汤欢看着寻语几位 CV 大佬的态度，心底十分惊讶，视线在林老板和他们之间睃着。

倒是孟远看到林循后，视线下意识在她脸上落了几秒钟，稍显落寞地低下头玩起手机。

连招呼都没跟她打。

张月华注意到他的情绪，咳嗽了两声，忍不住拍了拍他的肩膀，用眼神警告他一下别乱说话。

前阵子林循住院，这哥们儿捧着花去医院探望好几次，统统被沈郁拦下来了。

连花都没让他留。

后来，他们经常能在录音室偶遇沈郁和"一只夜莺"的员工去录音。

孟远记着病房里的仇，外加失恋一肚子酸水，好几次企图上前挑衅。

今天说要教人家配音，明天说可以帮忙讲剧本……总之就是里里外外都不服气，企图彰显自己的前辈地位。

眼看着老板脸色一次比一次黑，张月华和元沐实在担心孟远把工作给作丢了，就私下跟他讲了老板的身份。

当晚，孟远想起自己在千寻面前一次次班门弄斧，还企图挖人墙角。

又想到情敌是这样的存在，那他可能真的追不上小师妹了，总之心情万分复杂，又气又尴尬又难过，拉着他们喝了一整晚的酒。

第二天酒醒，总算是停止了对林循的念想。

只是看他现在这模样，恐怕心情还是不大好。

"知道了，"孟远扯了扯嘴角，"我不会多嘴的，人家小两口的游戏，我跟着掺和什么呀。"

张月华忍不住龇牙："好酸啊我的天，至于吗你？"

最后一天，交流会结束后，主办方安排了一场酒会，就在他们入住的酒店二楼。

林循和汤欢是奔着宣传新剧去的，免不了喝酒应酬。

一整场下来，加了不少投资商和营销渠道的微信，脑袋也有些眩晕。

好在汤老板给力，讲起话来八面玲珑，喝起酒来也豪爽大气。

林循跟在她后面，少费了很多口舌，也省了不少酒水。

两人回到房间，汤欢依旧兴致昂扬，和其中一位投资人约了去逛街，一边换装一边跟林循说："这郑总真的是女强人，比咱们也就大七八岁，已经是裕和资本的二把手了。不论人家有什么人脉背景，都很牛。我们要去逛个街吃点甜品，林老板，你去吗？"

林循面颊微红地倒在床上，手背盖着眼睛，摇了摇头："你们去吧，我头疼。"

她实在是精力有限。

"行，"汤欢套上条宽松些的裙子，又补了妆，"那我晚点回来，你先睡。"

"嗯。"

等人走了，房间里安静下来。

这酒店是主办方帮忙订的，五星级，隔音效果很好。

林循解了外套和衬衫，扯过被子睡了一觉。

没睡多久，便再次被一阵噩梦惊醒。

她睁着眼在床上躺了一会儿，这才捞过床头柜上的手机看了眼。

有几个未接电话，两个是沈郁的，另外几个是孙律师。

林循想了想，大概是案子有进展了，便先给孙律师回了个电话。

电话那头，孙律师的声音有些兴奋，语气也加快了："一个小时前，我接到了警方的电话。赵桅报案了。"

林循怔忡了片刻，听孙律师把话说完。

"前几天，他和王素梅争吵的过程中，王素梅发病了，说出了当年那件事的真相。他挣扎了几天，向警方报了案。"

林循眼眸一亮，追问道："那案子可以破了？"

孙律师有点惋惜："可惜那次对话很短暂，赵桅没来得及录音。且王素梅说完之后回过神来，任赵桅再怎么追问都咬死是自己精神错乱随口乱说。而且，就算录音，她在那种精神状态下说的话也不能成为有力的证词。"

"不过因为赵桅的报案，市里刑侦队高度重视，重新针对当年的案子立了案，会对赵一舟和赵帆俩父子进行分开审讯，"孙律师解释道，"这是光凭我们的猜测做不到的，所以也算是一个重大突破。我会马上联系赵桅，和他谈谈。"

"好。"林循缓缓吐出一口气，"麻烦您了。"

对面沉默了几秒钟，忽然欲言又止道："还有件事……"

孙律师的声音低下来，他思来想去，还是觉得林循有基本的知情权，于是沉声道："小林，我记得你说过，你奶奶当年是死于突发性脑溢血，对吗？"

"对，怎么了？"

"赵桅说，王素梅除了不小心说漏了当年的事，还无意间提起另外一件事。那年发现了你父亲的尸体后，你奶奶总是挨家挨户地去找你父亲的工友，还在赵家门口蹲过点，工地里流言纷飞。"

"然后……"

孙律师有点不忍心，略去了其中一些施虐的细节，说道："赵帆便找了几个小混混去摊位上，折了她一只胳膊……还威胁老人家，如果再闹下去，会对你做更残忍的事……应该是一周之后，你奶奶就脑溢血去世了，心脑血管疾病通常和压力是相关的。小林，节哀。"

"……"林循握着手机好一会儿，耳朵里嗡嗡作响，仿佛塞进了千万条棉絮。

她听不太清电话里孙律师的宽慰和劝诫，只听到自己最后语气很寻常地说了句："好，我知道了。"又说了句，"谢谢您，嗯，我不会多想。"

电话被挂断。

大脑在酒精作用下，麻木而乏力，想不起任何痛苦与恨。

只是反反复复地重播几个画面。

奶奶去世之前一周，某天晚上从摊位上回来，说自己骑三轮车摔伤了手，已经在诊所包扎过了。

她想带她去医院，可奶奶却不肯，只说是小伤，不碍事。

林循想起那些被她忽略掉的日子。

她那会儿一门心思扑在案子上，白天装着出门上学，其实是去律师事务所。

除了帮奶奶摔伤的胳膊换药外，她压根儿没怎么关心她。

只记得那些沉闷灼热的夜晚，地下室狭窄的房间里，半醒半梦间听到她一声又一声惨淡又压抑的叹息。

似是不甘，又像妥协。

没过多久，她就突发脑溢血去世了，还没送到医院，人就没了。

那她在不甘什么呢，又在妥协什么呢？

在最后的那一周里。

林循咬着下唇，努力地想要回到那些潮湿的夜晚。

她戴着奶奶送的耳机，听着一集接着一集的人声，勉强入睡的夜晚。

身边白发苍苍的老人，睁着眼看着自己才刚刚十八岁的孙女，用那只没有受伤的、干枯的手帮她打着扇。

她轻抚着孙女倔强的马尾和汗涔涔的后背，在黑夜里辗转难眠，不甘着，妥协着。

不甘自己千里迢迢带着孙女来到这么个陌生的大城市，苟延残喘了好几年，却最终没办法给儿子讨回个公道。

却又因为孙女能有一夜又一夜的好眠，为了她的安全和"光明"前途，而不得不向这恶臭的命运妥协。

林循扯过被子盖在眼睛上。

视野里的白色因为透不过光，呈现出一片没有边际的黑。

她翻了个身，又翻了个身，牙关后知后觉地开始颤抖。

她咬了左手换右手，又开始咬被角，怎么用力都填不满心里的空虚和惶恐。

奶奶临死前交代她不要再执着这件事。

奶奶把所有积蓄交给她，要她放下，要她毫无负担地去奔赴自己的未来。

奶奶说："循循，你爸的事，都是命。以后这世上只剩你一个人了，你可得好好的。"

五分钟濒死般的急性惊恐发作后，林循松开被咬出血的手指，深深地喘了几口气，发着抖坐起来，去翻汤欢搁在床上、没有带走的包。

果然翻到了那个药盒，里面有八片药。

——如果一口气吃下去的话，会好点吗？

她恍恍惚惚地想着，哆哆嗦嗦地打开药盒。

可却在将那些药片倒进嘴里的前一秒，又顿住。

她哭得难受，双腿也没力气，跟跟跄跄地捧着那些药片去了洗手间，将它们冲进了马桶里。

不能食言。她跟他保证过的。

林循光着脚踩在卫生间冰凉的地板上，从口袋里掏出手机，给沈郁打电话。

电话接通得很快。

他的声音跨越距离传进她耳朵："晚宴结束没？喝酒了？"

"喝了一点，不多，"林循咬着唇，转身靠在洗漱台上，手指轻轻扣着大理石台面锋利的边缘，声音哑哑地跟他撒娇，"好想你。"

他的声音断了几秒。

林循以为是信号不好，看了眼手机，却听到他问："怎么了吗？"

林循抿着唇没说话，心想原来掩饰得再好，也会露出端倪。

过了很久，她清清浅浅地笑道："没，就是感觉，很多事情都没办法预料。"

他的声音夹杂在风里，像是在某处穿行。

"比如呢？"

"比如，"林循闭了闭眼，一鼓作气道，"比如你。我有时候甚至会怀疑，你是不是真的。会不会是我太痛苦了，疯掉了，所以自己想象出来的？"

凉气顺着脚底蹿到头皮。

"沈郁，我总觉得我这个人好像一贯运气不好，又很'抓马'，不是个能过日子的人。我有点不敢相信，你这样的人，为什么会喜欢我？你不会是跟我开玩笑的吧？

"或者说，暂时喜欢我，以后保不准哪天就不喜欢了？"

他的呼吸沉沉的。

林循却没让他打断她，急切地把自己扒开来，把最偏激的一面展现给他。

"是，我们只是谈个恋爱而已，互相喜欢已经很难得了。但我……但我好想要你……永远永远喜欢我，永远爱我，不要发生什么意外，长长久久地陪在我身边。我再也不想要一个人，我会活不下去的。"

这话说得像那种分手后就要死要活的极端分子。

林循低着头深吸了一口气，忽然有点害怕他的反应，她逼着自己冷静下来。

"你会不会觉得很有负担，觉得我有毛病？你就当我喝醉了乱说，别往心里去。"

她话音落下，那头急促的风声停了。

他的脚步声平缓，伴随着盲杖规律点地的声音，和背景中嘈杂的人声。

他的声音传来，很温和，像是完全没被她吓到。

"你不想让我听的话，我就当没听到。但有一句话我听到了，你说你想我？"

"嗯，"所有的委屈在这一刻涌上心头，林循呜咽出声，揪着胸口哭道，"我想你了，好想你，要不我买一会儿的票回——"

"那就下楼，"她的话被打断，"林老板，下楼接我一下好吗？"

林循怔住。

半分钟后，她连酒店的室内拖鞋都来不及换掉，套上一件衬衫就往外跑。

她按了电梯，却嫌太慢，直接推开安全通道，沿着楼梯往下跑。

还好只是四楼。

她几乎一路狂奔到楼下，金碧辉煌的酒店大堂里，熙来攘往的人群中，她一眼看到他。

——穿着一件黑色毛衣站在门口，臂弯上挎着不合气候的羽绒服，左手拎着盲杖，右手拿着一个陌生的木盒子，整个人那样显眼又好看。

林循用手背抹掉满脸的泪，穿过重重人群朝他走过去，轻轻扑进他怀里抱住他。

"……你怎么来了？"

"梦到你说想我了，都想哭了。"他玩笑道。

因为两手都拿着东西，只用手臂圈了圈她的腰身，又把右手的盒子提起来在她眼前晃了晃："而且，也想跟你说件事。"

他说着，语气正经了些。

"原本担心会让你有负担，所以一直没说来着，但现在我改变主意了。"

"不就是永远爱你吗？"

他叹了口气。

"林老板，咱俩今年都二十八了，你算算我们还有几个十年好活？"

没等她反应过来，他温和地给出了答案："如果我们都能活到八十八岁，那就还有，六个十年。"

大堂里人来人往，酒店门童穿着笔挺的制服站在酒店门口。茶香味

在空气里弥漫，水晶灯在头顶闪耀。

林循抬眸，愣愣地仰视着她年少时天之骄子般的前桌，她以为的，突如其来的、短暂的、抓不住的"好运"。

那"好运"忽然低下头，拉平他们之间的距离，琥珀色的双眸"平视"她。

"打开看看，"他将提了一路的"行李"交到她手里，弯起嘴角，"林循，在你不知道的时候，我已经爱了你一个十年，轻轻松松的。

"这辈子结束之前，也就需要再爱你六个十年而已，或者咱们努努力，再多活几个十年……对我来说不算什么大事，怕什么？"

2

酒店大堂里无数声息伴着他悦耳的嗓音填埋进耳朵。

林循的大脑有些难以理解他话里的意思。

良久后，她机械地顺着他的话低下头，看了眼被交到她手里的盒子。

很沉，方方正正的，面积比一本书还要大一些。

她想将那上头的锁扣打开，可冰凉的手指却被他倏地摁住。

沈郁触到她手指的温度，顺势往上摸了摸她单薄的衣袖，好笑道："出门这么匆忙，都没披件外套？看来是真的想我了，没撒谎。"

大堂里的温度还是比房间里低很多，林循只穿了一件薄薄的衬衫，后知后觉地感到脖颈处钻进一丝凉意。

她咬着下唇，缩了缩脖子没吱声。

沈郁将她的手揣在手心里："不急着看，先带我去开间房？"

"好。"林循迟钝地牵着他往前台走去，木木地听着他们交谈。

直到他晃了晃手里的房卡，手指暧昧地在她掌心挠了挠，林循才反应过来，带着他往电梯的方向走。

因为有她在，他很自然地收起了折叠盲杖挂在腕间。

他的房间也在四楼，只不过在长廊尽头。

林循带着他找到对应的房间号，抿着唇刷房卡，又熟稔地帮他把外套挂了，调好室内的温度。

这才将手里的盒子放在茶几上，深吸了一口气转身。

"你刚刚的话……什么意思？"

什么叫爱了她一个十年。

十年前，他们明明还是两个不同世界的人，几乎没有交集。

她有点没能理解。

或者说，哪怕理解了字面意思，但依旧不敢相信。

林循抬头看着跨越了漫长距离忽然出现在眼前的男人,眸光抖动着。

这一切真的就像个梦。

她几乎都要怀疑是不是刚刚其实自己没给他打电话,而是吃掉了那八片药,然后药物中毒后,产生了幻觉。

沈郁却面色沉静,没有马上回答她。

他在两天前去过医院后,就开始思考医生说的,她的心结。

他从前一直想要隐瞒这十年里对她的感情,起初是因为知道她只是想要谈一个轻松愉快、没有负担、不用走心也不考虑未来的恋爱。

后来则是顾及到她的心理状况,害怕自己不克制的话,会给她带来负担。

但这两天他想了很久,在来的路上,还有点紧张。

斟字酌句了一路,怕把人吓跑。

可刚刚听到她在电话里痛苦急切的声音,他只自责没有早点说。

沈郁摸索到宽敞的沙发扶手,牵着人在沙发上坐下,伸手打开了搭扣,将那被他封存已久的箱子推到她面前。

他低低咳嗽了两声,有点笑不出来。

声带因为久违的精神紧绷而收缩,连声音都像是从嗓子里挤出来的。

不同以往的哑涩和认真。

"意思就是……林循,我早就喜欢你了,我喜欢了你很多年。虽然不知道这算不算得上是美好的事,但它的的确确已经持续了十年。长久地、纯粹地持续着。"

林循听着耳朵里传来的信息,心跳一声一声如有回响。

她平复了几秒钟,垂眸接过那盒子摊在膝盖上。

里面有好多东西。

她略略翻了一下,一眼便看到正中散乱放着的一支钢笔,以及旁边几根零碎不成样的铅笔头。

林循目光震动地看着这两种截然不同的笔被安置在一起。

良久后才拿起那支钢笔细看。

很熟悉。是他曾经借给过她的那支。

只不过,笔帽上多了两个花体字母印刻。

"L.X."——林循。

她蓦地抬起头,难以置信地看着他:"你还留着?这字母……是后来刻的?"

"是。"沈郁靠在沙发背上,因为看不到她的表情和反应,也难以分析她语气里的喜恶,解释得便没那么从容,"你还记不记得高三一模之后，你忽然把这支笔还给我的时候说了什么？"

林循点头："我说，程孟帮我查了，这笔很贵，所以我不能要。我不是它的主人，没资格带走它。"

"嗯，是很贵。"他勾唇，浅浅笑了一声，"我拿回去后让人送回原产地刻了字，本想着如果上面有你的名字，那就算你不想当这个主人，也没办法了。我想当作毕业礼物给你，只可惜你离开的时候，它还没刻好。"

林循低下头，去摸那两个刻字，忽然觉得心腔似是也被人一字一句一笔一画刻开。

一直以来的无措和虚无缥缈的感觉，似是落到了实处。

他没有说谎。他真的喜欢她。

林循沉默了一会儿，吸了吸鼻子，拨开第一层的笔，拿出底下一根宽宽的发带。

黑色的发带上，绣着两个白色的字，"必胜"。

她记得这根发带，当时班里学习委员每次考试都戴根发带在头上，结果成绩一次比一次好。

后来这事儿不知道怎么传得越来越玄乎，陆陆续续有很多人学。

程孟一口气买了好几根，有"奋斗""必胜""成功""冠军"……

她嫌黑色绑在额上远远看着像多了一圈头发，就把这根给了林循，让她随手处置。

林循不信这个，扔在抽屉里从来没用过。

好像是高二下学期的某天吧。

中午吃饭的时候，她再一次在学校里见到了沈郁的父亲。

他们像之前那次一样，开始争吵。

起因又是他那个年轻的继母。

那女人说，自己有孕在身，却被沈郁故意撞摔倒，说他存心要害她。

沈父勃然大怒，等不到晚上放学，中午便赶来了学校。

具体的争吵林循已经想不起来了，只记得沈郁一句话都没为自己辩解，态度懒懒散散、毫不在意。

沈父满脸都是愤怒和失望，语气冷得像冰："就你这点心胸，就算你眼睛好了，我也不放心把沈氏交给你。"

沈郁却没什么表情，玩味道："就跟谁想要似的。"

他那句话说完，不妨沈父气怒下砸了一个杯子过来。

他砸得并不重。

可或许是忘了儿子已经看不见，躲不了。

那杯子不偏不倚，正中他额际。

尖锐的玻璃边缘擦破了他额头表皮，鲜血沿着发际线缓缓流淌下来，沾湿了额前些许碎发。

沈郁似是怔了一下，半晌后却只是浅浅啧了声，伸手去触。

他手指轻轻捻了捻那点温热的血，抽了两张湿巾止血。

神色却更加平静，不带半点情绪。

林循看着他父亲的眼神顷刻变得惊慌，张皇地解释自己并非故意，说要带他去医院。

他却头都没抬："满意了？打完能滚吗？我还要上学。"

他表现得很淡定。

林循也以为，他半点都不在意。

直到同学们陆陆续续回来，他额上的伤口早就止了血，却难免会有道浅浅的疤痕。

接下来的一整个下午，他下意识地一直用左手扶着额头，挡着那道伤口。

班里几个跟他交好的男生随口过问，他只吊儿郎当地解释说有点头晕。

林循那一瞬间忽然意识到，尽管生存环境截然不同，这人其实跟自己挺像的。

色厉内荏，要面子，挺能装。

但显然没她有经验。演技很差劲。

她想了想，趁着晚饭时候，从抽屉里翻出那根从来没用过的发带递给他。

他拿着那根发带，修长的手指细细摩挲着绣在上面的那两个字。

左手依旧捂在额上，慢慢挑了一边眉。

"'必胜'？这么'中二'，什么意思？"

林循淡淡地说："字不重要，你要是介意的话可以翻过来戴。这发带很宽，能遮住，一直用手不累吗？"

几秒钟后，沈郁垂了眼眸，哂道："是不是觉得我很狼狈？"

林循翻开练习册："狼狈不狼狈的，只要别人发现不了，不就好了。"

这点她深有体会，伪装也一直很成功。

从来没有人发现过她的狼狈和自卑。

她以为他这样问，应该就是不领情了。

可下一刻，却见他皱着眉，捂在额角的手放下来，试了几次，将那条发带规规矩矩戴在了额上。

正中间的"必胜"两个字，没有藏起来。

额前碎发被箍起，少年漂亮的眉眼全数露了出来。

他忽然转身凑过来，离她很近，毫不在意地问："遮住了吗？"

那瞬间林循呼吸一停。

她蓦地低下头，视线错开他漆黑的眼："嗯，好了。"

……

高中时候，因着对自己的劝诫，被她可以忽略的那些互动、回忆顷刻涌上来。

林循低下头，伸手一下一下地摩挲着那发带上的两个字，忽然咬着唇问他："那你当时为什么没反着戴？不是觉得很'中二'吗？"

沈郁亦回忆起十七岁的他。

他不确定自己是不是在那个中午，开始在意她的。

也可能是更早。

或许是在她见证了他无数次狼狈，却毫不在意地说"同学，你的肉戳到我了，下次注意点"的时候。

没有丝毫怜悯、同情、讨好、区别对待。

又或是他每天对着精致却难以入口的餐盘满心绝望的时候，听她惬意又认命地在后桌啃着卖剩的鸡骨头的时候。

他听过程孟问她："循循，你怎么又吃这个？好吃吗？"

她淡淡地回答："不好吃，但都是肉，有营养的，我还得长身体呢。"

好像从那之后，他没有再浪费那些食物。

哪怕用手去抓，也一口一口吃掉了。

十年后，早已能将自己的狼狈藏得天衣无缝的沈郁勾了勾唇角，伸手摸摸姑娘的头发："不知道。也许是那时候的我，真的需要这么'中二'的两个字。"

要学着她，不管什么时候、面对什么样残忍的命运，都像一把出鞘的利剑，行色匆匆，锋芒毕露。

必胜。

如果不那样的话，十七岁的他或许熬不过那么漫长的、令人绝望的黑夜。

林循双眼里蕴满了眼泪。

她抖着手继续看盒子里的东西。

有她临走前给他的那张写了微信号的便笺，字迹早就模糊得不成样子。

她仿佛能看到那个十八岁的少年，痛苦地、迷茫地、不甘心地一次次伸手企图摸出纸上的字。

那张便笺底下，还有一张她高三时候写下的梦想学校的卡片——"南漓电影学院，林循"。

一直贴在她桌角，但她走的那天连看都不敢多看一眼，也没揭下来。

原来，竟然被他收起来了。

林循伸手擦掉满眼的泪，抖着嗓子问他："那你呢，沈郁，你怎么没写梦想学校？"

"你忘了？"沈郁笑得温和，"那年没有盲人卷。"

所以他理所当然地没写那个卡片。

因为知道写了也没用。

很碰巧的是，那天上完音乐课，偶然在楼梯拐角听到几个人在议论这件事。

是几个女生。

听声音，还有人在之前跟他表过白。

"沈少爷好可怜，不能高考，他眼睛这样，以后能做什么啊？"

"对哦，听说……他已经被排除出沈氏继承人的位置了。"

"他长得这么帅，好可惜……"

他半点没在意。

事实上，连他自己都是这么想的。

未来能做什么呢？

再努力，能管好自己的衣食住行就不错了吧？

可没过多久，却听到一个略显暗哑的女声，淡淡的、凉凉的。

"我觉得也还好啊。"女孩声音拉成一条线，没什么感情，像是在绕过那些表层的东西，客观地透彻地分析他这个人，"他很聪明啊，学什么都很快，记忆力好，又有毅力和耐心，未来兴许能当个律师？然后的话……沈郁声音很好听，说不定以后会成为一个顶级 CV 呢。"

那些女生反驳她："但是你说的这些，跟继承沈氏比起来，落差也太大了吧？"

"为什么？"女孩似是不懂，声音里带了茫然，"有什么落差？能靠自己养活自己，还能活得不错，多好。这些天赋我羡慕都羡慕不来。"

她说完那句话，长长地叹了一口气。

好像，真的在羡慕他。

——不是因为旁人谈论得最多的他的家世和样貌，而是因为他这个人。

想到这儿，沈郁忍不住伸手，将她抱到腿上，抵着她的额头说道：

"不要紧，已经实现了，我的梦想。"

他眉梢眼角都带着化不开的情意，一下一下地吻着她："好爱你。"

他像是想把之前十年的告白都说个遍。

一次又一次地、语无伦次地重复着。

"林循，谢谢你跟我告白。

"我好爱你。

"真的好爱你。

"永远爱你。

"只爱你一个。

"所以想跟你说，你的生命里，不只有挫折和厄运是常态。

"我爱你，也是常态。"

林循却窝在他怀里，咬着指节，直勾勾地盯着手上最后的两张照片——

其中一张是那天那个"千郁千循"的帖子里放的照片，他俯身递给她一支钢笔，而她只有一个模糊背影。

而另外一张。

林循拿着那张照片，任他吻着她的额角、耳朵、脖颈，眼泪忍不住地往下掉，忽然觉得好难过。

替他觉得难过。

这张照片被压在盒子的最下面。

是一张大学毕业时候的大合照，左上角印着红色水印——南漓电影学院编导系 3 班，她所在的班级。

照片里的五十六个人都是她熟识的，每个人都穿着精神笔挺的学士服，戴着学士帽，面对镜头笑得很甜。

意气风发、前程似锦。

就连背景里，被那年夏天的风吹起的旗帜也显得很温柔。

林循看了一遍又一遍，哽咽着，颤声问他："你是从哪儿拿到这张照片的？"

沈郁多少有些赧然，这行为貌似不太光彩。

"托了一个在南电上学的朋友，让他帮忙从校园内网上下载的……我没有你的照片，就想着收藏一张。这是我唯一拥有的你的照片呢。

"但是林老板，这里面人很多，你能不能告诉我，你在第几排？拍毕业照的时候，你笑得好看吗？我其实想在微信上跟你说一声毕业快乐的，可后来想想，担心打搅你，就没说，现在补一句可以吗？

"毕业快乐。

"可是……可是……"

他的声音很温柔，林循却几乎泣不成声。

她捂着脸，眼泪从指缝里奔涌而出，嘴唇剧烈地颤抖着。

"可是沈郁，这照片里没有我。"

全班五十七个人，只有她缺席。

"我当时跟导师闹翻了，心理状态又很差……所以，拍毕业照的那天，我没去。"

她囫囵地解释着，只觉得心脏疼得快要窒息。

他眼睛看不到。

所以把这么张根本没有她的合照收藏了那么多年。

还说——"这是我唯一拥有的，你的照片。"

她的眼泪顺着指缝流淌到他胸膛，哭得喘不过气来。

身后的男人脊背一僵，忽然也有点难过。

良久后，他下巴抵着她头顶，笑着"哎"了一声："那是我搞错了，别哭啊你，多大人了哭什么。是我不好，但我当时也不好意思找人核实对不对，原谅我一次，行不？"

"沈郁。"林循收了泪，执拗地站起身，边拉着他起来。

"买现在的票，跟我回昼山。

"我们去拍一张属于我们两个人的照片。"

他眨眨眼，顺从地被她拉起来。

"什么照片？"

"证件照。"

"你如果愿意的话，"林老板直勾勾地抬头看他，"明天一早我们就去民政局。

"我想跟你结婚。"

3

林循冲动地说完，却见他难得怔愣没有回应。

房间里的气氛渐渐沉谧，只有中央空调出风口安静的声响。

许久后，沈郁缓慢地深吸了一口气，浅淡的瞳眸动了动，唇角拉得平直："你认真的？"

林循正要说话，却被他稳稳摁住肩膀。

他弯下腰，长睫轻扇，长眉平直，面上半点玩笑的意味都没有。

"林老板，我的眼睛一辈子都不会好，世界各地的医生都看过，没有侥幸。"

"嗯，我知道，我没心存希望，这样就很好。"

他的声音喑然："婚姻不是玩笑。"

"我也知道，我父母的婚姻就很不幸，或许你父母也是。但我跟你保证，我们的不会。"

他停了几秒，又说："我都没跟你求婚。"

林循平静地反问："是，但我不是求了吗？你要是嫌没有仪式感，一会儿回去我给你买个……蛋糕？气球鲜花也都可以。你答应吗？"

眼前男人近在咫尺的喉结缓慢地上下滑动了一下。

搁在她肩头的手指也慢慢蜷起来。

他怎么可能不答应？从十年前开始，他在她面前就早已没有主动权。

他只是担心，她情绪焦虑颓丧的当头，听到他的告白，心情激荡之下冲动做了决定，未来某天会后悔。

他舌尖抵了抵牙缘，偏过头："林循，你再考虑一段时间，不用着急。只要你愿意，我一直都在。"

十年都等过来了。

林老板眨了眨眼，肆无忌惮地打量着他面上难以言说的挣扎，挑眉问道："要我考虑多久？"

沈郁绷了绷下颚。

他原本想说一年，亦是正常情侣会考虑结婚的量级。

又强行砍成三个月。

可狂乱的心跳和喉间的窒息感又让他觉得，实在没办法熬那么久。

话到嘴边变成狼狈的——

"半小时，可以吗？"

"……"

这叫，不用着急？

林循实在没忍住乐出了声，觉得他现在的表情既矛盾又可怜。

克制着，渴望着，矛盾着。

她拉腔拖调地长长地"哦"了一声，没反驳："行，那我先回去收拾行李。正好阿欢不在，咱俩公平点，都单独考虑一下。"

说完，林循将人晾在原地，快步走出房门，穿过酒店铺着地毯的长廊，进了原本的房间。

她把行李箱平摊在地上，坐在地毯上，把衣服、化妆品一件件叠进行李箱里。

等收拾完全部的东西，拉上行李箱的拉链后，她才站起身，坐到床沿，看了眼手表。

才过去十分钟而已。

剩下的二十分钟，该怎么考虑呢？

她原本对婚姻的印象很糟糕，但如果对象是他的话，好像脑子里那些糟糕的想法全被粉色的、柔软的、甜滋滋的泡泡给挤走了。

所以也没什么好考虑的。

但既然答应了他，起码要把这半小时挨过去。

林循在床沿坐了一会儿，百无聊赖地站起身，慢步走到窗边，轻轻地拉开了遮光窗帘。

天气预报说晚上有雨，果然开始下了。

林循推开玻璃窗，微凉的空气裹挟着潮湿的雨汽扑面而来。

她缓慢地伸出手去。

冰冰凉凉的雨丝在她指尖汇聚，凝成溪流往下淌。

空气里有熟悉的烟火气。

南漓和昼山一样是个很大的城市，房价昂贵，生存不易。

她在这里待了人生中最孤立无援的四年。

这样冬日的雨夜，她独自一人度过很多很多次。

有时候是在图书馆赶被她耽误了的功课；有时候是骑着电动车送外卖；也有时候在大雨天拉着借来的三轮车，把一箱箱盖着塑料布的袜裤、发卡、T恤往仓库里运。

她从来没有空驻足去观赏这亘古不变的雨夜，也没机会停留着听雨声。

更从未听人笃定地相告——

"我爱你，也是常态。"

十多年里因为不安而动荡的心跳像是得到了最后的解药，所有曾经压垮过她的、不甘的、无奈的郁气在胸腔里慢慢平复。

她收回手，徐徐关上窗，雨声被隔绝在外的刹那，刚刚激荡的冲动尽数化为坚定。

真没什么好考虑的。

林循慢慢笑起来。

她看了眼床头柜的时钟，还有十分钟。

不想等了。

她拿出手机，给汤欢发了条消息，而后拉着行李箱往外走。

可还不等到门口，门却被敲响。

林循心有所感，拉开房门。

下一秒，头顶所有的灯光被人一寸寸遮挡。

熟悉的气息覆盖过来。

他无比强势地将她摁在门后，一只手绕到她颈后迫使她仰起头，滚烫的吻不容拒绝地落下来。

林循无奈又顺从地踮起脚尖，勾上他脖颈，尽自己所能热烈回应着。

呼吸被他占据，心跳亦被他掌握。

许久许久之后，他才终于错开她的唇，用力咬了口她下巴，撩起眼皮与她"对视"。

那双浅色的瞳眸里，倒映出她尖窄而泛红的面孔。

他的眉梢亦泛着红，低哑的嗓音伴随着克制的喘息。

"我后悔了，林循，你别考虑了吧。机票订好了。我们回去结婚。"

林老板舔了舔上唇，呼吸不稳地看着他。

"好。"

天气原因，原本晚上十二点的航班晚点了四个小时。

等到落地昼山，已经是第二天的凌晨五点半，那绵延的雨一路从南漓跟到了昼山。

冬日的夜很长，日出也晚，出了机场仍然是薄薄的黑。

好在机场地下的出租车是二十四小时的，只是排队时间很长。

直到回到晟霖苑，两个人都淋了一身雨。

等洗完澡换上舒适的家居服，又过了一个小时。

天光渐亮，远山的尽头，有半轮朝阳探出了脑袋。

林循坐在沙发上用大大的浴巾擦着头发，才终于想起来问："你昨晚是一个人去的南漓，怎么去的？"

值机、安检、来回机场，好像都不是他一个人能做到的。

"机场都会有残障人士通道和推行的轮椅，我订票的时候就备注了，很方便。下机也有工作人员帮忙。"

他的头发亦在滴水，漫不经心地擦拭着，却始终难以顾及全部。

林循看不过眼，用自己的浴巾裹住他的脑袋，吸了吸那发梢上的水，忍不住问："那你不怕吗？是失明后第一次一个人出远门吧？"

沈郁停顿了几秒。

不是第一次。

片刻后，他绕过后一个问题，很欠地改了口："是有点怕，但还是想去。"

林循怔怔地看他，又拿浴巾一角拭去他眉心的水渍。

声音里掺了些许轻佻和调戏。

"我原本也是订了票今天回昼山，为什么不等我回来再说？就这么着急要跟我表白啊？这么喜欢我？"

沈郁闻言不禁勾唇，皱着眉连连啧了几声，伸手去扯她的厚脸皮："林老板，得寸进尺了啊。看破不说破，多少给我留点面子。"

他是等不及。

难得冲动这么一次，就是想早点告诉她，所以急匆匆订了票飞过去，连老太太和方忖他们都没说。

"没有，"林循任他扯了扯脸皮，"就是想跟你说一下。谢谢你过来。"

沈郁听着她口吻认真，没带任何调侃，不由得顿了片刻。

林循慢悠悠地笑："我说真的，昨晚上我心态很糟糕。孙律师给我打电话，说我奶奶去世之前曾遭受过赵帆的虐待和威胁，她脑溢血去世或许也有神经太紧绷、压力过大的缘故。我一开始还没觉得有什么，但后来越想越不甘心，就……又惊恐发作了。"

他没说话，只是伸手过来牵她。

唇抿得很紧。

林循声音很轻地补充："给你打电话之前，我原本想把汤老板包里那八颗备用的药都吃了的。"

修长的五指指尖几乎嵌入她掌心。

"那你吃了吗？"

林循感觉到一丝微弱的疼痛，摇摇头："没，最后一刻，我把那些药冲进马桶了，因为想到了跟你的约定。我不想食言而肥。"

牵着她的手总算松了几分力道。

过了很久，他才不正经地说："这次算你过关，以后这种事，想都不要想。下次不管你去哪儿，我都跟着。备用药我收着，保准你找不到。"

"哦。"林循看着他依旧有点臭的脸色，慢慢翘起了一边嘴角。

她也不知道为什么。

明明刚刚重逢的时候不喜欢他阴晴不定。

可在一起之后，却总是想惹他生气。

也不仅仅是生气。

想看到这张漂亮俊秀的面孔，因为她而染上不同的神色。

林循忍不住逗他："别光说我，你也是，下次不准一个人出远门，听到没？万一被人贩子拐走，拐进山沟沟里，那我怎么办？"

"……"他果然挑了眉。

"谁拐我？拐去做什么？"

林循仔仔细细地看他两眼，"唔"了一声，认真道："说不定有女土匪看上你了，拐你做压寨相公呢？"

"……"

沈少爷花了蛮久才消化掉这个离谱的设定。

他懒得接茬，却忽然凑过去，语气玩味地问："我可以断章取义一下吗？忽略一下背景音。"

林循回想了一下自己的话，感觉没什么歧义啊。

"什么意思？"

便听他凑在她耳边拖长音道："夫、人、好。"

"……"

林循终于反应过来。

原来断章取义还能这么用，一整句话就截两个字？合着他耳朵里听到的，除了"相公"之外，其他的都是背景音？

营销号都没他会剪。

林老板耳朵软软的，却依旧淡定道："还有一个半小时呢，等九点之后再说吧。"

民政局九点才开门呢。

"还有一个半小时？"

她话音落下，男人尾音中透着点懒倦，掺了浓浓的缱绻："那，我们抓紧点？"

"……干吗？"

林循打量着他神色，莫名有点紧张，蓦地站起身想往后退，却被他慢腾腾地捉过手腕。

"四十八小时早就翻倍了，何况——"

他的掌心控着她腕间跳动的脉搏，轻描淡写地往下带。

浴巾被扯落在地上。

他的头发还在滴水，沾满水汽的眼角眉梢染上了薄薄的红。

"——婚前再试用一次，不满意的话，你还有退货的机会。"

总之再抓紧，还是难以避免地迟到了，林老板一个劲地承认她很满意，相当满意，他才肯放过她。

等两个人分别拿上证件到了婚姻登记处门口，已经十点多了。

看到登记处排着的长队，林循纳闷地查了一下，才知道今天误打误撞，居然是这个月最适合嫁娶的吉日。

虽然她不信这些，但未免觉得惊喜。

等排队填完资料，两个人被安排去二楼的工作间拍照。

他们出门前都换上了白衬衫，所以也不用换衣服。

摄影师机械地指挥着，林循还没反应过来，就拍完了。

她从前虽然不在意照片好不好看，但这张毕竟要用一辈子，于是忍不住道："师傅，这就结束了？好看吗？"

那师傅冷淡地看了眼他们俩，又看了眼电脑里那张朴实无华的证件照。

"就我这技术加你俩这模特，担心什么？去排队等盖戳吧。"

"……"

林循拉着沈郁往外走，直到拿到那两本扎实的红本本时，才知道那师傅所言非虚。

红底照片里，两人紧紧靠在一起，眉眼间都带着有温度的笑。

光圈柔和。

那色泽，像是从来没有被深渊吞噬过的初生的太阳。

"这摄影师技术真好，模特也好。"

林老板满意地看了蛮久，把其中一本红本本妥帖地收好，又把另外一本交到他手里。

站在民政局门口等车的间隙，她忽然想到件事。

"所以，之前姜奶奶有一次跟我说你大学的时候有个很喜欢的女孩子，也是我？"

"没有'也'。"

沈郁翻开扉页，指尖不断摩挲着塑封了的光滑相片，在脑海里想象着他们的模样。

又接着去触摸那凹凸不平的钢戳。

直到一点一点摸了个遍，他徐徐勾了唇，觉得心跳落到了实处。

长年累月的梦，找到了出口。

"只有你，一直都是你。"

4

等车到了之后，林循先报了一个商场的地址，边跟沈郁解释了一句："我想去给老太太买点礼物再回去。"

她说到这儿，忍不住舔了舔唇角，后知后觉地感到有些心虚。

两个人连夜飞回来，一大早就任性地把证给领了，都没知会老太太一声。

当时在兴头上没觉得有什么，现在想想，好像是有点不地道。

想到这儿，林循往沈郁那边挪了挪，靠着他肩膀忐忑地问了一句："喂，你说我们这样算不算私定终身啊？老太太会不会生气？"

也怪她。

一向特立独行、我行我素惯了，总是没牵没绊的，时间长了就会忘记做事情要顾及他人的想法。

"定都定了，就算生气了也没办法，"沈郁说着，把口袋里那本红本本抽出来在她眼前晃了晃，"你还能反悔吗？"

林循看了眼那抹红，慢悠悠道："反悔肯定是不能反悔的，所以要去买点礼物哄哄她嘛。"

沈郁弯了唇角，想说让她不用担心，老太太这么喜欢她，肯定不会反对。

但转眼又想到，在一起和结婚是两码事……再加上老太太那脾气，先斩后奏的话，她或许真会被惹毛。

之前听某些亲戚说，当年他父母领证的时候也没告诉老太太，她老人家知道后，抄了把菜刀就上了沈家。

沈郁低低咳嗽了一声，忽然说："这样，今天回家先好好吃饭，其余的不用你操心。我晚上跟她沟通一下，是我的责任，也该我去做工作。"

"那怎么行？"林循抬起头，瞥了他一眼。

"这是我和老太太之间的事，关系到我们之间深厚的友谊，你别跟着掺和。"

林循说这句话的时候很认真，没有半点玩笑："真要说起来，这次咱们俩重逢之前，还是我和姜奶奶先认识的呢。在她的视角里，我先是她的朋友，然后才是你的女朋友。"

以后，还会是亲人。所以不能逃避。

因着这个排序，沈少爷莫名有一点不爽，说："林老板，我问你个问题。"

林循听他那语气，飞快扫了他一眼，忍不住反问："你不会要问我那个恶俗的问题吧？你和姜奶奶掉水里，我救谁？我先表明一下啊，这种脑残问题我拒不回答。"

沈郁不禁皱了眉，半晌低低笑了声，伸手揉她的头发："想什么呢！"

"我是想问你……其实在老太太请你去家里吃饭之前，你就已经在101见过我了吧？中间起码隔了半个月，怎么装不认识？"

他还在笑，但尾音莫名有点淡。

林循心里一紧，明白过来他应该是第一次就认出了她的声音。

她本想找个借口糊弄过去，但想了想，觉得还是得坦白自己当时的想法。

"是，其实那次你家外卖被外卖小哥错送到我家，我就认出你了。"

她一边慢吞吞地说着，一边又伸手过去牵他："但当时，看到老李头在催你交房租，我担心……"

她的声音变慢了，有点不自在。

沈郁接过话茬，帮她说完："担心我觉得窘迫？"

"是有点，"林循用额头在他衣襟上蹭了蹭，一副讨好的架势，"后来姜奶奶请我去她家，我发现她进了101室，还以为你被房东赶出去了，还懊悔了一小会儿……"

沈郁接着问："那天你不还在装陌生人？欺负我看不见？你的声音，隔了多少年我都能听出来。"

他语气不太好。

林循的声音低下去，没什么底气："就，我当时不是很想跟一中的同学相认，毕竟……一中对我来说，不算什么很好的回忆，对不起嘛。"

"所以，在你心里，我真就一普通同学呗？不好的回忆中的一员？"

沈郁懒得跟她计较，可心里还是忍不住泛酸："什么前桌后桌同桌的，还有高中时候给你写信的小男生，跟他们比起来，我就一点特别的都没有？"

明明知道这种时候翻旧账非常没有道理。

她高中那种状态，他都知道。

但还是忍不住。

沈郁说着，伸手过去摸到她下巴，手指蜷起，飞快地挠了挠，偷痒她。

也只能计较到这个份上了。

林循不禁"哎"了一声，连连求饶："有有有，你是大帅哥，他们怎么跟你比？"

两个人到了商场之后，林循照着姜老太的喜好，给她买了两瓶陈年精酿、一台更精巧好用的收音机，以及一副趁手的麻将。

她还回了趟家，把从南漓带回来的特产也拿上了。

等大包小包地拎到101室门口，林循没让沈郁开门，反而郑重其事地敲了门。

"——来了来了，谁啊？"老太太的声音从门内响起，远远的，大概在厨房里忙活。

等待门开的间隙，林循忍不住搓了搓手。

来这里这么多次，今天算是第一次有见家长的忐忑感。

下一瞬，门被打开。

姜老太一边解围裙，一边瞅了眼门口站着的两个人，疑惑道："循循回来啦，我还以为是谁呢。你们俩没带钥匙？"

说着，老太太的视线扫过两人手里大包小包的东西："这是，搞批发去了？"

林循轻咳了一声，率先拎着东西往里走，一眼看到餐桌上已经摆了好几样菜。

她想起自己走之前跟老太太说过，今晚回来。

心里温乎乎的同时，心虚也更甚。

林循把手里的东西一样样摆在沙发上，跟老太太介绍起来："这是南漓的玉石手串，销售说戴在手腕上冬暖夏凉的……然后这个是新款的收音机，您不是爱边吃饭边听戏吗，一会儿我教您怎么用……"

姜老太扫了眼沙发上铺得满满当当的东西，不由得打断她："哎哎哎，打住，循循，奶奶体检结果出来了？你别吓我啊，我胆小。"

林循没忍住莞尔道："哪儿来的体检结果，您去体检了吗？是不是最近肥皂剧看多了？"

"哦，"姜老太长出一口气，转眼又不解道，"那是闹哪出？"

林循张了张嘴，忽然看了眼沈郁。

大少爷一脸云淡风轻地坐在旁边的沙发上，随手拿了个桃子在削皮，满脸写着"你们闺蜜之间的事我不掺和"。

林循知道指望不上他，莫名有点脸红，直截了当的话怎么都说不出口，嘴皮像是被黏住了。

她干脆闭了闭眼，把那盒麻将打开，往老太太跟前儿推了推，小声说道："这麻将尺寸有大中小三种，我买了中等的，是您平时习惯用的吗？不是的话，我下午去换。"

她压着嗓子细声细气温文尔雅地说完，又不自在地加了个称谓：

"外……外婆。"

老太太在围裙上擦拭的手忽地僵住，好半天后像是反应过来了一样，眼神转向沈郁，声音都沉了半分："你俩领证了？所以，今天早上你回来，就是来翻户口本的？"

林循手指忍不住蜷了蜷，意识到事情比她想象的要糟糕。

老太太真的生气了。

也是。相依为命的外孙，连声招呼都不打就跟人跑了。

能不生气吗？

423

她深呼吸了一下，收起了面上的玩笑意味，脑海里想着一路上构思好的话。

可还没等她开口呢，沈郁站起身走过来，把手中削好的脆桃递给她。

"吃桃子。"他说罢，站在林循身前，伸手去扶老太太，让她坐到沙发上。

他神色淡淡道："是我的意思，您消消气。"

沈郁说着，慢条斯理剥了个橘子，还细细挑了白色经络，勾唇道，"您也理解理解我？我这好不容易追到喜欢的人，中途还差点被甩了……我这不是想趁早定下来吗？"

林循听他这么说，半口桃子噎在喉咙里，险些呛出声。

明明是她追的，结婚也是她提的……

但她也知道这种时候最好别引火上身，把事情搞得更复杂。

姜老太闻言，视线在沈郁脸上一寸寸掠过，安安静静的，目光审视。

她胸膛起伏了片刻，沉沉地问："就这么草率？结婚是可以开玩笑的吗？"

沈郁把剥好的橘子递过去："没开玩笑，是认真的。"

姜老太却没接那橘子。

她又看了一眼林循，视线落在她面孔上片刻，又漠然转回到沈郁的脸上，说："我是这么教你认真的？还是说，这是你们沈家一贯的家风？没有求婚、没策划婚礼、无媒无聘，动动嘴皮子就把人家姑娘娶了？"

她是在他们沈家手里吃过一次亏的。

"婚房呢？聘礼呢？戒指呢？循循父母去世了，两家人没法见面谈，但你好歹也该找个媒人一起，去趟青原扫个墓。"

姜老太说着，声音蛮大地拍了拍茶几。

"循循奶奶要是还在世，年纪比我还大，老一辈的人最看重礼节。如果她在世，循循是她唯一的宝贝孙女，还能容你这么混账吗？"

林循咬桃子的动作一停。

许久之后，她慢慢偏过头去。

说实话，她是有一点紧张的。

她从来不是讨好型人格，也从不妄自菲薄，但也要分对谁。

林循忘不了这些个月，一餐又一餐的饭菜，她生病的时候，姜老太在她家熬了好几天的粥。

以及在医院里，老太太每天跟着护工一起帮她翻身，帮她擦脸，时不时还像她奶奶一样，拍着她的后背哄她入睡。

是把她当成亲孙女在照顾。

所以林循是忐忑的。

既怕老太太不满意她，担心她说出一些难听的话，她会受不了。

更怕她会失望。

但她这人从小就不会哄人，嘴笨，只好买了很多东西，想讨一个侥幸。

只是现在，她更觉得心里堵得慌。

已经很久很久了吧？

没有人这样设身处地地为她着想，替她操心。

林循指尖无意识地抠着桃子，汁水从指缝里淌出来。

直到流到掌心，她才惊觉，抽了两张纸一声不吭地擦干净。

便又听到沈郁的声音。

"您放心，我都考虑过了，是草率了一点。

"但聘礼、婚房、婚礼，这些都会有的，至于媒人……"

他的嗓音依旧很稳，掺了点笑意："我在回来的航班上查过，过年那几天青原天气很好，回暖到十多度，不会太冷。您愿意的话，麻烦您亲自陪我走一趟，我会去墓前跟长辈们请个罪。是您带她来我们家的，您来当这个媒人，很合适。"

"……"林循蓦地抬起眼看他。

难怪在飞机上，她补觉的时候，他一直在看手机。

原来竟然是在看这个。

她的一时兴起，对在乎她的他们来说，原来，是深思熟虑。

半分钟后。

姜老太终于伸手接过那个橘子，剥了一瓣塞进嘴里，"啧"了一声："什么橘子，酸死了……吃饭吧。"

三个人安安静静地吃晚饭，没再提这茬事。

等吃完饭，姜老太让沈郁去操作洗碗机，拉了林循进自己的房间，还把门给关上了。

她指了指床沿示意林循坐着等她一会儿，自顾自打开衣橱，在最里层的储物柜里翻找着。

许久后，翻出个用丝绒帕子包着的雕花金镯子。

老太太目光沉静地看着那个镯子，半晌后拿起它，坐到林循身边，牵起她的手，往她手腕上戴："这镯子是我婆婆给我的，原本我是打算留给小郁妈妈当嫁妆的，可惜……就当是改口礼物，希望你不要嫌弃。"

林循感受到那镯子沉甸甸的分量，眉心一跳，但好半晌后，还是没拒绝。

"谢谢外婆。"

姜老太拍拍她后背，想了想，又觉得自己今天一时上头话说得重了，此刻忍不住又替外孙周全一二。

"小郁的性子我知道，他跟他爸不一样，不是不负责任的人。"

"嗯，我知道的。"林循想到沈郁的现状，诚恳道，"不过，您说那些婚房聘礼的事，我们还不着急……我们两个事业都处于上升期，工作也比较忙。"

姜老太却没听出她话里的意思，满脸不赞同："什么叫不急？别的不急，这些也得急，总之不用你操心了，你忙你的，我和小郁会看着办的。"

林循张了张嘴，没再反驳，心想下次还是私底下找沈郁说一下好了。

结婚又不是一定要新房子。

再说了，她自己不是买了房子吗，到时候让他跟她一起还贷款好了。

老太太见她顺从，声音里总算有了笑意，目光探究地看她："循循，你跟外婆交个底，你们俩早就认识吧？小郁之前喜欢的女孩子，就是你吧？"

"您知道？"

林循有点窘："其实我们两个是高中同学，但我之前真不知道他……我一直以为就是普通同学，没什么交集的那种，所以一开始就没跟您说。后来……也不知道怎么说了。"

"我原先的确是不知道的。"

老太太说着，探身从床头柜翻出一张纸递给她："你住院那阵子，我在家打扫卫生，在小郁床头柜里找到了这个。"

林循凑过去看了眼，原来是之前那次她给沈郁写的直播课账号和密码。

后来她意识到自己又忽略了他的视力，便拿回来，随手搁在了茶几上。

没想到他还留着。

但就凭这么张纸，姜老太是怎么知道这么多的？

"你这姑娘，字迹这么多年都没变，写字母和数字的习惯还是跟当年一样，跟狗爬差不多。"

姜老太笑着说，片刻后忍不住哼了一声："我当初为了帮小郁读你那串微信号，费了老大劲呢。我那会儿就觉得吧，能让我外孙喜欢的姑娘，肯定哪儿都好，就除了……字写得有点丑。"

她玩笑般把当初的事情说了，还不动声色地加了点渲染。

什么晚春的杨絮啦，昏暗的楼道啦，他外孙满脸的落拓和难过啦。

老太太年轻的时候是文工团的，各种戏没少演。

这会儿比谁都"情真意切"。

果不其然，听她一点点说完，姑娘眼尾泛起了一丝红，手指也忍不住攥了攥床单。

老太太又硬着心肠，加了一把火："循循，小郁是真的喜欢你，大学那次也是。

"看你发了一条朋友圈，他便觉得你过得很好，自己该放下了。明明是高兴的，却又忍不住跑去外面喝了一晚上的酒，回来醉醺醺吐了一马桶，边吐边跟我说他有个很喜欢很喜欢的人。

"我问他明明这么喜欢，为什么不告白，他却没吭声。但我知道的，是因为他眼睛看不见，怕你嫌弃他。"

看林循红着眼睛喃喃说"不嫌弃"，姜老太不禁在心里唾弃了自己一下。

小郁的情况她再清楚不过。

这些年多少国内外的名医都看过了，当初以沈氏的资源和财力都没能治好他。

这是终身残障，不是开玩笑的，也不是有钱就能弥补的。

连姜老太自己都会打怵。

沈郁复读和大学的那几年里，有时候祖孙俩吵架，她脾气上来了口不择言，恶言恶语地说过，怎么女儿死了还给她留个不能自理的"拖油瓶"。

后来他学会了自己做很多事，但也不能像旁人一样。

家里仍然需要她事事留心。

出门超过两个小时，她就会担心灶头的火关没关，电器插头拔没拔，有时候走到一半还会回来检查一下。

夜里的梦魇也大多数和他有关，总是梦到她疏忽之下，一场大火把她这个眼盲的孙子给烧死了。

她冷汗涔涔地惊醒之后，先是庆幸只是梦。

然后就下意识地，忍不住责怪他。

怎么就好不起来呢？

亲人尚且如此，何况旁人。

所以，尽管老太太之前就很喜欢林循，总是邀请她来家里吃饭，却半点撮合他们的想法都没有，反而想给她介绍别的对象。

后来知道他们在一起，她也没有掺和，不期待也不强求他们会结婚。

因为她知道，哪怕外孙再好再优秀，可做一个残障人士的另一半，对人家姑娘来说，不是一件容易的事。

　　然而，他们现在领了证。结发夫妻，那是一辈子的事。

　　往后，他们就是彼此的亲人了。

/ 第十七章 在意她和她在意的 /

新婚快乐。

1

和姜老太聊了蛮久昼山这边的婚嫁风俗，老太太渐渐有些疲惫，便催促他们两个回楼上去。

楼道里亮着崭新的灯光，扶手和楼梯前阵子也都翻新了——听说又是那个财大气粗、更新安保团队的业主出资的，将整个小区的基础设施都翻修了一遍。

大家纷纷猜测那业主是老李头，就连原先被他催促房租的租客们现在看到他也尊敬了不少。

林循双手插兜跟在沈郁后面，见他单手扶着楼梯扶手稳稳当当地往上走，步速与寻常人没什么区别。

走到二楼拐角处，还不忘停下来，回头等她。

林循站在原地看了他良久，半晌后忽然加快步伐，几步走上前牵住他伸出来的手，莞尔道："大少爷，练得不错嘛，爬个楼梯比我都顺溜了。"

等回到家，林循先跟程孟煲了会儿电话粥。

过几天就是她的婚礼。

程记者筹备了几个月，精神都有些萎靡了，跟她抱怨道："早知道这么麻烦，我就不办婚礼了。小时候总觉得穿婚纱是件很浪漫的事，自己经历了才知道，从选酒店、买婚纱婚鞋、拍结婚照……到拟菜品、喜糖、'四大金刚'、请柬……哇，这个世界上怎么会有这么折腾的事情？我前阵子烦得嘴角起泡，和陈诺之吵架次数都变多了。"

林循听她语气里的哀怨，忍不住乐出声，宽慰道："好啦，别愁眉

429

苦脸了，现在不是都弄好了嘛。你这两天可不能心情不好啊，万一到时候憋出个大痘，化妆师都救不了你。"

程孟闻言大惊失色，连忙松了眉头，拍着胸口缓声道："你说得对，不能功亏一篑……"

一连聊了半小时，程孟把婚礼当天的全部流程发给她，着重点出了最后的扔手捧花环节。

程孟说到这儿，音调便提高了许多，揶揄道："循循，这两天让沈少爷好好帮你按摩按摩腿脚，到时候这手捧花我往伴娘团那边扔，你可得抢到啊！我都结婚了，你也得抓紧。不许不上心，听到没？"

林循却欲言又止了一会儿，说道："那个……孟孟，有件事跟你说一下。"

她之前其实已经查过了，按照昼山这边的习俗，领了证但是没有按照传统婚俗办过婚礼的女生，还是可以当伴娘的。

但她还是得跟程孟确认一下。

程孟却大惊失色："什么？你不要告诉我，你跟沈少爷提分手了？"

林循咳嗽了几声，有些不自在地说："你往另外一个方向猜。"

程孟："……另外一个方向？沈少爷跟你提分手了？他把你甩了？"

林循安静了几秒钟，实在是有点无语。

半晌才淡定道："我们今天领证了。"

"？"

"？？"

"？？？"

电话那头的呼吸声越来越重。

直到半分钟后。

高亢的分贝简直要从手机麦克风口爬出来，直钻进林循的太阳穴。

林循忍不住把手机挪远了些，才终于从几近咆哮的语气中分辨出话语的意思："你们！竟然！背着我！领！证！了！"

"……"林老板莫名有种被"抓奸在床"的心虚感。

程孟依然很难消化这个信息，语速快得要飙起来："不是，你们这也太神速了？我俩谈恋爱十年才终于决定要结婚，你俩才……不到三个月？说，是不是沈少爷逼婚？你有什么把柄被他拿捏住了？"

"没，"林循换了一只手拿手机，后背半倚着床头，"是我逼婚。"

程孟又倒吸了一口冷气。

但思及林老板一贯的勇猛性格，她又觉得这一切都很合理，隔着电话竖起了大拇指："你牛。"

程记者于是职业病发作般事无巨细问了好多问题。

等她八卦完，感叹了一番神仙爱情后，林循总算说到正事："所以就想跟你确认一下，我去当伴娘会有忌讳吗？"

"那能有什么忌讳？"

程孟忍不住开玩笑："唯一的忌讳大概就是，我们林老板长得太美，伴郎团会不会被你迷得连流程都忘了，那确实挺忌讳的。"

她说到这儿，顿了几秒钟，声音又稍稍低了点："那个，循循，我得跟你提前说一下，陈诺之请了高中班里好多男生，包括宁琅……不过到时候你全程跟着我，见面的机会不多。"

"没事。"林循被她这谨慎的语气逗笑，"你结婚，你们自己请宾客，考虑我做什么？再说了，又不是没见过，我还怕他？"

"那就好，"程孟松了口气，"就知道循循最大度，不跟他这种小人一般见识。"

两个人又贫了一会儿，才挂电话。

林循从房间里走出来，沈郁正坐在沙发上，手里捏着个平板，戴着耳机一副聚精会神的模样，也不知道在浏览些什么。

她去厨房倒了杯水递给他，随即在他身边坐下。

她晃了晃手机上程孟发过来的婚礼当天密密麻麻的流程，头皮发麻地咕哝道："……凌晨三点半，我们就要起来化妆，从接亲到晚宴结束历时十四个小时……这哪里是结婚，这是打仗吧？而且刚才孟孟算了一下总账，结个婚要赔掉好几十万……啧，城里人真会玩。"

几十万，够在青原买栋楼了。

林老板说到这儿，想起今天老太太说的那些婚嫁风俗，忍不住打了个寒战。

姜老太提及的那些礼俗讲究，比程孟的婚礼还要繁复。

她忍不住提议道："要不……咱们以后就别办婚礼了。我看网上不是很流行旅婚嘛，我们找个地方去旅个游，既省钱，又轻松，你说呢？"

沈郁听到这儿，在平板上慢悠悠滑动的手指渐渐停住。

他忽然意识到一个很严重的问题。

章是盖了，后续婚嫁仪式、婚房聘礼，甚至回青原扫墓他都想好了。

但某件事情，好像，被他彻底抛到了脑后。

起码，某人还在十分努力地，顾及着他贫瘠的经济状况，想替他省钱。

"……"沈郁僵着脸放下平板，摊牌的念头在脑子里转了一圈。

他顿了会儿，试探地问道："刚刚，你和老太太神神秘秘地在房间里都说什么了？她没提买婚房的事？"

"提了，"林循挨过去，下意识蹭了蹭他的手臂，"我是这么想的。我买了这个房子之后呢，每个月还在还贷款。这房子也不算小，咱俩可以把这里布置一下，当作婚房。以后你就跟我一起还房贷。

"你可要努力赚钱努力配音啊，等《凡尘》上线，我立马给你接个新活，让你替我赚钱去。"

"……"

林循没察觉他微妙的沉默，说着还开始井井有条地盘算起来。

"这房子我买的时候价格不高，一个月的房贷是一万六，咱俩一人一半，那就是八千……目前你的粉丝数已经破万了，近期来接触的剧本、文娱公司有好多，只要你多接几部剧，我多导几部剧，咱俩一起还个房贷，轻轻松松。等把这套房子还完，如果未来咱们想再置换更大的，也会轻松些。"

"……"

林老板掰着手指头，缓缓勾起唇。

汤欢总说她这人活着没奔头，没爱好、不享乐，不知道她赚钱是为了什么。

她从前也不知道。

只是抓着一件自己还算感兴趣、觉得有那么点意义的事，打发掉余生漫长的时间。

但现在，她好像不这么觉得了。

她说完未来五年的规划，却察觉身边的人一直没吭声，面色复杂，不知道在想什么。

他搁在沙发上的平板还亮着屏幕。

林循随意地瞄了眼屏幕，几秒钟后，瞳孔震动着坐起来。

她忍不住拿过那平板。

屏幕上是昼山绵江北岸一处新开发的中式庭院豪宅区的售房资料。

看这位置，恰好毗邻昼山城中最贵的别墅区，临江阁——她听汤欢说过，这次在南漓遇到的那位投资商，被她誉为女强人的郑总，住的就是临江阁。

林老板匆匆扫了眼第一页面积最小、位置也最偏的那套独栋别墅，看了眼价格。

最低配的，也能抵十套她现在的房子。

而其中最中心的那套，院子恐怕能开个跑马场。

连标价的位数她都数不过来。

"……"林老板看了眼那些别墅的效果图，又抬头看了眼沈郁，视

线机械地来回切换着。

好半天后，她挣扎着说了句："那个……就是说……你刚刚一直在看这个？你想要这个婚房？"

沈郁不置可否，只低声问她："不说我，我只能看个介绍和面积。你呢，更喜欢哪一套？靠江边的风景好，中心的安静，都有可取之处。"

"……"林老板眼里哪能看到样式，那标价已经快闪瞎她的眼了。

她喉头上下滚动着，为难地说道："沈郁，你这心愿，咱们能不能暂缓？"

简直比周洲整天嚷嚷着想在三十二层写字楼办公还让她头疼。

"要不，列入我们未来十五年的规划……十年？"

林循见他满脸严肃却不吱声，心下暗叹，看来，他是真的很想要。

她咬了咬唇，沉思了一会儿，片刻后认真道："行，你的诉求我知道了。就是我脑子被这串数字刺激得有点乱……你等我想想。我先去冲个澡冷静冷静，回来咱们再商量这事儿的可实施性。"

"……"良久后，沈郁不动声色地关了平板电脑，忍不住抬手摁了摁眉心。

好像装穷装太狠了……可怎么掉头啊？他本就没打算一直隐瞒。

之所以到现在都没说，一是前阵子关注点一直在她的身体和心理问题上，时间长了就把这事儿给忘了。

其二呢，她之前总说和他不是一个世界的人。

正值恋爱初期，沈郁自然避免提及这些，反而把人推远。

还有一个顾虑，则是因着《凡尘》还没上线。

他私心里认为这部剧的制作非常精良，不愿在上线之前就让它冠上"千寻出品"的虚名，反而喧宾夺主，令人忽视了剧本身的闪光点。

他对这部剧有信心，相信它能够凭借自身的高品质出圈。

"一只夜莺"值得。

这也应该是林老板真正想要的。

原本这样的打算没什么毛病，他亦想好了等尘埃落定后，两个人感情更稳定些，再徐徐图之，一层层地剥掉马甲。

总之不能让人跑了。

但变故就在于，他们领证了，再瞒下去该出事儿了。

一切突然迫在眉睫。

沈郁缓缓吐出一口气，摸索着拉开一旁茶几的底层，拿出那两份还没捂热的结婚证。

他听着浴室里传来的水声，头疼地叹了一声。

到时候，她不会认为，他是在骗婚吧？

昼山城西边郊区，龙湖南岸伫立着一座庞大的监狱群。

厚而高的灰白围墙将整个建筑群重重围住。

探视时间刚过，赵桅低着头从斑驳的铁门处走出来，寻到路边停车场里自个儿的车，拉开驾驶位的车门。

他没有立马开车，反而摇下车窗，隔着灰蒙蒙的路灯，回望着群山下巍峨的监狱群。

三层楼高的监舍楼像个巨大的厂房，里面分隔出一间间几平米大小的格子间。

其中有一间，关着他的父亲。

过去的这些年里，他从来没来探视过他。

这是第一次，也是最后一次。

赵桅收回视线，忍不住拉开储物夹，摸出包烟，点了一根抽起来。

烟雾袅绕，他却越抽越烦，整个人像是被指尖的那点猩红燃着了一般。

许久后，烟蒂渐渐熄了，就在他要去摸下一根时，口袋里的手机适时响起来。

他看了眼来电显示，是王素梅。

赵桅面无表情地接起来，还没出声呢，对面先传来嘶哑又尖锐的骂声。

"赵桅，你上哪儿去了？你是不是报警了？今天警察来家里调查了。"王素梅有点歇斯底里，恼羞成怒般讲了几句很难听的脏话，"我都跟你说了，我那是犯病了胡言乱语，你个胳膊肘往外拐的小畜生——"

赵桅直接打断她："我在龙湖监狱，我刚刚去见赵一舟了。"

他懒得跟她废话，省去了所有的过程，只冷冷说道："他全招了，也说了会出庭做证。"

王素梅的所有咆哮和尖叫都在这瞬间戛然而止，像根绷断的皮筋。

半分钟后，她急促地呼吸着，伴随着语无伦次的自言自语："不可能，老赵不可能招认……他都快出狱了，你在骗我。是不是还想来套我的话？杀人的就是赵一舟，就是他，你想做什么？你想害得我们全家不得安宁吗？你个不孝的东西。"

赵桅停了片刻，只说了句："你还知道，我也是你儿子啊。"

他淡淡说了这句，便挂断了电话，没再停留，抬头看了眼象征着团圆的圆月，趁着夜色往城市里开。

他从记事起就知道，王素梅很偏心。

赵帆是她眼中的宝，含在嘴里怕化了，捧在手心怕摔了。

而他呢，只是一个意外。

——因为王素梅流产太多次，再做一次人流会有危险，所以不得不生下来的，意外。

赵桅还记得，自己小时候有一次被赵帆骗着吃了一条毛毛虫，那令人作呕的触感，他到现在都记得。

然而王素梅知道后，却只说赵帆是在恶作剧。

又是"恶作剧"，这样轻飘飘的三个字。

所以赵桅几乎不再告状。

他知道，告状没用的。

在赵桅的记忆里，八岁之前，那个令人窒息的家里，唯一在意他的，只有赵一舟。

他会在开完会后，抓一把会议桌上的巧克力带回家偷偷给他，因为家里的所有零食都是王素梅专门挑的、赵帆喜欢的口味。

也会在王素梅让他穿哥哥的旧T恤上学时，带他去买他喜欢的、胸前印了奥特曼的新衣服。

后来他被寄养到舅舅家。

赵一舟时常去学校探望他，每次来，都会给他带很多故事书、五花八门的文具。

他让他好好学习，要他将来有出息。也给他讲一些浅显的做人道理。

赵桅还记得，初二那年，他和班里一个男生闹了矛盾，打了架、挂了彩。

班主任说要联系家长的时候，他不敢让舅舅舅妈失望，生怕给他们添麻烦，便将电话打给了赵一舟。

他怒气冲冲地赶过来，狠狠地甩了他一个巴掌，压着他的头让他给对方道歉。

逼着他发誓，以后不再做违反校规的事。

所以赵桅一直不能理解，这样的父亲，会杀人。

他原谅不了他，从来没来看过他，就当作自己没有这个父亲。

除了今天。

车子拐过一个弯，轮子压过山道上凹凸不平的坑洼，溅起半人高的积水。

赵桅盯着前方荒草丛生的路，小心翼翼地开着。

今天赵一舟起初是不承认的，跟王素梅一样，他咬死了是他杀的人。

任赵桄怎么劝说，如何讲理，甚至歇斯底里地咒骂，赵一舟始终咬紧牙关，对当年的事闭口不谈。

听说赵帆那边更是浑不吝，拿测谎仪都审不出半句真话。

他们一家三口背负着一条人命，默契十足地结伴走在漆黑的道路上，仿佛"负重前行"的苦行者。

就好像一条歪路，只要闭着眼睛结伴走到黑，就会成为康庄大道。

后来，赵桄嘴皮子说干，完全没了任何劝说的意图。

他转而说起了一些从没跟家里提过的不相干的事。

他们不会在意的事。

"跟你说一下，我去年大学毕业了，北霖理工。还不错的学校吧，是'985'，是你要我有出息的。

"我虽然过了保研线，却在公示前夕被撤掉了名额。

"我也想过考公或者考编，回昼山当个物理老师也好，你知道的，我从小就喜欢物理……班主任很直白地跟我说，我考上了也过不了背调。

"因为一直以为能保研，我错过了去年暑假秋招的机会，找了半年工作，现在只能在一家外包公司干私活。我的领导是我们同班同学，上学那会儿 GPA（绩点）比我低将近 1 个点。

"上个月赵帆被抓上了新闻，交往了三年的女友起初还安慰我这不关我的事，可后来有一天，她忽然跟我提分手了，一点预兆都没有。所有的联系方式都删了，一点念想都不给我留。

"那次陪妈去精神科，我也做了个心理测试。微笑型抑郁症、讨好型人格，都是重度。医生说，应该有好多年了。"

"你知道，这些都是为什么吗？"

赵桄颓丧地看着他。

平直的眉心失去了所有愤怒与挣扎，写满认命。

探监的时候不让抽烟。

他只拿了一根在手里，没点燃，时不时去闻两下，像个被逼到绝路的瘾君子。

"我以前总劝自己，你做了这样可怖的事，害得人家家破人亡，活该坐牢。我又偏偏是你儿子，是花你的钱、受你的荫庇长大的，那这些惩罚，就该是我的。

"但我现在知道了，压根儿不是这样。"

他盯着赵一舟的眼睛。

"你们两个是'伟大'的父母啊，为了保护你们的心肝宝贝，不惜赔上一切，真是'可歌可泣'……那我呢？

"我就活该吗？我也才二十四岁，我就该死吗？"

他说完便拎了外套往外走，在走廊里抽了半个小时的烟。

直到狱警告诉他，赵一舟在探视间里直挺挺坐了半个小时，又是哭，又是扇自己耳光，又是笑……像是同王素梅一道疯了。

他回去便说了。

2

淋浴间里，林老板机械地把浴球上蓬松的泡沫抹到发上，十指舒展开，轻轻揉搓着发根。

她闭着眼，任氤氲的水汽蒸腾着。

被那串数字戳到的大脑，在这样温暖的雾气中反而清醒了几分。

从昨晚他飞去南漓找她，到现在才不过二十四个小时，但这天仿佛在她的生命中被拉得很长。

像是一条深不见底的分水岭。

从前她总不认为人的生命是多崇高的事，也不认为她的人生有什么必须过好的意义。

她从十一岁开始便丧失了自己的意义。

这么多年来，除了寻亲、为爸爸讨回公道、努力生存之外，其他的所有空隙，只需要潦草填埋、糊弄过去就好。

她有时候也会想，如果这个世界是一场戏，那么她一定就是其中为了铺垫悲剧色调而被捏造出的、面目模糊的群演。

永远得不到命运的一笔垂怜。

直到昨晚。

林循在回来的航班上睡了一觉，不期然梦到了十七岁的她和沈郁。

梦里没有那些糟心事，她是个像程孟一样在昼山长大的女孩子，从小衣食无忧、备受宠爱。

是她曾经羡慕甚至仰望的人生。

沈郁也没经历过车祸。

他们两个都顺利读完了高中，从一中毕业了。

梦里的她考上了理想的大学，亦交了不错的男友，过着富足、平稳的生活。

他呢，依旧上了昼大，毕业后继承了沈氏，娶了一位同样优秀的妻子。

他没有因为车祸坐在她前桌，亦不曾被她吸引。

她没有借过他发带，更不曾因为自卑还给他昂贵的钢笔。

梦里，她没有省下路费给她买MP3的爸爸，也没有夜夜为她打扇，推着三轮车烤串供她上学的奶奶。

像是一个她曾经期许过的平行世界，温馨、安稳、真善美。

但不知道为什么，她好像一点都不开心。

总觉得缺了很多东西，让她觉得心慌难忍、无法适从。

直到挣扎着梦醒了，恍惚间看到他垂眸坐在身边，手里拿着泛着冷光的平板。

他没有发觉她醒来，依旧在忙自己的事。

旁边的乘客开了暖黄的读书灯，光影打在他挺直的鼻梁和浓密的眼睫上，映下一片浅浅的阴影。

林循坐在旁边看着他许久。

直到飞机经过一片气流，开始颠簸。

那瞬间她心跳如鼓，生平第一次胡思乱想，担心航班会像空难纪录片里那样，直直地掉下去。

在那漫长的五分钟的颠簸中，她第一次察觉，她想继续活着。

想跟他一起，活过他口中的六个十年。

她想通了，她这样的人生也很好。

想想虽然这么多年都很苦，但起码，她有这个世界上最好的爸爸和奶奶。

还有最好的他。

会在山风里、烟火下告诉她心动是什么样，也会风尘仆仆连夜赶来、告诉她"我爱你也是常态"的他。

可是，那他呢？

他应该，还是有遗憾的吧？

林老板揉了揉自己满是泡沫的头发，想到刚刚平板页面上那些昂贵精致的房子。

他小时候，就是在那种房子里长大的吗？像个城堡。

就像她小时候得到过的那些洋娃娃、蜡笔和小书包，后来又没有了。

总是会有遗憾的。

……

等洗完澡回到客厅，林循见沈郁姿势散漫地坐在沙发上，平板搁在一旁，正垂眸不知道在想些什么。

她看了眼墙上的时钟，便打着呵欠催他去洗漱。

"十一点多了，你也去洗个澡，记得拿衣服。"

她走过去蹲在他身边，把脸颊贴上他的膝盖，困得几乎睁不开眼。

"好，"沈郁的视线空空地在她面上落了一瞬，伸手去摸她湿漉漉的头发，语气有点玩味，"那你先去把头发吹干，躺着等我。"

林循听出他话中强烈的暗示意味，倏地抬起头看他。

这人这么精力旺盛吗？

她想起今早迟到了一小时的原因，视线连忙从他脸上挪开："我真不行。昨晚就没睡好，好困。

"而且，从明天开始应该会很忙，可得养足精神。这周五《凡尘》就要上线了，还有两天时间。我们安排了几场直播预热，到时候你和琳琅大大他们都得在哦。"

听到她急切的拒绝和后续一连串的"证据支持"，沈郁觉得有点好笑，轻扯她额前的碎发，促狭道："不行什么？"

他停了两秒，慢悠悠地说："让你等我，是有点事要跟你说，你听着就行，不耽误林老板养精蓄锐吧？"

他尾音下沉，藏了刻意的暧昧："还是说……你想的是别的事情？是……什么？"

"……"意识到自己想歪的林循松了口气，同时脸皮一点点烧起来。

好半天后，她眨眨眼，气定神闲地给自己找补："我的意思是，因为要早点睡，所以聊天也不能太久。"

"行吧。"沈郁没再逗她，起身去衣柜固定的那层拿了新的居家服和浴巾，往浴室里走。

关了门，封闭狭窄的淋浴房里充斥着还未散开的热气，带着沐浴露的木质香味。

以及她身上淡淡的气味。

很熟悉。

沈郁拧开花洒，长睫合着，仰头迎上温热的水流。

许久后，他关掉水，手指触着门把手，顶着满脸水珠在湿冷的瓷砖上站了会儿。

还真有点忐忑。

他换上衣服，随意擦了擦头发，脚步缓慢地往房间的方向走去。

又站在房门口做了会儿心理建设。

这瞬间，简直比前年寻语上市的时候还紧张。

可等他好不容易消化完这些许惶乱，却不期然听到了床头吹风机剧烈的风声里，夹杂着一声声十分平缓的呼吸声。

以及规律且轻微的鼾声。

"……"沈郁迈步走到床边，探手在她身旁摸了摸，果然。

吹风机还搁在旁边，热风正对的那处床单已经被吹得发烫，可某人的发梢还湿漉漉的。

看来是头发吹到一半就睡着了，连被子都没盖。

沈郁眼皮掀了掀，连忙按掉开关。

心大到这份上，独自生活了这么多年，居然没出过事……

他皱着眉，动作很轻地给她盖上被子，又把枕上湿润绵软的长发全部披散开。

这才拿了一条干燥的毛巾，轻手轻脚地帮她擦干。

又去擦她被湿发沾得满是水渍、黏腻的脖颈和胸口。

似是被他伺候得舒服，女人的呼吸声越发绵软，温热的脸颊下意识地蹭着他的手背。

像只亲近人类的幼兽。

沈郁忍不住牵了一边唇角，收回半湿的毛巾想去换一条。

刚刚起身，却听到她半醒半梦般呓语着什么。

那声音仿佛黏在嘴唇间，混杂不清的。

他弯下腰，凑到她身边仔细分辨，才终于听清。

"沈、郁，你的遗……憾，我会……会帮你的。

"你跟我……跟我混，我会努力……带你……赚钱的。

"我……给你买很贵的钢笔、米其林三星、好看的……衣服、气派的大城堡……你以前有的，以后……也会有。"

"……"

温热的气息直往他耳窝里钻，他僵了片刻，才明白她在说些什么。

许久之后，他清浅地"啧"了声，心尖一点点酥软，似是被温乎乎的糖水煮化了。

就像她说的那样，真的好甜。

只是，这可让他该怎么坦白啊？

夜很安静。

空调的热风口有隐约的声响。

大概过了半分钟，他轻轻拍了拍姑娘的头，俯身在她耳边哑哑应了句："好，林老板，那就辛苦你了。晚安。"

之后这两天，林循忙得天昏地暗。

不仅仅是做上线前的最后打磨，还有各个社交平台上的宣发。

剧上线前，安排参演 CV 直播是惯例，但之前几部的直播间也就一些追随已久的老听众会关注。

因为听的人不多，所以环节也轻松些，CV 们连脚本都不用看，跟

大家话话家常就好。

这次却不同。

直播间里每天都有几万人在线，其中一半以上都是冲着"夜莺"大大来的。

甚至好几次冲上了平台热门。

周洲和汤欢都停了手头的活，跟着林循一起盯直播间。

都说从来没看过这么多弹幕。

总之盛况之下必是忙碌，林循几乎每天都忙到晚上十二点才回家。一回来匆匆洗漱完，便倒头就睡，第二天又是一大早就出门去工作室。

汤老板倒是每天都神采奕奕。

她在工位上挂了个可视化表格，订阅人数每上涨一千就打个钩，一双野性十足的眸子盯着那表格上密密麻麻的钩，仿佛冒着绿光。

终于忙到程孟婚礼前一天，《凡尘》的前三集连更正式上线。

这天晚上大家都在工作室，一群人围着会议桌，在讨论第二季的策划案。

晚上六点，存在后台的剧集按时播出。

起初大家还佯装镇定，没人去看数据。

林循也十分淡定地讲着周洲做好的策划，但讲了半个小时之后，忽然忘词了，卡了足足三十秒。

她抬眸，看向周洲。

"……"周洲从口袋里摸出手机，登上平台，看了眼后台数据。

几秒钟后，他瞳孔震了震，反复确认了好几次后，才结结巴巴地说："老大……我们上了首页滚动图推，就挨着《长耀》的海报……目前不到三个小时，后台的订阅收益抵得上之前《小蔷薇》更新半个月……"

平台的推荐力度直接和订阅量挂钩。

他们之前的每部剧，几乎都是靠着完结后的口碑一点点起来的，但在更新初期并不会有太多人关注。

在平台上亦是默默无闻，别说热度最大的首页滚动图推了，能在犄角旮旯里有个字推就谢天谢地了。

他们什么时候见过这种盛况？

这种头部工作室才有的宣传和收益，当真算得上是"泼天富贵"了。

周洲再次确认完收益，又去看剧集下面的评论。

庞大的评论数量，再次令他瞪大了眼睛。

而且，竟然，全都是好评。

有夸剧本写得好，买了前三集的听众都说，剧情很精湛流畅，期待之后的更新。

也有夸制作精良的。

大多数新粉都是从平台的首页榜单上找进来的，之前从没听过他们工作室，开始在网上大肆考古。

一些老粉则扬眉吐气，科普着他们从前的作品。

△"一只夜莺"出品，必是精品。他们就是比较低调，做的好剧真的不少了。

△是啊，我从三年前的《命途之南》开始听的，当时他们官微只有两百个粉丝，那会儿我就觉得这家工作室以后会火，从剧本到声音都很用心啊。

△对，后期也是，做得非常好，一些武侠背景音简直绝了。

当然，其中大部分还是在夸两位主役CV的声线。

△琳琅大大在这部里的功底好像又进步了，好贴人设啊。

△啊啊啊，我听完三集后，把玉清子的CV扒了个遍，他居然是个新人！没作品没物料啊我去！这声线也太清冷太端方了，怎么办，今晚睡不着了，有代餐吗？

△加一，混迹广播剧多年，算是半个业内人士。很久没听到这么令人酥软的声音了，耳朵里的老茧都掉了。不过说实话，不太相信是个新人，总觉得是某个大佬披的马甲。

△楼上想多了吧，我不记得哪个大佬是这种声线啊，除非是大佬的伪音哈哈哈！

△给大家指个路，夜莺大大开了微博的哟，日常会发一些自己的配音作业，可以去观望。

……

周洲按掉手机，咽了咽唾沫，咋舌道："老大，我们好像……真的火了。"

会议室里一时响起了接连的欢呼声。

一群平日里闷不作声的I人此刻放纵地尖叫着，几年的努力和坚持在这一刻得到了回报。

林老板唇边也带了笑。

其实都在预料中，这部剧的关注度在宣发时期就已初见端倪了。

汤欢亦笑得眉眼飞扬，对林循点了点头，而后起身关掉电脑，扬声道："大家这几天都辛苦了，这周末好好休息。下周一聚餐，我请客，顺便发奖金。张成玉，我看你前两天不是盯上个手办不舍得买吗，可以看着下单了。"

工作室里的欢呼声更大了些。

毕竟，没有比发钱更直截了当的庆祝方式了。

林循站在一旁，看着他们欢欢喜喜地笑闹着。片刻后，调了静音的手机在口袋里振动起来。

她看了眼，是孙律师的电话。

林老板拎了包，跟汤欢比了个手势，边接起电话，边往外走。

"孙律，案件又有新的进展了？"

昨天孙律师便给她打了电话，说是在赵桅的帮助下，赵一舟已经招认了。

多年前杀害她父亲的，真的是赵帆。

她昨晚听到这通电话的时候，实在太忙，只草草跟他聊了三分钟就回去工作了。

这么大的消息，她知道后心情却很平静，没有任何的波动。

"嗯，"孙律师也不卖关子，开门见山道，"赵帆也招认了。审讯进行了一天，我也在场。他起初死活不相信赵一舟招了，认为我们在诈供。后来警方将赵一舟从龙湖监狱提调到看守所，父子两人见了面，赵帆才知道事情真的败露了。

"又过了两个小时，他才招认。"

"那他交代了吗，"林循缓缓呵出一口气，在冰冷的空气中凝结成白雾，"为什么……要杀害我父亲？"

既然是赵帆杀的人，那就不可能是多年前赵一舟招供的理由，因为被发现挪用公款而杀人了。

"是，他交代了。"

孙律师顿了片刻，言简意赅地说道："是因为他在工地上往一条流浪狗身上泼学校里偷来的硫酸，被你父亲看到。你父亲训斥了他几句，救了那条流浪狗。"

林循的呼吸很轻，步调缓慢地往家的方向走，踩过一块块积着薄雪的青石板。

"……就因为这么件事，他就杀人？"

孙律师下午也问了赵帆这个问题。他手上戴着手铐，笑得古怪，语气理所当然，甚至有些扬扬得意。

"这理由不够吗？他算什么？一个臭打工的，搬一天砖吃一天饭，在昼山连居民暂住证都没有，没亲没故、没钱没人，跟那条整天在工地里翻垃圾桶的流浪狗有什么区别？

"这样的一条狗，凭什么教我做人？我杀了他都嫌手脏。"

443

孙律师没忍心和林循复述他的原话，只说道："像他这样的人，是典型的人格缺失、心理变态，为什么原因杀人都是很正常的。小林，如今尘埃落定了，后续的庭审交给我，你别多想，好好吃饭，好好睡觉，开始你自己的新人生吧。"

"嗯，我会的，谢谢您。"林循得到了答案，心里竟然没有想象中的剧痛和不甘。

长达十六年的疤痕，似乎彻底地从她心口揭开了，露出了有些发痒的新肉。

林循脚步轻快地往前走，拐过街角时，忽然看到一个熟悉的身影。

拎着盲杖，单手插兜，低着头在等红绿灯。

他晚上说要来接她来着。

她差点忘了。

隔着一个红灯，林循视线落在男人身上，看到他肩头落了薄薄的雪。

她弯了唇，低声道："孙律，有件事我想跟您说。

"我结婚了，等婚礼时间定下来我再邀请您，想请您当我的主婚人。"

她忽然想办婚礼了。

这个世界上，在意她的人和她在意的人，还有很多。

3

晚上回到家，林循又是倒头就睡。

这几天实在忙碌，两个人尽管每晚都能见面，却几乎没有任何闲聊的空闲。

林循更是把之前沈郁说的要告诉她一些事忘得一干二净。

第二天是程孟的婚礼，凌晨三点，林循按掉闹钟，起床换好衣服。

她一会儿要去程孟家。

昼山这边婚礼的繁复程度令她叹为观止，新郎新娘以及伴娘伴郎三点半就要开始化妆。

沈郁也跟着起来，困困地跟在她身后晃荡。

从客厅跟到卫生间，靠在门板上双手抱臂，闭着眼等她刷牙。

林循从镜子里看他睡眼惺忪的样子，只觉得好笑。

头发也乱乱的，整个人像只毛茸茸的泰迪。

他这生物钟现在算是彻底被她调整过来了，往常凌晨三点或许他还没睡呢。

林循刷完牙，走过去戳了戳他的胳膊："你别跟着我忙活，去接着睡觉。别忘了中午十一点去酒店参加婚宴就行。"

沈少爷依旧没睁眼，下意识地伸手过来搂她。

他身上穿着柔软的居家毛衣，羊绒质感的毛线温温地贴着她的皮肤。

"等我五分钟清醒一下，等会儿送你去。"

"天还没亮呢，不放心你自己打车过去。"

林循抬头看了看他，在他下巴上啄了一口："我不是一个人，孟孟那边有司机过来接我。"

"你去睡觉，听话，一会儿中午我可没时间吃宴席，你替我多吃点？"

"……那行吧。"

沈郁依旧闭着眼，手也没松开她："再抱会儿。"

林循打量着他倦懒的神色，忽然开口，慢吞吞地说："今天你应该被安排在一中同学那桌……就，那什么……"

她咳嗽了一声："宁琅也会在。"

她话音落下，眼前男人蓦地睁开眼，像是不明白她的提醒："所以？"

林老板笑着戳了戳他："不许阴阳怪气，不许挑衅，不许打架，听到没？"

上次她跟他说完当初和宁琅的那段故事，这大少爷脸上的表情像是要吃人。

何况，他之前好像就看宁琅很不爽来着，当时林循还有些不解，毕竟他们俩高中时候好像也没什么交集。

当然她现在明白了，这人无端吃了十年飞醋，能看他顺眼才怪。

沈郁眨眨眼，面色晦暗地掀唇："这么偏心你'前男友'？那万一他主动阴阳怪气、挑衅，打我怎么办？"

林循无语："什么前男友……总之如果以上情况发生，我们聪明又智慧的'夜莺'大大肯定会有更好的应对方式，不跟他一般见识。总之孟孟的婚礼最大，要是你受了委屈，过了今天，我帮你十倍找回来，行不？"

"找回来就算了。"沈郁挑了挑眉，低头在她耳边说了句什么。

他的嗓音里还带着睡意未消的沙哑，不如平时清越，却多了几分模棱两可的情愫："补偿我就行，嗯？"

"……"林老板红着脸骂了一句"不要脸"，挣开他的手臂，去门口换鞋。

到程孟家之后，光化妆就花了三小时。

之后便是接亲、迎亲仪式，外加一上午的拍摄。

等终于忙完这些仪式到酒店，已经十点多了。

程孟换上缎面婚纱，坐在化妆间里边补妆边打瞌睡，整个人又困又倦又饿，像朵蔫了的玫瑰。

林循站在她身后，看着镜子里的她。

蔫是蔫了点，但很漂亮，闪闪发光的。

也难怪刚刚接亲进门的时候，陈诺之看到她穿着一身大红色中式秀禾端坐在床沿，一向沉稳的工科男刹那间哭到哽咽。

被程孟嘲笑了好久。

林循拍了拍她肩膀，从包里拿出一盒巧克力，拆开，给她拿了一块："啊，张嘴，别沾到口红。"

程孟乖乖张嘴，细嚼慢咽着。

等吃掉了三颗巧克力，她才算恢复了点元气，摇头道："就冲今天这炼狱般的体验，我也不能跟陈诺之离婚……不然万一以后还得再来一次，多痛苦。"

林循亦觉得这些婚嫁流程实在是太复杂太累人，想着自己如果要办婚礼，一定要省去这些，只请些相熟的亲友吃顿饭就好。

她又给程孟拆了一盒牛奶："趁着现在有空多吃点，等会儿宴席应该没你的份。这流程才过一半，你可不能倒下啊。"

程孟半死不活地咬着吸管，脸颊一鼓一鼓，像只小豚鼠："……我尽量。"

陈诺之家在昼山做实木家具的生意，算得上是小富之家。

程孟家里也差不多。

生意人最重脸面，这场婚礼，小两口与其说是主角，更像是两列展品，衣着华贵、香车美酒，向生意场、亲朋好友们展示出陈孟两家的经济实力。

所以婚宴选在昼山最豪华的超五星级酒店，君临。

亦是沈氏旗下的酒店品牌。

一桌婚宴席面，最低档的都需要一万五千八。

化妆间隔壁的新郎休息室内，陈诺之正在和酒店经理核对午宴和晚宴的菜单。

菜单外包裹着镶金的红绸丝绒布，待翻到内页，他看着那些只有最顶尖的席面才有的菜品，皱眉问："我们订的不是这个吧？"

他们订的是中档的席面，一桌是两万出头。

而经理拿来的菜单，显然菜品、食材、酒水都是升级了的。

价格亦不是一个层次的。

"是，这些是我们东家赠送的，"经理笑道，"祝您二位新婚愉快，百年好合。"

"东家？"陈诺之蹙眉想了一会儿，半响后才有些了然。

他不由得想起之前林循住院的那两个月——豪华宽敞的病房、最权威的主治医生，以及他和程孟去探望时在楼下撞见的豪车。

半年前那次同学会，他也听到了关于沈少爷如今生活窘迫的传闻。

现在看来，那些传言显然没有几分是真的。

还不等陈诺之回过神，休息室的门被敲响。

经理走过去，打开门，待看到门口的来人后，神色骤然变得恭敬，甚至有些谄媚激动——哪怕对方其实看不见他的神态动作。

这家酒店虽是沈氏旗下，但也只是沈氏在经营，其中百分之六十的股份都归眼前人所有。

"那东家、陈先生，你们聊，我先去安排宴席。"

沈郁神色寡淡地点头。

经理迎了他进来，兀自往外走，还贴心地帮忙关了门。

"沈郁。"陈诺之起身去扶他往沙发旁走，"来，坐这里。"

沈郁却没坐下，唇角带了点弧度，语气玩世不恭："不坐了，马上走，不耽误你们的流程。"

他说着，手腕抬起，将手上拎着的盒子轻轻搁在沙发上。

"听林老板提起，程家长辈喜欢收藏瓷器。这套骨瓷还不错，形貌比较典雅，适合长辈们用。"

陈诺之看了眼那盒骨瓷，饶是他从小也算锦衣玉食长大，双目依旧被炫了片刻。

不过震惊多了，他早就习惯了。

高中那会儿，这哥们的排场可比现在还要嚣张。

家里每天送他上学的豪车，周一到周五都能不重样。

一群公子哥吹捧的潮牌、限量款球鞋，人家打场球就能换三件。

所以，他们俩高中时候关系虽然还可以，但仍然不算熟稔。

想来也没人会当真和他熟稔，谁都跟他不是一个世界的人。

那是真正的天之骄子。

陈诺之想到往事，摇摇头。

他笑得坦然，直截了当地说："老同学，就不说这骨瓷。你赠送的席面，一桌可得三开头……午宴晚宴加起来一百来桌，你们家赶礼，是这个派头吗？"

沈郁却没坐下，靠着沙发扶手站着，唇角掀了半分弧度。

在金钱上，他并不推崇清高迂腐。有时候场面事，就该用场面来堆。

程陈两家都在生意圈里沉浮，宴请的那群宾客，十个里有九个是人精，最会看人下菜碟。

肤浅一点，对他们有实在的好处。

寻语当初能从微末中崛起，除了本身实力过硬，这些场面事也做了不少。

沈郁想到这儿，下颚微扬，漫不经心地说："不是冲你，是冲程孟。那可是我媳妇的娘家人，我得多讨好讨好，以后还劳烦你在她面前帮我说说好话。"

网上怎么说的来着。

十桩分手，九桩都是闺蜜劝的。

闺蜜之间的小话，可比枕边风管用。

陈诺之听他这么说，实在没忍住，噗嗤笑出声。

骤然觉得自己跟他之间的距离比高中那会儿拉近了很多。

什么天之骄子，还不是食五谷杂粮、困于七情六欲的凡人一个。

"行，也劳驾你在林老板面前多说说我的好话。她可太彪悍了，大学那会儿我和孟孟吵架，没少受她冷言冷语。好几次我都觉得，她要不是看在孟孟的面子上，早揍我了。"

沈郁听他提起林循的"丰功伟绩"，忍不住勾了勾唇，应了句："好，一言为定。"

两个男人短暂地交换了约定。

陈诺之忍不住看了面前气定神闲的人两眼，忽然又皱眉问了一句："不过，哥们儿，你这么有钱，你们家林循知道吗？我听她前两天和孟孟打电话，还吐槽这一万多一桌的婚宴太贵……甚至发愁她那一个月一万六的贷款。她还问孟孟，如果让你还一半，会不会害得你压力很大。"

"……"沈郁成功被他问得僵住。

这两天林老板实在太忙，其次，是他有些一鼓作气、再而衰、三而竭了。

一直找不到合适的时机。

沈郁直起腰，不禁咳了两声："我今天来找你，是还有件事情想请教一下。"

他思来想去，觉得还是陈诺之比较靠谱。

毕竟经受了十年的恋爱捶打走进了婚姻殿堂，旁的不说，认错经验肯定很丰富。

沈少爷凑近些，眨眨眼，认真地请教："想问一下，这种程度的谎，还有救吗？"

"……"陈诺之听完他从头至尾的叙述，笑得前俯后仰。

许久后，他才停下笑，幸灾乐祸道："虽然事出有因，又是善意的谎言，但……我很负责任地告诉你。

"大概率没救了。

"如果对方是孟孟，那我装个病、死皮赖脸哄一哄还有点期望，但你们家林老板那倔脾气……啧。"

沈郁听着他话尾的那个"啧"字，无端打了个寒战。

新郎看着眼前人青光乍现的脸，憋笑憋得满面红光，忍不住拍拍为情所困的天之骄子的胳膊，诚心奉劝："赶紧坦白吧，隐瞒在感情里是大忌，拖下去就要'病入膏肓'了，除非，你能瞒一辈子。"

午宴过半，新郎新娘挨桌去敬酒。

林循跟着程孟帮忙端酒，说是酒，其实就是酒壶装着的白水。

不然这一个宴会厅敬下来，真是要命了。

待敬到一中同学那桌，林循一眼便看到了沈少爷。

但令她瞠目结舌的是，宁琅竟然坐在他身边。

两个人都端起酒杯遥遥敬过来，一副相安无事的样子。

沈郁没有看到她，挽起袖口，低头抿了口酒，淡淡的眉眼舒展着，没任何戾气。

宁琅却没他那么平静。

他今天看着没有往日的光鲜，衬衫的领子翻了一半，连唇边的胡茬都仿佛没有时间刮干净。

他意味不明的目光绕过程孟，落在林循身上，在她瓷白的脸上停了片刻，而后莫名地躲开了她的视线。

林循忍不住挑眉。

宁琅这副样子，她倒是从没见过。

从前的他，不是目中无人、捧高踩低，就是虚假的温和中掺杂了高高在上的怜悯。

怎么突然之间转性了？

林老板可不认为，自己有什么值得他躲避的。

上次见面，他不是还趾高气扬地想教她做人吗？

别说林循了，桌上的男生们也觉得怪异。

原本他们并不知道沈郁也会来，直到典礼开始之前，陈诺之带着他入席，大家才见到他。

来参加午宴的都是跟陈诺之关系不错的男生。

他们之前都多多少少听说过沈郁的事，但毕竟沈少爷当年人缘不错，席间也没有冷场。

只不过，后来宁琅来了。

宁家是程家的大客户，所以虽然陈诺之和宁琅的私交一般，仍是邀请了他。

男生们都清楚宁琅是什么样的人。

他上学那会儿看沈少爷不爽，私底下没少阴阳怪气，不过是碍于沈氏，不敢当面表现出来罢了。

那次同学会，宁琅没少奚落沈郁，在聊到他的窘迫近况后，假作唏嘘间那得意之色藏都藏不住。

如今这两个人当面碰上，大家还有点担心他会冷嘲热讽、落井下石。

果然，宁琅一来便挑了沈郁身边的位置坐下。

就在席上众人一半担忧、一半事不关己打算看好戏的时候，宁琅却一声都没吭，只埋头吃菜，连话都比平常少了很多。

甚至，在新郎新娘快要敬到这边的时候，还适时地帮沈郁倒了杯酒。

"……"大家看着，都忍不住一脸古怪。

毕竟，高中那会儿都没见他对沈郁这么谦和讨好过。

林循陪着程孟敬完最后一桌，才忍不住咕哝道："宁琅什么情况？刚刚我过去，他不仅没像之前那样找碴儿，还垂头丧气的……像只斗败的公鸡。"

并且全程闭麦，半点风头都没出，还是班长起身代表同学们说了几句祝福来着。

这不是他一贯的做派啊。

程孟倒是知道一二，随口道："我听说他好像离开睿丽了，也不知道是为什么……可能是在家族内斗中失败了吧。最近陈诺之在好多饭局上都能看到他，姿态放得很低，处处找门路，想要出来单干……虽说陈诺之邀请了他，但我还以为他不会来，毕竟他一向眼高于顶，这桌上可没人值得他巴结走动的……"

林循半知半解地"唔"了一声。

好像之前也听汤欢提到过，睿丽有声的老大换人了。

她认为是好事。

以宁琅从前那套做派，他们往后很难和睿丽有合作机会。

她对这些豪门斗争没多大兴趣，闻言只是语气淡淡地"啧"了一声，没往心里去。

不过，宁琅如今自己都焦头烂额，估计也没心思找沈郁麻烦了吧。

林老板想到这儿，远远地往宴席上看了眼，却见到宁琅忽然偏过头，低眉敛目地在沈郁耳边说了句什么。

沈郁慢条斯理地喝完手头那杯酒，脸上没有丝毫情绪，也没回应他。

宁琅咬了咬唇，又说了句什么，沈郁才不咸不淡地点头。

之后两个人双双站起身。

沈郁拎了盲杖，脚步缓慢地踩着厚实的暗红色地毯，绕过宴席往宴会厅外的长廊走去。

宁琅神色复杂地盯着他的背影，双手插兜在原地站了好一会儿后，才跟上。

却没有超过他，一直不远不近地跟在他身后。

两人很快消失在宴会厅门外。

林循眉心一紧，把端了酒水的托盘交给另外一位伴娘，旋即和程孟说了一声，从侧门出了宴会厅。

她拎着裙摆穿过长长的欧式长廊，往尽头的拐角寻去。

随手捋起伴娘裙仙气飘飘的衣袖，从头上扯了根发卡别住，眉眼亦带上点桀骜的冷色。

敢欺负她的人，当她吃素的——

林老板气势汹汹地走过拐角，进了另一条廊道，捋袖子的动作忽然顿住。

不远处，宁琅正站在沈郁身旁两三步的位置，正态度谦卑，似奉承地给他递什么东西，看着像一张卡。

她从来没见过这样子的宁琅。

这哪里是要干架，更像是被揍得心悦诚服。

林循于是错愕地看向沈郁——他好端端地站着，不像受了伤的样子。

她松了口气，缓了脚步，这才好整以暇地打量他。

沈郁原本就比宁琅要高一些，此刻对方又是弯腰又是低头，两人之间的身高差越发明显。

居高临下的。

他侧脸隐在暗处，脸上表情明显很不耐烦。唇边半点弧度都没有，眼皮都懒得掀一下。

仿佛只是碍于她今晨的嘱咐，才耐着性子在这儿站着。

半晌后，许是听到了熟悉的脚步声，沈郁的眼皮缓缓撩起，没有焦点的视线遥遥撞上她。

那双浅淡瞳眸突兀地被水晶灯照亮，反射出粲然亮白的灯光。

他唇边倏地漾开点笑，冲她招手："过来。"

林循顿了一会儿，抽开发卡，把袖子放下来，几步走过去。

她看了眼沈郁，又看了眼宁琅，皱着眉，完全搞不清楚状况。

沈郁伸手牵了她，冲宁琅的方向抬了抬下巴。

"这人想跟你道个歉，但也不知道是眼睛有毛病，还是脑子有毛病，他好像找错了对象，把我当成你了，说了一大堆废话。"

他不耐地摁了摁耳窝，片刻后忽然低头，凑到她耳边低笑："还是说……循循，咱俩刚领证，就这么有夫妻相了？"

4

沈郁的话说完，还没等林循反应过来，宁琅先抬起了头。

他看向林循的目光震惊中带了几分晦涩，视线落在她礼服领口光洁的锁骨上，定了片刻后，才终于垂下眼，扯了扯嘴角："原来二位已经结婚了，那祝你们新婚快乐。"

"祝福我就收下了。"

沈郁收起笑意，伸手抚了抚林循的发："林老板，他既然要道歉，你就听两句吧。我去旁边等你。"

林循却眉梢微扬，牵了他往外走："不用了，我不想听什么道歉，没必要，都过去了。"

她虽然不知道宁琅为什么态度一百八十度大转弯，但她也实在懒得听。

道歉不道歉的，过去这么多年，又有什么相干？

沈郁对她这样冷淡的反应乐见其成。

虽说林老板和宁琅之间的事并不是他曾经以为的那样，但他可没忘呢，之前听周洲说过，宁琅曾经给她连送了两周的花。

沈郁眉梢微扬，轻轻捏了捏她手心："嗯，我们林老板真大度。那……送我出门？我吃得差不多了，想回家睡会儿觉。"

"好。"

两个人低声交谈着往外走，步伐一致而默契，犹如闲庭漫步。

铺着暗红色地毯的长廊宽敞，男人牵了姑娘的手，便将盲杖折起来，随意挂在腕间，步调举止如同常人。

走过长廊一半，林循侧过脸看他，兴致勃勃地同他介绍长廊两旁影影绰绰的画作和婚宴雅致的布置。

"……这酒店倒是有意思，这一层都是婚宴厅吧，挂的画也以暖色系为主，布置得还挺搭。"

"……孟孟他们这次布置得太用心了，门口的甜品桌真的很好看……一会儿出去咱们先在那儿合张影，我再帮你叫车……"

她的声音越来越远。

宁琅站在原地，目光直直地看着他们的背影，不由得想起多年前，他站在教室门外，看着沈郁垂下高贵的头颅，不甘又难过地摩挲着他看不到的便笺。

那时候他觉得，纵使沈郁曾经那么不可一世又如何。

他人生中，有两个迈不过去的坎。

但如今看来。

这两个坎，好像，都被他迈过去了。

忙完晚宴，又送走所有的宾客，已经是晚上九点了。

程孟安排了司机送几个伴娘伴郎回家，等回到新房，才跟陈诺之问起今天宴席的事。

"我中午敬酒的时候还没注意，等晚上再敬酒的时候才发现，咱们的菜品怎么跟之前定的不一样了？好像酒水也升级了。你临时换了？是不是多花了很多钱啊？"

程孟拉开红色敬酒礼服的拉链，又扯掉头顶的装饰："不过效果还真不错。你都没看到，刚刚送客的时候，我那个势利眼三叔一个劲拉着我爸问他最近是不是做成了大生意……我爸还跟我说，晚宴过后刘总走之前喝得很高兴，俞山那个项目敲定跟我们家合作了……啧，不怪咱俩都没兴趣继承他们的生意，这种面子工程、生意场上的拉扯，实在太无聊了。"

陈诺之笑着帮她把头发从礼服里扯出来，想了想，还是把沈郁的事告诉了她，同时叮嘱道："你可别直接告诉林循啊，人家自己的事，你可别跟着捣乱。"

程孟倒是没有太震惊。

跟陈诺之一样，她其实之前就发现端倪了，或者说，其实沈少爷从来没有刻意隐藏过什么。

只不过循循对这些实在太不敏感。

陈诺之帮她把头上的发卡拿掉，边好奇地问："以你对林老板的了解，你觉得她会是什么反应啊？"

程孟对着镜子笑起来："也分人。循循自尊心很强，不喜欢欠人情，所以这么多年，再难她都自己扛着。要是其他人瞒着她这么久，就算出发点是好的，她也未必会领情，恐怕知道真相之后就会分道扬镳了，但……对方是沈少爷，所以，我也说不好。"

她散开头发，补充了一句："循循真的很喜欢他。"

进入二月之后，天气反而转暖了一些。

稀稀落落的雪停了，昼山难得见了几日晴。

周一下午，"一只夜莺"的大家开完例会，早早收拾了东西准备去聚餐。

两位老板请客。吃饭的烤肉店离工作室不远，就在附近的一个商场，步行就能到。

等到了店里，林循让大家先上楼，她自己在楼下等沈郁。

待看到他远远走过来，林老板不自觉眼前一亮——天气回暖，他换了件轻薄些的黑色冲锋衣外套，搭同色裤子。一身黑衣黑裤穿在他身上却半点不显沉闷，只觉得清爽中带了点淡淡痞气。

前两天虽然是周末，但两个人在一起的时间非常匆忙。

以至于她好像都没怎么仔细看过他。

前天晚上，她忙完程孟的婚宴，直接让司机送她去了工作室。

大家都放假，但《凡尘》官方号底下的评论还是需要有人时时盯着回复。

林老板挑了一些听众们比较关心的问题一一回复，又趁热在微博号做了一轨幕后录制花絮放出来做话题营销，果然很受欢迎。

便一直忙到了半夜。

之后两天亦是起早贪黑。

总之，忙了几天，总算是把《凡尘》的热度维持住了。

如今平台上不仅首页滚动海报是《凡尘》，热度更是登上了仙侠类剧目第一，全类剧目前三。

实时集均播放量仅仅在《长耀》之下。

与此同时，各平台账号的涨粉速度也令人瞠目结舌。

甚至短暂冲上了一次微博热搜，连带着原著小说也火了一把。

……

烤肉店在商场五楼。

林循带着沈郁出了电梯。

虽然不是节假日，商场里人还是很多，五楼挤满了来吃饭的人。在一众羽绒服、大衣臃肿的打扮中，沈少爷穿着清爽、眉目冷淡，回头率

超高。

林循也忍不住看了他一眼又一眼。

直到某人似有所感，忽然停下脚步，偏过头来："怎么一直盯着我看？我脸上有东西吗？"

林循实在是很好奇，便没有否认，忍不住问道："你现在又多了一项特异功能？能感觉到别人的视线了？"

"没，你又不是激光眼，哪能感觉到？"

沈郁勾唇，牵起她的手："但你每次侧目看我，手指都会不自觉地转个角度。"

"……行吧，算你厉害。"

林循只觉得，盲人当真是除了眼神，哪里都敏锐。这种小动作，连她自己都不知道。

跟特异功能没什么区别。

"所以我说对了？"沈郁嘴角翘了个弧度，又问了一遍，"我脸上有东西？帮我擦一擦？"

林循闻言在他脸颊上戳了戳，却没擦拭，一本正经地说："那可不行，满脸的好看，擦了多可惜。

"我帮你戳进去了，藏起来，等一会儿没人了再放出来。"

"……"

电梯门口的两个原本在低头专心玩手机的女孩子听到这般狂妄的发言，不约而同地转过身来，视线忍不住在"满脸好看"的沈郁身上转了一圈。

五秒钟后，她们愣是把即将脱口而出的吐槽咽了回去，互相交换了个兴奋的眼神，发出了一声表达赞美的惊叹。

这小姐姐，还是夸得保守了。

林老板却完全没有任何羞赧，大大方方牵了自家的大帅哥往烤肉店里走。

为了庆祝《凡尘》的热播，汤欢点了一箱酒。

虽然都是度数很低的果啤，但由于林循有"前科"，她只分到了可怜的一小罐。

其他的全被沈少爷拎到了周洲脚边。

周洲自然顺水推舟，等肉烤上，围着热腾腾的炉火，他打开一罐酒，边喝边忍不住说起今天的微博热搜。

"真没想到，我策划的剧竟然有一天能上热搜，我今天刷了一整天，眼看着那词条从四十几位往上爬，热度最高的时候竟然停留在第九位，啧，我也太出息了吧？我已经录屏了，以后我的墓碑上要搞个二维码，一扫就是这个音频……这简直比我当年考上昼山大学还激动。"

他话音落下，张成玉吃惊道："周洲，没看出来啊，你是昼大的？跟郁哥一个学校？"

他们这几个月早就跟沈郁混熟了，便都跟着周洲这么叫。

周洲"嗯"了一声，面不改色地喝了半罐酒："那年在梦里，我考上的时候，还没等到录取通知书，就激动地笑醒了。"

"……"

李迟迟忍不住给他夹了一块肉："你少说话，多吃肉。"

周洲跟她道谢，慢吞吞地吃掉那块肉，又喝完了剩下的半罐酒。

酒意微醺，人逐渐变得更加嚣张。

他拉开另一瓶易拉罐拉环，敬了沈郁一杯："郁哥，我们的成功，也有你一半功劳。要不是前两个月你勤勤恳恳更新微博号吸粉，外加你这得天独厚的好嗓子，咱们《凡尘》做得再精良，也很难有这个成绩。"

他这句倒是实话，大家亦跟着附和。

可下一句——

周洲拍了拍胸膛，一派豪情壮志："郁哥，你这起飞的速度，比起当年的千寻大大都不遑多让。千寻大大都出圈多少年了，以后江湖是我们年轻人的世界。而且，他从不以原声示人，说不定他原声还不如郁哥你呢。我相信不远的未来，你一定能把他拍死在沙滩上！"

"……"沈郁捏着手里那罐酒，沉默了半分钟，仰头喝了一口。

李迟迟却再次用烤肉堵住了周洲的大嘴巴，忍不住环顾四周，发现大家都在吃肉，没人听他们说话，才松了口气。

"千寻大大是什么人？全网粉丝千万，配音界大明星……你是想我们再上一次热搜吗？黑的那种。"

林循也忍不住笑起来，"哎"了一声，伸手拍了下周洲的胳膊："别飘得太狠啊。你现在特像个暴发户，赚了一单就觉得自己是世界首富了。"

她眼神在沈郁身上转了一圈，公正地说："咱们家夜莺大大虽然潜力无限，但也不能一口吃成个胖子，慢慢来，稳扎稳打才好。"

要是跟远山、张月华他们比，还有些可比性，但千寻是什么人物？

整个有声界的传说级人物。

甚至曾经以两年七部男主剧的战绩，以一己之力拔高了耳朵产业的市场。

说到这儿，汤欢便提起前阵子播出的一部大热谍战剧，也是千寻大大今年唯一配音的一部男主剧。

饰演男主的是娱乐圈顶流，剧播出的第一天热度就登顶了。

"千寻大大的声线也太多变了。我一开始听还以为是演员的原声，声线几乎和演员本人有七分相似，但无论是情绪的把控还是名场面的台词爆发力，都比演员花絮中原台词好了不知道几百倍。所以最终呈现的版本简直完美，又贴脸，又贴剧。"

李迟迟连连点头，激动道："对，我也追了。我还是开了弹幕才知道是千寻大大配的音呢。大家给他起了一个新的外号，叫 AI 修音机器。"

林循也刷到过那部剧，但她最近实在太忙，一直没时间去看："AI 修音机器？那是什么？"

"就是指，把演员的原声录进去，千寻大大就能产出声线不变、但专业功底和情感精修的声音。"

李迟迟说罢，忍不住崇拜地"啧"了一声："简直就是古代的口技嘛。真想知道千寻大大本人到底是什么样子，肯定苦修了几十年吧？还是说真的有八条舌头？"

林循弯了弯唇角，帮沈郁调了点酱递到他面前，想起沈郁说过的话，随口道："没，他本人很年轻，而且长得贼帅。"

"真的吗？"

李迟迟忍不住睁大了眼："循循姐，你见过？"

就连汤欢都来了兴致："有照片没？让我来鉴定一下林老板的审美。"

"我也没见过，"林循伸手指了指旁边从这个话题开始就一直闷声喝酒的人，"不过沈郁之前在《森林寓言》节目组遇到过他，听别人评价，千寻大大长得超级好看，再差也就，跟他差不多吧。"

"……"

桌上一堆人的视线凝在沈郁脸上。

好半天后，李迟迟才挪开眼，总结道："千寻大大绝对是 AI 仿生建模人。"

汤欢和周洲一脸严肃地附和。

"噗……"

某八条舌头·苦修几十年·AI 仿生建模人被果啤狠狠呛了一口，许久才压下喉间的辛辣，镇定地掏出手机晃了晃："……我去接个电话，你们聊。"

……

商场里人来人往，沈郁找了个稍微僻静些的地方，接了电话。

对面是许久不见的杨勘导演。

他配过杨导的好几部剧，这些年在业内也一直有项目合作，早就处成朋友了。

杨勘的性格一向直爽，没寒暄两句就开门见山地问道："沈老板，你怎么突然开始涉足广播剧领域了？本来看你这两年接剧接少了，还以为你是想把精力放在寻语的经营上呢。"

沈郁淡淡扬眉："……你听出来了？"

"废话，都上热搜了……你的声音我能听不出来吗？"

杨勘说到这儿，倒是有些疑惑："不过你怎么没配寻语的剧？而且，怎么换了个名字，还用的原声？你不是最忌讳用原声吗？"

这几天已经有七八个人问他同样的问题了。

昼山线下配音圈里，知道他原声的人并不少。

不管怎么说，都不能再瞒了。

他捂不了所有人的嘴。

何况，在上线的这三天，《凡尘》已经用热度证明了自己。

没有借用千寻自带的流量，它已经凭本事出圈了。

现在就算掉马，也是锦上添花的好事。

只不过，在大家都知道之前，他得先跟林老板好好交代。

总不能让她从别人口中知道真相。

沈郁顿了片刻，没什么起伏地敷衍了两句："以后是会多配广播剧，比起影视剧，广播剧没有画面，所有的表演都靠声音，对配音演员的能力要求更高……我也该走出舒适圈了。

"至于换名字，是因为找到了更专业的合作对象……总之有时间再聊吧，我现在在外面吃饭。"

"行吧。"杨勘早习惯了他这冷淡的性子，又聊了几句才挂了电话。

今天这顿饭本来就是为了庆祝《凡尘》的大富大贵，林循是冲着不醉不归来的。

奈何被沈郁按下了她的果啤份额，轻轻巧巧一股脑拨给了周洲。

他人在的时候，那冷眉冷眼的姿态，压迫感实在太盛，林老板再饥渴也不敢妄动。

只能一边磨牙一边望酒兴叹。

现在，趁着他出去接电话的工夫，林老板十分鸡贼地从周洲脚边挖回了属于自己的几罐酒，默不作声地喝掉，又贼兮兮地把那几个空酒瓶堆回他脚边，毁尸灭迹。

果然，喝了酒，再听周洲说那些豪言壮语都快乐很多。林循一边喜滋滋地听大家继续说，一边等沈郁回来。

他入座后，十分谨慎地拎了拎林循桌前的那一小罐酒，发现里面还有大半罐液体，才满意地放下来——

她今天总算有时间听他说话，就算没有酒醉忘事的前例，他也不能让她喝多。

毕竟人一旦喝多，情绪容易上头。

可沈郁没料到，这半罐，是林循故意留的。

见计谋得逞，她眉目清明地打了个浅浅的酒嗝，顺带咧开了嘴角。

散场后，大家各回各家。

林老板顶着两坨某人看不见的酡红，一路脚步稳健地带着沈郁回到晟霖苑，只除了有点沉默寡言。

等她掏出钥匙十分利索地开了门，沈郁才皱眉牵住她，将人按在门后仔仔细细地上上下下地闻了许久。

"……怎么有这么浓的酒味？"

林老板"哦"了一声，淡定应对："可能是周洲他喝得太醉了，熏我身上了吧。"

"我只喝了小半罐，哪儿来的酒味。"

"哦。"

沈郁鼻尖抵着她脖颈，又闻了闻。

她喝得是不多，但他喝得却不少。

总之某些欲望随着浅淡的酒精上了头。

她身上温软的气息充斥着仅剩的感官，沈郁喉结沉了沉，忍不住舔了口她脖颈的脉搏，随即嘴唇从锁骨一路纠缠到她脸颊，又忽地顿住："脸怎么烫？"

林循被亲得晕晕乎乎，整个人几乎挂在他身上。

大脑早就不清醒了。

强撑的意志此刻化为泡沫。

她伸手去推他近在咫尺的额头，脸越发烧得滚烫，仅剩的逻辑还记得为自己掩饰几分，下意识地顺着他的话茬，咕哝了句："废话……你这种时候，脸不红吗？"

"……"也是。

沈郁没再怀疑。

毕竟一没哭，二没闹，三没逼着他背佛经。

的确不像喝醉了。

"行吧，"沈郁缓缓呼吸了几瞬，压下心头的燥意，牵了她的手往客厅走，"既然没醉——"

他顿了一下，心里有刹那的踌躇。

但就像陈诺之之前说的，早点坦白、诚心认错，省得病入膏肓、无药可救。

"有件事跟你说，好好听，行不？"

林循仅剩的本能稳健地跟着他往客厅里走，一屁股坐在沙发上，严肃又正经地点头："你说吧，我听着。"

沈郁又沉默了会儿。

语言组织了千万遍，但多委婉的开头都不如伸头一刀。

"就是……你之前不是问我吗，青原的那群孩子为什么评价我跟千寻都是好看的哥哥……"

"没有啊。"林老板十分清晰且犀利地指出了他的逻辑错误，"他们说千寻是超、级、好、看，你只是好看。"

沈郁平静地"嗯"了声："那就是我转述有误，他们说的评价是一样的。总之，你知道为什么一样吗？"

林循跟着他的逻辑，好奇地问："为什么？"

沈郁看不到她懵懂的表情，只听她声音无比淡定，带着浅浅的疑惑。

他牙齿顶了顶上颚，喉结滚动了下，手指缓缓在沙发背上划过，才艰难地给了答案。

"因为……我就是千寻。

"我们是同一个人，所以长得一样……就是这样。"

沈郁说完，听林循没有任何反应，心里登时皱了一下。

他缓缓呼出口气，把从林循误会他生活窘迫、找他配音开始的所有前因后果全部解释了一遍，没有添加任何为自己粉饰的说辞。

他说完，等了片刻，依旧没等到回应。

沈郁不禁舔了舔干燥的下唇，声音低了半分。

"抱歉，我知道你不愿意接受这种好意，我也实在不该瞒你这么久，让你一直以为我经济窘迫缺这个工作，还处处为我考虑……总之，事情就是这样，一半是阴差阳错，一半是我想靠近你的私心……

"林循，你有什么反应我都接受，怎么惩罚我都没意见，只有一样——"

沈郁声音有点涩，弯下脖颈凑近她，认真道："不准提分开，行吗？"

说实话，他当真不知道林老板会有什么反应。

脑海中止不住地想起曾经她说的话。

——"坦白讲，倘若你真的在寻语说得上话，还是当初的大少爷，

而不是一个小小的义工，那我今天就不会来找你了。"

——"如果你现在很富有，我们就不会重逢，我也不可能找你帮忙。"

——"那样的话，我们就是两个世界的人了。我其实，会有点自卑的。"

一句一句，堵住了他的口，令他不忍心多说半句。

却也一次次提醒着他，她的步步接近，她对他的追求也好、喜欢也罢，或许都是建立在另外一个虚假的人设上。

他甚至不确定，这个自尊心很强的姑娘，如果知道他从来没有窘迫过，从来不需要这份配音工作，还会不会愿意靠近他、喜欢他。

还是说，会从一开始就同他划清界限。

"反正事已至此，不许跟我分开。"沈郁把额头抵在她肩上，胳膊紧紧圈着她，"别的什么都行，好不？"

他说完，大概等待了一分钟，被他圈着的人才终于有反应。

"你是说，你不是我要找的素人，而是成名已久的，业界金字塔顶端，千寻大大？"

她的声音很淡，听不出什么旁的情绪，生气或是惊吓，都被隐藏得很好。

沈郁心口却一塌。

事情好像比他想的更严重。

他还没想好说辞，便又听她严肃地问："你怎么证明？"

沈郁静了片刻，问她："你想要什么样的证明？"

室内温度升腾。

窗外是晴朗的夜晚，青黑色的天际挂着一轮圆月。

温和的风穿行进客厅，钻进领口。

下一秒，某人热乎乎的、长着很多茧的小手跟着钻进来。

她探过头来，舔了舔他的下唇，而后，很淡很淡地说了句："千寻不是声音怪物吗？除非，你一会儿……换不同的声音，才能证明。"

"……"沈郁眼睫微眯，耳朵里接收到的炸裂信息令他怔了许久。

这间隙，林老板红着脸说完，又急切地去舔他喉结，揣在他领口的手指开始不听话地往下，蠢蠢欲动。

"我想听嘛，你多说几种，我就原谅你。"

"……"好是好。

但这反应，怎么跟他想象的，不一样？

混乱、潮湿、灼热……快要爆炸。

好多好多人的声音，又悦耳，又色气。

他比所有时候都奉承，像为取得原谅在赎罪。

耳朵是极致的享受，人是既快乐又疲惫。

神经时而松弛，时而紧绷。

喝醉了但好像中途又醒了，没多久又好像更醉了。

如此反反复复的一夜过去，宿醉的林循头疼欲裂地睁开眼。

她缓了好一会儿，才发现沈郁已经不在家里了。

"……"

昨天似乎很疯狂，但又想不太起来了。

林循慢慢撑着身子坐起来，凌乱的长发搭在颈间，有点痒。

她拨了拨头发，努力让自己回忆起昨晚的片段。

昨晚聚会，她趁着沈郁出去打电话，偷喝了四罐啤酒，然后被他带回了家。

他好像说要跟她说件什么事，而且还说了很久。

说了什么呢？她似乎也回答了什么。

后来他们就……

然后她迷迷糊糊间，好像做了一个梦。

梦里他说自己是千寻，有八条舌头。

林循感觉应该不止八条。

总之那许许多多条舌头搞得她神魂颠倒的，在她耳边扮演了数不清的角色和声音。

林循越想越脸红，忍不住唾弃了自己一声，怎么能做这样的梦，这脑袋里一天天的在想什么呢？

她伸手拿过手机，按亮。

有好多好多条微信，还有平台铺天盖地的消息和爆炸式的私信，一点开手机竟然有点卡顿。

林循迟钝地点进微信。

前两条是置顶的沈少爷发来的。

沈郁：你好好睡，我上午有个会，帮你叫了外卖，醒来记得吃。

沈郁：看到热搜了吗？是我之前帮过的一个合作对象听出了我的声音，想帮我宣传，就直接拿他们公司的官方号发了……你不想回应的话，不用回应，我来处理就好，乖啊。

"……"林循看得满头雾水。

开会？他能有什么会开？

从《凡尘》录完到现在，这人已经闲了快一个月了吧？

还有，什么热搜？《凡尘》又上热搜了？

她脑袋还有点痛，想不出来，退出聊天框，看了眼其他的消息。

微信像是被炸了屏。

一觉睡醒，周洲、李迟迟、汤欢他们好像都被附身了，全部变成了一点就炸的尖叫鸡。

每个人都连续给她发了几十条，还在群里艾特她。

一锅海鲜粥：啊啊啊啊啊，老大，你看热搜了吗？天哪我心肌梗塞了！什么情况你是不是早就知道？

一锅海鲜粥：我刚刚给郁哥打电话了！他居然承认了！天哪天哪天哪我不是在做梦吧？我可太激动了啊啊啊啊啊，我们工作室这回彻底出圈了！你看到后台截图了吗？这一上午我们赚了好多好多钱啊，老大。

一锅海鲜粥：真没想到，大佬的广播剧处女作竟然是我策划的……啊呸，这是重点吗？真没想到顶级大佬是我哥？我昨天还跟他一起吃烤肉了？

李迟迟：啊啊啊啊啊，循循姐，我是不是穿越了？热搜是真的吗？

李迟迟：他真的是……天哪，我居然跟他共事了好几个月？你是不是怕我们骄傲才没说啊？

李迟迟：我绝对不骄傲！我也是给顶级大佬做过后期的人了！啊啊啊啊啊，还是原声啊啊啊啊啊！

thht：女人，你真行，看到热搜回消息。

thht：回消息。

thht：回消息。

thht：来，开班吧，怎么靠一个月四千的实习工资，把大明星骗到手的？

"……"林循看得越发云里雾里，什么顶级大佬，什么大明星？

这些人什么情况，怎么一觉睡醒，说的话她都看不懂了。

到底是谁穿越了？

被消息轰炸到清醒的林老板，蒙蒙地点开了热搜。

/第十八章 最珍贵的"夜莺"/

"我很爱你的。"

1

热搜上大多是一些她平日里不关注的娱乐圈八卦。

林循随意浏览了一眼，视线登时定在第三条上——

"千寻广播剧首秀"。

他们说的热搜，就是这个？

千寻大大开始配广播剧了？印象里寻语已经制作了多部广播剧，但都是旗下 CV 们担任主役，千寻自己并没有参加过。

林循瞬间被激起了兴趣，慢悠悠地点进词条里。

然而下一秒，她的目光骤然凝滞。

点进词条后，第一条与之相关的微博，居然是《凡尘》上线后，"一只夜莺"官微发的宣传海报。

如今那条微博的点赞数已经破了数十万。

昨天看，还仅仅只有几万……那也已经是这部剧出圈的原因了。

林循眼皮一跳，大脑迟缓地把词条和《凡尘》联系起来，手指不禁点进评论，往下翻了翻。

评论区很热闹，除却原本的听众对于广播剧本身的讨论之外，百分之八十的讨论都与一个人有关。

——千寻。

△有生之年系列？没想到我这两天追得如火如荼的剧，男主竟然是千寻大大配的！！！难怪啊，这声音迷得我这两天都睡不着觉，太太太苏了！

△是啊，听说这次是原声配音，原声诶！我入坑三年了，无数次幻想过千寻大大本人的声线，只能说，听到的瞬间，比我所有的幻想还要

好听一万倍啊啊啊，又清冷又尊贵，谁懂啊？和玉清子太搭了，就是那种高高在上、绝无仅有的神仙嗓！

△不过很好奇千寻大大的第一部剧怎么不配自家的，而是换了个马甲配了这个小制作广播剧？

△是啊，这工作室什么来头，能请得动千寻大大？

△千寻自己名气就很大，配个广播剧也未必要找名气大的呗。这部剧剧本人设和制作都是一流，我觉得很搭。

△我已经追平了，的确很搭，互相成就！这工作室有点东西，粉了！

……

评论实在太多，说什么的都有。

林循的心脏怦怦跳着，不由得往下翻了五分钟，混乱无比的大脑终于拼凑出了一个令人匪夷所思的答案。

她第一反应是觉得有人搞错了。

难道他们是把沈郁的声音，当作千寻的原声了？

可还没等她这个想法成型，便又紧接着刷到了千寻本人在半小时前发的一条置顶微博。

就在沈郁给她发那两条微信之后的三分钟内。

第一次配广播剧，还不熟练，请大家多多包涵。这次合作的工作室@一只夜莺，是我个人非常欣赏的团队，从剧本到前期配置，再到后期制作、拟声……团队里的大家都付出了一百二十分的敬业与努力。很庆幸这部剧能得到听众们的认可，希望大家能多多关注剧集本身，而非其他的，谢谢。#凡尘##凡尘玉清子#

"……"林循把那条微博来来回回看了七八遍，确定再不可能有任何的歧义。

并且，在他发微博后的几分钟内，寻语的官方账号、张玉华、元沐的账号，以及睿丽有声、远山、纪非等配音界知名大V纷纷转发。

远山转发时，还顺带写了句话。

前两天《凡尘》火了，还有粉丝留言问我，当时听说我接触了这个剧本，怎么最后没接。我说是@一只夜莺的老板择优上岗，你们不信，现在信了吧？@千寻

纪非也发了条微博调侃：@夜莺@千寻 这次原声配得不错，不愧是我的学生。

和以往一样，千寻依旧没回复他的挑衅。

大脑昏昏沉沉地塞满了铺天盖地的信息量。

林循没再看，按灭手机，在床头坐了一会儿。

错愕震惊过后，太阳穴有一些无端的眩晕。

如果，她不是在做梦的话。

也就是说——

沈郁，就是千寻？

但，那怎么可能呢？

千寻是什么人？

成名多年的顶级CV，这个影视圈里赫赫有名的配音演员，有声界难以高攀难以企及的人物。

旗下更是有个庞大的配音帝国，涉猎的周边产业也倾轧整个配音行业的半边天。

怎么会是她多年后偶遇的，因为交不起房租险些被老李头赶出去的他呢？

怎么会是因为眼疾，哪怕昼大毕业也难以就业、一直颓丧困窘地跟着外婆生活的他呢？

还没等林循想出什么所以然来，手机突兀地响起来。

她看了眼屏幕，是程孟的语音通话。

电话刚接通，那边程孟便开门见山地问："循循，我刚刚看到了热搜，沈郁他……跟你坦白了没？你们还好吧？"

林循听她的语气，不由得眉梢微动，轻声问道："你知道他是千寻？"

"没，我之前只是知道他很有钱来着，"电话那头，程孟忍不住吐了吐舌头，"我今天看到热搜也吓了一跳……没想到千寻居然是沈少爷，天，我作为千寻多年的粉丝，竟然没听出他的原声。他也太能藏了吧？"

程孟听她语气平淡，以为两人已经讲开了，便把沈郁送给他们新婚贺礼的事说了，咋舌道："我之前就看出他应该很有钱，但直到婚礼那天才确定。你家老公怎么送这么贵的礼物？前两天可憋死我了，要不是陈诺之拦着，我早就想跟你说了。"

林循淡淡"嗯"了一声，关注点却不在这儿。

"孟孟，你之前就看出他的经济条件很好？"

她低下头，慢吞吞地问："怎么看出来的啊？"

程孟没察觉她的情绪太淡，兴奋道："嘻，其实他如果真的是在扮演穷人，那他演技也太差了。"

她煞有介事地数起沈少爷的破绽："你住院那会儿住的套房是顶层豪华VIP病房，之前我都不知道公立医院还能有这种级别的病房。而且，从住院餐，到他帮忙请的护工，平时的一次性耗材，都和常规病房有很大的差别。

"哪怕不说这些，循循，你就没注意到吗？沈郁穿的衣服虽然没有任何品牌的标志，但从版型剪裁到布料材质，都很讲究。很多有钱人买衣服，都是找信得过的设计师和裁缝量体裁衣，省事又得体。

"除此之外，我作为记者去晟霖苑采访过几次。他外婆家的每一处布置、家具、装饰画都是名家作品。陈诺之家里就是做实木家具的，所以我也懂一些。老太太餐厅里的实木餐桌看着平平无奇，用的材料可是一整块品级最高的黄花梨。"

林循耐着性子听完这些她从未涉猎过的"知识"，她的声音有点闷："是这样啊，原来有这么多讲究。"

又跟程孟简单聊了几句，她才挂了电话。

林老板没再看热搜，坐在床边，低着头想了一会儿。

一切似乎的确早就有端倪。

他轻轻松松就能送出昂贵的礼物，几千块的耳机、护手霜。

寻语的各位大佬数次见面对他的态度，包括那次坐寻语的车回家的时候，司机的态度，也可见一斑。

林循又想到程孟提起的姜奶奶家的布置。

程孟去了两三次便看出了里头的门道，她天天去，却半点没有觉察。

只知道他们家的桌子、沙发很舒服稳当，不像她家，家具虽然简约好看，但都是网购来的便宜货，薄薄的黏合板放了重物就会摇摇晃晃。

什么黄花梨，很贵吗？她听都没听过。

林循不由得拿出手机搜了一下。

搜完后，她怔了许久。

才清楚原来那餐桌的价钱，比她家的房子还贵。

好半天后，林循蓦地站起身，光着脚走到客厅，给自己倒了一杯水喝。

待灌下一整杯冰水，咽管里的冰凉蔓延到全身，她才更加清醒了几分。

她回到床边，捏着手机仔仔细细地回想了一下重逢之后发生的事。

她先是听程孟说了关于沈郁的近况，听说他因为眼盲被沈氏放弃。

然后又很碰巧地见到他被老李头催问房租，满面难色。

再后来，她见到姜奶奶在路边卖葱姜蒜，便自然地以为他们生活窘迫、需要靠卖菜为生。

……

一切都很凑巧，也难怪她会有这么强的先入为主的预设。

而沈郁起初的确从没提过自己的经济条件。

甚至在她找他配音，透露出她想接济他的意思时，他是错愕并且难以置信的。

也就是说，在那之前，他并没有隐瞒，一切都只是阴差阳错。

是她自己误会了，再加上和睿丽的合作泡汤，才会找上他。

可是，在那之后呢？

林老板唇线慢慢拉直，嘴角半点弧度都没有。

在那之后，他们成为了朋友。

他们亲吻、拥抱、恋爱。

他陪她走过了此生中最艰难的时刻。

他们甚至领了证，成为了羁绊最深的家人。

林循不禁咬了咬下唇。

她自己都不知道自己该是什么心情。

生气了吗？

好像不是，事到如今，她猜也猜得到他隐瞒的动机。

无非是当初她以那样的姿态求到他头上，他虽然错愕却不忍心不帮，所以将错就错了。

于公，他当时的选择是因为她，而且他的加入，的确令"一只夜莺"受益匪浅。

《凡尘》这样绝佳的剧本，再加上他的神仙嗓，打出了超乎他们预料的成绩。

于私，林循回忆起昨晚的零碎片段，他应该是跟她坦白过的，只是她不记得了。

她并不怀疑他对她的情感。

南漓晚风里的十年珍重、烟火下炽热的心跳、病房里一日又一日在她床头念出的故事，不可能是假的。

所以不论于公于私，她好像，都没有生气的理由。

甚至，从另外一个角度来想，她应该高兴的，替他高兴。

她喜欢的人，没有像她以为的那般，经历那么多不公平的对待。

他有自己热爱且干得很好的事业，有上千万喜欢他的粉丝，也有无比优渥的生活条件。

他在与她重逢之前的那么多年，过得很好。

可是。

林老板叹了口气，按着胸口，感受到心脏不受理性控制地，开始缓缓皱缩。

她往后躺去，纤瘦的脊骨一节节靠上柔软的床垫。

黑而卷曲的长发随着胸口起伏。

不是生气，也没有多么惊吓。

她只是觉得，有一点陌生。

——就像十五岁那年下了火车，第一次踩上昼山锃光瓦亮的地砖、仰视着火车站她从未见过的高阔穹顶时的陌生。

这一瞬间，她仿佛又变成了那个鞋面上沾着泥土却执拗地装作不怯场的姑娘了。

就像程孟说的那样。

这几个月里，他其实掩饰得很拙劣，隐瞒得也不经心，他几乎时刻等待着她发现端倪，可她却丝毫没有察觉。

——她是这样的没见识。

但她也没办法，拼命努力这么多年，眼界只能到这了。

如同天平的两端忽然被赋予了千百倍差距的不匹配的重量。

她站在一侧的井底，仰望着另一侧高高在上的天空，天真地以为天只有井口般大。

林循咬了咬弯曲的指关节，不知道为什么，有点委屈，也有点难以面对忽然变得陌生的他。

她拉过被子盖住脸，伸手摸了摸床上"相依为命"的两个枕头，企图找到一丝舒适、安心的熟悉感。

他应该早就察觉了吧？所以才会隐瞒。

察觉到她自尊心很强。

她从小到大都这样，再困难的时候都咬牙靠自己，从没管程孟或者身边的同学们借过钱。

因为想要维持一点体面，扮演和同龄人平等的角色。

皮囊之上的骄傲、拒人千里的冷漠，说好听点是不愿亏欠别人。

说难听点，十七岁啃着鸡骨头的她、二十七岁被豪宅的价格闪花了眼、暗下决心要给他买城堡的她，都很可耻地、隐秘地、自卑着。

和晟霖苑所处的繁杂闹市区不同，绵江北岸很安静。

除了江水流淌的声音，这里的住宅几乎听不到任何噪音。

上午开完会，沈郁带着两个助理回了趟临江阁。

恰好杨勘和纪非来找他，聊下一部剧的合作。

今天又降温了，窗外开始下雪。白茫茫的雪落进江里，静静地消融着。

几人围坐在客厅一角的壁炉周围。

苏世城一边记录，一边懒洋洋地往壁炉里添根柴火。

橙红色的火焰卷曲，柴火静静燃烧，偶尔发出火花炸裂的轻爆声。

一旁半人高的空气加湿器也在悄无声息地运作。

整个房子里温暖又舒适。

方忖站在咖啡机旁，等气味微酸的豆子磨完。

奶泡机的蒸汽在升腾。

"……剧本说完了，怎么样，感兴趣吗？"

杨导抿了口他要的意式浓缩，被苦得神采奕奕："我还是先找的纪非配男二号，本来以为你俩私下不和，就没联系你，结果这小子居然跟我推荐你来配男主，什么情况啊你俩？"

纪非抬头瞥了眼沈郁，吊儿郎当地坐直，语气玩味："那都是以前的事了，现在我们可是有几个月的师徒情谊，是不，乖学生？"

沈郁黑着脸，没好气地"啧"了一声，却也没否认。

纪非却得寸进尺地过去拍了拍他的肩膀。

"我早就跟你说过吧，你其实可以不用执着于伪声的……你原本的声线这么优越，我都羡慕不来。而且，伪声用多了，一不小心还会伤声带，要是跟我一样，休养几年都难以痊愈……"

他这话说得倒是真诚。

而且这几个月上纪非的课，沈郁能听出来，他的课程安排并非套路，全都是自己的配音经验。

纪非很重视发声，教学生们日常保护自己的声带，唯恐其他人重蹈他的覆辙。

不可否认，连他现在都注意了一些。

沈郁刚想说话，搁在茶几上的手机却响了。

他熟练地戴上耳机，听着手机读屏，片刻后唇边短暂勾了个弧度。

他站起身，冲杨勘打了个手势："我太太的电话。"

2

"太太？"

杨勘闻言跟纪非对视一眼，嘀咕道："没想到沈郁已经结婚了？他太太是谁，你认识吗？"

纪非摇了摇头："没听说啊，什么时候结的？我怎么不记得他身边有过女人？"

沈郁懒得理会他们的八卦，随手拿了搭在沙发背上的羊绒外套，兀自推开落地玻璃门，走到阳台上。

江边微凉的雪斜斜地落在他肩上，江风安静，壁炉篝火和浅浅的交谈被隔离在玻璃那头。

"醒了？"沈郁摁了接听键，想起某人昨晚的样子，忍不住勾了勾唇，声音都低了半分，"给你点的外卖吃了吗？"

电话那头呼吸可闻。

几秒钟后，她的声音响起，闷闷的，带着点沙哑，像是刚睡醒没多久。

"吃完了。"林循看了眼手里吃剩的外卖。

包装很豪华，味道也很好，而且，里面真的有一整只波士顿大龙虾。

和她从前常买的海鲜泡面包装上画的一模一样。

她吃之前去外卖软件上搜了一下，没有搜到这家店。

扫了包装上的二维码，才知道是一家很昂贵的私厨。

林老板压下心底的情绪，轻声问他："沈郁，你在哪儿？开完会了吗？"

"嗯，开完了，不过还有点事，"沈郁换了一只手拿手机，"我现在在临江阁这边的家里，招待两个朋友。你在家等我？我晚上回来，给你带好吃的。"

电话那头，林循捏着手机，听着他寻常的语气，想起了昨晚的一些片段。

在他的视角里，这件事应该已经过去了吧？

"不用了，我不饿。"她停了片刻，手指稍稍攥了攥，又轻声问道，"我方便去那儿找你吗？"

她刚刚一个人待着吃完了一顿饭，又坐了很久，还是打算跟他谈谈。

内心很多纷杂的感受，连她自己都理不清楚，电话里就更说不清了。

"想什么呢？来自个儿家，还用请示？"沈郁眉梢微扬，手指在冰凉的栏杆上触过。

她愿意过来，是不是代表着想要接纳他的另外一个身份了？

他后腰靠在栏杆上，语气中含了几分笑意，调侃道："林老板，这房子买来之后一直冷冷清清的，就差个女主人帮忙布置。我助理每次过来，都说我把个好端端的房子住成了样板房。"

他话音落下，林循却没接茬，只问了具体的地址。

她语气和往常一样平淡，或许是这两天累坏了。

沈郁想安排司机去接她，却被婉拒，只好报了地址："那你一会儿到了告诉我，我去门口等你。"又好脾气地嘱咐了一句，"今天下雪了，出门记得带伞。"

"好。"

林循收拾了外卖盒子和家里的垃圾，刚想出门，想起他的话，又回去拿了雨伞。

等坐上车，司机看了眼软件上填的目的地，煞有介事地从后视镜扫了林循两眼。

似乎想从她的穿着打扮上看出点同级别的贵气。

他没什么恶意，只是好奇："姑娘，你住临江阁啊？"

林循摇头："没，去那有点事。"

那师傅扬了扬眉，露出一丝果然如此的神色，利索地踩下油门。

就说嘛，这么有钱的人怎么会打平台里最便宜的车型。

车子驶出嘈杂的老城区，满街几十年楼龄的陈旧楼房和一块块如同彩色膏药般的商铺招牌逐渐消失在视野里。

等开到绵江边的时候，这座大都市终于露出了它崭新、巍峨的面貌。

待一路驶过绵江大桥，同行的车辆已然减少了八成。

林循往窗外看去，宽阔的江面落着雪呢，来往的游轮和私艇却不少。

阔绰清闲的人们衣着华贵，披着裘袄在江上赏雪。

她在昼山这么多年，大街小巷窜了不少，比本地人还清楚哪个地段的房租最便宜，哪里的农贸市场最实惠，却几乎没来过这里。

纸醉金迷的名利场，她压根儿触不到边缘，亦不是很关心。

车子很快跨过大桥，开到了江北。

触目所及皆是一片规划整齐的别墅区。

房子之间的间隔很大。

仰头看去，没有高楼的遮挡切割，天是完整的一块。

落雪从很高很远的地方落下来，纷纷扬扬。

她从前还觉得昼山虽然繁华，却太拥挤，不如青原宽敞肆意。

原来也有不拥挤的地方，只是她没留意。

林循一路发着呆，直到下了车都忘了给沈郁发消息。

于是成功地被临江阁门口的保安拦下。

她报了沈郁的名字，保安顷刻便会意，给他拨了个电话。

寥寥几句通话后，保安便给她放了行，眼神由倨傲转为恭敬："原来是沈太太。"

他指了指门口的设备，问道："您今天要录一下面容吗？这样以后进出也方便些。"

"不用了。"林循瞥了一眼那人脸识别系统，淡声拒绝，裹了裹围巾往小区里走去。

还没走多久，便见白茫茫的视野里，出现了沈郁的身影。

他依旧拿着根盲杖，脚步比平日匆忙，身上穿着件黑色大衣，肩头落满雪。

嘱咐她带伞，他自己却忘了。

落雪声覆盖了所有的声响，包括踩在绵软雪地里的脚步声。

林循停下步伐，屏住呼吸，冷静旁观他慢慢经过她，往小区门口走去。

擦肩而过的刹那，她嘴唇微动，却鬼使神差地没有叫住他。

沈郁果然毫无察觉，步履匆匆，沿着宽敞的人行道走到大门的保安亭处。

待问了几句后，他低下头，从大衣口袋里拿出手机。

没过几秒，林循收到消息。

沈郁：保安说你进门了，怎么没遇到我？

沈郁：迷路了吗？还能找到原先的门口不，我在这儿等你。

她收起手机，站在原地，远远望着他。

他依旧站在保安亭外，等了几分钟后，又给她打电话。

林循咬着下唇，硬是没有接，不知道是在较什么劲。

时间分秒过去，她撑着伞，看着风雪的尽头，男人肩上落了更厚的一层苍色。

期间保安出来了一次，同他交谈了几句。

大概是想请他进门里等。

沈郁却摆了摆手，依旧站在原地。

隔着很远，林循看不清他的眉目和神情，却从他不间断的电话察觉出，他的情绪有些焦灼。

天气实在是很冷。

男人一身黑衣黑裤，姿态落拓。

又过了几分钟，他甚至开始无望地四处"张望"着，却又不知道该往哪个方向找寻。

她就站在他目之可及的地方。

可四目相对的刹那，他茫茫然移开视线，又去低头看手机。

许是呛了口凉风，男人忽然弯了脊背，支着盲杖咳了几声。

样子多少有些狼狈。

林循叹了口气，绷直的肩膀丧气地垮下来。

半分钟后，她骂了句脏话，木着脸沿着原路返回，在他身边停住。

手腕稍稍用力，将伞面往他那边倾靠。

她又伸手拍去他肩上和领口的落雪。

沈郁蓦地转过身，面上所有情绪刹那间归为浅淡的笑，口中调侃："林老板，你是路痴吗？这么条大路还能走丢了？电话也不接。"

林循没看他，不动声色道："嗯，是走错路了，而且我手机不小心静音了。"

沈郁伸手过来牵她，惩罚般掐了掐她冰冷的脸颊："那下次能不能记得开声音？"

他收起盲杖，牵着她往前走，没好气道："你老公最不擅长的就是捉迷藏，你要是不接我电话，我是真的找不到你。"

林循顿了两秒，垂了眉眼，接茬道："我知道。"

她说完，又慢悠悠补充了一句："如果我不想被你找到，你就算站在我身边，也看不到我。"

刚刚就是这样。

可惜，她没忍心。

沈郁听着她玩笑般的假设，却倏地停下脚步。

好看的长眉轻拧起来，又伸手去掐她的脸，语气相当正经，连名带姓地喊她："林循，你少开这种玩笑啊，怪吓人的。"

光听着就觉得窒息。

林循抬眼，视线在他脸上掠过。

"哪里吓人了？我说的是事实。"

沈郁不禁眯了眯眼，简直要被她气笑："我说真的。就因为是事实，才吓人。"

他说着，撩起衣袖，把胳膊伸给她："看到没，我鸡皮疙瘩都起来了。"

他脸上还带着点笑，语气却寡淡，淡淡地"啧"了一声："像个噩梦。"

林循伸手过去，摸了一下。

果然在紧实的肌肉线条和平滑的皮肤上，摸到许多细小的凸起。

良久。

她眨了眨被风吹得泛红的眼睛，手指慢慢蜷起来。

要不，就这样算了？

刚刚那十五分钟，就当作给他的惩罚好了。

沈郁家在江边。

占地面积很大，草坪中央还有一块巨大的游泳池，此刻填满了雪。

林循跟着走进玄关大门，看了眼客厅直通到顶的穹顶，脚步局促地顿了顿。

门口铺着一整块厚实的米白色地毯，她看不出材质。

她把雨伞留在门外，脱了鞋，打算光脚走进去，却忽然瞥见打开的鞋柜里放着一双崭新的拖鞋。

竟然和先前她买的那款情侣拖鞋是一样的款式。

沈郁弯下腰，手指摸到那双拖鞋，拎出来，拆了包装放到她面前。

林循默了片刻，换上拖鞋往里走。

客厅里坐着几个人，此刻无一例外都好奇地往门口张望。

林循抬眸，对上他们的视线。

其中有两位她都在网上看过照片。

一位是赫赫有名的杨勘导演，另一位则是纪非。

他们本人都比照片看着更年轻一些。

沈郁牵着林循往里走，边跟他们介绍：“林循，‘一只夜莺’工作室的老板兼导演，也是我太太。”

他又向她介绍其余人：“循循，这是杨勘导演，纪非老师。方忖和苏世城，我的两个助理。”

林循礼貌地点头问候。

杨勘听到她的身份，有些惊讶，站起身同她握手：“原来是《凡尘》的林导，没想到这么年轻啊。这部剧我听了，真的很惊艳，我起初还以是哪个老同行披了马甲呢。不知道林老板有没有计划做影视剧的配音导演？将来如果有机会，我们可以合作。”

林循想了想，温声婉拒：“目前我们工作室还是把重心放在广播剧领域，不过我记得杨导曾经是做电台出身，未来如果杨导对做广播剧感兴趣，我们可以合作。”

“行，”杨勘点了点头，“这两天听完《长耀》更新，又听了《凡尘》，我还真挺怀念声音艺术的。等我拍完手头这几个本子，再找林老板聊一聊。”

林循颔首。

杨勘又跟她寒暄了几句，问她是哪里人，在得知她是青原人后，讶然看了眼沈郁：“你们两个跟青原还真有缘分，我第一次遇到沈郁，也是在青原，那会儿他还不到二十？”

还没等林循反应过来，纪非抢先问道：“杨导，网上不都说，你是在咖啡厅遇到千寻的吗？都说你当初在找箫珏的配音演员，在业内谈不拢价格，结果偶然在咖啡厅听到千寻的声音，惊为天人，死缠烂打要到了联系方式。”

“我是在青原省会机场的咖啡厅遇到他的没错，但什么叫死缠烂打？”

杨勘黑了脸，扫了眼沈郁，正色道：“我问了一遍，他就同意了，这叫互相成就，行吗？"

沈郁挑了挑眉，没反驳。

林循却有些惊讶，她也听过网上的八卦，说杨导和千寻是在咖啡厅偶遇的，但没想到是在青原。

他当时去青原做什么？

不过他的事，她知道的本就不多，也不奇怪。

林循没再问，由着沈郁带她坐到靠近餐厅的双人沙发旁。

沙发很软，她坐进去，整个人像是被包进了柔软的丝绒布里。

耳边是细碎压低的谈话声。

她脱掉外套，静静地环顾着周遭的一切。

这房子真的好大。

仅这靠江的客厅，就比她晟霖苑的家要大了。

客厅一角有个巨大的壁炉，壁炉旁放了一整架叠得齐整的木料，燃烧时散发出淡淡的香味。

这种取暖的方式看似原始，却和她经历过的截然不同。

她小的时候，家里灶膛也烧火，青原的冬天零下十多度，不烧炕会冻死人。

奶奶是不会把整块的木头或者煤放进去烧的，太奢侈。通常都是捡些干燥的碎草料，或者干稻草，里头混些碎煤。

热气顺着烟道烧热整个房子，等睡着后又慢慢凉下来。

整个冬天，都在被冻醒却不会冻死的分界线上挨过来。

……

客厅旁边是餐厅。

这房子大概是设计给一大家人住的吧，餐桌很长，有十来个座位。

其上摆了长长的桌布和烛台。

林循悄悄想着，这么长的桌子，不会又是那什么黄花梨吧？

她收回目光，眼皮很沉，渐渐有了困意。

等醒来之后，人都走光了。

林循发现自己身上盖了条厚实的毯子，正蜷缩在沙发里，双脚靠近暖烘烘的壁炉。

而脑袋则枕着个结实又柔软的"枕头"。

她恍惚了一会儿，才意识到那是某人的腿。

他将平板搁在面前的茶几上，正戴着耳机听着什么。

林循瞄了眼屏幕，是一个电子项目书。

陌生的场景、陌生的人。

她蓦地坐直身子，下意识往旁边挪了几寸。

"醒了？"沈郁摘掉耳机，伸手过来摸了摸她的肩膀，才发现她离得有点远。

偌大的房子里只剩了他们两个人。

她没回应，呼吸声逐渐与他的重叠。

大概半分钟后，眼前的男人慢慢皱了眉，心里的猜测得到了证实："你不开心。"

从那通电话开始，她的情绪就不对。但他只以为她这几天太累了。

林循回过神，摇了摇头，语气依然很淡："没有。"

她想过分开，但狠不下心，所以就想着算了，自己消化消化好了。

昨晚既然阴差阳错地翻篇了，那就翻篇了吧。

他沉默了几秒钟，又问："没撒谎吗？"

林老板张了张嘴，终究没吭声，她很难再撒一次谎。

沈郁忽然叹了口气。

他靠近她一些，伸手轻轻掰过她的肩膀，又去触摸她柔软的面部肌肉、骨骼、轮廓。

摸了一整圈后，他挫败地松开手，额头轻轻抵着她的锁骨，双手圈住她："做不到的事好多。"

林循下意识地问："做不到什么？"

他眉骨眼眶处曾经的疤痕贴着她的脉搏，闷声道："就像你刚刚说的，你如果不想让我找到，那我就找不到你。

"以及现在，我看不到你的表情，也摸不出什么名堂。所以……"

他缓缓吸了口气。

"……你要是不想告诉我，我就不知道，你到底是不是在难过。"

3

窗外已是黄昏，他没有开灯的习惯，所以室内很暗。

壁炉里的篝火燃得安静。

林循垂眸看着眼前的人。

他此刻低垂着头颅，额头抵着她脖颈，那样子是平时从未见过的，偃旗息鼓的挫败。

她的心尖像是塌了一块，喉头微哽着，久久说不出话来。

可就因为他这样，心底被她藏起来的委屈忽然铺天盖地翻涌上来。

收都收不住。

她眨了眨滚烫的眼睛，承认："是，你猜得很对，我不开心……很不开心。"

她话音落下，沈郁抬起头，两个人的距离被拉平。

他微凉的指尖轻触她的面颊："为什么？发生什么事了？"

林循沉默了会儿，没有正面回答他的问题。

"你一定要知道吗？"她咬了咬下唇，"本来你问我之前，我想着把这一页揭过去，自己慢慢消化的，或许过几天我就想通了……如果现在说出来的话，问题可能会变得更糟糕。"

她的语气非常温和，可沈郁却听出了严重性。

他下颚微收，勉力压下心底的起伏，再一次连名带姓叫她，语气强势，毫无回旋余地。

"林循，心理医生说的话你忘了吗？

"我知道你习惯将不开心的事藏起来，自己承担，但这么多年，你消化了多少？你没有，你只是把它们压在了心底，日复一日、年复一年，直到变成经年沉疴，迟早有一天腐烂了、坏透了，揭开又是一道血淋淋的疮疤。"

他说到这儿，撩起眼皮，唇边散开个痞肆的笑。

他双手轻轻揽上她的肩膀，那力道令人心安。

"说。

"不管什么事，我帮你担着，相信我，不会更糟糕的。"

林循听着他不容置疑的语气，瞳眸颤了颤。

她被他说服了。

他说得没错。

那些陈年旧痛，在遇到他之前，其实在她心里覆了一层又一层的疮疤。

她不想他们之间，未来也隔着一道疤。

林循下意识地伸手抠了抠手背上的夜莺图案："那我说了。"

"我昨晚趁你出去打电话，偷喝了周洲的酒，所以……你昨晚说了什么，我完全不记得了。原本我想着，既然阴差阳错地过去了，那就算了，再提也没意思。但既然你要我说出来——"

她的声音更轻了几分："沈郁，我是很不开心，我脾气不好，后果可能蛮严重的。"

林循一口气说完，他的面色果然僵了片刻。

就连揽在她肩上的力道都重了几分。

她眨眨眼，故作轻松地问道："后悔没？"

"……"男人唇边懒散的笑意微窒，良久，修长手指忍不住扯了扯

衬衫领口。

扛着灭火器准备救火，却发现着火的是自家院子，是种什么体验？

鬼知道他昨晚听到她讨饶时一句句"原谅"，有多庆幸。

当时只觉得悬了几天的心脏终于安安稳稳落回胸腔里，凌晨那会儿还破天荒睡了个餍足的好觉。

好半天后，沈郁舔了舔干燥的唇："说实话，有点。过山车都没这么刺激……你让我缓缓，行吗？"

"行，你缓吧。"

半分钟后，男人收起原本懒散的姿态，腰背坐得端正了些，声音却发哑。

"……不就是重新受一次审判吗，没毛病。

"林老板，既然你不记得昨晚的事，那我再跟你说一遍。我不该欺骗你这么久……对不起。"

他将事情的前因后果再次跟她说明了一遍，认错态度很诚恳。

话说完，他又舔了舔唇，修长的手指探过去，牵了她的手："所以……最严重的后果是什么？除了分开，我都接受。"

他的表情实在如临大敌。

林循看着他的样子，不知道为什么，眼眶忽然酸得厉害。

除了勤俭持家之外，穷人家的孩子，从小学会的最基础的事，就是互相体谅。

这种程度的谎言而已。

她听了太多次。

他们很爱她，但也会骗她。

——"你妈不是不要你，她只是去了另外一个地方，只要你好好吃饭，乖乖长大，她就会回来。"

——"循循，你好好读书，考了第一，爸爸就回家过年。"

——"那烤鸡看着好吃，其实没有烤红薯香，真的，奶奶不骗你。"

……

甚至到最后都在骗她。

——"循循，别怕。奶奶会陪你长大的，看着你念大学、毕业、出嫁，奶奶不会留你一个人的。"

她自己其实也一样，从小就很会撒谎。

说米饭里掺了便宜的玉米粒更香。

说自己最爱吃的就是鸡骨头。

说昼山的夜晚不可怕，地下室的冬天一点都不冷。

甚至奶奶临终前都不知道她被开除了，还以为她的宝贝孙女要参加高考了。

整天为她祈祷。

……

谎言实在太常见了。

有时候是抵御痛苦的唯一途径。

现实太残酷，他们没法圆满，只能用一个又一个圆不了的谎，让对方安心，让自己安心。

她早就习惯了，现在的不开心，也并不是因为他的隐瞒。

在物质极度匮乏中长大的孩子，没有资格维持这样的精神洁癖。

可此时此刻，被他这样严阵以待，林循忽然觉得，人是会变的。

变得越来越娇气，越来越任性。

任性到，想步步试探，看他到底能做到什么地步。

林循慢悠悠地抽回手，抹了抹他看不到的微红眼眶，语气却调侃："哪有你这样的犯人？自己给自己定了惩罚的上限，那我还审判什么？"

"……"沈郁僵住片刻。

她永远能用最轻快的语气说最狠的话。

高中那会儿，林循这么嘲讽班里欺负程孟的男生时，沈郁听着只觉得这姑娘逻辑清晰、干脆利落、骂得没毛病。

却从没想过，这招式有一天能落在他头上。

她的话什么意思，再清楚不过。

沈郁的心脏直往下坠，太阳穴跟着紧绷。

明明上午在寻语开会时，投资商让了两成利润，临走前骂他年纪轻轻巧舌如簧、不讲商德。

此刻却像是被人卡住了咽喉，半句有逻辑的话都说不出口了。

他只能绷着脊背，硬声道："证都领了，章也盖了，这点是底线，其他的都好谈。"

林循盯着他僵硬的面孔，又摁了摁酸痛的眼眶。

她忍住了哭腔，不咸不淡地"哦"了一声："那又如何？"

她壮着胆子，变本加厉。

"我能因为欢喜而闪婚，也能因为不乐意而闪离，一张纸而已，从来不是什么原则，你能拿我怎么样？"

她的语气半点玩笑意味都没有。

一字一句说完，眼前的人忽地静了片刻，整个人像根就要绷断的弓弦。

他面上所有情绪都收了起来，不知道消化了多久，修长的手指再一次探过来，想牵她的手，却又落空。

那双漂亮得如同浅色玻璃珠般的眸子空落落地"盯"着自己的指尖。

几乎，有些茫然。

林循强忍着喉管处的哽咽，在暮色里静静地盯着他。

肆无忌惮地看着他挣扎。

直到很久后，他哑着嗓子开口。

"我七岁那年，父亲开始教我如何在生意场上与人谈判。

"他说无论情况多坏，威逼利诱也好，使手段也罢，千万别走到恳求那步。说出那个字，就意味着丢掉所有主动权、落尽下风，事情也照样办不成。

"但他没教我，感情上怎么谈判。或者说，他自己都不明白。"

太阳落入了江流的尽头。

他的侧脸隐在朦胧的黑暗里，室内的光和影逐渐融为一体。

尖锐的喉结艰难地上下滚动着，他的手轻轻遮住她的眼，不让她看他风度尽失的表情。

林循下意识地闭了眼。

下一秒，黑暗里传来他哑涩的声音。

"郑重跟你道个歉，是我的问题，是我没处理好，是我私心太过，用卑劣的谎言靠近你——

"别离开我，恳求你。"

千万人吹捧的神仙嗓，坠入了俗世里，裹满了沙石，粗砺又狼狈。

林循的心脏被碾出了细细的血口。

眼底终于涌出了无声的泪，无法再控制，无法再试探。

一室窒闷里，沈郁第三次无望地伸手，牵她。

却猝不及防地，牵到了她的手。

他五指一根根缠住她，不肯再放开。

没等到反抗，又得寸进尺地去抱她，吻她潮湿的脸颊。

"怎么哭了。"他的声音很哑，想要趁热打铁多说几句，却又心疼她，"这么为难吗？"

"没。"林循任他吻着她眼睛，缓了缓情绪，坦白道，"沈郁，我是想过分开来着，在来这里的路上。不过不是因为你骗了我。"

沈郁停下动作，俊秀的鼻尖抵着她下巴："那是因为什么？你肯说就行，我都改。"

林循攥紧手心，又松开。

如此好几次，挣扎着，不安着。

良久后，她闭了眼，脸颊贴在他肩头，把灵魂最深处的阴暗面摊开在他面前："跟你没关系。"

"我记得很清楚，"她的声音哑哑的，手指不安地抠弄着手背上的文身，"我们第一次见面，是开学那天在一中校门口，你买走了摊位上所有的冰粉。

"当时我好庆幸，因为这样我就可以早点收工去学校，不会遇到未来的同学……后来，在教室里见到你第一眼，我就担心，你是否认出了我。"

沈郁的双手按在她后背，是收紧的姿态，语气却没什么情绪："然后呢？"

"然后，过了好几天，你似乎一点都不记得我了，我才终于松了口气。"

林循继续说着，慢慢掀开时光的角落，窥视着那个几乎被她遗忘的、格格不入的女孩子，单薄的影子。

"开学后，班主任要求大家都穿校服，我一边附和着孟孟和其他女生们的抗议，一边内心暗喜着。因为统一的制服，能藏起我的另类。

"还有高二，你跟我一起在教室里吃午饭，我甚至……"

林循说到这里，顿了一下，迅速抬头看了他一眼，又将头颅埋下去，耳朵红得厉害："我甚至，极其短暂地庆幸过，你看不见我餐盘里的剩饭剩菜。"

林循的声音在发抖。

十几岁大山里走出来的女孩子，花了很多时间去消化那些负面情绪。

她一次次告诉自己，她没时间敏感，没时间矫情，没时间去顾及不能吃也不能穿的自尊心。

她要做的，就是在这个陌生的都市活下去，支撑到找到爸爸为止。

然后一家三口回青原。

至于体不体面的，又有什么要紧？

可她没能做到。

可能是人性如此吧，在一堆光鲜亮丽、衣食无忧的同龄人里，她没办法不去比较，没办法当真像表面上那样洒脱。

……

窗外的落雪停了，无人打理的壁炉也渐渐熄灭。

最后一簇花火炸裂后，世界开始陷入安静。

沈郁没有接茬。

他看不到她如今的模样。

也从未留意过她十五岁的时候，是不是每次见到他都在小心翼翼地揣测他有没有认出她，有没有同别人说她家很贫困，在校门口摆摊为生。

他绷着下颚，听她匀了匀气息，继续说："被一中开除后，打工求生的那年，我见到了很多像我一样在大城市里挣扎的人。也或许是过了最敏感的青春期，我的心态慢慢平和坦然了一些，但谈感情还是没办法。"

林循想起自己忙碌又痛苦的大学时代。

"大二的时候，有个同系的学长追我。我们一起合作过项目，他性格也不错……有一天，他约我吃饭来着。"

沈郁听到这儿，忽然弯起嘴角，有耐心地问她："那你去了吗？"

林循的视线落在他带了弧度的唇角。

在心里喟叹，这人怎么长得这么完美，笑起来也好看。

他轻松的语气，让她觉得这些陈述也没那么沉甸甸了。

她弓了背，把湿润的眼睛藏进他掌心里，也跟着笑起来："去了。结账的时候才知道，那顿饭居然要五百块，我都不知道自己吃了什么。学长说他来付，我不肯，执拗地付了一半……后来他第二次约我，我找了个借口，拒绝了。"

"我知道自己很别扭，但，你能明白我的意思吗？"

林循咬了咬唇，逼着自己说下去。

"之前在你面前，我一直以为，我是帮助你走出困境的那个人，你也反馈给我最好的嗓音，我觉得我们是平等的。

"所以……所以我明目张胆地觊觎你，坦白对你的喜欢，跟你告白，甚至向你求婚——"

她颤抖的自白，终于被他沉着的嗓音打断。

"那现在呢？"

他将她拉起，重新摁回怀里，轻抚着她不住打颤的脊背。

"现在觉得不平等了吗？"

"是，不平等了。"

林循窝在他胸口，把淌出来的眼泪蹭在他锁骨上："你听清楚了吗？这就是我，清高又自卑，狭隘又逼着自己坦荡。但没办法，我改不了，这就是我为人处世的办法，我靠着这些守住了自己。我知道一个从小就自信大方的人该是什么样，但我做不到。"

从来都做不到。

抵御贫穷、维持体面需要拼尽全力。

抵御诱惑更需要。

今天有学长请的五百块的午餐，明天就有服装厂的老板，居高临下地说，月供几万块包养她。

导师花十万块买断她的毕业设计，以为是对她的恩赐。

只要她肯点头，都不用毕业就能被包装得光鲜，送进沉沉浮浮的名利场。

但她不是没有家教的小孩。

她父亲千里迢迢到这里打工，她奶奶昼夜难眠地赚着辛苦钱，不是为了送她去那样的地方。

他们对她寄予厚望。

所以他们的孩子，一直高傲地挺直着脊背，不愿让他们在黄泉之下被人戳着脊梁骨谩骂。

却也在骨髓深处，烙印下了这些根深蒂固的坏毛病。

越清高就越自卑。

不肯求人，不肯亏欠，生怕自己因为还不起而丧尽主动权。

"所以，我一整个中午都在想着跟你分开，躲回我自己的舒适圈里。但我后来改变主意了。"

林循渐渐抿了抿唇："刚刚我在路上遇到了你，却故意装作没看见，冷眼旁观着，让你在风雪里等了十五分钟……想问你一下，你干吗不进保安亭等我？"

房间里安静得落针可闻。

他的声音单薄得不成线："我看不到你，怕你也看不到我。"

"我就知道是这样。"林循伸手去摸他的眉毛，"我就知道。"

包括后来她自私的试探后，那声她怎么都想不到的恳求。

丧尽主动权的，从来不是她一个人。

"你怎么会这么爱我呢？"

林循深吸了一口气，喃喃道："所以我改变主意了。沈郁，你朝我走了十年，我也为你走一步吧，踏出我狭窄逼仄的舒适圈。我不知道什么时候才能做到，但我会尽力的。"

她从青原走到这里，跨越了万水千山。

只是这最后的一步，好像是最难。

沈郁安安静静地听完她全部的叙述，内心跟着这个他爱的姑娘，完完整整地走过了她倔强坚韧的小半生。

他无法看到这张令他万分钦佩，甚至肃然起敬的面孔。

她为人处世的原则，纤细却直立的人格，在许多年前就指引过他。

许久之后，他舔了舔干燥的唇边，忽然轻声问她："林循，我是很

爱你，那你爱我吗？"

突如其来的问题让林老板怔了片刻。

她回忆了一下，她好像的确从来没说过。相处了六个月，一直到领证，她都没说过。

在她从小生存的环境里，这个字眼太陌生。

大家为彼此做得再多，却吝啬一个"爱"字。

但答案是毋庸置疑的，她早就知道了。

"嗯，爱的。"姑娘红着耳尖低下头，声音有点散，很不自在，"沈郁，我很爱你的。"

这是第一次。但她说出口了。

"那就好。"

他的笑容是紧绷后骤然的松懈，很久之后，他语气散漫地问她："未来几天有空吗？"

又是一个莫名其妙、突如其来的问题。

可林循却老实地回答："有空，《凡尘》的工作告一段落了，可以放几天假。"

"嗯。"他牵了她的手，细细抚摸着她手背上的夜莺图案。

他斟酌了一下想说的话。

"林循，你做人做事的方式没有任何问题。你奶奶将你教得很好，她是个很有智慧的老人家。所以，这最后一步，不跨也没关系。"

林循无端地怔住。

又听他继续说："因为在此之前，有件更重要的事。你不是说，觉得我们之间不平等吗？"

沈郁伸手摸了摸她的脑袋，懒洋洋地"啧"了一声："你这么爱我，那我就没什么好怕的了。林老板，央你陪我去看看，二十岁，一无所有，却受尽恩惠的我。"

4

他们离开得很匆忙，连行李都没来得及准备。

飞机抵达青原省会机场的时候，已经是第二天上午。

林循站在机舱口，满眼恍惚地打量着眼前这片熟悉又陌生的土地，有些迟钝地跟着沈郁下了飞机。

省会机场不大，不是每架飞机都能停泊在航站楼边。

摆渡车接上他们，跑了几分钟，属于西北大地粗犷的晨风刮着她的脸颊，很快便在皮肤上留下红红的痕迹。

林循不禁紧了紧羽绒服外裹着的围巾，口口声声说自己是青原人，可离开太多年，她竟然有些不适应了。

　　沈郁口述着指引她，找到了航站楼 T1 出口的那家星巴克，给她点了杯热巧克力。

　　热乎乎甜滋滋的一杯捧在手里，林循终于觉得自己活了过来。

　　她眨巴着眼看他，才发觉他对这里，竟然比她还要熟悉。

　　"你是不是问过我，我去南漓找你那次，是不是第一次一个人坐飞机出远门？"

　　沈郁牵着她，跟着她的步伐往到达口走去，一边跟她说："其实不是，我第一次一个人出远门，是二十岁那年，来了青原。就在刚刚那家星巴克，我遇到了杨导……不过那都是后话了。"

　　来接机的是方村安排的人，省城当地的司机，一个脸上有两坨高原红的中年男人。

　　有着青原人高耸的面颊和鼻梁，面容爽朗。

　　他见到沈郁，熟稔地跟他打了个招呼："沈先生，又过来了？这次是公务还是旅游？"

　　"算是旅游吧，"沈郁淡淡地笑，给林循介绍，"这是张叔，之前我们过来录《森林寓言》期间几个月，就是劳烦他接送。"

　　张叔笑着摆手，咧了咧嘴："什么劳烦，是沈先生照顾我生意。"

　　他说着，看向林循，目光带些询问。

　　沈郁虽看不到，却也心领神会，搂了搂她的肩头，说道："这是我太太。"

　　"噢，是您太太。"

　　张叔有点惊讶："上次我还问过您，您连女朋友都没有。看来是新婚？那是来这里度蜜月？我看电视里，度蜜月不都去什么马尔代夫吗，怎么来青原这么个鸟不拉屎的地方。"

　　他一边说，一边带两人去地下车库。

　　沈郁又耐着性子跟他解释："我太太就是青原祁南县人，我们只是回她的家乡。"

　　张叔闻声又惊讶地看了眼林循，长得白白净净、漂亮出挑，半点看不出是山区姑娘。

　　还是整个青原最贫困的地方。

　　直到林循笑着用有些生疏的青原话跟他聊了几句家常，他脸上的表情瞬间从客套变得熟稔了许多。

　　一路上亲热地问她什么时候离开的青原，家里还有哪些亲戚，这次回来准备待多久……

一直到了车库里才停下。

两个人都没什么行李，张叔想要帮忙的心思落了空，无措地搓搓双手，给他们拉开商务车的车门。

"从这里开到祁南县，得六个多小时，可能得下午四点才到……你们晕车吗？"

林循点点头，她是有点晕车的。

张叔递给她两颗晕车药，又看向沈郁，笑道："沈先生也吃一颗吧，出了机场往山区开，公路可跟你们南方不一样哟，弯来弯去起伏很大。"

沈郁倒是没拒绝，利索地接过，和水吞下。

显然是曾经体验过。

待上了车，张叔嘴就更没停了。

沈郁见林循有些疲惫，便主动接过话茬，与他攀谈起来。

林循靠在座椅靠背上，静静地看他。

他似乎很喜欢这里，耐心都好了不少，人也没有平时那么生人勿近。

甚至还跟司机大叔开了几个玩笑。

她又转头去看窗外。

车子逐渐驶进了山区。远处是连绵起伏的山，山顶是白茫茫、终年不化的雪。

公路建在一望无际的戈壁之间。

天很高，云亦很高。

透进窗子的空气很冷，也渐渐地越来越稀薄。

一切都是那么熟悉。

途中林循短暂地靠着沈郁打了几个盹，大多数时候贪婪地睁着眼，看着与记忆里一样的景色。

不同的是，曾经多次往返这个地方，她从来没有欣赏沿途风景的心情。

比如上一次，她毕业后，灰溜溜地回到这里。

那时候天好像总是灰的，蒙着公路上漫天的沙尘。

大客车窗玻璃总是漏风，引擎也不怎么好使，一路上好像随时会散架。

人们默不作声地坐着，没人说话，省得一张口就咽了一嘴风沙。

她拎着小小的箱子跟一个带着孙子的老太太一起挤在引擎盖上，那小孩睡着后的口水，流了她一胳膊。

抵达祁南县比预想的晚了一个小时。

太阳还未落下。

张叔将他们送到县里唯一一家还算像样的酒店，又去帮他们买来一些生活用品。

简单洗漱过后，林循看着沈郁十分熟练地摸索着，将一次性床单铺在床上。

她挑眉看着他干活，有点意外。

"你之前就住过这个酒店？住得惯吗？"

条件真的不算好，连她晟霖苑的房子都比不上，更不用说昨天看到的，他在临江阁的家。

"上次来已经很习惯了。"

沈郁掖好最后一个角落，拍了拍干净的床单，拉她坐下："二十岁那年第一次来，还真住不惯。总疑心床上有虫子，而且房间里，也有不好闻的气味……现在想想那会儿胆子真大。"

"是啊，"林循想想都替他后怕，"你一个盲人，一个人来了这么远的地方，都没碰上坏人。"

沈郁笑道："是啊，出了机场之后，我随便找了个顺路的司机，给了他一笔钱让他载我来祁南县。一路六个小时，那司机沉默寡言一句话都没说，就好像暗自谋划着在哪个山沟沟里杀人越货……但六个小时后，他送我到了这里，帮我开了房间，又帮忙把行李送到楼上……他临走前还塞给我两个包子，一瓶牛奶……所以我很喜欢这里。"

林循似乎能想象到那时候的他。

不像现在这样熟练，走路都会磕绊，穿着一件清清爽爽的冲锋衣，踩着双黑色登山鞋，长得那样漂亮贵气，却满脸沉冷，不近人情。

"所以，能告诉我了吗？"林循摸着床上粗糙的床品，"你那会儿为什么来这里？"

房间里有一股说不清道不明的腐旧气味。

沈郁用食指在她手心勾了勾，"哎"了一声："说出来有点丢人。是在看到你发第一条朋友圈的第二天。我跟老太太说学校有个为期两周的活动，不回家了。"

林循一怔，忽然想起姜老太说的话。

——"看你发了条朋友圈，他便觉得你过得很好，自己该放下了。明明是高兴的，却又忍不住跑去外面喝了一晚上的酒，回来醉醺醺吐了一马桶，边吐边跟我说他有个很喜欢很喜欢的人。"

——"我问他明明这么喜欢，为什么不告白，他却没吭声。但我知

道的，是因为他眼睛看不见，怕你嫌弃他。"

她恍惚地回忆起那个时间点，他给她发了最后一条微信。

看到了你发的朋友圈。你在南漓电影学院上学？我记得你当初填的理想学校就是那里，恭喜。

原来是那次。

林循的五指慢慢收紧，将他的手指握在手心里。

"哎，你别多想啊，也不完全是因为你。"他说着，眉头轻轻拧起来。

"我复读那年恰好国家出了盲人卷，你知道的，我考上了昼大的工商管理专业。

"但读了一年，就觉得挺没意思的。沈昌亦让人打了招呼，系主任对我格外照顾，每一门考试都帮我安排了口试……同学们也特殊对待，特殊的另外一个含义，就是边缘化。

"我当时就觉得，以我这个身体条件，就算把文凭拿到了，又能干吗呢？"

他说到这些，表情多少有点不自在。

在喜欢的人面前，总想佯装得很完美、很强大。

但他那会儿还真不是。

狼狈得要死。

"沈昌亦表面上依旧很看重我，每隔两个月就带我去世界各地看病。但有一天我难得回家，拿一份我母亲留下的不动产资料，却碰巧听到他同我继母说，让她不要总和我过去。"

沈郁抿了唇，声音是漠不关心的冷淡。

"原话大概是——'沈氏一半的资产在他母亲名下，签了财产公证的，我也没办法。但其余的，他没能耐跟你儿子争，你跟他计较什么？'"

林循听着，忽然伸手抱住他，把脸埋在他胸口。

这是她第一次听他说起家里的事，父母的事。

她胸口一阵泛酸，问他："然后呢？又为什么来这里？"

"就是觉得找不到出路了。不管是未来，还是你，我好像都弄丢了。"

他轻声笑："所以跑到外面喝了个烂醉，吐了一晚上，昏昏沉沉地睡到第二天，却还是梦到你。"

林循吸了吸鼻子，哽咽地问他："梦到我什么？"

"梦到你曾经跟别人说——"沈郁的喉结上下滑动着，声音带了笑意，"说我很聪明，学什么都快，未来兴许能当个律师……还夸我声音好听，说不定能做个顶级 CV。"

林循一怔，她说过吗？她竟然都不记得了。

仔细想想，好像是有这么一回事。

有一次大家在感叹，替沈郁惋惜，猜测他未来不能继承沈家的家业。

她便觉得奇怪。

有什么好惋惜的，他天赋异禀、有手有脚，不管走哪条路，都有无穷的可能。

就是比旁人艰难些。

沈郁冰凉的手指穿插进她的发间。

他轻轻将她按在怀里，忍不住抬起她下巴，亲了一会儿，又去吻她的耳朵。

"我就想着，什么样的土地，能养出这么个姑娘呢？忽然就想到这个地方看一眼，也想给自己一个机会，看看能不能得到什么启发，怎么走好，我接下来的路。

"所以我就来了。"

他的声音越来越低，手指没分寸地一件件剥掉她的衣服。

"剩下的，明天再说，"他喉结染上薄薄的红，"想要你。"

林循隔着酒店里暗黄的灯光看他。

眼前的人眉眼如画，眼睫如墨，矜贵又落拓，眸光暗淡，心却滚烫。

跟她一样的矛盾体。

她伸手勾了他脖颈，翻了个身，握住他不安分的手腕。

"我也想。"

5

半夜一点多，林循不得不再次洗了个澡。

满室沉闷的热气里，她腿脚酸软，趿着一次性拖鞋走到窗边，将玻璃窗推开一个缝隙。

干爽的冷空气透进来。

青原的气温比昼山更冷，但好在空气里的湿度并不高，很凉爽。

她看着外头沉沉的夜和街道上昏黄的路灯，发了会儿呆。

自从上次在南漓吃完了一个疗程的抗焦虑药物后，她没有再去医生那里续开。

停药到今天已经有两个星期，焦虑症一次都没发作过。

哪怕昨天看到热搜心情不好，也没有积压太多的负面情绪。

那些惊恐发作的夜晚，仿佛是逝去的一场场梦。

第二天，他们起得比预想中要晚。

窗外寒风呼啸，开始下雪。

林循帮沈郁裹紧了围巾，牵了他下楼吃早饭。

张叔已经在酒店楼下等他们了，正呼啦啦地喝着一整碗没几片荤的羊杂汤。

吃完饭，三人继续赶路。

沈郁和张叔都没提目的地是哪里，林循便也没问，安安静静地坐在后座上，看着窗外。

车轮胎装上了防滑链，咔哧咔哧驶过衰败落魄的小镇，开进了更加曲折、颠簸的山路。

这段进山的路并没有浇筑水泥。

车子艰难地往里开，高高的轮胎扬起了戈壁上的漫天尘土。

远处山与天的分界线很不明确。

车窗关得严实，不给风沙穿透的机会。

林循也没心情再欣赏什么风景。

一切都越来越熟悉。

她抿着唇，看着窗外这片自己生活了十五年的土地。

一个多小时的颠簸攀爬后，雪终于停了，灰蒙蒙的云层散开，暖烘烘的太阳钻出来。

车子停在了一座荒芜的村庄路口。

旁边就是山。

山的那头一望无际，黑色的油松林之外，他们家曾经世代居住的上林村被挖成了一片废墟。

传说中拆迁后要建造的天文台，十多年后却仍然只打了个地基。

项目大概搁浅了，这片广袤的土地，已经被人类社会放弃了。

而山的这一侧，则是依旧繁衍生息的下林村。

张叔带着他们进了村子里。

沈郁在这儿录了三个月节目，对方位比张叔还熟悉，指引着他们绕过一处处林循无比熟悉的农家瓦舍，走到山腰处——

这里建了一个希望小学。

这小学是林循离开青原后的第三年，建起来的。

从那之后，附近几个村庄的孩子们都来这里读书，终于不用翻山越岭去遥远的镇上。也因此，很多女孩子也有了读书识字的机会。

或许是因为高原反应，她一下车就开始觉得胸闷，心脏在胸腔里不安分地跳动着。

可几分钟后，她竟然便适应了，脉搏恢复平稳，肺部自动扩张，畅快地呼吸着比昼山稀薄许多的空气——这片滋养她多年的土地，时隔多年，依旧在包容着她。

她忍不住看了眼沈郁，问道："这就是你当初的目的地？"

沈郁"嗯"了声，又补充了一句："算是吧。"

什么叫算是？

林循没来得及问，便又听到他说："当年来到祁南县的前三天，我只是在县里打转。"

沈郁牵着她，跟着她的脚步往学校门口走去，一边说道："跟着酒店老板出去镇上喝当地的酸奶、羊杂汤，一边适应着高原反应。我当时高反还挺严重的，躺了好几天才逐渐适应。直到第四天，老板帮我雇了辆车，来到这里。

"虽然不能亲眼看到你生活过的地方，但我呼吸到了这片空气。"

沈郁说着，摊了摊手，苦笑道："只是没想到，这里的氧气浓度比县里还要低，我不得不在学校住了几天……好在校长愿意收留我。"

林循挑了挑眉，难怪他今早问张叔要了几颗抗高反的药。

对外地人来说，青原的环境的确不是很宜居。

三个人沿着蜿蜒的小路往上走，路两旁是积了雪的冬青树。

这些年青原政府开始扶持农业发展，山区里比起她离开的时候，生活条件俨然好了许多。

家家户户都有农田，只不过，都还是人工种植，机器没有普及。

待走进学校大门，林循忍不住四处观望了下。

她之前只在网上见过这学校的样子，还没有实地来过。

现在是二月初，要不了几天便是过年。

学校里正在放寒假，空荡荡的校园里，一个学生都没有，周遭一片寂静。

学校拢共只有一栋教学楼，是村里罕见的水泥钢筋结构，上下三层，很安全。

教学楼外则建了个椭圆形操场，令林循惊讶的是，这操场竟然有塑胶跑道。

这条件比她当年在网上看到的初建时候那会儿，不知道好了多少。

在门口等了没多久，校长便带着在这儿支教的几个年轻老师过来接他们。

之前《森林寓言》就是在这个小学录制的，期间节目组给学校捐赠了很多公益款——这塑胶跑道就是那时新建的。

所以这里的老师们都认识沈郁……方忖又提前和他们打好了招呼。

校长是个体态清瘦的老年人，穿着件素净的旧棉袄，戴着眼镜。两鬓斑白，模样很和蔼。

他的视线在林循身上扫过，却完全没有认出她，只是一个劲同沈郁叙旧。

"小沈，你这次来，又准备教孩子们学普通话了？可惜大家都回家过年去了，可没人给你教咯。"

沈郁熟稔地与他寒暄着。

一行人跟着往里走。

林循的视线却情不自禁地落在校长略有些熟悉的面容上。

直到半分钟后，她才最终确定，真的是他。

她有些惊讶，连忙上前几步，略微局促地喊道："陈老师，您怎么会在这儿？"

实在是太久没见了。

要不是看到他眉心偏左的地方有一颗痣，她当真要认不出来了。

陈校长听到这话，回头诧异地看向她。

——漂亮到难以形容的姑娘，皮肤很白，没有当地人独有的高原红，高高瘦瘦，一头浓密的黑色卷发披散肩头。

他不记得见过这姑娘。

林循也意识到陈校长压根儿不记得她了，转而用青原话解释道："您原先在镇上的七里小学当教导主任，我是您的学生。"

陈校长闻言仔仔细细上上下下将她打量了个遍，努力在脑海里搜索，最终苦笑着摇头："……我真是记不起来了，你们小孩子一天一个样。你是哪家的孩子啊？"

林循看着眼前的人，多年不见，他比从前苍老了很多，体态也胖了一些，脊背佝偻了几分。

她弯着唇解释道："我是上林村人，我爸爸叫林华。当年是您亲自到村里，挨家挨户劝大家，让女孩们去上学的……只有我爸爸听了您的话……没想到这么多年过去，您到这里当校长了。"

陈校长听她说完，愣了好久，又看了她好几眼，才一拍脑袋，恍然大悟道："原来是你啊。你叫……林循吧？"

老校长记起她，语气比之前激昂了很多："我记得你当年初中毕业后，是跟着你奶奶去南方找你爸爸了吧？找到了吗？"

"是，"林循弯了眉眼，"我们找到了。"

"那就好，那就好，难怪看你如今过得很好，看着已经是个大城市的姑娘了。"

陈校长目光欣慰，说完后又看了看她身边的沈郁，疑惑道："只是，你今天怎么会跟小沈一起回来，你们认识吗？"

林循亦跟着侧目，看了眼沈郁。

他静静听着他们叙旧，没有接茬的意思。

林老板多少有些赧然。

她还是第一次跟人介绍他们的关系。

她咳嗽了两声，牵了他的手，大大方方地说道："嗯，不止认识，他是我……先生。"

她挑了个说起来不那么别扭的称呼。

陈校长的视线在他们之间打量片刻，显然是惊讶极了。

实在没想到沈郁和青原，还有这样的缘分。

他想了很久，才终于恍然道："小沈，那你当年第一次来青原，也是因为小循？你们在那之前就认识？"

"是。"沈郁想起当年的事，不禁再次温声跟陈校长道谢，"当年还得多谢您收留我几天，不然我高反这么严重，眼睛又看不见，还真走不出这片大山。"

做《森林寓言》节目之前，苏世城他们都奇怪，问他怎么会选这样一个地方，做一档不赚钱的公益节目。

他们却不明白，他在曾经一无所有的时候，在这个地方受尽了恩惠。

"早知道你是我们祁南县的女婿，我当时该多留你几天才好呢。"

校长笑呵呵地带他们进了空余的校舍，帮忙放好行李。

又聊了许久，老校长才意犹未尽地起身："我还得回去给孩子们批期末考试的卷子，就先走了。小循，你还是第一次到这儿来吧？现在孩子们上学的条件可比当年好多了，待会儿让小周带你们到处逛逛。"

两人随即同校长道别，而后跟着旁边一直陪同的那位周老师穿过操场，往教学楼走去。

"这里就是教学楼了，我们学校是这片山区里唯一的小学，附近几个村落的孩子们都在这儿念书……"

他说着，看了眼沈郁，感激道："还得多谢沈先生的慈善款，明年我们又能建成一座教学楼，可以容纳更多的学生了。"

午后的青原停了雪，露出了高高的天空和明快的太阳，无所顾忌地照拂着山川戈壁。

林循往他所指的方向看去，果然看到原有的教学楼后面挖了片平整的空地，已经开始打新的地基。

周老师一边介绍着，一边带他们走到教学楼下。

刚走到廊下，率先映入眼帘的，是一整面五彩斑斓的墙。

林循走近一些，才发现，这些色彩都来自于贴满墙面的五颜六色的便笺纸。

"这是我们希望小学的特色，希望墙，张贴的都是孩子们的心愿。从建校开始，越来越多的孩子们走出了这片大山，有的考上了大学，有的初高中毕业出去工作，总比留在山里强。"

周老师简单说了句，便想带着他们继续往里走去参观里面的教室，可沈郁却停住了脚步。

他牵着林循，眉眼都张扬了几分。

"到了，我的目的地。"

他转身，对周老师道谢，温声说道："您去忙吧，我们自己在这待会儿。"

周老师对沈郁很尊敬，闻言说了声"好"，又让他们有事直接去旁边的办公室找他。

等人走后，林循才有些不解地站在原地，看着花花绿绿的心愿墙，没明白他的目的地怎么就是一片墙了。

她粗粗扫了一眼，密密麻麻的便笺上写满了孩子们的心愿。

林循看着看着，忍不住勾了勾唇，啧，字迹都还蛮工整的嘛。

比他们当初可强多了。

她看了很久之后，站在她身后的人忽然轻轻环住她肩膀。

他的下巴抵在她头顶，嗓音懒散地说道："我看不到，就得劳烦你自己找一找了。我记得那些孩子们说过，应该是在右上角来着。"

林循的视线跟着他的指挥，往右上角看去。

她看了一会儿，忍不住问道："你要我找什——"

她的话没能说完。

视线凝固在右上角，三张有些褪色的便笺纸上。

来自三个不同的孩子。

那上面的字迹，比其他人的，更加工整几分。

希望我未来能像林循姐姐一样，考上好的大学，去大城市工作。祝我们陈校长长命百岁，也祝林循姐姐身体健康！——林文聪

长大以后我要去看天安门！虽然从来没见过她，但希望资助我的林循姐姐生活工作都顺利！——李青刚

希望爸爸身体能好起来，希望我能像林循姐姐一样，好好读书，未来有一天，带我爸爸妈妈走出这片大山。也祝林循姐姐天天开心，平平安安。——林娟

这三个名字……

林循默念了几遍，眼睫飞快地颤动着。

她有印象的。

记忆因此被触发，回到大一那年，她抑郁症发作，因为两个摔烂的外卖企图轻生的那次……

当时她几乎自我封闭、自暴自弃了一整个月。

放弃了学业、放弃了兼职，整天整夜地烂在宿舍狭窄的床上，戴着耳机，听着乱七八糟的有声剧。

那一次，几乎连她最爱的声音也救不了她。

宿舍的床板很硬，她每翻一个身，就能感觉到自己越来越单薄的皮肉下，尖锐的骨头与床板碰撞，发出刻骨的疼痛。

生命好像随着时间，一点点流逝。

直到某天，她在广播剧平台的角落，看到了一个慈善机构的广告。

慈善这种事，本不该出现在她的生命里。

但林循想起了自己账户里上万块的存款，是她辛辛苦苦攒下来，用来交下一学年的学费和住宿费的。

她鬼使神差地点进去，却在资助清单里，看到了祁南县下林村希望小学的名字。

才知道原来她离开那里之后，那片贫瘠的土地上，建了一座名叫"希望"的学校。

林循当时没想太多。

只是觉得，反正她存的钱也没什么用了，她不打算继续上学了，也不想继续坚持了。

那些钱，与其在她这里绝望地腐烂，不如用来换取点希望。

联络、登记、汇款，所有的流程都很简单，简单到林循甚至以为那家慈善组织是骗钱的。

钱打过去的第二天，负责人给她发了资助的学生名单，林循只是匆匆扫了一眼——是三个孩子，姓名都很普通，两个跟她一样姓林，一个姓李，都是祁南县常见的姓。

那天林循躺在床上，看了眼银行卡里空空荡荡的余额，连点外卖的钱都没有了。

她饿到了晚上，顶着白色的床帐，感觉胃里翻江倒海地痉挛着。

她就这样睡着了，又在半夜饿醒，又睡着，再饿醒。

所有的退路都被她封死。

可偏偏奇怪的是，第二天再次醒来，身体却像是进入了一种自我保护模式，所有的饥饿感都消失了。

她麻木地起身往外走，遵照着求生的本能，从抽屉里翻出一张仅剩的十块钱纸币，去校门口吃了一碗刀削面。

沉寂了一个月的身体有些不适应南漓忽如其来的阳光。

可吃完那碗热腾腾的面之后，她忽然就没那么难受了。

莫名其妙地说服了自己。

别这么轻易就放弃吧，再试一次。

你也是从那大山里走出来的孩子。

万一，未来也有希望呢？

……

后来的很多年里，她陆陆续续资助过好多个孩子，不局限于祁南县。

但统统都没跟他们联系过，也没见过面。

慈善机构的负责人偶尔会给她发孩子们的祝福和感谢，说她是孩子们的榜样，林循也没好意思去看。

她自己的生活都过得一团糟，朝不保夕的，哪会是什么榜样，该是反面教材才对。

却没想到曾经从来没有留意过的祝福，如今竟然跨越了一千多公里、两千多个日夜，奇妙地出现在她眼前。

——难怪，时隔一个月走出寝室大楼，吃着那碗刀削面的那天，南漓连绵多日的雨忽然停了。

天光璀璨，每一口空气都很暖。

——难怪从那次之后，命运仿佛忽然开始善待她。她拿到了丰厚的奖助学金，做微商也赚到了第一桶金，顺利供自己读完大学，存了开工作室的启动资金。

原来在那个时候，是他们在为她祈祷。

他们祝她身体健康，开心顺遂，平平安安。

林循的指尖止不住地震颤着，她捂着心口，感受着心脏热烈地跳动着。

许久后，她隔着模糊不清的眼雾回头看他，闷声问道："你怎么会知道这些？你怎么能看到？"

他伸手过来摸她的脸颊，耐心地帮她擦掉泪。

"我是没看到。当时我在学校里一共住了五天，校长看出我很迷茫，课下时间带着我走了好多地方。我摸过山里的油松、云杉，也摸过脱了壳的青稞，还闻到了青稞变成酒的气味，觉得心境已经开阔了很多。"

沈郁轻轻"啧"了一声，漫不经心地感叹："谁能想到呢，这片被人类社会认为是经济贫瘠的土地，孕育出这样生命力旺盛的作物和人群。

"最后一天，我原本要离开了，当初的一位从南方来的支教老师忽然说，学校有一面希望墙，让我走之前可以去感受一下。

"我就雇了个小孩，给他买了一整罐糖，让他挨个把便笺上的愿望念给我听，想找点希望。"

沈郁弯着唇，由衷地喟叹："没想到，真的让我找到了。

"我听到了这世上最昂贵的祝福，给我喜欢的女孩，仿佛也是给我——

"平安、顺遂、健康、快乐。

"我从小被当作沈氏继承人培养长大，从七岁开始严格要求自己，心气太高眼界太高，以至于遭遇变故后，总觉得我这辈子已经毁了。但听到这些祝福后，我好像忽然就想通了。

"未来有什么样的成就说不好，但这四样，我想，哪怕是我，也能做到。

"那就够了。"

沈郁继续说着二十岁那场茫然不堪、没有终点的旅途。

"后来我带着这些释然和信念，又坐了七个小时的长途车回到省会机场。然后，像是命中注定般，我在那家星巴克里，遇到了来青原拍摄的杨导……后来的一切，便自然而然地发生了。"

沈郁说到这儿，怀中的女孩子背对着他，已经泣不成声。

他握着她的肩膀，将人转过来，弯下腰。

高低的距离被拉平，天平的两端，是与财富无关的，各自珍贵的重量。

他淡淡地"平视"着她。

"所以从来没有不平等。"

他轻轻牵起她的手，低下头颅，吻在那白皙的虎口处，高傲的、倔强的、纤细的夜莺上。

"不要妄自菲薄，我的姑娘，你是这天地间最好的造物。"

亦是我的信仰。

人们都以为夜莺是纤细的笼中鸟，唱着靡靡之音。

不知它也曾泣血滋养玫瑰，是无数人的信仰。

"好。"

林循咬着下唇，看着他好久好久。

山川戈壁也好，江南烟雨也罢，沉浮名利场，或是边远凄凉地，都好。

未来还会有六个、七个、八个十年。

足够她多晒晒太阳，抚平局促不安的心跳，大大方方地爱他。

她眉梢扬起来，一如当初跟他告白时的嚣张："那请你闭个眼行不？我想亲你。"

　　沈郁抬起头，他方才没有说。

　　二十岁的他心境开阔了，未来的路也平坦了，可心里仍有沉痛不甘的遗憾。因为他的信仰，或许，只能成为信仰。

　　但二十七岁的他，已经如愿以偿。

　　他长睫微颤，眼皮挣扎了片刻，慢慢地合上。

　　下一秒，纤细的姑娘踮起脚，肆意吻在他唇边，呼吸滚烫。

　　她的声音喑哑如常，像极了他曾品尝过的青稞酒。

　　"沈郁，我好爱你。

　　"永远爱你。

　　"唯一爱你。

　　"沈郁，我爱你，也会是常态。"

1

希望小学建成后的第四年,上林村以及周围的四个村庄才完成水电排布。

尽管如此,家家户户还是习惯去村子外的小河边洗衣服。

这里的人们生活很拮据,全年的收入都靠作物产出。

今年冬天又恰巧是十年以来最冷的,大家预料到明年的收成不会好,都勒紧裤腰带过日子。

过了晚上十一点,山里的温度已经到达了零下九度。

整个村子陷入了寂静。

林循和沈郁借住在空余的教师宿舍里,整栋楼并没有供暖,只有小周老师给他们拿来的一个风扇形的电暖器。

打开开关之后,电热丝缓缓亮起。

分布十分不均匀的橙红色热气在床边晕开。

等在旁边的公共洗手间洗漱完,林循把带来的被褥加铺在宿舍床单薄的床垫上,又将他们两个的羽绒服铺开,盖在原有的被子上。

这才钻进被窝。

取暖器的面积非常小,冷意依旧透过水泥墙渗透进来。

多年没经历过青原刺骨的冬天,林循实在是有些不适应了,忍不住往被窝里钻了钻,伸手抱住沈郁的腰,又把冰凉的手脚缠在他身上。

脸也跟着靠过去,舒服地贴在他滚烫结实的胸口。

宿舍的单人床本来就很小,这样挤在一起,反而腾出了半人的空间。

沈少爷被冰得蹙起了眉,却没将她扒开,反而握了她的手,哂道:"怎么这么冰?不是土生土长的青原人吗,比我还怕冷?也不知道之前十五个冬天怎么熬过去的。"

"谁说北方人就不怕冷了？我其实从小就很怕冷，可能是一直很瘦。"林循咕哝了一声，接着说，"不过现在山区的条件比我小时候好了太多了，经济发展真的很快。我离开这里的时候，村子里还没有通电。像这样的电暖器，我们从来没见过，夜里取暖都靠烧炭、烧木头。

"有时候木头会被雨淋湿，点不着火……房子也没有这里这么结实，处处漏风。

"我和奶奶就把门窗都用布条、废纸糊死，抱在一起睡。"

林循毫不避讳地提起她的童年。

她从小学开始，就要去很远的镇上上课，来回一趟要跋山涉水几个小时，所以一周才能回来一次。

周末的功课不是语数英，而是帮奶奶种地、洗碗、裁布。

爸爸去了昼山之后，她们家的劳动力有限，种的地自然也比不上别家的多。

所以家里大部分产出的作物都需要用来换钱，祖孙俩一年到头都很难吃上一顿结结实实的白米饭。

但哪座山上有能吃的菌类、那个季节的野菜最丰盛、哪条河里鱼虾最多……这些知识点，十来岁的小林循最清楚。

林老板回忆了很久，龇牙笑道："所以我除了不会做饭之外，生存技能点其实还蛮多的。如果咱俩有一天流落荒野了，你就得抱紧我的大腿。"

沈郁挑挑眉，笑她："行，抱你大腿，那你不准丢下我。"

脑海里跟着她的叙述，逐渐构建出一幅幅画面——一个扎着马尾的漂亮女孩，挽着裤脚，背着一筐野菜在这高高的山川之间肆意奔跑。

纤细的胳膊和双腿裸露在风里。

他想象那画面，先是弯了弯唇角。

可又想到她轻描淡写说的漏风的门窗、没有木炭的冬天、食物不够的丰收季……

虽说《森林寓言》录制期间那三个月里，沈郁在这里住过。

但那会儿他们运送了很多物资进来，生活虽然比不上昼山方便，却也算不上匮乏。

他不差钱，自然不会苛刻自己，也不会苛刻工作人员。

所以那样的生活他从来都没有经历过。

他渐渐抿了唇，伸手一下一下顺着怀里人的发，没吭声。

林循却不甚在意。

好像自从那天跟他坦白之后，再提起这些来，隐秘的消极情绪都消散了，只剩下温馨的怀念了。

　　几句说完自己的童年，她忽然顿住，额头抵在他锁骨上亲昵地蹭了蹭，好奇道："现在你人都在青原了，我的老底算是被你扒得一干二净了……公平起见，大少爷，跟我讲讲你小时候呗？"

　　她说着，扬唇道："我对你的初印象可不大好。只记得是个声音巨好听、但性格巨臭屁的有钱公子哥……你应该不记得我们第一次见面了吧？"

　　沈郁闻言勾了勾唇，说："怎么不记得，比你的印象还更早一点……我还记得司机把车子开上一中旁边那条坡道时，扬起很多尘土……我当时往车窗外看，就看到个女孩子一边推着三轮车，一边隔着飞扬的尘土瞪我来着。"

　　林循没忍住，乐出了声："是，以我当时的脾气，要不是腾不出手，说不定咱俩就要不打不相识了。所以，你从小就这么……呃，嚣张吗？你的童年是不是过得很滋润？"

　　"嚣张吗……可能是有点？滋不滋润的，就要看哪方面了。"沈郁眼睫微动，勾唇道，"如果单论物质方面，的确，我父亲并不在这方面苛刻子女。甚至从我五岁那年开始，他便会给我拨花销预算，花不完还会挨骂……他说想要学会投资、理财，第一步是得会花钱，对金钱的购买力、商品的价值和价格有基本的概念。可要说其他的，大概谈不上滋润……"

　　他的童年几乎被课业占据。

　　除了精英私立学校的功课之外，他从三岁开始学四国语言、两门乐器，七岁开始跟着父亲学企业管理、金融知识，十三岁开始处理一些子公司的业务，逐渐开始投资……

　　那段时间……

　　沈郁说到这儿，脸上没什么表情，顿了一会儿，又补充了句："那段时间，我父母感情还很好……后来他们开始频频吵架，也是因为我。"

　　林循抬起头，看了他一眼，问道："……为什么？"

　　"我母亲认识我父亲的时候，他还只是沈氏旁支的一个浪荡公子，所有的野心和欲望都掩藏得很好。所以她也不知道，他会是这样一个工作狂……这就算了，我母亲最痛恨的，就是他将我培养成这样。"

　　"……这样？"

　　林循有些不解："你这样，不好吗？"

　　沈郁弯了弯唇角："你对我的第一印象不也很差吗？

　　"我出车祸前，其实真挺不近人情的。从小被我爸当作继承人培养，每分每秒都得规划到位，说不好听点，跟训练 AI 没什么区别。身边所谓的朋友都是有利益往来的世交的孩子，哪句话该说、哪件事该做，审时度势、察言观色……我五岁开始就深谙其道。我妈在世的时候总说，她最讨厌我这副样子，冷冰冰的，不像个人。"

"她在世时和苏世城的妈妈交好，有时候宁愿去苏家陪苏世城玩，也不想在家和他相顾无言。

"……我知道她讨厌我。"

沈郁笑了一下，垂下眼皮，没情绪地说："却没想到，车子失控撞上护栏的最后时刻，她连思考都没有就扑在了我身上……一句话都没给我留。"

林循听得心里一紧。

"我有时候想想也后悔。"

沈郁随意地说："早知道最后不会走上那条既定的路，不如做个她喜欢的孩子，活泼淘气些。"

"你是她喜欢的孩子。"林循肯定道，"一定是的，她怨的，只是你父亲没给你一个自由的童年。"

"嗯。"沈郁随口应道。

早些年他其实也耿耿于怀过，但这些问题再也得不到答案。

房间里安静了会儿。

劣质的烤火器不知道是不是过热，忽然"咔"的一声断了电。

林循担心有安全隐患，干脆拔了电源。

胳膊在被子外只待了几秒钟，就冷得她直发抖，连忙又缩进被子里，搂住男人精瘦的腰身。

半晌后，她咬了咬唇，说："那，后来呢？你父亲他为什么这么快就……"

倘若她记得没错的话，他父亲再婚时，沈郁母亲去世才不过几个月。

沈郁沉默了会儿。

片刻后又觉得也没什么好瞒的。

他收着下颚，原本松懒搁在她后背的手指向下滑，摁住她腰窝，将人往胸口更深地带了带。

拥了满怀的温热让他呼吸稍微松弛了些。

"我出院后的那段时间，他整晚都在酗酒……像疯了一样，笃定那事故是人为的。还找了一堆私家侦探、律师帮忙查……家里的保姆但凡动一下我母亲的东西，便会遭到劈头盖脸的责骂，有一次夜里，我去楼下客厅喝水，听他坐在阳台外醉醺醺地放声大哭，一声声叫我母亲的名字……”

“所以，”沈郁语气嘲讽，“我当时还以为，他对她有多深情……却转头就跟北霖刘家联姻了，那女人只比我大六岁。

“原因很简单……因为继承人废了，必须尽快再留一个。他深情或许未必是假的，却抵不过野心。”

林循听着这些豪门隐秘，忽然觉得这些有钱人的世界也太现实。

现实到她从骨头缝里感觉到冷。

沈郁又顿了会儿，接着说：“从那天起，我忽然有了一丝庆幸。那场车祸虽然夺走了我的视力，但也让我及时止损……”

他话没说完，林循却听明白了他的意思。

——如果按照之前的路，或许，他也会变成和他父亲一样的人。

她想了一会儿，摇了摇头，抬头道：“我觉得不会。”

“为什么？”沈郁反问道，其实连他自己都不确定，“我身上流着他的血。”

“你现在不是把寻语管理得很好吗？”

林循眨了眨眼，说道：“所以当初如果你有那份野心，你照样可以和他保持以往的父子情，让他看到你的能力不逊从前。但你没那么做，是因为你母亲吧？因为她不想让你成为那样的人。”

“……”沈郁忽然闭了闭眼。

好半晌后，他轻轻吻着姑娘的额头：“好了，睡前故事结束。晚安，林老板。”

林循亦打了个温温暖暖的呵欠，没多久便窝在他怀里睡着了。

沈郁却毫无睡意地睁开了眼。

视野依旧一片漆黑，青原的黑似乎比昼山的黑更冷沉。

是她说的这样吗？

他也不知道。

只记得失去她的那几个月里，他谁都恨。

恨对面的卡车司机疲劳驾驶，恨父亲边惺惺作态边另娶妻子，更恨他自己。

怎么那么没用呢。

明明身体素质那么好，该是他护着她的，可当天偏偏刚看完几份财务报表，累得在车上睡着了。

恨完就觉得没意义。

觉得自己真的令人讨厌，她会厌恶他，也是应该的。

于是连从小定好的路也走不下去了。

拱手让人。

……

沉沉的黑暗里，沈郁垂下眸子，吻了吻姑娘的发顶。

他听着她绵长的呼吸，忽然长长地舒了口气。

不管怎样，很庆幸当初的选择。

自暴自弃也好，逃避也罢，他开始拒绝额外的课程，拒绝听公司的会议，甚至，主动将座位从教室前排调到了倒数第二排。或许是母亲在帮他呢。

在青原的五天里，林循已经带着沈郁走遍了祁南县的山川村落。

第六天是大年二十九。

方忖接了姜老太过来，一整日的舟车劳顿后，老太太结结实实地在县里睡了一晚，第二天气色红润、神清气爽地跟着林循去了她父亲和奶奶的墓前。

原本林循想着不让她过来，可老太太不肯。

沈郁也担心她的身体，商量许久后，用了私人飞机接她过来，倒是比他们来的时候省力些。

只不过姜老太的身体比他们想象的更硬朗，在这么高的海拔，半点高原反应都没有，走起路来比林循还稳当。

她细问才知道，老太太年轻时在隔壁省当过知青，整整三年。

等到了半山墓林，姜老太在林循奶奶的墓前絮叨了很久，也不让他们听。

等下山后，她才握着林循的手，喜滋滋地跟她说："都谈妥了，我择好了婚期，等回到昼山，就给你们办婚礼。"

又神神秘秘地将一份土地所有权证书交给林循。

"买了附近的一块地和一片山林，前两天让小方帮着看的，那位置清净的同时，离市里也比较近。

"等房子造好了，以后你想回来陪他们，随时都有地方住……循循，这里是你的家乡，没有土地可不行。

"小郁怎么准备的，我不管，这是我老婆子给你的聘礼，别嫌弃。"

林循怔了好久，却只应了声"好"，弯着唇接过那证件。

她不再去猜价格，也不再支着心里的那杆秤，想着等价弥补、一一偿还。

账不是这么算的。她也早就算不清。

这些情意，她一辈子都难还清。

2

离开青原之前，林循跟着沈郁去了山区几个小朋友的家里。

他们都是之前《森林寓言》栏目的"小明星"们。

几个小朋友在节目播出之后受到了广泛的关注，也纷纷在寻语的资助下，去接受更好的教育。

其中年纪最大的孩子叫林楠，就是在《森林寓言》广播短剧中配音公爵的孩子。

今年七月份，他以优异的成绩考入了市里的重点学校。

学费和择校费由栏目组负担，原本栏目组还打算一并资助生活开销，林楠却执拗地不肯。

林楠的家在下林村后山。

和村里的其他人家一样，他家也是个泥土砌成的平房。

两个人过去的时候，小林楠正窝在平房左侧的卧室里做寒假作业，两条短短粗粗的眉毛因为一道平面几何拧成了疙瘩。

林老板当年的成绩在镇初中名列前茅，原本想着初中的题目她应该不在话下，可接过他的卷子看了眼后，仍是不由得咋舌。

十多年过去，青原的教学质量大幅度上升，她看了整整三分钟，竟然完全没有思路。

只好把题目和几何图形给一旁的昆大高才生描述了一下。

沈少爷略略思考了片刻，轻描淡写地给了解题思路，林老板和小林楠头对头凑在一起，照着他说的过程画好辅助线。

很快，答案便水到渠成。

"哇，我做出来了，千寻哥哥好聪明。"

林楠认认真真地把答案填上去，满脸兴奋。

林循看着某人云淡风轻的侧脸，也忍不住眨了眨眼睛。

题目的几何图案很复杂，她眼睛盯着卷子都画不出辅助线，可他却需要在脑袋里凭空想象构建图形。

从小林楠家离开前，林老板和他交换了联系方式。

她对这些孩子有很多设想，未来"一只夜莺"会有更多类型的广播剧，而像小林楠这样的孩子，如果能通过配音获得一些合法酬劳，亦不失为勤工俭学的好办法。

"这些天在青原的所见所闻，让我忽然找到了当初毕业后执意要开广播剧工作室的初衷。"

她十多岁的时候，敏感空白的岁月，多亏有那些温暖的人声填补，

才长成了如今还不错的模样。

"我原本在想，除了给很多像我这样的人带来温暖的声音、治愈的剧之外，我还能做什么。但今天看到小林楠现在的样子，又觉得，其实人生这么长，我还有好多事可以做。"

回县城的途中，车子继续翻山越岭。

林循一边看着车窗外的风景，一边侃侃而谈着关于未来的计划。

"《凡尘》上线之后，'一只夜莺'的关注度上来了，也有资本选择一些更好的剧本和项目。等'一只夜莺'再壮大一些，我们可以效仿并扩大《森林寓言》的形式，在一些贫困地区安排免费的普通话培训，并且举办配音方面的比赛，和通过选拔的孩子们签订长期的配音合同。一来可以为我们工作室选拔更多的新鲜血液；二来对于这些很难走出大山的孩子们来说，授人以鱼不如授人以渔，也不失为一条好的出路，你觉得怎么样？"

沈郁坐在一旁静静听着，从管理层面分析了一下可行性，也认为她的想法很好。

林老板是一个对声音审美十分严苛的导演，行业内现成的流水线CV 未必能符合她的要求。

为工作室长期的发展考虑，亲自挑选并培养一些有天赋的素人，未尝不是一个很好的选择。

林循说完雄心壮志，又有些发蔫，叹了口气道："只不过前期的投入会很大，接下来的几部剧我可得好好做，多攒点钱才行。"

沈郁挑了挑眉，言简意赅道："我可以提供资金支持。"

林循忍不住笑，莞尔道："哎，别来沾边啊。你做你的慈善公益节目，我做我的贫困生培训，咱俩各有各的阳关道。等以后'一只夜莺'起来了，你要想抱我大腿，我还得考虑考虑呢，千寻大大。"

她的语气玩笑中带着几分挑衅。

全然没了前两日的妄自菲薄，反而恢复了野心勃勃的生机。

沈郁听着勾了勾唇，一把揽过身旁喋喋不休的姑娘，附和道："行，那到时候还请林老板宽容一下，让我抱个大腿。"

林循本就是跟他开玩笑，听他此时正经的回复，不禁乐出声来。

两个人又聊了几句，她忽然想起刚刚那道平面几何题，好奇道："我之前就听说，人类的大脑潜力无穷，被开发使用的部分不超过百分之十……而一些听障、视障人群，为了弥补无感的不足，大脑的开发率往往会比寻常人更高，看来是真的了？"

"从某种角度来说，算是吧。"

沈郁说道："比如我原来虽然记忆力也不错，但的确比不上现在。没了视觉辅助，很多事情都需要用记忆力来补足。"

"譬如，背台词？"林循跟他进棚子不是一两次，他录制的时候基本不需要声轨辅助，背出来的台词比旁人看着台本念的还要流利。

林老板原以为他肯定是比寻常人多下了几倍的功夫。

可后来两个人住在一起，她亲眼见过他背词，那记忆的速度，远非常人可及。

很多时候她才跟着读完一遍，他就已经背下来了。

"可以这么说。"

沈郁将额头抵在她肩膀上，闭了眼睛："刚开始从业的时候，背几页台词要下很多功夫。但现在就熟练很多。"

期间吃的苦也蛮多的。

只不过现在没必要再提。

"那我还是觉得好神奇，"林循又问道，"配广播剧和有声书还好说，只需要根据台词自由发挥就好。但你一直是配影视剧的，那就不仅仅需要背词，配音时还需要对口型……你配的剧我基本都看过，除了后期改词的情况之外，配音基本与演员的口型严丝合缝，并且还能兼顾情绪，这是怎么做到的？"

前段时间只是震惊于他的身份，没去深究。

现在想想更觉得惊奇。

沈郁听她语气中隐隐的崇拜，私心里当然希望她延续这情绪，但忍了忍，还是没好气地揭露道："这点的话，其实……对我来说，比起其他的配音演员更容易，算是有点作弊了。

"影视剧拍摄的时候，每个片段都会收录演员本人的同期音。比起对口型，我对的是同期音。其实对于配音来说，对同期音是比对口型更高效、更精准的。只是正常人很难做到，因为大家对听觉信息的处理速度远远不如视觉——打个比方来说，寻常人看书的效率肯定比听书要快。"

林循听懂了他的意思。

正常人哪怕耳机里放着同期音，也很难精准地模仿声音的速度、节奏和咬字的韵律，反而跟着演员的口型来对更方便。

然而对沈郁来说，这些并不是难题。

毕竟平时他手机的读屏软件就调到了三倍多，"浏览"网页和文件的速度不比她用眼睛看来得慢。

"原来是这样。"林老板只觉得奇妙，忍不住"啧"了一声。

沈郁温声笑道："是不是瞬间觉得其实我也没这么聪明？"

"哪有？"

林循正色道："聪明是肯定的，我就是觉得，我们千寻大大真的是很不容易。"

不论是背台词，还是听同期音配音，还是改变声线创造出各种各样贴合角色的伪音……这些他都说得轻描淡写。

但她不是行外人，自然知道其中每个关节都要下积年累月的苦工。

何况，为了弥补缺陷，硬生生地适应并开发出更敏锐的听觉和记忆力，本来就是一件很不容易的事。

只不过这一切发生在他身上，她又觉得合情合理。

像他这样的人，有着得天独厚的天赋，却从不懈怠。平时看着吊儿郎当，却每件事都认真对待，勤勉用功，难怪不论做什么，都能做好。

"我小时候，我奶奶就说，我们生活在青原，放一天羊、耕一天地，就有一天的收获。从这个角度来看，贫穷、富裕好像都一样。"

她也得好好努力才是。

林老板揉了揉爱人的头发，笑着说："与君共勉。"

回昼山的时候，林循第一次坐了传说中的私人飞机。

的确很方便，不需要转车到省会机场，更不需要排队检票、交付行李。

飞机降落在昼山南边的小型机场，司机已经在停机坪等候。

婚期定在五月，不同于程孟当时忙忙碌碌的备婚，林老板显得格外清闲。

和沈郁商量过后，两个人决定一切从简。

他们各自重视的亲友都不多，而且也没有拿婚礼作场面的想法，便只是定了绵江附近一家环境清幽的私宴，没有请婚庆，也没有多么隆重的婚纱或者烦琐的过场。

几乎没什么好准备的。

所以婚礼前的三个月里，林循除了无名指上多了一枚沉甸甸的戒指之外，生活和以往没什么大区别。

反而工作更忙碌了。

《凡尘》第一季更新结束，不论是口碑还是话题度都反超了《长耀》，一度成为平台的年度剧目。

至于这热度有几分是剧目本身带来的，又有几分是"千寻的广播剧处女作"带来的，林老板已经懒得深究。

起码从大家的反馈来看，这部剧的质量配得上它的热度，这就足够了。

……

年后，《凡尘》的第二季提上日程。

有了第一季的成功，第二季刚开始录制便招来了很多投资商和赞助商的青睐。

期间也有一些金主爸爸认为"一只夜莺"是小作坊，走不长远，建议林循更换更系统专业的制作团队。

她和汤欢却坚决不同意，没有换掉任何一个人或角色，而是用上一季的利润给大家都加了薪，并且更换了更好的后期设备。

这个作品不是她一个人的，而是大家的。

与此同时，小夫妻俩用仅剩的空闲时间陆陆续续地搬家，将晟霖苑的一系列用品都搬到了临江阁。

毕竟对于沈郁来说，不论是生活还是工作，在临江阁都会更方便。

当初这个房子的一应设施都是专门请了设计师为视障人士精心设计的。

整个房子地面是自流平设计，避免了扰人的瓷砖缝隙和木板翘边，客厅、餐厅和玄关都在同一高度，且进门处也设计了坡道。

再者，他的录音房也在这里。

林循花了一周的时间布置好房子。

等把沙发换上暖色系的靠枕，又铺好同色系地毯，她坐在靠窗的矮凳上，捧着杯热巧看着窗外落雨的绵江。

阳台结了一层薄薄的冰，落地窗上亦有清浅的雾气。

壁炉在安安静静地燃烧着柴火，半人高的加湿器在无声地蒸腾着水汽。

这房子和第一次她来的时候没什么大区别，依旧是高高的穹顶、低调奢华的内饰。

但又有一些变化。

——比如沙发和桌布都换上了她喜欢的暖色系。

咖啡杯、拖鞋、牙杯牙刷都是成套的情侣款。

更重要的是，比起第一次来的时候局促不安的情绪，如今她坐在这里喝着暖烘烘的热巧，心里觉得很安稳踏实。

这里以后也是她的家了。

沈郁找了个设计师，将一楼录音室旁边的一间空房装成了她的工作间。

房间很大，放下她从晟霖苑搬来的大书桌和工作设备绰绰有余。

林老板便又添置了一个沙发和投影仪，方便工作之余的消遣。

空闲的时候，她偶尔会去隔壁控制室听沈郁录音，是他年前接的另外一部电视剧，前期拍摄剪辑已经完成了，开始后期配制。

他家里的设备果然比"一天"的还要好，收音更全。

或许是掉了马甲的缘故，千寻大大没再藏着掖着。

监听耳机里传来的声音让林循一次次情不自禁地心跳加速。

哪怕在一起已经半年，她好像还是没能习惯他的声音。

尤其是，千寻有那么多不同的声线。

不习惯的时候很多。

尤其是半夜三更，那些混乱不堪的夜晚——林老板为她当初醉后的那句"为所欲为"的话付出了一遍又一遍的代价。

……

四月份，《凡尘》第二季的录制终于结束。

杨勘导演和纪非来了几次，依旧是聊新的项目。

林循看过剧本，非常出色，改编自最近风头正盛的作家砚池的另外一本小说。

他的书体量并不大，影视化呈现基本是朝大荧幕发展，这还是第一次改编成电视剧。

剧本是他本人亲自改编的，在不破坏剧情走向、人物性格的同时，羽翼细节更丰满，更适合剧集展现。

沈郁非常喜欢这个本子，读完之后，不仅接了配音，还成了项目的投资出品方之一。

林循也花了几个晚上的时间看完了原小说和剧本，看着看着，不自觉地掉进了一个深坑。

开始一本接一本地看他从前的作品。

某天夜里，林老板坐在床沿，边擦头发边津津有味地接着看砚池大大的另外一本小说。

她从前不是很爱看文学作品，总觉得门槛很高，需要花费时间去消化吸收。

但砚池的风格和她以往读过的文学作品不同，文字都很平实，语言只是为了烘托故事。

背景往往掺一些魔幻色彩，也不会过多地上升价值。

总之情节环环相扣，高潮迭起，可读性非常高，有趣又不套路。

不同的读者都会有不同的理解。

林循看得认真，手里的毛巾渐渐从发端滑下，搭在了肩头。

半分钟后，沈郁收起平板，皱了皱眉，接过那条毛巾帮她一点点擦干头发，问道："在做什么？这么专心。"

"在看书，砚池大大的《昼夜》，前年翻拍过电影，还很火来着……可惜我没看过。我今天去工作室的路上特意路过书店，就买了一本。"

林老板说着，看完了一整章，总算舍得放下书，忍不住在网上搜了一下砚池本人。

这才惊奇地发现他竟然也是昼山人，并且是昼大毕业的。

等看到某度上的介绍，她不禁倒吸了一口冷气，咋舌道："沈郁，砚池大大竟然比我们还小一岁，我读他的文字，还以为他最起码也是中年人。而且，他是昼大中文系毕业的，应该是你学弟，你认识吗？"

"嗯。"沈郁轻描淡写地点头，昼山文娱圈就这么大，他自然知道砚池本人的身份。

"他家里从前是做房地产行业的，我们算是从小就认识，只是不熟识。"

只不过前几年迟家老爷子去世，迟家产业急剧收缩。

听说欠了银行很多钱。

林循随意道："你们竟然认识，啧，也不知道砚池大大私底下是什么样的性格。"

沈郁回忆了一下他对迟晏的印象，有点难总结。

只不过——

他浅色的瞳孔转了转。

"性格很难讲，但他样貌比较出名。"

总之在他们的圈子里，他每次听人提起迟晏，除了少年作家的光环外，便是出色的样貌。

不少人在这方面将他们俩放在一起比较，沈郁一向对这些评价不感兴趣，听到了也毫不关心。

但今天不知道怎么回事，突然就有点在意。

也可能是最近这个名字从某人口中说出的频率实在太高，并且次次跟着毫不吝啬的夸赞。

林循听到这儿，忍不住反问："样貌出名？那是有多好看啊？你们从小就认识，那你应该见过？"

沈郁不禁挑眉，伸手去摸女人的嘴角，一边若无其事地坦诚道："是见过，也就还不错吧。"

下一秒，他的手顿住，轻轻掐了掐她下巴，将她的脸抬高，意味不明地眯了眯眼睛："……你是不是笑了？林循，你个'颜控'。"

嘴角一下子上扬得这么高。

林循瞬间收起笑意，"哎"了一声给自己澄清："没，我可不是'颜控'，我是'声控'，纯正的'声控'。"

沈郁："那你嘴角翘得这么高？"

两秒钟后，他忍不住磨了磨牙，拇指摩挲着她下巴。

"十多年没见了，鬼知道他长没长残，说不定现在不怎么样呢。"

"没，"林循看着网上大家爆料的照片，"唔"了一声，斩钉截铁道，"绝对没长残，现在也好看，我刚看了照片，比明星还好看。"

"……"沈郁简直要被她气笑。

林循才终于懒得逗他，笑道："哎哟，你至于吗？我都说了我从来不是'颜控'，我笑是因为第一次听你说别的男人长得不错，从我们大少爷口中说出来，那可能是真的不错。比起颜值，我更关心作者本人，就想知道什么样的人能写出这样的文字。"

这点沈郁无法反驳。

对于既有天赋、又有实力的人，他一向欣赏。

但他还是觉得别扭，闷闷地说了声："你怎么不是'颜控'了？你之前不是说，只是喜欢我的声音和长相？"

沈郁说到这儿，忍不住紧了紧下颚。

这两样想想都不长久。

人都是会老的，样貌会变丑，声带也一样会老化。

他也没法例外。

"……"林循眨了眨眼，只觉得耳朵都听酸了。

她忍着笑："我也觉得奇怪呢，我从小就不喜欢帅哥，我从来不会因为长相而对人区别对待……除了你。

"怎么回事，你是不是给我下蛊了？"

林循一边说，一边盯着他的表情，直到看到他嘴角一点点翘起来，捏着她下巴的手也松了半分。

"算你过关。"

林老板笑得不行，这才又问了砚池大大的事。

沈郁说了点自己知道的，又透露了迟家这些年在商场上的遭遇。

林循听完，不禁感叹，原来每个看似光鲜亮丽的人都有不容易的过往。

不过其余的事她没法置喙，她倒是更关心砚池这个笔名。

"也就是说，砚池大大的笔名就是他自己名字倒过来？好随意但又好巧妙。"

林老板眼眸微动，忽然又好奇地问："那你的艺名是为什么？"

"千、寻？"

怎么感觉，有点熟悉？

好像在哪儿见过。

3

林循念出"千寻"两个字，还没等沈郁回答呢，便下意识地觉得很熟悉。

可又想不大起来在哪儿见过。

她看了眼沈郁，才发现他的表情有点不自在，听到她的问话抬了抬眉，却始终没吭声。

沉默得耐人寻味。

这反应……难道跟她有关？

千、寻。

寻……

半分钟后，林循眨了眨眼睛，翻出手机，点开几个月前在病床上，程孟给她分享的一中贴吧里的帖子。

是个十年前的帖子。

贴主拍了一张他们的照片，然后在贴吧里嗑 CP 来着。

好像还有人给他们起了 CP 名。

只是当时她整个人浑浑噩噩的，心思完全不在这件事上，所以压根儿没记住。

但刚刚脑海里忽然灵光一闪。

她大概知道这两个字熟悉感的来源了。

果然——

林循的手指飞快地往下翻，半晌后指尖一停，视线也随之停在屏幕中央。

我也觉得！看到好几次了，那个女生叫林循。我连他们的 CP 名都想好了，就叫"千与（郁）千寻（循）"哈哈哈，有人站吗？

千郁千循。

果然是这个。

林循咬了咬嘴唇，抬眸看了眼沈郁，又接着往下翻。

这 CP 名出来之后，跟帖的人不少，大部分人觉得他们俩不搭，也有部分人觉得 CP 名土土的不大好听。

只有少数几条跟帖是赞同的。

其中一个 IP 叫作"昼山玛丽莲孟露"的是程孟，连嗑好几楼。

而在她底下几楼，有一个非常不显眼、没有头像的 ID，亦发了一条赞同的跟帖。

sy0615：很好听。

这条跟帖的时间是五月份，她刚刚被开除的时候。

"……"

林循是在一起之后才知道，六月十五号是沈郁的生日。

所以这个跟帖的人，是他？

她蓦地抬头，看了眼身边的人。

好半天后，林循轻声把她翻帖子的事说了，又问那个跟帖的人是不是他。

沈郁侧着脸没有正对她，原本没什么表情的脸上闪过一丝几不可察的赧然。

几秒钟后，他轻轻地"嗯"了一声，没否认。

难怪。

林循想到上次在他的盒子里看到的另外一张照片，就是贴吧里的这张。

当时她实在是太过震惊，便没将这些事情联系起来。

林循缓了好一会儿，摁了手机，心脏失控的同时，眼角有点涩。

那时候他是以什么样的心情跟帖的呢？

又为什么要用这个名字作艺名？

好半晌后，林循拉了拉嘴角，声音干巴巴的："那你怎么不说？我没问的话，你是不是都不打算说了啊？"

"……有什么好说的？"沈郁姿态懒散地靠在沙发上，头往后仰，手指在眉心摁了摁，声音多少有点无奈，"你也别提了，有点丢人。"

"哪里丢人了？"

林循眼睛有点热，伸手去牵他："我也觉得很好听啊，千郁千循，多好听。那寻语是不是也有这个意思？跟你有关的最重要的两个名字里，都有我的名字，感觉好荣幸。"

"荣幸吗？"

沈郁被她牵着，另一只手盖住眼睛，"啧"了一声。

"你信不信？十几岁的时候我妈总爱看肥皂剧，里面就有这种桥段，我每次看到都嗤之以鼻。

"用喜欢的人的生日当密码、把对方名字的缩写抄在本子上、收藏跟对方有关的一切……我总觉得只有实在闲得没事儿干、庸俗透了的人才会做这种暗戳戳的事，充其量只是感动自己。"

林循眼看着他耳朵尖变红了一点，却没有调侃，反而认真地问他："嗯，那后来呢？"

沈郁沉默了一会儿。

他仰头靠在沙发背上，脖颈修长，尖锐突出的喉结上下滑动了片刻，清越的声音里带着略微沉闷的笑。

"直到后来，我才知道，再滥俗的桥段也来源于生活。

"做这种事的人也是没办法。

"喜欢是种很沉重的情绪，如果无法寄托、无处发泄，人是会垮掉的。"

他原本没打算变庸俗。

只是在某个不经意的时候，忽然发现，已经攒了一盒子和她有关的东西、相片，下意识用和她的 CP 名作了重要的艺名，记她的生日比自己的生日还清楚。也没想感动谁，只是强行地、暗自地、可耻地，企图产生单方面的关联。

都是没办法的事。

等他意识到的时候，这些情绪已经渗透到了生活的各个边角。

像春夜空气里的微寒，只要人还在呼吸，它随便找个缝隙就能钻进来，无法驱散。

"这样啊。"

林循眼眶好热，她一只手悄悄攥紧，另一只手牵着他不放，定定地看着他，又低声问道："还有什么吗？没告诉我的，暗戳戳的事。"

"……"沈郁短暂地笑了声，伸手过来掐掐她的脸。

"非得说吗？给我留点脸面不行？"

这话题真挺突然的，猝不及防。

刚刚不是在说迟晏长得好不好吗？怎么就开始扒他这种不光彩的行为了？

"想知道嘛。"林循晃了晃他的胳膊，声音软了两分，有点撒娇的意思，"想知道我把你当陌生人的十年，你都做了什么。"

沈少爷听到那个"陌生人"，轻哂了一声，撩起眼皮："有你这么戳人伤口的吗？"

林循沉默着没吱声。

她讲这话的时候，也觉得很难过。

这好像也是她的伤口。

沈郁顿了顿，实在挨不过她的沉默。

好半天后，他声音紧绷地说："除了这些之外，什么都没做……什么都没法做。"

最难熬的，其实就是，什么都没法做。

他的眼睛状况一年比一年差，完全没有复明的可能了。

林循怔了片刻，便又听他慢慢吸了一口气，继续说道："你在昼山的那两年，我无数次想过，找私家侦探查一查你在哪儿、过着什么样的生活、有没有交男朋友……后来知道你在南漓念书，南漓离昼山并不远，飞过去只要一个半小时。"

最偏执的念头不是没有过，机票都买了好几次。

"但不行。"

沈郁叹了口气，摇摇头，伸手去揉她的头发："我又不是跟踪狂，咱俩什么关系都没有，我既不打算跟你告白，你也不喜欢我。那我去打探你的隐私算怎么回事？双向的探索叫互相奔赴，单向的那叫骚扰，不合理也不合法好吧？

"所以，我什么都没法做，最出格的一次大概是……林循，你记不记得你某一年发过朋友圈，回了昼山，跟程孟一起打卡了一家咖啡馆。过了几天，等你回南漓之后，我也去了那家咖啡厅，点了杯你发的澳白，味道是不错。"

哪怕是这样，他都觉得自己有点太过了，像个变态。

"后来看你又发朋友圈，毕业后回昼山发展了，还开了广播剧工作室，跟我是同行。"

沈郁笑了一下："当时觉得还蛮庆幸的，更别说，后来在晟霖苑听到你的声音。没好意思跟你说，原本老太太想回去住我是不赞同的，那里空间小、环境又差……但那天之后，我搬到了那里。"

楼上楼下几个星期，却忍着没去"偶遇"她。

要不是老太太有天忽然带她回家吃饭，或许这样的状态会一直延续吧。

"所以这些就是全部了。"

听他说到这里，林循只觉得眼睛酸得厉害。

她把手机搁在床头柜上，低着头揿了揿眼眶，又去抱他的腰，把脸埋在他的肩膀上。

她不知道喜欢一个人十年是什么感觉，他说得也轻描淡写，好像很容易一样。

但不知道为什么，听着就觉得很难过。

半晌后，林循开口，声音有点闷："那你这么多年就没遇到过其他的喜欢的人？刚好也喜欢你的。"

她说到这里，心口更闷。

"哪有这种好事？"

沈郁没忍住"嗤"了一声，弹了一下她脑门："你当喜欢一个人这么容易的？暗恋是不容易，可想到有一天如果我不喜欢你了，好像，更难受。"

那样的话，唯一的联结也断了。想想都窒息。

气氛似乎有点沉闷。

视野依旧空洞，耳边却似乎有微弱的吸气声。

"别想这么多了。"

沈郁弯下脖颈，拉近与她的距离："搞得这么沉重干吗？不管以前怎么样，不是都过去了？你又没做错什么，我本来就是单相思。

"何况，现在这种好事不是被我遇到了吗？我喜欢的人，刚好也喜欢我。"

林循下意识地看着他。

十年过去，男人的面孔比少年时期更沉稳，抿直的唇线更从容。

"我知道，我不是说我做错了。就是觉得好可惜，"林循看着他，慢吞吞地说，"如果我们没有这么多破事儿，我肯定早就喜欢你了。"

"真的？"沈郁勾了勾唇角，双手平稳地搭在她肩膀上，舌尖轻舔干燥的唇。

"那下辈子吧，我早点追你，你别失约啊，也早点喜欢我。"

他说着，还弯了弯小拇指，伸到她面前。

怪幼稚的。

林循成功被他逗笑。

笑了好久后又去钩他的小拇指。

"行，一言为定。"

半个月的工夫，整个昼山城都飞满了杨絮。

从某种角度来说，昼山的春天和冬天很像。

雪下完没多久，杨絮继续填补上白茫茫的笔触。

婚礼前，沈郁抽空带林循去看婚房。

原本林循已经不打算买婚房了，在临江阁住了几个月，她都住习惯了。

只是婚礼前几天，姜老太打了好几个电话催促他们去看房子，林循实在拗不过，想想便也同意了，就当理财好了。

新房就在临江阁隔壁，是刚刚开盘的玉茗山庄——就是之前沈郁给林循看过广告的中式庭院豪宅。

虽然价格很高，但胜在地段实在好，环境清幽，刚开盘就卖了很多。

不过卖出去的几乎都是小面积的独栋，中央和临江的贵价盘还都剩着。

林循一边听着销售小姐姐对着模型介绍，一边暗自咋舌。

当初吓到她的价格，今天果不其然，又吓了她一遍。

适应是没那么容易就适应的，但起码她不排斥。

林老板在心里说了无数遍"别看价格别看价格"，总算忍住了挑一套最便宜的冲动。

她客观地考虑了一下房子的布局、位置和朝向，最终选了最中心靠近湖泊的一套。

私密性更好不说，房子的格局更适合改造，没有那么多曲折迂回的长廊花厅，方便他居住。

当然了，价格也是这个小区的金字塔尖。

签购房合同那天，沈郁一整天都有会议，林循叫了程孟陪她壮胆。

到了售楼部后，销售处的总经理亲自过来接待她们，从一应茶水点心，再到一件件包装精美的礼品、鲜花、蛋糕……这么大的阵仗让两个姑娘都忍不住心底发虚。

程孟从小生活条件是不差，可也从来没见谁一天花过这么多钱。

林老板就更不用说了，签字的时候手都在抖。

她尽量忽视合同上的那串数字，平稳地写下了自己的名字。

写完最后一笔，林循松了口气，抬起头，却见到那西装笔挺的经理也跟着长长舒了一口气，脸上快要僵硬的笑容瞬间热切激动了许多。

看来紧张的并不止她一个人。

林循渐渐放下了绷直的肩膀，将手里的合同轻巧递给他，连同卡一起。

这是他的世界没错。

但往后，也是她的世界。

五月十三，是姜老太挑的婚期。

林循睡到中午才起，让程孟陪着懒懒散散地化了个妆，挑了一条暗红色的中式旗袍，又戴上精致的珍珠首饰。

程孟看着镜子里的人，忍不住惊叹，一边又笑她那懒洋洋的眉眼，不像是新娘，反倒像是参加别人的婚礼。

等收拾齐整，司机接她们去了现场。

绵江南岸，暮色四合。

婚宴设在江边一处二层江南小院，是沈郁一位发小开的私厨馆。

院子不大，白色院墙爬满了青色的爬墙虎，二楼的青砖上也生了湿漉漉的苔藓。

几只翠绿色的鸟在啼鸣。

刚跨进拱门，林循见到满院子的宾客。

姜老太、寻语的几位、"一只夜莺"的所有人，还有周警官、孙律师、郑医生……以及当初在医院里照顾了她三个月的护工阿姨。

陈校长也来了。

昨天傍晚到的，从青原千里迢迢赶过来，给她送了一份贺礼。

林循的视线越过这些熟悉的面孔，又看到席间的两个空位。

是给她父亲和奶奶留的。

她的目光落在那两个空位上，停了有半分钟，随即眼眶湿润地移开了视线，最终落在一步步走近她的男人脸上。

他依旧拄着盲杖，西装革履、打扮贵气。

很久后，他在她面前站定，伸手确认了一下她的距离，又往后挪了一小步，才单膝跪地，缓缓从口袋里拿出一个精美的盒子，打开。

林循看了一眼里面的戒指，是求婚用的钻戒。

她盯着那枚璀璨的戒指，瞳孔微睁。

之前商议的流程中并没有这个环节，只是简单吃个饭。

他们领证都半年了，还是她同他求的婚。

婚戒也早在几个月前就买好了，也是她要求的素戒，现在正戴在手上呢。

下一秒，男人的唇边挂了散漫的笑，嗓音悦耳得令人沉醉。

"虽然你已经不能反悔了，但慎重起见，我还是问一遍，林循，你愿意嫁给我吗？"

周遭的起哄声她已经听不见，满眼满耳满心都是他。

她有点矫情地落了泪，"嗯"了一声，伸出手指，任他帮她戴上戒指。

这戒指不用猜就知道，肯定很贵。但这一刻她只知道，戴在她手指上很美。

他手指离开的瞬间，林循牵住他，拉他起来。

男人顺从地起身，凑近的瞬间，忍不住勾了勾唇，用只有他们俩能听见的声音说道："能想象到你今天有多美。"

"就还行吧，"林循脸有点红，偏过头去咕哝了句，"就随便化了个妆，你怎么想象得到？"

"因为具象化了，"沈郁眨了眨眼，老实说，"我一靠近你，空气都是甜的。"

那天晚上宾主尽欢。

等送走了所有人，林循换上一双平底鞋，两个人沿着绵江走回家。

这夜里，林循做了一个好长好长的梦。

梦里没赵一舟，也没有赵帆，她和奶奶在昼山的一家收容所找到了父亲。

他只是在多年前出了事故伤了脑子，所以没有回青原，人却还是好好的。

为了治疗父亲的脑部损伤，一家三口继续在昼山生活，日子过得很拮据、清贫却安稳。

她依旧一边踩着三轮车大街小巷地陪着奶奶卖烧烤，一边念书，可心里却充满了对未来的希望。

至于沈郁。

虽然遭遇了车祸，但他母亲抢救过来了，他的眼睛也没事。

他是跟现在不一样的、冷冰冰的样子。

成绩优异、为人拒人千里，对凡事都漠不关心，同她没有半点交集。

一切真实得，像个平行世界。

可下一秒，梦境似乎扭曲了一下，那冷冰冰的人忽然撩起眼皮看她。

他好看的唇角慢慢弯起来，又伸出修长的小拇指示意。

"上辈子说好的，没那么多破事的话，我早点跟你告白，你也早点喜欢我。林循，不许赖账。"

/ 番外二 三天光明 /

1

午睡时间还没过。

十二班靠墙最后一排。

"循循，循循……"

一阵清澈的呼唤声伴随着嘈杂的背景钻进林循的耳朵，她蹙着眉把脑袋从枕着的胳膊上抬起来，打了个睡意未消且很不耐烦的呵欠。

才总算睁开眼。

一睁眼便对上课桌旁，少女圆圆的杏眼。

她戴着副时下流行的黑框眼镜，梳着中分刘海，皮肤白皙带点儿婴儿肥。

这是林循跟着奶奶来昼山的第二年，她在昼山一中念高二。

她一边勤工俭学，一边找失踪多年的爸爸。

昨晚帮奶奶串烧烤串，外加洗碗、写作业，一点半才睡。

为了省下坐公交车的两块钱，一大早又跑步三十几分钟来上学……

林循一上午都浑浑噩噩的，脑袋疼得厉害，就指着午休课恢复精神呢。

这两年她脾气见长，要是这会儿是被其他人吵醒，她非得呛几句，但来人是程孟。

"干吗？"林循合了合眼皮，又打了个呵欠，总算压下满腹起床气，耐着性子问她。

程孟亦知道她的脾气，嘿嘿笑了声，凑过来摇了摇她的胳膊："去球场吗？我们班男生在跟一班打比赛，刚开始。"

林循看了眼教室墙上的挂钟："午休课都结束了，刚开始？下午的英语课不上了？"

程孟笑嘻嘻地解释："嗯，英语老师出差了，今天的英语课跟周五的体育课调课了，所以他们才临时组的比赛，陪我去看嘛！"

林循是半点没兴趣，比起看球赛，她更想睡觉。

正好，既然调成了体育课，她可以请个假继续睡。

可还没等她拒绝，人已经被程孟拽了起来。这姑娘个子是没她高，力气却贼大。

林循消瘦的身板被她拽得一个趔趄，折腾下来睡意也没得差不多了，只好边跟着她往外走，边无奈道："今天陈诺之不是请假了吗，你还这么热切干吗？难不成真的喜欢上篮球了？"

以往每次陈诺之有球赛，程孟都会拉她陪着去看。

"我今天可不是去看陈诺之的。"程孟说着，带着她飞快地出了教学楼，往篮球场走去。

林循懒倦地跟在她身后，远远地看了眼。

九月的昼山还未见秋意，篮球场旁绿茵缭绕，整齐的香樟树下已经围了不少学生，两个入口都挤满了人，里三层外三层的。

她挑了挑眉，不禁觉得有点奇怪。

不就是个班级赛吗，又是在午休时间，怎么这么有人气？

很快，林循的疑惑便得到了答案。

程孟带着她熟练地左钻右钻，找了个绿化带后最有利的观战视角。

直到站定，她才擦了擦挤出来的薄汗，凑近了林循低声道："沈郁今天刚回来上课，这还是他回来之后打的第一场球赛，人能不多吗？"

她说完，就指了指场中，语气里有抑制不住的兴奋。

"2号球衣抢篮板的那个就是他！啊……竟然直接投中了啊啊啊！好帅！"

"……"

林循顺着程孟手指的方向往球场里看去。

没有费力找寻，她几乎一眼就看到那个穿着一身黑色球衣背对着她们的身影。

少年的身高在一众队友里很出众，额上绑着一根黑色发带，肩宽腿长，露在球衣外的肌肉线条修长优美。

原来是这样。

沈郁的事，林循有所耳闻。

他高一下学期出了车祸，听说受伤蛮严重的，住院一个多月才痊愈，后来又在家调养了一个暑假。

连开学报到都没来。

林循一上午都在犯困，居然没注意到他回来上课了。

就说嘛，怎么感觉梦里很吵，大概是他回来那会儿，班里动静很大吧。

林循想到这儿，将注意力拉回球场。

硕大的球场，此刻像是某个人的主场。

篮球入框的瞬间，周遭分贝实在太大，其余男生女生的尖叫比起程孟不遑多让。

少年的手仍扣着篮筐，投中后利落地放手落回地面，那瞬间结实的肌肉线条拉紧，漂亮面孔迎着午间白澈的阳光，唇边散漫地勾了一丝稍纵即逝的笑。

骨骼轮廓清冷优越，那双漆黑的眼里，有压不住的桀骜与恣意。

他没有半点投中后的恍神，迅速调整姿势和站位，开始抢下一个球。

黑色的身影像一只潜藏于丛林间、俊挺优美的兽。

又是两个三分球，十二班的比分已经超了高年级七分。

场边的尖叫声更甚，除了满脸激动的女生们之外，班里没上场的男生们也抱着球激动地喊着他的名字。

"沈郁——"

十六七岁少年人的热血点燃了整个球场。

林循听着那两个字，视线平静地看着场上那个出挑到难以忽视的男生，这个跟她从来没有过交集的同班同学。

眼看着他带着球突破对方的防线，又是一个利落的上篮。

——"他耀眼得像个太阳。"

林循的视线不由自主跟着他，脑子里忽然冒出这句从前听女孩子们提起他时说的话，下一秒，她的眼皮一热，像是被烫到了。

等反应过来后，她蓦地移开目光，指尖攥紧，轻轻划过手心。

她低着头，浅浅地调整了下呼吸，压下心底莫名其妙的躁动。

想着自己大概也是被这场面燃到了，而不是因为场上的那个人。

千万别多想，他这种人，不属于她的世界。

以后也不会有交集。

……

很快，上半场以高二（12）班大比分胜利结束。

程孟的嗓子已经喊哑了，却不忘拉着林循去操场旁边的小卖部买水。

站在货架旁，她还在回味刚刚的比赛。

"谁能想象啊，一班是去年全校篮球赛的冠军班级，今天竟然被我们班打得毫无还手之力，太燃了啊啊啊……你都没看到，一班那个讨厌的班主任脸都绿了。等会儿肯定有好多人给沈少爷送水，我也要去送！"

林循跟在她身后，双手揣在校服口袋里，"啧"了一声："你都知道肯定有很多人送水，那他能收吗？他有这么大的胃？"

"我管他收不收，我去送就行了，顺便表达一下我的崇拜。"

程孟边说着，边左挑右选的，最终在一整排放水的架子的最顶端拿了一瓶包装很精致的水。

结账时，林循恰好看了眼校园卡的刷卡机，忍不住瞳孔微张。

——这一瓶水居然要十块钱。

抢钱吗？

程孟付完款，晃了晃手里的水："这大少爷平时就讲究，吃的用的从不将就，给他买贵点的好了。"

林循倒是从来没注意这些矿泉水之间的区别。

学校卖的最便宜的水，对她来说也很奢侈。

她自己平时都是从家里带水壶，到学校接免费的直饮水。

等买完水，两个人快步走回篮球场。

中场休息时间，十二班的男生们都坐在场边休息区。

程孟带着林循走过去，放眼望去却不见沈郁。

她拉过班长问了句，才知道沈郁去休息间换衣服了。

"啧，这大少爷，可真讲究。"程孟虽然这么说着，语气却半点没嫌弃，耐心地在休息区等着。

不多时，球场一侧休息室青色的布帘被一只骨节分明的手挑开。

门后，换了身米色球衣的少年低头走出来。

林循下意识看过去，这才注意到，他好像还换了一双鞋子。

也是米色的。

还换了一根浅灰色的发带。

林循不知道他是不是故意这样搭配，她也不懂这些。

只觉得眼前一亮，很好看。

跟场内其他热汗腾腾的男生们相比，他这一身浅色系看着清爽又干净，露在外面的皮肤上也没半点汗渍。

难怪程孟总说他讲究又张扬。

沈郁手里拿着个崭新的篮球，一边慢悠悠地往这边走，一边有一搭没一搭地同身边的人说话。

漂亮的眉眼痞沓散漫，整个人连骨架都很优越。

几个一直等在休息区的妹子见状连忙迎上去，纷纷给他递水。

程孟也赶紧走上前去。

林循双手插兜站在原地，听到身后班长和体育委员同时"喊"了一声。

班长拧开自个儿带的水壶，顺手擦了把额间的汗，带着笑意大声调侃道："这么多水怎么喝得过来哟，下半场可别频频尿遁影响发挥。"

他旁边的体育委员也咕咚喝了一大口矿泉水，装模作样地叹了一声，眼风直往那边瞟去："就是，还是我自个儿买的农夫山泉最甜，喝完感觉浑身充满力量了呢！"

体育委员一边说着，一边还煞有介事地咂咂嘴。

林循忍不住被逗笑，不经意朝着前方的"盛况"看了一眼，却不期然撞上少年投过来的视线。

他的目光落在她唇边没来得及收回去的笑容，顿了一秒后，又漠不关心地移开。

少年身前，几个女孩子还在递水，有同班的，也有高年级的。

程孟也跟着递。

可沈郁却没有收的意思，拿着篮球站在原地冷淡地扬了扬眉，示意她们让开。

就在这时，休息室的帘子再次被拉开。

原本请假的陈诺之拎着一筐备用的号码牌从里面出来，边往球衣上贴号码牌，边往这边走。

还没走几步，他脚下忽然一顿。

——吵吵嚷嚷的休息区，他一眼就看到了站在沈郁面前满脸殷勤的程孟。

陈诺之眉头登时一拧，把筐子扔在一边，几步走到程孟身边，抢过她手里那瓶昂贵的矿泉水，打量了片刻，"哧"了一声。

几秒钟后，他把那瓶水重新塞还给她，眯了眯眼睛，声音有点硬："这么有钱？那怎么平时给我送水都是农夫山泉？"

林循眼皮一跳，暗道大事不妙。

她站在离他们几步的距离，眼看着程孟的耳朵尖迅速变红。

紧接着，那抹红染透了女孩的整张脸。

她低下头，结结巴巴地问："你……你怎么在……在这儿？你今天不是请假了吗？"

陈诺之木着脸"嗯"了一声。

"家里的事儿办完了，回来正好赶上下半场，顺便给你这个小迷妹鼓鼓劲。你这么殷勤给人家送水，我给你打个气，不是正好？用不用我帮忙跟沈少爷说一声，让他喝你送的？"

他的话带了戾气，语气也冷，很不好听。

程孟的脸瞬间由红变白，拿着矿泉水的指节都跟着泛白。

林循远远看着，忍不住摁了摁太阳穴。

他俩之间就是一本烂账。

程孟和陈诺之是青梅竹马，从幼儿园开始就认识了。

初中那会儿，陈诺之跟在程孟后面跑，程孟却对他爱搭不理的，久而久之他对程孟的态度就跟陌生人一样。

原本这样也就算了，但好死不死的，高中开始程孟突然像中了蛊，反过来追着陈诺之了，还死心塌地的。

至于沈郁……

林循知道程孟对他没什么别的意思，顶多就是被这场面燃到了，跟风送个水，凑个热闹而已。

林循倒是对陈诺之不感冒，觉得他一个大男人，现在这样的态度实在恶劣。

她巴不得陈诺之气个仰倒才好呢。

可一想到上次程孟因为他掉的眼泪，林循又实在做不到冷眼旁观。

所有的思绪发生在电光石火间。

下一秒，林循快步走上前，拿过程孟手里那瓶昂贵的水，面无表情地看着陈诺之，淡定地说："是我让孟孟帮我给沈郁送水，我第一次干这种事，有点害羞，不行吗？"

全场都安静了两秒钟。

所有人齐刷刷地看着林循，连一旁迈开脚步要走的沈郁都停下了步子。

少年随手将篮球往旁边一丢，好整以暇地回过头看着她，企图在她脸上找到一丝丝她口中的"害羞"。

林循硬着头皮回视他，把手里那瓶水往他面前斩钉截铁地一递，一本正经地说："喝吧，我看你挺渴的。别浪费了，十、块、钱呢。"

"……"沈郁的视线在这个平时从来不跟他说话的高中同学脸上转了一圈。

"害羞"没看到半点，心疼倒是有一点。

特别是在说到"十块钱"那三个字的时候，还下意识地拖长了音。

这语气和神情，令他无端回忆起两年前那个清晨。

坡道上一轮烟尘后，那个推着三轮车、隔着车窗张扬又嚣张地瞪过来的女孩子。

又想起今天早上，同样的弯道。

他坐在车里，看见她背着大大的书包在坡道旁奔跑，身旁载满学生的公交车呼啸而过。

她这样的人，也会给他买水吗？

还买这么贵的水，贵到她一开口是掩饰不住的心疼。

尽管如此，沈郁也只是惊讶了片刻，并不打算去接。

喜欢也好、心疼也罢，这些事跟他都没关系。

只是个不相干的人。

可待要转身，他却忽然想起昨晚去医院探望母亲时，她躺在病床上说的话。

"小郁，这次车祸，我们俩都算是在鬼门关里走了一遭。你或许不知道，我做了个梦，梦里你失明了，我没醒，而你父亲……"

车祸时母亲护着他，伤得比他严重，如今休养了几个月，声音却依旧很虚弱："算了，不说他，就说你。小郁，你就没想改变一下吗？再这样下去，你会失去很多珍贵的东西。"

沈郁听明白了她的意思。

他知道的，他一直不是她喜欢的那种活泼、天真的小孩。

从前她总说他高傲、冰冷，像个机器人。

可怎么改变呢？

从他记事到现在，所接触到的一切，都是为了沈氏将来的繁荣。

他从五岁开始走上预设好的轨道，走得很出色，出色到，甚至都不知道该怎么脱轨。

沈郁沉默了会儿，低头继续给她削苹果，脸上没什么情绪地问："怎么改变？"

"改掉你事事不关己、拒人千里的样子，变得正常一点。"

"……正常一点？怎么算正常呢？"

"正常地接受别人的好意，正常地道谢，用真心换真心，而不全是利益交换。还有，多交几个正常的朋友，正常的、你喜欢的朋友，别考虑什么商业往来。"

"什么张家的少爷、白家的孙女……你不喜欢就不用假装客气同他们交往，那些都是你爸的义务，跟你没有关系。"

……

真心换真心。

所以，现在这算是真心吗？

连两块钱的车费都要省的女孩子，给他买了十块钱的水。

坦坦荡荡递到他面前，央他别浪费。

沈郁的视线在林循脸上停了几秒钟——这个同班了一年多，却从来没交集的女孩子。

她的轮廓和初见时一样张扬漂亮，肤色很白，下巴很尖，只是身形太单薄，校服领口亦洗得有些发白。

他第一天就知道，她生活得很不容易。

片刻后，沈郁鬼使神差地从她手里接了那瓶水，扬唇道："是有点渴，谢谢。放心，会都喝完的。"

林循有些惊讶，却也没多说什么。

她迅速松开手，没有半点纠缠和眷恋，拉着程孟便出了操场。

沈郁的视线跟着她挺直的脊背，直到那背影消失在拐角。

他拎着那瓶水轻轻巧巧绕过一众女孩子的包围圈，走到座位旁，踢了一脚阴阳怪气的体委，懒洋洋地骂："往那边让让，你们两个人要占三个座？"

体委和班长骂骂咧咧地往旁边挪了挪，给他腾出空位。

沈郁坐下，拧开瓶盖，仰着脖子，喉结上下滑动着，喝了小半瓶。

旋即他勾了勾体委的肩膀，挑衅道："是比你的农夫山泉甜一点。"

体育课后接着两节物理课。

林循不免又是呵欠连连。

程孟自觉搅乱了她的午休，又劳她背了锅，于是万分殷勤地给她买了一瓶咖啡。

林循从小没怎么喝过咖啡，身体对咖啡因很敏感。

喝完没多久便觉得很精神。

她"唔"了一声，看了看褐色的咖啡瓶子，心里盘算了一下。

这价格虽然不便宜，但如果喝了能增加每天的学习精力，偶尔喝一喝也不是不行。

她最近实在是分身乏术，哪怕每晚回去都抽空复习，成绩仍然下降了一些。

再这样下去，想考个一本都很难。

物理老师在讲开学摸底考试的卷子，林循喝完一整瓶咖啡，打起精神听课。

听老师讲完错题，她认真订正完，抬眸继续看黑板时，视线不经意落在教室前排某个正明目张胆趴着睡觉的背影上。

整个十二班，敢在上课的时候睡觉的，除了林循，便只有沈郁。

她是座位越调越后、管了也没用的"刺头"。

他呢，则是次次名列前茅、没人管得了的尖子生。

人和人的差距真的很大。

听程孟说，他好像会四国语言，初中就学完了高中阶段的主课。

林循没再看他，低下头，握着磨成手指长的铅笔在试卷上记下遗漏的知识点。

时间分秒过去，试卷终于讲到最后一题。

班主任忽然从教室后门走进来，拍了拍林循的肩膀，示意她出去。

林循放下笔，跟着走出去，还以为是自己今天上课睡觉被发现了。

可下一秒，却见班主任神色凝重地说："林循，你奶奶在我办公室。你父亲，找到了。"

2

在班主任办公室里的，除了一脸焦急的奶奶，还有两位刚刚赶来的民警。

她们在两年前到昼山之后，便去派出所立了案，报了失踪。

当时接受这个案子的，就是站在窗边的那位女警官，姓王。

林循跟着班主任一路走过来，心里已经做好了最坏的打算。

一个人失踪了六七年，杳无音信、遍寻不得，百分之九十九的可能性，就是人没了。

她和奶奶不是不知道，只是不甘心而已。

亦想着就算他去世了，也要找到他的尸骨，接回青原。

果然，王警官一开口，声音便很是凝重。

"小林，还有林奶奶，我们找到林华了，只不过……他的情况很不乐观。"

不乐观。

这三个字是什么含义，她们再清楚不过。

林循深吸了一口气，上前两步握住奶奶冰凉的手，清晰地感觉到她的手指在颤抖。

她看着奶奶苍白的面色，从她混浊的瞳孔中瞥见自己同样苍白的脸。

她抿了抿唇，指甲轻轻掐进了手心，压着心底的难过，冷静道："王警官，您说吧，我们已经做好心理准备了。"

王警官颔首，慢慢将调查清楚的全部情况说了一遍。

"林华在几年前应该出过一场事故，脑组织挫伤导致记忆丧失、智力也有一定程度的损伤，这些年一直在昼山周边的村镇流浪，以捡破烂为生……"

讲到这里已经够惨的了，但王警官顿了一下，还是得继续说："我们找到人时，他正在医院抢救。三天前的傍晚，他为了救一个五岁的小女孩，被卷入了一辆卡车底部，虽然没有生命危险，但双腿粉碎性骨折，现在刚做完手术……"

王警官想起上午她到达医院时看到的病人惨状，缓缓吐出一口气，她担心家属一时难以接受，没再详细描述伤情，反而解释道："我们能确定他的身份，也是因为为了确认病人身份，进行了指纹采样和DNA比对。"

可她话音刚落，老人和女孩脸色狠狠白了一瞬之后，眼底却不约而同地燃起了微弱却迫切的光。

办公室里安静了一瞬。

一老一少的呼吸都很急促。

直到半分钟之后，女孩忽然伸手抓住警官的手臂，力道很重。

低而喑哑的声音响起，带了一丝掩盖不住的颤抖和期冀。

"刚做完手术……王警官，您的意思是，我父亲他，还活着？"

女警官一愣，半响后点了点头。

"是，还活着。"

她忽然意识到，这让她难宣于口的情况，对心如死灰的人来说，已经是不幸中的万幸。

她们的亲人，还活着。

坐警车到人民医院的时候，已经接近傍晚。

病房外的长廊里，坐满了等待病人手术的家属。

林循推门而入的时候，下意识地闭了闭眼睛。

有点担心自己会看到一张面目全非、毫不熟悉的脸。

从七岁开始，她就没再见过父亲，对他的记忆早就模糊了。

并且他也从未留下过什么照片。

下一秒，耳边忽然响起奶奶泣不成声的呼喊："是，是我儿子。"

老人越过她，跌跌撞撞地跑到病床前。

林循蓦地睁开眼看过去。

病床上躺着一个面容苍白、极其瘦削的中年男人。

因为太瘦，面部软组织很干瘪，显得颧骨突出、眼窝深陷……再加上紧闭的双眼和惨白的嘴唇，整个人看着像个骷髅。

她的心脏猛地一跳。

这人跟她记忆里的父亲自然是不一样的。

但没有陌生感。

因为那挺直的鼻梁、高耸的眉骨，以及尖而窄的下巴……这些熟悉的特征她每天都能见到——从镜子里，她自己的面孔上。

血脉遗传是这样神奇的东西。

林循慢慢走过去，一眨不眨地看着病床上的人，很迟钝地感觉到自己红了眼眶。

多年的积压，原本已经麻木的感情似乎在瞬间复苏。

警官说他伤了脑子，没了记忆。

原来是这样。她猜到过的。

这么多年，他都没回来，或许是人没了，回不来了。

或许是，找不到回家的路了。

她此刻无比庆幸是后者。

病房里悲怆的哭声持续了一刻钟。

就在连王警官都觉得气氛令人窒息，企图打开窗子透透气的时候。

那一老一少又以极其默契的速度，开始振作起来。

眼泪从她们面颊上被蒸发，那两双眼睛里，透出相似的坚韧的光。

从没来过医院的女孩和老人，一个去楼下缴费、有条不紊地询问医生林华的伤况，一个去护工处买了一次性尿垫、尿盆、各种护具，挽起衣袖开始学习陌生的护理知识。

王警官张了张嘴，忽然觉得人真是这世界上最坚强的物种。

什么都击不垮。

人民医院住院部顶楼 VIP 层。

沈郁正坐在母亲文静远的病床前，帮她剥一个柚子。

橘子和柚子是母亲和外婆都喜欢吃的东西，他却不喜欢，觉得太酸。

他做事情一向细致，将外皮一点点剥下，又细细分成好入口的大小，递给她。

文静远静静看着他，接过柚子吃了一口，下意识道："谢谢。"

沈郁的手指一停，将剩下的一半柚子搁在了果盘里。

他们之间一向生疏。

他还记得小时候有一次去苏世城家里，看到母亲坐在地上陪苏世城玩拼图，又笑又闹的。

他在房间门口看了很久，端水给他们，得到了一句跟今天一样的"谢谢"。

沈郁想到这儿，没什么表情地抬头，忽然想问她一句："既然这么不喜欢我，又为什么当时要扑在我身上？"

——医生说她当时全身多处骨折、脾脏和肺部均有出血，再晚几分钟就抢救不过来了。

可他话还没问出口，文静远便淡淡地说道："柚子挺好吃……我和你父亲已经协议离婚了。你现在已经十七岁了，快要成年了，往后的路，你要想清楚怎么走。"

沈郁蓦地抬起头。

她在说"柚子"和"离婚"时，语气竟然没半点区别。

以至于让他怀疑，自己听到的到底是不是幻觉。

他罕见地愣了很久，又听到她说："不过你不管怎么选，都可以的，不用太为难。我名下也有沈氏一半财产，留给你……"

她剩下的半句话被沈郁打断。

"你觉得我为难，只是因为钱和沈氏吗？"

文静远怔住，看着少年从来古井无波的面孔上浮现出的一丝戾气。

稍纵即逝。

椅子突兀地在地砖上划出难听的"吱呀"声。

少年没再说话，拎了外套，大步往外走。

文静远盯着被关上的病房门，咽下了没来得及说出口的后半句。

"……如果你不想再走你爸安排的路，也不用为难，去找到你自己想做的事吧。"

傍晚时林循回了一趟家。

把家里所有存折和储蓄卡里的钱都取出来，清点完，手术费却还是欠了一大半——除了已经做完的外伤手术外，医生还建议给父亲做开颅手术。

多年前的事故造成的脑部挫伤在这次车祸中加剧了。

不开颅的话，人能不能醒过来都难说。

再加上后续的复健、疗养……尽管在询问的时候已经做好了心理准备，听到那串数字后，林循依旧倒吸了口冷气。

没有医保的情况下，可能需要二三十万。

该怎么凑呢？

她强迫自己冷静下来，船到桥头自然直，只要人还在，总是有办法的。

她也十七岁了，出去上班的话，每个月都会有收入。

晚饭过后，那个被父亲救了的女孩的父母也来了医院，拿来了三万块钱。

他们一下午都不见人影，却原来是去筹钱了。

夫妻也是乡下人，在昼山开个小吃摊，生活只是勉强糊口，能凑

533

到这三万块钱，已经很不容易了。

他们窘迫地拿着钱，搂着女儿跪在林华病床前，让她给他磕了三个头。

那小女孩显然不知道发生了什么，懵懂无知地磕着，却一下比一下用力。

整个病房的人都看得红了眼睛。

厄运似乎总挑苦难的人。

那夫妻临走前，又将一个破破烂烂的钱包交给林循。

说是他们后来去车祸现场捡到的。

林循翻开那沾满了油垢和脏污的钱包，才发现里面除了几张十块钱的纸钞外，只有一张照片。

照片里的女孩只有四五岁，戴着红色毛线帽，扎着羊角辫，脸上两坨高原红，模样滑稽又可爱。

——林循的视线从照片上移开，挪到那个被救的五岁女孩身上，才发现她也戴着顶红色的毛线帽。

"我们娃娃好幸运，戴了顶跟你小时候一样的帽子。"

夫妻俩泣不成声，手足无措地跟她鞠躬。

林循怔怔地看着他们离去，站在原地好久都缓不过神来。

一整天佯装的坚强被一张照片击碎。

她深呼吸了一下，隔着玻璃门看了眼病床上躺着的父亲。

瘦骨嶙峋、受尽苦难、忘了回家的路、丧失了基本的理智、丢掉了自己的身份，变成了一个无家可归的流浪汉。

却还留着女儿的照片。

甚至为了救一个相似的身影，义无反顾地跳进了卡车的轮子下。

可是，该怎么办啊？

她知道自己刚刚的计算都是自我安慰。

她根本赚不到那么多钱。他可怎么办啊？

林循没敢再看那张消瘦苍白的脸，不断扯着领口，却仍觉得呼吸不畅。

走廊里充斥的消毒水气味令人窒闷。

林循推开楼梯间的门，几乎狂奔到顶楼的天台。

大铁门被拉开的瞬间，夜间微凉的空气侵袭而来。

肺部的沉闷被新鲜气体过滤一遍，她缓缓喘了一口气，觉得自己心里的窒息感总算好了一些。

可下一秒，一个有些熟悉的身影进入视野。

不远处站着个少年，一身黑衣黑裤，懒散地倚着栏杆。

竟然是他，他怎么在这里？

林循站在原地没动，下意识地往后撤了一步。

下午的那个误会她没打算过多解释，也不想跟他有什么更深的交集。

可还没等她转身离开，少年却开了口。

"林循？"

他看了她一眼，眼里没有意外。

事实上上天台之前，他去楼下缴费，看到了她。

抱着一堆账单，一筹莫展，低低央求着缴费处的医生，能不能分期付款。

嘴唇都快要咬破，却半滴眼泪都没掉。

坚韧却悲惨。

这样的人，也会给他买十块钱一瓶的水吗？

还让闺蜜来送。

某些恶劣的念头从心头升起，加上他那强烈的心理需求，他又开口："你欣赏我什么？"

沈郁淡淡地看着她，勾了勾唇："我帮你交费吧，这些钱对我来说不算什么。我就是想知道，你欣赏我什么。我有什么值得欣赏的？"

3

他很有钱，林循是知道的。

她不知道二三十万对沈郁来说是什么概念。

但她听程孟说过，他打球时换的随便一双限量款球鞋，都要五位数。

那么，等价换算一下，二三十万，对他来说顶多就是二三十双球鞋而已。

可对她来说，却是救父亲唯一的希望。

哪怕是这样，林循原本也从来没有动过不该动的念头。

父亲和奶奶从小教导她，凡事要靠自己，不能亏欠别人，被人戳着脊梁骨骂……

可现在，在她最手足无措的时候，这个人竟然主动出现在这里，对她说可以帮她支付这些账单，条件只有一句轻飘飘的话。

他显然是因为下午的事情，误会了。

林循咬了咬唇，内心挣扎了几秒钟，理智告诉她现在应该赶紧澄清，和他撇清关系。

可脑海中的画面最终定格在父亲钱包里那张已经模糊泛黄的照片

上。

撒个谎而已……

不要这么清高……

要分清孰轻孰重……

他们不会怪你的……

林循将有些颤抖的手背到了身后，低下了头，没有直视他，牙齿渐渐松开紧咬的下唇："是，我是，欣赏你。"

少女的声音暗哑而淡，散在风里。

沈郁的视线静静落在她的发顶，她的长发没有像在学校里那样束成中规中矩的马尾，被风刮得凌乱，衬得那张脸更加小。

他对她的回答没有什么意外，却意外于她的表情。

每一个微表情都在躲避。

这么说不出口吗？

少年眯了眯眼睛，又重复了一遍问题："为什么？我冷冰冰的、不近人情，像个机器人……"

他一字一句复述着文静远曾经说过的话："有什么值得欣赏的？"

林循的脑子卡了一下壳。

虽然不知道他要知道这个干吗，但她得编得像样点。

她回忆了一下平时听到最多的关于他的评价，大多都是出自他的仰慕者之口。

应该很切题吧？

林循心里有了底，抬起头看他，慢吞吞地说："你长得很好看，头脑又聪明，家世也好，在人群中耀眼得像个太阳。"

她话音落下，大胆地直视着少年的眼睛。

"这样吗？"

他的视线没什么波动，可林循却在那里面看到了一丝乏味和失望。

她心里一紧，背在身后的手指轻轻攥在了一起。

可半分钟后，少年眉头动了动，从外套口袋里拿出一张银行卡，递给她："知道了，去交费吧，支付限额三十万，密码是我生日。"

他的声音里并没有轻视和别的什么情绪，也没因为没得到满意的答案而反悔。

林循怔怔地接过来，内心狂跳着说不出话，眼睁睁看着他迈着长腿大步走出天台。

黑色的风衣外套带起了一股风。

"写个欠条吧。"林循在他身后喊。

少年听到了，只是没回头，似乎连再多说一句都懒得。

他给出卡的姿态，比当初买下一整车冰粉还要轻而易举。

却吝啬一句回应。

林循盯着他的背影，直到消失在天台门外。

她往后退了两步，脊背贴上冰冷的栏杆，手指捏紧了那张卡。

心里有某个角落像是被击碎了。

但不要紧。

值得的。

"所以，沈郁的生日是什么时候？"

林循拿着卡到了缴费处，才后知后觉地反应过来。

她压根儿不知道密码。

他理所当然地说密码是他的生日，的确，这种信息，他的仰慕者大概都会知道。

"……"

林循看着手里沉甸甸很有质感的一张卡，沉思了一会儿，还是没有任何印象。

她回到病房里，问值班的护士姐姐借了手机，往程孟家里打了个电话。

好在她记得程孟家的电话号码。

程孟接电话的时候，正好洗漱完，准备睡觉了。

林循这才意识到，时间已经很晚了。

程孟的声音很有些焦急："循循，没事吧？今天班主任来找你是做什么？我听隔壁班的同学说，你坐警车走了，是不是你爸爸有消息了？"

她问了一连串的问题，显然是担心了一晚上。

但林循没有手机，她也联系不上她。

"是，我爸爸出车祸了，现在在医院。"

林循来不及细说，顿了一下，开门见山地问："孟孟，你知道沈郁的生日是什么时候吗？"

电话那头安静了整整一分钟。

程孟的呼吸有点错乱。

她实在没明白在这个节骨眼上，林循问这个干什么。

刚看完一本风水小说的程孟，脑海里非常合理地构建出一个可能性。

"循循，你爸出车祸该不会是沈少爷撞的吧？你想要他的生辰八字，诅咒他？"

"……"林循的嘴角忍不住抽了抽。

有这么个不靠谱的闺蜜，她怨谁去。

不过，程孟虽然不靠谱，但对她的事，一向守口如瓶。

林循想了想，把今天发生的事一五一十地说了，只是没有带太多的个人情绪。

"……"

"我的天。"程孟咽了咽唾沫，才说，"这比我脑补的还要离谱好吧？"

她听完始末，又安静了一会儿，分贝小了下来，声线也柔和了很多。

"循循，我没记错的话，沈少爷的生日是0615。还有，我有三万块钱压岁钱存在我妈妈那里呢，我明天去要来，你别害怕。"

林循握着手机的手指一紧。

这件让她觉得很羞耻的事，她却没有评论别的。

她只是说，你别害怕。

林循换了只手拿手机，垂下眼皮："孟孟，你没觉得我这样做很不好吗？你知道的，我撒谎了。"

"是啊，你撒谎了。"

程孟眨了眨眼，语气轻快："所以现在有两个办法，要么你努力让谎言成真，要么等你以后赚钱了，再把这个钱还给他，有什么好纠结的？"

"是啊。"

十七岁的林循自动忽略了第一个办法，跟着对面电话里轻快的声音笑起来："还上就好了。"

交完费后，科室很快安排了开颅手术。

术后的两周里，林循请了个长假，和奶奶几乎住在了医院里。

病房里加一张陪护床，花销是一天二十块。

为了不浪费钱，她和奶奶就挤在一张床上睡觉。

术后第三天，父亲就从ICU（重症监护室）移到了普通监护病房，生命体征也越来越强健。

术后第四天，人醒了，却还不能说话。

他时不时睁开眼睛，眼球转动着，迷茫地看着在病床边忙忙碌碌的她们。

医生来检查过他的状况，语气很轻松："手术做得很成功，清掉了这次车祸造成的血块，也对之前的脑损伤做了一定程度的修复。不过病人脑损伤太多年了，想要完全恢复智力是不可能的。他的双腿也做了第二次精细手术，复健做得好的话，恢复行走、自主生活还是没问题的。"

这已经是最好的结果了。

林循松了口气，坐在病床边给奶奶削苹果。

奶奶也停了忙碌，伸手在儿子面前晃了晃，看着他眼珠子跟着转动，欣悦道："眼睛动了，循循，他在看我。"

"嗯，是在看你。"林循弯了弯眼睛，把一瓣苹果塞进她嘴里。

几天的担忧总算结束，奶奶终于有心思问别的事："循循，你之前说过，手术和之后复健的钱都是你一个同学借你的？我刚刚问了医生，加起来要三十七万呢，你同学有这么多钱啊？"

林循削苹果的动作停了停，下意识将手伸进口袋里，摸了摸那张冷冰冰的卡。

"他是很有钱。"

"哦，那就好，你这同学可真是个大好人啊，咱们可得早点还人家。"

林循"嗯"了一声，偏过头去看向窗外。

未来沉甸甸的，但心里好轻松。

她爱的人，都在她身边。

像一场她曾经求而不得的，圆满的梦。

十一期间，林华的状况越来越好，虽然没有恢复记忆和智力，但能跟祖孙俩进行简单的交流了。

他不记得她们是谁，但莫名很喜欢她们。

看到她们在病房里，就会咯咯地笑；而哪天睁开眼没见到人，则会咿咿呀呀地发火。

他最喜欢的活动就是和林循一起玩翻花绳游戏。

可惜他脑子还没完全恢复，从而导致肢体也不协调，僵硬的手指头压根儿翻不出什么花样。

他却也不恼，笑嘻嘻地看着她翻，翻完一个还要看，像个无忧无虑的小孩。

复健也在有条不紊地进行中。

林循和奶奶找个时间，搬了家，住到了医院附近的一间地下储藏室。

只是这样一来，离一中就更远了，不是能跑步抵达的距离。

假期结束，林循回到学校。

早自习过后，她径直去了一趟班主任办公室。

十分钟后，班主任岳玉珍盯着眼前女孩白皙的脸庞许久，终究忍不住叹了口气："你想清楚了吗，林循？你从大山里走出来，念到今天不容易的，明年就要高考了……以你的成绩，考个一本还是没问题的。现在退学的话，对你的前途没好处。"

女孩却目光坚定，唇边泛开个笑："老师，我是挣扎了挺久的，但我现在想清楚了。"

做出这个决定对她来说不容易。

毕竟她一直都想上大学的，但她已经十七岁了。

以前一直是爸爸和奶奶护着她，是他们付出了一切，让她能够接受教育，一步步从大山里走出来。

已经足够了。

现在他们需要她。

岳玉珍再说不出反对的话。

每个人的命运都是不同的，需要承受的也不同。

她又叹了一口气，打了张退学申请表格，递给她："需要你奶奶签个字。"

从办公室出来，林循拿着那张表格，心想奶奶现在肯定是不会同意她退学的。

不过奶奶并不识字，只会写自己的名字，哄她签个名并不难。

至于以后，等她开始上班，拿钱补贴家里，奶奶应该会慢慢接受的。

他们这样的家庭，从小就不缺谎言。有时候，谎言是维系生活、抵御现实的唯一途径。

林循思忖着，快步走回班级里。

她站在班门口往里看。

前排正中的位置，少年正趴着睡觉，好看的侧脸埋在小臂上，只露出俊挺的鼻尖和乌黑的眉。

明目张胆的。

他已经睡过了一整个早自习。

这个学期开始，他好像变得更加肆无忌惮了，据说连上次的月考都没参加。

那次月考的成绩会被排入保送评选，他这是连学校里的保送名额都不在乎了。

林循犹豫了一下，几步走过去，拍了拍沉睡中的少年的肩膀。

几秒钟后，他的脑袋动了动，漫不经心地睁开眼。

他的视线一点点落在她脸上，定焦。

那双眼里有一瞬的不耐，却又被他很好地压了下去。

他抬起头，轻轻活动了一下脖子和肩膀，漂亮的眉心蹙起来。

"什么事？"少年的声音里带着困意未消的半分沙哑，比平时的清越更多了几分性感。

林循只觉得耳朵一烫，好半晌后，她轻微晃了晃脑袋，压下心底的一丝悸动，低声说道："沈郁，你能出来一下吗？"

她的声音不大，却依旧吸引了周围许多人的注意。

班里大家都好奇地看着他们——这两个平时最没交集的人。

沈郁闻言，视线继续停在她脸上，片刻后，他没所谓地点点头，站起身，随着她往外走。

林循没有理会其他人的注视，带着沈郁到了偏僻的楼道一角。

她拿出那张银行卡，递给他。

沈郁接过卡，不在意地打了个呵欠，听她说："一共三十七万，除了我们自己交的，这张卡里我花掉了二十七万四千二百零五块六毛。"

他的视线逐渐清明，大脑慢慢从睡意里清醒过来，惊讶地发现，眼前少女的神情不再像上次那样。

逃避、茫然、痛苦，却决绝。

明明一字一句说着钱，甚至精确到几块几毛，她的神态却很轻松。

甚至是幸福。

"沈郁，谢谢你。"林循笑着朝他鞠了个躬。

她明明在笑，面颊上却淌过了滚烫的眼泪，那眼泪随着她弯腰鞠躬，一颗颗砸在教学楼冰冷的地砖上。

"谢谢你，我爸爸的手术很成功……他会对我笑了。我都不敢想……我竟然，真的又有爸爸了。不管是什么原因，我是真的真的，很感谢你。"

曾经破碎的自尊也好，又或者是，被她压在心底的对他不可逾越的那份悸动也罢。

都抵不上她此时发自肺腑的感激。

从十一岁到现在，长达六年的噩梦结束了。

她有爸爸了。

她又成为了有芭比娃娃和蜡笔的公主，住进了庞大而坚实的宫殿里。

"安得广厦千万间，大庇天下寒士俱欢颜。"

未来她也会有这样一间，里面住着她，和她最爱的人们。

她无所畏惧。

林循说完，直起腰，又从口袋里拿出那张退学申请，展开来给他看了一眼。

"沈郁，我要退学了，我会努力上班的，你给我三年好不好？

"虽然我知道这些钱对你来说，不算什么。但我奶奶说过，就算是求神拜佛，如愿以偿后也得记得去还愿。我一定会把这些钱还给你的，等你有需要的时候，如果我能做到的话，我再还你一个心愿。"

十七岁的女孩，眼里还含着泪。

脸上的笑却那样明媚。

她的脊背挺了起来，发丝在阳光里飞舞。

明明放弃了未来，可她曾经倔强的、凶狠的、张扬的面孔，灰扑扑的一张脸，却在上扬。

——因他随手而为的，肤浅的，高高在上的戏弄。

少年目光里的困倦消失殆尽。

他捏着那张卡，忽然感受到车祸后疲怠至今的心脏，开始复苏、跳动。

因着这感染一切的生命力。

美丽的，强大的，苦难中蕴养的，生命力。

4

前两周，母亲已经伤愈出院，她回了一趟家，把属于她的所有行李都打包带走了。

沈郁才终于意识到，她说要和父亲离婚，不是开玩笑。

一场车祸，像是把原本的生活全部打乱重排了。

又像是把错误校正。

这些日子他一直没回家，在学校附近订了个酒店套房住。

更是对什么都提不起兴趣。

父亲打电话让他去听公司的财务，他也懒得去。

曾经竭尽全力攀爬的轨道，忽然就脱了轨。

比起冷冰冰的 AI，他现在的样子，更像是一台自主报废的机器。

所以在忽然感受到这样炽热的生命力时，内心像是有什么东西在萌生发芽。

沈郁看着眼前的女孩，视线静静落在她白皙的面孔上。

几秒后，他淡淡地说："要还钱可以，不过，我建议你还是不要退学。"

他说完这话，自己都觉得奇怪。

最不爱管闲事的人，一而再再而三地管了她的闲事。

但不管怎么样，在听到少女这番诚挚的话后，他难以像上次在天台上那样连回应都吝啬了。

沈郁双手抄进兜里，转了个身倚在栏杆上，懒散道："如果把这件事，当作一场投资，那么你如果退学出去打工，对我来说，等同于投资失败。"

林循怔了一下，没明白他什么意思。

三年之后她一定会赚到二十七万，还给他的，怎么会失败呢？

他轻轻睨了她一眼，声音没有太多起伏："你现在退学，能做什么？初中文凭，在昼山……大概是体力活吧？我不知道月薪多少，但，未来的发展前景在哪儿？

"你有职业规划吗？就算这三年你拼尽全力还了这笔钱，那十年后、二十年后呢？你的体力跟不上的时候，又怎么办？"

他的声音像是蝴蝶翅膀，在扇着耳边的空气，温柔而缱绻。

可说出的话却很犀利、残忍，不留半点情面。

林循听得屏住了呼吸，连脸颊上残余的泪都忘了擦。

"三十万也好，三百万也罢，对我来说没什么区别，我不缺这点钱。只是，你刚刚说，等你以后有能力的时候，要还我一个愿望。"

沈郁说到这儿，转了个身，双手支在栏杆上，弯腰。

两个人之间的距离被骤然拉近。

他眯着眼，冷漠地看着她，低低地问："这样下去，我想要的，你给得起吗？"

少年漆黑的眼眸毫不躲避地与她对视。

距离近到，她能从他的瞳孔中，看到自己苍白的倒影。

林循的心跳慢了半拍，整个人像是掉进了冰窟里。

她咬着唇思索着，想要反驳，想要坚持自己的想法，可喉咙却像是被堵住了，半句话都说不出口。

她的一张脸慢慢涨红了，牙齿紧咬着唇角，双手绞在了一起。

沈郁静静注视着她那张通红的脸，似乎能窥见她内心的窘迫，痛苦地打碎又不断重组。

他内心叹了口气，声音也放软了一些。

"不说还钱，你父亲的情况，应该不是一次手术就能解决的。未来的复健也好、疗养也罢，都需要资源和钱。

"以你现在连高中都没读完的能力，能做什么？"

林循久久没有说话。

半分钟后，她垮了肩膀，低着头喃喃地问："……那我该怎么办？我现在好像没路可走了。"

与其是在问他，不如说，她在问自己。

沈郁没有回答她这个问题，站直了身子，公事公办地说："三年可以延长到七年，足够你念大学。相应的，我会收取一定利息，就按照五大行小额借贷的利息来。到时候，你需要偿还本金加利息。你自己回去算一下，怎么样更合适。"

他说完，没再看她，伸了个懒腰，慢悠悠走回教室。

看了眼墙上几乎没怎么走动的闹钟，皱了下眉，继续睡觉。

这日子还真长。

怎么都过不完。

接下来的一整天，林循都有些心不在焉的。连程孟约她去散步，她都没应声。

等上完晚自习，她第一次搭公交车回家。

昼山的马路很宽，车道很多，车子就这样穿梭在昼山的大街小巷。

夜色已经很晚了，非机动车道上，挤满了骑自行车归家的学生，和骑着电动车的外卖员。

她昨天还想呢，等退了学，可以先去送外卖。一单两块钱，等熟练的话，一天或许能跑个几十单。

她还可以再接几个别的兼职。

一个人当三个人用，一分钟掰成两分钟，总能还得上的。

"那十年后、二十年后呢？

"我想要的，你给得起吗？

"未来的复健也好、疗养也罢，都需要资源和钱。"

车窗外冰凉的风刮着她脸颊，心脏一点点在下沉——他说得没错。

林循抿着唇，把退学申请表从书包里拿出来，对半撕开。

第二天，班主任岳玉珍很欣慰，自己并没有等来林循奶奶的签名。

她下意识地以为是林奶奶不同意她退学的事。

日子开始按部就班地过。

林循没有再提退学的事，相反，她跟班主任申请了长期不上早自习和晚自习。

她做了一个计划表，把一天的时间分成好多份。

凌晨五点起床写作业、复习前一晚的功课，紧接着帮奶奶出摊。

八点坐公交车到学校上学，晚上五点放学后，她找了个附近超市的收银兼职。

林华已经出院了，除了一周去做三次复健之外，其余时间都在家。

他的肢体比之前协调很多，晚上还会帮奶奶串烧烤串、揉面，经常

一边对着烤好的早餐饼流口水，一边干活。

一家三口拧成了一股绳，日子是过得辛苦了一些，但小小的储物间里，充斥着温馨和欢笑。

就这样过了大半个学期。

林循的成绩不降反升，已经稳固在一本线以上几十分了。

因为艺术集训要花很多钱，所以她想通过普通高考的渠道考入南电，需要的文化分比艺术生要高很多。

从前她并没有信心，但从这几次的考试成绩来看，很有希望。

元旦前的某个午后，林循的座位因成绩上升被往前调了两排。

她看着发到手的语文试卷上的分数，满意地勾了勾唇角。

下一秒，身后传来一个十分清脆好听的声音，语调漫不经心："哟，还不错嘛，会背《将进酒》了。"

林循耳窝一热，蓦地回头，看到少年眉眼冷淡地经过她座位，压根儿没看她。

刚刚那句话仿佛是她的幻觉。

自从上次的对话之后，他们又有大半个学期没有交集。

林循也不知道为什么。

每一次在学校里见到他，或者听旁人提起他的名字。

曾经轻而易举就能压下去的悸动和在意肆意地翻涌着，再靠近，好像就要藏不住了。

她低下头，没表情地抿了抿唇，心底暗暗地劝诫自己：

"你现在没时间想这些，多解几道题、背几篇课文，晚上就有多点时间兼职。"

林循慢慢呼出一口气，摊平试卷，开始订正错题。

耳边却传来细细碎碎的议论声。

"我听别人说，沈郁父母离婚了？"

"好像是宁琅说的，他家里跟沈家有生意来往……他爸妈都离了好几个月了，上周末他父亲又结婚了，未来继母没比他大几岁呢。"

"那他跟谁啊？"

"他好像谁都没跟，也放弃了沈氏的继承权……"

"天，那也太可惜了吧？那可是沈氏……那他以后做什么啊？"

……

所有人都在替他惋惜。

林循的笔尖一顿。

她忽然想起那天在天台上撞见他。

少年漆黑的瞳孔，倦懒半合的眼皮，没有半点情绪的一张脸。

"我冷冰冰的、不近人情，像个机器人……有什么值得欣赏的？"

她当时一心想着那笔钱。

全然没有注意到，他的语气，那么淡，脊背也微微弓着。

再没有球场上意气风发的耀眼模样。

林循莫名觉得心里不自在。

他们之间是没有什么交情，她也能明确感受到，他并不在意她，也不在意那笔借出去的钱。

或许只是心情很差的时候，随手而为的施舍。

但他不仅借了她钱，还规劝了她，阻止她走上一条错误的路。

林循倏地站起身，走出教室外，很快便在偏僻的走廊拐角的露台上，看到了那抹影子。

自从她那次带他来过这里，少年似乎发现了一个无人打扰的宝地，时不时就会到这里晒太阳、发会儿呆。

"喂。"林循站在离他一米的距离，没有靠近，声音也硬邦邦的。

"干吗？又想还钱？"少年的声音还是吊儿郎当，颓废又没所谓。

"不是。"

"那来干吗？"

林循板着脸。

她其实半点都不会安慰人，莫名其妙跑出来找到这里，但真正要讲的时候又卡了壳。

好半天后，她憋出来一句。

"我就是想跟你说一下，除了上次说的那几个……呃原因，我更……欣赏你的声音。"

林循自己都不知道自己在说什么，只能硬着头皮讲下去。

"是心里话，我第一次见你就发现了。沈郁，你的声音很好听。你不是觉得你自己冷冰冰的吗，像个机器人。但你的声音不像，温暖有厚度，清越又优雅，比起机器人，更像个神仙。

"未来如果不知道做什么的话，或许你也可以成为一个歌手，或者配音演员。

"那样的话，"林循一口气把话说完，心里也轻松了些，她弯了弯眼角，"我去听你配的剧。"

5

林循一口气说完。

视野所及，午后灼热的阳光在漂亮的少年脸上投下一个通透的光斑。

他下意识地眯了眯眼，很久之后忽然"喷"了一声，几步走过来，稍稍弯腰。

他唇边带了一丝玩味的笑意："林循，你这硬邦邦的语气，没听内容的话，我还以为是在找我吵架。"

"其实，"沈郁眨眨眼睛，长长的睫毛遮掩住黑而亮的瞳孔，"你在安慰我？"

他说到这儿，忽然抬了下说话的尾音，原本疏冷的声线更加上挑，带着蛊惑人心的强调。

"有这么像吗？神仙？"

林循面无表情地呵呵了一声，没说话，转身就走。

有些人真的不值得同情。

实在是太恶劣了。

这一年的元旦会演就在一个月以后。

广播社也要出一个节目。

宁琅作为社长，亲自编导了一出话剧，由于参演人员有限，便把林循也排进了节目单。

其实这个学期林循已经很少参加广播社的活动了，她实在是分身乏术。

这次原本她也是要拒绝的，但实在挨不过程孟整天的念咒。

"来嘛来嘛，排练又要不了多久，元旦我们一起开开心心地玩嘛。"

"你要是不演，元旦会演那天你肯定要去打工，你工资多少，我花两百块钱雇你一晚上不行嘛。"

"……"

林循忍不住敲了敲她额头："行了行了，财大气粗的程小孟，那两百块钱你就省省吧，我去还不行吗？"

话是这么说，等她真的到社里开始试角色时，却犯了难。

这部话剧是个童话题材，除了程孟饰演的主角精灵之外，其他的角色都还没定下来。

但不管是哪个角色，女巫、公主或者王后，她配起来都格外搞笑。

林循的嗓音很不好听，在女声里面偏沉闷沙哑，她配的公主，像是灰姑娘变的，还是刚刚在厨房里烧完火呛了一嗓子烟灰的灰姑娘。

总之面无表情地试了几个角色后，宁琅扶着额，给她分配了最后一个角色，公主身边养的一只会说话的玩偶小熊。

在和女巫的战斗中，小熊为了保护自己的主人，被女巫石化了。

林循松了口气，小熊只有四五句台词。

第一次排练在第二天。

下午五点放学后，林循上班的便利店今天关门。

她不用着急回去，又不用上晚自习，干脆背着书包去了露台。

她坐在无人的栏杆下，拿出书包里的台词，打算练习一下。

其实不仅仅是嗓音不好，林循的普通话也不算标准。

来昼山两年了，她的口音其实已经改了很多，但还是能听出来带有青原方言的特色。

她平时没时间纠正，但这次是全校演出，总不能给孟孟拖后腿。

"主人主人，你长高了。"

"主人主人，你怎么不开心。"

"主人快跑，小熊来保护你。"

"主人，小熊好晕啊，小熊保护不了你了，你自己要好好的。"

一共只有几句台词，她一遍遍念着，越读越嫌弃。

什么破嗓子啊，这小熊像是卡了一口痰。

林循翻了个白眼，继续念："主人主人，你长高了！"

还刻意在语气里掺入了一些可可爱爱的尾音。

下一秒，不远处忽然传来"扑哧"一声。

林循顿时噤声，抬眸看过去。

露台的另一侧，少年背靠栏杆坐在地上，身影被水泥柱挡了大半，不知道在这里多久了。

他正在玩手机，橙红色的黄昏中，那手机散发出的莹白光芒将他的脸照得透亮。

林循便轻而易举地看清了他唇边那一抹笑。

"……"

她面无表情地看了他一会儿，淡淡说道："你笑吧，我不会在意的。"

沈郁按灭手机，收进裤兜里，这才撩起眼皮看她："在意什么？"

林循木着脸说道："声音难听啊，我自己早就知道了，无所谓。"

她说得满不在乎，可对方在听到她的话后，却诧异地挑了挑眉。

"难听吗？"

他低低"唔"了一声，眨了眨眼："我觉得蛮可爱的啊，好贴这只熊，听起来笨笨的，软乎乎的。"

林循微微怔了下，旋即怀疑地看了他一眼。

但这句话是从沈郁嘴里说出来的，他自己的嗓音这么好，按理来说应该对难听的噪音没有什么容忍度才对。

林循沉默了一会儿，也有点不确定起来。

"……你真这么觉得？不是很难听？"

"我骗你干吗，爱信不信。"

沈郁站起身，拍了拍手上的灰尘，边往台阶上走，边无所谓地扔下一句话："就是普通话有点不标准，像只从西北高原过来的小熊。"

可可爱爱的。

林循这次没反驳，半晌后，她"喂"了一声，远远地问："你有时间的话，能告诉我哪几个字不标准吗？其实我自己知道不标准，但我有点听不出来。"

而她身边所有人中，他的普通话是最好听的。

已经六点多了，沈郁原本打算回酒店睡觉，听她这么说便回头看了她一眼。

铺满半边天的晚霞之下，少女一身蓝白校服，屈膝坐在水泥地上。

她手上拿着几页台词，面色淡然，没有丝毫的窘迫，是认认真真地想要解决问题。

寥寥几次的印象里，她好像一直都这样。

没时间难过，自怨自艾、妄自菲薄，面前总是堆着成山的困难，而她像是一个风沙里的旅人，一步一步坚毅地往上攀。

脚步匆匆，面目都模糊。

沈郁想到这儿，心里忽然有些诧异。

班里的同学对从前的他来说，每一个名字都只是一个符号，没有什么值得交往的必要。

他什么时候开始对一个同学，有这样深的了解了。

甚至想要穿透她的外表，去触摸一下那颗滚烫的富有生机的心脏。

——行吧，看在你欣赏我的份上。

沈郁勾了勾唇，抬脚往回走，轻轻踢了踢少女的鞋带，说："往那边点。"

他在她身边坐下，接过那两页台词翻了翻，随即挑起了眉毛："你就四五句词？怎么这么少？"

男生身上的味道很清爽，他的衣袖贴着她的，肩膀比她高出一大截。

自他坐下，夕阳的余晖就不再落在她身上，全然被他挡住了。

林循莫名屏住了呼吸。

下一秒，她轻咳一声，偏过头去淡定道："我倒是庆幸只有四五句，不然我得花多长时间练习啊。"

"……行吧。"

沈郁一句一句看完，又让她念了一遍。

林循干巴巴地念完，便见他稍稍沉思了一会儿，随意地说："其实不是单独某个字有问题，而是韵母读不准。比如'长高''好晕''快跑'。你念'un'音有点接近'ong'，而'ao'也接近于'ou'。你平时说话，其他的韵母也都有问题。"

"啊，是这样吗？"

林循能清晰地从他的发音里听出这几个韵母间的区别，但她自己读，好像的确很混淆。

"嗯，这就像昼山本地人，有很多人分不清前鼻音和后鼻音一样，很正常。"

"……那怎么改啊？"林循诚恳地发问。

"也不难，你多练一下一些韵母不同的词。比如，"沈郁翘了翘唇，"'炖冻豆腐'。"

"炖冻豆腐。"林循跟着重复了一遍。

毫无意外，得到了少年无情的嘲笑。

"你念得像'洞洞豆腐'。再来，炖——冻——豆——腐。"

"……"

"炖冻豆腐。"林循又念了一遍，这次连她自己都发现了。

真的有点像"洞洞豆腐"。

前两个字她根本就分不清啊。

"不应该啊。"

少年长长的睫毛轻扇，直勾勾地看着她："最差的，怎么会是'un'音呢，明明……"

他停顿了一会儿，唇角忽然勾起一抹笑。

"换个词练一下。"

"循循——"少年清越无边的嗓音，念着这两个字。

如同晚霞的最后一抹清辉，带来宁静温柔的良夜。

林循心尖猛地一跳，指尖深深嵌进掌心，血液从心脏涌入四肢。

她觉得自己应该脸红了。

他是不是故意的。

念她名字就算了，还喊小名，叠音。

林循咬着唇没有跟读，心里叫嚣着让自己冷静下来。

可下一刻，却听他漫不经心地，念出后两个字："——善诱。"

"跟我念啊，循循善诱。"

6

那天之后，林循每天都抽空有针对性地训练那几个韵母。

除了这次的元旦会演，她未来想去南电，念什么专业还没决定。但从事文娱行业，练好普通话还是很有必要的。

于是，从某一天开始，就连程孟都能听出她讲话的区别了。

"循循，你可可爱爱的口音怎么不见了？"

林循挑了挑眉，没想到还真有点用。

这一个月里，林华的双腿肌肉开始逐渐恢复力气，已经能不靠外力支撑站立了，只是想要走路还有点困难。

前几天林循拿着这几个月赚的钱，给他买了个功能性很强的轮椅。

每天晚上工作完，推他出去散步。

更令她惊喜的是，林华的记忆好像有复苏的迹象。

某天傍晚，他们路过医院附近一间复古音像店时，听到一首节奏明快的港乐，林华忽然咿咿呀呀跟着哼，兴奋地说："循循喜欢听这个歌！我要赚钱给她买那个什么p3。"

还有一些其他的记忆碎片。

譬如某天奶奶买了点羊肉，一家三口在家吃烫火锅，林华忽然说要吃韭菜花酱。

"我阿妈做的韭菜花酱最好吃。要做得咸咸的。"

他的智力水平依旧飘忽不定，有时候说出来的话像个父亲，更多时候却像个孩子。

但林循却很满足。

医生说过，这些记忆碎片都是好的迹象，只要好好康复，定期观察，未来是有恢复记忆的可能的。

她每天把时间安排得很充分，心里也充满了希望。

倒是班级里还是流传一些关于她和宁琅的绯闻。

林循自己都不知道怎么传出来的，但她没什么所谓，连解释都懒得。

这种绯闻，对她来说无关痛痒。

宁琅这个人，对她来说，也只是普通同学关系，连朋友都算不上。

转眼便到了元旦这天。

广播社的话剧节目被安排在倒数第二个，一晚上林循都在看程孟化妆。

宁琅花大价钱请了一位专业化妆师，还准备了专业的服装。

程孟饰演精灵，妆面比其他人都要复杂。

化完之后整个人看起来 bling bling（闪闪）的，漂亮得发光。

连林循都不禁多看了几眼，更别说借口搬道具、在后台进进出出的陈诺之。

至于她自己，压根儿不用化妆，穿个小熊玩偶服和头套上台就行了。

与此同时，昼山西山，半山别墅。

只有寥寥几个人的晚餐，却丰盛而隆重。

沈郁没吃那些饭菜，亦没说话，只是喝酒。

长长的餐桌一侧，坐着不苟言笑的沈昌亦，而他身边，坐着个珠光宝气的年轻女人。

女人脸上带了客气的甜笑，用公筷夹了一片牛肉，越过宽宽的餐桌："小郁，来，吃点这个牛肉，很新鲜。"

她筷子松开的刹那，对面的少年忽然挪了一下碗。

那片牛肉"啪唧"一声掉到了桌面上。

餐桌上的氛围忽然凝滞。

随着沈昌亦重重拍了拍梨花木坚实的桌面，那女人的语气中带了星点的委屈："小郁……你还是不能接受我吗？"

"重要吗？"沈郁搁下筷子，站起身，"我今天只是来拿点东西而已，以后不会再来。我接不接受你，重要吗？"

他的语气很冷淡，压根儿不关心他们是什么反应。

说罢，他连招呼都懒得打，懒懒散散地走到玄关，拿了衣架上的外套往外走。

司机连忙拎着他的行李箱跟上。

玄关大门合上的刹那，有瓷器碎裂的声音传来。

沈郁撇了撇嘴。

他今天会留下来吃饭，也只是想看一看，这个只比他大几岁的"继母"，到底好在哪儿。

怎么会让一个几个月前还苦苦挽留婚姻的男人，一下就变了心。

看完之后，他明白了。

沈昌亦没有变心。他的目的太明确、太功利，感情和婚姻，在沈氏面前，不值一提。

可明白之后，沈郁却更觉得寒心。

他无比庆幸母亲的决然，也庆幸，自己没有走上那样一条路。

沈家别墅在半山腰。

他从小在这里长大。

这么多年来，这个家虽然没什么温度，但他习惯了，偶尔也会觉得宁静又温馨。

沈郁眺望着昼山城灯火明灭的夜晚，安安静静站了十分钟。

晚风吹散了些微的酒意。

终于能够清醒地接受，一切真的回不去了。

这个地方，以后不再是他的家。

他偏过头不再看，拢了拢外套往车边走去："把东西放去酒店吧。"

司机应声将行李箱塞进后备厢，又问："那您呢？"

沈郁顿了片刻。

突然记起今天是元旦，某只笨拙的熊，好像有演出。

不知道还来不来得及。

"送我回学校吧。"

沈郁走到十二班的区域，挑了个后排的位置坐下。

台上正在表演爵士舞，班里的男生们都两眼放光地讨论着。

"也就这个节目最好看。"

"领舞的那个妹妹是高一的？长得好漂亮啊。"

"是啊，不知道有没有联系方式。"

看到沈郁过来，体育委员肖家骏几步走过来坐到他身边："行啊，一晚上没见人，就挑着最出色的节目来了。"

沈郁看了眼他手上拿着的节目单。

下一个节目就是广播社的话剧，《落日王国》。

长长的演员表的最后，缀着一个名字。

少年的目光从那两个字上掠过，抬抬眉心，应声说道："是，碰巧了。"

肖家骏有一搭没一搭地跟他聊天。

"对了，下个节目是话剧，我们班宁琅、林循还有程孟都参演，也可以看一看。你可别看完跳舞就溜了啊。"

沈郁言简意赅地回复："不会。"

便又听他说："嘿嘿，不知道他们俩会不会演一对，他俩流言挺多的。"

肖家骏说到这儿，忽然意识到这大少爷应该不会想听这些无关紧要的八卦。

却听他无端问了一句："谁和谁？程孟和宁琅？"

"什么跟什么啊，"肖家骏"嘿"了一声，说道，"你也太不关心八卦了吧。我说的是宁琅和林循。"

他话音落下，身边的少年忽然"嗤"了一声，声音毫不在意："好多人说你就信？他们懂什么？道听途说谁不会？"

"……"

肖家骏愣了一下。

他语气跟平时没什么两样，但莫名用了三个问句。

这么冲干吗？又没说他的事。

说话间，舞蹈节目已经结束了。

主持人简短地报幕，话剧登场。

十几分钟的节目里，笨拙的小熊戴着头套，连脸都没露，全程只出现了两分钟。

很快就被女巫石化，下线了。

但那几句台词她说得很好，比上个月进步了太多。

沈郁坐在后排看得认真，视线跟着那只被石化的熊。

她维持着被石化的样子，趁着换场景拉上幕帘的时候，噌噌噌跑回了后台。

或许是场工有疏忽，幕帘没有完全拉上，从他这个角度，能看到小熊在走到舞台边缘后，撒开腿狂奔。

一边摘了头套，一边狂给自己扇风。

他低下头，没忍住笑出了声。

在半山腰呼吸到的陈腐空气逐渐消散开来。

好像也没什么大不了的。

根深蒂固十几年的口音都能改掉。

换个家而已，从三个人变成一个人生活而已，早晚也会习惯的。

舞台上即将开始最后一个节目。

沈郁没兴趣再看，懒洋洋站起身，往后台走去。

还顺手在舞台后买了一束花。

——学生会专门在今天摆摊卖花，方便大家送给自己心仪的节目。

少年拎着那束有点蔫的百合，撩开后台的布帘往里走。

心底有一个声音在说，他对她的关注度早就超出了寻常百倍。

但他也懒得抗拒了，兴许是酒意上头，又兴许是别的情绪作祟。

反正她应该不讨厌。

然而还没等他找到人，便听到虚掩的杂物间里，传来些微的争吵声。

女孩的声音里带了点哭腔。

是刚刚舞台上的精灵，她的朋友。

她和陈诺之因为一些事情在争吵。

沈郁挑了挑眉，懒得再听这些，却不期然在下一句话里听到了他的名字。

"还有上个学期，你以为我不知道吗，是你去给沈郁送水，林循替你背锅，不是吗？"

"……"少年停下脚步，拎着的那束蔫头耷脑的百合顺着门缝散下一片花瓣。

女孩的声音响起来。

"是，循循是没那个意思，但我也没那个意思啊。不就送个水吗？你怎么这么小心眼……"

之后的话再也没了听众。

拎着百合花的少年冷眼大步往里走，伸手推开隔壁休息间的门。

演出到了最后，大部分参演的学生都走了。

休息间一角坐着个穿着玩偶服的人，背对着他，正在啃面包。

听到开门关门的动静，林循本能地想回头看一眼，但笨重的玩偶服阻碍了她的动作。

她"哎"了一声，问道："孟孟吗？哎哟，你帮我拉一下拉链，我要闷死了。"

几秒钟后，脚步声在靠近。

玩偶服背后的拉链被拉开，干爽的冷空气钻进来。

林循松了口气，又给自己扇了扇风，终于可以活动脖颈。

可脑袋却被一双手禁锢住，不让她回头。

下一刻，桌上放着的小熊头套被人抄起来，一下按回她脑袋上。

视野一黑。

林循有点蒙，便听到头套外传来个冷冷的声音。

"看起来老老实实的，这么会骗人？"他话音落下，小熊头套挨了轻飘飘的一拍。

林循"唔"了一声，没明白他发什么疯。

听声音不会再有别人。

"说。"

"骗子熊，你欣赏的是谁，宁琅？"是咬牙切齿的神仙嗓。

"他半瓶子水整天晃荡，装得人模狗样，骗骗小姑娘而已。你这么会骗人，还这么好骗？"

小熊头套里的林循偏了偏头，闻到身后有淡淡的酒味，她憋出一句话："沈郁，你在说什么啊？你喝酒了？你知道我是谁吗？"

他却没回答，只是重复问题。

"说不说？"

小熊头套又被扯了扯，带了恼怒和隐恨。

林循有点无语，只好回答他离谱的问题："什么跟什么啊，宁琅跟我有什么关系？我和他都不熟。"

休息间里安静了好一会儿。

是色厉内荏的神仙嗓。

"行。"

"你要是再骗我，你就完了。"

"那你怎么办？"

林循还没反应过来，身后的少年忽然清浅地"啧"了一声："角色对调了。"

"什么对调了？"脑袋被扣住，她一动不敢动，一头雾水地问。

"林循。"少年把下巴搁在了小熊脑袋上，伸手摸摸小熊头套软乎乎的耳朵。

他的声音穿透厚实的棉花，带着一丝笑意，传进少女的耳朵里。

闷闷的。

"角色对调了，我开始追着你跑了，那你怎么办？"

他没问我怎么办，而是问"你怎么办"。

明明在告白，语气里却全无弱势、退却，反而是势在必得和强势的侵略。

属于天之骄子的傲气。

十多年来，任何事情都能轻易做到的自信。

直接而炽热，不容抗拒地倾倒而来。

梦境跨越了时间与空间，似乎到了另一个时空。

清晨的第一缕阳光后，林老板睁眼，摇醒了身边困倦的某人。

他睁开双眼，浅淡的瞳眸没有光，耐着性子听她讲完这个漫长却无比真实的梦。

"所以呢？"

沈郁像她梦里那样，下巴抵住她发心，伸手摸了摸她耳朵："小熊，你回答了什么？"

"……我不知道，我醒了。"林循喃喃地说。

但快要睁眼的时候，她飞速地看完了那个故事的后续。

少年为了小熊改了志愿，考了南漓大学。

南大和南电相隔不远，课业不忙的时候，他们经常牵着手一起去看电影。

他陪她逛街，帮她画眉毛，带她全世界各地旅游，给她拍很多好看的照片，留下了她粲然的十八岁。

后来他们都长大了。

姑娘还上了那笔钱，开了间属于自己的工作室。

她父亲恢复了记忆，和奶奶一起开了一间早餐店，有店面的那种。

而那个少年呢，也拥有了自己的公司，成了和如今一样声名显赫的CV。

在一起的第十年，他们结婚了，他的眼里全是她穿着婚纱的身影。

炙热的清晨里。

林老板回想着那个梦，觉得眼睛有些酸。

她回过身，抱住他的腰。

"不管在哪个世界，有什么样的结局，我的身边都有你。"

7

婚礼之后的六月，昼山进入初夏。

宽大的餐桌上肩并肩坐着两个人。

蛋糕上的蜡烛熄灭，飘起一丝甜香，别墅里登时陷入了黑暗。

暗哑的女声响起，语气有些俏皮。

"二十八岁的沈先生，这是我陪你过的第一个生日，你许个愿吧，不管什么都行。"

身旁的男人面孔隐在黑暗里，懒散地眨眼。

他从不许什么生日愿望，因为不相信会有什么神明。

如果真的有神，这世界上又哪里会有这么多苦难呢？

只是女人声音里含着热切。

他弯了弯唇，顺从地闭上眼。

几秒钟后，从不迷信的人在心底默念，玩笑般许下了生命里第一个愿望。

无法实现的愿望。

——如果真有神的话，让我再看看这个世界吧。

有她的世界。

念头升起的瞬间，男人眉心微挑，才知道原来自己心底的执念这么深。

他随意地吹灭蜡烛，刚想睁眼，却突然听到心底传来一个声音。

与其说是声音，倒不如说是某个直接传递的信息，因为并不存在物理意义上的音色和声线。

"随机抽取人类心愿完成。给你三天时间恢复视力，你可以选择一次使用，或随机分三次使用，前提是不能让除你之外的任何人发现。

"触发方式，在睡前默念三遍'恢复光明'。"

信息在一瞬间传达，沈郁倏地睁眼，视野依旧是漆黑一片。

刚刚的"声音"大概是他的臆想。

执念这么深吗？

只是，这双眼睛，早就被判了死刑。

男人摇了摇头，压下心底些许起伏，摸索到桌面上，去牵女人的手。

"循循，切蛋糕吧。"

吃完蛋糕，又是个一切如常的夜晚。

卧室里，他陪她听了会儿平台上新出的剧，没多久便听到了她平稳绵长的呼吸声。

他轻轻地将平板从枕头上挪开，帮她盖上柔软的蚕丝被。

这才起身，走到客厅，推开了落地窗。

六月江风微热，依稀能听到江岸那头喧嚣潮热的夏夜。

江上或许有很多游艇，该是灯火通明的。

可所有的光影明灭，全然投射不进他的眼里。

男人倚着栏杆，抽出一根烟。

快要点着的时候，忽然想起刚刚许愿时臆想的"声音"。

默念三遍吗……

在一起的漫长岁月里，林循有三次发现沈郁很不寻常。

第一次是在他二十八岁生日的第二天。

她一早醒来，便发现他半跪在床边，面孔离她只有二十厘米，几乎静止地"凝视"着她，满眼都是通红的血丝。

微薄的晨光里，她在他浅淡的瞳眸中看到了自己惺忪的睡颜。

林循揉了揉眼睛，伸手推了推他，笑道："干吗，虽然知道你看不到我，但这样也有点吓人好吧？"

半晌后，床边的人终于偏了头，移开"目光"，倾身过来抱她，抱得很紧。

他的声音里带了平常没有的些微颤抖，似乎是缓了很久才平复过来，埋首在她颈窝说道："今天请个假？陪我过个生日。"

林循听着觉得有点好笑："昨天不是刚过过？"

他却不松手，秀挺的鼻尖在她颈侧蹭了蹭："还想再过一天，不行吗？"

林循一怔。

总觉得他今天有一点，说不出来的，脆弱。

跟平时很不一样。

虽然她最近挺忙的，但拒绝的话再也说不出口。

"行吧，那你想怎么过？"

男人蓦地抬起头。

浅淡的瞳眸依旧没有焦距，却清晰地映照出她尖尖的面孔。

"去看电影吧，我们。"

林循就这样稀里糊涂地跟着他到了电影院。

临江阁里有专门的影音室，他们不是没一起看过电影。

他虽然看不到画面，但也能听听台词。

可就是因为没办法得到同样的体验，林循并不喜欢这项活动，谁知道他今天怎么会有这样的兴致。

大清早，没什么排片量，他们看的是一部很烂的爱情片，整个放映室都没人，算是包场。

两个小时中的某一瞬间，林循从剧情里抽离，往旁边看了眼，才发现不对劲。

昏暗的荧幕灯光下，他几乎一瞬不瞬地偏着头"看"她。

"视线"仿佛凝在她脸上，英俊的面孔在幽蓝的灯光下恍若静止。

她疑惑地抬起手，在他眼前晃了晃，那双玻璃珠般的瞳孔却依旧毫无反应。

"你干吗呢？"

男人眨了眨眼，眉心一点点蹙起来。

他塞了一小把爆米花到她嘴里，低头附在她耳边："多吃点，你瘦了。"

"……"

林循也学着他压低声音问："怎么发现的？"

腰却被轻轻捏了一把。

"你说呢？"

"……"

林循没好气地拍掉他作乱的手："你还好意思说，从过年到现在，我已经吃胖十斤了，再胖就不好看了。"

十斤里，他和姜奶奶起码各自贡献了五斤。

几乎把她当猪养。

她话音落下，他却没有接前半句，声音低低地喃喃道："好看的。"

林循没听清："……什么？"

那刹电影台词忽然变得很大声，主人公酸掉牙的告白里，她依旧没有听清他宛若梦呓的重复。

他抬手，一寸寸摸她的面颊。

"怎么会这么好看呢。"

"我的想象好贫瘠啊。"

从电影院出来，他又陪她去逛了街，还自告奋勇地给她拍照。

结果拍了几十张，只有三四张能看的，其他的不是镜头对了地面，就是一大半都是天空，林循简直怀疑他是故意的。

就算看不见，也不能这么离谱吧？

但等看到成片，她才发现，其中那能看的几张照片，真的拍得相当好。

每一帧都捕捉到了她最好看的角度，不仅如此，照片的构图、光影和人物动态都很绝，每根发丝都镶着金边。

这也太碰巧了吧？

林老板破天荒发了朋友圈，程孟连忙问她是不是找了摄影师。

得知是沈少爷的"作品"后，忍不住调侃道："还真是瞎猫碰到了死耗子。"

晚饭时间，沈郁连招呼都没打，便带她回了晟霖苑。

姜老太还是住不惯临江阁，独自一个人舒舒坦坦地住在老房子里，见他们过来蹭饭，还没什么好脸色。

她一边咕哝着自己一会儿要去打麻将，一边系上围裙，拎了一条新鲜的鱼进了厨房。

一向对剖鱼唯恐避之不及的大少爷却主动进了厨房，边眉眼冷清地摁着那条鱼，有条不紊地处理着，边偏过头跟老太太说话。

呼呼作响的油烟机下，姜老太被"看"得发毛，忍不住呛了外孙一句："你今天有毛病？说话就说话，总拿眼睛斜我干吗？"

"怪瘆人的。"

"没事。"外孙却出乎意料地没有回怼，低下头认认真真地清完鱼鳞，"前阵子给你买的鱼油按时吃了吗？降血压的，你脾气这么臭，可得注意点。"

老太太硬朗地颠勺，心虚地骂了句："……用你操心，我好着呢。"

"那就好。"

林循倚在门口看着祖孙俩拌嘴，心底的怪异感再一次升起。

更怪的还在晚上。

热腾腾的、湿润润的夜晚，他将她从浴缸里捞起来，一路抱进卧室。

却不让她关灯。

第二次的不寻常，是她生下女儿小雾的那天。

那年她三十三岁，"一只夜莺"已经成为广播剧行业的佼佼者，她才终于有了空闲，开始想要一个自己的宝宝。

预产期那天下午，宫缩剧烈的痛感持续了很久，直到脊柱上打了无痛才终于停歇。

可无痛针也有很强的不适感，林循难受得咬牙切齿，冷汗涔涔地胡言乱语着。

沈郁弯腰站在病床前，听着医生的话，安抚般揉按着她的胳膊和双腿，面上的神色却不比她好多少。

那双掩藏在睫毛下的瞳眸，"看"着她因为怀孕而浮肿的身体许久，慢慢地红了眼眶。

林老板看得心里发软，"哎"了一声，玩笑般嘶声道："沈郁，你看不到也有点好处。我现在龇牙咧嘴的，丑死了。"

他没说话，伸手摸她的脸和鼻梁。

仿佛要把她的样子刻进心里。

开指虽然痛，但好在生的过程很顺利。

护士抱着红彤彤的宝宝去隔壁育婴室清洗干净，才包了干净的棉被送过来。

林循睁开眼，有点不相信那团丑丑的宝宝会是他们的孩子，简直要怀疑被趁机调了包。

他却轻轻地接过去，过了很久才肯眨眼。

几分钟之后，他垂下眼眸，勾了唇，掩饰般在孩子脸上摸了摸。

"哪里丑。轮廓像你，鼻梁像我，眼睛像你，好看着呢。"

"……"

林循有气无力地吐槽："轮廓和鼻梁也就算了，眼睛怎么摸出来的？"

大少爷眼皮都没动一下，随口道："刚刚护士说的。"

那天晚上他守在病床前，看着并排躺着的一大一小，听着她们一致的呼吸。

一夜未眠。

还以为这样就能作个弊，延长一些。

只可惜第二天朝阳升起的时候，视野无力地，一点点地变暗。

白色床单、女人苍白的脸、婴儿红润的嘴唇、棕色的胎发、浅色的天空。

再一次归为黑暗。

也够了。

他闭上眼，往后靠在椅背上，感受着自己的心跳。

和病房里的呼吸交缠在一起。

第三次的异样隔了许多许多年。

久到林循几乎都忘了前两次。

那天，林循和汤欢一起参加了"一只夜莺"某个合作商的葬礼。

——年纪跟他们差不多，肺癌晚期，确诊之后两个月人就没了。

金钱和社会地位，在健康面前，不值一提。

从葬礼上回来之后的晚上，汤欢连连叹气："这辈子赚这么多钱又能怎么样，说没就没了，我以后还是早点退休，享受生活好了。"

汤欢一直没有成家，活得比谁都潇洒。

林循很认同。

过了四十岁之后，身体的各种机能开始渐渐退化。

她不再像从前那样有野心。

好在岁月似乎一直在弥补她，将二十七岁之前的所有不易统统偿还给她。

那天晚上，林循躺在床上，跟沈郁说起白天的事，语气里不免唏嘘。

他很久没说话，忽然拿了平板电脑，订了第二天的机票。

"循循，明天一起回一趟青原吧，陪我去见见你的家人。"

清晨的第一缕光线从窗外照进来时，他恍然睁眼，慢慢侧过头去看向枕边。

她的面容背着光，侧影轮廓像是镀上了一层金光。

"本来想留着，看看白发苍苍的林奶奶呢。"

他贪婪地、毫不避讳地注视着她的睡颜，低声自言自语："又怕我等不到。

"好可惜。

"我知道十五岁、三十岁、四十五岁的循循是什么样子了，可惜，没办法看到你六十五岁的样子。

"但我大概能想象到了。"

他倾身过去，轻轻吻在她柔软的发顶。

"好爱你。"

/ 番外三 小雾同学 /

沈小雾从念幼儿园开始，才懵懵懂懂地知道自己的爸爸和别人的爸爸不一样。

首先，她花了一学期的时间接受原来"声音好听"不是每个男人都享有的特权。

沈小雾从出生开始，就在爸爸念的一个又一个"晚安童话"中入眠，以至于耳朵被养刁了，在幼儿园午睡时，她没有一次能睡着的——小邱老师的声音实在是太干瘪太粗糙了，讲出来的童话故事比恐怖故事还恐怖，小红帽在他嘴里都快变成大灰狼了啦！

于是，午睡又又又没睡着的沈小雾同学憋着一泡脆生生的眼泪，在体育课的时候独自一个人噘着小嘴坐在角落里。

几个同班的男孩子拎着一桶沙子过来，在她不远处堆城堡。

沈小雾自顾自蹲着挖地上的小石头，一个个收集起来，圈地自萌。那几个男孩子却不断地扩张城堡版图，于是不到五分钟，他们的城堡就堆到了她脚下。

"沈小雾，让开一下！你挡着我们堆城堡了！"陈越恶狠狠地冲她喊。

陈越是幼儿园里的"小霸王"，也是这几个男孩子中的"孩子王"。沈小雾从小就认识他，他是妈妈最好的朋友程孟阿姨的儿子，比她大一岁，念中班。

可能是程孟阿姨每次都夸她可爱而不夸陈越，他一直看沈小雾不爽，动不动就挤对她。

沈小雾也不在怕的，一屁股坐在地上，嘟着嘴反驳："这里是我先来的，谁让你们把城堡堆到这里来的，你们的城堡挡着我的屁股了！"

"噗，谁叫你屁股这么大的！小胖妞！"

说话的是陈越的小跟班王承宇，他才五岁，块头长得比小学一年级的小孩还大。陈越平时自称"陈元帅"，王承宇被他封为手下的"第一副将"。

总之，被这么胖的王承宇"尊称"为"小胖妞"，沈小雾破防了。

她也不过就是比班里其他女孩子稍微肉了一点点而已，爸爸说她是婴儿肥，等再长大一些就好了。

沈小雾眼里含的那两泡泪越发猛烈，张了张嘴，整张脸憋得通红，终于在半分钟之后哭号了出来："你们欺负我，我要告诉我爸爸，呜呜呜呜……"

她这一哭，陈越的几个跟班明显都慌了。

小邱老师说过，把女孩子欺负哭是最耻辱的事，如果被老师知道了，就会公开剥夺他们的"军衔"。

而且，他们还听说，沈小雾的爸爸特别厉害，好像是什么……董事长。几个男生都不知道董事长是什么，但听大人们提起来的语气，肯定比陈越这个"昼山第一大元帅"更厉害。

陈越看着沈小雾的眼泪，心情也不怎么样，丢掉手里的铲子就想说两句软话，没想到几步开外跑过来另一个小男生，蹲在地上，拿了一方手帕仔仔细细帮沈小雾擦起了眼泪。

沈小雾隔着泪眼看着那男生。

他叫喻疏，是汤欢阿姨的儿子，跟陈越一样大，都是中班的。

沈小雾的眼泪扑扑簌簌往下掉，横了一眼在旁边束手束脚的陈越，扁着嘴哭道："还是小疏哥哥最好，小越哥哥是浑蛋！"

小陈越鼻子差点没气歪。明明他跟沈小雾认识的时间最长！

几个跟班见"陈元帅"生气了，连忙去扯他的袖子："算了，待会儿沈小雾回家告诉她爸爸，我们都惨啦。"

陈越火气冲上了脑袋，话没经过大脑，脱口而出："怕什么？她爸爸才不会找我们麻烦呢，她爸爸眼睛看不见，是个瞎……"

陈越说出那个字眼，大脑神经忽然一绷，迅速地咬住了舌头，却已经来不及了。几个跟班都听清了，七嘴八舌地议论起来。

"啊？她爸爸是个瞎子？看不见吗？"

"难怪每次都是她妈妈来接她。"

"沈小雾有个瞎子爸爸！"

一群五岁的小朋友，咋咋呼呼、呜呜呀呀地跑开了，他们不知道什么叫隐私，更不知道哪句话该说，哪句话不该说，只满脸兴奋地传播着这个令人震惊的消息。

陈越追出几步，猛地扑倒体型是他一点五倍的王承宇，一把摁住他，一边勒令他别喊了，一边去捂他的嘴。但陈越寡不敌众，其他几个男孩已经跑开了。

他白着脸回头看蹲在地上的沈小雾。

女孩早已经停了抽泣，蒙蒙地看着他，嘴巴上面挂着一条亮晶晶的哭出来的鼻涕，一双圆溜溜的大眼睛全是茫然。

整整一分钟后，女孩突然从地上站起来，"嗷"的一声冲过来，一脑袋撞上了陈越的胸口。

她用尽吃奶的力气把他撞倒在地上，骑在他身上打他，边哭边恶狠狠地说："你不准说我爸爸，我爸爸不是瞎子，我爸爸是世界上最好的爸爸！你爸爸才是瞎子！"

林循在幼儿园门口接到小雾的时候，就觉得乖女儿今天心情不好。她蹲下来，仔仔细细地问小雾，是不是在幼儿园发生了不开心的事，可小雾却一言不发。

小姑娘耷拉着脑袋，跟着她爬上自家的车。

沈郁坐在后座听着最新一期的广播剧 Demo，听到开门声，他摘下耳机，朝着女儿的方向伸出手。

往常这种时候，女儿见到他一定会扑过来，模式化地在他脸颊上亲一口，然后扒着他的胳膊跟他讲幼儿园里发生的趣事，童言童语、啰里啰唆一整路。

可今天，预料之中的抱抱没有发生，女儿在离他很远的地方坐下了。

林循发动了车子，看了眼后视镜，对沈郁说："宝宝今天心情不太好，你跟她聊聊天。"

"好。"

沈郁仔细听着身旁的动静，尝试着伸手去抓小姑娘的手，却被她敏捷地躲过去了。沈郁转而摸了摸她毛茸茸的小脑袋，语气温和："小雾，怎么了？是我惹你不开心了吗？"

小姑娘依旧没说话。

车子拐过了两个红绿灯，她才开口："为什么你不去幼儿园接我？每次都是妈妈去接我。"

沈郁怔了怔，不知道她怎么会突然因为这个生气，把语气压低成她的年龄段，笑道："妈妈下车去接你，那我就要在车上守着车子啊，不然要是被小偷偷走了，我们雾雾坐什么上学呢？"

"才不是呢，你骗人！"

沈小雾扁了扁嘴，终于没忍住，甩开爸爸的手："陈越都告诉我了，他说你看不见，你是一个瞎子！现在整个幼儿园都知道了，他们都笑话我，呜呜呜，我不要爸爸是瞎子，我不要爸爸看不见！"

被议论了一整个下午的小姑娘终于爆发了，哭声充斥着整个车厢。

林循听着那个刺耳的词汇，把着方向盘的手一抖，看了一眼后视镜。果然，沈郁的表情也有些僵硬。

小雾才三周岁半，玩心大，对周围的观察并不敏锐，也不上心。何况沈郁早就对家里的设施轻车熟路了，所以小雾一直没察觉出来自己的爸爸和别人的爸爸有什么区别。

他们也从来没有刻意跟她说过，一是不觉得这件事有什么需要特别说明的点，二是不想让小雾在这么小的年纪就被迫承担属于大人们的烦恼与悲伤。

谁知道，事情最终会发展成这样。

一路上，两个大人怎么安慰都没用，小雾一回家就把自己关进了玩具房里，谁都不理会。

沈郁去敲了几次门，小姑娘一次都不应，态度坚决，仿佛要跟他这个"瞎子爸爸"决裂。

林循冷眼旁观，越看越生气，从工具间拎了把扳手过来，想强行把门打开，给小姑娘进行一番严厉的思想教育，再去陈诺之家，把陈越那小子胖揍一顿出出气才好。

沈郁听她呼吸都加快了，原本绷紧的唇角忽然松了松，他扯过气冲冲的放大版沈小雾，在她脸颊印下一个吻："不急，小雾今天受了委屈，发发脾气应该的。"

林循看他一眼，心里酸得不行，替他觉得好委屈。半响后却只是避开了眼，淡淡哼一声："沈大少爷，你脾气倒是越来越好了。"

心底却比谁都清楚，对上这家里的一大一小，他从来就没什么脾气。倒是她们两个，被他娇纵得越来越放肆了。

一整晚小雾都没出来，也没吃晚饭。

林老板不惯着她，该吃吃该喝喝，饭后刻意打开客厅里的电视，放起了小姑娘最爱看的动画片，还把声音调到了最大。

哪怕是这样也没能把小姑娘"勾引"出来。

直到晚上睡觉，她才抱着两本故事书，光着脚从玩具房走进了主卧。

沈郁刚换了睡衣坐在床边，听到小姑娘的脚步声，压低了自己的呼吸，尽量降低存在感，不想惹她生气。

林循板着脸看着她，见她灰不溜秋、披头散发、满脸泪痕的模样，心里的气消了大半。

她将人拉过来，想好好地同她沟通这件事。林老板脑袋里积压的道理一大堆，诸如：爸爸的眼睛看不见，不是他自己情愿的，这件事对他来说，是很难过、很痛苦的遭遇。他是沈小雾最好的爸爸，这不是她可以嫌弃爸爸的理由。冤有头债有主，被人议论了，就应该去找那些议论她的人撒气，不可以因为受了委屈就迁怒无辜的人……之类的。

可她还没有开口，就见小姑娘慢慢地走到床边，两条胖乎乎的胳膊一伸，抱住了床边悄无声息坐着的人。

房间里两个大人都是一僵。

"爸爸——"

小姑娘泣不成声，她觉得自己好难过好难过。以前摔跤了也会哭，被同学欺负也会哭，甚至没睡好午觉都会哭，但这次不一样，她哭，她闹脾气，她绝食，怒气汹涌，满心委屈，却好像不是因为她自己。

因为这一次，她哭完了、闹罢了，还是觉得好难过，心里像是空了一块。

这一天，沈小雾同学想了好多好多，在她这个年纪里，想得起来、想不起来的事，今天晚上统统想了一遍。

她想知道爸爸的眼睛痛不痛，眼睛看不见的话，每天给自己"背"那么多童话书累不累。

又想到她总缠着爸爸陪她玩拼图，他总是拼错，她就笑他笨，他一次都不恼，只夸她聪明。

还想到以前她每次穿裙子都问他自己好不好看，他却总是沉默，然后一寸寸地摸她的脑袋，摸她脸颊，很细致很细致地摸完，才笑着夸她："我们小雾，最漂亮。"

三四岁的小姑娘，只知道笑是开心，哭是不开心，不知道笑也是有很多不同含义的。

但今天她突然觉得，自己好像明白了。

小姑娘吸了吸鼻子，擦掉难过的眼泪，咧开嘴露出一个笑，她踮起脚亲了一口爸爸的眼睛，肉乎乎的小手一页一页翻开了童话书。

"小雾会好好认字的，以后我给爸爸读童话书。今天我给你读白雪公主的故事，好不好？"

– 全文完 –